베를린 알렉산더 광장 2

Berlin Alexanderplatz

세계문학전집 270

베를린 알렉산더 광장 2

Berlin Alexanderplatz

알프레트 되블린

김재혁 옮김

민음사

차례

1권 차례

6부

이제 여러분의 프란츠 비버코프는 폭음을 하지도 몸을 숨기지도 않는다.
이제 여러분은 웃는 그의 모습을 보게 될 것이다.
인간은 언제 어디서나 상황에 맞게 처신해야 하는 법이다.
그는 강요당했다는 사실에 분노한다, 앞으로는 누구의 강요도 받지 않겠다,
아무리 강한 놈이라고 해도. 그는 어둠의 세력을 향해 주먹을 쳐든다,
그는 무언가와 마주하고 있음을 느낀다, 그러나 그는 그것이 무엇인지 볼 수가 없다.
무언가 일어나 봐야 안다, 그는 해머가 머리를 내리치는 것을 겪어야 한다.

절망할 이유는 없다. 앞으로 나는 이 이야기를 계속 전개해 가면서,
그 쓰리고 놀랍고 아픈 결말부까지 나아가며 여러 번에 걸쳐
이 말을 사용할 것이다. 절망할 이유는 없다고. 여기 내가 보고하고 있는
이 사나이는 평범한 남자는 아니지만, 그를 잘 이해하고 보면,
그리고 우리 역시 한 걸음 한 걸음 그와 똑같은 인생의 발걸음을 할 수 있고
또 그와 똑같은 것을 체험할 수 있다는 점에서는 그 역시 평범한 사람이다.
이 이야기가 흔한 이야기는 아니지만 나는 이야기에 대해
침묵을 지킬 수는 없다고 약속한 바 있다.
내가 지금 보고하고 있는 프란츠 비버코프의 이야기는 그야말로
소름끼치는 진실이다. 그는 멋도 모르고 집에서 나와 자기 의사와 상관없이
도둑질에 가담했다가 자동차 바퀴 앞에 내팽개쳐졌다. 그는 바퀴에 깔린다,
자기에게 허락된, 법적으로 올바른 길을 가려고 의심할 바 없이
참으로 우직하게 노력했던 그다. 그러나 이것이야말로 충분히 절망할 이유가
되지 않을까, 이 역겹고 뻔뻔스럽고 가증스럽고 어처구니없는 사건에
무슨 의미가 있단 말인가, 이 사건에 무슨 거짓된 의미를 부여할 수 있단 말인가?
이 사건을 가지고 프란츠 비버코프의 운명을 지어낼 수 있을까?
나는 말한다. 절망할 이유는 없다고. 나는 이미 몇 가지 일은 알고 있고,
이것을 읽고 있는 다른 사람들 역시 뭔가는 눈치챘을 것이다.
여기서 베일은 서서히 벗겨지고, 이제 우리는 프란츠가 어떤 일을 겪었는지
알게 될 것이고, 모든 것은 분명해질 것이다.

불의는 잘도 자란다

　　라인홀트는 모든 일이 뜻대로 잘 되었기 때문에 계속해서 그런 식으로 나아갔다. 그는 월요일 한낮이 되어서야 집으로 돌아왔다. 친애하는 형제자매여, 우리 그간의 시간 위에다 10제곱미터의 이웃 사랑의 베일을 씌우자. 이전의 시간 위에다가는 유감스럽게도 우리는 그렇게 할 수가 없었다. 우리는 여기서 월요일 새벽에도 태양은 정확히 떠올랐고 그 뒤 베를린에는 우리에게 익숙한 분주한 일상이 서서히 시작되었다는 사실을 확인하는 것으로 만족하기로 하자. 시계가 낮 1시, 즉 13시를 알렸을 때, 라인홀트는 기한이 넘도록 눌어붙어 나가려 하지 않던 트루데를 방에서 내쫓았다. 주말이면 나는 즐거워, 좋아, 좋아, 랄랄라, 숫양은 암양에게 달려가고, 좋아, 좋아, 랄랄라.* 다른 소설가 같았으면 지금쯤 라인홀트에게 벌을 줄 생각을 했을지도 모른다. 그러나 나는 그럴 마음이 없으며, 그렇게 하지도 않았다. 라인홀트는 기분이 한껏 고양되어 있었다. 지금의 들뜬 기분을 더욱 돋우기 위해서, 즐거운 기분을 더욱 만끽하기 위해서 그는 본디 잘 떠돌아다니는 성격이 아니어서 그에게 눌어붙어 있으려고 하는 트루데를 밖으로 쫓아냈다. 사실 그 자신도 그렇게 하고 싶지는 않았으나, 그 짓은 거의 자동으로 이루어졌다, 그 짓은 주로 그의 중뇌의 간섭하에 이루어졌는데, 말하자면 그는 무척 취해 있었다. 그렇게 해서 운명까지도 이 사나이의 편을 들어 주었다. 이렇게 그가 술에 취한 것은 우리가

---

* 한스 플란처가 작곡하고, 클레르 발도프가 노래한 샹송의 한 구절.

어젯밤의 일로 덮어 두었던 것들 중의 하나이다, 이야기를 속 개하기 위해서 우리는 나머지 몇 가지 문제를 빨리 정리하고 넘어가야 한다. 프란츠에게는 좀 우습게 보인 약골이었던 라인홀트가, 여자에게는 심한 말이나 박력 있는 말조차 한마디 하지 못했던 그가 낮 1시에 트루데를 흠씬 두들겨 패고 그녀의 머리채를 잡아 뜯고 그녀에게 거울을 던져 산산조각 낼 수 있게 되었다, 그는 이제 못할 일이 없었다, 그녀가 마구 소리를 질러 대자 그녀의 입을 피가 터지도록 때렸다, 그녀가 저녁에 그 입을 해 가지고 의사에게 갔을 때 그녀의 입은 퉁퉁 부어 있었다. 그 아가씨는 불과 몇 시간 만에 아름다움을 상실했다, 그것은 라인홀트가 정열적으로 취한 행동 때문에 생긴 결과였으며, 그것에 대해 그녀는 고발까지 할 생각이었다. 우선 그녀는 입술에 연고를 바르고 입을 봉하고 있어야 했다. 앞서 말했듯이, 라인홀트가 이런 모든 일을 할 수 있었던 것은, 몇 잔의 브랜디가 그의 대뇌를 마취시킨 결과, 기능이 대체로 괜찮았던 그의 중뇌의 활동이 자유로워졌기 때문이다.

오후 늦게 찌뿌듯한 느낌으로 정신을 차렸을 때 그는 놀랍게도 자신의 방에 환영할 만한 변화가 생겼음을 깨달았다. 트루데는 분명 떠나고 없었다. 완전히 가 버린 것이다. 그녀의 바구니도 보이지 않았다. 게다가 거울도 박살 나 있었고, 바닥에는 누군가가 상스럽게 뱉어 놓은 침 천지였다, 그리고 핏자국도 있었다. 라인홀트는 주변의 깨진 조각들을 살펴보았다. 그 자신의 입은 멀쩡했다. 그렇다면 침을 뱉은 것은 트루데이고, 그가 트루데의 입을 박살 냈음이 분명했다. 그것을 보자 그는 스스로 대견해지고 기분도 한껏 고양되어 껄껄대며 웃었다. 그는 거울 조각을 하나 주워서 자기 얼굴을 들여다보았다. 야, 라인홀트, 이것은 네가 한 짓이야. 이렇게 할 수 있을 줄은 난 정말 몰랐어! 라인홀트, 라인홀트! 그는 너무나 기뻤다. 그는 자기 뺨을 톡톡 두드렸다.

그는 곰곰이 생각했다. 혹시 다른 녀석이 그녀를 내쫓은 것은 아닐까, 혹시 프란츠가? 지난 저녁과 밤에 일어난 일들이 아직은 선명하게 기억되지 않았다. 아무래도 미심쩍어 그는 셋집 여주인인 늙은 뚱쟁이를 불러서 조심스럽게 물어보았다. "오늘 이 방에서 한바탕 소란이 있었죠?" 그러자 그녀는 떠들어 대기 시작했다. 트루데 그 여자를 혼꾸명내 준 것은 잘한 일이다, 그 여자는 게으르기 짝이 없는 짐승이었다, 그 여자는 제 페티코트 한번 다릴 줄 모르는 여자였다고. 아니, 그 여자가 페티코트를 입는다고! 그로서는 참을 수 없는 일이다. 그는 바로 그런 사람이었다. 라인홀트는 지금 얼마나 행복한가! 그때 갑자기 지난 저녁과 지난밤의 일들이 모두 떠올랐다. 일을 멋지게 해냈으며, 수입도 짭짤했고, 뚱보 프란츠 비버코프를 골로 보냈다, 그 자동차가 녀석을 치어 죽여 버렸기를 바란다, 그리고 트루데 년은 떠나 버렸다. 야, 이 얼마나 기막힌가!

자, 이젠 뭘 한담? 일단 저녁을 위해 제대로 멋 좀 내 볼까. 녀석들을 불러 브랜디 얘기나 해 보자. 나는 그딴 거 입에도 대지 않으려 했더랬지, 절대로 안 마시려고 말이야, 바보 같은 짓. 그게 내게 힘을 불어넣어 준 거야, 그래서 이렇게 모든 일을 해낼 수 있었지.

그가 옷을 갈아입고 있는데 품스 패거리 녀석 하나가 찾아온다, 녀석은 귓속말로 속삭이며 낮은 소리로 말하더니 거드름을 떨며 잔걸음으로 오락가락한다. 라인홀트에게 지금 곧 술집으로 오라는 전언이다. 그러나 한 시간이 족히 넘어서야 라인홀트는 술집으로 내려간다. 오늘은 여자 사냥을 나갈 생각이다, 오늘은 폼스 혼자서 북이나 치라고. 술집에 가니 녀석들은 모두 두려움에 바들바들 떨고 있었다, 혹시 라인홀트가 비버코프에게 한 짓 때문에 자신들이 곤경에 빠질까 봐 그런 것이었다. 그 자식이 죽지 않았다면 우리 모두를 신고할 거야. 그리고 만약에 녀석이 죽었다면, 빌어먹을, 그렇게 되면 말이다, 우리는 끝장이다. 경찰은 그의 집에 가서 탐문을 하고 그러면 사람들로부터 이런저런 이야기를 다 알게 되겠지.

그러나 라인홀트는 행복에 젖어 있고, 행운은 그와 함께 한다. 아무도 그에게 뭐라 할 수 없다. 오늘은 그가 기억하는 한 가장 행복한 날이다. 이제 그는 술을 즐기며 원하는 대로 여자를 챙길 수도 있고 쫓아 버릴 수도 있다. 여자들을 다 쫓아 버릴 수도 있다, 그것이 그가 이룬 모든 것 중에서 가장 새로운 것이자 가장 멋진 일이다. 그는 당장이라도 한 건 하고 싶어 한다, 그러나 폼스 일당은 그를 그렇게 하도록 놔주지 않는다, 그들의 얘기는 이삼 일 정도는 바이센제에 있는 그들의 은신처에 숨어 있겠다고 약속을 하자는 것이다. 프란츠가 어떻게 되었는지, 그로 인해 무슨 일이 생길지 지켜봐야 한다는 것이다. 그렇게 해서 라인홀트는 그러마고 약속한다.

그는 같은 날 밤 그 약속을 잊고서 도망쳐 버렸다. 그러나 그에겐 아무 일도 없었다. 폼스 녀석들은 바이센제에 있는 소굴에 틀어박혀 무서워 덜덜 떨고만 있다. 그들은 이튿날 몰래 찾아와 그를 데려가려 한다. 그러나 그는 어제 새로 찾아낸 카를라라는 여자에게 가 봐야 한다고 말한다.

그리고 라인홀트의 주장이 옳다. 프란츠 비버코프에 대한 얘기는 어디서도 들리지 않는다. 사람들은 그와 관련해서 아무것도 보지도 못하고 듣지도 못한다. 그 사나이는 세상에서 완전히 사라졌다. 우리에겐 다행스러운 일이다. 그래서 다들 다시 기분이 좋아져 각각 원래 살던 집으로 돌아간다.

한편, 라인홀트의 방에서는 카를라라는 여자가 담배 연기를 뿜어 대고 있다, 연금발의 아가씨이다. 그녀는 그에게 큰 술병 세 개를 가지고 왔다. 그는 그 술을 가끔 조금씩 홀짝대지만, 그녀는 그보다 더 많이, 그리고 때로는 벌컥벌컥 마신다. 그는 속으로 이렇게 생각한다. 마실 테면 마셔라, 나는 나의 때가 오면 마시련다, 그때가 되면 너와는 '안녕'이다.

독자들 중에는 칠리에게 마음이 쓰이는 분들도 있을 것이다. 이 불쌍한 처녀는 어떻게 될까, 프란츠가 안 보인다면, 프란츠가 살아 있지 않다면, 죽었다면, 한마디로 이 세상에 더 이상 없다면? 오, 그녀는 어떻게든 살아갈 테니, 걱정하지 마시라, 그녀에 대해서는 전혀 걱정할 것 없다, 이런 종류의 여자는 언제나 오뚝이처럼 다시 일어나니까. 이를테면 칠리는 이틀은 견딜 수 있는 돈을 수중에 갖고 있고, 내가 당장 예상했던 바대로, 여자 사냥을 하러 어슬렁대던 라인홀트를 붙잡는다, 그는 비단 셔츠를 말쑥하게 차려 입은, 베를린 시내에서 으뜸가는 멋쟁이다. 그래서 그를 보자 칠리는 자기가 그 녀석에게 다시 반한 것은 아닌지, 아니면 그와 최종 담판을 지어야 하는 건지 당혹해한다.

그녀는, 실러가 어디선가 한 말을 따르자면,* 옷 속에 단검을 숨겨 가지고 있다. 그것이 비록 식칼이긴 하지만 녀석이 비열한 짓을 하기만 하면 어디든 간에 한 방 먹여 줄 생각이다. 이제 그녀는 현관문 앞에 서 있고 녀석은 아주 다정한 투로 떠들어 댄다, 두 송이의 빨간 장미, 한 번의 싸늘한 키스.** 그러자 그녀는 이렇게 생각한다. 내일까지 지껄여 봐라, 나중에 가서 찔러 버릴 테니. 그런데 어디를 찌르지? 그 때문에 이제 그녀는 혼란스럽다. 그렇게 멋진 천을 손상시키며 찌를 수는 없는 노릇이다, 이 사나이는 아주 멋진 옷을 입고 있고, 게다가 옷이 너무 잘 어울린다. 그녀는 그의 곁에서 거리를 따라 종종걸음으로 걸어가면서 말한다, 그가 그녀에게서 프란츠를 쫓아 버린 것 아니냐. 도대체 왜 그랬느냐? 프란츠가 집에 돌아오지 않는다, 오늘까지도 안 왔다, 그에겐 지금까지 어떤 일도 일어난 적이 없다, 게다가 라인홀트의 집에 가 보니 트루데가 사라지고 없다. 그렇다면 분명하다, 그 역시 아마 아무 말도 못 할 거다, 프란츠가 트루데와 함께 사라진 것이다, 라인홀트가 프란츠에게 그 여자를 떠맡아 달라고 했을 거다, 그거야말로 최후의 결정타이다.

라인홀트는 그녀가 모든 상황을 그토록 훤히 꿰차고 있는 것을 보고 놀란다. 그래, 사실은 그녀는 방금 그의 방에 들러, 그의 셋집 여주인으로부터 그가 트루데와 벌인 싸움 이야기를 듣고 온 터였다. 당신은 날강도예요, 칠리는 그렇게 나무라면서

---

* 실러의 담시 「보증」(1799)에 나오는 구절. "폭군 디오니스가 있는 곳으로/ 뫼로스는 옷 속에 단검을 숨겨 잠입했노라."
** 당시의 유행가에서 가져온 구절.

식칼을 움켜잡을 용기가 있었으면 좋겠다고 생각한다, 벌써 또 다른 여자가 생겼지요, 척 보면 알아요.

라인홀트는 10미터 거리에서 다음 사실을 알아차린다. 1. 저 여자는 지금 돈이 없다, 2. 저 여자는 프란츠에게 분노하고 있다, 그리고 3. 저 여자는 나, 라인홀트를 사랑하고 있다. 그런 옷을 입고 있으면 어떤 여자든 그를 사랑할 수밖에 없다, 그것이 반복, 즉 이른바 재연일 경우에는 더 그렇다. 그래서 그는 첫 번째 항목과 관련하여 그녀에게 10마르크를 준다. 두 번째 항목과 관련해서는 그는 프란츠를 신랄하게 욕한다. 그 자식이 어디에 처박혀 있는 건지 그 자신도 알고 싶다며. (양심의 가책, 양심의 가책이라는 것이 지금 어디 있는가, 오레스테스와 클리타임네스트라, 라인홀트는 이 두 지체 높은 인물들을 모른다, 이름은커녕, 그가 그저 마음속으로 절절히 바라는 것은 다만, 프란츠가 완전히 죽어 사라져 발견되지 않는 것뿐이다.) 그러나 칠리 역시 프란츠가 지금 어디에 있는지 알지 못한다. 그리고 이것은 바로 프란츠가 죽었다는 사실을 반증하는 것이라고, 라인홀트는 설레는 마음으로 말한다. 그리고 이어 세 번째 항목 사랑의 재연의 경우에 대해 라인홀트는 다정하게 이렇게 말한다, 내가 지금은 임자가 있는 몸이지만 5월에 다시 한번 찾아와 봐. 당신 정말 돌았군요, 그녀는 그렇게 욕을 하면서도 너무나 기뻐 그 말이 믿어지지 않는다. 나라는 사람한테 불가능한 것은 없어, 그는 환한 표정을 지으며 그녀와 작별을 하고 휙 가 버린다. 라인홀트, 오, 라인홀트, 당신은 나의 기사예요, 라인홀트, 그대 나의 라인홀트, 나는 당신만을 사랑해요.

그는 어느 술집 앞에서건 이 세상에 술이 존재하게 해 준

창조주에게 감사한다. 만약 모든 술집이 문을 닫거나 독일이 온통 말라 버리면 나는 어쩌지? 그렇다면 늦지 않게 집에 술을 사 놓아야지. 당장 사 놓아야겠다. 머리 회전 하나는 빠른 내가 아닌가, 그는 가게에 들어가 여러 가지 술을 사면서 그렇게 생각한다. 그는 자신에게 대뇌가 있고, 필요한 경우엔 또 중간뇌가 있음을 알고 있다.

이렇게 해서 일단 일요일에서 월요일에 걸친 라인홀트의 밤은 끝났다. 그리고 누군가가 이 세상에 정의라는 것이 존재하느냐고 묻는다면, 그 사람은 이런 답을 듣게 될 것이다. 현재로서는 없다, 아무튼 다음 금요일까지는 없다고.

일요일 밤, 4월 9일 월요일

프란츠 비버코프를 실은 대형 자가용은 — 그는 의식을 잃었으며 캠퍼와 스코폴라민 모르핀 주사를 맞았다 — 두 시간을 내달려 마그데부르크에 도착한다. 교회 근처에서 그는 차에서 내려지고, 두 사나이가 병원의 비상벨을 울린다. 그는 그날 밤으로 수술을 받는다. 오른팔은 어깨관절 부위에서 절단되고, 어깨뼈의 일부가 절제된다, 흉곽과 오른쪽 허벅지의 타박상은 현재로서는 대단치 않다. 내상 가능성도 배제할 수 없으며, 약간의 간장 파열이 있기는 하지만 그렇게 심하지는 않은 것 같다. 우선은 기다려 봐야 합니다. 이 사람이 피를 많이 흘렸나요? 이 사람을 발견한 곳은 어디죠? 모모 국도에서 발견했죠, 그곳에 그 사람의 오토바이가 있었습니다, 아마도 뒤에서 받힌 것 같습니다. 그 자동차를 보지는 못했나요? 네. 우리가 그를 발견했을 때 그는 그곳에 누워 있었어요, 우리는 모모 장소에서 헤어졌고, 그는 왼쪽 길을 탔죠. 우리가 보기에 아주 캄캄했죠. 그래서 이런 사고가 일어났나 봅니다. 선생들은 여기 며칠 더 있을 거죠? 네, 이삼 일 더 있을 겁니다. 그 사람은 내 처남인데, 그의 아내가 오늘이나 내일 올 겁니다. 우리는 길 건너편에 방을 잡아 놓았으니 필요하면 불러 주세요. 수술실 앞에서 두 남자들 중 하나가 병원 사람들과 다시 이야기를 한다. 정말 끔찍한 일입니다, 아무튼 병원 측에서 사건에 대한 신고를 보류해 주시기를 바랍니다. 일단 그 사람이 정신을 되찾아 사건 자체에 대한 본인 의사를 밝힐 때까지 기다려 보기로 하죠. 그 사람은 소송 같은 것을 좋아하지 않아요. 예전에 그 사람 자신도 사람 하나를 치인 적이 있거든요, 그래서 신경과민 같은 게 있어요. 뭐 원하신다면 그렇게 하도록 하죠. 우선 생명을 건지는 일이 중요합니다.

11시에 붕대가 교체된다. 월요일 오전이다 — 이 시각, 이번 사건을 일으킨 장본인들은 라인홀트까지 해서 바이센제에 있는 그들의 은닉처에서 진탕 퍼마시고 떠들어 대면서 광란의 시간을 보내고 있었다 — 프란츠는 의식을 완전히 되찾고 깨끗한 침실의 깨끗한 침대에 누워 있다, 가슴이 답답한 게 꼭 뭔가로 가슴을 꽉 동여매 놓은 것 같다, 그는 간호사에게 자기가 지금 어디 있는 거냐고 묻는다. 그러자 그녀는 당직 간호원에게 들은 것과 앞서 있었던 대화에서 엿들은 내용을 이야기해 준다. 그는 정신이 말짱하다. 이제 그는 사태를 다 이해하고 오른쪽 어깨를 만진다. 간호사는 얼른 그의 손을 떼어 내며 가만히 있어야 한다고 말한다. 피가 그의 소매에서 진흙탕 길 위로 뚝뚝 떨어졌었다, 그때 그는 그것을 느꼈다. 그리고 그의 주위에 사람들이 다가왔는데, 그 순간 그의 내면에서는 무슨 일인가 일어났다. 그 순간 그의 마음속에서는 무슨 일인가 벌어졌다. 그 순간에 프란츠의 마음속에서는 무슨 일이 일어났던가? 그는 결심했던 것이다. 뷜로 광장에 있는 건물의 현관에서 라인홀트에게 쇠주먹으로 팔을 얻어맞았을 때 그는 몸을 부르르 떨었다, 그의 발밑의 바닥도 떨렸고, 프란츠는 뭐가 뭔지 분간을 할 수가 없었다.

자동차가 그를 태우고 달릴 때도 바닥은 여전히 떨렸다, 프란츠는 그것을 의식하지 않으려 했지만 줄곧 떨렸다.

그리고 불과 오 분 뒤 진흙탕 속에 나뒹굴고 있을 때에도 그의 가슴속에서 무언가가 움직였다. 가슴속에서 뭔가가 뚝 끊어져 두 동강이 나며 윙윙 울리는 소리가 났다. 프란츠는 돌처럼 굳어 간다, 그는 느낀다, 내가 차에 치였구나, 그는 차분하고 냉정하다. 프란츠는 이제 끝장임을 느낀다, 그리고 그는 명령을 하기 시작한다. 이제 나는 결딴나나 보다, 나쁠 것도 없다, 아니야, 난 결딴나지 않아. 앞으로 갓! 사람들은 그의 바지 멜빵으로 그의 팔을 동여맨다. 이어서 그들은 그를 판코 병원으로 데려가려 한다. 그러나 그는 사냥개처럼 모든 움직임을 주시한다. 아니오, 병원엔 안 가요. 그러면서 그는 주소를 하나 알려 준다. 무슨 주소? 엘자스 가, 헤르베르트 비쇼, 그가 테겔 형무소에 가기 전부터 알았던 옛 친구이다! 그 주소가 얼핏 머릿속에 떠오른 것이다. 그가 진흙탕 속에 나뒹굴 때 그의 마음속에서 무언가 움직이며 뚝 끊어져 두 동강이 나며 윙윙 소리를 낸다. 순간 그는 그 충격을 느낀다, 이제 더 이상 불확실한 것은 없다.

녀석들에게 붙잡혀서는 안 돼. 그는 확신한다, 헤르베르트는 아직 그곳에 살고 있고 지금 집에 있을 거야. 사람들은 엘자스가의 술집을 돌아다니며 헤르베르트 비쇼라는 사람을 수소문한다. 그때 검은 머리의 아름다운 여인 옆에 있던 날씬한 젊은 사내 하나가 자리에서 일어난다, 무슨 일인가요, 무슨 일이오, 밖에 자동차에, 그는 그 사람들과 함께 자동차로 달려간다, 그 여자도 뒤따라간다, 술집에 있던 사람들의 절반이 그 뒤를 따라간다. 프란츠는 지금 누가 오고 있는지 알고 있다. 그는 시간에게 명령을 내린다.

프란츠와 헤르베르트는 서로를 알아본다, 프란츠는 그에게 열 마디 정도 속삭인다, 그러자 밖에 있던 사람들이 길을 비켜 준다. 프란츠는 술집 안쪽에 있는 어느 침대로 옮겨지고, 의사가 불려 오고, 아름다운 흑발의 여자 에바는 돈을 가져온다. 그들은 프란츠에게 옷을 다른 것으로 바꾸어 입힌다. 사고가 나고 한 시간 뒤, 그들은 승용차로 베를린에서 마그데부르크로 달린다.

한낮에 헤르베르트가 그 병원으로 찾아와 프란츠와 이런저런 이야기를 나눈다. 프란츠는 하루라도 더 쓸데없이 병원에 누워 있으려 하지 않는다. 비쇼는 일주일 뒤에 다시 오마 하고, 에바가 그사이에 마그데부르크에 머문다.

프란츠는 돌처럼 조용히 있다. 그는 극도로 자제 중이다. 그는 단 한 치도 뒤돌아보지 않는다. 오후 2시에 의사의 회진 후에 어느 부인이 찾아왔다는 말과 함께 에바가 튤립을 들고 병실에 들어서자 그는 자신을 주체하지 못하고 울음을 터뜨리며 울고 또 훌쩍인다, 에바는 그의 얼굴을 손수건으로 닦아 준다. 그는 입술을 깨물고 눈을 껌벅이며 이를 악문다. 그러나 턱이 덜덜 떨리며 또다시 흐느낀다. 그러자 밖에 있던 간호사가 그 소리를 듣고 노크를 하고 들어와, 환자의 신경을 너무 예민하게 만드는 것 같으니 오늘은 돌아가 달라고 에바에게 부탁한다.

이튿날이 되자 그는 완전히 마음이 안정되어 에바를 향해 미소를 짓기도 한다. 이 주 뒤에 그들은 그를 병원에서 데려온다. 그는 이제 베를린에 돌아와 있다. 그는 다시 베를린을 호흡한다. 엘자스 가의 집들을 다시 보자 그의 가슴속에서 무언가 움찔한다. 그렇다고 흐느껴 울지는 않는다. 그는 칠리와 함께 있던 그 일요일 오후를, 그 종소리를 생각한다, 그 종소리, 그리고 나는 이곳에 다시 왔다, 무언가가 나를 기다리고 있다, 그리고 나는 무언가 해야 한다, 무슨 일인가 일어날 것 같다. 그것을 프란츠는 분명하게 알고 있다, 그리고 그는 꼼짝도 않고 그들이 차에서 실어 나르는 대로 가만둔다.

나는 무슨 일인가 해야 한다, 무슨 일인가 일어날 것 같다, 나는 여기서 꼼짝도 않겠다, 나는 프란츠 비버코프다. 그렇게 해서 그들은 그를 집으로, 대리인을 자처하는 헤르베르트 비쇼의 집으로 옮긴다. 그때 그는 차에서 굴러떨어졌을 때 느꼈던 것과 똑같은 이상야릇한 안도감을 느낀다.

도살장에 공급되는 가축 수: 돼지 1만 1543마리, 소 2016마리, 송아지 920마리, 숫양 1만 4450마리. 한 번의 내리침, 얍,

녀석들은 축 늘어진다.

돼지, 소, 송아지, 이것들은 도살된다. 이런 것에 신경 쓸 이유는 없다. 우리는 어디에 있는가? 우리는?

에바는 프란츠의 침대 옆에 앉아 있다, 비쇼는 다시 오고 또 와서 묻는다. 누가 그랬나, 이보게, 어쩌다 그런 일을 당했나. 프란츠는 요지부동이다. 그는 자기 주변에 쇠로 된 상자를 지어 놓고 그 안에 들어가 앉아 남의 접근을 금하고 있다.

에바, 헤르베르트 그리고 그의 친구인 에밀이 함께 앉아 있다. 프란츠가 그날 밤 차에 치여 가지고 돌아온 뒤로 그들에게 이 사나이는 마치 안개에 싸여 있는 것 같다. 이 친구는 우연히 자동차에 치인 것 같지는 않다, 분명히 무슨 사연이 있을 것이다, 밤 10시나 된 시각에 뭣하러 베를린 북쪽 변두리를 얼쩡거린단 말인가, 그 위쪽 변두리에서 사람도 잘 다니지 않는 밤 10시에 신문을 팔았을 리는 만무하다. 헤르베르트는 다음같이 자신의 의견을 끝까지 고집한다. 프란츠가 뭔가 한탕 일을 꾸몄는데, 그 일을 하다가 이 꼴을 당한 것이다, 그는 종이 나부랭이 장사가 별로 탐탁지 않아 창피하게 생각하고 있는 것이다, 그 밖에도 그가 밝히고 싶지 않은 다른 이유들이 있을 것이다. 에바도 그의 의견에 동감한다, 그가 한탕 하려 했던 것 같다, 그런데 어쩌다 저런 꼴을 당했을까, 이제 병신이 되었으니. 어쨌든 우리 그 이유를 알아내기로 하자.

그 이유가 밝혀지게 된 것은, 프란츠가 에바에게 자신의 마지막 주소를 건네주며 자기 물건을 찾아오되 아무한테도 행선지를 알려 주지 말라고 부탁하면서부터이다. 헤르베르트와 에밀은 이런 일을 처리하는 데는 전문가이다. 셋집 여주인은 그의 짐을 내놓지 않으려 하다가 5마르크를 건네자 말을 듣는다. 그러더니 그녀는 금방 볼멘소리로 지껄이기 시작한다. 자꾸만 사람들이 이틀이 멀다 하고 찾아와서 프란츠에 대해 물어요. 왜요, 누가요. 글쎄, 그 품스하고 라인홀트라는 사람, 뭐 이런 사람들이에요. 그래 역시 품스군. 그들은 이제 저간의 사정을 알게 된다. 품스 패거리들이야. 에바는 흥분하고, 비쇼 역시 분노한다. 다시 그런 짓을 해도 품스하고는 안 돼. 그러게 말이야, 나중에 한다면 우리가 함께 해 주지. 그런 녀석과 손을 잡으니 불구에다 반송장이 되지, 안 그랬으면 이 친구를 다르게 대해 줄 텐데.

헤르베르트 비쇼가 프란츠에게 들어간 비용을 정산하려 하자, 에바는 자기도 함께 내겠다고 우겼다. 에밀 역시 함께 내기로 했다. 그 일로 그들은 1000마르크가 넘는 돈을 썼다.

"자, 프란츠." 헤르베르트가 말을 꺼낸다. "이젠 많이 좋아진 것 같아. 이젠 일어날 수 있겠어. 그런데 앞으로는 어떻게 할 생각이야? 어떻게 생각 좀 해 봤어?" 프란츠는 수염이 까칠까칠한 얼굴을 돌려 그를 바라본다. "내 발로 설 수 있을 때까지만 나를 그냥 두게." "그게 아니라, 우리는 자네를 채근하는 게 아니야, 그렇게 생각하면 안 돼. 난 자네를 언제까지나 잘 대해 주려고 생각하고 있어. 그런데 왜 그동안 우리한테 안 온 거야? 테겔에서 나온 지가 벌써 일 년이나 됐는데." "아직 그렇게까지는 안 됐어." "그러면 반년은 됐겠지. 우리가 보고 싶지 않았어, 응?"

건물들, 미끄러져 떨어질 것 같은 지붕들, 높은 벽들로 둘러

싸인 컴컴한 안마당, 외치는 소리 우레처럼 힘차게 울리나니, 유비발레랄레라, 모든 것은 그렇게 시작되었다.

프란츠는 등을 대고 누워 천장을 바라본다. "나는 신문팔이를 했어. 이런 나한테 도대체 뭘 어쩌겠다는 건가."

에밀이 그 말에 끼어들어 소리친다. "이봐, 자넨 신문팔이를 한 게 아니야." 이런 사기꾼. 에바가 그를 달래려 애쓴다. 프란츠는 뭔가 있음을 알아챈다, 이 친구들이 뭔가 알고 있어, 그런데 뭘 아는 거지. "나는 신문을 팔았다고. 메크에게 한번 물어봐." 비쇼: "메크가 무슨 말을 할지는 안 봐도 뻔해. 자넨 신문을 팔았고, 품스 패거리는 과일을 팔았지, 그것도 아주 조금만 말이야. 넙치도 팔았어. 그건 자네도 잘 알 거야." "난 신문을 팔았다고. 그걸로 돈을 벌었어. 가서 칠리한테 물어봐, 내가 뭘 했는지, 그 여자는 나하고 하루 종일 같이 있었으니까." "하루 종일 일해서 2마르크? 아니 3마르크?" "아니야, 그것보다야 많아, 어쨌든 내가 지내기에는 충분했어, 헤르베르트."

다른 사람들은 미심쩍어한다. 에바는 프란츠 곁에 가서 앉는다. "말해 봐요, 프란츠, 당신은 아무튼 품스라는 인간을 알고 있었죠?" "그래." 프란츠는 더 이상 생각하지 않는다, 이 친구들이 내게 꼬치꼬치 캐묻는군, 프란츠는 기억을 한다, 프란츠는 살아 있다. "그래서요?" 에바는 그를 어루만진다. "품스와 뭘 어떻게 했는지 말해 줘요." 그때 그녀 옆에 있던 헤르베르트가 버럭 소리친다. "이봐, 차분하게 말해 봐. 자네가 품스하고 무슨 일을 했는지는 나도 다 알고 있어. 그날 밤에 자네들이 어디 있었는지도. 자넨 내가 그걸 모르는 줄 아나 본데. 그래, 자네도 그들과 함께한 거야. 물론 그건 나하고는 상관없는 일이야. 그건 자네가 알아서 할 일이니까. 자넨 그 녀석들과 어울리느라, 그 멍청한 두목 녀석과 지내느라, 우리한테는 얼굴도 안 비친 거지." 에밀이 큰소리로 말한다. "보라구. 우리가 아무리 좋은 사람들이라 해도 말이야, 만약……." 헤르베르트가 그에게 신호를 보낸다. 프란츠가 울고 있다. 병원에서 그랬던 것처럼 그렇게 심각하지는 않지만 그래도 끔찍하게 운다. 그는 흐느끼며 울다가 고개를 가로젓는다. 그는 머리를 한 방 얻어맞은 뒤 발길질에 가슴을 채이면서 뒤따라오던 차를 향해 내동댕이쳐졌다. 그 차는 그를 치었다. 한쪽 팔이 절단되어 이제그는 불구가 됐다. 두 사내는 밖으로 나간다. 그는 계속해서흐느낀다. 에바는 손수건으로 그의 얼굴을 닦고 또 닦아 준다. 이제 프란츠는 가만히 누워 있다, 눈까지 감고서. 그녀는 그를바라보고는 이젠 잠든 것으로 생각한다. 그때 그는 눈을 뜨더니 말똥말똥한 눈으로 말한다. "가서 헤르베르트와 에밀 좀 오라고 해."

그들은 고개를 푹 숙인 채 들어온다. 그러자 프란츠가 묻는다. "자네들 품스에 대해 뭘 아는가? 그자에 대해 뭘 아느냐고?" 세 사람은 무슨 말인지 몰라 서로 눈만 멀뚱멀뚱 바라본다. 에바가 그의 팔을 톡톡 두드린다. "아니, 프란츠, 그 사람이야 당신도 잘 알잖아요." "내가 알고 싶은 것은 자네들이 그자에 대해 무엇을 알고 있느냐는 거야." 에밀 : "아주 교활한 사기꾼이라는 것과 존넨부르크*에서 만 오 년을 보냈다는 거지. 종신형인가 십오 년형을 선고받았다고 하던데. 그리고 수레를 끌

---

* 베를린에 있는 교도소.

고 다니며 과일 장사를 한다는 거." 프란츠 : "그놈은 과일로 먹고사는 게 아니야." "맞아, 고기도 먹겠지, 그것도 아주 많이." 헤르베르트 : "이보게, 프란츠, 자네도 그렇게 멍청하지 않으니 그 인간을 보면, 자네도 이미 잘 알듯이, 어떤 인간인지 금방 알 것 아닌가." 프란츠 : "나는 그 치가 과일을 팔아서 먹고사는 걸로 생각했지." "거 참, 그래서 일요일에 그놈하고 함께 갔구먼." "우리는 시장에 댈 과일을 가지러 간 거였어." 프란츠는 차분하게 누워 있다. 헤르베르트는 그의 표정을 보려고 그에게 몸을 구부린다. "그래서 그 말을 믿었다는 거야?"

프란츠는 다시 흐느낀다, 이번엔 입을 꽉 다물고 소리 없이 운다. 그는 계단을 걸어 내려갔다, 어떤 남자가 수첩을 뒤적거리고 있었다, 그 뒤 그는 품스의 집에 갔고, 품스의 부인은 칠리에게 그의 쪽지를 전해 주기로 되어 있었다. "물론 난 그들을 믿었어. 그러다가 녀석들이 나를 망이나 보도록 데려갔다는 것을 알아챈 거야."

세 사람은 서로의 얼굴을 쳐다본다. 프란츠가 하는 말은 진실이다, 그러나 믿기지가 않는다. 에바는 그의 팔을 어루만졌다. "그다음엔 무슨 일이 있었어요?" 프란츠는 이미 입을 열었으므로, 이제 말한다, 이제는 입 밖으로 나올 것 같다, 곧 말할 것 같다. 그리고 그는 말한다. "그래서 나는 그 일이 하기 싫었지, 그러자 녀석들은 나를 차 문밖으로 내동댕이친 거야, 차가 한 대 쫓아오고 있었거든."

쉿, 더 이상 말하지 마, 그렇게 해서 나는 차에 치였어, 하마터면 목숨을 잃을 뻔했어, 녀석들은 나를 죽이려 했거든. 그는 이제 흐느끼지 않는다, 그는 이를 악물고 다리를 쭉 뻗고 자제를 하고 있다.

세 사람은 그의 말에 귀를 기울이고 있다. 이제 그는 말했다. 그것은 거짓 하나 없는 진실이다. 세 사람 모두 듣는 순간 그 말이 진실임을 느낀다. 그는 낫질하는 자, 그의 이름은 죽음, 위대한 하느님으로부터 힘을 물려받았다.

헤르베르트가 다시 묻는다. "한 가지만 더 말해 줘, 프란츠, 우린 곧 나갈 테니, 자넨 신문팔이를 하려고 우리를 찾지 않은 건가?"

그는 말할 수는 없지만 속으로 생각한다. 그래, 나는 반듯하게 살고 싶었어. 나는 끝까지 반듯하게 처신했어. 그러니 내가 자네들을 찾지 않았다고 해서 언짢게 생각할 것은 없어. 너희들은 언제나 내 친구들이고, 나는 여태껏 너희를 한시라도 배반한 적이 없어. 그는 말없이 누워 있고, 그들은 밖으로 나간다.

프란츠가 다시 수면제를 먹고 잠이 들자, 그들은 아래층의 술집에 앉아 있다, 아무도 입을 열지 않는다. 그들은 서로 얼굴을 바라보지 않는다. 에바는 떨고만 있을 뿐이다. 그녀는 프란츠를 마음에 두고 있던 여자다, 그 무렵 프란츠는 이다와 사귀면서 이다가 이미 브레슬라우 출신의 남자에게 마음이 가 버렸는데도 단념을 하지 못하고 있었다. 그녀는 지금 헤르베르트와 사이좋게 잘 지내고 있으며, 원하는 것이 있으면 그에게서 뭐든지 다 받을 수 있다. 그러나 그녀는 아직도 프란츠에게 미련이 남아 있다.

비쇼는 따끈한 그로크 주를 주문한다. 세 사람은 그것을 금세 다 마셔 버린다. 비쇼는 술을 새로 주문한다. 그들의 목구멍은 아직 굳어 있다. 에바는 손발이 얼음장 같다, 그녀는 매 순간 뒤통수와 목덜미가 으스스하게 느껴진다, 허벅지까지도 차갑게 식어 그녀는 허벅다리를 포갠다. 에밀은 머리를 두 팔로 받치고서 입을 우물대며 혀를 차기도 하고 침을 삼켰다가 퉤 하고 바닥에 뱉는다. 젊은 헤르베르트 비쇼는 말을 타고 있는 것처럼 의자에 꼿꼿하게 앉아 있다. 마치 부대 앞에 서 있는 소대장 같은 모습이다, 얼굴에 미동도 없다. 그들 모두 이곳 술집에 앉아 있는 것이 아니다, 그들은 자신들의 살갗을 쓰고 있는 것 같지 않다, 에바는 에바가 아니고, 비쇼는 비쇼가 아니고, 에밀은 에밀이 아니다. 그들을 둘러싸고 있던 벽이 허물어지며 다른 공기가, 다른 어둠이 흘러 들어온 것 같다. 그들은 여전히 프란츠의 침대 곁에 앉아 있다. 전율이 그들에게서 프란츠의 침대로 흘러간다.

그는 낫질하는 자, 그의 이름은 죽음, 위대한 하느님으로부터 힘을 물려받았다. 오늘은 숫돌에 낫을 가는구나, 그러면 낫이 더 잘 들지.

헤르베르트는 탁자 쪽으로 몸을 돌리고 쉰 목소리로 묻는다. "대체 그게 누구였을까?" 에밀: "누구라니?" 헤르베르트: "그를 차 밖으로 내동댕이친 녀석이 누구냐고." 에바: "한 가지만 약속해 줘요, 헤르베르트, 그놈을 잡기만 하면." "그까짓 말이 필요 없어. 그딴 게 다 세상에 날뛰니, 원. 하지만 조금만 기다려 줘." 에밀: "이봐 헤르베르트, 어떻게든 아이디어 좀 내봐 봐."

그런 말은 들어서도 안 되고, 그런 생각은 해서도 안 된다. 에바의 무릎이 떤다, 그녀는 애걸한다. "헤르베르트, 어떻게 좀 손을 써 봐요, 아니면 에밀이." 아, 이런 분위기에서 벗어나고 싶구나! 그는 낫질하는 자, 그의 이름은 죽음. 헤르베르트는 결론적으로 말한다. "상황이 어떤지를 모르니 뭘 어떻게 하겠어. 일단 구체적인 상황 판단부터 해야지. 경우에 따라서는 품스 패거리를 몽땅 다 적발토록 해야 할지도 몰라." 에바 : "그러면 프란츠도 그들과 함께 적발되게?" "최악의 경우 그렇다는 거야. 프란츠는 그들과 함께한 게 아니야, 실제로는 하지 않았으니까, 그것은 장님이라도 알아, 어떤 재판관이라도 그의 말을 믿어 줄 거야. 증거도 있어, 녀석들이 그를 뒤따르는 차를 향해 내동댕이쳤잖아. 만약 그가 안 그랬으면 녀석들은 그렇게 하지 않았을 거야." 그는 움찔한다, 개 같은 자식들. 생각만 해도. 에바 : "그게 누구의 소행인지 어쩌면 그가 내게 들려줄지도 몰라요."

그러나 나무토막처럼 누워 있을 뿐 아무것도 입 밖에 내지 않는 자, 그게 누구인가, 그것은 바로 프란츠이다. 나 좀 내버려둬, 나 좀 내버려 두라고. 한쪽 팔이 없어졌어, 그것은 다시 돋아나지 않는다. 놈들은 나를 차 밖으로 내동댕이쳤다, 그래도 머리는 남겨 두었다. 우리는 앞으로 나아가야 한다, 우리는 극복해야 한다. 진흙탕에 빠진 수레를 끌어내야 한다. 그러기 위해서는 우선 기어 다니기라도 해야 한다.

며칠 동안 날도 따뜻하고, 그는 놀랄 정도로 아주 빠르게 기운을 차린다. 아직 자리에서 일어나면 안 된다는 의사의 말에도 그는 벌써 자리에서 일어나 움직이고 아무 문제도 없다. 늘 자금 사정이 넉넉한 헤르베르트와 에밀은 그가 원하는 것이나 의사 선생이 꼭 해야 한다고 하는 것은 그에게 얼마든지 제공한다. 프란츠는 어서 일어나 걷고 싶은 생각에 그들이 가져다 주는 것은 무엇이든 먹고 마신다, 그리고 그들이 돈을 어디서 구하는지에 대해서는 묻지 않는다.

그사이 그와 다른 세 사람 사이에는 이런저런 대화가 오간다, 물론 그렇게 중요한 것들은 아니다, 그들은 그가 있는 앞에서는 품스 이야기를 꺼내지 않는다. 그들은 테겔 이야기를 하고 특히 이다 이야기를 많이 한다. 그들은 그 여자에 대해 좋은 사람이었다고 하면서도 그토록 젊은 나이에 좋지 않게 인생의 종말을 맞은 것에 대해 유감스럽게 생각한다. 그러나 에바는 그녀가 내리막길에 있었다고 말한다. 그들 사이에서는 모든 것이 테겔 이전의 시절과 같다, 그리고 그사이에 건물들이 흔들리고 지붕들이 미끄러져 흘러내리려 한 것에 대해서는 아무도 알지 못하고 이야기도 하지 않는다, 그리고 프란츠는 안마당에서 노래를 불렀으며 맹세를 하기도 했다, 프란츠 비버코프라는 이름을 걸고 반듯하게 살겠다고 그리고 옛 시절은 이미 끝났고 지나 버린 거라고.

프란츠는 그들 곁에 가만히 누워 있거나 앉아 있다. 전에 알고 지냈던 이런저런 사람들도 여자 친구나 마누라를 데리고 찾아온다. 그들은 별 이야기를 하지 않고 그냥 프란츠가 테겔에서 막 석방되어 나왔다가 사고를 당한 것처럼 프란츠와 이야기를 나눈다. 어디서, 어떻게 하다가 그렇게 되었는지는 아무도 묻지 않는다. 그들은 업무상 사고라는 것이 무엇인지 잘 알고 충분히 상상도 할 수 있다. 궁지에 몰리는 순간, 총을 맞거나 다리가 부러지는 거지. 그래, 이것이 존넨부르크 형무소에서 묽은 수프나 먹거나 폐병에 걸려 꼴까닥 죽는 것보다는 백 배 낫다. 이것은 너무나 명백하다.

한편, 품스 패거리도 프란츠가 어디 있는지 냄새를 맡았다. 대체 누가 프란츠의 짐을 찾아갔을까? 그것을 그들은 금방 확인했다. 그것은 그들이 아는 자가 아닌가. 비쇼가 눈치도 채기 전에 그들은 프란츠가 그의 집에 누워 있다는 것을 알아낸다, 그는 프란츠의 오랜 친구가 아니던가, 게다가 프란츠는 그 일을 당하고도 팔 하나만 잃었을 뿐이다, 지독히도 운 좋은 녀석, 그래, 그렇군, 녀석은 그래 아직 살아 있다, 그러니 녀석이 우리를 밀고하지 않으라는 법 있는가. 사실 그들은, 멍청한 짓을 저질러 프란츠 비버코프 같은 인간 때문에 골칫거리를 만들었다며 라인홀트에게 대들고 싶었다. 그러나 라인홀트에게 대든다는 것은 예전에도 그랬지만 지금은 더욱 힘든 일이다, 나이를 먹은 품스조차도 녀석을 건드리지 못한다. 그 젊은 녀석이 한 번 째려보기만 해도 상대는 완전히 주눅이 든다, 누런 얼굴과 이마의 깊은 주름. 녀석은 건강이 좋지 못하다, 오십을 넘기지도 못할 것 같다, 그러나 몸에 어딘가 이상이 있는 녀석들이야말로 이 세상에서 가장 위험한 것들이다. 그런 녀석들은 차가운 미소를 흘리며 주머니에 손을 넣어 한 방 쾅 하며 방아쇠를 당길 가능성이 농후하다.

프란츠에 얽힌 일과 녀석이 아직 살아 있다는 사실은 위험성을 품고 있다. 오직 라인홀트만은 고개를 가로저으며 이렇게 말한다. 흥분할 것 없어, 숨어 있는 데도 한도가 있으니 언젠가 나타날 거다. 녀석은 한쪽 팔 없어진 걸로 만족 못하여 필시 모습을 드러낼 거야. 자, 그러면 어떻게 해 주면 될까? 이번엔 머리를 날려 주지.

그들은 프란츠를 두려워할 필요가 없다. 한번은 에바와 에밀이 함께 합세하여 프란츠에게, 사건이 일어난 곳이 어디며 누가 그런 짓을 했는지 그리고 혼자 힘으로 녀석에게 대항하기 힘들면 베를린에는 얼마든지 도와줄 사람이 있으니 도움을 청하면 된다고 설득하며 채근해 보았다. 그러나 사람들이 캐물으려 할수록 프란츠는 입을 꽉 다물어 버린다. 손사래를 치며 제발 그만, 그만하라고 말한다. 순간 그는 얼굴이 창백해지면서 이제 다시는 눈물을 흘리지 않지만 거칠게 숨을 몰아쉬며 이렇게 말한다. 그런 얘기는 해 봤자 다 소용없어, 뭣하러 그래, 그런다고 없어진 팔이 다시 돋아나는 것도 아니고, 할 수만 있다면 난 베를린에서 사라지고 싶어, 하지만 이런 불구의 몸으로 뭘 하겠어? 에바: "그 때문이 아니에요, 프란츠, 당신은 불구자가 아니에요, 그들이 한 짓을 그냥 놔둘 수는 없어요, 차에서 내동댕이치다니." "그래 봤자 이 팔은 다시 돋아나지 않아." "그래도 녀석들도 값을 치러야죠." "뭐라고?"

에밀이 한마디 거든다. "녀석의 골통을 박살 내거나 아니면 녀석이 조직에 들어 있으면 그 조직원들이 값을 치러야 해. 우리가 그 조직과 담판을 지을게. 다른 조직원들이 그 녀석을 위해 나서거나, 안 그러면 품스와 조직원들이 녀석을 내쫓겠지, 녀석들 다시 접선을 하다간 크게 혼쭐이 날 줄 알아. 자네 팔은 어떤 식으로든 보상을 받아야 해. 게다가 오른팔이야. 녀석들은 자네한테 연금으로 빚을 갚아야 한다고." 프란츠는 고개를 가로젓는다. "도대체 왜 고개를 가로젓는 거야. 우리는 자네를 이 지경으로 만든 녀석의 해골을 박살내 버릴 거야, 그건

범죄야, 고발할 상황이 안 되면 우리가 직접 손을 보지." 에바
: "프란츠는 어떤 조직에도 가입한 적 없어요, 에밀. 당신도 들
었겠지만, 이 사람은 그런 일을 같이할 생각이 없었어요, 그래
서 녀석들이 그런 짓을 한 거잖아요." "그건 이 친구의 당연한
권리야, 때문에 그는 그곳에 가야 할 의무가 없는 거야. 언제부
터 이 사회에서 누가 누구에게 무엇을 억지로 강요했지? 우리
는 야만족이 아니잖아. 그런 인간들이라면 차라리 인디언들하
고나 살라고 해."

프란츠는 고개를 가로젓는다. "자네들이 나를 위해 지불한
돈은 한 푼도 빼놓지 않고 다 돌려주겠네." "그런 것은 원하지
않아. 그럴 필요도 없고. 우리는 그 돈 없이도 얼마든지 잘살
수 있거든. 하지만 이번 일 같은 경우는 바로잡아야 한다고,
젠장. 그런 일을 그냥 묵과하고 넘어갈 수는 없는 일이야."

에바 역시 단호하다. "그래요, 프란츠, 그냥 가만둘 수는 없
어요, 그놈들은 당신의 신경까지 망가뜨려 놓았어요, 그래서
당신은 당신 생각을 말하지 못하는 거예요. 하지만 우리를 믿
으면 돼요, 품스는 우리 신경까지 망가뜨리지는 못했으니까요.
헤르베르트가 하는 말을 따르세요. 베를린에 피바람이 불어
닥칠 거예요, 사람들이 놀라 자빠질 정도로." 에밀은 고개를
끄덕인다. "장담해."

프란츠는 정면을 쳐다보며 속으로 생각한다. 이 친구들 얘기
는 나와는 상관없는 일이야, 그리고 이 친구들이 무슨 짓을 하
든 그 역시 나와는 상관없어. 그렇게 한다고 해서 내 팔이 새
로 돋아나는 것도 아니고, 내 팔이 없어진 것은 부인할 수 없
는 사실이야. 잘라 낼 수밖에 없었으니까, 괜히 아우성쳐 봤자

소용없는 일이야. 그런다고 일이 다 끝나는 것도 아니고.

그리고 그는 그 모든 일이 어떻게 일어났는지에 대해 생각하고 또 생각한다. 그래, 라인홀트 녀석은 프란츠가 여자를 데려가지 않으니까 그에게 앙심을 품은 것이다, 그래서 녀석은 그를 차에서 내동댕이쳤고, 그 뒤로 그는 마그데부르크 병원 신세를 지게 된 거다. 그는 늘 반듯하게 살려고 했는데 결과는 이것뿐이다. 그리고 그는 침대에서 몸을 펴며 이불 위의 주먹을 불끈 쥔다. 그 대가가 겨우 이건가, 겨우 이건가. 자, 이제 지켜보기로 하자, 일이 어떻게 되어 가는지.

그렇게 해서 프란츠는 자기를 뒤따라오던 차 앞으로 어떻게 내동댕이쳤는지에 대해 발설하지 않는다. 그의 친구들은 조용하다. 그들은, 그가 언젠가는 얘기해 줄 것으로 생각한다.

프란츠는 케이오 안 당한다, 그들은 그를 케이오 못 시킨다

돈다발 속에서 헤엄을 치던 품스 패거리가 베를린에서 사라졌다. 놈들 중 두 녀석은 오라니엔부르크에 있는 자기 소유의 조그만 별장으로 떠나고, 품스는 천식 때문에 알트하이데 온천으로 가서, 엔진에 기름을 친다. 라인홀트는 술을 조금씩 즐겨 마신다, 매일 브랜디를 몇 모금씩 마신다, 이 사내는 술을 즐긴다, 이제 길이 들었다, 사람은 인생에서 무엇인가 즐길 줄 알아야 한다, 그는 그간 술을 마시지 않고 지낸 자신을 바보라고 생각한다, 커피와 레몬주스만 마시며 살다니, 그것은 거의 인생을 살아온 것이라 할 수 없다. 라인홀트는 아무도 모르게 수천 마르크의 돈을 비축해 놓은 것이 있다. 그 돈으로 뭔가 하고 싶지만 당장은 무엇을 할지 결정할 수가 없다. 다른 녀석들처럼 시골에 별장 같은 것을 구하기는 싫다. 그는 멋진 여자 하나를 구해 놓았다. 과거엔 꽤나 호사스러운 삶을 누리던 여자였다. 그녀를 위해서 그는 뉘른베르크 가에 있는 최고급 주택에 세를 든다. 이렇게 해 놓으면 허세를 떨며 살고 싶거나 아니면 분위기가 심상치 않을 때 이곳에 숨어 있을 수 있다. 이렇게 모든 일이 거칠 것이 없다. 서부 지역에 궁전 같은 집이 있고 그에 곁들여서 이삼 주마다 여자를 바꾸어 들여놓는 옛 셋집도 물론 그대로 유지하고 있다. 이 친구는 그 노릇을 하지 않고는 살 수가 없다.

5월 말에 품스 패거리들 중 두세 명은 다시 베를린에서 만나 예의 프란츠 비버코프 얘기로 열을 올린다. 그들은 그자로 인해 조직 사이에 말이 많다는 말을 들었다. 헤르베르트 비쇼가 우리와 다른 조직원들 사이를 이간질하고 있다, 이를테면 우리는 돼지 같은 놈들이고, 비버코프는 사실 우리와 함께 일할 생각이 없었으며, 그래서 우리가 폭력을 사용했고, 나중에 가서는 심지어 우리가 그를 차에서 밀어내 버렸다고 하며. 그래서 우리는 조직원들에게 이렇게 알렸다. 녀석이 우리를 밀고하려 했으며, 폭력 사용은 있지도 않았고, 아무도 녀석에게 손을 대지 않았다, 그러나 나중에 가서 그런 소문이 퍼지는 것은 우리로서는 어쩔 수 없는 일이다. 그들은 그렇게 앉아 고개를 가로젓는다, 그들 중 어느 누구도 조직과 사이가 나빠지는 것을 원치 않는다. 그랬다가는 양손이 묶인 채로 거리에 버려질 테니까. 그래서 이들은 다음 같은 제안을 한다. 우리는 호의를 표시해야 한다, 녀석이 결국에는 바른 인간임을 보여 주었으니까 모금을 해야 한다, 녀석이 완쾌하도록 도와주어야 한다, 병원 비용도 부담해야 한다. 인색하게 굴지 말아야 한다.

라인홀트는 완강하다. 그런 자식은 때려죽여 버려야 한다며. 다른 패거리도 그 생각에는 반대하지 않는다, 원칙적으로는 반대하지 않는다, 그러나 그 같은 일을 하겠다고 나서는 자가 없다, 결국 그 불쌍한 녀석이 외팔이 꼴을 해 가지고 다녀도 무슨 일이 있겠느냐는 결론에 이른다. 혹시라도 녀석을 잘못 건드렸다가 일이 어떻게 전개될지 모른다, 녀석은 억세게 운이 좋은 놈이다. 자, 그렇게 해서 그들은 돈을 모은다, 이삼백 마르크 정도, 라인홀트만은 단 한 푼도 안 낸다, 그들 중 하나가 비버코프를 찾아가기로 한다, 헤르베르트 비쇼가 자리를 비우고 없을 때 말이다.

프란츠는 느긋하게 《모텐포스트》를 읽고 나서 그다음엔 《그뤼네포스트》를 읽는다, 그는 이 신문이 가장 마음에 든다, 정치 관련 기사가 전혀 안 실리기 때문이다. 그는 1927년 11월 27일이라는 숫자를 찬찬히 뜯어본다, 오래전의 날짜군, 크리스마스 한참 전이니까, 그땐 폴란드 여자 리나가 있었지, 그녀는 어떻게 되었을까? 신문에는 전 황제의 처남이 결혼한다는 기사가 실려 있다, 왕녀는 예순한 살이고, 젊은 그 친구는 스물일곱이다, 그녀 쪽에서 적지 않은 비용을 부담해야 한다, 그가 왕자가 되는 게 아니니까. 수사관용 방탄조끼, 그딴 걸 누가 믿나.*

갑자기 밖에서 에바가 누군가와 티격태격하는 소리가 난다,

---

* 《그뤼네포스트》에 실린 사진 표제.

저게 누군가, 그래 저 목소리, 내가 아는 목소리다. 그녀는 그 사나이를 안으로 들여보내려 하지 않는다, 어디 직접 한번 봐야겠다. 그러면서 프란츠는 문을 연다, 《그뤼네포스트》를 손에 들고서. 저건 슈라이버다, 품스 밑에서 함께 일하던 녀석이다.

그런데 무슨 일이지? 에바는 방 쪽을 향해 소리를 지른다. "이 사람이 무조건 방으로 올라가려 해요, 헤르베르트가 집에 없다는 걸 알고서 그러는 거예요." "무슨 일이야, 슈라이버, 무슨 용무로 왔냐고?" "에바한테 다 얘기했어. 왜 왔냐고? 자넨 이곳에 잡혀 있는 신세인가?" "아니야, 그건 아니지." 에바 : "댁은 프란츠가 혹시 밀고라도 할까 봐 겁을 먹고 있군요. 프란츠, 이 사람을 방에 들여놓지 말아요." 프란츠 : "대체 볼일이 뭔가, 슈라이버? 일단 들어와 봐, 에바, 그 친구를 그냥 들여보내."

그들은 프란츠의 방에 앉아 있다. 《그뤼네포스트》가 탁자 위에 놓여 있다, 전 황제의 처남이 결혼한다, 두 남자가 뒤에서 그의 머리 위로 왕관을 받쳐 들고 있다, 사자 사냥, 토끼 사냥, 진실을 존중하라. "너희들은 왜 나한테 돈을 주겠다는 거지? 나는 너희 일을 도와준 적도 없는데." "이봐, 자네가 망을 봤잖아." "말도 안 되는 소리, 나는 망을 선 적 없어, 나는 아무것도 몰랐다고, 너희가 나를 그냥 거기다 세워 둔 거지, 무슨 일을 해야 하는 건지 전혀 몰랐다고." 이 얼마나 기쁜 일인가, 거기서 빠져나왔으니, 다시는 컴컴한 안마당에 서 있지 않을 거다, 그곳에 다시 서지 않아도 된다는 것만으로도 오히려 내가 이 친구한테 몇 푼 주어야 할 것 같군. "관두라고, 다 쓸데없는 일이니까, 나한테 겁먹을 것도 없어, 앞으로 평생 너희 중 누구도 밀고하지 않을 테니까." 에바는 슈라이버를 향해 주먹을 흔들어 보인다. 아무리 그래도 또 다른 사람들이 당신들을 숨어서 살피고 있어요. 이봐요, 어쩌자고 여기까지 막무가내로 올라오는 거예요? 언젠가 헤르베르트에게 쓴맛을 보게 될 거요.

느닷없이 끔찍한 일이 벌어진다. 에바는 슈라이버가 바지 주머니에 손을 넣는 것을 보았다. 녀석은 돈을 꺼내서 그 돈으로 프란츠를 꼬셔 보려 한 것이다. 그러나 에바가 녀석의 행동을 오해했다. 그녀는 생각한다, 녀석이 권총을 꺼내 프란츠를 향해 쏘려 한다, 프란츠가 아무 말도 못하도록 완전히 제거할 속셈이다. 그녀는 어느새 의자에서 벌떡 일어난다, 얼굴이 백짓장처럼 하얗게 질려 끔찍하게 일그러진다, 그녀는 계속해서 죽어라 소리를 지르다 털썩 쓰러지더니 다시 일어난다. 프란츠는 깜짝 놀라 벌떡 일어난다, 슈라이버도 깜짝 놀라 벌떡 일어난다, 무슨 일이야, 왜 그러는 거야, 제기랄. 그녀는 재빨리 테이블을 돌아 프란츠에게로 달려간다, 이 일을 어쩐담, 저 녀석이 총을 쏘려고 그래, 그러면 죽음이야, 다 끝장이라고, 모든 것은 끝나는 거야, 살인자다, 세상의 종말이다, 나는 죽기 싫어, 내 머리가 잘려 나가는 것은 싫다고, 다 끝장이야.

그녀는 서 있다, 달리다, 쓰러지다, 프란츠 앞에 가서 선다, 하얗게 질려, 울부짖으며, 온몸을 부들부들 떨며. "어서 저 장식장 뒤로 숨어요, 살인자예요, 사람 살려요, 사람 살려요." 그녀는 눈을 화등잔만 하게 뜨고 울부짖는다. "살려 줘요." 두 사내는 얼음물을 뒤집어쓴 것처럼 뼛속까지 으스스하다. 프란츠는 대체 무슨 일인지 영문을 모른다, 다만 그녀의 움직임만을 쳐다볼 뿐이다, 그다음엔 또 뭘 할까? 그러다가 그는 상황을 이해한다, 슈라이버가 오른손을 바지 주머니에 넣고 있다. 프란츠는 비틀거린다. 안마당에 서서 망을 보던 때와 똑같다, 녀석들이 그 짓을 또 하려는가 보다. 그러나 그는 그 일을 하고 싶어 하지 않는다, 그래, 다시는 달려오는 차 밑으로 던져지기 싫은 것이다. 그는 신음 소리를 내며 에바에게서 도망친다. 바닥에는 《그뤼네포스트》가 떨어져 있다, 그 불가리아 남자는 왕녀와 결혼한다. 어떻게든 해야 해, 먼저 의자를 잡아야 해. 그는 크게 신음한다. 그는 슈라이버만 쳐다보고 의자를 보지 못해 의자를 넘어뜨린다. 당장 의자를 거머쥐고 녀석에게 달려들어야 해. 우선은 말이야 ─ 마그데부르크로 달리는 자동차 속, 그들은 병원의 비상벨을 울린다, 에바는 계속해서 울부짖는다, 어서 빠져나가야 해, 돌진이다, 질식할 것 같은 공기, 뚫고 나가야 해. 그는 의자를 잡으려고 몸을 구부린다. 순간 슈라이버는 기겁을 하여 문 밖으로 달음질친다, 기겁을 하여, 여기 있는 인간들은 다 돌았어. 복도의 문들이 줄줄이 열린다.

아래층 술집에 있던 사람들은 비명 소리와 우당탕대는 소리를 들었다. 즉시 두 남자가 뛰어올라간다. 계단에서 그들은 그들 옆을 스쳐 지나가는 슈라이버와 마주친다. 그는 고개로 위쪽을 가리키며 큰 소리로 외치며 그들에게 손짓한다. 어서 의사를 불러요, 뇌졸중이오. 그렇게 말하고는 도망친다, 교활한 개 같은 녀석.

위층 방에는 프란츠가 의식을 잃고 의자 옆에 누워 있다. 에바는 좀 떨어진 곳에 있는 창문과 장식장 사이에 쭈그리고 앉아 마치 유령이라도 본 것처럼 비명을 지르고 있다. 그들은 프란츠를 조심스레 침대에 눕힌다. 술집 여주인은 에바의 상태에 대해 이미 잘 알고 있다. 그녀는 에바의 머리에 물을 끼얹는다. 그러자 에바는 나지막하게 말한다. "빵 좀 줘." 남자들은 웃는다. "빵을 달래." 여주인은 그녀의 어깨를 안아 올리고, 그들은 그녀를 의자에 앉힌다. "발작을 할 때마다 그래요. 그렇지만 뇌졸중은 아니에요. 환자를 돌보느라 신경을 너무 많이 쓰고 애를 먹어서 그래요. 저 사람도 쓰러졌군요. 저 사람은 왜 일어나려 한 거죠. 저 사람은 자꾸만 일어나려 해요, 그래서 그녀가 신경이 곤두서는 거예요." "그런데 왜 아까 그 남자는 뇌졸중이라고 그랬죠?" "누가요?" "방금 계단에서 마주친 그 사람 말이오." "멍청한 사람이라 그랬나 보죠. 나는 에바를 잘 알아요, 안 지 벌써 오 년이나 됐어요. 그녀 어머니도 그런 증상이 있어요. 울부짖고 비명을 질러 대면 물을 끼얹는 수밖에 없어요."

저녁 때 집으로 돌아온 헤르베르트는 에바에게 만일의 사태를 대비해 권총을 건네준다, 상대편이 쏠 때까지 기다리면 안 돼, 그땐 이미 늦거든. 그는 당장 나가서 슈라이버의 소재를 수소문한다, 물론 찾을 수 없다. 품스 패거리는 모두 휴가 중이고, 어느 누구도 이 일에 연루되려 하지 않는다. 슈라이버는 물론 종적을 감춘다. 그는 프란츠에게 건네줄 돈을 슬쩍 챙겨서 오라니엔부르크에 있는 별장으로 도망쳤다. 녀석은 라인홀트까지도 속여 넘겼다. 비버코프가 돈을 받지 않아서 말이 통하는 에바에게 돈을 슬쩍 건네주었어, 그 여자가 다 알아서 할 거야. 자, 이걸로 상황 끝.

이 모든 일에도 불구하고 베를린에는 6월이 찾아왔다. 날씨는 따뜻하고 비가 자주 내린다. 세상에는 온갖 사건들이 생긴다. 노빌레 장군이 탄 비행선 이탈리아는 추락하여 추락 지점인 슈피츠베르겐의 북동쪽에서 무선 연락을 보낸다, 그러나 그곳은 접근이 힘든 곳이다. 다른 비행기는 이보다 운이 좋았다, 그 비행기는 샌프란시스코에서 오스트레일리아까지 논스톱으로 일흔일곱 시간을 날아 안전하게 착륙했다. 이어서 스페인의 왕은 독재자 프리모와 싸우고 있는 중이다, 자, 우리는 이 일이 잘 해결되기를 바란다. 첫눈에 가슴 뭉클해지는 소식 하나, 바덴과 스웨덴 사이의 약혼이다, 성냥갑의 나라에서 온 공주가 바덴의 왕자에게 불이 붙었다. 바덴과 스웨덴의 거리가 얼마나 먼지를 생각해 보면 그런 거리를 넘어 그렇게 사랑의 불이 붙는 것이 놀라울 따름이다. 네, 네, 나는 정말 여자에게 약하답니다, 여자들은 나의 가장 민감한 곳을 건드리니까요. 나는 첫 여인과 키스를 하며 두 번째 여인을 생각하고 남몰래 세 번째 여인을 훔쳐보지요. 네, 네, 나는 여자들에게 약하답니다. 어찌해야 되나요, 나 어쩔 수가 없습니다, 언젠가 내가 여자들로 인해 파산하게 되면 나는 내 가슴의 문에다 '매진'이라고 써 놓을 겁니다.[*]

이에 대해 찰리 앰버그는 이렇게 덧붙인다. 나는 내 속눈썹을 한 개 뽑아 그걸로 당신을 찔러 죽일 거예요. 그런 다음 립스틱으로 당신을 온통 빨갛게 칠하겠어요. 그래도 당신이 여전히 화를 낸다면 마지막 남은 방법은 한 가지. 나는 계란 프라이를 주문하고 당신에게 시금치를 뿌릴 거예요, 당신, 당신, 당신, 당신, 나는 계란 프라이를 주문하고 당신에게 시금치를 뿌

---

[*] 1928년 6월 12일에 베를린에서 개봉한 한스 알버스 주연의 영화 주제가.

릴 거예요.*

날씨는 여전히 따뜻하고 비가 자주 오고, 낮에는 22도까지 올라간다. 이런 날씨에 베를린에서는 여자 살인범 루토프스키가 법정에 나와 자신의 결백을 주장한다. 이것과 관련해서 다음의 의문이 등장한다. 피살당한 엘제 아른트는 어느 사범학교 교육 위원회 위원의 집 나간 부인인가? 그 위원이 피살된 엘제 아른트가 자신의 부인일지도 모른다는, 아니, 그러기를 바란다는 편지를 보냈기 때문이다. 긍정적인 답변을 준다면, 법정에서 중요한 진술을 할 용의가 있다는 것이다. 곧 명확해질 분위기라네, 곧 명확해질 분위기라네, 그럴 분위기라네, 그럴 분위기라네, 분위기가. 바보 같은 일이 벌어질 듯한 분위기라네, 최면에 걸릴 것 같은 분위기라네, 그럴 분위기라네, 그럴 분위기라네, 그런 분위기를 벗어날 수 없네.**

한편, 내주 월요일에는 시내 전차가 개통된다. 국영 철도 관리국은 이것을 계기로 삼아 새롭게, 위험, 조심하세요, 주의하세요, 올라타지 마세요, 한 발 물러서세요, 처벌을 받습니다 등의 내용을 강조한다.

---

* 찰스 앰버그 작사, 프레드 레이몬드 작곡의 폭스트롯 후렴.
** 1928년 5월 15일 베를린에서 초연된 시사 풍자극의 주제가를 패러디한 것.

일어나라, 너 약한 영혼이여,
너의 두 다리로 서라

실신 중에는 살아 있는 몸이 죽음과 같은 상태에 이르는 경우가 있다. 프란츠 비버코프는 실신 상태에서 다시 침대에 눕혀진다, 그렇게 누운 채로 그는 따뜻한 며칠을 보내며 이런 생각을 한다. 나는 죽음에 임박해 있다, 그렇게 느껴진다, 이젠 완전 골로 가는 거다. 네가 지금 당장 무슨 조치를 취하지 않으면, 프란츠야, 뭔가 실제적인 조치를, 결정적 조치를, 단호한 조치를 취하지 않으면, 네가 몽둥이를, 칼을 움켜잡고 휘두르지 않으면, 어찌 되었든 간에 뛰쳐나가지 않으면, 프란츠야, 귀여운 프란츠야, 귀여운 비버코프야, 이 늙은 노예야, 그러면 너는 끝장이다, 예외 없이 끝장이다. 그러면 그린아이젠 장의사에 연락해서 절차를 밟아야 하리라.

그의 신음 소리, 싫다, 싫어, 나는 골로 가기 싫어. 그는 방 안을 둘러본다, 벽시계는 똑딱거리며 가고 있다, 나는 아직 살아 있다, 아직 나는 살아 있다, 녀석들은 내 목을 조르려고 해, 슈라이버 녀석은 내게 총을 쏠 뻔했지, 하지만 그렇게는 안 돼. 프란츠는 아직 남아 있는 한쪽 팔을 들어 올린다. 암, 그렇게는 안 되지.

그리고 이젠 진짜 불안이 그를 뒤쫓는다. 그냥 누워 있을 수 없다. 길거리에서 뒈지는 한이 있더라도 침대에서 벗어나야 한다, 침대에서 일어나야 한다. 헤르베르트 비쇼는 검은 머리의 에바와 함께 초포트*로 떠난다. 그녀에게는 증권업에 종사하는

---

* 단치히 만에 있는 해수욕장.

중년의 돈 많은 애인이 있다, 그녀는 그의 돈을 우려먹는다. 헤르베르트는 신분을 숨기고 그녀와 함께 간다, 그녀는 일도 잘한다, 그들은 매일 얼굴을 보고 다정하게 함께 산책도 하지만 잠은 따로 잔다. 이 아름다운 여름을 맞아 프란츠 비버코프는 다시 거리로 나간다, 그는 다시 완전히 혼자다, 외톨이 프란츠 비버코프는 비틀대면서도 제 발로 걸어간다. 자, 코브라를 보라, 지금 기어가고 있다, 달린다, 상처투성이 몸으로 달린다. 눈가에 검은 테가 생겼지만 예전의 그 코브라이다, 그 뚱뚱하던 짐승이 이젠 마르고 볼이 쏙 들어갔다.

이 늙은 청년에겐, 이제 방구석에서 돼지지 않으려고 몸을 질질 끌며 거리를 거닐고 있는 이 늙은 청년에겐, 막 죽음으로부터 도망치고 있는 이 늙은 청년에겐 몇 가지 것이 전보다 뚜렷해졌다. 인생이 그래도 가르쳐 준 것이 있다. 그는 지금 코를 쿵쿵대며 공기를 맡아 본다, 거리의 냄새를 맡아 본다, 그 거리가 아직 그의 것인지, 그를 받아들여 줄 의향이 있는지 알아보려고. 그는 광고탑을 보더니 그게 그의 인생에서 무슨 사건이라도 되는 듯 놀라운 표정으로 바라본다. 이보게, 젊은이, 네 몸으로는 그리 멀리 갈 수 없어, 넌 지금 뭔가 단단히 움켜잡고 세게 끌어안아야 해, 이젠 너한테 남아 있는 이빨이나 손가락에 온통 집중해야 해, 그렇게 해서 꼭 붙잡고 있어야 해, 내동댕이쳐지지 않으려면.

참으로 무서운 거야, 안 그래, 인생이란 말이야? 넌 헨쉬케의 술집에서 진작 알았지, 녀석들이 너를 너의 완장과 함께 내던지려 했을 때 말이야, 그 녀석은 네게 시비를 걸어 왔지. 네가 녀석에게 아무 짓도 안 했는데도 말이야. 그래서 나는 생각했지, 세상은 조용하고 질서가 있다, 그러나 뭔가 질서가 없는 것도 있다, 저편에 녀석들은 끔찍한 표정으로 서 있어. 그건 순간이더군, 세상을 훤히 꿰뚫어보게 된 게 말이야.

어서, 이리 와라, 네게 보여 줄 것이 있다. 그 큰 창녀, 창녀 바빌론이다, 저기 물가에 앉아 있구나. 새빨간 짐승 위에 올라탄 여인이 보이리라. 이 여인은 온갖 모독의 이름으로 얼룩졌고 짐승은 일곱 개의 머리와 열 개의 뿔이 달려 있다. 보라와 진홍의 옷을 입고 금과 보석과 진주로 치장하고 손에는 황금 잔을 들고 있다. 그리고 그녀의 이마에는 하나의 이름이, 하나의 비밀이 적혀 있다, 큰 여인 바빌론, 이 지상의 모든 추악한 것의 어머니. 저 여자는 모든 성인들의 피를 마셨으며 성인들의 피에 취해 있다.

프란츠 비버코프는 거리를 따라 걸어간다, 터벅터벅 걸어간다, 포기하지 않고 걸어간다, 그가 바라는 것은 원기를 회복하고 근육에 힘을 얻는 것뿐. 따뜻한 여름날, 프란츠는 이집 저집 술집 순례를 한다.
그는 더위를 피한다. 술집에 앉자 커다란 잔에 맥주들이 담겨 온다.
첫 번째 잔이 말한다. 나는 지하 창고에서 오는 길이에요, 그리고 홉과 맥아로 빚어졌죠. 지금 나는 시원해요, 맛이 어떠세요?
프란츠가 말한다. 씁쓸하면서 맛있고 시원하구나.
그래요, 당신을 시원하게 해 줄게요, 나는 남자들을 시원하게 해 주지요, 그런 다음 따뜻하게 해 줘요. 그다음엔 쓸데없는 생각들을 쫓아 버려 줘요.

쓸데없는 생각이라고?

그래요, 대부분의 생각들이라는 게 쓸데없는 거잖아요. 안 그래요? — 그럴지도 모르지. 네 말이 옳다고 치자.

프란츠 앞에는 연한 노란색의 화주가 작은 잔에 담겨 있다. 너는 어디서 온 거니? 이봐요, 나는 불에 태워져 생겼어요. — 너는 톡 쏘겠구나, 녀석아, 넌 발톱도 있지? — 그럼요, 그러니까 내 이름이 화주죠. 아마 화주를 오랫동안 못 봤나 봐요? — 그게 아니고, 난 거의 죽었더랬다, 요 화주 녀석아, 거의 죽었더랬다고. 왕복표 없는 여행을 할 뻔했지. — 그래 보이네요. — 그래 보인다니? 허튼소리 작작 해라. 녀석 한번 맛 좀 볼까, 자 이리 온. 아, 아주 좋아, 넌 불을 품었어, 불을 품고 있다고, 이 녀석아. — 화주가 그의 목구멍을 타고 졸졸 흐른다, 화끈하구먼.

불에서 피어나는 연기가 프란츠의 몸속에서 솟아올라 그의 목을 마르게 한다, 아무래도 맥주를 한잔 더 마셔야겠다. 넌 두 번째 잔이야, 난 벌써 한 잔 마셨지, 내게 무슨 말을 해 줄래? — 뚱보 아저씨, 일단 나를 맛보시고 그다음에 얘기하기로 해요. — 그래, 좋아.

그때 맥주잔이 말한다. 조심하세요, 아저씨, 맥주 두 잔에다 화주 한 잔, 거기에다 그로크주까지 한 잔 했으니, 아저씨는 완두콩처럼 통통해질 거예요. — 그래? — 그래요, 아저씨는 다시 뚱뚱해질 거예요, 그 모습이 어떨까, 에이그. 그래가지고는 사람들하고 어울릴 수 없어요. 한 모금 더 하세요.

그래서 프란츠는 세 번째 잔을 잡는다. 자, 또 마셔야지. 차례차례, 언제나 질서를 잘 지켜 가면서.

그는 네 번째 잔에게 묻는다. 얘야, 넌 아는 게 뭐 있냐? ─ 녀석은 기분이 좋아 시끄럽게 떠들 뿐이다. 프란츠는 네 번째 잔을 벌컥벌컥 들이켠다. 그래, 네가 하는 말을 다 믿어 줄게, 다 믿어 줄게, 얘야. 너는 나의 어린 양, 우리 어서 함께 초원으로 가자.

세 번째 베를린 정복

이렇게 해서 프란츠 비버코프는 베를린에 세 번째로 모습을 드러내게 된다. 맨 처음 정복은 지붕들이 미끄러져 떨어질 것 같은 느낌을 받았던 그가 유대인들을 만나 구원을 받았을 때이고, 두 번째는 뤼더스에게 사기를 당한 그가 술독에 빠져 지낼 때이고, 세 번째는 바로 지금, 비록 팔 하나를 잃었지만 베를린 시내를 향해 용감하게 발걸음을 옮기는 이 시점이다. 이 사나이는 용기가 생겼다, 두 배, 세 배의 용기가 말이다.

헤르베르트와 에바는 그를 위해 상당한 액수의 돈을 아래층 술집 주인에게 맡겨 놓았다. 그러나 프란츠는 거기서 몇 푼만 갖고 이렇게 결심한다, 이 돈에는 손대지 않겠다, 나는 혼자 힘으로 일어서겠다. 그는 '복지 사업국'을 찾아가 도움을 요청한다. "먼저 조사를 해 보고요." "그러면 그동안은 어떻게 합니까?" "이삼 일 뒤에 오세요." "이삼 일 뒤면 사람 굶어 죽겠군요." "베를린에서는 그렇게 빨리 안 굶어 죽는다고들 하잖아요. 그리고 우리는 돈을 직접 주지는 않고 쿠폰을 줍니다, 집세는 우리가 내 주고요, 여기 있는 이 주소 맞죠?"

그리하여 프란츠는 '복지 사업국'에서 나와 다시 계단을 내려간다. 그는 아래층에 이르렀을 때 문득 깨닫는다. 조사를 한다고, 아니, 조사를 한다니, 그러면 내 팔에 대해서도 조사를 할 것 아닌가, 어쩌다가 그렇게 되었느냐면서. 그는 어느 담배 가게 앞에 서서 골똘히 생각해 본다. 그들은 내게 물을 게 아닌가, 그 팔은 어쩌다 그렇게 됐느냐, 돈은 누가 냈느냐, 그동안 어디에 누워 있었느냐 하면서. 먼저 이런 것들을 물어보겠지. 그다음엔 지난 몇 달 동안은 뭘 해서 먹고 살았느냐고 묻겠지. 생각 좀 해 봐야겠다.

그는 생각에 잠긴 채 걸어간다. 어떻게 한담? 지금 누구한테 물어보지, 당장 어떻게 해야 하나, 그 친구들 돈을 가지고 살고 싶지는 않고.

그렇게 해서 그는 이틀 동안 알렉산더 광장과 로젠탈 광장 사이를 헤매며 메크를 찾아다닌다. 그러면 상의해 볼 수 있을 것 같다. 그는 과연 두 번째 날 저녁에 로젠탈 광장에서 메크를 찾아낸다. 그들은 서로의 얼굴을 쳐다본다. 프란츠가 악수를 하려고 그에게 손을 내밀자 — 뤼더스 사건 직후에 만났을 때 그들은 어떻게 인사를 나누었던가, 그래, 무척 기뻐했지, 그런데 지금은 — 메크는 어설프게 손을 내밀 뿐 악수를 하지 않는다. 프란츠는 이번엔 왼손으로 악수를 하려 한다. 그러자 그 조그만 메크는 심각한 표정을 짓는다. 이 친구, 왜 이래, 내가 뭐라도 잘못한 게 있나? 그리하여 그들은 뮌츠 가를 따라 올라가며 걷고 또 걷는다, 그랬다가 로젠탈 가를 따라 다시 돌아온다, 그리고 프란츠는 이제나 저제나 메크가 자기 팔에 대해 물어봐 주기만 기다린다. 그러나 그는 입도 벙긋하지 않는다, 녀석은 줄곧 시선을 딴 데로 돌리고 있다. 녀석 눈에 내가 지저분해 보이나. 프란츠는 괜히 기분이 좋은 척하며 칠리 얘기를 꺼내며 그녀는 요즘 어떠냐고 묻는다.

응, 잘 지내지, 뭐, 그 여자가 못 지낼 리가 있나. 메크는 그 여자 이야기를 상세하게 들려준다. 프란츠는 부러 웃는 척한다. 그러나 메크는 팔 얘기는 꺼내지 않는다. 그때 불현듯 프란츠의 머리엔 뭔가 떠오른다. 얼른 그는 묻는다. "그 프렌츨라우가에 있는 술집엔 아직도 드나드나?" 메크는 시큰둥하게 대답한다. "가끔 가지, 뭐." 프란츠는 이제야 깨닫는다. 그는 발걸음 속도를 늦추어 메크의 뒤쪽에 처진다. 품스가 녀석에게 내 얘기를 했군, 아니면 라인홀트나 슈라이버가. 그래서 녀석은 나를 똑같은 절도범으로 생각하는 거야. 여기서 내가 일단 그 말을 꺼내면 이 친구한테 자초지종을 다 알려 줘야 한다, 그런데 이 친구는 입을 꾹 다물고 기다릴 모양이야, 그렇다면 내가 먼저 입을 뗄 필요는 없지.

이제 프란츠는 결심을 하고 메크 앞으로 나선다. "어이, 고틀리프, 여기서 헤어지자고, 집에 가 봐야지, 병신은 일찍 잠을 자야 하거든." 메크는 그제야 처음으로 그의 얼굴을 정면으로 바라보고서 입에 물고 있던 파이프를 떼어 내며 뭔가 물으려 한다. 그러나 프란츠는 물어볼 것 없다는 듯 손사래를 친다. 그는 어느새 그와 악수를 하고 그 자리를 뜬다. 그러자 메크는 머리를 긁적이며 생각한다, 녀석, 언젠가 나한테 혼쭐날 줄 알아, 그러면서 그는 스스로를 못마땅해한다.

프란츠 비버코프는 로젠탈 광장을 가로질러 걸어가며 행복한 기분에 속으로 이렇게 말한다. 뭣하러 쓸데없는 소리나 하고 있어, 돈이나 벌어야지, 메크란 놈이 나하고 무슨 상관이야, 나는 돈을 벌어야 해.

나는 여러분에게 프란츠 비버코프가 어떻게 돈 사냥에 나섰는가를 보여 주고 싶었다. 그의 마음속에서는 뭔가 새로운 것, 울컥 치미는 것이 있었다. 에바와 헤르베르트가 그에게 자신들의 방을 사용해도 좋다고 했지만, 프란츠는 자신의 방을 갖고 싶다, 그렇지 못하면 그는 제대로 시작할 수 없다. 그리고 그는 저주스러운 순간을 맞는다. 프란츠가 방을 하나 구하자 집 안주인은 그의 책상에 주민 등록 신고서를 놓고 간다. 순간 우리의 프란츠는 책상에 앉아 계속해서 이런저런 생각으로 골머리를 썩이기 시작한다. 만약 내 이름을 적어 넣으면 그 사람들은 당장 서류철에서 내 이름을 찾아보겠지, 그리고 경찰서에 전화를 할 것이고, 그러면 경찰서에서는 이렇게 말하겠지, 자, 경찰서로 좀 나와 주시지요, 왜 그동안 전혀 모습을 드러내지 않았나요, 팔은 어쩌다 그렇게 됐지요, 어느 병원에 있었습니까, 병원비는 누가 냈지요, 그러면 제대로 맞는 게 하나도 없다.

그는 책상 위에 대고 화를 버럭 낸다. 구호금, 내가 구호금이나 복지 수당 같은 것을 받는다고? 난 그딴 것은 필요 없어, 그런 건 자유로운 남자가 받을 게 못 돼. 그래서 그는 생각하면 생각할수록 분통이 터지는 가운데 주민 등록 신고서에 이름을 쓴다, 먼저 프란츠라고만. 그때 그의 눈앞에는 경찰서와 그루너 가의 복지 사업국과 그를 내동댕이쳤던 자동차가 떠오른다. 그는 재킷 속에 손을 넣어 팔이 잘려 나간 어깻죽지를 만져 본다, 그 인간들은 내게 팔에 대해 물어보겠지, 그래 물어볼 테면 물어봐라, 난 개의치 않을 테니까, 빌어먹을, 에라, 그냥 쓰는 거야.

그리고 그는 막대기로 쓰듯 굵은 글씨체로 종이 위에다 이름의 철자를 휘갈긴다, 나는 여태껏 겁쟁이였던 적이 없다, 그리고 나는 내 이름 중 철자 하나도 도단당하고 싶지 않다, 나는 그렇게 불리고 그 이름으로 태어났으며 지금도 그렇다, 프란츠 비버코프로. 한 글자 한 글자 굵게, 테겔 형무소, 가로수 길, 검은 나무들, 죄수들은 그곳에 앉아 아교로 물건을 붙이거나 목공일을 하거나 옷을 깁는다. 다시 한 번 잉크를 찍어 I자 위에 방점을 찍는다. 나는 녹색 제복들이나 양철 배지를 단 짭새 자식들이 두렵지 않다. 나는 자유로운 인간이든지 아니든지 둘 중에 하나다.

그는 낫질하는 자, 그의 이름은 죽음.

그 신고서를 프란츠는 안주인에게 건네준다, 자, 이 정도면 됐죠? 네, 됐어요. 그리고 이제 바지를 걷어 올리고 다리를 쭉쭉 뻗으며 곧장 베를린 시내를 향해 행진하는 거다.

옷이 날개, 사람이 바뀌면 눈도 바뀐다

땅밑을 파헤쳐 놓은 브루넨 가에서 말 한 마리가 구덩이에 빠졌다. 사람들은 벌써 반시간이나 그걸 구경하고 서 있고, 그때 소방대가 차를 한 대 몰고 온다. 소방대는 말의 복부에 띠를 두른다. 말은 수많은 수도관과 가스관 들 위에 서 있다, 한쪽 다리가 부러졌는지는 아직 모른다, 말은 부르르 떨며 히힝 울부짖는다. 위에서 보면 머리만 보일 뿐이다. 그들은 도르래를 이용하여 말을 끌어 올리고, 말은 발버둥 친다.

프란츠 비버코프와 메크가 사람들 틈에 섞여 있다. 프란츠는 소방대원과 함께 구덩이로 뛰어 들어가 힘을 합쳐 말을 앞쪽으로 밀어낸다. 메크를 비롯한 모든 사람들은 프란츠가 한 팔로 일을 해내는 것을 보고 놀라운 표정을 짓는다. 그들은 땀이 흥건한 짐승의 몸을 두드려 보고 다친 곳이 없음을 확인한다.

"프란츠, 자네 정말 용기가 대단해, 팔이 한쪽뿐인데 어디서 그렇게 힘이 솟아?" "근육이 있으니까. 원하는 건 얼마든지 할 수 있지." 그들은 브루넨 가를 따라서 내려간다, 그들의 만남은 얼마 전의 만남 이후 처음이다. 이번엔 메크가 먼저 치근덕거렸다. "그래, 고틀리프, 잘 먹고 마시면 힘이 생기지. 그 밖에 내가 뭘 하는지 알려 주랴?" 이 메크 녀석 나를 두고 다시는 입방정을 떨지 못하게 한번 쓴맛을 보여 줘야겠다. 그딴 친구라면 이제 딱 질색이다. "잘, 들어 보라고, 아주 멋진 직업을 하나 얻었지. 엘빙 가 대목장터의 서커스에서 조랑말 선전을 하는 거야, 한 바퀴 도는데, 신사 숙녀 여러분, 50페니히입니다. 그리고 로민텐 가 뒷골목에서는 내가 외팔이 최강의 사나이야, 어제부터이긴 하지만, 와서 나하고 권투 한번 해 볼래?" "이보게, 한 팔을 가지고 권투를 한다고?" "와서 직접 눈으로 보라고. 상체를 제대로 커버할 수 없으니 나는 빠른 발놀림을 이용하지." 프란츠는 녀석을 멋지게 골려 준다, 메크는 얼떨떨한 표정이다.

그들은 예의 빠른 걸음으로 알렉산더 광장 쪽으로 걸어 내려간다, 그러다가 잠깐 깁스 가로 접어든다. 그곳에서 프란츠는 메크를 알테 발하우스로 데려간다. "이 건물은 최근에 내부 수리를 했어, 내 춤 솜씨를 보여 줄 테니 바에 앉아 한번 보라고." 메크는 무슨 영문인지 어리둥절하다. "갑자기 왜 그러는 거야, 응?" "그래, 예전에 그랬던 것처럼 다시 시작하는 거야. 왜, 그러면 안 되나? 반대할 이유라도 있어? 들어가서 한 팔만 가지고 추는 내 춤 솜씨 좀 보라고." "됐어, 됐다고, 차라리 뮌츠 호프나 가자고." "뭐, 그것도 좋고. 그래, 이런 식으로는 안 들여보내 줄 것 같군. 목요일이나 토요일에 한번 들르라고. 자넨 내가 호모 노릇이나 하고 있을 걸로 생각하는 거 아냐? 내가 총에 맞아 팔 한쪽을 잃어서." "누가 쐈는데?" "짭새들과 총격전을 벌였지. 별것 아닌 일이었는데, 저기 저 빌로 광장 뒷골목에서야. 몇몇 녀석들이 물건을 훔치려 한 거야, 다 괜찮은 녀석들이었는데, 수중에 가진 것이 아무것도 없었지, 그러니 어디서 돈을 구하겠어. 나는 밖에서 이리저리 어슬렁대면서 혹시나 해서 주시했어, 그때 마침 길모퉁이에 수상한 두 녀석이 모자에 면도용 브러시 같은 것을 붙이고 서 있는 거야. 그래서 말이야, 나는 건물 안으로 들어가서 망을 보고 있던 젊은 친구에게 얼른 일러 주었지, 그런데도 녀석들은 도망칠 생각을 않더군, 짭새가 둘이나 왔다고 하는데도 말이야. 녀석들은 진짜 꾼이라 그런지 물건 챙기는 데에만 정신이 팔렸던 거야. 바로 그때 짭새들이 도착한 거야, 짭새들은 건물을 조사해 보려 했지. 그중 하나가 아마도 건물 안의 뭔가를 눈치챈 것 같았어, 안에 있는 물건은 모피 상품들이었지, 석탄이 떨어졌을 때 여자들한테 요긴한 거지. 그래서 우리는 몸을 숨기고 엿보았어, 짭새들이 건물 안으로 들어오려 하는데, 글쎄, 그 문이 안 열리는 거야. 녀석들은 물론 뒷문을 통해서 도망쳤고 말이야. 그러자 짭새들은 철물공을 데려와서는 문을 열려고 하더군. 그래서 나는 열쇠 구멍으로 한 방 갈겼지. 어떻게 생각하나, 메크?" "그게 어디서였는데?" 그는 도무지 믿어지지가 않는다. "베를린, 카이저 가로수 길 모퉁이야." "말도 안 되는 얘기 좀 집어치워." "아냐, 나는 보지도 않고 마구 갈겼어. 녀석들도 몇 방 제대로 쐈어, 문틈으로 말이야. 하지만 그들은 나를 붙잡지 못했어. 그들이 문을 열고 안으로 들어왔을 땐 나는 이미 사라진 후였지. 내 팔 한쪽만 빼고 말이야. 보다시피." 메크가 볼멘소리로 말한다. "그건 또 뭐야." 프란츠는 그에게 우아하게 악수를 청한다. "자, 그럼 잘 가게, 메크. 만약에 무슨 일이 있거든, 내가 사는 곳으로 — 그건 나중에 알려 줄게. 그리고 하는 일 잘 되길 바라네."

그는 바인마이스터 가를 지나간다. 메크는 어안이 벙벙하다. 녀석이 나를 놀리는 거야, 아무래도 품스한테 한번 물어봐야겠군. 그 친구들 얘기는 완전히 달랐거든.

그리고 프란츠는 여러 거리들을 지나 다시 알렉산더 광장으로 돌아간다.

아킬레스의 방패가 어떻게 생겼는지, 그가 전쟁에 나갈 때는 어떻게 무장을 하고 장식을 했는지, 이것을 나는 자세하게 묘사할 수 없다. 나는 그저 팔 가리개와 정강이받이를 한 모습만을 어렴풋이 떠올릴 뿐이다.

그러나 지금 새로운 전장으로 떠나는 프란츠의 모습이 어떤지에 대해서는 말해야겠다. 그러니까 프란츠 비버코프는 군데군데 말똥 때문에 얼룩이 진, 낡은 먼지투성이 옷을 걸치고 있다, 구부러진 닻 문양이 있는 마도로스 모자를 쓰고, 다 낡아서 해어진 싸구려 재킷과 바지를 입고 있다.

그는 뮌츠 호프에 들어가 맥주 한 잔을 비우고는 십 분 뒤, 다른 남자에게 버림을 받은 아직 앳되어 보이는 아가씨를 데리고 밖으로 나온다. 그는 그녀와 함께 바인마이스터 가와 로젠탈 가를 거닌다, 술집 안은 곰팡내로 매캐하고 밖은 비록 약간의 안개가 끼긴 했지만 제법 화창하기 때문이다.

그리고 프란츠는 마음이 활짝 열려 있다, 그래서 어디로 눈길을 돌리나 사기 치고 기만하는 모습이 들어온다! 사람이 바뀌니 눈도 바뀐다. 마치 이제 처음으로 눈을 가진 것 같다. 그 아가씨와 그는 보이는 모든 것들을 바라보며 배꼽을 잡고 웃어 댄다. 오후 6시, 아니 그보다 조금 지난 시간이다, 비가 내리기 시작하더니 마구 쏟아진다, 고맙게도 그 귀여운 아가씨가 우산을 갖고 있다.

선술집, 그들은 창을 통해 안을 들여다본다.

"저기 주인이 맥주를 팔고 있잖아. 잘 봐, 저 사람이 술을 따르는 것을 말이야. 봤지, 에미, 봤지. 거품이 가득한 거 말이야." "그게 왜요?" "거품이 가득하다는 거? 사기라는 얘기지! 사기라고! 사기! 잘하는군, 젊은 친구가 제법이야. 기분 째지는군."

"아이참, 그럼 저 사람은 사기꾼이잖아요!" "젊은 놈이 아주 절묘하군!"

장난감 가게 :

"제기랄, 에미, 여기 서서 저 안의 것들을 보면 말이야, 저기 좀 봐, 저런 것들을 가지고 좋다고 할 수는 없어. 정말 쓰레기 같은 것들이야, 저 색칠한 달걀 좀 봐, 어렸을 때 엄마하고 저기에다 그림을 붙여야 했어. 그게 얼마나 큰 돈벌이가 됐었는지는 말하고 싶지 않아." "저것 좀 보세요." "돼지들이군. 그냥 유리창을 깨부수고 싶어. 다 허섭스레기야. 가난한 사람들을 우려내는 것은 더러운 짓이야."

숙녀용 외투. 그는 지나치려 하는데 그녀가 제동을 건다. "혹시 알고 싶으시다면 저것에 대해서는 몇 가지 말씀드릴 수 있어요. 숙녀 옷 만드는 거 말이에요. 저것 좀 보세요. 귀부인 용이네요. 저게 값이 얼마나 나가는지 아세요?" "자, 어서 가자고, 알고 싶은 생각 없어. 혹시 저걸 공짜로 얻을 재간이 있다면 몰라도." "무슨 말씀이세요, 대체 어떻게 하시려고요."

"저딴 것을 위해 한 푼이라도 낸다면 내가 바보지. 나도 비단 외투는 한번 입고 싶다는 얘기야." "뭐, 그렇게 하세요." "어떻게든 비단 외투를 입을 수 있도록 해 봐야지. 그렇게 못 하면 나는 바보가 되는 거야, 그가 내 손에 8그로셴을 쥐어 주는 것도 그의 입장에서는 당연한 거야." "쓸데없는 소리 좀 그만하세요." "내가 지저분한 바지를 입고 있어서 그러는 거야? 에미, 이건 말이야, 말 때문에 그렇게 된 거야, 그 녀석이 지하철 공사장에 떨어졌거든. 맞아, 8그로셴으로 뭘 하겠어, 천 마르크 정도는 있어야지." "그 돈을 벌 수 있을 것 같아요?"

그녀는 그의 눈을 빤히 쳐다본다. "지금까지는 못 벌었지만, 그래도 앞으로는 벌 수 있지 않을까. 쪼잔하게 8그로셴이 아니고 말이야." 그녀는 놀랍고 기쁜 표정으로 그에게 매달린다.

미국식 속성 다림질 센터, 안이 보이는 쇼윈도, 김이 피어오르는 두 개의 다림판, 안쪽에서는 별로 미국식으로 생기지 않은 남자들 몇이 앉아 담배를 피우고 있고 앞쪽에는 셔츠 차림의 거무튀튀한 젊은 재단사가 있다. 프란츠는 그쪽을 넘겨다본다. 그는 킥킥대며 웃는다. "에미, 귀여운 에미, 오늘 당신을 알게 되어 너무 기뻐." 그녀는 그가 무슨 뜻으로 하는 말인지는 모르지만 어쨌든 기분은 째진다. 이쯤 되면 그녀를 버린 녀석은 약이 바짝 오르겠지. "에미, 사랑스러운 에미, 저 가게 좀 봐." "예, 저렇게 다림질해 가지고는 큰돈 못 벌겠네요." "누구 말이야?" "저기, 저 조그만 흑인 말이에요." "아니, 저 친구 말고 다른 녀석들 말이야." "그러면 저 안쪽에 있는 저 사람들 말이에요? 저 사람들을 아세요? 나는 모르는 사람들이에요." 프란츠는 킥킥대며 웃는다. "나도 저 사람들 처음 봐, 하지만 그 풍을 아는 거지. 잘 봐 봐. 저 주인 친구 말이야, 앞에서는 다림질을 하는 척하면서 뒷전으로는, 다른 짓을 한다고." "러브호텔?" "뭐, 그럴 수도 있지만, 저 녀석들은 다 사기꾼들일 거야. 저기 걸려 있는 옷들은 다 누구 걸까. 배지를 단 짭새가 되어 저 녀석한테 이렇게 말해 주고 싶군. 저 옷들이 도망치나 잘 지켜보라고." "네?" "다 훔쳐 온 것들이야, 다 저기에다 쌓아 놓은 거지. 속성 다림질 센터 좋아하네! 참 기가 찬 친구들이군, 응? 저 담배 피우는 폼 좀 봐! 아주 편하게 사는군."

그들은 계속해서 걷는다. "당신도 저 녀석들처럼 해야 돼,

에미. 그것만이 진실이야. 일만 할 생각은 마. 일에 대한 생각은 머릿속에서 다 몰아내 버리라고. 뼈 빠지게 일해 봤자 손바닥에 못만 생기지 돈은 안 생겨. 괜히 머리에 빵꾸나 하나 생기는 거지. 일해서는 부자가 될 수 없어. 사기나 쳐야 가능하지. 알겠어?"

"그럼 당신은 뭘 하실 건데요?" 그녀는 잔뜩 기대하는 눈치다. "자, 더 걷자고, 에미, 차차 다 얘기해 줄 테니까." 그들은 다시 로젠탈 가의 붐비는 사람들 틈에 끼었다가 조피 가를 거쳐 뮌츠 가로 들어선다. 프란츠는 걸어간다. 그의 옆에서 트럼펫들이 행진곡을 연주한다. 너른 들판에서 전투는 시작되었네. 삐리삐리삐리, 삐리삐리삐리, 삐리삐리삐리, 우리는 마을을 점령하여 그들의 돈을 다 빼앗았다네. 삐리삐리삐리, 삐리삐리삐리, 삘삘.

두 사람은 웃는다. 그가 낚은 이 아가씨는 나름 품격이 있는 여자다. 그녀의 이름은 그냥 에미이지만 사회 복지금과 이혼 경험이 있는 것 같다. 두 사람은 기분이 좋다. 에미가 묻는다. "팔 한쪽은 어디에 두셨나요?" "집에 있는 색시한테 주고왔지, 자꾸만 못 나가게 하기에 담보로 팔 하나를 두고 온 거야." "당신 팔도 당신처럼 재미있었으면 좋겠어요." "그럼, 그럼, 참, 내가 말 안 했나? 나는 내 팔하고 사업을 시작했지. 그랬더니 녀석이 책상에 걸터앉아서는 온종일 이런 잔소리만 하고 있는 거야. 일한 자만이 먹어야 한다, 일하지 않는 자는 배고픔을 맛봐야 한다. 내 팔은 하루 종일 또 이렇게 읊어 대지, 입장료 1그로셴, 그러면 프롤레타리아들은 와서 그걸 즐기는 거지." 그녀는 배꼽을 움켜쥐고 웃고, 그도 따라 웃는다. "당신은 말이야, 내 남은 팔마저 뽑아 갈 것 같군."

사람이 변하면 머리도 변한다

그때 요상하게 생긴 조그만 차 한 대가 달려왔다. 차대 위에는 불구의 사내가 앉아 팔을 이용해서 앞으로 느릿느릿 나아간다. 그 조그만 차는 온갖 색의 삼각기로 장식되어 있다. 그는 쉰하우스 가로수 길을 따라가며 모퉁이마다 멈추고, 그러면 사람들이 주위에 모여들고, 그러면 그의 조수는 엽서들을 10페니히에 판다.

"세계 여행자, 요한 키르바흐입니다! 1874년 2월 20일 뮌헨의 글라트바흐에서 태어났고, 세계대전이 터지기 전까지는 건강하고 나름대로 열심히 일도 했지요. 그러다 열심히 일하던 나는 몸 오른쪽에 뇌졸중을 맞으면서 끝장이 났습니다. 그래도 열심히 노력해서 혼자서 몇 시간은 걸을 수 있을 정도로 몸을 회복했습니다. 그 결과 내가 할 일을 할 수 있었습니다. 그렇게 해서 우리 가족이 겪을 큰 고난도 피할 수 있었지요. 1924년 11월, 국유철도가 벨기에의 강제 점령에서 해방되자 라인 지방의 모든 주민들은 환호성을 올렸지요. 많은 독일의 형제들은 기쁨에 겨워 인사불성이 되도록 술을 퍼마셨지요, 그게 나의 불행이 될 줄이야. 그날 나는 집으로 돌아가고 있었죠, 그런데 집을 불과 300미터 앞두고 술집에서 나온 일단의 사내들에게 당한 것입니다. 정말 불행한 일이죠. 그 때문에 나는 평생 병신이 됐고 다시는 걸을 수가 없게 되었습니다. 나는 연금도 못 받고 그 밖의 다른 보조금도 못 받습니다. 요한 키르바흐 드림."

　화창한 날씨를 맞아 며칠 동안 주변을 염탐하며 다니며 혹시 뭔가 일취월장할 만한 확실하고 새로운 좋은 일거리가 없나 엿보던 프란츠 비버코프가 술집에 앉아 있는데, 그때 새파랗게 젊은 애송이 하나가 단치히 역 앞에 있는 그 장애인이 타고 있는 차를 보았다. 그것을 본 그 젊은 친구는 자기 아버지가 당했던 이야기를 하면서 술집 안을 온통 소란으로 가득 채우기 시작했다. 그의 아버지는 가슴에 총을 맞았는데, 그로 인해 숨도 잘 못 쉰다, 그런데도 그것을 사람들은 그냥 신경성이라고 진단하고는 연금마저 줄여 버렸고, 좀 있으면 단 한 푼도 받지 못할 것 같다.

　그가 떠들어 대는 소리를 큼직한 기수 모자를 쓴 젊은이가 듣고 있다, 이 친구는 그와 같은 장의자에 앉아 있지만 앞에 맥주잔은 없다. 이 친구는 아래턱이 권투 선수처럼 생겼다. 이 친구가 말한다. "쳇, 저런 병신들한테는 한 푼도 줄 필요 없어." "말하는 꼬락서니하고는. 네 녀석도 전쟁에 끌려 나갔다가 나중에 한 푼도 못 받아 봐라." "세상일이 다 그런 거지, 뭐. 너도 어디 가서 바보짓 하고서는 돈 받아 낼 생각하지 말라고. 개구쟁이 녀석이 자동차에 매달렸다가 떨어져 다리를 부러뜨려도 돈 한 푼 못 받는 거야. 왜 안 되냐고? 스스로 바보짓을 했으니까." "전쟁이 났을 때 넌 태어나지도 않았거나 기껏해야 기저귀나 차고 있었을 거다, 이 친구야." "쓸데없는 소리 집어치워. 독일의 문제점은 실업 수당을 준다는 거야. 그러니까 수많은 인간들이 빈둥대고 아무 일도 안 하면서 돈이나 타 먹는 거야."

테이블에 있던 다른 사람들이 대화에 끼어든다. "너무 그렇게 흥분하지 마, 빌리. 요샌 무슨 일을 하지?" "아무 일도 안 해, 아무 일도 안 한다고. 앞으로도 나라에서 계속해서 돈을 주면 언제까지나 아무 일도 하지 않을 생각이야. 나한테 돈을 계속 주는 것은 계속해서 바보짓을 하는 거나 다름없는 일이지." 다른 사람들이 웃는다. "입담 한번 센 녀석이야."

그 테이블에는 프란츠 비버코프도 앉아 있다. 건너편의 기수 모자를 쓴 젊은 녀석은 뻔뻔스레 두 손을 주머니에 찔러 넣고서는 한쪽 팔밖에 없는 모습으로 앉아 있는 그를 빤히 쳐다본다. 어떤 여자가 프란츠를 끌어안는다. "아저씨, 아저씨도 한쪽 팔밖에 없군요. 무슨 연금을 타시나요?" "도대체 그걸 알고 싶어 하는 사람은 누구야?" 그녀는 눈으로 건너편의 젊은 녀석을 가리킨다. "저 사람이에요, 저기 건너편에 앉아 있는. 저 사람이 그런 것에 관심이 많거든요." "아냐, 난 그딴 거에 전혀 관심 없어. 내 말뜻은, 전쟁터에 나가는 놈은 바보라는 거야. 그것뿐이야." 그 여자는 프란츠에게 말한다. "내가 보니까, 저 사람 겁먹었네요." "날 겁내는 것은 아니겠지. 날 겁낼 필요는 없어. 나라도 그런 말을 할 테니까, 나라도 그런 말밖에 못 할 거야. 여기 이 팔이 지금 어디 있는지 알아? 그놈을 나는 알코올에 담가서 우리 집 장롱 위에 놓아두었다고. 녀석은 하루 종일 거기서 내려다보며 나를 향해 이렇게 말하는 거야. 안녕하쇼, 프란츠. 이 멍청이!"

아하, 이 친구 물건이군, 괴짜야, 한 중년 사내가 신문지에 둘둘 쌌던 두세 장의 토스트를 꺼내 주머니칼로 잘라서 그 조각들을 입에 우겨 넣는다. "나는 전쟁에 나간 적은 없어. 줄곧 시베리아에 갇혀 있었거든. 이제야 고향으로 돌아온 거야, 통풍을 앓고 있어. 그런데 녀석들이 와서 내가 받는 실업 수당을 빼앗아 간다고 생각해 봐, 이봐, 당신들 미친 거 아냐?" 젊은 녀석이 말한다. "어쩌다가 통풍에 걸렸소? 길바닥에서 행상을 하다가요? 뼈마디가 아프면 길바닥에서 하는 장사는 못하겠군요." "그러면 그땐 기둥서방 노릇이나 해 보지, 뭐." 젊은 녀석은 샌드위치를 싼 신문지가 놓인 테이블 앞쪽을 꽝 친다. "맞아요, 그게 정말 좋겠소. 비웃을 일이 아니야. 당신들도 우리 형의 부인, 즉 형수를 한번 봐야 해요. 둘 다 얌전한 사람들이지요, 어디 내놓아도 손색이 없는 사람들이라고요. 그런데 이 사람들이 그 더러운 돈, 그 실업자 수당을 받으면서 무슨 수치심 같은 것을 느꼈을 것 같아요? 남편은 일자리를 찾아 헤매 다니는 신세였고, 부인은 몇 푼의 돈으로 어떻게 살아갈지 앞이 막막했거든요. 게다가 집에는 아이가 둘이나 있으니 말이오. 형수는 밖으로 일을 나갈 수도 없었지요. 그러던 중 형수는 어떤 사내를 하나 알게 됐고, 이어서 또 다른 사내를 알게 되었죠. 그러다 결국에 남편이 그걸 눈치챘습니다, 우리 형이 말이죠. 그래서 형은 나를 찾아왔어요. 나를 만나더니 내게 집에 와서 자기가 그녀를 어떻게 박살을 내는지 한번 들어보라고 하더군요. 그런데 그렇게 갔다가 된통 걸린 겁니다. 참나, 그 소동을 당신네도 한번 들어 봤어야 하는 건데. 형은 물벼락을 맞은 푸들 강아지 꼴로 슬금슬금 꼬리를 뺐지요. 그녀가 꼴 같지 않은 몇 푼의 돈 운운하며 일장 연설을 하는 바람에 오히려 혼쭐이 났죠, 우리 형, 바로 그녀의 잘난 남편께서 말입니다. 다시는 위층에 발을 들여놓지 말라는 말까지 들었죠."" 그래서 다시는 안 올라갔나?"" 올라가고야 싶었겠죠. 그렇지만 형수는 그런 바보 같은 인간하고는 상종하려 하지 않았어요, 남들이 돈을 벌어 올 때 실업 수당이나 받아먹으며 입방정만 떨고 있는 그런 인간이니까요."

거기 있던 모든 사람들이 그 의견에 동감한다. 프란츠 비버코프는 다른 사람들이 빌리라고 부르는 그 젊은 친구 옆에 앉아 있다가 그를 위해 건배를 한다. "이보게, 자넨 우리보다 열두셋은 젊은 것 같은데, 우리보다 백 살 정도는 더 영리한 것 같아. 여보게들, 내가 과연 스무 살 때 그런 말을 할 수 있었을까. 거참! 프로이센 사람들이 하는 말 중에 이런 말이 있지. 양손을 바지 재봉선에 붙이고 차렷!"" 그러면 우리는 이렇게 말하죠. 내 바지 재봉선에는 말고." 웃음소리.

술집 안이 가득 차자, 웨이터가 문을 하나 연다, 안쪽의 조그만 방 하나가 비어 있다. 그러자 그 식탁에 앉아 있던 사람들은 모두 가스등 아래로 이동한다. 무척 덥다, 방에는 파리 천지다, 바닥에는 멍석이 깔려 있다, 웨이터들은 그것을 바람에 쏘이려고 창문턱에 걸쳐 놓는다, 그들의 얘기는 계속된다. 빌리는 그들 틈에 끼어서 전혀 밀리지 않는다.

그때, 아까 사람들로부터 무시를 당했던 그 젊은이가 빌리가 손목에 차고 있는 시계를 보더니 금시계인 것을 알아채고 입을 헤벌리며 놀란다. "이거 싸게 산 거지."" 3마르크 줬어." "누군가 훔친 물건이군."" 상관없어, 너도 하나 갖고 싶냐?" "아니. 됐어. 그러다가 웬 사람이 나를 붙잡고 '당신 그 시계 어디서 났소?' 하고 물으면 어쩌게?" 빌리는 테이블에 앉아 있는 사람들을 둘러보며 싱긋 웃는다. "이 친구는 훔치는 걸 두려워하는군." "그만해." 빌리는 한쪽 팔을 테이블 위에 올려놓는다. "이 녀석은 내 시계에 대해 뭔가 불만인가 본데, 나한테는 그냥 시계일 뿐이라고. 잘 가고 금으로 만들어진 시계라고." "3마르크짜리." "그렇다면 다른 것을 보여 주지. 네 맥주잔 좀 이리 내. 이게 뭔지 말해 봐." "맥주잔." "맞았어, 술을 마시는 잔이야." "부정하지는 않겠어." "그럼 여기 이건?" "그건 시계지. 자식, 지금 날 놀리는 거야?" "그래, 시계지. 장화도 아니고, 카나리아도 아니야. 네가 원한다면 장화라고 해도 좋아, 네 마음대로 할 수 있는 거니까. 다 네 마음이야." "도무지 무슨 소린지 모르겠군. 대체 뭔 소리를 하려고 그러냐?" 빌리는 자기가 하려는 말의 의도를 분명히 아는 것 같다. 그는 팔을 치우더니 여자 하나를 붙잡고 말한다. "어서 한번 걸어 봐." "뭐요? 왜요?" "그냥 여기 벽을 따라서 걸어 보라고." 그녀는 안 하려 한다. 다른 사람들이 그녀를 향해 외친다. "어서 걸어 보라니까, 괜히 내숭 떨지 말고."

결국 그녀는 자리에서 일어나 빌리를 바라보며 벽 쪽으로 걸어간다. "에이그, 이런 멍청이!" "어서, 걸어." 빌리가 소리를 꽥 지른다. 그녀는 그에게 혀를 삐죽 내밀더니 엉덩이를 실룩대며 걷는다. 사람들이 웃는다. "자, 이제 돌아와 봐. 그런데 저 여자가 어떻게 했지?" "너한테 혀를 삐죽 내밀었잖아!" "그 밖에는?" "걸었잖아." "그래, 걸었어." 여자가 그들의 말에 끼어든다. "아니, 그게 아니라, 춤을 춘 거예요." 토스트를 먹던 중년 사내가 말한다. "그건 춤이 아니야. 언제부터 엉덩이만 내밀면 춤이 된 거야?" 여자의 말. "당신이 엉덩이를 내밀면, 그건 춤이 아니죠." 두 사내는 소리친다. "그 여자는 걸은 거라고." 빌리는 그들의 말을 듣고 의기양양하게 웃는다. "그러면 말이야, 이 여자가 행진을 했다고 하면 어떨까." 새파랗게 젊은 녀석이 화를 낸다. "그래서, 그게 뭐 어쨌다는 거야?"

"아무것도 아니야. 자 보았겠지만, 걸었다고 해도 되고, 춤을 추었다고 해도 되고, 행진을 했다고 해도 그만이야. 네 마음대로야. 아직도 이해를 못 하는 것 같군. 그러면 내가 자세히 설명해 주지. 이것은 아까 말한 맥주잔이야, 하지만 넌 이것을 그냥 침이라고 불러도 그만이야. 그러면 다른 사람들도 모두 이것을 침이라고 부르겠지. 그래 봤자 술을 따라 먹는 잔임에는 틀림없어. 그런데 저 여자가 행진했다고 쳐도 그것은 행진한 거나 걸은 거나 춤을 춘 게 되는 거야. 그것은 오로지 네가 그것을 어떻게 봤느냐에 달린 거야. 네 눈으로 말이야. 네가 본 것이 정답이라고. 그리고 어떤 사람이 시계를 집어 갔다고 해도, 그것은 절대 도둑맞은 게 아니야. 이제 알겠어? 주머니나, 쇼윈도나, 가게에서 누가 집어 간 거지, 도둑맞은 거라고?" 빌리는 등을 뒤에 기대며 양손을 다시 바지 주머니에 찔러 넣는다. "그건 아니야." "그러면 뭐라 그럴 건데?" "잘 들어, 집어 갔다고 하는 거지. 주인이 바뀌었을 뿐이지." 일동 그림 속의 군상처럼 침묵. 빌리는 권투 선수 같은 턱을 앞으로 내밀고 아무 말도 하지 않는다. 다른 사람들은 곰곰이 생각 중이다. 뭔가 섬뜩한 분위기가 테이블에 번진다.

갑자기 빌리가 한 팔밖에 없는 프란츠를 공격한다, 그만의 날카로운 목소리로. "당신은 하는 수 없이 프로이센 군대에 끌려가서 전쟁터까지 갔죠. 그걸 나는 자유의 박탈이라고 부릅니다. 그러나 그들은 그들만의 재판소와 경찰을 갖고 있죠. 그런 것들을 갖고 있는 까닭에 그들은 당신의 입을 봉해 놓을 수 있는 거죠. 그래서 이제는 당신과 같은 바보가 생각하는 것처럼, 자유의 박탈이 아니라 복무 의무가 된 겁니다. 그렇게 해서 당신 같은 사람들은, 어디로 흘러가는 건지도 모르는 채 세금을 내듯이 그것을 그냥 참고 수행하는 거지요."

여자가 징징대는 소리로 말한다. "정치 이야기 좀 그만해요. 그런 얘기로 저녁 시간을 흘려 버릴 수는 없어요." 애송이는 볼멘소리를 하며 그 상황에서 슬쩍 벗어나려 한다. "다 헛소리야, 그런 헛소리나 하고 있기에는 날씨가 너무 좋아." 빌리는 그를 건드린다. "그럼 당장 거리로 나가라고. 이 바보 자식아, 넌 정치가 이 방에만 있어서 널 위해 내가 정치 이야기를 해 주는 걸로 생각하는 거냐? 정치는 내게 그런 걸 원치 않아. 정치는 말이야, 네가 어딜 가든 네 머리 위에 대고 토악질을 할 거야, 이 친구야. 넌 그걸 늘 견딜 수밖에 없는 거야." 그중 한 사내가 소리친다. "그 얘기는 이제 잊기로 하자고, 입 좀 다물어."

두 명의 새 손님이 들어온다. 여자는 몸을 살랑살랑 흔들며 벽을 따라 지그재그로 엉덩이를 흔들어 대며 빌리를 넘겨다보며 꼴좋다는 듯 생긋 웃으며 걸어간다. 빌리는 자리에서 벌떡 일어나더니 그녀와 뻔뻔스레 요란한 춤을 춘다, 이어서 서로 끌어안고 애무를 한다, 십 분 간의 화끈한 버너 같은 애무, 땅에 박힌 듯 서서 밀가루 조형으로 굳는다.* 넘겨다보는 사람은 아무도 없다. 외팔이 프란츠는 세 번째 잔을 들이붓기 시작한

---

* 실러의 시 「종의 노래」(1800)를 패러디한 것.

다, 그는 그루터기 같은 어깻죽지를 만져 본다. 그루터기가 화끈거린다, 화끈거린다, 화끈거린다. 이 빌어먹을 놈의 자식, 이놈의 빌리, 빌어먹을 놈의 자식, 빌어먹을 놈의 자식. 녀석들은 테이블을 밖으로 끌어내고 멍석을 창밖으로 내던진다. 그중 한 녀석은 아코디언을 들고 와 문 옆의 걸상에 앉아 아코디언을 끌어안고 눌러 대며 연주를 한다. 나의 요하네스, 아, 그이는 그걸 정말 잘해, 나의 요하네스는 사내 중의 사내라네.*

그들은 어울려 흥겹게 춤을 춘다, 재킷을 벗어 던진 채 퍼마시고 떠들고 땀을 흘린다. 이 세상 누구보다도 나의 요하네스는 그걸 정말 잘해. 그때 프란츠 비버코프는 자리에서 일어나 계산을 하고 속으로 말한다, 나는 이제 춤을 출 정도로 젊지 않아, 그리고 싶지도 않고, 나는 돈을 벌어야 해. 어디서 어떻게 벌든 그건 아무 상관없어.

그는 모자를 쓰고는 밖으로 나간다.

두 남자가 점심에 로젠탈 가 식당에 앉아서 완두 수프를 숟가락으로 떠먹고 있다, 그중 한 사내는《베를리너차이퉁》을 옆에 두고 있다, 그가 웃는다. "서부 독일에서 일어난 끔찍한 가정 비극 얘기군." "그런데 그게 뭐가 우습지?" "좀 더 들어 봐. 아버지라는 사람이 아이 셋을 물에다 던져 버렸다고. 그것도 셋을 한꺼번에. 정말 광폭하기 이를 데 없는 아비지." "어디서 일어난 일이야?" "베스트팔렌 주의 함 시야. 뭔가 큰 문제가 있었던 모양이야, 그때까지 쌓이고 쌓여 왔던 거지. 괜히 그랬

---

* 당시 독일 유행가의 한 구절.

을 리가 없어. 잠깐만, 이 친구가 마누라는 어떻게 했나 한번 볼게. 아마 마누라까지도. 아니야, 그 여자는 혼자서, 그전에 이미 스스로 목숨을 끊었어. 이거 정말 할 말이 없네. 재미난 집이군, 막스, 사는 법을 잘 아는 거야. 마누라의 편지 : 이 사기꾼아! 제목에는 감탄 부호가 붙어 있어, 남편한테 들으라는 얘기지. '이런 삶을 계속 살기가 괴로워 운하에 몸을 던지기로 결심했어. 당신은 밧줄에 목을 매도록 해. 율리. 마침표." 그는 배꼽을 움켜쥐고 웃는다. "이 집안에는 행동 통일이 없군. 마누라는 운하에, 남편은 밧줄에. 여자는 남편한테 목을 매라 하지만 그 작자는 아이들을 물속에 던져 버리고. 남편은 마누라 말을 안 들은 거지. 결혼 생활이라는 게 쥐뿔이었군."

그들은 로젠탈 가의 건설 현장에서 일하는 중년의 노동자들이다. 한쪽 편이 하는 얘기에 대해 상대방은 못마땅해한다. "아주 슬픈 얘기야, 자네도 그걸 연극이나 책으로 봤다면 아마 엉엉 울었을 거야." "자네 같으면 그랬겠지, 막스. 왜 그딴 것을 가지고 엉엉 울어, 도대체 왜?" "마누라에다 세 아이까지, 에이, 그만두자고." "나는 말이야, 이 이야기가 재미있어, 그 남자가 마음에 들어, 아이들이 참 안되긴 했지. 그렇지만 온 가족을 단칼에 이렇게 싸늘하게 한 테이블 위에 올려놓을 수 있다니, 존경심이 막 생기네, 그리고 또……." 그러고는 다시 웃음을 터뜨린다. "자네가 무슨 말을 하든 좋아, 내 생각은 말이야, 이 얘기가 너무 웃긴다고, 이 사람들은 최후의 순간까지 부부 싸움을 한 거잖아. 마누라는 남편에게 밧줄에 목을 매라 하고, 남편은 말 같지 않은 소리 하지 마, 율리, 하면서 아이들을 물속에다 내던져 버리고."

상대방은 금속테 안경을 고쳐 쓰고는 다시 한 번 그 기사를 읽어 본다. "남편은 살아 있군. 체포당했어. 나는 이 친구 같은 신세는 되고 싶지 않아." "그걸 어떻게 알아. 그건 모를 일이야." "무슨 소리, 난 잘 알아." "이보게, 난 그 친구가 어떻게 할지 뻔히 떠오르는군. 그 친구는 지금쯤 감방에 앉아서 담배를 한 대 피우면서 — 물론 담배를 들여올 수 있다면 — 이렇게 말할 거야, '당신들 처분에 맡기겠소.'" "그렇다면 자네도 뭘 아는군. 양심의 가책이라는 거 말이야, 이 친구야. 그 친구는 감방에서 울부짖거나 아무 말도 안 하고 있을 거야. 잠도 못 자겠지. 자네는 왜 그렇게 나쁜 쪽으로 말하는 거야?" "그 말에는 난 절대 반대야. 그 친구는 아주 편안하게 잘 잘 거야. 그렇게 광폭하기 이를 데 없는 녀석은 잠도 잘 자고 먹기도 마시기도 잘하지, 오히려 바깥에 있을 때보다 더 잘. 내가 보증하지." 상대방은 그를 진지한 눈빛으로 쳐다본다. "그렇다면 아주 못된 자식이군. 그 녀석 목을 칠 때 내 칼을 빌려 주지." "그래, 자네 말이 맞아. 그 친구도 '선생 말씀이 천부당만부당 옳습니다.'라고 말할 거야." "이제 그만 쓸데없는 소리 그만하자고. 오이 피클 좀 시켜야지." "정말 재미있는 신문이야. 더러운 개 같은 자식, 이제 자기가 한 짓이 마음에 켕길지도 모르지, 대부분의 사람들은 원래 자기 생각보다 앞서가는 데가 있거든." "나는 오이 피클하고 돼지머리를 먹겠어." "나도."

사람이 바뀌면 직업이 달라지거나,
아니면 아예 아무것도 하지 않거나

옷소매에 구멍이 난 것을 보는 순간 여러분은, 아, 이제 새 양복을 구해야 할 때가 되었구나 하고 생각할 것입니다. 그러면 여러분은 구매하고자 하는 옷을 한눈에 보고 고를 수 있는 크고 밝고 멋진 매장을 찾아갈 것입니다.

"나는 아무 일도 할 수 없다니까요, 베그너 부인, 무슨 말을 해도 좋지만, 외팔이 사내, 그것도 오른팔이 없는 사내는 끝난 거나 마찬가지요." "그건 부인할 수 없어요, 참 힘든 일이에요, 비버코프 씨. 그렇다고 그렇게 헐떡대면서 그런 표정은 짓지 말아요. 그런 당신을 보면 사람들이 다 무서워하니까요." "그러면 이 한쪽 팔로 뭘 하라는 거요?" "실업자 수당을 받거나 아니면 조그만 노점을 하나 내세요." "무슨 노점을 내요?" "신문이나 옷가지, 양말대님이나, 목걸이 같은 것을 티츠 백화점 앞이나 다른 곳에서 팔도록 해요." "신문 가판대요?" "아니면 과일, 과일 장사를 해 봐요." "그걸 하기에는 나이를 너무 많이 먹었어, 그런 일은 더 젊은 사람이 하는 거요."

그건 다 지난날의 일이다, 그런 일을 다시 하기는 싫다, 다시는 하지 않겠다, 그런 일은 다 끝난 일이다.

"색시를 하나 얻어요, 비버코프 씨, 그러면 색시가 뭐든 다 말해 주고 당신이 필요할 때면 도움을 줄 거예요. 함께 수레도 끌어 주고 당신이 자리를 비워야 할 때면 색시가 알아서 가판대에서 물건을 팔 테니까요."

모자를 쓰고 내려가 보자, 다 쓸데없는 소리다, 다음에는 손풍금이나 어깨에 둘러메고 **빽빽**대며 돌아다니런다. 빌리는 어디 있지?

"안녕, 빌리." 잠시 후 빌리가 말한다. "당신은 그렇게 여러 가지 일을 할 수는 없어요. 하지만 머리가 빨리 돌아간다면 그런대로 할 만한 일은 있어요. 가령, 내가 당신에게 매일 뭔가 팔거나 몰래 처분할 것을 주고 그리고 또 당신에게 비밀을 지켜 줄 친구들이 있다면 물건을 팔아서 꽤 많은 돈을 벌 수 있을 거요."

그 말을 듣고 프란츠는 그 일을 하고 싶어 한다. 반드시 하고 싶어 한다. 그는 자기 혼자만의 힘으로 일어서고 싶다. 그는 돈이 빨리 들어오는 벌이를 원한다. 일을 한다고? 다 쓸데없는 소리다. 신문 같은 것은 이제 거들떠보기도 싫다. 바보 같은 신문팔이 녀석들을 보면 울화가 치민다, 남들은 바로 옆에서 자동차를 타고 다니는 판국에 그토록 미련하게 일만 하다니 놀랍기까지 하다. 이젠 그런 일은 안 한다. 옛날 일이다, 이 친구야. 테겔 형무소, 검은 나무들의 가로수 길, 집들은 흔들리고 지붕들은 머리 위로 떨어질 것만 같고, 그리고 나는 바르게 살아야 한다! 웃기는 소리다, 프란츠 비버코프가 아주 바르게 살아야 한다니, 어떻게 생각하나, 이거 정말 놀랄 일인 걸. 정말 웃기는군, 교도소에 있다가 머리가 어떻게 된 것 같아, 완전히 맛이 갔나 봐, 돈을 벌어야 한다, 돈을 벌어야 해, 사람은 무릇 돈이 필요해.

이제 여러분은 장물아비나 범죄자의 모습을 한 프란츠 비버코프를 보게 된다. 사람이 바뀌면 직업도 바뀌는 법, 더 나쁜 일이 그를 기다리고 있다.

한 여자가 있다, 보라와 진홍의 옷을 입고 금과 보석과 진주로 치장하고 손에는 황금 잔을 들고 있다. 그녀는 깔깔대고 웃는다. 그리고 그녀의 이마에는 하나의 이름이, 하나의 비밀이 적혀 있다, 큰 여인 바빌론, 매음의 어머니이자 이 지상의 모든 추악한 것의 어머니. 그 여자는 모든 성인들의 피를 마셨으며 성인들의 피에 취해 있다.

헤르베르트 비쇼의 집에서 묵던 시절, 프란츠 비버코프는 어떤 옷을 입고 있었을까?

지금 그는 어떤 옷을 입고 있는가? 20마르크씩 현금 균일가로 판매하는 매대에서 흠집 없이 멋진 여름 양복을 한 벌 구입했다. 특별한 날에는 왼쪽 가슴에 철십자 훈장을 단다, 없어진 팔에 대한 보상이다, 그러면서 그는 지나가는 사람들의 존경뿐만 아니라 프롤레타리아들의 분노를 즐긴다.

다림질로 세운 바지 주름과 손에 낀 장갑, 뻣뻣한 중절모 등으로 그는 우직해 보이는 뚱뚱한 술집 주인이나 푸줏간 주인처럼 보인다. 불심 검문에 대비하여 그는 수중에 증명서를 하나 지니고 있다, 물론 가짜 증명서이다, 프란츠 레커라는 사람의 것이다, 이 사람은 1922년의 폭동 때 사망했는데 그의 신분증명서가 지금까지 많은 사람들을 도왔다. 신분증명서에 적혀 있는 내용을 프란츠는 모두 암기하고 있다, 부모는 어디 사는지 또 언제 태어났는지, 형제는 어떻게 되는지, 어디서 일하는지, 마지막으로 일한 직장은 어딘지, 짭새가 물어볼 수 있는 것을 모두 다 말이다, 그러면 그다음은 거저먹기다.

6월의 일이다. 눈부시게 아름다운 6월에 나비는 번데기 단계를 거쳐 모습을 드러냈다. 그리고 프란츠가 이미 꽤 번창하고 있을 무렵, 헤르베르트 비쇼와 에바는 초포트에서 온천욕을 마치고 돌아왔다. 온천에서는 여러 가지 일이 많았고, 그에 대한 이야기도 많았다, 프란츠는 그 이야기를 흥미롭게 경청한다. 에바의 증권업자는 불운을 겪었다. 도박에서는 운이 좋았으나, 그가 은행에서 1만 마르크를 찾아온 날 그 돈을 몽땅 호텔 방에서 도난당했다, 그사이 그는 에바와 만찬을 들고 있었다. 어찌 그런 일이 일어난단 말인가. 방은 복제 열쇠로 흔적도 없이 열렸고, 금시계도 없어지고, 침대 옆 탁자 서랍에 넣어 두었던 5000마르크까지도 사라졌다. 물론 부주의가 원인이기는 하지만 그런 일이 일어나리라고 누가 생각이나 했겠는가? 그런 일급 호텔에 도둑이 침입할 수 있다니! 대체 경비는 눈을 어디다 둔 거요? 당신을 고발하겠소, 이곳엔 감시도 없어요? 우리는 방에 놓아둔 귀중품에 대해서는 책임을 지지 않습니다. 그 사내는 에바에게 대고 해 재꼈다, 뭣하러 그렇게 저녁을 먹자고 재촉한 거야, 도대체 왜? 순전히 그 남작이 보고 싶어서지, 속에서 우러나 그 친구한테 손에다 키스나 하고, 나중에는 또 그 친구한테 봉봉 사탕까지 한 봉지 선물하고, 그것도 내 돈으로. 너무 그렇게 험하게 굴지 마세요, 사랑하는 에른스트. 그렇지만 5000마르크는? 그걸 나보고 어떡하라고요? 아, 집에나 가요. 그러자 증권업자는 화를 내며 말한다. 그것도 나쁜 생각은 아니군, 당장 이곳을 뜨자고.

그렇게 해서 헤르베르트는 원래대로 엘자스 가에 살고, 에바는 서부 지역의 멋진 방으로 들어가야 한다, 그것은 그녀에겐 새삼스러울 것도 없다, 조금만 있다 보면 그 증권업자도 내게 싫증이 날 거야, 그러면 그때 엘자스 가로 가면 되는 거야.

이미 기차에 올라 일등실에서 증권업자 옆에 앉아 그의 애무를 받으며 겉으로는 억지로 행복한 척하면서 그녀는 꿈꾼다. 프란츠는 무얼 하고 있을까. 그리고 그녀의 증권업자가 베를린을 앞두고 객실에서 나가 그녀 혼자 객실에 남게 되자 그녀는 걱정에 몸을 떤다. 프란츠는 다시 가 버렸을 거야! 헤르베르트와 에바와 에밀에겐 이 얼마나 기쁘고 놀랍고 입이 쩍 벌어지는 일인가, 7월 4일 (수요일), 누군가 그들을 찾아오니, 그게 누군지는 여러분도 추측할 수 있으리라. 말쑥하고 단정한 차림새, 자긍심이 넘치는 가슴에는 철십자 훈장, 여느 때나 다름없이 천진난만해 보이는 짐승 같은 갈색의 눈빛, 남자다운 따스한 주먹에 힘찬 악수, 바로 프란츠 비버코프다. 몸을 잘 가누어야지, 잘못하면 균형을 잃어. 에밀은 변모한 모습의 주인공을 금세 알아차린다. 프란츠는 헤르베르트와 에바를 쳐다보며 실실 웃는다. 프란츠가 정말 멋쟁이가 되었다. "어이, 자네는 요즘 샴페인으로 발을 씻는가 봐." 헤르베르트도 기뻐서 그렇게 말한다. 에바는 그렇게 앉아 있을 뿐 무슨 영문인지 모른다. 프란츠는 팔이 없는 오른쪽 소매를 주머니에 찔러 넣어 두고 있다. 아무튼 팔은 그 뒤에도 돋아나지 않았다. 그녀는 그의 목에 매달리며 그에게 키스한다. "어머, 프란츠, 우리는 줄곧 여기 앉아서 당신이 어떻게 되었을까 하고 머리가 부서지도록 걱정했어요. 정말 걱정했다고요, 당신은 모르겠지만." 프란츠는 빙 돌아가며 에바에게도 키스를 하고, 헤르베르트에게도 키스하고, 에밀에게도 키스를 한다. "쓸데없이 내 걱정을 하다니."

그는 살짝 윙크를 한다. "멋쟁이 코트를 입은 이 전사의 모습 어때?" 에바는 환성을 지른다. "도대체 웬일이에요, 웬일이냐고요, 이렇게 멋진 모습을 보니 정말 기뻐요." "그래, 나도 그래." "요샌 누구와 사귀어요, 프란츠?" "사귀다니? 아, 그거. 아냐, 그런 건 없어. 아무 여자도 없다고." 그다음 그는 이야기를 꺼내더니 마구 떠들며 헤르베르트에게는 약속까지 한다, 돈은 다 갚겠다, 한 푼 남김없이, 몇 달 안으로 모두 갚겠다. 그러자 헤르베르트와 에바는 웃는다. 헤르베르트는 갈색의 1000마르크짜리 지폐를 프란츠의 눈앞에서 흔들어 보인다. "갖고 싶지, 프란츠?" 에바가 간곡한 투로 말한다. "어서 받아요, 프란츠." "천만에, 전혀. 난 필요 없어. 그걸로 술집에 가서 술이나 퍼마실 테니까. 고작 그 짓이야."

아가씨도 나타나고
프란츠 비버코프는 다시 안락함을 느낀다

그들은 프란츠가 하는 일이면 뭐든지 축복을 빌어 준다. 프란츠를 아직도 사랑하고 있는 에바는 그에게 아가씨 하나를 소개시켜 주려 한다. 그는 됐다며 버틴다, 그 처녀는 내가 아는 애야, 아니에요, 당신은 그 애를 몰라요, 헤르베르트도 모르는걸요, 당신이 대체 어떻게 알아요, 말도 안 돼요, 베를린에 온 지도 얼마 안 됐는 걸요, 베르나우 출신인데, 매일 저녁때가 되면 슈테틴 역에 나타났어요, 거기서 그 애를 알게 되었는데 그 애에게 이렇게 말해 주었어요. 그만두지 못하고 자꾸 이

곳으로 오다가는 망가져요, 아가씨, 이곳 베를린에서는 언제가
지나 그런 짓만 하고 지낼 수는 없어요. 그러자 그 애는 깔깔
대고 웃더니 이렇게 말하더군요, 그냥 즐기려고 그러는 거라고
요. 알겠어요, 프란츠 ― 이 이야기는 헤르베르트도 알고, 에밀
도 알고 있어요 ― 어느 날인가 그 애가 12시에 커피숍에 앉
아 있더군요. 나는 다가가서 물었어요. 아니, 얼굴 표정이 왜
그래요, 아가씨, 이런 데서 괜한 소동 피우면 안 돼요. 그러자
그 애는 내 앞에서 엉엉 울며 말했어요, 파출소에 가 봐야 하
는데 아무런 신분증명서도 없고, 게다가 미성년이라는 거예요,
집에 갈 엄두도 나지 않고요. 경찰이 찾고 있다는 이유만으로
일하던 직장에서도 쫓겨나고 엄마한테서도 쫓겨났다는 거예
요. 그 애는 이렇게 말하더군요. 내가 조금 즐겼다는 이유만으
로 그러는 건가요? 그러면 저녁마다 나더러 베르나우에서 뭘
하고 지내라는 거죠?

에밀은 언제나처럼 양팔로 턱을 괴고서 듣고 있다가 말한
다. "그건 그 여자애 말이 맞아. 나도 베르나우라는 곳을 잘
알지. 그곳은 밤만 되면 할 일이 전혀 없는 곳이야."

에바가 말한다. "나는 지금 그 여자애를 조금 돌봐 주고 있
어요. 슈테틴 역에는 다시는 가지 못하게 했죠."

헤르베르트는 수입 시가를 피우고 있다. "자네가 뭘 아는
사내라면 말이야, 프란츠, 한번 해 보라고, 그 여자애가 어떤
애인지 어떻게 알아, 나도 본 적이 있는데 아주 일품이야."

에밀이 말한다. "아직 좀 어리긴 해도 일품은 일품이야. 뼈
대도 튼튼하고 말이야."

그들은 이러쿵저러쿵 계속해서 떠들어 댄다.

당장 이튿날 낮에 그의 문을 노크한 이 아가씨에게 프란츠는 한눈에 홀딱 반한다. 에바는 그의 군침을 돌게 만들었고, 그 역시 에바의 정성에 답하고 싶었다. 그런데 실제로 이 아가씨는 명품 중의 명품이다, 그런 여자는 그의 요리책에서는 본 적이 없었다. 작은 몸집에 나풀대는 하얀 민소매 원피스를 입은 모습이 꼭 여학생 같다, 그녀는 부드럽고 하늘대는 몸놀림으로 어느새 그의 곁에 와서 앉는다. 그녀가 찾아온 지 삼십 분도 안 됐지만 그는 그 귀염둥이 아가씨가 그의 방을 떠나는 것은 상상조차 할 수 없다. 본래 이름은 에밀리 파르중케이지만 그녀는 그냥 소냐라고 불리기를 원한다. 에바 역시 그녀를 늘 그렇게 불렀는데, 얼굴 광대뼈 생긴 모습이 러시아 사람과 비슷했기 때문이다. "그리고 에바도 말이에요." 그녀는 애교 띤 말투로 말한다. "에바도 원래 이름은 에바가 아니래요. 나처럼 에밀리라고 하더라고요. 에바가 직접 내게 말해 주었어요."

프란츠는 그녀를 무릎에 올려놓고 흔들면서 이 귀엽고 탄탄한, 놀랍기만 한 아가씨를 자꾸만 바라본다. 사랑하는 신이 그의 집으로 보내 준 이 큰 행운에 그는 넋이 나간다. 인생에는 부침이 있다, 놀라운 일이다. 에바라는 이름을 붙여 준 남자가 누군지, 그는 잘 안다. 자신이 바로 그 장본인이었다. 그녀는 그가 이다와 사귀기 전에 그의 애인이었다, 차라리 에바 곁에 남을걸. 그래도, 이제 이 아가씨를 얻지 않았는가.

그러나 그가 그녀에게 소냐라는 이름을 허용한 것은 단 하루뿐이었다. 그러더니 그는 외국식 이름은 싫다고 설득한다. 베르나우 출신이니 당연히 다르게 불려야 한다는 것이다. 지금까지 여러 여자를 사귀어 봤지만 ─ 이 정도야 그녀도 충분히 짐작하겠지만 — 여태껏 한 번도 마리라는 이름의 여자는 못 보았다면서 그런 이름의 여자를 꼭 갖고 싶다고 말한다. 그런 연유로 그는 이제 그녀를 "나의 미체"라고 부른다.

그로부터 얼마 안 있어 — 7월로 접어들면서 — 그는 그녀와 아름다운 것을 경험한다. 아이는 생기지 않는다, 그녀도 몸이 아프지 않다. 프란츠의 명치 끝을 건드리는 것은 무언가 다른 것이다. 그렇다고 더 나빠지지도 않는다. 그 무렵 슈트레제만은 파리를 방문하고, 아니면 아마 방문하지 않고, 바이마르에서는 전신국의 천장이 내려앉고, 그리고 아마 일자리도 없는 녀석이 외간 남자와 눈이 맞아 그라츠로 떠나 버린 자기 색시의 뒤를 쫓아가 두 남녀를 총으로 쏴 죽이고 자신의 머리에도 총알을 한 방 박는다. 이런 일들은 날씨에 상관없이 일어난다, 바이센 엘스터 강에서 물고기가 떼죽음 당한 것도 그 한 예이다. 이런 것을 신문에서 읽으면 상당히 놀랍지만 막상 그 현장에 있으면 별로 그렇게 대단한 일로 여겨지지 않는다. 사실 어느 가정에서든 늘 무슨 일이 일어나고 있다.

프란츠는 자주 알테 쇤하우스 가에 있는 전당포 앞에 서 있다, 건물 안의 식당에서 그는 이 사람, 저 사람과 흥정을 한다, 그들은 서로 얼굴을 아는 사이다, 프란츠는 신문에서 구매와 판매난을 자세히 살펴본다. 정오에는 미체와 만난다. 둘이 만나 식사를 할 알렉스 광장의 아싱거 맥주홀을 향해 지친 모습으로 허둥지둥 걸어오는 미체가 금방 눈에 띈다. 그녀는 늦잠을 자서 그렇다고 말한다, 하지만 그가 보기엔 이 아가씨의 행동거지가 뭔가 앞뒤가 안 맞는다. 그는 그것을 다시 금세 잊는다. 딴생각을 떠올리기에는 이 아가씨는 너무나 마음씨가 곱다. 그리고 그녀의 방은 아주 깨끗하고 어린 소녀의 방처럼 꽃과 헝겊 조각, 리본으로 예쁘게 장식되어 있다. 그리고 언제나 환기를 잘 해 놓고 라벤더 향수까지 뿌려 놓아서 저녁때 함께 집으로 돌아가면 기분이 좋다. 그리고 침대에 누우면 그녀는 깃털처럼 부드럽다, 그 일을 할 때마다 그녀는 조용하고 나긋나긋하고 행복해한다, 처음에 그랬던 것처럼. 그리고 평상시에는 그녀는 좀 진지한 편이다. 때문에 그는 그녀를 다 알지 못한다, 그렇게 아무것도 하지 않고 우두커니 앉아 있을 땐 그녀는 무슨 생각을 할까. 그가 물으면 그녀는 늘 웃으면서 이렇게 대답한다. 저는 전혀 아무 생각도 안 해요, 사람이 하루 종일 무슨 생각을 할 수는 없는 법이잖아요. 그 역시 듣고 보니 그렇다.

그러나 문밖에는 프란츠의 이름이 적힌 우편함이 있다, 프란츠 레커라는 가명으로 되어 있다, 광고나 우편물에는 그는 이 이름을 쓴다. 어느 날 미체가 그에게 이야기한다. 오전에 우편배달부가 우편함에 뭔가 집어넣는 소리가 분명히 들려서 나가 보니 아무것도 없더라는 것이다. 프란츠는 이상한 느낌이 들어 그게 어찌된 영문이냐고 묻는다. 그러자 미체가 이렇게 말한다, 누군가가 편지를 빼내 간 것 같아요, 건너편에 사는 사람들 소행 같아요, 이 사람들은 늘 문구멍으로 살피고 있거든요, 그래서 우편배달부가 오는 것을 보고 있다가 편지를 빼낸 것 같아요. 프란츠는 격분한 나머지 얼굴이 붉으락푸르락해진다. 그러면서 생각한다. 그렇다면 누군가 내 뒤를 쫓고 있다는 건가. 저녁때 그는 건너편 집을 찾아간다. 문을 두드리자 한 여인이 나오더니 남편을 불러오겠다고 얼른 말한다. 이번엔 나이가 든 남자가 나타난다. 여자가 훨씬 젊다, 남자는 예순은 되어 보이고 여자는 서른 정도이다. 프란츠는 혹시 잘못해서 이곳에 배달된 편지가 없느냐고 묻는다. 남자는 자기 아내를 쳐다본다. "혹시 편지 온 거 있어? 난 방금 집에 와서." "아뇨, 편지 온 거 없어요." "그게 몇 시쯤의 일이야, 미체?" "11시쯤이에요, 우편배달부는 늘 11시경에 오거든요." 그러자 여자가 말한다. "맞아요, 우편배달부는 늘 11시경에 와요. 하지만 아가씨가 늘 편지를 직접 전해 받는 것 같던데. 배달할 편지가 있으면 우편배달부는 늘 초인종을 울리잖아요." "어떻게 그렇게 자세히 알죠? 나는 우편배달부와 계단에서 한 번 마주친 적은 있죠. 그때 내게 편지를 한 통 주기에 그걸 그냥 우편함에 넣었지요." "댁이 그걸 우편함에 넣었는지 어쩐지는 난 몰라요. 다만 우편배달부가 편지를 당신에게 주는 것만은 봤어요. 그런데 그게 나하고 무슨 상관이죠?" 프란츠의 말. "그러니까 댁에는 내 편지가 없다는 거군요. 레커가 내 성입니다. 이곳으로 배달된 편지는 없다는 얘기죠?" "여부가 있겠어요, 남에게 온 편지를 왜 내가 받겠어요. 보시다시피 우리 집에는 우편함 같은 것도 없어요, 우리 집에는 우편배달부가 거의 안 오니까요." 프란츠는 언짢은 표정으로 미체와 물러가며 모자를 살짝 쳐든다. "죄송합니다, 안녕히 계세요." "잘 가요, 안녕히 가세요."

그 뒤 프란츠와 미체는 그 일에 대해 이런저런 이야기를 나눈다. 프란츠는 혹시 그 사람들이 자기를 염탐하는 것은 아닌지 생각해 본다. 그리고 헤르베르트와 에바에게 이 이야기를 한번 해 보기로 마음먹는다. 그는 미체에게 우편배달부가 오면 앞으로는 초인종을 누르도록 부탁하라고 단단히 타이른다. "그럴게요, 프란츠, 그런데 가끔 가다 새 사람이 오기도 해요, 보조원이요."

그러던 며칠 뒤 정오에 프란츠가 예고도 없이 집에 와 보니, 미체는 이미 아싱거 맥주홀로 가고 없었다. 그때 그는 암호를, 뭔가 아주 새로운 사실을 알게 된다. 그것 역시 뼛속까지 스미는 충격적인 것이지만 그에게 그렇게 큰 상처를 주지는 않는다. 그는 방으로 들어가 본다, 물론 비어 있다, 깨끗하다, 그러나 새로 구입한 시가 한 상자가 그를 위해 놓여 있다, 상자 위에는 '프란츠에게'라는 쪽지가 있고, 또 그 옆에는 두 병의 알라쉬주가 있다. 프란츠는 행복하다, 그는 생각한다, 이 여자는 살림을 할 줄 알아, 이런 여자하고 결혼을 해야 해, 그는 좋아서 입이 벌어진다, 이것 좀 봐, 예쁜 새까지 사다 놓다니, 마치 생일을 맞은 것 같군, 좀만 기다려, 귀여운 나의 아가씨, 나도 선물을 줄 테니. 그는 주머니 속의 돈을 만져 본다, 그때 초인종이 울린다, 그래, 우편배달부인가 보군, 그런데 오늘은 무척 늦게 왔군, 벌써 12시나 됐는데, 내가 가서 직접 말해야지.

프란츠는 복도로 나가 문을 열고 귀를 기울여 본다, 우편배달부는 없다. 그는 기다린다, 그러나 오지 않는다, 음, 아무래도 어느 집에 가서 죽치고 있나 보군. 프란츠는 편지를 꺼내 방으로 들어간다. 봉하지 않은 봉투 속에는 속을 봉한 또 한 통의 편지가 들어 있고 쪽지도 있다, 거기에는 일부러 휘갈겨 쓴 필체로 '잘못 배달됨'이라는 글씨와 알아볼 수 없는 이름이 적혀 있다. 이 편지는 건너편 집에서 온 게 분명해, 저 사람들은 대체 누구를 염탐하는 걸까. 봉해진 편지에는 '소냐 파르중케, 프란츠 레커 씨 댁'이라고 주소가 적혀 있다. 이것 참 수상하군, 누구한테서 이런 편지를 받는 거지, 발신지는 베를린이고 그것도 남자군. 그 미지의 남자는 다음 내용의 글을 써 놓았다, 프란츠는 싸늘하게 소름이 끼친다. '너무나도 사랑하는 나의 그대, 당신은 답장을 너무나 오래토록 기다리게 하는군요.' 그는 더 이상 읽을 수가 없다, 그냥 앉아 있을 뿐이다. 그리고 그의 앞에는 시가와 카나리아 새가 있다.

이제 프란츠는 계단을 내려가 아싱거 맥주홀로 가지 않고 헤르베르트에게로 간다, 그는 창백한 얼굴로 그에게 편지를 보여 준다. 헤르베르트는 옆방으로 가서 에바와 귓속말을 주고받는다. 이윽고 에바가 다시 돌아오더니 헤르베르트에게 키스를 하고는 그를 내보낸다, 그러고 나서 그녀는 프란츠의 목에 매달린다. "자, 프란츠, 내게도 키스해 줄래요?" 그는 그녀를 빤히 쳐다본다. "이러지 마." "프란츠, 키스 좀 해 줘요, 우리는 옛 친구 사이잖아요." "아니, 자꾸 왜 이래, 바르게 처신해야지, 헤르베르트가 어떻게 생각하겠어." "방금 내가 내쫓았잖아요, 자, 와서 찾아보세요." 그녀는 프란츠를 데리고 방 이곳저곳을 돌아본다, 그래, 정말 그는 나가고 없다. 그래, 정말 나갔나 보군. 에바는 문을 닫는다. "자, 이제 내게 키스해 줄 수 있겠죠." 그러면서 그를 끌어안는다. 순식간에 그녀의 몸은 불이 붙는다.

"이봐, 이봐." 프란츠는 헐떡이며 말한다. "당신 미친 거 아냐. 도대체 내게 뭘 원하는 거야?" 그러나 그녀는 제정신이 아니다, 그녀에게 저항하기엔 그도 역부족이다, 그는 어안이 벙벙하다, 일단 그녀를 밀쳐 낸다. 그러나 다음 순간 그의 내부에서 뭔가 신호가 확 바뀐다! 그는 에바가 무슨 마음으로 이러는지 모른다. 다만 지금 두 사람의 가슴속에 치솟는 것은 단 하나의 격정과 광포함뿐이다. 잠시 후 둘은 서로의 팔과 목을 물어뜯으며 나란히 누워 있다. 그녀는 등을 그의 가슴에 걸쳐 놓고 있다.

프란츠가 볼멘소리로 말한다. "헤르베르트가 정말 나가고 없는 거야?" "내 말을 못 믿겠어요?" "이건 내 친구를 배반하는 더러운 짓이라서." "당신은 역시 멋진 남자예요, 그러니까 내가 당신한테 이렇게 홀딱 빠졌죠." "그런데 당신 거기 목 위쪽에 자국 남겠어." "나는 물어뜯어 먹고 싶을 만큼 당신이 좋아요, 그런데 아시겠어요? 아까 당신이 편지를 가지고 왔을 때 나는 헤르베르트가 보는 앞에서 당신 목에 그냥 매달릴 뻔했어요." "에바, 나중에 헤르베르트가 그 자국을 보면 뭐라 할까, 앞으로 시퍼렇게 변할 텐데." "헤르베르트는 아무것도 몰라요. 좀 있다가 그 증권업자한테 갈 건데, 그 사람이 그랬다고 그러죠, 뭐." "그게 좋겠군, 에바, 당신은 역시 사랑스러워. 나도 이런 짓 하는 거 싫어. 그런데 그 증권업자가 그 자국을 보면 뭐라고 그럴까?" "그리고 이모는 뭐라고 그럴까, 그리고 그다음엔 할머니는 뭐라고 그럴까, 기타 등등, 에이그, 소심하기는."

에바는 몸을 일으켜 세우더니 프란츠의 머리를 잡고 마구 키스를 한다, 그리고 그의 어깨의 그루터기에도 한껏 달아오른 뺨을 갖다 댔다. 그러고 나서 그녀는 편지를 집어 들고 옷을 챙겨 입고 모자를 쓴다. "자, 이제 나는 갈게요, 내가 어떻게 할지 아세요. 지금 당장 아싱거 맥주홀로 가서 미체와 얘기해 볼 거예요." "안 돼, 에바, 왜 그러는데?" "그렇게 하고 싶어요. 당신은 여기 있어요. 금방 올게요. 내가 하는 대로 그냥 두세요. 나는 그 젊은 아가씨를 돌봐 주어야 해요. 그 아이는 세상이 뭔지도 모르면서 베를린에 와 있잖아요. 자, 그럼 이만, 프란츠." 그녀는 그에게 다시 한 번 키스한다, 다시 막 불타오르려 한다. 그러나 그녀는 마음을 억누르고 일어나 밖으로 뛰쳐나간다. 프란츠는 뭐가 뭔지 도무지 알 수가 없다.

이 시각이 오후 1시 반이고, 2시 반에 그녀는 다시 돌아온다, 표정은 진지하고 차분하나 만족스럽다. 그녀는 그사이 잠들었던 프란츠가 옷가지를 챙겨 입는 일을 도와주고 땀으로 흠뻑 젖은 얼굴을 향수로 닦아 준다. 그러고 나서 그녀는 궤짝 위에 올라앉아 담배를 피우면서 떠들어 대기 시작한다. "그 미체 말이에요, 그 아이가 웃던데요, 프란츠. 나는 그 애 말이 옳다고 생각해요." 그러자 프란츠는 놀란 표정이다. "그렇다니까요, 프란츠, 나 같으면 그런 편지 같은 건 전혀 신경도 안 쓸 거예요. 그 애는 아싱거 맥주홀에서 당신을 기다리고 있더군요. 그래서 일단 그 아이에게 편지를 보여 주었지요. 잠시 후 그 애는 이렇게 묻더군요. 당신이 자기가 사다 놓은 화주와 카나리아 새를 보고 좋아하지 않았냐고요." "그래, 그래서?" "내 말 좀 들어 봐요. 그 애는 눈 하나 깜짝하지 않았다고요. 그 애는 정말 대단한 애예요. 당신한테 엉터리 같은 인간을 떠넘긴 게 아니라고요." 프란츠는 표정이 어두워지며 안절부절못한다. 도대체 이게 다 무슨 얘기야. 에바는 궤짝에서 폴짝 뛰어내려와 그의 무릎을 가볍게 두드린다. "사랑하는 프란츠, 혹시 그것 몰라요? 여자란 다 자기 남자를 위해 뭔가 하고 싶은 법이라는 거. 당신이 하루 종일 나가서 일을 하고 다닐 때 그 애는 할 일이라는 게 뭐 있겠어요. 그저 커피나 끓이고 집안 정리나 하면 그뿐이죠. 그 애도 뭔가 선물을 하거나 당신을 위해 무슨 일을 해서 당신이 기뻐하는 것을 보고 싶은 거죠. 그래서 그런 일을 하는 거예요." "그래서라고! 당신은 거기에 그냥 넘어가나 본데. 그래서 그 애가 나를 속인다는 거지?" 그러자 에바는 표정이 진지해진다. "누가 속인다고 했어요? 그 애는 단도직입적으로 그딴 것은 전혀 문제될 것도 없다고 했어요. 그 편지를 쓴 사람이 누구든 신경 쓸 것 없는 것 같아요, 프란츠. 어떤 남자가 그 애한테 잠시 반해서 편지 한 번 쓰는 게 당신한테 무슨 뉴스거리라도 되겠어요. 그렇지 않아요?"

점차 프란츠는 뭔가 깨닫는다. 그래, 세상일이 다 그렇다는 거군. 에바는 그가 상황을 깨닫기 시작하는 것을 알아챈다. "그래요, 그런 거예요. 왜 안 그렇겠어요. 그 애는 돈벌이를 하고 싶은 거죠. 그 애 생각이 옳지 않나요? 나도 돈벌이를 하잖아요. 당신이 벌어 주는 것으로 먹고 사는 게 그 아이는 마음에 걸리는 거죠. 게다가 당신은 한쪽 팔을 못 쓰니까요." "그건 그래." "그 애는 곧장 그렇게 말했어요. 눈 하나 깜짝하지 않고요. 정말이지, 그 아이는 괜찮은 애예요, 그 애를 믿어도 좋아요. 당신은 당신 몸을 아껴야 한다고 그 애가 말했어요. 당신이 올해 별별 일을 다 겪었다면서요. 그전에도 그렇게 크게 좋을 것은 없었지만, 당신은 거기 테겔에 다녀왔으니까, 내 말뜻 알겠죠. 당신이 그렇게 뼈 빠지게 일하는 게 안쓰러운가 봐요. 그래서 당신을 위해 일하는 거죠. 다만 그런 말을 입 밖에 낼 용기가 없는 거죠."

"그래, 맞아." 프란츠는 고개를 끄덕이며 고개를 떨어뜨렸다.

"당신은 모를 거예요." 에바는 곁에 앉아 그의 등을 어루만진다. "그 애가 당신을 속으로 얼마나 따르는데요. 당신은 나를 원하지 않죠? 원해요, 프란츠?"

그는 그녀의 허리를 끌어안는다, 그녀는 그의 무릎에 걸터앉는다, 그는 한 팔만으로 그녀를 끌어안는다, 그는 그녀의 가슴에 머리를 대고서 나지막하게 말한다. "당신은 좋은 여자야, 에바, 헤르베르트 곁에 남아 줘, 그 친구는 당신이 필요할 거야, 좋은 녀석이야." 이다를 만나기 전엔 에바는 그의 애인이었다, 하지만 괜히 긁어 부스럼 만들지 말자, 다시 시작하지 않는 게 좋다. 에바는 그의 말뜻을 이해한다. "어서 미체에게 가 보는 게 좋겠어요, 프란츠. 그 애는 여전히 아싱거 맥주홀에 앉아 있거나 아니면 그 집 문 앞에서 기다리고 있을 거예요. 당신이 싫다고 하면 그 애는 다시는 집에 안 돌아올 거예요."

아주 조용하게, 아주 부드럽게, 프란츠는 에바와 작별을 나누었다. 아싱거 맥주홀 앞, 사진관 바로 옆쪽, 알렉스 광장에 자그마한 미체가 서 있는 것을 그는 발견한다. 프란츠는 거리 반대편의 건축 현장 칸막이 앞에 서서 오래토록 그녀의 뒷모습을 바라본다. 그녀는 길모퉁이를 향해 걸어가고, 프란츠는 눈으로 그녀의 뒤를 좇는다. 결단의 순간이다, 마음을 정해야 할 순간이다. 그의 발이 한 걸음 두 걸음 움직이기 시작한다. 그는 모퉁이에 이르러 그녀의 옆모습을 쳐다본다. 참으로 아담하기도 하다! 그녀는 갈색의 캐주얼화를 신고 있다. 조심하라, 어떤 녀석이 당장 그녀를 낚아챌지도 모르니. 저, 귀여운 주먹코. 그녀는 두리번거린다. 그래, 나는 저쪽 티츠 백화점 방향에서 왔지, 그러니 저 애는 나를 발견하지 못한 거야. 아싱거 맥주홀의 빵 배달 차 하나가 길 한가운데 서 있다. 프란츠는 공사 현장의 칸막이를 따라서 모퉁이까지 걸어간다, 그곳엔 모래 더미가 쌓여 있고 사람들이 시멘트를 섞고 있다. 이쯤이면 그녀가 그를 발견할 수 있겠지, 그러나 그녀는 그가 있는 쪽을 쳐다보지 않는다. 한 중년의 사내가 그녀를 빤히 쳐다보지만, 그녀는 거들떠보지 않고 뢰저운트볼프 상회 쪽으로 걸어간다. 프란츠는 차도를 건너 반대편으로 걸어간다. 그녀로부터 열 걸음 정도의 간격을 유지하며 그녀의 뒤를 쫓아간다. 햇빛이 밝은 7월의 어느 날이다, 어떤 여자가 그에게 꽃다발을 사라고 내민다, 그는 20페니히를 주고 꽃다발을 손에 받아 든다, 그러나 그는 그녀와의 거리를 아직은 좁히지 않는다. 아까 그대로다. 그러나 꽃향기는 정말 좋다, 그녀는 오늘 그를 위해 방에 꽃을 꽂아 두고 카나리아 새장과 술도 한 병 갖다 놓았다.

그때 그녀가 몸을 돌린다. 그녀는 그를 금방 알아보았다, 손에 꽃을 들고 있구나, 결국 와 주었구나. 그녀는 그를 향해 달려온다, 그녀의 얼굴이 환해진다, 한순간 환해진다, 그의 손에 들린 꽃을 보자 환하게 타오른다. 그러더니 다시 창백해지며 붉은 반점만 남는다.

그는 가슴이 벌렁거린다. 그녀는 그의 팔짱을 낀다, 그들은 보도를 따라 란츠베르크 가 쪽으로 걸어간다, 그녀는 그의 손에 들려 있는 들꽃을 힐끔힐끔 쳐다본다, 그러나 프란츠는 그녀 옆에서 앞만 보고 걸어갈 뿐이다. 19번 버스가 굉음을 내며 달려간다, 노란색 2층 버스다, 위층부터 아래층까지 가득 찼다, 공사 현장의 칸막이 오른쪽에는 낡은 포스터가 붙어 있다. 기업가와 상인들의 당, 차도 횡단 금지, 경찰국 전용 차로. 그들이 길을 건너 '페르질' 세제 광고가 붙어 있는 광고탑까지 왔을 때, 프란츠는 아직 꽃다발을 손에 들고 있다는 것을 깨닫고는 그녀에게 건네주려 한다. 그의 눈이 그의 손을 바라보는 동안 그는 다시 한 번 마음속으로 묻는다, 속으로 한숨을 짓는다, 아직 결단을 내리지 못한다, 꽃을 줘야 하나 말아야 하나. 이다, 이게 이다와 무슨 상관이야, 테겔은 또 뭐고, 나는 이 아이를 사랑하는데.

'페르질' 세제 광고탑이 있는 조그만 안전지대에 이르자 그는 그녀의 손에 꽃다발을 건네주지 않을 수 없다. 그녀는 그를 간절한 눈빛으로 자꾸만 올려다보았지만 그는 아무 말도 하지 않았다, 이번엔 그녀는 그의 왼쪽 손목을 잡더니 그의 손을 들어서 자신의 얼굴에 갖다 댄다, 그녀의 얼굴은 다시 불타오른다. 그녀의 얼굴의 열기가 그의 몸 안으로 밀려든다. 그녀는 갑자기 멈추어 서더니 팔을 축 늘어뜨린다, 그녀의 머리는 저절로 그녀의 왼쪽 어깨 쪽으로 기운다. 순간 그는 깜짝 놀라 그녀의 허리를 잡는다, 그녀는 프란츠에게 속삭인다. "아무것도 아녜요, 프란츠, 괜찮아요." 그리고 그들은 차도를 대각선으로 가로지른다, 그곳에는 하얀 백화점의 철거 작업이 한창이다, 그리고 그들은 더 걸어간다. 미체는 어느새 다시 정신을 차리고 씩씩하게 걷고 있다. "아까 왜 그렇게 멈추어 선 거야, 미체?" 그녀는 프란츠의 팔을 꽉 잡는다. "아까는 갑자기 불안한 느낌이 들었어요." 그녀는 고개를 옆으로 돌린다, 그녀의 눈에서 눈물이 왈칵 쏟아졌다, 그러나 그가 눈치 채기 전에 그녀는 얼른 방긋 웃는다. 참으로 끔찍한 시간이었다.

그들은 위층에 있는 그의 방에 있다, 그 아가씨는 흰 드레스를 입고 그의 앞쪽에 놓여 있는 걸상에 앉아 있다, 창문을 열어 놓았지만 방 안이 후끈후끈하다, 정말 무더운 날씨다, 그는 셔츠 차림으로 소파에 앉아 있다, 앉아서 줄곧 아가씨만 바라본다. 그는 그녀에게 홀딱 반했다. 그녀와 함께 있다는 것만으로도 나는 행복하다, 넌 참 손이 예쁘구나, 아가씨, 멋진 가죽 장갑을 하나 사 줄게, 잠깐만, 그리고 또 블라우스도 한 벌 사주고, 뭐든지 원하는 걸 말해 봐, 네가 여기 있다는 것만으로도 나는 너무 행복하다, 네가 다시 함께 있어서 나는 행복하다, 젠장. 그는 그녀의 무릎에 머리를 기댄다, 그는 그녀를 자기 쪽으로 끌어당긴다, 그녀를 아무리 바라보고 어루만져 보고 쓰다듬어도 양이 차지 않는다. 나는 다시 사람이 되었어, 다시 사람이 되었다고, 그래, 나는 다시는 너를 놓치지 않을 거야, 다시는 놓치지 않을 거라고, 무슨 일이 있어도. 그는 입을 연다. "아가씨, 귀여운 미체, 네가 무슨 짓을 해도, 난 너를 놓아주지 않을 거야."

두 사람은 정말 행복하다. 둘은 서로 어깨를 끌어안고 카나리아를 바라본다. 미체는 주머니를 뒤지더니 오늘 낮의 편지를 꺼내 프란츠에게 보여 준다. "당신은 그 인간이 끼적거린 별것도 아닌 것을 가지고 괜히 흥분한 거예요." 그녀는 편지를 구깃구깃 구겨서 뒤쪽으로 홱 던진다. "보세요, 이딴 거라면 얼마든지 보여 드릴 수 있어요."

부르주아 사회를 상대로 한 방어전

그 뒤 며칠 동안 프란츠 비버코프는 아주 편한 마음으로 돌아다닌다. 그는 이제 예전처럼 장물아비와 장물아비 사이에 다리를 놓거나 장물아비와 구매자 사이에 중간 역할을 하는 암거래에 목숨을 걸지 않는다. 거래가 잘 성사되지 않아도 별 신경 쓰지 않는다. 프란츠에겐 이제 여유와 인내심과 마음의 안정이 생겼다. 날씨라도 좋으면 그는 미체와 에바가 권한 대로 스비네뮌데*에 가서 푹 쉬겠지만, 날씨가 이러니 어쩔 수가 없다, 날마다 비가 내리고, 퍼붓거나 보슬비가 오기도 한다, 게다가 쌀쌀하기까지 하다. 호페가르텐의 나무들은 잎이 모두 졌다, 그러니 교외도 별반 다르지 않을 것이다. 프란츠와 미체는 아주 사이가 좋아 헤르베르트와 에바의 집에도 함께 드나든다. 미체는 그사이에 경제적으로 꽤 여유가 있는 한 신사를 사귀었다, 프란츠도 그를 알며, 프란츠는 그녀의 남편으로 통한다, 그 신사와 또 다른 남자까지 함께 그는 가끔 만나 즐겁게 지낸다, 셋이서 식사를 하고 술도 마시며 친하게 지낸다.

우리의 프란츠 비버코프는 이제 얼마나 높은 위치에 서 있는가! 그는 이제 얼마나 모든 일이 잘 풀리는가, 모든 것이 얼마나 많이 바뀌었는가! 죽음 직전까지 갔던 그였지만, 이제 보기 좋게 부활했다! 이제 얼마나 모든 것이 풍족한 인간이 되었는가, 어느 것 하나 부족한 것이 없다, 먹을 것, 마실 것, 입을 것, 어느 하나 부족함이 없다. 그를 행복하게 해 주는 아가씨

---

* 우제돔 섬에 있는 해수욕장. 지금은 폴란드 지역이다.

도 있고, 쓰고도 남을 만큼의 돈도 있으며, 헤르베르트에게 진 빚도 벌써 다 갚았다. 헤르베르트와 에밀과 에바는 그의 친구들로, 이들은 그가 잘되기를 바란다. 헤르베르트와 에바의 집에서 며칠이고 머물며 미체를 기다리기도 하고 뮈겔제 호수로 차를 몰고 나가 이들 두 남자와 보트를 타기도 한다, 날이 갈수록 프란츠의 왼팔은 힘이 더 붙고 기민해지고 있다. 가끔 그는 또 뮌츠 가나 전당포에 가서 이런저런 이야기에 귀를 기울이기도 한다.

너는 맹세했다, 프란츠 비버코프여, 바르게 살겠노라고. 너는 더러운 삶을 살았다, 너는 파멸했고, 또 끝내는 이다를 죽이기도 하였으며 그 대가로 형을 살기도 했다, 정말 끔찍했다. 그러면 지금은 어떤가? 너는 여전히 같은 자리에 앉아 있다, 이다가 미체로 이름이 바뀌었을 뿐, 네 한쪽 팔은 떨어져 나갔고, 조심해라, 너는 또다시 술독에 빠지려 한다, 모든 것이 다시 시작되려 한다, 이번은 먼저보다 훨씬 나쁘다, 너의 종말이 될 것이다.
—— 쓸데없는 소리 마라, 그게 왜 내 책임인가, 내가 자진해서 기둥서방이 됐는가? 다시 말하지만, 다 쓸데없는 소리다. 나는 내가 할 수 있는 일을 했을 뿐이다, 나는 인간이 할 수 있는 일을 했을 뿐이다, 나는 차에 치여 한쪽 팔을 잃었다, 할 말 있으면 해 봐라. 이제 지긋지긋하다. 내가 행상을 안 해 봤느냐, 아침부터 저녁까지 발이 부르트도록 뛰어다니지 않았느냐? 정말 화가 나는구나. 그래, 나는 반듯하지 못하다, 나는 기둥서방이다. 나는 그것을 부끄럽게 여기지 않는다. 그런 너는

뭐냐? 넌 뭘 먹고 사느냐, 보통 사람들과 다른 것을 먹고 사느냐? 내가 누구를 착취라도 했느냐?

— 너의 종착역은 형무소다, 프란츠, 누군가 네 배에 칼을 꽂을 거다.

— 할 테면 해 보라지. 그 전에 내 칼을 맛볼 테니.

독일제국은 공화국이다, 그것을 믿지 않는 자는 목뼈가 부러질 줄 알라. 미하엘키르히 가 옆의 쾨페니크 가에서 집회가 열린다, 홀은 길고 폭이 좁다, 노동자들, 실러 옷깃*이나 녹색 옷깃의 젊은이들이 열을 맞추어 앞뒤로 줄줄이 앉아 있고, 소녀들과 부인네들도 있다, 그리고 팸플릿 판매원들은 그사이로 돌아다닌다. 테이블 너머 연단에는 두 남자 사이에 한 뚱뚱한 반대머리 사내가 서 있다, 그는 선동하고 유인하고 웃기고 자극한다.

"한마디로 우리는 헛소리나 지껄이려고 이곳에 온 것이 아닙니다. 그것은 국회에 가 있는 인간들이나 하는 짓입니다. 어떤 사람이 우리 동지들 중 한 사람에게 혹시 국회에 진출할 생각이 없느냐고 물은 적이 있습니다. 황금 지붕에 안락의자가 있는 그곳 말입니다. 그러자 우리의 동지는 이렇게 말했지요, 이보게, 동지, 내가 국회에 진출하면, 그건 그저 사기꾼 하나 더 느는 것에 지나지 않아. 잘 알지도 못하면서 입만 나불댈 그럴 여유가 우리에겐 없습니다. 다 부질없는 짓이니까요. 공산주의자들은 아주 진지하게 이렇게 말합니다, 우리는 폭로의 정

---

* 실러 시대에 유행하던 복장으로, 윗 단추를 채우지 않고 열어젖힌 것.

치를 하겠다고. 그렇게 해서 드러난 게 무엇인지 우리는 보았지요, 공산주의자들 자신이 타락해 버린 것이지요, 우리는 그들이 말하는 폭로 정치에 말을 소모할 필요는 없습니다. 그것은 사기입니다. 무엇을 폭로해야 할지는 독일에서는 장님도 다 봅니다. 그것 때문에 굳이 국회까지 갈 필요는 없습니다. 그러나 그것을 보지 못하는 사람은 어쩔 도리가 없습니다, 국회가 있든 없든 상관없는 얘기죠. 입만 살아 있는 이 사랑방이라는 것이 국민을 속이는 것 외에는 아무 쓸모가 없다는 사실은 이른바 노동차 계층을 대표한다는 사람들만 빼놓고 모든 당에서 다 알고 있습니다.

우리의 그 잘난 사회주의자들 얘기 좀 할까요. 이제는 신앙심 돈독한 사회주의자들도 보이더군요. 그런데 최후의 결정타는 이거더군요, 목사를 찾아가든 말든 누구나 신앙심이 깊어야 한다. 왜냐하면 그들이 찾아가는 사람이 목사든 스님이든 상관없고 중요한 것은 복종이기 때문이라는 거죠. (청중석에서의 외침 : 믿음이다.) 당연한 일입니다. 사회주의자들은 원하는 것도 없고 아는 것도 없고 할 수 있는 것도 없기 때문입니다. 이들은 국회에서 늘 다수 의석을 차지하고 있습니다, 그러나 그걸로 뭘 해야 할지 모르지요, 그렇습니다, 고작 한다는 짓이 안락의자에 앉아 시가나 피우면서 장관 자리나 차지하는 거죠. 겨우 그렇게 하려고 노동자들은 그들에게 표를 던지고 월급날엔 아까운 돈을 주머니에서 꺼내 준 것이죠, 노동자들의 희생으로 또 다른 50명 또는 100명의 남자들만 살찌우는 겁니다. 사회주의자들이 국가의 권력을 잡은 것이 아니라 국가의 권력이 사회주의자들을 손아귀에 쥔 것입니다, 사람은 암소처럼 늙어 가면서도 뭔가를 배우는 법이지만, 독일의 노동자들 같은 암소는 엄마 배 속에 있는 거나 마찬가지입니다. 독일의 노동자들은 언제나 다시 투표용지를 손에 들고 투표소에 가서 투표를 하고는 그것으로 자기 할 일이 다 끝났다고 생각하지요. 그들은 국회에 자신들의 목소리가 울려 퍼지게 하고 싶다고 말합니다. 자, 그렇다면 차라리 당장 합창단을 조직하는 것이 나을 겁니다.

남녀 동지 여러분, 우리는 투표용지도 받지 않고, 선거에도 참여하지 않을 것입니다. 일요일에는 교외로 소풍이나 가는 것이 건강에 훨씬 좋습니다. 왜냐고요? 유권자는 합법성의 굴레를 쓰게 되니까요. 그러나 합법성이라 하는 것은 거친 폭력입니다. 지배자들이 구사하는 엄청난 완력입니다. 선거의 목사들은 우리를 꼬드겨 투표를 하게 하며 좋은 표정을 짓게 하고 우리에게 사기를 치고 혹시라도 우리가 합법성의 정체를 알아챌까 하여 방해를 합니다. 그러나 우리는 투표하지 않을 것입니다. 우리는 합법성이 무엇인지, 국가가 무엇인지 모르니까요. 그리고 국가의 내부를 들여다볼 수 있는 구멍이나 문은 없습니다. 기껏해야 국가의 당나귀나 짐꾼이 되는 거죠. 그리고 선거의 목사들이 노리는 것이 바로 이것입니다. 이 인간들은 우리를 유인하여 국가의 당나귀로 만들려 합니다. 그들은 이미 대다수의 노동자들을 상대로 그들의 목표를 달성했습니다. 우리는 독일에서 합법성의 기치 아래 교육을 받았습니다. 그러나 동지 여러분, 물과 불은 하나가 될 수 없다는 사실, 노동자는 바로 이 사실을 알아야 합니다.

부르주아지들과 사회주의자들 그리고 공산주의자들은 한

목소리가 되어 소리를 지르며 기뻐합니다, 모든 축복은 위에서 내려온다면서. 국가로부터, 법으로부터, 신의 질서로부터. 그러나 그것도 다 경우에 따라 다르지요. 국가 안에 사는 모든 사람들을 위하여 몇몇 자유는 헌법에 의해 규정되어 있습니다. 자유는 정해져 있는 겁니다. 우리가 필요로 하는 자유는 아무도 우리에게 주지 않습니다, 우리 스스로가 쟁취해야 합니다. 이 헌법이라는 것이 이성적인 사람들의 정신을 망가뜨리려 합니다, 그러나 동지 여러분, 종이 위에 쓰여 있는 자유를 가지고, 글자로 적힌 자유를 가지고 무엇을 할 수 있단 말입니까? 여러분이 어디 가서 자유를 행사하려 하면 녹색 제복의 남자가 달려와 여러분의 머리를 곤봉으로 내리칠 것입니다. 만약 여러분이, 아니, 왜 그러는 거요, 헌법에 이러이러하게 적혀 있지 않소, 하고 소리를 지르면 그 친구는 이렇게 말할 겁니다, 말도 안 되는 소리 작작하쇼, 이 양반아, 그리고 실제 그 남자의 말이 맞는 것입니다, 그 친구는 헌법은 모르고 자신의 업무 규정만 아니까요. 그리고 이를 위해 그는 곤봉을 갖고 있지요. 그러니 입을 다무는 수밖에 없습니다.

얼마 안 있어 주요 공장에서는 파업을 못 하게 될 것 같습니다. 여러분에게 남은 것은 조정 위원회의 기요틴뿐입니다, 그 아래에서만 여러분은 자유롭게 움직일 수 있습니다.

남녀 동지 여러분, 여러분은 매번 선거를 치르지요, 그리고 그때마다 이런 말을 들을 겁니다, 이번엔 더 나아질 테니, 자, 주목해 주세요, 그리고 약간만 더 노력해서 홍보를 해 주세요, 집에서 공장에서, 다섯 표만 더, 열 표만 더, 열두 표만 더, 조금만 기다려 주세요, 그러면 보고 또 체험하게 될 테니까요. 그렇습니다. 여러분은 뭔가 체험하게 될 것입니다. 그러나 그것은 무지몽매의 영원한 순환뿐입니다, 모든 것은 변하지 않고 그대로 있을 테니까요. 의회주의는 노동자들의 비참함만 연장할 뿐입니다. 그들은 또 사법부의 위기를 논하면서 말하지요, 사법부를 개혁해야 한다, 머리와 몸통을 몽땅 개혁해야 한다, 법관들 역시 개혁의 대상이다, 이들은 공화제에 걸맞게 변해야 한다, 국가 질서의 유지에 걸맞게, 정의에 걸맞게. 우리는 새로운 판사를 원하지 않습니다. 우리는 이 사법부 대신 다른 사법부를 원하는 게 아니라 사법부 자체를 원치 않습니다. 우리는 직접적인 행동을 통해 국가 기관들을 모조리 무너뜨려야 합니다. 우리는 그것을 위한 수단을 갖고 있습니다, 바로 노동의 거부입니다. 모든 바퀴를 멎게 하는 것입니다. 이것은 그냥 말로만 하자는 게 아닙니다. 우리는, 남녀 동지 여러분, 의회주의와 복지를 비롯한 모든 사회 정책의 달콤한 술수에 걸려들어 잠이 들어서는 안 됩니다. 우리가 아는 것은 다만 국가에 대한 증오와 무법과 자립뿐입니다."*

프란츠는 꾀바른 빌리를 데리고 홀 안을 이리저리 돌아다니며 귀를 기울이고 팸플릿을 사서 주머니에 집어넣는다. 그는 본디 정치에 관심이 없다, 그러나 빌리는 되풀이해서 열심히 설명하고, 프란츠는 흥미롭게 듣는다. 그것은 손에 잡힐 듯도 하고 감동이 있기도 한데, 조금 있으면 별로 감동스럽지 않다.

---

* 이 무정부주의 연설은 한 정치 집회에서 도입 대목으로 쓰인 것이다. 1928년 5월 20일에 있었던 제국의회 선거의 연설문일 가능성이 짙다. 되블린은 바쿠닌, 크로포트킨, 린다우어 같은 무정부주의 이론가들과 친했다.

그러나 그는 빌리 곁에서 떠나지 않는다.

── 현존 사회질서는 노동 계층의 경제적, 정치적, 사회적 노예화에 바탕을 두고 있다. 이것은 소유권, 즉 소유의 독점과 권력의 독점이라는 형태로 표현된다. 인간이 갖는 자연스러운 욕구의 만족이 아니라 이익에 대한 전망이 오늘날 생산의 근거이다. 어느 것이든 기술의 발전은 광범위한 사회 계층의 궁핍에 대해서는 아랑곳하지 않고 자본가 계층의 부만을 무한대로 늘려 줄 뿐이다. 국가는 자본가 계층의 특권을 보호하고 대부분의 민중을 억압하는 데 봉사할 뿐이며, 온갖 수단의 간계와 폭력을 동원하여 독점과 계급 차이를 고착화하는 데 일익을 담당한다. 국가의 성립과 함께 위로부터 아래로의 인위적인 조직의 시대가 시작된다. 이제 개인은 꼭두각시일 뿐이며 거대한 메커니즘 속의 죽은 바퀴이다. 각성하라! 우리는 다른 모든 사람들처럼 정치권력을 쟁취하기 위해 노력할 것이 아니라 정치권력을 뿌리째 제거하기 위해 노력해야 한다. 이른바 입법 기구에 들어가 일하지 말라, 그곳에 가면 노예인 여러분이 결국 자신의 노예 신분을 확인하는 법의 도장을 찍도록 유혹당할 뿐이다. 우리는 자의적으로 그어진 모든 정치적, 국가적 경계를 배척한다. 민족주의는 근대 국가의 종교이다. 우리는 어떤 형식의 민족 통일도 배척한다. 그 배후에는 자본가의 지배가 숨겨져 있으므로. 각성하라! ──

프란츠 비버코프는 빌리가 마시라고 주는 것은 뭐든 다 받아 마신다. 집회가 끝난 뒤 토론이 벌어진다. 그들은 술집에 앉아 있다가 한 중년의 노동자와 설전을 벌인다. 빌리는 그 사내의 얼굴을 이미 안다, 그리고 그 노동자는 빌리가 자기와 같은 공장에서 일하는 동료인 줄 알고 빌리에게 선동을 더 많이 하도록 요구한다. 능청맞은 빌리는 그 말을 듣고는 웃고 또 웃는다. "이보쇼, 언제부터 내가 당신 동료라는 거요, 나는 적어도 굴뚝 백작들을 위해 일하진 않는다고." "그렇다면 당신이 몸담고 있는 곳, 일하는 데서나 하도록 해요." "거기선 내가 할 일이 없으니까 그러는 거요. 내가 일하는 곳에서는 사람들이 뭘 해야 할지 이미 오래전부터 다 알고 있소." 빌리는 그 말에 배꼽을 잡고 웃으며 테이블 위에 엎어진다. 말도 안 돼, 그는 프란츠의 다리를 꼬집는다, 이러다간 앞으로 풀 통을 들고 뛰어다니며 이 친구들을 위해 포스터를 붙이고 다니는 놈도 생기겠어. 그는 은회색의 긴 머리에 앞가슴을 열어젖힌 그 노동자를 보며 웃으며 말한다. "이봐요, 동지 양반, 당신 신문 팔아먹고 있잖아, 《데어 파펜슈피겔》,* 《슈바르체 파네》,** 《아타이스트》*** 같은 신문들 말이야, 한데 그 신문들 한 번이라도 들추어 보기는 했소, 거기 뭐가 적혀 있는지?" "잠깐, 내 말 좀 들어봐요, 동지, 당신도 그놈의 입 닥치게 될 거요, 내가, 내가 말이오, 내가 직접 쓴맛을 한번 보여 줄 테니까." "관두쇼, 그러다간 괜히 당신을 정말로 존경하게 될 수도 있으니. 그런데 결국 당신도 말이오, 당신이 쓴 거나 읽고 그거나 고집하는 거 아니

---

* 《데어 파펜슈피겔(Der Pfaffenspiegel)》은 '목사의 거울'이라는 뜻으로, 반사회주의적인 교권주의에 반대한 주간신문. 베를린에서 1927년부터 1929년까지 발행되었다.
** 《슈바르체 파네(Schwarze Fahne)》는 '검은 깃발'이라는 뜻으로, 베를린에서 1925년부터 1929년 사이에 발행된 평화주의 경향의 신문.
*** 《아타이스트(Atheist)》는 '무신론자'라는 뜻으로, 라이프치히에서 1905년부터 1933년까지 발행된 자유주의 경향의 신문.

오? 여기 보니 이런 글이 있군,「문명과 기술」. 잠깐 봅시다, '이 집트의 노예들은 기계를 쓰지 않고 몇십 년에 걸쳐 한 왕의 무덤을 만들었고, 유럽의 노동자들은 기계를 써서 몇십 년에 걸쳐 한 자본가의 재산을 만들어 주느라 피땀을 흘리고 있다. 이 것을 진보라고 할 수 있는가? 어쩌면 그럴지도 모른다. 하지만 누구를 위한 진보인가?' 거 참. 결국엔 나도 일해야 할 때가 온 단 말이군. 그래야 에센에 있는 크루프나 보르지히가 한 달에 천 마르크라도 더 벌지, 그 베를린의 왕*이라는 사람이 말이오. 이보쇼, 동지 양반, 내가 당신을 아무리 봐도 내 눈에 당신이 어떻게 보이는지 알아요? 당신은 행동하는 인간을 표방하고 싶겠지. 도대체 당신에게서 어디에 그런 모습이 보인단 말이오? 눈을 씻고 봐도 안 보여요. 프란츠, 당신 눈엔 보여요?" "그만하라고, 빌리." "아냐, 말 좀 해 보라니까요, 어서, 여기 있는 이 동지 양반과 사민당 당원과 어떤 차이가 보이는지."

그 노동자는 자기 의자에 꼼짝 않고 앉아 있다. 빌리가 말한다. "내가 보기엔 말이오, 동지 양반, 아무런 차이가 없소, 이 말은 해 줄 수 있소. 차이라는 것은 그저 종이에서만, 신문에서만 있다, 이 말이오. 나야 뭐, 아무 상관없어, 당신들이 어떻게 생각하든. 그런데 그래서 뭘, 어떻게 할 거냐, 이걸 묻고 싶다는 거요, 알겠소? 당신이 하는 일에 대해 내게 묻는다면 나는 주저 없이 이렇게 말할 거요, 사민당 당원과 똑같은 일을 한다고. 한 치의 오차도 없이 똑같은 일을 말이오. 당신은

---

* 크루프와 보르지히, 둘 다 당시 제련소를 소유했던 대규모 기업으로 앞에서 "굴뚝 백작"으로 지칭된 기업들이다. 보르지히는 베를린에서 가장 많은 사람을 고용하여 "베를린의 왕"이라는 칭호를 얻었다.

선반 앞에서 일하고 당신이 받아야 할 3페니히짜리 동전 여섯 닢을 집에 가져가고, 당신의 주식회사가 배당금을 지급한다면 이는 다 당신의 노동으로 받는 거요. 유럽의 노동자들은 기계를 써서 몇 십 년에 걸쳐 한 자본가의 재산을 만들어 주느라 피땀을 흘리고 있다. 이런 말이야 당신 혼자서 쓴 거겠지."

회색 머리의 노동자는 프란츠와 빌리를 번갈아 쳐다보더니 다시 주위를 둘러본다, 안쪽 바에는 아직 몇 사람이 서 있다, 그 노동자는 테이블에 바싹 몸을 붙이면서 속삭인다. "음, 댁들은 뭘 하는 사람들이오?" 빌리는 프란츠를 힐끔 쳐다본다. "거기서 말해요." 그러나 프란츠는 먼저 나서기가 싫어 자기는 그냥 정치에 관심이 없다고 말한다. 그러나 회색 머리의 무정부주의자 사나이는 굽히지 않는다. "지금 우리가 하는 얘기는 정치 얘기가 아니오. 우리 자신에 대한 얘기를 하는 거요. 대체 당신들은 하는 일이 뭐요?"

프란츠는 의자에서 몸을 일으켜 맥주잔을 움켜쥐고는 그 무정부주의자 사내를 노려본다. 그는 낫질하는 자, 그의 이름은 죽음, 내가 산을 위하여 눈물을 흘리며 울부짖고 광야의 양 떼를 위하여 통곡함은, 이것들이 다 불타 버려 거기 지나는 자 없음이니라, 하늘의 새들이나 짐승이나 둘 다 모두 사라졌노라.

"내가 무슨 일을 하는지 당신에게 말해 주겠소, 동료 양반, 그래, 우리는 동지는 아니니까. 나는 그냥 돌아다니며 뭔가 약간 하기는 하지만 내가 일을 직접 하는 건 아니오. 다른 사람들이 나를 위해 일하도록 만드는 거지."

이 자식이 도대체 뭔 소리야, 이것들이 날 놀리는가. "그러면 당신은 기업가군요? 직원도 있겠소, 몇 명이나 되오? 자본가라면서 우리가 있는 이곳엔 무슨 볼일이 있는 거요?"내가 이제 예루살렘을 돌무더기로 만들고 들개들의 굴혈이 되게 하겠고 유다 성읍들도 황폐케 하여 거기 사는 사람이 없게 하리라.

"이보쇼, 내가 여기 팔이 한쪽밖에 없는 게 안 보이쇼. 한쪽은 떨어져 나가 버렸어. 이게 다 일한 대가요. 그래서 나는 이제 똑바로 된 일 같은 것에는 더 이상 관심 없소, 무슨 말인지 알겠소?"이 자식아, 알겠어, 알겠냐고? 쳐다볼 눈깔은 달고 있어? 안경이라도 하나 사 주랴, 나 좀 똑바로 쳐다보라고. "모르겠소, 정말 모르겠어, 동료 양반, 당신이 무슨 일을 하는지. 똑바른 일이 아니라면 똑바르지 않은 일이겠군."

프란츠는 테이블을 쾅 내리치고서 손가락으로 무정부주의자 사내를 가리키며 그에게 머리를 들이민다. "보라고, 이 친구가 이제야 깨달았군. 바로 그거야. 똑바르지 않은 일. 당신이 하는 바른 일은 노예 짓거리에 불과한 거야, 당신 입으로 직접 그렇게 말했잖아, 그게 바로 바른 일이지. 그리고 나는 그걸 깨달은 거요."너 같은 인간이 없어도 그쯤이야 얼마든지 안다고, 그걸 깨닫는 데 너 같은 인간은 필요치 않아, 이런 멍청이, 신문이나 들여다보는 놈, 입만 살아 있는 자식.

그 무정부주의자 사내는 손이 희고 길쭉하다, 직업은 정밀 기계공이다, 그는 자신의 손가락 끝을 응시하며 생각한다, 이런 작자들의 정체를 벗기고 창피를 주는 것은 당연한 일이야, 그 꼴을 지켜보게 어디 가서 사람을 하나 구해 와야겠다. 그는 자리에서 일어난다, 그러자 빌리가 그를 붙잡는다. "어디 가쇼, 동료 양반? 벌써 얘기 다 끝난 거요? 그래도 여기 이 동료하고는 얘기를 끝내야 될 거 아니오, 슬슬 꼬리를 내리는 건 아니겠지." "가서 사람 하나를 데려오려고 그래요, 당신들은 둘인데 나는 혼자잖소." "뭐라고요, 사람을 하나 데려오겠다고, 난 그런 거 절대 싫소. 여기 있는 동료 프란츠에게 할 말이 있으면 그냥 하시오." 무정부주의자 사내는 다시 자리에 앉는다, 그러면 얘기를 혼자서 끝내야겠군. "이 사람은 동지도 아니고 동료도 아니오, 일을 하지 않으니까. 그렇다고 실업 수당을 받는 것 같지도 않으니 말이오."

프란츠의 얼굴이 굳어지더니 그의 눈에서 불꽃이 인다. "그렇소, 일을 하지 않지." "그러면 내 동료도 아니고 동지도 아니군, 그리고 실업자도 아니고. 그렇다면 이걸 묻고 싶소, 다른 것은 나하고는 상관없는 일이니. 대체 여기는 왜 온 거요?" 프란츠는 아주 단호한 표정을 짓는다. "사실 나는 당신이 내게 이곳에는 무엇하러 왔느냐고 물어 올 때까지 기다리고 있었어. 당신은 이곳에서 전단지나 신문, 팸플릿 같은 것들을 팔잖소. 만일 내가 당신한테 그런 거 팔아서 벌이는 괜찮은가, 거기에 무슨 내용이 실려 있느냐, 뭐 이런 걸 당신한테 물으면 당신은 그런 건 왜 묻느냐고 말하겠지. 나더러 여기는 왜 왔느냐고? 빌어먹을 놈의 임금 노예질이라는 말을 하고 그런 글을 쓴 것은 당신 아니오, 우리는 버려진 자들이고 몸을 움직일 수 없다는 말을 한 것도 말이오." 깨어나라, 이 땅의 저주받은 자들아, 끝없이 배고픔에 내몰리는 자들아. "아, 그렇다면 얘기를 끝까지 다 듣지 않은 거요. 내 얘기는 노동 거부에 대한 것이었소. 그러려면 우선은 일을 해야 하오." "나는 노동 거부 같은 걸 거부하오." "그런 건 우리한테 아무 도움이 안 되오. 괜히 그러려면 그냥 침대에 누워 있는 편이 나을 거요. 내가 말하고 싶었던 것은 파업, 집단 파업, 총파업이오."

프란츠는 팔을 들어 올리며 웃는다, 그는 화가 잔뜩 나 있다. "당신이 하는 그 짓을 당신은 직접적 행동이라고 부르는 거요? 돌아다니며 전단지를 붙이고 연설을 하는 거 말이오. 그러다가 댁은 죽고 그렇게 해서 댁이 자본가들을 더욱 살찌우는 거요? 이보게, 동지, 이 미련한 인간아, 댁은 자신을 죽일 수류탄을 만들기 위해 열심히 선반을 돌리면서, 그걸 내게 설교하려는 거요? 빌리, 참, 어이가 없군! 놀라 자빠질 지경이야." "다시 한 번 묻겠소, 무슨 일을 하시오?" "그러면 나도 당신한테 다시 한 번 말하지, 난 아무 일도 안 해! 이런 젠장! 아무 일도 안 한다고! 댁들을 위해서 무슨 일이라도 하란 말인가! 그래도 일을 해서는 안 되지. 그게 당신의 지론이니까. 나도 자본가 살찌우는 일은 하고 싶지 않거든. 댁이 떠들어 대는 소리나 댁이 말하는 파업이나 댁이 올 거라고 말한 그 숙맥 같은 인간들 따위는 난 신경도 안 써. 남자라고 하면 혼자 힘으로 해 나가야지. 나는 내게 필요한 건 다 혼자 해결해. 나는 자급 자족하는 사람이라고! 원, 참!"

그 노동자는 레몬주스를 들이켜며 고개를 끄덕인다. "그렇다면, 어디 혼자서 해 보쇼." 프란츠는 웃고 또 웃는다. 노동자가 말한다. "이 말은 당신한테 수십 번도 더 했을 거요, 혼자서는 아무것도 하지 못한다고 말이오. 우리에게 필요한 것은 투쟁 조직이오. 우리가 대중에게 이해시켜야 할 게 있소, 그것은 국가에 의한 폭력적 지배와 경제적 독점에 대한 것이오." 그러자 프란츠는 웃고 또 웃는다. 우리를 구해 주는 것은 우리보다 높은 곳에 있는 것들, 이를테면 신이라든가, 황제라든가, 호민관이 아니다, 우리를 궁핍에서 구해 주는 것은 우리 자신뿐이라고.

그들은 말없이 서로 마주보고 앉아 있다. 녹색 옷깃의 늙은 노동자는 프란츠를 노려본다, 그의 눈 속을 뚫어져라 쳐다본다. 뭘 그렇게 봐, 이 친구야, 내게서 뭘 알아내겠다고, 뭘. 노동자가 입을 연다. "자네한테는 어떤 말도 소용없다는 거 다 알아, 동지. 자넨 고집불통이야, 그러다가 머리를 얻어터질 거야. 자넨 프롤레타리아의 핵심을 모르고 있어, 그건 바로 단결이라고. 그걸 모른다고." "자, 동료 양반, 이제 우리는 모자나 챙겨서 나갈 거요, 자, 빌리. 이 정도로 합시다. 댁은 늘 똑같은 얘기밖에 할 줄 모르니." "그러면 나도 나가야지. 댁들은 지하 술집에나 가서 죽치라고. 하지만 집회에는 얼씬도 하지 마." "실례가 많았습니다, 선생. 마침 반 시간의 여유가 있어서 그랬던 거요. 다시 한 번 고맙게 생각하오. 여기, 계산 좀 합시다, 잠깐, 이건 내가 낼 거요. 맥주 세 잔, 화주 두 잔, 그렇게 해서 1마르크 10페니히군, 자, 여기 있소, 이게 바로 직접적인 행동이지."

"대체 당신은 뭐하는 사람이오, 동료 양반?" 그는 끈질기게 캐묻는다. 프란츠는 잔돈을 챙기며 말한다. "나요? 기둥서방이오. 보면 모르겠소?" "음, 거기서 그렇게 멀리 떨어져 있는 것 같지도 않군." "나, 기둥서방이오, 알겠소? 자 분명히 말했소, 알겠소? 빌리, 이제 자네가 뭐하는 사람인지 말해 줘." "그게 이 양반하고 무슨 상관이야." 빌어먹을, 이 자식들 진짜 건달들이군, 예상했던 대로야. 내 눈은 못 속여. 이런 건달 녀석들이 나를 놀리다니, 이런 엉터리 같은 자식들이 나한테 엉겨 붙어, 감히. "댁 같은 인간들은 자본가들의 늪에서 나온 찌꺼기들이야. 당장 꺼져. 아직 프롤레타리아도 못된 주제에. 그런 걸 두고 부랑배라고 하지." 프란츠는 진작 자리에서 일어섰다. "하지만 우리는 구빈원에 가지는 않아. 잘 가시오, 직접 행동파 나리. 가서 자본가들이나 살찌우시오. 아침 7시에 출근, 뼈 빠지게 일하는 곳으로, 마나님 드릴 월급봉투엔 달랑 5그로셴뿐." "앞으로 다시는 나타나지 말게." "여부가 있소, 행동파 떠버리 양반, 우리는 자본가의 종들하고는 상종을 안 하지."

그들은 조용히 밖으로 나온다. 먼지투성이 길을 따라 두 사람은 팔짱을 끼고 걷는다. 빌리는 크게 숨을 들이마신다. "그인간을 멋지게 해치웠네요, 프란츠." 그는 프란츠가 말수가 적은 것이 신경 쓰인다. 프란츠는 화가 잔뜩 나 있다, 평소답지 않다, 프란츠는 분노와 증오가 들끓는 가운데 술집에서 나왔다, 속이 부글부글 끓는다, 왜 그런지는 그 자신도 모른다.

그들은 뮌츠 가에 있는 술집 모카 픽스에서 미체를 만난다, 홀 안은 사람들로 북적댄다. 프란츠는 미체와 함께 집으로 가지 않을 수 없다, 그녀와 이야기를 해야 하고, 그녀와 앉아 있어야 한다. 그는 회색 머리 노동자와 나누었던 대화를 그녀에게 들려준다. 그를 대하는 미체의 태도는 아주 부드럽다, 그러나 그가 그녀에게서 듣고 싶은 말은 자기가 올바르게 말을 잘했는지 하는 것이다. 그녀는 미소만 지을 뿐 그의 말을 이해하지 못하고 그의 손만 어루만진다. 카나리아가 잠에서 깼다, 프란츠는 한숨을 쉬지만 그녀는 그의 마음을 달래지 못한다.

여자들의 반란, 우리의 사랑하는 여자들이 발언권을 갖다,
여신 에우로페의 심장은 늙지 않는다

프란츠는 정치에서 손을 떼지 않는다. (왜? 무엇이 너를 괴롭히지? 너는 무엇을 방어하고 싶은 거야?) 그의 눈에는 뭔가가 보인다, 뭔가 보인다, 그 녀석들의 얼굴을 한 대 갈겨 주고 싶다, 녀석들은 자꾸만 그의 마음을 자극한다, 그는 『붉은 깃발』과 『실업자』를 읽는다. 프란츠는 빌리를 데리고 헤르베르트와 에바의 집에 자주 들른다. 그러나 그들은 그 녀석을 좋아하지 않는다. 프란츠도 그 녀석을 그리 좋아하는 것은 아니지만, 그 젊은 녀석과는 이야기를 나눌 수 있으며, 특히 정치 면에서 이 친구는 그들 모두보다 월등하다. 에바가 프란츠에게, 그 녀석과 그만 사귀라고, 그 녀석은 그저 돈만 빼앗아 갈 뿐이고 소매치기에 지나지 않는다고 애걸하듯 말하면, 프란츠도 그녀의 의견에 전적으로 동감한다. 사실 프란츠는 정치와는 아무 관련도 없으며, 평생 동안 정치라면 지긋지긋했다. 그러나 그는 오늘은 빌리하고 앞으로 다시는 만나지 않겠다고 약속해 놓고는 내일이면 다시 그 친구와 산책을 하고 그 친구를 보트 놀이에 데려가기도 한다.

에바가 헤르베르트에게 말한다. "만약 저 사람이 프란츠가 아닌 다른 사람이라면, 그리고 팔을 잃는 그런 불행을 당하지 않았더라면, 저 사람을 치료할 방도를 찾아낼 수 있을 텐데." "응?" "당신에게 약속할 수 있어요, 그 사람이 그 새파란 녀석과 이 주 이상 같이 다니지 못하게 할 거예요, 그 녀석은 그 사람의 등만 처먹는 인간이거든요. 그런 인간과 누가 같

이 다니겠어요? 그리고 먼저 내가 미체라면 말이죠, 그를 경찰에 신고할 거예요."　"누구를, 그 빌리 녀석을?"　"빌리나 프란츠요. 그건 상관없어요. 이 사람들 둘 다 뭔가 깨달아야 돼요. 감방에 들어가 앉아 있으면 곰곰이 생각하게 되겠죠, 누가 옳았는지."　"당신은 프란츠 일이라면 정말 물불 안 가리는군, 에바."　"그래야죠, 그래서 미체도 주선해 준 거고요. 그랬더니 이 아이는 두 남자 때문에 골치 좀 썩고 있죠, 프란츠가 제대로 설 수 있게 하느라 그러는 거죠. 그런데 프란츠도 말을 좀 들어 줘야 해요. 팔이 한쪽밖에 없으면서 뭘 한다는 거죠? 그래 가지고 정치 이야기나 떠들고 다니니 그 아이는 미치는 거죠."　"그래, 미체는 정말 화가 나서 돌 것 같은가 봐. 어제 그런 얘기를 내게 하더군. 그냥 앉아 이제나저제나 그가 오기만을 기다리면서. 여자애가 팔자 한번 참 드세지." 에바는 그에게 키스를 한다. "나도 같은 입장이에요. 만약에 당신이 그렇게 밖으로 돌면서 집회나 쫓아다니며 바보짓이나 한다고 생각해 봐요! 헤르베르트!"　"만약 그러면 어떻게 할 건데, 내 사랑?"

　"눈을 파 버릴 거예요, 그러면 그걸로 당신과 나는 끝나는 거죠."　"그러지, 뭐, 내 사랑." 그녀는 그의 입을 손바닥으로 찰싹 때리고서 웃으며 헤르베르트를 잡고 흔든다. "나는, 소냐 그 아이가 그렇게 망가지는 것을 가만 보고 있을 수는 없어요. 그러기에는 그 아이는 정말 아까운 애예요. 그런데 그 인간은 아직도 정신을 못 차린 것 같아요. 단돈 5페니히도 안 생기는 일을 가지고 저러니."　"우리의 프란츠를 어떻게 좀 해 봐. 내가 아는 한, 그 친구는 사람 좋고 정 많은 사람이야. 하지만 그 친구한테 아무리 말해 봤자 벽에 대고 말하는 것과 같아, 도무지 듣지를 않으니까." 에바는 생각한다, 내가 그의 사랑을 얻으려고 애쓰던 차에 이다가 나타났어, 나중에는 그에게 경고도 했다, 그 남자 때문에 얼마나 큰 고통을 겪었던가, 그녀는 지금도 행복하지는 않다.

"아직도 납득이 안 가는 게 있어요." 그녀는 그렇게 말하면서 방 한가운데 서 있다. "그 사람은 폼스 패거리한테 당한 거잖아요, 그 인간들은 다 범죄자들이에요, 그런데도 그 사람은 손가락도 까딱 안 해요. 지금이야 뭐 잘 지내고 있지만 한쪽 팔을 잃은 건 잃은 거죠." "그건 그래." "그 사람은 그 일에 대해서는 입을 꽉 다물고 있어요, 정말이에요. 지금이니까 말할 수 있지만, 헤르베르트, 미체는 팔에 얽힌 사연을 물론 알고 있어요. 어디서 그랬는지, 누가 그랬는지 하는 것만 모르는 거죠. 전에 내가 그 애한테 슬쩍 물어본 적이 있거든요. 그 애는 그건 알지도 못하고 알고 싶지도 않다고 하더군요. 미체는 워낙 여린 데가 있어서요. 지금도 그 애는 혼자 우두커니 앉아 그를 기다리며 그 생각에 잠겨 있을 거예요, 프란츠는 어디를 가든 그런 일을 당할 가능성이 농후하니까요. 미체가 지금까지 울기도 많이 울었지만 그 사람 앞에서는 눈물을 보이지 않았지요. 그 사람은 불행 속으로 자꾸만 뛰어들어요. 스스로를 챙겨야 할 텐데. 미체가 그 사람을 부추겨서 폼스 사건을 마무리짓도록 해야 해요." "맞아." "그러는 게 나아요, 정말이에요. 프란츠를 위해서는 마땅히 그래야 해요. 그리고 그 사람이 칼이나 권총을 쓴다고 해서 그게 잘못된 일일까요?" "나는 진작부터 그렇게 생각했어. 그래서 이곳저곳 다니며 알아볼 대로 알아봤어. 폼스 패거리는 비밀을 철저히 지키고 있어. 그래선지 사정을 아는 사람이 하나도 없어.""그래도 아는 사람이 분명히 있을 거예요.""그러면 어쩔 건데?""그야 프란츠가 알아서 할 일이죠. 빌리나, 무정부주의자 녀석들이나 공산주의자들 신경을 쓸 게 아니라. 이 인간들은 한 푼도 득이 안 되는 쓰레기 같은 녀석들이에요.""괜한 일에 나서지 마, 에바."

　자신의 서방이 브뤼셀에 볼일이 있어 가고 없는 틈을 타서 에바는 미체를 초대하여 상류층 사람들이 사는 모습을 보여 준다. 미체는 그런 것을 본 적이 없기 때문이다. 그 사내는 에바에게 홀딱 반해서 그녀를 위해 아이 방까지도 꾸며 주었다, 그곳에는 지금 두 마리의 새끼 원숭이가 살고 있다. "이 방이 원숭이들을 위한 거 같아, 소냐? 천만에. 자, 잘 보라고. 방이 예뻐서 그냥 원숭이들을 데려다 놓은 거야. 그리고 이 원숭이들을 보면 헤르베르트는 좋아서 어쩔 줄 몰라 해. 그 사람은 여기 오면 그게 그렇게 좋은가 봐.""아니, 그분을 이곳까지 불러들인다고요?""그게 뭐 어때서? 아저씨는 헤르베르트를 알아, 그래서 질투가 나 죽을 지경이지, 그래, 정말 잘된 거지, 뭐. 안 그래? 만약에 그 사람이 그렇게 질투심을 느끼지 않았으면 나를 벌써 차 버렸을 거야. 그 인간은 내가 자기 아이를 낳아 주기를 바라, 상상이 가? 그래서 이 방을 꾸며 준 거라고!" 둘은 큰 소리로 웃는다, 알록달록하게 색칠을 하고 리본 장식까지 한 아늑한 방이다, 조그만 아기 침대까지 있다. 침대의 막대들을 타고 새끼 원숭이들이 오르내린다. 에바는 그중 한 마리를 가슴에 안고서 침울한 눈빛으로 앞을 멍하니 바라본다. "아이를 낳아 주면 그가 좋아하겠지만 그 사람의 아이는 낳기 싫어. 그래, 그 사람의 아이는 싫어." "그러면 헤르베르트는 아이를 원치 않나 봐요?" "응, 난 헤르베르트의 아이를 갖고 싶어, 아니면 프란츠의 아이를. 화났어, 소냐?"

그러나 소냐는 에바가 예상했던 것과 다른 반응을 보인다. 소냐는 소리를 꽥 지르며 얼굴을 찌푸리더니 에바가 가슴에 안고 있던 새끼 원숭이를 밀쳐 내고서 에바를 격하게 끌어안는다, 행복하고 황홀한 표정이 되어. 에바는 영문을 몰라 얼굴을 돌린다, 소냐가 자꾸만 키스를 하려 한다. "자, 이리 와요, 에바, 자 어서요. 나는 화나지 않아요, 오히려 당신이 그이를 좋아한다니 기뻐요. 그이를 얼마나 좋아하는지 한번 말해 줘요. 그이의 아이를 갖고 싶다고요, 그러면 그이한테 직접 말해 보세요." 에바는 소냐를 간신히 밀쳐 낸다. "너 미쳤어, 이것아. 어서 말해 봐, 소냐, 왜 그러는 거야? 똑바로 말해 봐, 그 사람을 내게 넘기겠다는 거야?" "아니에요, 내가 왜 그러겠어요, 나는 그이를 간직하고 싶어요, 나의 프란츠인걸요. 하지만 당신은 나의 에바예요." "뭐라고, 내가?" "나의 에바예요, 나의 에바요."

에바는 저항하지 못한다, 소냐는 그녀의 입, 코, 귀 그리고 목에 키스를 한다. 에바는 가만히 있다, 그러다가 소냐가 에바의 가슴에 얼굴을 파묻자 에바는 소냐의 머리를 들어 올린다. "아니, 너 레즈비언이구나." "맹세코 아니에요." 그녀는 말을 더듬거리더니 에바의 손에서 머리를 다시 떼어 에바의 얼굴에 갖다 댄다. "나는 당신이 좋아요, 전에는 전혀 몰랐어요. 아까 당신이 그이의 아이를 갖고 싶다고 말하기 전까지만 해도……." "그래, 그게 어쨌다는 거야, 응? 너 화난 거지?" "그건 아니에요, 에바. 왜 그러는지 나도 모르겠어요." 소냐는 얼굴이 붉게 상기되어 에바를 올려다본다. "정말로 그이의 아이를 갖고 싶어요?" "너 왜 그러니?" "그이의 아이를 갖고 싶어요?" "아니야, 그냥 한번 해 본 말이야." "맞아요, 당신은 아이를 갖고 싶은 거예요, 그냥 해 본 말이라고는 하지만, 당신은 그걸 원해요, 원하고 있다고요." 이어 소냐는 에바의 가슴에 다시 얼굴을 묻고서 에바를 힘껏 껴안으며 기쁜 목소리로 웅얼댄다. "당신이 그이의 아이를 원한다니 너무 멋져요, 아, 너무 멋져, 나는 참으로 행복해요, 아, 행복해요."

그러자 에바는 소냐를 옆방으로 데리고 가 긴 안락의자에 눕힌다. "넌 레즈비언이 확실해, 원 참." "아니에요, 나는 레즈비언이 아니에요. 여태껏 여자의 손을 잡아 본 적도 없는걸요." "그래도 나한테는 그렇게 해 보고 싶은 거지." "네, 당신을 너무 사랑하니까요. 그리고 당신이 그이의 아이를 갖고 싶어 하니까요. 그리고 당신이 그이의 아이를 가졌으면 좋겠어요." "넌 지금 제정신이 아니야, 아가씨." 소냐는 완전히 마음이 쏠려서 자리에서 일어서려는 에바의 손을 꼭 잡으며 말한다. "아, 아니라고는 말하지 마세요, 그이의 아이를 갖고 싶어 하잖아요, 내게 약속해 줘요. 어서 약속해 줘요, 그이의 아이를 갖고 싶다고요." 에바는 완력을 써서 소냐의 품에서 벗어난다, 소냐는 축 늘어진 채 누워서 눈을 감고 입술을 쪽쪽 빨고 있다.

그러더니 소냐는 일어나 테이블의 에바 옆자리에 앉는다, 가정부가 포도주를 곁들인 아침 식사를 내놓는다. 그리고 소냐를 위해 가정부는 커피와 담배도 갖다 준다. 소냐는 얼굴빛은 밝지만 뭐가 뭔지 모르는 듯한 눈빛으로 멍하니 앞만 바라본다. 그녀는 평소처럼 소박한 모양의 흰 드레스를 입고 있고, 에바는 검정 비단 기모노를 입고 있다. "자, 아가씨, 소냐, 이제 좀 이성적으로 얘기해 볼까?" "네, 얼마든지요." "우리 집 보니 어때?" "너무 멋져요." "그렇다면 말이야, 너 프란츠 좋아하지?" "네." "내가 하고 싶은 말은, 네가 프란츠를 좋아한다면 그 사람에게 신경을 써 주어야 한다는 말이야. 그 사람은 지금 좋지 않은 곳을 드나들고 있어, 늘 그 질이 안 좋은 빌리하고 말이야." "네, 그런데 빌리를 좋아하나 봐요." "그럼 너는?" "나요? 나도 빌리를 좋아해요. 프란츠가 좋아하는 사람은 나도 좋아요." "그게 네 본 모습이지, 아가씨, 넌 사람 보는 눈이 없어, 아직 어려서 그래. 그 집단은 프란츠에게 이롭지 않아, 헤르베르트도 같은 생각이야. 그 녀석은 심술궂기 짝이 없는 놈이야. 그 녀석이 프란츠를 유혹하지. 프란츠는 팔 한쪽을 잃고도 부족한가?"

순간 소냐의 얼굴에 핏기가 가신다. 그녀의 입에 물려 있던 담배가 아래로 처진다. 그녀는 담배를 치우고 조용히 묻는다. "도대체 무슨 일이죠? 제발 말해 주세요." "무슨 일인지 누군들 알겠어. 내가 프란츠의 뒤만 쫓아다니는 것도 아니고, 그건 너도 마찬가지잖아. 네가 시간이 없다는 건 나도 알아. 그래도 그 사람이 어디에 가는지 정도는 알아 놓으라고. 너한테 그런 얘기는 하니?" "참 나, 정치 얘기뿐이에요, 나는 그게 무슨 말인지 도통 몰라요." "그것 보라니까, 한다는 게 바로 그거라고. 정치라고, 다른 것도 아닌 바로 그 정치야. 그것도 공산주의자니 무정부주의자니 하는 녀석들하고 말이야. 이놈들은 엉덩이에 성한 바지 하나 제대로 걸치지 못하는 녀석들이야. 이런 녀석들하고 프란츠가 어울린다는 얘기야. 그런데 그런 게 좋아? 어째, 그러려고 넌 일을 하는 거야?" "하지만 나는 프란츠에게 말 못해요, 이리 가라, 저리 가라, 이렇게는 말 못해요, 에바." "네가 만약에 그렇게 조그맣고 어리지만 않았다면 벌써 따귀를 한 대 갈겼을 거야. 그이한테 할 말이 그렇게도 없다는 거야? 그이가 또 한 번 된통 당해야 직성이 풀리겠어?" "그런 일을 겪지는 않을 거예요, 에바. 내가 신경을 쓸 테니까요." 조그만 소녀의 눈에는 눈물이 고였다, 그녀는 팔로 머리를 받치고 있다, 에바는 그녀를 바라본다, 그러나 그녀의 마음은 도무지 알 수가 없다. 이 여자애는 정말 그이를 사랑하는 걸까? "자, 적포도주나 마시자고, 소냐, 이 집 아저씨는 늘 적포도주만 마셔, 자, 어서."

그녀는 자그마한 소녀에게 반 잔 정도 술을 따라 준다, 그때 눈물방울이 그녀의 뺨을 타고 흘러내린다, 그녀의 얼굴은 여전히 슬퍼 보인다. "한 모금 더 마셔, 소냐." 에바는 포도주 잔을 소냐 앞에 내려놓고서 그녀의 뺨을 어루만지며 생각한다, 이제 다시 생기가 돌 거야. 그러나 소냐는 계속해서 앞만 응시하다 자리에서 일어나 창가로 가 밖을 내다본다. 에바는 소냐 옆으로 다가간다, 이 아가씨 속은 누구도 몰라. "프란츠에 대한 얘기를 너무 깊게 마음에 새기지 마, 소냐, 내가 말한 것은 사실 다른 뜻에서 한 거야. 다만 프란츠가 멍청한 빌리 녀석과 어울리지 못하게 하라는 얘기야. 너도 알다시피 프란츠가 좋은 사람이기는 하지만, 그래도 품스 녀석을 신경 쓰도록 해야 해, 아니면 프란츠의 팔을 잃게 한 그 어떤 녀석이든 말이야." "신경 쓰도록 할게요." 그렇게 나직하게 말하고서 자그마한 소냐는 고개를 들지 않은 채로 한 팔로 에바를 껴안는다. 그렇게 그들은 오 분 정도 서 있다. 에바는 생각한다, 이 아이한테 프란츠를 맡기는 게 좋아, 이 아이 아니면 누구한테 맡기겠어.

조금 뒤 그들은 새끼 원숭이들과 함께 이 방 저 방 뛰어다니며 난리를 친다. 에바는 이것저것 다 보여 준다, 소냐는 그것들을 보고 놀라워한다, 에바의 화려한 옷가지, 가구들, 침대, 양탄자 등. 당신은 픽사본* 여왕이 되는 아름다운 순간을 꿈꾸고 있나요? 이곳에서 담배 피워도 되나요? 물론이지. 이런 고급 담배를 이 가격대에 벌써 몇 년째 시장에 내놓고 있는 당신의 그 능력이 정말 놀랍기 그지없습니다. 기쁘게도 이 사실을 당신께 고백해야겠습니다. 야, 이게 무슨 냄새인가! 백장미의 놀라운 향기, 세련된 독일 여성이 바라는 은은하면서도 개성을 완벽하게 드러내 주는 진한 향기. 아, 실제로 미국 유명 여배우의 사생활은 항간에 떠도는 추측이나 전설들과는 사뭇 다르다. 커피가 들어오고, 소냐는 노래를 한 곡 부른다.

아프루트판타 일대에는 도적의 거친 무리가 활개를 쳤다네, 그래도 두목 구이토는 고상한 성품의 어진 사람이었네. 언젠가 어두운 숲 속에서 마르샨 백작의 딸을 만났다네, 얼마 안 있어 나무들 사이로 그녀의 목소리가 울려 퍼졌네, 언제까지나, 언제까지나 나는 당신 것이에요!

그러나 그들은 곧 발각되었네, 사냥의 큰 무리가 다가오네. 행복에 잠겨 있던 그들은 깜짝 놀라 깨어나 어쩔 줄을 모르

---

* 샴푸 이름.

네. 아버지는 불쌍한 그녀를 꾸짖고, 두목도 위험한 지경에 처하네. 아버지, 그녀는 애걸하네, 불쌍히 여기세요, 저는 죽음도 그이와 함께 할 거예요.

어두운 탑에 갇혀 구이토는 초췌해져 가네, 오, 끔찍한 인생이여! 이자벨라는 사랑하는 이를 풀어 주려 필사적이네. 마침내 그녀는 성공했네, 그는 곧 안전한 장소에 도착했네. 올가미에서 벗어났으니 이제 살인의 손길을 막을 수 있네.

성을 향해 그는 다시 발걸음을 재촉하네, 성을 뛰쳐나왔던 그 여인과 함께 가네, 그러나 이자벨라는 어느새 제단 앞에 무릎을 꿇어야 하네, 하기 싫은 결혼을 강요당하네, 그 순간 구이토는 창백한 입술로 백작의 악행을 고발하네.

그러자 사시나무 떨 듯 떨며 이자벨라는 얼굴이 파리해져 혼절해 버리네. 아, 어떤 키스도 그녀를 깨우지 못하네! 고귀하고 당당한 마음으로 그는 그녀의 아버지에게 말했네. 그녀를 죽게 한 것은 내가 아닙니다, 당신이 그녀의 심장을 부숴 놓았습니다, 두 뺨의 붉은 빛도 가시게 했습니다.

두목이 가만히 관대에 누워 있는 그녀의 얼굴을 보려 허리를 굽히니 아직 생명이 느껴지네. 사람들이 모두 깜짝 놀라든 말든 그는 그녀를 안고 도망치네, 그리고 그녀는 다시 깨어나네, 그는 그녀의 신랑이자 수호신이라네.

그래도 두 사람은 다시 도망쳐야 하는 신세, 어디를 가도 편안하게 쉬지를 못하네. 법의 심판에 쫓기면서 두 사람은 서로에게 다짐하네. 이제는 자수합시다. 독배를 다 비우고 나면 하느님이 우리를 심판할 테니. 하늘나라에서 우리는 사랑의 행복을 누릴 거예요.

소냐와 에바는 그 노래가 장터에서 부르는 평범한 노래임을 알고 있다. 그림판 앞에서 그저 그렇게 연주되는 노래라는 것을. 그래도 두 사람은 노래가 끝나자 눈물을 철철 흘린다, 때문에 담배에 다시 불을 붙이는 것도 잠시 잊는다.

정치는 이제 그만,
그래도 영원한 무위가 더 위험한 것

그리고 프란츠 비버코프는 잠시 더 정치판 주변에서 어슬렁댄다. 멋쟁이 청년 빌리는 수중에 돈이 많지 않다, 머리 회전이 아주 빠르긴 하지만 소매치기들 중에는 초보이다, 그래서 그는 프란츠를 우려먹는다. 그는 예전에 소년원에 들어간 적이 있는데, 그곳에서 어떤 사내로부터 공산주의에 대한 많은 이야기를 들었으며, 공산주의는 별것 아니며 분별이 있는 사람은 오직 니체와 슈티르너*만 믿고 자기 마음에 드는 일만 하며 그 밖의 일은 다 허튼 수작에 불과하다는 말을 들었다. 그런데 꾀바르고 빈정대기 잘하는 이 녀석은 이제 정치 집회에 찾아가 연사들을 궁지에 몰아넣는 데 재미가 들렸다. 그는 집회에 찾아가 거래를 틀 만한 사람들을 낚거나 아니면 이들을 골려 준다.

프란츠는 그 친구와 잠시만 어울린다. 그 뒤 그는 정치에서 손을 뗀다, 미체와 에바의 개입이 없어도 말이다.

그러던 어느 날 늦은 밤, 그는 늙수그레한 목수 하나와 한

---

* 독일의 철학자 막스 슈티르너(1806~1856).

테이블에 앉아 있다, 어느 집회에서 알게 된 사람이다. 그동안 빌리는 스탠드에 앉아 다른 사내와 떠들고 있다. 프란츠는 팔을 테이블 위에 세워 왼손으로 머리를 괴고 목수가 하는 말에 귀를 기울인다, 목수가 말한다. "그런데 말이오, 친구, 사실 내가 집회에 갔던 것은 마누라가 아파서였소, 8시가 되면 마누라는 내가 필요 없어지거든, 좀 쉬어야 하니까, 정확히 8시면 수면제와 차를 한 잔 마셔요, 그러면 불을 꺼 주어야 해요, 그러니 거기 위층에 있으면 뭐 하겠소? 그러다 보니 술집이나 전전하게 되는 거지. 마누라가 시원찮아서 그런 거요."

"병원에 입원시키지 그래요, 네? 집에 있는 건 안 좋을 것 같은데."

"병원엔 벌써 갔었죠. 다시 데리고 나왔어요. 병원 식사가 입에 안 맞는 데다가 병세도 호전되지 않아서."

"병이 무척 심한가 보네요, 당신 부인 말이오."

"자궁이 직장에 유착됐다나요, 뭐. 그래서 수술을 받기는 했는데 전혀 효과가 없어요. 배 속이 문제요. 그런데 의사 말로는 신경이 좀 예민할 뿐이지 다른 문제는 없다는 거요. 그런데도 마누라는 아프다며 하루 종일 끙끙 앓아요."

"거 참."

"의사는 아마 곧 나을 거라는 진단을 내릴 거요, 보라고요. 벌써 두 번이나 전문의한테 갔어야 했는데 가 봤자 소용없는 거요. 의사는 건강하다는 소견을 써 줄 테니까요. 신경성 질환 정도는 병으로 치지도 않는 거죠."

프란츠는 듣고만 있다, 그 역시 아파 본 적이 있다, 차에 치여 팔을 절단했다, 그는 마그데부르크 병원에 누워 있었다. 그딴 거 아무렇지도 않다, 그것은 다른 세계의 일이다. "맥주 한 잔 더 할까요?" "좋아요." "맥주 한 잔이오." 목수는 프란츠를 응시한다. "당신은 당원이 아니죠, 친구?"

"옛날엔 그랬지요. 이젠 아니오. 다 쓸데없는 거요."

술집 주인이 그들의 테이블에 와서 앉으며 목수에게 "안녕하쇼, 에데." 하면서 인사를 하고는 아이들 안부를 묻고 이렇게 속삭인다. "아니, 이런, 또 정치판에 끼어들 텐가?"

"마침 정치 얘기 중이었지. 이젠 그럴 생각 추호도 없어." "그거 참 잘됐군. 자네한테 하는 말이지만, 에데, 내 아들 녀석도 내가 하는 말과 똑같은 말을 해, 정치판에 끼어들어 봤자 돈 한 푼 못 번다고 말이야, 정치가 우리의 신분을 상승시켜 주지도 않는다는 거야, 땡잡는 놈들은 다른 놈들이고."

그러자 목수는 실눈을 뜨고 그를 쳐다본다. "그래? 그 꼬맹이 아우구스트가 벌써 그런 생각을 한다고?"

"그 녀석 제법이야, 녀석은 아무한테도 안 속아 넘어간다니까. 우리는 돈을 벌 생각이야. 현재 벌이도 괜찮은 편이고. 그러니 불평할 것 없지."

"자 건배, 프리체, 돈 많이 벌게."

"나는 마르크스주의니, 레닌이니 스탈린이니, 뭐 그딴 인간들은 신경도 안 써. 누가 나한테 신용 대출을 해 주거나, 쩐을 주거나, 얼마나 오래, 얼마만큼이나 주나, 뭐 이런 게 중요하지. 세상은 다 이걸 중심으로 해서 돌아가니까."

"흠, 자네 아주 많이 발전했군." 그러고는 프란츠와 목수는 아무 말도 않고 앉아 있다. 주인은 계속해서 떠들어 댄다, 그러자 목수는 짜증을 내며 말한다.

"나는 마르크스주의가 뭔지 몰라. 그렇지만 이것 보라고, 프리체, 자네가 머릿속으로 그리는 것처럼 문제가 그렇게 간단하지는 않아. 마르크스주의나 그 러시아 녀석들이 말하는 거나, 빌리가 떠들어 대는 슈티르너나 그게 내게 다 무슨 소용인가. 다 쓸데없는 잡소리지. 내게 필요한 게 뭔지, 그날그날 손가락으로 헤아려 보는 거지. 누가 내 등짝을 퍽 하고 때리면 그게 무슨 뜻인지 나는 알아. 오늘은 가게에 일자리를 얻었다가 내일은 또 쫓겨나는 거야, 들어오는 주문이 없으니까 말이야, 주인은 그대로 있고 지배인 역시 그대로 있지, 나만 거리로 쫓겨나 실업자 수당을 받으러 나서야 하는 거야. 애가 셋 있는데, 다들 학교에 다니는데 맏딸이 구루병에 걸려 다리가 휘었어. 그렇다고 어디 보낼 형편도 못 돼. 학교나 잘 다니면 그나마 다행이야. 어쩌면 내 마누라가 아동 구호 사무소 같은 데에 달려갈지도 몰라, 내 마누라는 뭔가 해야지 직성이 풀리는 성미거든, 지금은 아파서 누워 있지만 원래는 수완이 좋은 여자야, 생선 장사도 하고, 그런데 애들 교육 얘기인데, 걔들도 우리처럼 많이 배우지 못해, 무슨 얘긴지 알겠지. 상황이 그래. 왜 다른 사람들이 아이들에게 외국어를 가르치고 여름에는 해수욕장에 데려가는지 다 알아, 하지만 우리는 교외선을 타고 테겔 호수에 갈 돈도 없는 걸. 돈 있는 집 아이들은 그렇게 다리가 금방 굽지 않아. 관절통 때문에 의사한테 갔더니 대합실에 서른 명이 넘는 사람들이 빽빽하게 앉아 있더군. 얼마 후 의사가 내게 물었어. 이 관절통은 전부터 있었던 것 같은데, 직장엔 얼마나 다녔나요, 서류는 받아 놓았나요. 의사는 내 말을 믿으려 하지 않아, 그러면 보험 회사 촉탁의한테 가는 수밖에 없지. 혹시 국영 보험 회사에 신청을 해서 요양이라도 가게 되면 월급에서 그만큼을 제하는 거야. 그렇게 요양이라도 가려면 그때까지 골골 앓고 있어야 하는 거라고. 프리체, 이런 건 안경을 안 써도 빤히 보이는 거야. 이런 것도 이해 못 하면 동물원 낙타나 다름없는 거야. 그렇기 때문에 그런 걸 말해 줄 카를 마르크스가 이젠 필요가 없다고. 그러나 프리체, 이건 말이지, 정말 사실이야."

그러고 나서 목수는 희끗희끗한 머리를 들더니 눈을 크게 뜨고 주인을 쳐다본다. 그는 파이프를 다시 입에 물고서 연기를 뻐끔뻐끔 내뿜으며 누군가의 대답을 기다린다. 주인은 툴툴대며 입술을 삐죽인다, 좀 불만스러운 듯하다. "이보게, 자네 말이 맞아, 내 막내딸도 다리가 휘었어, 시골에 가서 요양할 돈도 없고. 그래 한마디로 가난한 자와 부자는 늘 있어 왔어, 우리 둘이 아무리 해도 그것은 어떻게 바꿀 수가 없는 거야."

목수는 담담한 표정으로 담배 연기만 뿜어 댄다. "가난하게 살고 싶은 사람이나 가난하게 살라고 해. 그래, 다른 사람들이야 가난하든 말든 상관없어. 나는 가난하게 살고 싶은 생각 없으니까. 그러다 보면 금방 지겨워질걸."

그들은 아주 차분하게 이야기하면서 천천히 맥주를 들이켠다. 프란츠는 줄곧 듣기만 한다. 스탠드에 있던 빌리가 다가온다. 프란츠는 나가기로 마음먹고 모자를 집어 들고서 밖으로 나간다. "됐네, 빌리, 오늘은 일찍 자야 돼. 자네 잘 알잖아, 어제 일을 말이야."

그렇게 해서 프란츠는 먼지가 풀풀 날리는 뜨거운 길을 혼자서 터벅터벅 걸어간다, 룸 디 붐 디 두멜 디 다이. 룸 디 붐 디 두멜 디 다이. 잠깐만 기다려, 네게도 하르만*이 찾아갈 테니, 그 친구는 조그만 손도끼로 너를 잘라 간소시지를 만들 거야, 기다려, 잠깐만 기다려, 네게도 하르만이 찾아갈 테니. 제기랄, 내가 지금 어디로 가는 거지, 제기랄, 내가 지금 어디로 가는 거지. 그는 그 자리에 멈추어서 도로를 건너지 못한다, 그래서 그는 다시 뒤로 돌아, 왔던 길을 걸어간다, 그 술집을 지나간다, 그들은 아직 저 안에 앉아 있다, 목수는 맥주를 앞에 놓고 앉아 있다. 나는 이 집에 들어가지 않아. 목수는 진실을 말했어. 진실이란 그런 거다. 정치가 나하고 무슨 상관이야, 되지도 않는 잡소리일 뿐인걸. 나한테는 아무 소용도 되지 않는 거야, 나한테는 아무 소용도 안 되는 거라고.

프란츠는 먼지가 풀풀 날리는 뜨겁고 소란스러운 길을 다시 걸어간다. 8월. 로젠탈 광장은 점점 더 많은 사람들로 북적댄다, 그곳에서 한 사내가 신문을 팔고 있다, 《베를리너 아르바이터차이퉁》,** 마르크스주의자들에 대한 특별 재판, 소년들을 후리는 체코 출신 유대인 호색가, 스무 명의 소년을 꾀다, 그런데도 아직 체포하지 못하다, 나도 여기서 저렇게 신문을 팔았지. 오늘은 찌는 듯이 덥다. 프란츠는 발걸음을 멈추고 신문팔이에게서 신문을 한 부 산다, 모자에는 녹색의 철십자가 보인다, 댄스홀 '신세계'에서 만났던 그 외눈의 상이군인이다, 마셔라, 마셔라, 형제여, 마셔라, 걱정일랑 집에다 두고, 마셔라, 마셔라, 형

---

* 엽기적인 살인범 프리츠 하르만. 1925년에 처형당했다.
** 《베를리너 아르바이터차이퉁(Berliner Arbeiter-Zeitung)》은 '베를린 노동자 신문'이라는 뜻으로 민족사회주의 독일 노동당에서 발행하던 신문.

제여, 마셔라, 걱정일랑 집에다 두고, 근심도 괴로움도 다 버려라, 그러면 인생은 즐거워질 테니, 근심도 괴로움도 다 버려라, 그러면 인생은 즐거워질 테니.

그는 광장을 크게 돌아 엘자스 가로 들어선다. 구두끈, 뤼더스, 근심도 괴로움도 다 버려라, 그러면 인생은 즐거워질 테니, 근심도 괴로움도 다 버려라, 그러면 인생은 즐거워질 테니. 벌써 많은 시간이 흘렀군, 작년 크리스마스였지, 세상에, 벌써 그렇게 오래됐어, 나는 여기 파비쉬 백화점 앞에 서서 목청껏 외쳤더랬지, 정말 시시한 물건들이었는데, 넥타이하고 넥타이 걸이였지, 그리고 리나, 리나, 그 폴란드 여자, 뚱뚱한 그 여자가 나를 데리러 오곤 했지.

프란츠는 계속해서 터벅터벅 걸어간다, 뭘 원하는지 그 자신도 모른다, 다시 로젠탈 광장으로 돌아갔다가 마침내 파비쉬 백화점 버스 정류장에 서 있다, 아싱거 맥주홀 건너편이다. 그리고 그는 기다린다. 그래, 바로 그거다! 그는 서서 기다린다, 마치 자신이 자침 같은 느낌이 든다 ── 북쪽으로 가는 거다! 테겔을 향해, 형무소를 향해, 형무소 담장을 향해! 그는 그곳으로 가고 싶다. 그곳으로 가야만 한다.

우연찮게도 41번 전차가 와서 선다, 그리고 프란츠는 올라탄다. 그는 당연히 그렇게 해야 한다고 느낀다. 출발, 전차가 움직인다, 전차는 그를 태우고 테겔을 향해 달린다. 그는 20페니히를 내고 차표를 받는다, 그는 테겔을 향해 달린다, 모든 것이 순조롭다, 근사하다. 그는 기분이 좋다. 정말로 그곳으로 달려가는 중이다. 브루넨 가, 우퍼 가, 가로수 길, 라이니켄도르프, 정말로 모든 게 그대로 다 있다, 그곳으로 그는 간다, 모든 게 그대로이다. 여기도 그대로구나! 그렇게 앉아 있자니 느낌이 더욱 생생해지고 더욱 강렬해지고 더욱 강력해진다. 그가 느끼는 만족감은 그만큼 깊고 그만큼 강렬하다. 안락감이 그를 휘감는다, 그래서 프란츠는 앉아서 눈을 감고 강력한 잠에 빠져든다.

전차는 어둠을 헤치고 시청을 지나갔다. 베를린 가, 라이니켄도르프 서부, 테겔, 종점. 차장이 그를 깨워 부축해 일으킨다. "더 이상 가지 않습니다. 어디까지 가시나요?" 프란츠는 비틀대며 밖으로 나간다. "테겔이오." "그러면, 바로 여깁니다." 그는 진탕 취했다, 전상자(戰傷者)들이 꼭 이렇게 연금을 술로 탕진해 버린다.

어마어마한 졸음이 덮쳐 와 프란츠는 광장을 가로질러 가다가 가로등 밑 제일 먼저 눈에 띄는 벤치를 향해 서둘러 간다. 순찰 중이던 경찰이 그를 깨운다, 새벽 3시다, 경찰은 그에게 별다른 조치를 취하지 않는다, 이 친구 성실해 보이는데, 술에 완전히 절었군, 혹시 날치기를 당할 수도 있겠어. "여기서 잠을 자면 안 돼요, 집이 어디요?"

프란츠는 더 이상 견디기가 힘들다. 그는 하품을 한다. 침대에 눕고 싶다. 그래, 여기가 테겔이군. 내가 뭘 하러 이곳에 왔더라, 뭘 하려고 이곳에 왔더라, 그의 생각들은 서로 뒤엉킨다, 일단 침대에 눕고 싶다, 지금 당장 해야 할 일은 그것뿐이야. 그는 청승맞게 꾸벅꾸벅 존다, 그래, 맞아, 여긴 테겔이야, 그런데 그게 어쨌다는 건가, 그래, 내가 전에 저 안에 앉아 있었지. 자동차가 한 대 온다. 그게 뭐였지, 내가 테겔에 와서 하려고 한 게 뭐였지. 여보, 내가 잠들려 하면 나 좀 깨워 줘요.

그리고 강력한 잠이 다시 그를 휩싼다, 잠은 그의 눈을 뜨게 하고, 프란츠는 모든 것을 깨닫는다.

그리고 저곳에 산이 있다, 노인은 자리에서 일어나 아들에게 말한다. 함께 가자, 함께 가자, 노인은 아들에게 그렇게 말하고 걷기 시작한다, 아들도 따라 나선다, 그의 뒤를 따라간다, 산 속으로 들어간다, 산을 올라가고, 산을 내려가고, 산 너머 또 산, 골짜기와 골짜기들. 아버지, 얼마나 더 가야 하나요? 그건 나도 모른다, 우리는 산을 올라가고 산을 내려가며 산 속으로 들어가는 거야, 어서 가자. 피곤하니, 애야? 함께 가기 싫으냐. 아니에요, 피곤하지 않아요, 함께 가자고 하시면 기꺼이 가겠어요. 그래, 어서 가자. 산을 올라가고, 산을 내려가고, 골짜기 또 골짜기, 먼 길이다, 정오가 되었다, 이제 다 왔다, 한번 주위를 둘러보아라, 내 아들아, 저기 제단이 보이지. 무서워요, 아버지. 왜 그렇게 무서워하느냐, 애야? 아버지는 저를 일찍 깨워서 밖으로 데리고 나왔어요, 우리는 우리가 잡으려 했던 양을 깜박했어요. 그래요, 우리는 그 양을 잊고 왔어요. 산을 올라가고 산을 내려가고, 길고 긴 골짜기들, 우리는 양을 데려오는 것을 깜박했어요. 저기 제단이 있네요, 무서워요. 겉옷을 좀 벗겠다, 무섭니, 아들아? 네, 무서워요, 아버지. 나도 무섭다, 아들아, 좀 더 가까이 와라, 무서워할 것 없다, 어차피 해야 할 일이니까. 산을 올라가고 산을 내려가고, 길고 긴 골짜기들, 저는 일찍 일어났어요. 무서워하지 마라, 아들아, 기꺼이 받아들여라, 내게 좀 더 가까이 와라, 나는 겉옷을 벌써 벗었다, 이제 소매에 피를 묻히지 않을 수 있다. 무서워요, 아버지가 들고 있는 칼 때문에요. 그래, 내가 칼을 들고 있지, 나는 너를 죽이지 않을 수 없어, 너를 제물로 바쳐야 하니까, 하나님의 명령이란다, 기꺼이 받아들여라, 아들아.

싫어요, 그렇게 못해요, 소리를 지를 거예요, 저를 건드리지 마세요, 죽임을 당하기 싫어요. 어서 무릎을 꿇어라, 소리를 지르지 마라, 아들아. 아니에요, 소리를 지를 거예요. 소리 지르지 마라, 네가 원치 않으면 나는 그 일을 할 수 없다. 그러나 제발 참아 다오. 산을 오르고, 산을 내려가고, 왜 다시 집에 돌아가면 안 되나요? 집에 가서 뭘 하려 하느냐, 하느님은 집보다 더한 분이시다. 나는 그렇게 못해요, 아니, 하겠어요, 아니, 그렇게 못 해요. 좀 더 가까이 와라, 자 봐라, 여기 내 손에 들려 있는 칼을 말이야, 자세히 봐라, 아주 날카롭지, 네 목을 칠 준비가 되어 있다. 그게 내 목을 찌르나요? 그래. 그러면 피가 치솟나요? 그래. 하나님의 명령이다. 그렇게 해 주겠니? 아직은 그렇게 못해요, 아버지. 어서 서둘러라, 안 그러면 나는 너를 죽일 수가 없다. 네가 자발적으로 한 것처럼 되어야만 내가 그 일을 할 수 있기 때문이다. 자발적으로요? 아, 그래, 그것도 두려움 없이 말이다. 목숨을 끝까지 살 생각 마라, 네 목숨을 말이다, 너는 주님에게 네 목숨을 바치는 거니까. 어서 가까이 와라. 우리의 주님께서 그것을 원하시나요? 산을 올라가고, 산을 내려가고, 저는 일찍 일어났어요. 겁쟁이가 되고 싶지는 않겠지? 알겠어요, 알겠어요, 알겠다고요! 뭘 알았다는 거니, 아들아. 제 목에 칼을 대세요, 잠깐만요, 옷깃을 뒤로 넘길게요, 그래야 목이 훤히 드러나잖아요. 네가 뭔가 깨달은 것 같구나. 너도 원하고 나도 원하고, 그렇게 돼야 나는 그 일을 수행할 수 있어. 그러면 주님이 부르실 거야, 우리는 주님이 부르는 소리를 듣게 될 거야. 멈추라고. 그래, 어서 이리 와라, 목을 내밀어. 자, 여기요. 저는 무섭지 않아요, 기꺼이 하겠어요. 산을 올라가고, 산을 내려가고, 길고 긴 골짜기들, 어서 칼을 대세요, 자르세요, 소리 지르지 않을게요.

아들은 목을 뒤로 젖히고, 아버지는 그의 등 뒤로 다가선다, 아들의 이마를 손으로 누르고 오른손으로 칼을 치켜든다. 아들은 그렇게 하기를 바란다. 주님이 소리친다. 두 사람은 얼굴을 바닥에 대고 엎드린다.

주님의 목소리를 들어 보라. 할렐루야. 산들 사이로, 골짜기들 사이로. 너희는 내게 순종하는구나, 할렐루야. 너희의 목숨을 살려 주마. 할렐루야. 당장 멈추어라, 나락을 향해 칼을 던져 버려라. 할렐루야. 나는 하느님이다, 너희는 내게 순종하고 또 순종해야 한다. 할렐루야, 할렐루야, 할렐루야, 할렐루야. 할렐루야. 할렐루야. 할렐루야, 할렐루야, 루야, 루야, 루야, 할렐루야, 루야, 할렐루야.*

"미체, 귀염둥이, 이 조그만 귀염둥이, 나를 욕할 테면 해 봐." 프란츠는 미체를 자기 무릎 위에 올려놓으려 한다. "말 좀 해 봐. 어젯밤에 내가 늦게 들어와서 뭘 어떻게 했지?" "아이 참, 프란츠, 당신은 그러다가 또 불행해질 수 있어요, 당신이 어울리는 사람들 때문에요." "왜 그러는데?" "운전사가 당신을 부축해서 계단 위쪽까지 데려다 줘야 했어요. 제가 뭐라고 해

---

* 구약 성경 「창세기」에 나오는 아브라함과 이삭의 이야기를 자유롭게 재구성한 글.

도 아무 대답도 안 하고요. 저기 눕더니 시체처럼 곯아떨어졌어요." "나는 말이야, 테겔에 갔었어, 그래, 혼자서, 정말로 혼자서 말이야." "프란츠, 그게 정말이에요?" "정말 혼자서. 예전에 거기서 몇 년 있었거든." "아직도 좀 남은 게 있나요?" "아니야, 단 하루도 에누리 없이 꽉 채웠어. 그냥 한번 보고 싶었던 거야, 그런 거 신경 쓸 거 없어, 내 귀염둥이."

그녀는 그의 곁에 다가앉으며 늘 하는 것처럼 그를 사랑스러운 눈길로 쳐다본다. "당신, 이제 정치판에 끼어들지 말아요." "이제 정치 같은 건 안 해." "집회에도 가지 마시고요." "그런 데 갈 생각 없어." "만약 가면 간다고 말해 줄 거죠?" "응."

미체는 그녀의 팔을 프란츠의 어깨 위에 걸쳐 놓고 머리를 그의 머리에 기댄다, 두 사람은 아무 말도 하지 않는다.

이렇게 해서 다시 한 번, 이 세상에서 우리의 프란츠 비버코프보다 더 만족스러운 인간은 찾아보기 힘들다. 정치를 지옥으로 보내 버린 그이기에. 그런 일로 다시 머리를 다치는 일은 없을 것이다. 이제 그는 술집에 앉아 노래를 부르기도 하고 트럼프를 치기도 한다, 미체는 또 한 사내를 사귀는데, 그 사람은 에바의 정부와 맞먹을 만큼 부자다, 게다가 더 좋은 것은 결혼까지 한 사내라는 것이다, 그는 그녀에게 가구는 비치되어 있지 않은 두 개의 방이 딸린 아담한 집을 구해 준다.

그리고 프란츠는 미체가 원하는 것이면 뭐든지 하지 않을 수 없다. 에바는 어느 날 그의 집에서 프란츠를 덮친다, 미체 스스로가 그렇게 해 주기를 바라는데, 안 될 이유가 있는가, 하지만 에바, 그러다가 애라도 생기면 어쩌려고, 에이 참, 만약 애가 생기면 내 서방께서 성을 열 채라도 지어 주며 기뻐할걸요.

파리가 기어 올라간다, 파리에게서 모래가 떨어진다,
파리는 곧 다시 윙윙 날 거다

사실 프란츠 비버코프에 대해서는 할 이야기가 그렇게 많
지 않다, 여러분도 이미 이 사나이를 잘 안다. 돼지가 돼지우리
에 들어가면 뭘 할지는 누구나 상상할 수 있다. 그래도 돼지가
인간보다 더 낫다고 할 수 있는데, 그 까닭은 돼지가 한 덩어
리의 살과 지방으로 이루어져 있고, 그리고 겪는 것도 별로 많
지 않기 때문이다, 사료를 주면 고작 그것을 다시 뒤집어엎을
뿐이고, 생의 끝에 가서 칼이 기다리고 있는데, 이것 역시 뭐
그렇게 나쁘거나 흥분될 일도 아니다, 뭔가 눈치를 채기도 전
에 ─ 그런 짐승이 뭘 눈치 챘단 말인가 ─ 녀석은 이미 죽은
몸이니까. 반면, 인간은 물론 눈이 있고, 가슴속에 많은 것을
담고 있어 모든 것이 뒤죽박죽이다, 인간은 또 악마를 생각할
수도 있으며 (인간은 머리라는 끔찍한 것을 갖고 있어서) 앞으로
무슨 일이 닥칠지도 생각해야 한다.
바로 이렇게 살고 있다, 우리의 사랑스럽고 뚱뚱한 외팔의
사나이 프란츠 비버코프는. 그는 8월 속으로 빠른 걸음으로 발
을 들여놓는다, 아직 8월의 더위는 그런대로 견딜 만하다. 그리
고 우리의 귀여운 프란츠는 왼손으로도 노를 젓는 법을 훌륭
하게 익혔다, 그리고 경찰에게서는 아무 연락도 없다, 물론 그
가 신고를 하지 않기는 했지만, 경찰들 역시 파출소에서 여름

휴가를 즐기고 있을 것이다, 그래, 관리라는 사람들도 결국 다리가 둘일 뿐이니, 몇 푼 되지 않는 돈벌이를 위해서 괜히 다리품을 팔지는 않을 것이다. 그러니 뭣하러 이곳저곳 쏘다니며 찾아 나서겠는가, 프란츠 비버코프라는 사람은 어떻게 된 거지 하면서, 비버코프라는 사람한테 무슨 일이 생겼나, 그 비버코프 말이야, 그 친구 왜 팔이 하나뿐이지? 전에는 두 개였는데 하면서. 그 친구를 그냥 서류철 속에서 썩게 둬라, 인간이란 또 다른 걱정거리가 있기 마련이니.

　거리들은 여전하다, 그곳에서 우리는 온갖 것을 보고 듣는다, 지난날에 있었던 전혀 원치도 않는 것이 문득 떠오르기도 한다, 그리고 인생은 이렇게 빨리 지나간다, 하루 또 하루, 오늘 우리가 가는 길에 뭐가 나타나고, 또 놓치고, 내일은 또 다른 일이 생기고 그것을 또 잊고 하면서 우리의 생에는 늘 뭔가가 일어난다. 내 인생은 제 길을 잘 찾아가겠지, 하며 우리는 졸면서 꿈을 꾼다. 어느 따스한 날 창문에서 파리를 한 마리 잡아 꽃병 속에 집어넣고 그 위에 모래를 뿌려 보자. 건강한 파리라면 다시 밖으로 기어 나올 것이며 모래를 뒤집어쓰는 것 정도는 아무것도 아니다. 이것은 프란츠가 이런저런 것들을 볼 때마다 해 보는 생각이다. 나는 별 탈 없이 잘 지낸다, 내가 뭣하러 이런저런 일에 신경을 쓰는가, 내가 정치하고 무슨 상관인가, 사람들이 제 것을 다 빼앗길 정도로 멍청하다면 나로서도 어쩔 도리가 없다. 내가 뭣하러 나서서 그 모든 사람을 위해 골머리를 앓아야 하는가.

　미체는 프란츠가 폭음하는 것만큼은 결사적으로 말리려 한다, 폭음은 프란츠의 아픈 부분이다. 그는 본디 폭음에 대한 욕구를 타고났으며, 이 욕구는 그의 내면에 숨겨져 있다가 수시로 나타난다. 그는 말한다, 폭음을 하면 살이 많이 쪄서 생각을 많이 안 해도 된다고. 그러자 헤르베르트는 프란츠에게 이렇게 말한다. "이보게, 술을 너무 많이 마시지 말게. 자넨 행운아야, 보라고, 자네 전엔 뭐했지? 신문팔이였지. 지금은, 비록 한쪽 팔은 없지만, 지금은 미체도 있고, 넉넉한 수입도 있잖아, 이다와 지내던 옛날처럼 그렇게 다시 폭음을 시작하려는 것은 아니겠지." "걱정 마, 헤르베르트, 술을 먹는 것도 한가할 때뿐이야. 술집에 앉아 있으면서 뭘 하겠나. 한 잔 또 한 잔, 이렇게 자꾸만 되는 거지. 그렇지만 잘 보라고, 난 잘 참고 있잖아." "그래, 자넨 참는다고 말하지. 하지만 자넨 살이 다시 아주 많이 불었어. 거울 좀 한 번 들여다봐, 눈이 꼴이 그게 뭐야." "눈이 왜?" "눈두덩 좀 만져 보라고, 노인들처럼 눈 밑이 축 처졌잖아, 도대체 자네 지금 나이가 몇인가? 술만 그렇게 퍼마시니까 늙는 거야, 술은 사람을 늙게 만들어."

"자, 그런 얘기는 그만하자고. 자네들 요샌 무슨 새 소식 없나? 요새는 뭘 하고 지내, 헤르베르트?" "이제 슬슬 시작하려 해, 새로 젊은 친구 둘을 구했어, 괜찮은 녀석들이야. 크노프란 녀석 알지? 그 왜 불도 삼킨다는 녀석 말이야, 그 친구가 녀석들을 데려왔어. 그 친구는 녀석들한테 이렇게 말했다는군, 나하고 일하고 싶다고? 그러면 먼저 너희가 뭘 할 수 있는지 내게 보여 줘야 해. 한 녀석은 열여덟이고, 다른 녀석은 열아홉이야. 그렇게 해서 크노프는 단치히 가 모퉁이에 서서 녀석들이 하는 짓을 지켜본 거야. 녀석들은 한 노파를 눈여겨보고 있었어, 노파가 은행에서 돈을 찾아가지고 나오는 것을 보았거든.

녀석들은 노파의 뒤를 밟았어. 크노프는 말이야, 녀석들이 노파를 슬쩍 밀치고서 돈을 낚아채 달아날 걸로 생각했지. 웬걸, 그게 아니었어, 녀석들은 서두르지 않고 계속해서 지켜보다가 노파가 사는 집까지 따라간 거야, 그들은 먼저 가서 기다리고서 있는 거야, 노파가 몸을 흔들면서 다가올 때까지 말이야, 그러더니 녀석들은 노파의 얼굴을 빤히 쳐다보는 거야. 혹시 뮐러 부인이신가요, 실제로 그게 노파의 이름이야, 그러고 나서 녀석들은 노파와 뭐라고 이야기를 나누다가 전차가 다가오자 노파의 얼굴에 후춧가루를 뿌리고서 가방을 낚아채 가지고는 문을 쾅 닫고서 후다닥 차도를 건너갔지. 크노프가 나무라면서 하는 말로는 녀석들이 전차를 탄 것은 쓸데없이 멍청한 짓이라는 거야, 노파가 현관문을 열기 전에, 얼굴이 드러나기 전에, 녀석들은 얼마든지 태연스레 건너편 술집에 가 앉아 있을 수도 있었다는 거야. 그렇게 후다닥 뛰면 다른 사람들로부터 의심을 받게 되잖아." "그래도 곧 내리기는 내렸겠지." "응, 그런데 말이야, 녀석들은 뭐라고 질책을 하는 크노프를 데리고 나가 벽돌을 하나 집어 드는 거였어, 시간은 밤 9시였지, 그러더니 로민텐 가에 있는 어느 시계방의 쇼윈도를 부수고 안에 손을 넣어 더듬어 보고 나서 도망쳤지. 얻은 것은 아무것도 없었어. 녀석들은 정말 배짱 한번 두둑했어, 그러고는 북적대는 사람들 틈 속으로 끼어들었으니까. 그래, 쓸모 있는 녀석들이야." 프란츠는 고개를 떨어뜨리며 말한다. "대단한 녀석들이군." "혹시 이런 녀석들 안 필요한가?" "됐어, 난 안 필요해. 나중에 가서 골치 썩이는 거 싫으니까." "폭음은 삼가게, 프란츠."

프란츠의 얼굴 표정이 부르르 떨린다. "왜 마시지 말라는 거야, 헤르베르트, 도대체 자네들이 나를 어떻게 하겠다는 건가. 나는 아무것도 못 해, 할 수 있는 게 없다고, 나는 100퍼센트 병신이야." 그는 헤르베르트의 눈을 빤히 쳐다본다, 그의 입가의 주름이 밑으로 처진다. "전부 나를 두고 자꾸만 뭐라고 하는데 말이야, 누구는 폭음하지 말라고 하고, 또 누구는 빌리하고 어울리지 말라고 하고, 또 누구는 정치판에서 물러서라고 하고." "정치라, 난 정치에 대해서는 반대 안 해, 정치는 해도 좋아."

프란츠는 의자에 깊숙이 등을 기대고 앉아 친구 헤르베르트를 뚫어지게 쳐다본다, 그때 헤르베르트는 속으로 생각한다, 이 친구 얼굴이 완전히 일그러졌어, 위험한 녀석이야, 평소에는 마음씨 좋은 프란츠인데 말이야. 프란츠는 팔을 뻗어 그를 쿡 찌르면서 속삭이듯 말한다. "녀석들이 나를 이런 병신으로 만들었어, 헤르베르트, 이 꼴 좀 보라고, 난 이제 아무짝에도 쓸모가 없어." "그 얘기는 그만해. 에바나 미체한테나 하라고." "잠자리에서나 하라 그 얘기군, 그래, 알겠어. 자넨 대단한 데가 있어, 뭔가 해낼 거야, 그 젊은 친구들도 그렇고." "그건 그렇고, 만약에 자네가 원한다면 그 외팔로라도 일을 할 수 있지 않을까." "그들이 나를 가만두지 않아. 미체도 원치 않을 거고. 그 애는 나를 집요하게 설득했어." "그래도 한번 해 보자고. 다시 시작하는 거야." "그래, 이제 다시 시작해 봐. 하지 마, 다시 해. 이건 꼭 똥개 훈련시키는 꼴이야. 어서 식탁에 올라가, 식탁에서 내려와, 식탁으로 올라가."

헤르베르트는 두 잔의 코냑을 따른다, 언제 미체에게 귀띔을 해 줘야겠어, 이 친구는 정상이 아니야, 미체도 조심해야 해, 녀석이 다시 한 번 정신이 홱 돌면 예전에 이다한테 했던 식으로 나올지도 몰라. 프란츠는 술잔을 단숨에 비운다. "난 병신이야, 헤르베르트, 여기 이 소매 좀 보라고, 이 안에 아무것도 없어. 밤만 되면 어깨가 얼마나 쑤시는지 자넨 모를 거야. 잠을 이룰 수가 없다고." "그러면 의사한테 가 보게." "의사한테는 안 가, 절대 안 가, 의사 얘기는 하지도 말게, 이미 마그데부르크에서 질려 버렸으니까." "내가 미체한테 말해서 자네와 함께 여행 좀 다녀오라고 할게, 베를린을 떠나서 바람 좀 쐬고 오라고." "나 술 좀 마시게 가만둬, 헤르베르트." 헤르베르트는 그의 귀에 대고 속삭인다. "그러다가 자네 예전에 이다한테 했던 대로 미체한테 하게 될 거야." 프란츠는 귀를 기울인다. "그게 무슨 소리야?" "그렇다니까." 보이지, 나를 잘 보라고, 내 눈을 잘 봐, 사 년을 살고도 모자라서 그러는 거야? 프란츠는 헤르베르트의 코앞에 대고 주먹을 휘두른다. "혹시 자네 말이야, 머리가 어떻게 된 거 아니야?" "아냐, 난 아니야. 자네가 그렇지!"

에바는 문에 기대어 그 이야기들을 엿듣고서 그냥 가 버릴까 하다가 밝은 갈색의 단정한 옷차림으로 방으로 들어온다, 와서는 헤르베르트를 툭 치며 말한다. "그 사람 그냥 술이나 마시게 내버려 둬요, 당신 도대체 왜 그래요." "거 참, 당신은 뭘 몰라. 이 친구가 전처럼 그렇게 되면 좋겠어?" "당신 미쳤어요, 입 좀 다물어요."

프란츠는 멍하니 에바를 바라본다.

삼십 분 뒤, 그는 자기 집에서 미체에게 묻는다. "나 술 마셔도 괜찮겠어?" "네, 하지만 너무 많이는 말고요, 너무 많이는 안 돼요." "당신도 한번 취하도록 마셔 볼래?" "네, 그러고 싶어요, 당신과 마신다면요." 프란츠는 쾌재를 부른다. "허, 이런, 미체, 한번 취해 보자 이거군, 한 번도 취하도록 마셔 본 적 없어?" "물론 있어요, 자, 어서 한번 진탕 마셔요, 당장."

조금 전까지만 해도 프란츠는 기분이 우울했었지만, 이제는 그녀가 활활 타오르는 것을 본다, 얼마 전에 에바와 아이 이야기를 했을 때와 똑같은 모양새이다. 그리고 프란츠는 그녀 옆에 서 있다, 이 얼마나 귀엽고 착한 아가씨인가, 그녀는 그의 옆에 함께 있으면 아주 자그마해서 호주머니에 집어넣어도 될 것만 같다, 그녀는 그를 힘껏 껴안는다, 그리고 그는 왼팔로 그녀의 허리를 휘감는다, 그리고 그때 — 그리고 그때 — .

그리고 그때 프란츠는 한순간 정신이 나간다. 그녀의 허리를 휘감은 그의 팔은 아주 뻣뻣하다. 그러나 그는 마음속으로는 어찌 되었든 팔을 움직였다. 그 순간 그의 얼굴은 마치 돌처럼 딱딱하게 굳었다. 그는 마음속으로 조그만 나무막대를 집어 들고서 미체를 내리쳤다, 그녀의 가슴팍을 내리쳤다, 한 번, 두 번. 그리고 그녀의 갈비뼈가 박살이 났다. 병원, 공동묘지, 브레슬라우에서 온 그 사내.

프란츠는 미체를 풀어 준다, 그리고 그녀는 그가 왜 그러는지 영문을 모른다, 그녀는 그와 나란히 방바닥에 누워 있다, 그리고 그는 투덜대고 떠들어 대고 울부짖다 그녀에게 키스를 하고 운다, 그러자 그녀도 함께 운다, 이유도 모르면서. 그러고 나서 그녀는 화주 두 병을 가져온다, 그러자 그는 거듭해서 "아냐, 됐어."라고 말한다, 그러나 술은 그들을 즐겁게 해 준다,

즐겁게 해 준다, 오, 둘은 즐겁게 놀면서 웃는다. 미체는 원래는 진작 그녀의 사내에게 가 있어야 했다, 이 아가씨는 어쩌면 좋은가, 그녀는 그냥 프란츠 곁에 남아 있다, 그녀는 걷기는커녕 일어서지도 못한다. 그녀는 프란츠가 한 모금 머금은 다음 입으로 먹여 주는 술을 받아먹는다, 그는 그것을 다시 받아먹으려 하지만 술은 이미 그녀의 코로 흘러나온다. 그리고 둘은 낄낄대고 웃는다, 그다음 그는 백주 대낮에 코를 골며 잠 속으로 빠진다.

왜 이렇게 어깨가 아픈 거지, 녀석들이 내 팔을 잘라 버렸어.

왜 이렇게 어깨가 아픈 거지, 왜 이렇게 어깨가 아픈 거야. 미체는 어디로 간 걸까. 나를 여기 이렇게 혼자 내버려 두고서.

녀석들이 내 팔을 잘라 버렸어, 팔을 잘라 냈다고, 어깨가 아프다, 어깨가 아프다. 빌어먹을 놈의 자식들, 내 팔이 잘려 나갔어, 녀석들이 한 짓이야, 개 같은 자식들, 그 자식들 짓이야, 녀석들 나를 그곳에 버리고 갔지, 어깨가, 어깨가 아프다, 녀석들이 나를 그곳에 버렸어, 녀석들은 할 수만 있었으면 내 어깨까지 잘라 버렸을 거야. 차라리 어깨까지 잘라 버리지. 어깨까지 잘라 버렸으면 이렇게 아프지는 않을 텐데, 젠장. 녀석들은 나를 죽이지 못했어, 개자식들, 실패한 거지, 재수가 없었던 거야, 더러운 자식들. 그러나 좋아할 것도 없다, 이렇게 누워서 끙끙 앓아도 들어 줄 사람 하나 없는걸. 팔이 쑤시고, 어깨도 아프다, 개 같은 자식들, 차라리 나를 차로 완전히 깔아뭉개 버리지. 나는 지금 반쪽짜리 인간이 됐다고, 내 어깨, 내 어깨, 정말 참을 수가 없어. 그 빌어먹을 자식들, 그 더러운 자식들이 나를 완전히 박살내 버렸어, 이제 어떻게 하지, 미체는 어디 간 거야, 날 이렇게 버려두고서. 아이고, 아, 아프다, 아이고, 아이고, 아우.

파리가 기고 또 긴다, 파리는 지금 꽃병 속에 갇혀 있다, 파리의 몸에서 모래가 떨어진다, 모래 같은 것은 신경도 안 쓴다, 파리는 모래를 털어 낸다, 파리는 검은 머리를 내밀며 꽃병에서 기어 나온다.

저기 물가에 그 큰 바빌론이 앉아 있구나. 매음의 어머니이자 이 지상의 모든 추악한 것의 어머니이다. 새빨간 짐승에 올라탄 저 모습을 보라. 이 짐승은 일곱 개의 머리와 열 개의 뿔이 달려 있다. 그 모습이 보인다, 너는 그 모습을 보아야 한다. 네가 발걸음을 하나둘 뗄 때마다 그녀는 기뻐한다. 그녀는 자기가 찢어발긴 성자들의 피에 취해 있다. 저 뿔들을 보라, 그녀는 그 뿔로 들이받는다, 그녀는 심연에서 나와 저주의 땅으로 들어간다, 그녀를 보라, 저 진주들과, 진홍의 옷과 보라색 옷을 보라, 드러내 놓은 저 이들과 도톰하고 통통한 입술을 보라, 입술 위로 피가 흐르면 그녀는 저 입술로 피를 들이마셨다. 창녀 바빌론! 독기가 번뜩이는 황금빛 눈, 뒤룩뒤룩한 목! 그녀가 너를 비웃는다.

앞으로 갓, 발을 맞추어, 쿵쿵 울리는 북소리,
그리고 대대

조심해, 이 친구야, 수류탄이 날아오면 다 난장판이 돼, 앞으로 갓, 다리를 높이 들고, 곧바로 헤치고 나아가라, 나는 나아간다, 앞으로 나아간다, 녀석들 아무리 해 봤자, 내 뼈나 박살 내겠지, 쿵쿠두둥, 발을 맞추어, 하나 둘, 하나 둘, 왼발 오른발, 왼발 오른발, 왼발 오른발.

자, 프란츠 비버코프가 거리를 누비며 행진한다, 발걸음도 당당하게, 왼발 오른발, 왼발, 오른발, 피곤한 척하지 마라, 술집 따위는 안중에도 없고, 술 한 모금 안 마신다, 우리는 보고 싶다, 총알이 날아오는 것을, 그것을 우리는 보고 싶다, 총알이 나를 맞히면 나는 쓰러지리라, 왼발 오른발, 왼발 오른발. 쿵쿵 울리는 북소리 그리고 대대. 마침내 그는 마음껏 숨을 쉰다.

베를린을 누비며 행진한다. 군인들이 시내를 행진할 때면, 왜 그럴까, 바로 그 때문에, 그놈의 칭다라다 붐다라 때문에, 그놈의 칭다라다, 다다, 때문에.

집들은 가만히 서 있고, 바람은 제 불고 싶은 쪽으로 분다. 왜 그럴까, 바로 그 때문에, 그놈의 칭다라다다 때문에.

지저분하고 우중충한 소굴 같은 방에 — 지저분한 방에, 왜 그럴까, 바로 그 때문에, 우중충한 방, 왜 그럴까, 바로 칭다라다다 때문에 — 품스 패거리의 하나인 라인홀트가 앉아, 군인들이 시가를 행진하면 아가씨들은 창문과 문밖으로 내다보지, 신문을 보는 중이다, 왼발 오른발, 왼발 오른발, 너를 보는 건가, 아니면 나를 보는 건가, 올림픽 기사를 읽는 중이다, 하나 둘, 호박씨는 촌충 구제에 효능이 있다. 그는 아주 천천히 읽는다, 더듬거리지 않기 위해서 큰 소리로 읽는다. 혼자 있을 땐 그런대로 잘된다. 그는 호박씨에 대한 기사를 오려 낸다, 군인들이 시가를 행진할 때면, 전에 촌충에 걸린 적이 있기 때문이다, 아직도 촌충이 있는 것 같다, 어쩌면 예전의 그놈이고, 어쩌면 새로운 녀석인지 모른다, 늙은 녀석이 새끼를 깠을 수도 있다, 호박씨를 한번 먹어 봐야겠다, 껍질을 까지 말고 껍질째로 함께 먹어야 한다, 집들은 조용히 서 있다, 바람은 제 불고 싶은 쪽으로 분다, 알텐부르크에서 열린 스카트 대회, 나는 카드 같은 건 안 한다. 세계 여행, 일주일 경비 단돈 30페니히, 뻔한 거짓말이군. 군인들이 시가를 행진할 때면 아가씨들은 창문과 문밖으로 내다보지, 왜 그럴까, 바로 그 때문에, 그놈의 칭다라다 붐다라다 붐 때문에. 누가 노크를 한다, 들어와요!

벌떡 일어나, 행진하라, 행진하라. 그 순간 라인홀트는 주머니 속의 권총을 잡는다. 총알이 날아왔네. 내가 맞느냐, 네가 맞느냐. 총알에 전우는 쓰러져 내 옆에 누웠네. 내 몸의 일부 같았네, 내 몸의 일부 같았네. 그곳에 그가 서 있다, 프란츠 비버코프군, 팔 한쪽이 날아갔을 텐데, 상이군인 꼴이군, 녀석 술에 취했나, 아닌가, 움직이기만 하면 쏘아서 고꾸라뜨려 버리겠다.

"누가 들여보내 줬지?" "네 집주인이." 선제공격이다, 선제공격이다. "망할 년! 이게 미쳤나?" 라인홀트는 문 쪽으로 걸어간다. "티취 아줌마, 티취 아줌마! 지금 뭐하는 거야? 내가 집에 있다 그랬어, 없다 그랬어? 내가 집에 없다고 하면 없는 거야." "죄송합니다, 라인홀트 씨, 아무도 그 말을 해 주는 사람이 없어서." "집에 없다고 하면 없는 거라고, 빌어먹을. 그럴 땐 집에 사람을 들여놓지 말라고." "아마도 우리 딸년한테 말했나 보군요. 걔가 아래층에 와서는 아무 말도 전해 주지 않아서."

그는 문을 쾅하고 닫고는 권총을 잡는다. "병사들이 내게 무슨 볼일이 있는 거야? 우리가 서로에게 무슨 할 말이라도 있나?" 그는 더듬거린다. 이 프란츠가 어떤 프란츠인가? 그것은 곧 알게 되리라. 이 사내는 얼마 전 차에 치여 한쪽 팔을 잃었다, 그 전만 해도 그는 바른 사나이였다, 그것은 맹세코 말할 수 있다. 지금은 기둥서방이다, 누구 때문에 그렇게 되었는지 더 따져 볼까. 쿵쿵대는 북소리, 대대 정렬, 드디어 그가 와서 서 있다. "이봐, 권총을 들고 있구먼." "그래서?" "그걸로 어쩌려고? 뭘 어쩌려고?" "나, 아무 짓도 안 해." "그렇다면, 어서 치우지." 라인홀트는 권총을 앞쪽 테이블에 내려놓는다. "용건이 뭐지?" 저 자식이 저기 서 있다, 바로 그 자식이야, 현관에서 내게 주먹을 날린 그 녀석이야, 달리는 차에서 나를 밖으로 내던진 녀석이야, 전에는 내게 아무런 문제도 없었어, 칠리도 있었고, 나는 계단을 내려갔지. 그때의 일이 모두 떠오른다. 호수 위에 떠 있던 달, 그날 밤 휘영청 밝았던 달빛, 종소리. 지금 이 녀석은 권총을 갖고 있어.

"앉지그래, 프란츠, 술 좀 마신 것 같군." 저렇게 멍청하게 쳐다보는 폼이 꽤나 퍼마신 것 같군, 술 마시는 버릇은 못 버리는군. 이 친구 진탕 취한 것 같은데, 그래도 내겐 권총이 있으니까. 아이! 그놈의 칭다라다 붐다라다 붐 때문에. 프란츠는 자리에 앉는다. 그리고 앉아 있다. 휘영청 밝은 달빛, 호수가 환하다. 지금 그는 라인홀트에게 와 있다. 이 녀석은 그가 여자들 문제로 도와주었던 그놈이다, 그놈에게서 여자를 연달아 넘겨받았더랬다. 녀석은 그에게 망이나 보도록 시켰다, 그러나 그는 한마디도 하지 않았다, 그리고 나는 지금 기둥서방이다, 하지만 앞으로 미체가 어떻게 될지는 알 수 없는 노릇이다, 상황은 이렇다. 이건 다 생각 속의 일이다. 현재 실제로 일어나고 있는 일은 단 한 가지, 라인홀트, 라인홀트가 저기 앉아 있다는 것이다.

"그냥 자네 얼굴이나 보려고 온 거야, 라인홀트." 내가 원한 것은 바로 그거다, 얼굴이나 보는 것, 그것만으로 충분하다, 우리는 이곳에 앉아 있다. "자네 지금 그때 일 가지고 나를 협박하려는 거지? 엉?" 가만있는 거다, 꿈쩍도 하지 않고. 곧장 앞으로 행진이다, 수류탄 몇 개쯤이야. "협박하려는 거지, 엉? 도대체 얼마를 원해? 내겐 무기가 있어. 자네가 기둥서방질을 하고 있다는 것쯤은 다 알고 있어." "그래, 난 기둥서방이야. 한쪽 팔만 가지고 뭘 해 먹겠어?" "그래, 원하는 게 뭐야?" "아무것도 없어, 아무것도." 똑바로 앉아 긴장을 늦추지 마라, 녀석은 라인홀트다, 녀석은 뭔가 빈틈을 노리려고 살살 돌아다닌다, 녀석에게 당하지 않도록 조심해라.

그러나 프란츠는 벌써부터 부들부들 떨고 있다. 옛날에 세 사람의 왕이 있었지요, 동방의 나라에서 온 왕들입니다, 그들은 가지고 온 향을 흔들었지요, 계속해서 흔들었습니다. 이 녀석이 연막을 치고 있군. 라인홀트는 곰곰이 생각한다, 이 녀석이 술에 취했으면 곧 갈 것이고 그러면 모든 것은 그걸로 그냥 끝이다, 아니면 이 녀석은 뭔가를 원하고 있는 거야. 그래, 이 녀석은 뭔가 원하는 거야, 그런데 그게 뭘까, 이 녀석은 협박하러 온 게 아니라고 하는군, 그렇다면 도대체 뭘 원하는 거야. 라인홀트는 술을 가지고 와 생각한다, 이걸로 녀석의 속마음을 떠봐야지. 헤르베르트가 우리를 염탐해서 우리를 끝장내려고 녀석을 보낸 게 아니면 좋겠어. 파란색 잔 두 개를 테이블에 놓으면서 순간 라인홀트는 프란츠가 떨고 있는 것을 본다. 달, 하얀 달, 달은 눈부신 빛을 뿌리며 호수 위에 높이 떠 있다, 저러니 아무도 눈을 들어 볼 수가 없다, 눈이 너무 부셔, 내가 왜 이러는 걸까. 저것 좀 봐, 이놈은 아무 짓도 못해, 이놈이 몸은 꼿꼿이 세우고 있지만 사실은 아무 짓도 못해. 라인홀트는 회심의 미소를 지으며 탁자 위에 있던 권총을 천천히 집어서 주머니에 넣고서 술을 따른 뒤 다시 본다, 이 녀석이 손을 발발 떨고 있군, 술에 절어서 수전증에 걸렸나 보다, 머저리 같은 자식, 허풍선이, 녀석은 권총이 무섭든지 아니면 내가 무서운 거다, 어이, 난 아무 짓도 안 해. 라인홀트는 이제 너무나 차분하다, 심지어 상냥하기까지 하다. 녀석이 떠는 것을 보니 너무 기쁘다, 아냐, 이 녀석은 취한 게 아냐, 이 프란츠 녀석은 두려운 게야, 저러다가 뻗어 버리겠군, 바지 속으로라도 기어 들어갈 기색이야, 원래는 내 앞에서 제대로 떠벌리고 싶었을 텐데.

그리고 라인홀트는 마치 우리가 어제 만나기라도 한 것처럼 칠리 이야기를 시작한다, 그 여자는 내게 와서 다시 이삼 주 정도 지냈어, 그래, 그런 일도 있어, 나는 한 여자를 몇 달 안 보면 나중에 가서 다시 갖고 싶어지거든, 일종의 재연 같은 거지, 웃기는 일이야. 그러더니 그는 담배와 추잡스러운 그림 한 뭉치를 가져온다, 이어서 사진도 가져오는데, 거기에는 칠리의 모습도 있다, 라인홀트와 함께 찍은 사진이다.

프란츠는 아무 말도 하지 못한다, 그는 줄곧 라인홀트의 손만 바라볼 뿐이다, 녀석은 손이 둘, 팔이 둘이다, 그는 하나

뿐이다, 라인홀트는 그 두 손으로 그를 차 밑으로 내던졌다, 아 무엇 때문에, 아 바로 그 때문에, 나도 이 녀석을 때려죽여야 해, 아, 그놈의 칭다라다 때문에. 헤르베르트는 그렇게 생각하지만 나는 그런 말에 관심이 없어, 내 생각은 무엇이지? 나는 아무것도 할 수 없어, 정말 아무것도 할 수 없어. 그래도 해야 해, 뭔가 하려 했잖아, 아, 그놈의 칭다라다 붐다라다 때문에. 나는 남자도 아니야, 얼간이일 뿐이야. 그는 몸을 잔뜩 웅크리고 다시 부르르 떨기 시작한다, 그는 코냑을 한 잔 들이켠다, 이어서 또 한 잔, 그러나 아무 소용없다, 이윽고 라인홀트가 말한다. 부드럽게, 아주 부드럽게 말한다. "나는, 나는 한번 말이야, 프란츠, 나는 자네의 그 상처를 보고 싶어." 아, 그놈의 칭다라다 붐다라다 때문에. 그러자 프란츠 비버코프는 — 이런 게 바로 그의 모습이다 — 재킷을 열어 셔츠의 소매 안쪽의 그루터기를 보여 준다, 라인홀트는 인상을 찌푸린다, 끔찍하다, 프란츠는 재킷을 다시 여민다. "전에는 훨씬 더 끔찍했지." 이어 라인홀트는 다시 프란츠를 쳐다본다, 프란츠는 아무 말도 할 수 없고, 아무것도 할 수 없다. 돼지처럼 뒤룩뒤룩 살이 쪄서 입을 열 수가 없다, 라인홀트는 히죽히죽 웃기만 한다, 웃음을 멈출 수 없다.

"어이, 늘 그 소매를 주머니에 넣어 두는 거야? 늘 집어넣는 거야? 아니면 아예 꿰맨 거야?" "아니지, 이 소매를 늘 주머니에 넣는 거지." "다른 쪽 손으로? 흠, 옷을 입기 전에 하겠군." "뭐, 때에 따라 다르긴 하지. 재킷을 입고 나면 사실 잘 안 되기는 하지." 라인홀트는 프란츠 옆으로 가서 소매를 당겨 본다. "늘 주의해야겠어, 오른쪽 주머니엔 아무것도 넣지 않도록.

혹시 거기에다 뭘 넣었다가 쉽게 소매치기를 당할 수 있겠군." "난 그런 일 없어." 라인홀트는 여전히 그것에 대해 생각한다. "그런데 말이야, 외투를 입을 땐 어떤가, 상당히 불편할 것 같은데. 텅 빈 소매가 두 개라서." "지금은 여름이잖아. 그거야 겨울이 되었을 때의 일이지." "알게 되겠지만, 상당히 불편하겠군. 의수를 하나 구입하지 그러나, 다리를 잃은 사람은 의족을 사서 쓰던데." "그렇게 안 하면 못 걸어 다니니까." "의수를 달면 보기도 좋을 것 같은데." "아냐, 아냐, 불편하기만 하지." "나라면 하나 구입하겠네, 아니면 소매에 뭘 채워 넣든가. 이리 와, 한번 해 보자고." "뭣 하러, 그 짓을, 난 됐어, 이 친구야." "그러면 그렇게 소매를 덜렁덜렁하며 다니지 않아도 돼, 보기도 훨씬 좋고, 사람들 눈에도 안 띄고 말이야." "그래서 뭘 어쩌자고, 난 됐네." "이리 와, 나무는 안 좋을 것 같고. 자, 양말이나 셔츠를 넣어 보자고, 자."

라인홀트는 일을 시작한다, 그는 텅 빈 소매를 꺼내서 안에 주먹을 집어넣고서 옷장 앞으로 가서 그 속에다 양말이니 손수건 같은 것을 채우기 시작한다. 프란츠는 안 하겠다고 버틴다. "아니, 왜 그러는 거야, 버팀목도 없이 그래 놓으면 꼭 순대 같잖아, 그냥 놔둬." "흠, 양복장이한테 부탁하는 편이 낫겠군, 팽팽하게 펴면 훨씬 보기가 좋을 거야, 그러면 병신 같은 꼴을 해 가지고 돌아다니지 않아도 되잖아, 손만 주머니에 찔러 넣으면 그만이야." 양말들이 다시 밖으로 쏟아진다. "그래, 이건 양복장이가 할 일이야. 나는 병신을 보면 못 참아, 내 눈에는 병신은 아무짝에도 쓸모없는 인간이거든. 병신을 보면 난 이런 말이 불쑥 튀어나와, 에라, 당장 뒈져라."

프란츠는 계속해서 듣고만 있다, 그러면서 몇 번이나 고개를 주억댄다. 그는 떨기 시작한다, 어쩔 도리가 없다. 그는 알렉산더 광장 어딘가 누구의 집을 터는 현장에 있다, 그에게서 모든 것이 빠져나간다, 아마도 예전의 그 사고 때문에 그런 것 같다, 신경이 문제다, 일단 두고 보자. 그러나 뭔가가 그를 잡아 뜯고 부들부들 떨게 한다. 자리에서 일어나, 자, 출발, 계단을 내려 가자, 안녕, 라인홀트, 난 가 봐야 해, 발걸음을 맞추어, 오른발 왼발, 오른발 왼발, 칭다라다.

그렇게 해서 뚱보 프란츠 비버코프는 집에 도착한다, 방금까지 라인홀트의 집에 있다가 오는 길이다, 그의 손과 팔은 여전히 덜덜 떨린다, 입에 물고 있던 담배가 떨어진다, 집에 도착해서 집에 와 보니 미체가 그녀의 애인과 함께 앉아 프란츠를 기다리고 있었다, 그녀는 애인과 이틀 동안 어디로 떠날 거라고 한다.

그는 그녀를 한쪽 편으로 데려간다. "이거 지금 뭐 하자는 거야?" "그럼 어떻게 해요, 프란츠? 제발, 왜 그래요?" "아무것도 아니야, 당장 꺼져." "오늘 밤 안으로 돌아올게요." "당장 꺼져!" 그는 울부짖다시피 소리친다. 그녀는 애인 쪽을 슬쩍 쳐다보더니 프란츠의 목에 얼른 키스를 하고 밖으로 나간다. 밑으로 내려간 그녀는 에바에게 전화를 한다. "시간 좀 되시면 프란츠에게 들러 주세요. 무슨 일이 있는 건지 모르겠어요. 제발 한번 들러 주세요." 그러나 에바는 그렇게 할 형편이 못 된다, 헤르베르트가 온종일 그녀를 붙잡고 뭐라고 해 재겨서 그녀는 집을 나서지 못한다.

그동안 우리의 프란츠 비버코프는, 코브라이자 무쇠 같은 레슬러는 혼자 앉아, 아무도 없이 혼자 앉아, 창가에 앉아 창문턱을 손으로 거머쥐고서 생각에 잠겨 있다, 참으로 바보짓에 멍청한 노릇 아닌가, 라인홀트의 방까지 찾아가다니, 말도 안 돼, 어리석기 짝이 없는 짓이야, 군인들이 시내를 행진할 때면, 어리석기 짝이 없는 짓이야, 바보 같은 짓이라고, 어떻게 다른 방도를 써야지, 다르게 해 봐야 해. 그리고 그동안 그는 또 생각한다, 아무튼 해야 해, 무조건 녀석한테 가야 해, 그런 식으로 놔둘 수는 없어, 녀석은 날 놀렸어, 내 옷소매에 잡동사니를 집어넣지를 않나, 누구한테 말도 못해, 내 생전 이런 일은 처음 당한다.

그리고 프란츠는 머리를 창문턱에 박고서 몸을 잔뜩 웅크린다, 너무나 창피하다, 너무나 창피하다, 그렇게밖에 못하다니, 그런 수모를 그냥 참고만 있다니, 나는 정말 멍청이 바보다, 그 자식 앞에서 발발 떨다니 말이야. 그러자 치욕감이 더 커지고 더욱 강렬해진다. 프란츠는 이를 박박 간다, 자기 몸을 찢어발길 것만 같다, 그렇게 하려고 한 게 아니었는데, 내 비록 팔이 한쪽밖에 없지만 난 겁쟁이가 아니야.

당장 녀석을 찾아가야지. 그러면 끝이다. 저녁 무렵 프란츠는 마음을 굳히고 자리에서 일어난다. 그는 방 안을 휘둘러본다, 술병이 있다, 미체가 갖다 놓은 것이다, 난 안 마신다. 창피당할 짓을 하지 않겠다. 프란츠의 본모습을 보여 주마. 나는, 그 녀석을 찾아간다. 룸 디 붐, 대포 소리, 나팔 소리. 앞으로 갓! 계단을 내려가자, 재킷을 걸치고, 녀석이 이 소매에 잡동사니를 채우려 했지, 녀석 앞에 당당히 앉으리라, 이번엔 눈 하나 깜박하지 않겠다.

베를린! 베를린! 베를린! 해저에서 일어난 비극, 잠수함 침몰. 승조원 전원 질식. 질식했다면 그들은 죽은 것이다, 이제 아무도 그에 대해 눈곱만큼의 신경도 쓰지 않는다, 그것은 끝난 일이다, 모든 것은 끝이다, 다 잊기로 하자. 전진하라, 전진하라. 군용기 두 대 추락. 추락했다면 그들은 죽은 것이다. 이제 아무도 그에 대해 눈곱만큼의 신경도 쓰지 않는다, 죽었다면 죽은 것이다.

"안녕, 라인홀트, 이보게, 나 또 왔네." 녀석은 프란츠를 빤히 뜯어본다. "누가 들여보내 줬지?" "나? 아무도. 문이 열려 있어서 그냥 들어왔네." "초인종도 누를 줄 모르나." "자네 보러 오는데 무슨 초인종을 누르나, 술도 안 취했는데."

그렇게 해서 두 사람은 서로 마주보고 앉아 담배를 피운다, 그리고 프란츠 비버코프는 이제 떨지 않는다, 자신이 자세를 똑바로 하고 앉아 살아 있음에 기뻐한다, 자동차 밑에 깔린 뒤로 오늘이 최고의 날이다. 그날 밤 그 일을 당한 뒤로 그가 한 일들 중에서 오늘 한 일이 가장 멋지다. 이곳에 와서 이렇게 앉아 있다니, 젠장, 참으로 멋지군. 집회보다도 더 좋고, 미체보다도 몇 배나 좋다. 그래, 이것은 세상에서 가장 멋진 일이다, 녀석이 나를 어쩌지 못하는 게 말이다.

저녁 8시 무렵 라인홀트는 프란츠의 얼굴을 빤히 쳐다본다. "프란츠, 우리가 서로 간에 끝내야 할 이야기가 뭔지는 자네도 잘 알 거야. 내게 원하는 게 있으면 터놓고 솔직하게 말해 봐." "자네하고 끝내야 할 얘기가 뭐가 있나?" "그 자동차 건 말이

야."   "다 쓸데없는 얘기야, 그런다고 내 팔이 다시 돋아나는 것
도 아니고. 그리고 또……."   프란츠는 주먹으로 식탁을 후려친
다. "차라리 잘된 일이야. 내 인생이 그런 식으로 계속 갈 수도
없었거든. 언젠가 일어날 일이 일어난 것일 뿐이야."   허허, 드디
어 여기까지 이르렀군, 오랜 길을 거쳐 여기까지 왔어. 라인홀
트는 슬쩍 프란츠의 심중을 떠본다. "혹시 자넨 그 길거리 행
상을 말하는 건가."   "물론 그것도야. 그때는 내 머리가 정상이
아니었어. 그래, 이젠 다 지난 일이야."   "그다음엔 팔도 없어졌
고."   "그래도 한쪽 팔은 아직 그대로 있고, 머리도 있고 두 다
리 역시 멀쩡하잖아."   "요즘엔 뭘 하나? 혼자서 하나, 아니면
헤르베르트와 함께 하나?"   "이 외팔로? 이 꼴로는 아무것도 못
하지."   "아무리 그래도 계속해서 기둥서방 노릇만 하는 것도
재미없을 것 같은데."

라인홀트는 뚱뚱하면서도 튼튼한 모습으로 앉아 있는 프란
츠의 모습을 바라보며 생각에 잠긴다, 이 자식을 한번 놀려 줄
까 보다. 자식 거들먹대기는. 뼈가 부러져 봐야 정신을 차리지.
이 자식, 팔 하나 가지고는 아직 따끔한 맛을 못 본 거야.

그들은 여자 이야기를 시작한다. 프란츠는 미체 이야기를 꺼
낸다, 전에는 소냐라고 불렸는데, 돈도 잘 벌고 괜찮은 여자애
라고. 그러자 라인홀트는 생각한다, 옳거니, 그 계집을 놈에게
서 빼앗아야지, 그렇게 해서 녀석을 완전히 골로 보내 버리고
말겠어.

지렁이들은 흙을 파먹고 다시 뒤로 흙을 싸는 짓을 반복하
면서도 또다시 흙을 먹는다. 짐승들도 먹을 것을 잔뜩 먹고서
도 만족할 줄 모른다, 내일이면 다시 달려들어 게걸스레 처먹

는다. 불이나 사람이나 마찬가지이다, 불타고 있는 동안은 먹어야 한다, 그리고 먹을 수가 없으면 불은 꺼진다, 꺼질 수밖에 없다.

프란츠 비버코프는 자신이 대견스럽다, 떨지도 않고 아주 태연스레, 갓 태어난 아이처럼 행복한 모습으로 거기 앉아 있는 자신이 말이다. 라인홀트와 함께 계단을 내려갈 때에도 그런 느낌을 다시 받는다, 군인들이 시내를 행진할 때면, 오른발, 왼발, 살아 있다는 것은 멋진 거야, 이곳에 걸어가고 있는 사람들은 다 내 친구들이다, 이곳에서는 아무도 나를 발로 차 버리지 않는다, 누구든 해볼 테면 해보라. 아, 무엇 때문에, 아, 바로 그 때문에, 처녀들은 창문턱에서 그리고 문간에서 바라보지.

"나는 춤이나 추러 가 볼게." 그는 라인홀트에게 말한다. 라인홀트가 묻는다. "미체도 같이 가나?" "아니, 그 여자는 애인하고 멀리 떠났어, 이틀 예정으로." "그 여자가 오면 나도 같이 가자고." "그럼, 그럼, 그 여자도 기뻐할 거야." "아, 그래?" "분명히 말하지만, 아마 자네를 물어뜯지는 않을 거야."

프란츠는 기분이 날아갈 것만 같다, 그는 새로 태어난 듯이 기분 좋게 밤새도록 춤을 추었다, 처음에는 옛 무도장에서, 그 다음에는 술집에서 헤르베르트와 함께, 사람들은 그를 보며 즐거워했지만, 그는 그 자신이 아주 만족스러웠다. 그리고 그가 마음속으로 가장 깊이 사랑하는 사람은, 심지어 에바와 춤을 추면서도, 둘뿐이다. 그중 하나는 그곳에 없는 것이 못내 아쉬운 여자, 그의 미체이고, 또 한 사람은 바로 라인홀트다. 그러나 그는 그것을 입 밖에 내려 하지 않는다. 그 멋진 한밤

내내 그는 이 여자, 저 여자와 돌아가며 춤을 추면서도 그곳에 와 있지 않은 그 두 사람만을 사랑한다, 그리고 그들과 함께 할 수 있어 행복하다.

테이블 위에 놓여 있는 주먹

여기까지 읽은 독자는 누구나 이야기에 방향 전환이 이루어졌음을 눈치 챌 것이다. 그것은 거꾸로 돌아가는 방향 전환이다, 프란츠의 경우 방향 전환은 끝났다. 강한 사나이, 프란츠 비버코프, 이 코브라는 다시 무대에 등장했다. 쉽지 않은 일이었지만 그는 다시 나타났다.

미체의 기둥서방이 되어 금제 담배 상자를 들고 보트 모임의 모자를 쓰고 자유롭게 돌아다닐 때 이미 등장할 것 같았지만, 환호성을 지르고 아무런 두려움도 갖고 있지 않은 지금에야 그는 정말로 무대 전면에 등장한 것이다. 그의 눈에 이제는 지붕도 흔들리지 않고, 그리고 그의 팔은, 그래 맞다, 이 모든 것은 그의 팔의 대가로 얻은 것이다. 머릿속의 미친 듯한 기질도 성공적으로 제거되었다. 그는 현재는 기둥서방이고 앞으로는 다시 범죄자가 될 것이다. 하지만 그는 이런 것에서 고통을 느끼지 않는다, 오히려 그 반대다.

그리고 모든 것은 처음 그대로이다. 그러나 우리가 분명히 알 수 있듯이 그는 예전의 그 코브라가 아니다. 예전의 그 프란츠 비버코프가 아님은 분명하다. 첫 번째로, 그는 친구 뤼더스에게 속아 넘어가 나뒹굴었다. 두 번째로 그는 망을 보는 역을 맡았다가 거절하는 바람에 라인홀트에 의해 차 밖으로 던져져 차에 치였다. 프란츠는 당할 만큼 당했다. 보통 사람이라면 이 정도로도 충분하다. 그는 수도원에 들어가지도 않고, 자신을 박살 내 가며 망치지도 않는다, 그는 전쟁의 길로 들어선다. 그는 기둥서방에 범죄자일 뿐만 아니라 이제는 드디어 한풀이에 나선다. 이제 여러분은 프란츠의 모습을 보되, 혼자서 춤을 추거나 스스로에게 만족하고 자신의 생에 기쁨을 느끼는 그런 프란츠의 모습이 아니라, 다른 것들과 어울려 춤을 추는 가운데, 요란한 춤을 추는 가운데 프란츠가 얼마나 강한지를, 프란츠가 강한지 아니면 그 무엇인가가 강한지를 보게 될 것이다.

프란츠 비버코프는 테겔 형무소에서 나와 다시 세상에 홀로 섰을 때 이런 맹세를 했다, 나는 바르게 살련다. 사람들은 그가 자신의 맹세를 지키지 못하게 만들었다. 이제 그는 아직도 무슨 할 말이 남았는지 알고 싶다. 그는 어쩌다가 그의 팔이 자동차에 치여 절단되어야 했는지 알고 싶어 한다. 그런 사나이의 머릿속 모습이 어떨지는 누가 알랴만은, 어쩌면 프란츠는 라인홀트로부터 자신의 팔을 돌려받으려 할지도 모른다.

7부

이제 망치가 세차게 내리친다,
망치는 프란츠 비버코프를 내리친다.

푸시 울, 미국인들의 범람,
빌마의 첫 철자는 W인가, V인가

　알렉산더 광장은 공사로 무척 부산하다. 쾨니히 가와 노이에 프리드리히 가의 모퉁이에 위치한 잘라만더 제화점 위쪽의 건물은 철거될 예정이다, 그래서 그 옆에 있는 건물부터 해체 작업에 들어갔다. 알렉산더 광장 시내 전차 교각 아래쪽 통행은 더욱 힘들어질 전망이다. 왜냐하면 전차용 교각을 건설하기 위해 새로운 기둥들을 세우고 있기 때문이다. 밑을 내려다보면 산뜻하게 내벽으로 둘러싸인 수직 갱이 보이고, 그곳에 기둥들이 발을 박고 서 있다.

　시내 전차 정거장에 가려면 작은 나무 계단을 오르내려야 한다. 베를린의 날씨는 아주 선선해졌다, 자주 소나기가 퍼붓는다, 그로 인해 자동차와 오토바이들은 많은 불편을 겪는다, 날마다 몇 대씩 미끄러져 충돌하는 바람에 손해 배상 청구니 뭐니 하는 일들이 빚어지고 사람들도 많이 다친다, 이 모두 날씨 탓이다. 여러분은 비행사 베제 아르님의 비극적인 운명을 아시나요? 얼마 전 그는 경찰의 심문을 받았다, 그는 늙어 빠진 창녀 푸시 울의 집에서 벌어진 총질 사건의 주범이다, 그 여자는 숨겼다고 한다. 에드가 베제는 울의 집에서 총기를 난사했으며, 그는 늘 특이한 인생을 살아왔다고 경찰은 밝혔다. 전쟁 중에는 피격을 받아 1700미터 상공에서 추락했으며, 따라서 비행사 베제 아르님의 비극적 운명 역시 1700미터 상공에서 총격을 받아 떨어져 결국에는 유산 상속까지도 사기를 당하고 가명을 쓴 채 감옥까지 간다, 하지만 이것으로 끝이 아니다. 피격당해 추락한 후 그는 집으로 돌아온다, 그때 보험 회사 직원 하나가 그의 돈을 우려먹는다. 본디 그 보험 회사 직원은 사기꾼이었다, 그렇게 해서 돈은 아주 간단하게 비행사에게서 사기꾼에게로 넘어갔고, 비행사는 알거지가 되고 말았다. 그때부터 그는 자신의 이름을 베제 오클레르로 바꾼다. 그는 몰락한 모습으로 가족들 앞에 나서기가 쑥스러웠다. 이상은 오늘 아침 경찰국의 짭새들이 알아내 기록한 내용이다. 그리고 조서에는 또한 그때부터는 그가 범죄의 길로 접어들었다고 적혀 있다. 한때 그는 2년 6개월을 형무소에서 썩어야 했으며, 당시 크라흐토빌이라는 가명을 썼기 때문에 나중에는 폴란드로 추방당했다. 그 이후 이 지저분하고 내용을 알 수 없는 푸시 울 사건이 베를린에서 일어난 것으로 보인다. 이 푸시 울이라는 여자는 여기서 밝히기 좀 뭐한 의식과 함께 그에게 '폰 아르님'이라는 이름을 붙여 주었다, 따라서 이후 그가 저지른 짓은 모두 폰 아르님이라는 이름으로 저지른 것이다. 1928년 8월 14일 화요일, 폰 아르님은 푸시 울의 몸뚱어리에 총알을 한 방 박아 버렸다, 범행 이유와 방법에 대해서는 범인들이 입을 다물고 있다, 이들은 칼이 목에 들어와도 비밀을 불지 않는다. 그들이 자신들의 적인 짭새들에게 그것을 알려 줄 리가 있겠는가? 하인이라는 복서가 이 사건에 개입했다는 사실만 알려졌을 뿐이다, 인간의 심리를 잘 안다고 자처하는 사람은 이 사건이 치정에 얽힌 드라마라고 엉뚱한 추론을 하기도 한다. 이 사건에 질투 같은 것이 개입되지 않았음은 불을 보듯 뻔하다. 질투가 개입되었다 해도 그 질투의 원인은 돈과 관련이 있을 것이며, 돈이 주된 동기일 것이다. 형사들의 말에 따르면, 베제는 현재 심적으로 완전히 허탈 상태에 있다고 한다, 이 말을 믿은 자는 복될지어다. 내 생각으로는, 이 친구가 지금 이렇게 허탈 상태에 빠진 것은 앞으로 경찰들이 그를 조사하게 될 것이기 때문이며 또 특히 늙은 울을 쏴 죽인 자신에게 화가 나기 때문이다. 앞으로 살아갈 일이 막막하기 때문이다. 그는 그저 그 계집이 당장 죽지 않기만을 바랄 뿐이다. 이렇게 해서 우리는 비행사 베제 아르님에 대해 많은 것을 알게 되었다, 1700미터 상공에서 총격을 받아 추락하고, 유산을 사기당하고, 가명을 쓴 채 감옥에 갇히기도 했다는 것.

베를린을 방문하는 미국인들의 홍수는 멈출 줄을 모른다. 독일의 메트로폴리스를 찾아오는 수천의 사람들 중에는 유명 인사들도 있다, 이들은 공무나 개인적 용무로 베를린을 찾는다. 그래서 국제 의원 연맹의 미국 대표단 단장인 워싱턴 출신의 콜 박사는 이곳(에스플라나데 호텔)에 머물고 있으며, 그의 뒤를 이어 일주일 뒤에는 일단의 미국 상원 의원들이 방문할 예정이다. 나아가 며칠 뒤에는 뉴욕 소방국 국장인 존 케일런이 베를린에 도착하여 전 노동부 차관 데이비스처럼 아들론 호텔에 묵을 예정이다.

런던으로부터는 세계 유대인 자유 종교 연합 의장인 클로드 G. 몽트피오르가 8월 18일에서 21일 사이에 열리는 베를린 회의 참석차 이곳에 왔다. 그를 보좌하는 직원 릴리 H. 몬테규 여사와 함께 에스플라나데 호텔에 투숙 중이다.

날씨가 매우 궂은 관계로 건물 안으로 들어가는 것이 좋다, 중앙 시장 건물도 좋겠지만 그곳은 대단히 소란스럽다, 손수레에 부딪칠 수도 있다, 그런데도 이 인간들은 비키라는 말도 안 한다. 차라리 치머 가에 있는 노동 법원으로 차를 타고 가서 그곳에서 아침을 먹는 것도 괜찮다. 늘 별 볼일 없는 사람들만 보아 온 사람은 ─ 아무리 봐도 프란츠 비버코프는 유명인사는 절대 아니다 ─ 한번 차를 타고 서부 베를린으로 가서 그곳에서 벌어지는 일을 구경하는 것도 좋다.

노동법원 60호실, 간이식당, 바와 커피포트가 있는 아주 작은 공간이다. 차림표에는 이렇게 적혀 있다. "점심 정식 : 걸쭉한 쌀 수프, 쇠고기 롤 스테이크(순수 R식) 1마르크." 뿔테 안경을 낀 젊고 뚱뚱한 남자가 의자에 앉아 점심을 먹고 있다. 그의 모습을 보면 다음 사실을 알 수 있다, 이 친구는 김이 모락모락 나는 쇠고기 롤과 소스와 감자를 앞에 놓고서 그것들은 차례대로 먹어 치울 태세다. 그의 두 눈은 접시 위를 이리저리 살핀다, 그가 먹는 것을 빼앗아 먹을 사람은 없다, 그의 근처에는 아무도 없다, 테이블에는 그 혼자만 앉아 있는데도 누가 빼앗아 먹기라도 할 것처럼 그는 음식을 잘라 눌러 다진 다음 얼른 입에 집어넣는다, 한 번, 또 한 번, 또 한 번, 또 한 번, 음식을 썰면서 입에 한 번 넣고 또 빼고, 한 번 넣고 또 빼고, 자르고 다지고 삼키고 냄새를 맡아 보고 맛을 보고 삼키는 동안 그의 두 눈은 접시 위의 점점 더 작아져 가는 음식물을 지켜보고 주시한다, 마치 두 마리의 사나운 사냥개처럼 남은 음식 주위를 돌며 감시를 하고 남은 양을 훑어 본다. 다시 한 번 넣고, 한 번 빼고. 마침표, 이제 끝이다, 이제 그는 자리에서 일어선다, 배가 뒤룩뒤룩하다, 이 친구는 하나도 남기지 않고 깡그리 먹어 치웠다, 이제 계산할 순서다. 그는 안주머니에 손을 넣어 뒤적거리며 쩝쩝 소리를 낸다. "아가씨, 여기 얼마요?" 그런 다음 그 뚱뚱한 남자는 밖으로 나가서 숨을 헐떡이며 배가 좀 편하도록 뒤쪽의 멜빵을 느슨하게 풀어 놓는다. 이 남자의 배에는 1킬로그램 정도의 음식물이 들어 있을 거다. 이제 그의 배 속에서는 일이 시작된다, 이제 그의 배는 그가 쑤셔 넣은 것들 때문에 몹시 바쁘다. 장이 상하좌우로 꿈틀댄다, 마치 지렁이처럼 몸을 뒤집고 뒤튼다, 분비선들은 맡은 바 역할을 하기 시작한다, 음식물을 향해 액을 뿌려 댄다, 소방대처럼 뿌려 댄다, 위로부터 침이 흘러내린다, 그가 침을 삼키면 그것은 장 속으로 스며든다, 뭔가가 콩팥을 기습한다, 마치 백색 가전 바겐세일 때의 백화점 같다, 그리고 조용, 조용, 보라, 물방울이 방광 속으로 떨어진다, 한 방울, 또 한 방울. 기다려라, 이 친구야, 기다려라, 너는 방금 왔던 길을 되돌아가 문 앞에 설 것이다, 문에는 이렇게 적혀 있으리라. '신사용.' 세상이란 다 이런 거다.

문들 안쪽에서는 공판이 진행 중이다. 가정부 빌마, 이름의 첫 철자가 뭐죠? V로 쓰는 걸로 생각했는데, 흠, 여기에는 말이죠, 그러면 W로 합시다. 이 여자는 몹시 불손한 태도를 보였고, 무례하게 행동했습니다, 어서 짐을 싸 가지고 당장 이 집에서 나가요, 증인은 얼마든지 있다고. 그래도 말을 듣지 않더군요, 그러기에는 자존심이 너무 세요. 사흘의 차가 있긴 하지만 이번 6일까지 쳐서 10마르크를 지불할 용의가 있어요, 지금 아내가 병원에 있어요. 손해 배상을 청구하려면 청구해 봐요, 아가씨 주장은 22마르크 75페니히를 달라는 건데, 분명히 말하지만 나는 그것을 다 받아 줄 수 없어요. "더러운 자식, 비열한 놈." 내 아내가 다시 회복하면 소환해도 좋아요, 원고가 무례하게 행동한 것은 사실입니다. 당사자들은 다음과 같이 타협한다.

운전사 파프케와 영화 배급사 사장 빌헬름 토츠케. 이것은 무슨 사건인가, 이 사건은 막 심리를 시작했다. 자, 기록하세요, 영화 배급사 사장 빌헬름 토츠케 본인이 직접 나온 건가요? 아닙니다, 저는 그로부터 전권을 위임받았을 뿐입니다. 좋아요, 당신은 운전사로 일했죠, 비교적 짧은 기간이지만요, 나는 자동차 한 대와 충돌했습니다, 실마리가 될 만한 말을 좀 해 주시죠, 그러니까 차를 몰다 사고를 냈다 이거군요, 이에 대해 무슨 할 말이라도 있나요? 28일, 금요일이었습니다, 그는 아드미랄 온천으로 사장의 부인을 모시러 가야 했지요, 빅토리아 가에서 일어난 일입니다, 당시 그가 만취 상태에 있었음은 사람들이 증명할 수 있어요. 그는 이웃들 사이에서 술꾼으로 소문난 사람이었으니까요. 나는 싸구려 맥주는 안 마셔요, 그건 독일제 차였는데, 수리비가 387마르크 20페니히랍니다. 충돌이 어떻게 일어났지요? 내가 미끄러진다 싶은 순간 내 차에는 사륜 브레이크가 없어서 내 차의 앞바퀴가 상대 차의 뒷바퀴에 가서 부딪쳤습니다. 그날 얼마나 마셨죠? 아침 식사 때도 마신 것 같던데요. 사장 댁에 들렀더랬지요, 그곳에서 식사를 합니다, 사장님은 직원들을 잘 챙겨 주십니다, 아주 좋은 분이거든요. 우리는 이 사람한테 배상 책임을 지울 생각은 없어요, 하지만 별도의 통고 없이 해고했지요. 술에 취해서 자기 본분을 잃었거든요. 당신 물건들을 챙겨 가요, 빅토리아 가에 너저분하게 널려 있으니까. 그리고 사장이 전화로 말했습니다. 차를 그렇게 망가뜨리다니 정말 멍청한 바보라고요. 당신은 그 소리는 못 들었을 텐데. 교양 없는 인간이 떠들 땐 당신의 전화기는 그렇게 소리를 버럭버럭 질러 대니까요, 게다가 사장은 전화로 내가 스페어타이어를 훔쳤다고 떠들더군요, 제발 부탁인데요, 목격자들의 진술을 들어 봐 주십시오. 그럴 필요는 없을 것 같군요, 당신들은 둘 다 죄를 지었습니다, 사장은 이름과 함께 바보니 멍청이니 하는 말을 했지요, 35마르크로 합의를 하시죠, 11시 45분입니다, 아직 시간은 있어요, 사장에게 전화를 해도 좋아요, 괜찮다면 사장이 12시 45분경에 이곳에 출두해도 좋습니다.

치머 가 건물 아래층 문 앞에 어떤 아가씨가 서 있다, 그녀는 지나는 길에 이곳에 들렀다, 그녀는 우산을 들고 편지를 우편함에 집어넣는다. 편지에는 이렇게 쓰여 있다. '사랑하는 페르디난트, 보내 주신 두 통의 편지 고맙게 받았어요, 당신에게 적잖이 실망한 건 사실이에요, 당신이 그렇게 갑작스레 변한 모습을 보일 줄은 몰랐거든요. 그래요, 이 사실은 당신도 인정해야 할 거예요, 우리가 굳은 인연을 맺기에는 아직 젊다는 것을 말이에요. 결국엔 당신도 깨닫게 될 테니까요. 당신은 내가 다른 여자와 별반 다를 것이 없다고 생각했던 것 같아요, 하지만 당신은 잘못 생각하신 거예요. 아니면 당신은 내가 부자라고 생각했나요? 하지만 그것 역시 잘못 생각한 거예요. 나는 그저 일하는 여성에 지나지 않아요. 이걸 알고 계시는 게 좋을 것 같아 말씀드립니다. 사실 우리의 일이 어떻게 될지 미리 알았더라면 이렇게 편지를 주고받는 일도 시작하지 않았을 거예요. 이제 제 마음을 아셨을 테니 그리 알아 주셨으면 합니다,

당신 자신의 진심을 헤아려 보셔야 합니다. 안녕, 안나.

어떤 아가씨가 같은 안채 건물의 부엌에 앉아 있다, 어머니는 장을 보러 가고 없다, 아가씨는 몰래 일기를 쓴다, 나이는 스물여섯 살이고 직업은 없다. 지난 7월 10일자 일기에는 이런 글이 적혀 있다. 어제 오후부터 한결 컨디션이 좋아졌다, 그래도 요즘엔 좋은 날이 별로 없다. 내겐 속마음을 털어놓을 상대가 없다. 그래서 나는 모든 것을 기록하기로 결심했다. 생리가 시작되면 나는 아무것도 할 수가 없다, 사소한 일도 내게 고통을 준다. 뭐든지 보면 자꾸만 마음속에 새로운 생각이 샘솟고, 여기서 벗어날 수가 없다, 그러면 나는 극도로 흥분되어 도무지 아무것도 할 수가 없다. 마음속에 이는 불안감 때문에 어느 것 하나 할 수가 없다. 이를테면, 아침에 눈을 떠도 잠자리에서 일어나고 싶지가 않다, 그래도 나는 애써 일어나며 스스로에게 용기를 북돋운다. 그래도 옷을 입는 것도 힘들고 시간도 꽤 걸린다, 또다시 온갖 잡념이 머릿속에 들끓기 때문이다. 나는 혹시 내가 뭔가 일을 잘못 해서 사고를 치는 게 아닌가 하는 생각으로 괴롭힘을 당한다. 석탄을 한 움큼 아궁이에 집어넣고서 불꽃이 튀는 것을 보면, 나는 기겁을 하며 혹시 불이 옮겨 붙지나 않았나, 혹시 불이 붙어서 모든 것을 망치는 건 아닌가, 혹시 내가 모르는 사이에 그런 불꽃이 일면 어쩌나 하는 생각에 주위 곳곳을 살펴보아야 한다. 그러면 그 생각이 온종일 간다, 그리고 내가 해야 하는 일이 모두 어렵게만 느껴진다. 어떻게든 일을 해 보려 하지만 빨리 끝내려고 아무리 애를 써도 시간만 흐를 뿐이다. 그렇게 하루가 어영부영 지나가고 한 일은 하나도 없다, 생각 속에 빠져서 이런저런 고민만 하다가 끝나기 때문이다. 아무리 노력을 해도 인생을 잘 헤쳐 나가지 못하니 나는 절망감에 빠져 엉엉 울 뿐이다. 나의 생리는 늘 이런 식이다. 첫 생리를 겪은 것은 내 나이 열두 살 때이다. 나의 부모는 이 모든 것을 다 꾀병으로 생각했다. 스물네 살 때 나는 이놈의 생리 때문에 목숨을 끊으려 했다가 구조되었다. 그때까지만 해도 나는 섹스를 몰랐다, 그래서 나는 섹스에 모든 희망을 걸었다, 그러나 아무 소용없는 일이었다. 섹스를 해 봤자 그냥 그랬다, 신체적으로도 허약해졌기 때문이다.

8월 14일. 일주일 전부터 몸이 아주 안 좋다. 이런 식으로 계속되면 앞으로 내가 어떻게 될지 알 수가 없다. 이 세상에 아는 사람이 아무도 없다면 별 생각할 것 없이 가스 밸브를 틀어 버리겠지만 어머니 때문에 그럴 수도 없다. 그러나 정말 이지 아주 큰 병에 걸려서 어서 죽고 싶다. 내 마음속에 떠오른 생각들을 모두 그대로 적어 보았다.*

결투가 시작된다! 비 내리는 날씨다

하지만 무슨 까닭에, (당신의 손에 키스를 해 드릴게요,** 마담, 키스를 해 드릴게요,) 무슨 까닭에, 한번 생각해 보자, 생각해 보자, 펠트 슬리퍼를 신은 헤르베르트는 자기 방에서 생각에 잠겨 있다, 비가 내린다, 보슬비가 내린다, 보슬비가 내린다,

---

* 어떤 여성 우울증 환자가 되블린에게 쓴 편지에 기초해서 변형한 글.
** 1928년 랄프 에르빈이 작곡한 탱고의 첫 소절. 1929년에는 마를레네 디트리히 주연으로 동명의 영화가 상영됨.

아래층에 내려갈 수도 없다, 시가는 다 떨어졌다, 이 건물 안에는 담배 가게도 없다, 무슨 까닭에 8월에만 비가 내리는 건지, 한 달이 송두리째 둥둥 떠서 떠내려간다, 한 달이 빗줄기 속에 먼지처럼 사라져 버린다, 무슨 까닭에 프란츠는 라인홀트를 찾아가 자기 일을 미주알고주알 떠들어 댔을까? (당신의 손에 키스를 해 드릴게요, 마담, 다른 사람도 아닌 지그리트 오네긴* 같은 여자도 자신의 노래로 사람들을 기쁘게 하여, 마침내 그 남자가 모든 것을 포기하고 자신의 목숨까지 걸어 그리하여 목숨을 다시 얻게 하였거늘.) 그 친구는 이유를 알겠지, 무슨 까닭에 그랬는지, 그 친구는 분명 알고 있을 거야, 비는 하염없이 내리고, 그 친구는 언젠가는 찾아오겠지.

　"어머, 뭘 그런 걸 가지고 그렇게 골똘히 생각해요? 기분 좀 내요, 헤르베르트, 그 사람은 정치에서 손 뗐잖아요, 만약 그 사람이 그의 친구라면, 아마도." "음, 에바, 그 녀석의 친구라고? 그런 생각은 그만둬, 아가씨, 내가 더 잘 알거든. 그는 그 녀석한테 뭔가 원하는 게 있어, 원하는 게 있다고." (하지만 무슨 까닭에서일까, 판매는 주무 부처의 승인을 받는다, 때문에 가격은 적당한 것으로 볼 수 있다.) "그 친구는 뭔가 원하는 게 있어, 원하는 게 뭘까, 왜 그 주변에서 서성대면서 이런저런 말을 하는 걸까, 뭔가 일자리를 구하려는 게야! 녀석한테 잘 보이려는 속셈이야, 보라고, 에바, 녀석들하고 손을 잡으면 아마 사고를 칠 거야, 그 친구의 심리 상태는 알 수 없으니까." "그렇게

---

* 스웨덴의 오페라 여가수(1891~1943)로 1928년 4월에 베를린에서 초청 공연을 가졌다.

생각해요?" "음, 그렇지 않기를 바라야지." 상황은 분명하다,
당신의 손에 키스를 해 드릴게요, 마담, 비 한번 더럽게 오는
군. "불을 보듯 뻔해, 음, 너무나 분명한 얘기야." "그렇게 생각
해요, 헤르베르트? 차에 치여 자기 팔이 잘려 나가게 만든 놈
을 나중에 와서는 다시 찾아가다니, 내가 보기에도 참 이해할
수 없는 노릇이에요." "그래, 그러게 말이야." 키스를 해 드릴게
요. "헤르베르트, 정말로 당신도 그렇게 생각해요? 그 사람한
테는 그 얘기를 한마디도 꺼내지 말고 눈먼 사람처럼 전혀 모
르는 것처럼 하자고요." "우리는 바보야, 사람들이 마음대로 가
지고 노는 그런 바보가 되는 거야." "그래요, 헤르베르트. 그게
그에게는 정답이에요, 그렇게 해요, 우리 그렇게 해야 해요. 그
사람은 정말 이해 못할 사람이에요." 판매는 주무 부처의 승인
을 받는다, 그렇게 해서 적당한 가격이 매겨진다, 하지만 무슨
까닭에, 무슨 까닭에, 곰곰이 생각해 보자, 곰곰이 생각해 보
자, 이놈의 비.

  "조심해야 해, 에바, 우리는 입을 봉할 수는 있지만 그래
도 조심해야 해. 품스 패거리가 냄새를 맡으면 어떻게 하겠어,
응?" "내 말이 그 말이에요. 나도 그 생각을 했어요. 그런데 도
대체 왜 그 사람은 외팔을 해 가지고 그 인간을 찾아가는 건
지." "그게 좋으니까 그러겠지. 그래도 아주 조심해야 해, 미체
도 그렇고." "그 애한테 그렇게 알릴게요. 그리고 또 우리는 어
떻게 해야 되죠?" "그 친구에게서 눈을 떼면 안 돼, 프란츠 말
이야." "미체의 아저씨가 그녀에게 시간을 좀 내줘야겠군요."
"그 늙은 녀석을 쫓아 버려야 해." "그런데 그 인간이 결혼하자
고 그런다는데요." "하하하, 어이가 없군. 그래서 뭘 어쩌자는

건데? 그러면 프란츠는?""웃기는 얘기죠, 그 애는 그 늙은 인간이 무슨 말을 떠들든 말든 신경도 안 써요, 왜 그러겠어요.""그 아이는 프란츠에게 좀 더 신경을 써야 할 거야. 그 친구는 지금 일당들 중에서 한 녀석을 찍어 놓고 있어, 보라고, 어느 날 이곳으로 사람 하나가 관에 실려 올지도 모르니까.""제발, 헤르베르트, 그런 말 좀 그만둬요.""이봐, 에바, 그게 꼭 프란츠라는 말은 아니야. 아무튼 미체도 조심해야 해.""나도 그 사람한테 신경을 쓸게요. 그런데 말이죠, 이게 정치보다 훨씬 고약하네요.""당신은 몰라, 에바. 여자들은 그런 것을 알 리가 없지, 에바, 이제 프란츠가 시동을 건 거라고. 막 움직이기 시작한 거지."

당신의 손에 키스를 해 드릴게요, 마담, 그 사내는 목숨을 내놓고 목숨을 걸어서 목숨을 얻었노라, 올 8월은 유별나기도 해, 저것 좀 봐, 비가 억수로 내리잖아.

"녀석이 우리한테 와서 뭘 어쩌자는 건지. 그 친구한테 미쳤거나 제정신이 아닌가 보다라고 말해 주었지. 외팔을 해 가지고 우리하고 함께 일하겠다고 나서다니 말이야. 그랬더니 그 친구는 말이야."품스가 말한다. "그래, 그 친구가 뭐라 하던가?""뭐라고 했냐고? 그냥 히죽대며 웃는 거야. 바보 천치가 따로 없더군. 아마 그 일을 당하고서부터 맛이 갔나 봐. 처음엔 내가 뭘 잘못 들었나 했지. 나는 팔은 어떠냐고 물었지, 아, 그랬더니 녀석은 히죽 웃으면서 다른 쪽 팔에 얼마든지 힘이 있어서 무거운 걸 들어 올릴 수도 있고 총도 쏠 수 있으며 심지어 기어오를 수도 있다는 거야, 필요하다면 말이야.""그게 정말인가?" "그렇게 할 수 있건 말건 난 녀석이 맘에 안 들어. 그런 녀석을 받아 줄 거야? 이보게, 품스, 우리는 그런 녀석의 도움은 필요치 않아. 녀석의 황소 같은 얼굴은 보기만 해도 역겨워. 절대 안 돼." "음, 자네 생각이 그렇다면. 나는 반대 안 하네. 자, 갈 시간이야, 라인홀트, 사다리를 구해야 하거든." "튼튼한 걸로 하세, 쇠로 된 걸로. 접었다 폈다 할 수 있는 걸로 말이야. 베를린에서 구하지는 말고." "알았어." "그리고 병도. 함부르크나 라이프치히 것으로." "어떻게든 알아봐야지." "그걸 이곳까지 어떻게 운반하지?" "내게 맡겨." "어쨌든 프란츠 녀석은 안 데려갈 거야, 알겠나?" "라인홀트, 프란츠는 말이야, 우리한테 짐만 돼, 그 친구 때문에 신경 쓰기 싫으니까, 자네가 녀석하고 둘이서 해결하라고." "이봐, 잠깐만, 자네 같으면 녀석의 상판이 맘에 들겠나? 생각 좀 해 보게. 녀석을 차 밖으로 떠밀어 버렸는데 말이야, 내가 사는 이 꼭대기까지 찾아오는 거야. 그러면 머리가 돌지 않겠어? 녀석이 찾아와 떡하니 버티고 서 있는 거야, 상상 좀 해 보라고, 그 바보 같은 녀석이 마구 떨면서 말이야. 그 바보 같은 녀석은 도대체 왜 내가 사는 곳까지 찾아오는 거냐고. 그러더니 히죽대면서 함께 일하겠다니." "녀석하고 매듭짓는 일은 자네가 알아서 하라고. 자, 이만 가 보겠네." "어쩌면 녀석이 우리를 신고할지도 몰라." "그럴 수도 있어, 그럴 수 있다고. 녀석하고 거리를 두라고, 그게 최선의 방법이야. 자, 잘 있게." "녀석은 우리를 신고할 거야. 컴컴한 틈을 타서 녀석은 우리 중 누구를 쏴 죽일지도 몰라." "잘 있게, 라인홀트, 나는 가 봐야 해. 사다리 때문에."

멍청한 자식, 이놈의 비버코프, 녀석은 뭔가 꿍꿍이가 있어.

겉으로는 안 그런 척하면서 말이야. 녀석이 나를 상대로 뭘 해 보겠다는 건가, 응? 내가 두 손 놓고 가만히 있을 걸로 생각한다면 그건 큰 오산이야. 발로 차서 고꾸라뜨려 주마. 술, 술, 술, 술은 손을 따스하게 해 주지, 아주 좋은 거야. 파울라 아줌마는 침대에 누워 토마토를 먹고 있네. 친구가 꼭 그렇게 해 보라고 권한 모양이라네.* 녀석 말은 나보고 도와달라는 건데, 우리는 상이군인을 위한 보험 회사가 아니라고. 한쪽 팔밖에 없으면 가서 실업 수당을 받으면 될 거 아니야. (그는 방 안을 서성이다가 꽃을 들여다본다.) 화분이군, 화분이 생기면 그 멍청한 계집한테 매달 초하루에 2마르크를 더 주지, 화분에 물 좀 주라고. 어디 한번 볼까, 엥, 이거 모래뿐이잖아. 이런 멍청한 년, 게으른 계집, 아무 짝에도 쓸모없는 년, 돈만 삼키는 년. 에라, 기분 전환 좀 해야겠다. 술이나 한잔 더 마시자. 녀석이 내게 술을 가르쳐 주었지. 어쩌면 녀석을 데려가야 할지도 몰라, 기다려 보라고, 정 그렇게 원한다면 다시 한 번 맛을 보여 줄 테니까. 녀석은 내가 자기를 두려워하고 있다고 생각하나 봐. 그렇게 생각하나 본데, 어림도 없지, 이 멍청아. 올 테면 오라고. 녀석은 돈은 필요 없다고 했어, 내 앞에서 괜한 수작 부릴 필요도 없잖아, 녀석에겐 미체도 있고, 그 더러운 자식도 있잖아. 그 건방진 헤르베르트 녀석 말이야, 그 멍청한 건달 자식, 돼지 우리 한가운데 앉아 있는 꼴이란. 내 장화가 어디 있지, 녀석의 발목쟁이를 밟아서 부러뜨려 버릴까 보다. 어서 와라, 내 가슴에 와서 안겨라, 이 친구야. 언제든지 오라고, 바싹 다가와

---

* 발터 콜로가 작곡하고 헤르만 프라이가 작사한 폭스트롯의 후렴.

라, 내게는 참회석이 있으니 언제든 와서 참회해라.

그리고 그는 방 안을 서성이며 손가락으로 화분을 톡톡 두드린다, 2마르크씩이나 주는데도 그 계집은 물 한번 제대로 안 준단 말이야. 참회의 의자로 와라, 이 친구야, 자네가 오면 좋지. 구세군에게로, 나도 녀석을 한번 그곳에 데려가 주마, 드레스덴 가로 가야 해, 녀석은 참회의 의자에 앉아야 해, 딱부리 눈을 한 개 같은 녀석, 기둥서방 놈팡이, 짐승 같은 자식, 그 자식은 앞자리에 앉아서 기도를 할 거야, 그러면 나는 지켜보는 거지, 나는 배꼽을 잡고 웃을 거다.

그가, 그 프란츠 비버코프가 참회의 의자에 앉아서는 안 된다는 법이라도 있는가? 참회의 의자는 그가 앉아서는 안 되는 자리인가? 누가 그러는가?

구세군을 두고 비아냥거리다니, 아니, 그것도 라인홀트가, 다른 사람도 아닌 그 라인홀트가 구세군을 비웃다니, 이 녀석 자신도, 그것도 한두 번도 아니고 다섯 번이나 구세군을 찾아 드레스덴 가로 달려가지 않았던가, 절망에 빠져서 말이다, 녀석은 가서 도움을 청했더랬다. 그래, 숨이 막 넘어가려던 녀석을 사람들은 구해 주었다, 물론 이런 망나니나 되라고 그렇게 해 준 것은 아니었다.

할렐루야, 할렐루야, 프란츠는 이미 다 알고 있다, 그 노래와 그 외침의 의미를. 칼이 그의 목을 건드렸다, 프란츠, 할렐루야. 그는 목을 내민다, 그는 자신의 목숨을, 자신의 피를 구하고자 한다. 나의 피, 내 안에 들어 있던 것이 마침내 밖으로 솟아 나온다, 참으로 긴 여행이었다, 이곳에 오기까지, 신이여,

참으로 힘들었나이다, 드디어 이곳에 이르렀습니다, 난들 왜 속죄의 의자에 오고 싶지 않았겠습니까, 좀 더 일찍 왔더라면 좋았을 것을, 아, 그래도 나 드디어 왔습니다, 여기에 이르렀습니다.

프란츠가 참회의 의자에 앉아서는 안 되라는 법 있는가, 그 지복의 순간은 언제 찾아올까, 그가 끔찍한 죽음 앞에 털썩 주저앉아 입을 벌리고 그의 등 뒤의 많은 사람들과 이렇게 노래 부르는 것이 허락될 그 순간은.

오라, 죄 지은 자여, 예수에게로 오라, 오, 주저 마라, 묶인 자여, 그대여, 어서 깨어나라, 깨어나라, 빛이 있는 곳으로 오라, 완전한 구원을 얻으리라, 오늘 당장, 오, 그분의 말씀을 믿으라, 그러면 빛과 기쁨이 네 안에 깃들리라. 합창: 승리의 구세주께서는 모든 속박을 끊어 주시니, 승리의 구세주께서는 모든 속박을 끊어 주시니, 그 힘찬 손으로 우리를 승리로 인도한다네, 그 힘찬 손으로 우리를 승리로 인도한다네. 음악! 나팔을 불고 북을 쳐라, 칭다라다다. 그 힘찬 손으로 우리를 승리로 인도한다네. 트라라, 트라리, 트라라! 붐붐! 칭다라다다!

프란츠는 굴복하지 않는다, 그는 굴복할 생각이 전혀 없다, 그는 신이나 세계에 대해 묻지 않는다, 마치 술에 취한 사람처럼. 그는 품스의 다른 패거리들이 들어가는 틈을 타서 라인홀트의 방에 슬쩍 따라 들어간다. 녀석들은 그를 받아 주려 하지 않는다. 그는 사방을 향해 주먹질을 하면서 자신에게 남은 한쪽 주먹을 그들에게 보여 주며 소리를 지른다. "너희가 나를 못 믿고 나를 사기꾼으로 생각해서 내가 너희를 밀고할 걸로 생각한다면 그건 말도 안 돼. 내가 그런 짓을 하려 한다면 뭣

하러 너희를 찾아오겠냐? 난 말이야, 헤르베르트에게 갈 수도 있고 내가 원하는 곳이면 어디든 갈 수 있어." "그렇게 해 봐." "'그렇게 해 봐.'라니! 이 바보 같은 자식들아, 꼭 나한테 '그렇게 해 봐.'라고 말해야겠어? 여기 이 팔 좀 똑똑히 보라고, 이 자식들아, 저기 있는 저 친구, 저 라인홀트가 나를 차 밖으로 밀쳤지, 힘껏. 그래도 나는 참아 왔다, 그러다가 이곳에 찾아 온 나한테 '그렇게 해 봐.'라고 말할 수는 없는 거야. 내가 너희를 찾아와서 함께 일하자고 하면 말이야, 너희는 이 프란츠 비버코프가 어떤 놈인지부터 알아야 하는 거야. 여태껏 남을 속여 본 적이 없는 사람이야, 아무 데나 가서 물어보라고. 나는 한 번 있었던 일을 가지고 왈가왈부하지 않아, 내 팔은 어차피 달아난 거야. 나는 너희를 알아, 그래서 이곳까지 찾아온 거야, 이젠 너희도 알 거야." 키 작은 함석공은 그가 하는 말뜻을 알아듣지 못한다. "난 말이야 궁금한 게 있어, 왜 이제 와서 갑자기 나타난 거냐고, 전에는 알렉산더 광장에서 신문 팔고 다녔 잖아. 대체 누가 자넬 보낸 거야, 우리하고 일하라고 말이야."

프란츠는 의자에 꼿꼿이 앉아 한동안 아무 말도 하지 않는다, 다른 녀석들도 마찬가지다. 그는 바르게 살겠노라고 맹세했더랬다, 그리고 여러분은 그가 몇 주 동안 바르게 사는 것을 보아 왔다. 그러나 그것은 말하자면 유예 기간에 지나지 않았다. 그는 범죄에 휘말린다, 그는 그렇게 하고 싶지 않다, 그는 하지 않으려 버틴다, 그는 어쩔 수가 없다, 하지 않을 수 없다. 한동안 그들은 앉은 채 아무 말도 하지 않는다.

그때 프란츠가 말한다. "프란츠 비버코프가 어떤 사람인지 알고 싶거든 란츠베르크 가로수 길에 있는 공동묘지에 가 보라고, 그곳에 한 여자가 잠들어 있을 테니까. 그 대가로 나는 사년을 감방에서 썩었지. 당시엔 온전하게 있던 내 팔이 그 짓을 저질렀다. 거기서 나와서 나는 신문을 팔러 다녔어. 나는 바른 사람이 되겠다고 마음먹었어.”

프란츠는 가볍게 헛기침을 하며 침을 삼킨다. “여기 내가 받은 벌의 징표를 보라고. 팔 한쪽이 없으면 신문팔이뿐만 아니라 다른 일도 못 해. 그래서 이곳까지 찾아온 거야.” “그러니까 우리가 자네 팔 한쪽을 망가뜨렸으니 팔을 원래대로 만들어 달라 이건가?” “너희는 그렇게 못해, 막스. 나는 알렉산더 광장을 떠돌아다니지 않고 이렇게 이곳에 앉아 있는 것만으로도 만족이야. 나는 라인홀트도 원망하지 않아, 내가 그 일을 가지고 그에게 입이라도 벙긋했는지 한번 물어봐. 함께 차에 타고 있는데 어떤 녀석이 수상쩍은 짓을 한다면 나라도 가만있지 않았을 거야. 내가 했던 바보 같은 짓에 대해서는 이제 더 이상 이야기하지 말자고. 막스, 자네도 그런 바보짓을 하다가 뭔가 배우게 되길 바란다.” 그 말과 함께 프란츠는 모자를 집어 들고 방에서 나간다. 상황은 이렇게 전개된다.

방에 있던 라인홀트는 휴대용 술통에서 술을 한 모금 들이켜고는 말한다. “나의 입장은 정리됐어. 애당초 그 녀석을 내가 손봤으니까, 이번에도 내가 손보겠어. 그 녀석을 손보는 게 좀 위험하다고 생각할지도 몰라. 그렇지만 녀석은 이미 문제가 많아, 녀석은 기둥서방이야, 스스로도 인정하는 것이지. 그러니 녀석이 바르게 산다는 것은 물 건너간 얘기야. 여기서 궁금한 것은, 녀석이 왜 우리한테 오느냐 이거야, 헤르베르트에게 안 가고 말이야, 친구는 놔두고 말이야. 영문을 모르겠어. 온갖 생각이 다 드는군. 아무튼 프란츠 비버코프 같은 녀석 하나 제대로 다루지 못하면 우리는 바보가 되는 거야. 일단 우리한테 와서 일하게 두자고. 혹시라도 엉뚱한 짓을 하면 이번엔 몸통을 작살내 주지. 그래, 올 테면 오라고." 그리고 곧바로 프란츠가 온다.

도둑 프란츠, 프란츠는 차 밑에 깔리지 않고
차를 타고 있다, 올라타 있다, 그는 해냈다

8월 초순, 이른바 도선생들께서는 아직 활동을 자제하며 비축해 놓은 양식으로 살면서 몸이나 돌보며 자잘한 일이나 하고 있다. 날씨가 어느 정도 좋을 때는 아무리 전문가라고 해도 남의 집에 침입하거나 기회를 엿보지 않는다. 이 일은 겨울에 한다, 그때가 되면 소굴에서 나와야 한다. 이를테면, 유명한 금고 털이범인 프란츠 키르쉬는 팔 주 전인 7월 초에 다른 죄수와 함께 존넨부르크 교도소에서 도망쳤다. 존넨부르크, 태양의 성, 그 이름은 멋지지만 요양하기에는 별로 적합하지 못하다. 그는 베를린에서 완전히 회복한 상태다. 그는 팔 주 동안 조용히 보낸 뒤 이제 바야흐로 무슨 일을 할 것인가 구상 중에 있다. 그때 어려운 문제가 생긴다, 인생이란 늘 그런 법이니까. 그 사나이는 전차를 타야 한다. 그때 짭새들이 다가온다, 지금은 8월 말이다, 그는 전차를 타고 가다가 라이니켄도르프 서부 역에서 연행된다. 그것으로 요양은 끝이다, 할 수 있는 일은 아무것도 없다. 그러나 밖에는 여전히 그런 인간들이 수두

룩하다, 이들은 슬슬 작업을 시작하려 한다.

그 전에 먼저 기상청 발표 베를린 날씨를 간단하게 알려 드리겠습니다. 전반적인 기상 상황은 다음과 같습니다. 서쪽에 있던 고기압이 중부 독일까지 세력을 뻗쳐 전반적으로 날씨가 맑아졌습니다. 고기압권에 들어 있던 남쪽에서는 이미 그 세력이 사라져 맑아지던 날씨는 오래 계속되지 못할 전망입니다. 토요일까지는 고기압의 영향으로 대체로 맑은 날씨가 계속될 것으로 예상됩니다. 그러나 현재 스페인 상공에서 발달 중인 저기압이 일요일에는 우리나라 날씨에 영향을 끼칠 전망입니다.

베를린과 베를린 외곽 지역의 날씨는 다음과 같습니다. 곳에 따라 구름이 끼거나 맑겠으며 바람은 약하게 불고 기온은 천천히 올라가겠습니다. 독일, 서부와 남부는 흐리고, 그 밖의 지역은 구름이 끼거나 맑겠으며, 북동부에서는 여전히 약간의 바람이 일겠고 기온은 다시 올라갈 전망입니다.

바로 이런 아주 적절한 날씨를 틈타서 품스 일당은 우리의 프란츠와 함께 슬슬 작업에 들어간다, 이 패거리와 손을 잡고 일하는 여자들 역시 사내들이 잠시 기동하는 것을 환영하는 눈치다. 안 그러면 자신들이 거리에 나서야 하기 때문이다. 이런 여자들 중 그 일이 좋아서 하는 여자는 없다, 어쩔 수 없는 경우가 아니라면 말이다. 그래, 우선은 시장의 동향을 잘 파악하고 구매자를 찾는 일이 중요하다, 기성복이 잘 안 나가면 모피 제품을 취급해야 한다, 여자들은 생각한다, 그런 일이야 식은 죽 먹기지, 밤낮 하는 게 똑같은 일이니 그런 기술이야 금방 배워, 그러나 경기가 안 좋으면 직업을 바꾸어야 하는데 이 남자들은 그럴 생각이 전혀 없어, 그걸 가지고 여자들이 나서서 뭐라 할 수도 없다.

품스는 산소 용접에 솜씨가 있는 함석공 하나를 사귀어 놓았다. 그 결과 우리도 이런 친구를 알게 되었다. 이 친구는 게다가 파산한 상인으로 외모는 그럴듯했다. 일을 하지 않는 건달이라 어머니에게서 쫓겨났다. 그래도 그는 남을 속이는 데 능하고 제법 일을 처리할 줄 알기 때문에 어디든 안심하고 보낼 수 있다, 그러면 그는 주변을 잘 살펴보고 한탕 할 준비를 한다. 품스는 패거리 중 베테랑급들에게 말한다. "물론, 우리는 경쟁 같은 것은 신경 쓰지 않아도 돼, 우리가 하는 일에도 경쟁이 없는 것은 아니지만 말이야, 그래도 우리는 서로 간섭하지 않아. 그러나 일솜씨가 좋고 장비까지 잘 다룰 줄 아는 괜찮은 녀석들을 구하지 못하면 그땐 우리는 꽝이야. 그땐 도둑질이나 하는 거지, 그러면 여섯, 여덟 명씩이나 필요치도 않아, 각자 알아서 하는 거야."

이제는 기성복이나 모피 제품들을 취급할 생각이니까 다리가 달린 놈이라면 누구나 당장 나가서, 사람들로부터 여러 질문을 받지 않고 또 경찰들의 수색에 쉽게 걸리지 않고서 물건들을 금방 처분할 수 있는 가게들을 찾아봐야 한다. 물건들이야 얼마든지 모양새를 바꾸거나 다르게 보이도록 바느질을 할 수 있다, 그리고 일단은 그냥 비축해 두는 거다. 일단은 찾아내는 것이 중요하다.

무슨 얘기냐 하면, 바이센제에 사는 장물아비가 품스에게 계속해서 골칫거리를 안겨 주고 있다는 말이다. 그 인간처럼 일을 하는 녀석하고는 거래를 할 수가 없다. 너도 살고, 나도

사는 거다. 좋다. 지난겨울에 그 녀석이 손해를 많이 봤다고 하
니까, 물론 그 녀석의 말이다! 손해만 보고 빚까지 졌다고 하
니까, 게다가 이번 여름에 우리는 재미를 봤는데, 자기는 투기
를 잘못해서 손해를 봤다며 찾아와 돈 좀 달라고 징징대니까
말이다! 그렇다면 투기를 했다가 손해를 봤다는 얘기군, 멍청
한 자식, 형편없는 장사꾼 녀석, 장사가 뭔지도 모르는 놈이야,
개자식, 이젠 우리하고는 별 볼일 없어. 당장 다른 장물아비를
찾아봐야 해. 말은 쉽지만 실행에 옮기기는 어렵다, 그래도 해
야 한다. 그런 일을 할 수 있는 사람은 우리 일당 중에서 폼스
밖에 없다. 그런데 낌새가 좀 수상하다, 곳곳에서 들리는 얘기
로는 다른 젊은 패거리 녀석들도 물건 처리를 놓고 고민 중이
라는 것이다. 훔치는 것만 가지고는 배를 채울 수가 없기 때문
이다. 돈으로 바꿔야 한다. 그러나 녀석들은 모두 폼스 주변에
서 빈둥대다가 말한다. "그래, 폼스야, 폼스라면 그 일을 얼마
든지 해낼 수 있어." 그는 해낼 거다, 해낼 거야. 그런데 만일
폼스가 그 일을 해내지 못하면 어떻게 되는 거지? 맞다! 폼스
라고 해서 늘 해낼 수 있는 것은 아니다. 폼스 역시 무슨 일을
당할지 모른다, 그도 결국엔 인간일 뿐이니까. 그렇게 되면 장
물을 어떻게 처분하나, 여러분도 잘 알겠지만, 그러면 아무리
도둑질을 해도 다 소용없는 일이다. 요즘에는 쇠지레나 용접기
같은 것만 가지고는 아무것도 안 된다, 요즘에는 모두가 장사
꾼이 되어야 한다.

　그래서 9월 초가 되자 폼스는 산소 용접기만 신경을 쓰고
있을 수 없다, 도대체 누가 내 물건을 사 줄 것인가? 그 일을
그는 이미 8월에 시작했다. 폼스가 어떤 사람인지 알고 싶은

가? 그는 아무도 모르게 다섯 개의 조그만 모피 의류 가게의 지분을 갖고 있는 사람이다. 어디냐고? 그건 몰라도 된다. 그리고 그는 약간의 돈을 서너 군데의 작은 세탁소에도 투자했다, 쇼윈도 쪽에 다리미판이 있는 미국식 세탁소이다. 셔츠 바람의 양복장이가 그 앞에 서서 다리미판을 들었다 놓았다 한다, 증기가 뭉게뭉게 피어오른다. 그런데 안쪽에는 양복들이 걸려 있다, 그래, 예의 문제의 양복들이다, 그것들은 바로 문제의 양복들이다, 이 양복들 다 어디서 났소? 이렇게 물으면 바로 이렇게 대답할 것이다. 어제 손님들이 맡긴 겁니다, 다리미질을 해 달라고, 또는 수선을 해 달라고, 여기 주소가 있잖아요, 짭새가 들어와 아무리 살펴봐도 이상할 것 하나 없다. 이렇게 우리의 훌륭하고 뚱뚱한 품스는 벌써 겨울을 위해 착실하게 대비해 놓았다, 그러므로 우리는 이렇게 말할 수 있다, 이제 드디어 시작이다. 그러나 모든 일을 완벽하게 준비할 수는 없는 일이다, 약간의 운이 없이는 일이 제대로 되지 않는 법이다, 하지만 괜히 미리부터 골치를 썩일 필요는 없다.

우리의 이야기를 계속해 보자. 때는 9월 초이다. 우리의 세련된 건달, 동물 소리 흉내를 잘 내는 친구 — 그 장기를 여기서 들어 볼 수는 없는 노릇이다 — 발데마르 헬러는 스스로 건달을 자처하며 실제 자신의 이름처럼 머리가 좋은 사나이*로 크로넨 가와 노이에발 가에서 한탕 털기 위해 큰 기성복 매장 주변을 돌며 현장을 점검한다. 그는 출구, 입구, 앞문, 뒷문은 각각 어디 있는지, 위층에는 누가 사는지, 아래층에는 누가 사는

---

* '헬러'는 독일어로 '머리가 좋은 사람'이라는 뜻이다.

지, 매장 문은 누가 닫는지, 타임레코더는 어디 있는지 빠삭하게 알아낸다. 비용은 품스가 댄다. 헬러는 얼마 전에 개장한 이른바 포젠 상회의 구매 담당 직원을 가장하고서 그곳을 찾아간다. 음, 사람들은 그 전에 먼저 포젠 상회가 뭔지 물어 보겠군그래, 아마 그럴 거다, 나는 그냥 너희 가게 매장의 천장 높이가 얼마나 되는지 알고 싶을 따름이야, 다음번엔 천장을 타고 내려와야 하거든.

토요일에서 일요일로 넘어가는 밤에 실행된 그 원정에 처음으로 프란츠도 동행한다. 그는 뜻을 이루었다. 프란츠 비버코프, 그는 자동차에 타고 있다, 그들은 모두 각자 맡은 바 일이 있다, 그 역시 그들처럼 맡은 역할이 있다. 모든 일은 업무를 처리하듯이 진행된다, 망보는 일은 다른 사람이 맡는다, 그러니까 진짜 망보기는 없다는 말이다. 이미 그 전날 저녁에 세 녀석이 한 층 위에 있는 인쇄소로 잠입했다, 그들은 사다리와 용접기를 상자에 넣어 위로 나른 다음 종이 뭉치들 뒤편에 감추어 놓았다, 그들 중 한 녀석은 차를 몰고 돌아갔다, 11시 정각에 그들은 다른 패거리를 위해 문을 열어 놓는다, 건물 안에 있던 어떤 인간도 낌새를 채지 못한다, 그 건물에는 사무실과 상점들뿐이다. 그들은 편안하게 앉아서 일을 시작한다, 한 녀석은 창가에 죽치고 앉아 밖을 내다본다, 한 녀석은 안뜰을 주시한다, 이윽고 그들은 용접기를 이용해 바닥을 뚫기 시작한다, 반 미터 길이의 정사각형 모양으로 뚫는다, 그 일은 보안경을 쓴 함석공이 맡아서 한다. 그들은 천장의 나무에 구멍을 낸다, 그때 우지끈 소리가 나고 밑에서는 덜커덩 소리가 난다, 그러나 이런 것은 별것 아니다, 두꺼운 장식용 석고 조각들이 떨어져 나가고 천장은 열기에 의해 뚫린다, 그때 그들은 첫 구멍을 통해 부드러운 명주 우산을 집어넣는다, 그러면 파편 덩어리들은 우산에 가서 담긴다, 하나도 남김없이 다 담을 수는 없지만 대부분의 파편은 거기에 담긴다. 그러나 아무 일도 일어나지 않는다, 아래층은 칠흑같이 어둡고 쥐죽은 듯 조용하다.

10시에* 그들은 밑으로 내려간다, 제일 먼저 멋쟁이 발데마르가 앞장선다, 그곳을 잘 알기 때문이다. 줄사다리를 타고 내려가는 폼이 꼭 고양이 같다, 이 녀석은 이 일을 처음 해 보는데도 전혀 두려워하는 기색이 없다, 꼭 뭔가 잘못되기 전까지는 대개 행운이 따르는 그레이하운드 같다. 이어서 또 한 사람이 따라 내려가야 하는데, 강철 사다리는 길이가 고작 2미터 50센티미터밖에 되지 않아 천장까지 닿지 않는다, 그래서 아래층에 있던 녀석들이 탁자를 몇 개 끌어다가 쌓아 올린 다음 사다리를 천천히 내려 맨 꼭대기 탁자에 고정시켜 놓으면 그것을 타고 내려간다. 프란츠는 위에 남아 구멍 옆에 배를 깔고 누워 마치 어부처럼 팔로 녀석들이 올려 주는 보따리를 들어 올려 뒤로 넘긴다, 그곳엔 다른 녀석이 서 있다. 프란츠는 힘이 세다. 함석공과 함께 아래층에 내려가 있던 라인홀트는 프란츠가 힘을 쓰는 모습을 보고 속으로 놀란다. 외팔이하고 같이 일을 하다니, 참 웃기는 일이야. 팔로 물건을 잡는 폼이 꼭 크레인 같아, 폭발적인 펀치를 가진 것 같군, 엄청난 녀석이야. 이어

---

* 앞쪽의 "11시 정각에 그들은 다른 패거리를 위해 문을 열어 놓는다."와 뒤쪽의 "두 시간 동안 만사 오케이다, (중략) 지금 시간은 2시, 2시 반에는 차가 온다."라는 내용으로 미루어 보아 작가가 시간을 착각한 듯하다.

서 그들은 바구니를 끌어 내린다. 아래층의 안뜰로 나가는 입구에서 한 녀석이 망을 보고 있는데도 라인홀트는 순시를 한다. 두 시간 동안 만사 오케이다, 경비가 건물 순찰을 돈다, 저 인간은 안 건드리는 게 좋다, 녀석은 전혀 아무것도 모르고 있을 테니, 몇 푼 안 되는 월급 때문에 총에 맞아 죽는다면 녀석은 정말 바보다, 봐라, 녀석이 물러가는구나, 참 착한 녀석이다, 녀석을 위해 타임레코더 옆에다 푸른 지폐라도 한 장 놓아 둘까. 지금 시간은 2시, 2시 반에는 차가 온다. 그사이에 위층에 있는 녀석들은 아침까지 챙겨 먹는다, 하지만 술을 너무 많이 마시면 안 된다, 나중에 가서 누군가 괜한 소란을 피울 수 있기 때문이다, 그러는 동안 어느덧 2시 반이다. 오늘 이 일당들과 함께 첫 작업을 한 사내 둘이 있으니, 그들은 프란츠와 멋쟁이 발데마르이다. 둘은 잽싸게 동전을 던진다, 발데마르가 이긴다, 그는 오늘의 원정을 마무리하는 도장을 찍어야 한다, 그는 다시 한 번 사다리를 타고 깡그리 털어 버린 어두운 창고로 내려간다, 그런 다음 그곳에 쪼그리고 앉아 바지를 내리고서 배 속에 들어 있던 것들을 바닥 위로 밀어낸다.

이렇게 해서 3시 30분 정각에 짐을 다 부리고 나자 녀석들은 재빨리 다음 일에 착수한다, 언제 우리 이 젊은 모습으로 다시 만날 텐가, 슈프레 강의 푸른 강가에서 우리 언제 다시 만날 수 있으려나.* 모든 일이 매끄럽게 흘러간다. 다만 돌아가던 중에 그들은 개를 치어 죽인다, 어쩔 수 없는 일이었지만

---

* 하인리히 빌켄이 작사하고 루돌프 비알이 노래한 「슈프레 강의 푸른 강가에서」의 후렴.

품스는 도가 지나치게 화를 낸다, 품스는 개를 좋아했기 때문이다. 그는 운전대를 잡은 함석공에게 호통을 친다, 왜 제때 경적을 울리지 않았느냐, 저런 똥개들은 주인이 세금을 못 내서 거리로 쫓겨난 거라고, 그런 개를 이런 곳에서 치어 죽이다니. 꼰대가 그런 똥개를 가지고 짐짓 흥분하는 것을 보고 라인홀트와 프란츠는 껄껄대고 웃는다, 꼰대가 정말 머리가 벌써 어떻게 된 게 아닌가. 저건 귀 먹은 개였다고, 나는 경적을 울렸다니까, 그래, 한 번은 울렸지, 귀 먹은 개가 있다는 얘기를 언제 들어 봤어, 엉? 그러면 돌아가서 개를 병원으로 데려갈까, 말도 안 되는 소리 좀 작작해, 좀 조심하라는 말이야, 이런 일은 난 딱 질색이라고, 그런 일이 생기면 재수가 없으니까 말이야. 순간 프란츠는 함석공의 옆구리를 찌르며 말한다, 꼰대는 지금 고양이 얘기를 하는 거야. 다들 떠나갈 듯이 웃는다.

그 뒤 집에 돌아온 프란츠 비버코프는 이틀 내내 그사이에 무슨 일이 있었는지 한마디도 하지 않는다. 품스가 그에게 200마르크를 보내 주면서 만약 필요치 않으면 되돌려 줘도 좋다고 하자 프란츠는 돈이야 언제든지 있으면 좋다는 생각에 그저 웃는다, 마그데부르크에서의 일로 도와준 헤르베르트에게 줘도 좋겠군. 누구한테 갈까, 집에서 누구와 얼굴을 맞대고 있을까, 누구한테 간담, 대체 누구한테, 대체 누구한테? 누구를 위해, 누구를 위해 나는 이 가슴을 이토록 순결하게 간직해 온 걸까? 누구를 위해서, 누구를 위해서? 그야 오로지 너를 위해서지, 오늘 밤에는 내게 행복이 찾아올 거야, 나는 대담하게 너를 불러 놓고서, 오늘 밤 나는 네게 뜨겁게 맹세할 거야, 우리는 우리만의 것이라고.* 귀여운 미체, 금쪽같이 소중한 나의 미체, 너는 꼭 마르지판으로 만든 신부 같아, 너는 거기 서서 기다리고 있구나, 너의 프란츠가 작은 손가방을 가지고 뭘 하는가. 그는 손가방을 양 무릎 사이에 끼더니 돈을, 그것도 큰돈 몇 장을 꺼내 그녀에게 내밀며 탁자에 내려놓고는 그녀를 바라보며 환한 미소를 짓는다, 그는 자신이 할 수 있는 한 최선을 다해 그녀에게 부드러운 태도를 취한다, 그 덩치 큰 사내가 말이다, 그는 그녀의 손가락을 꼭 쥐어 본다, 세상에 손이 이렇게 고울 수가!

"자, 미체, 귀여운 미체?" "왜 그래요, 프란츠?" "응, 아무것도 아니야. 그냥 당신이 좋아서." "프란츠." 아, 그를 바라보며 이름을 부르는 그녀의 모습. "나는 그냥 기뻐, 그저 그뿐이야. 내 말 좀 들어 봐, 미체, 인생이란 참으로 우스운 거야. 내가 살아가는 삶은 다른 사람들과 달라. 사람들은 팔자 좋게 이리저리 돌아다니며 돈도 잘 벌고 한껏 모양도 내지. 그런데 나는, 나는 말이야, 다른 사람들과 같지가 않아. 나는 내 껍질에 늘 신경을 써야 해, 내 재킷을 말이야. 내겐 소매가, 팔이 없으니까." "프란츠, 당신은 나의 착한 프란츠예요." "자, 미체, 이것 좀 봐, 난 생긴 게 이렇다고. 이 꼴을 어쩔 수가 없어. 누구도 어떻게 해 줄 수가 없는 거야. 이런 꼴로 다니면 꼭 아물지 않은 상처 같잖아." "왜 그래요, 프란츠, 저는 아직도 당신 곁에 있잖아요, 걱정할 것 없이 다 잘 되고 있고요, 그런 괜한 말은 다시는 하지 마세요." "다시는 안 그럴게. 그러게 말이야, 그

---

* 당시 독일의 유행가 구절.

런 소리 다시는 안 할게." 그러면서 그는 그녀의 얼굴을 올려 다보며 웃는다, 얼굴도 팽팽하고 예쁘고 눈도 생기가 넘쳐. "탁 자 위에 있는 걸 한번 봐, 돈 말이야. 내가 번 거야, 미체. 당신 가져." 그런데 왜 저렇지, 얼굴 표정이 왜 저렇지, 돈을 왜 저렇 게 쳐다보는 거야? 돈이 너를 물지는 않아, 멋진 돈이라고. "당 신이 번 거라고요?" "그래, 보라고, 아가씨, 내가 직접 벌어 온 거야. 나도 일을 해야 해, 안 그러면 나는 안 좋아, 망가진다고. 아무한테도 말하지 마, 품스와 라인홀트하고 한 건 했어, 토요 일 밤에. 헤르베르트한테 말하지 마, 에바한테도. 이봐, 그들이 혹시라도 알게 되면 그들과 나 사이는 끝장이야." "이 돈 어디 서 난 거예요?" "한 건 했다니까, 내 사랑, 품스하고 말이야, 그 런데 왜 그래, 미체? 이 돈 다 당신한테 줄게. 내게 키스해 줘 야지, 응? 어서."

그녀는 가슴에 머리를 떨어뜨리더니 뺨을 그의 뺨에 갖다 대며 키스를 하고 그를 꼭 끌어안고 아무 말도 하지 않는다. 그녀는 그의 얼굴을 바라보지 않는다. "이 돈을 나를 주겠다 고요?" "그럼, 그렇고말고, 아니면 누구한테 주겠어?" 천생 여 자군, 저 내숭 떠는 것 좀 봐. "왜, 나한테 돈을 주려는 거죠?" "왜, 싫어?" 그녀는 입술을 떨며 그에게서 몸을 뗀다, 그러더니 프란츠를 쳐다본다. 지금 그녀의 표정은 예전에 아싱거 맥주홀 에서 나왔을 때와 똑같다. 그녀는 얼굴이 창백해지며 탈진한 듯한 모습이다. 그녀는 의자에 털썩 주저앉아 파란 식탁보를 응시한다. 왜 저러는 거야, 여자의 마음이란 참 종잡을 수가 없 군. "이봐요, 아가씨, 갖고 싶지 않아? 나는 당신이 좋아할 줄 알았는데, 나 좀 봐, 이 돈이면 우리가 함께 여행을 떠날 수도 있어, 알겠어? 어디든지 말이야." "그건 그래요, 프란츠."

그녀는 머리를 탁자의 모서리에 대고 흐느껴 운다, 그녀가 운다, 도대체 왜 우는 거지? 프란츠는 그녀의 목덜미를 쓰다듬어 준다, 그녀를 아주 다정하게 감싸 준다, 진심 어린 마음에서, 누구를 위해, 누구를 위해 나 이렇게 이 가슴을 고이 간직해 왔던가, 누구를 위해, 도대체 누구를 위해? "아가씨, 내 사랑 미체, 우리가 여행을 할 수 있다는데, 당신은 말이야, 당신은 나하고는 가기 싫다는 건가?" "그렇지 않아요." 그녀는 고개를 다시 쳐든다, 통통하고 사랑스러운 얼굴이다, 분이 온통 눈물과 범벅이 되어 마요네즈같이 되어 버렸다, 그녀는 한쪽 팔을 프란츠의 목에 두르더니 그의 얼굴에 자기 얼굴을 갖다 댄다. 다음 순간 그녀는 무엇에 찔리기라도 한 것처럼 얼른 얼굴을 떼고 다시 탁자 모서리에 엎드려 흐느껴 울기 시작한다. 그러나 까닭을 알 수 없다, 그 여자는 묵묵히 가만있다, 아무 말도 하지 않는다. 내가 또 무슨 잘못이라도 했는가, 이 여자는 내가 일하는 게 싫은가? "자, 고개 좀 들어 봐, 자, 어서, 그 조그만 머리 좀 들라니까, 대체 왜 우는 거야?" "당신은 말이죠, 당신은." 그녀는 얼른 그의 손길을 피한다. "당신은 나를 버릴 거죠, 프란츠." "아니, 지금 무슨 소릴 하는 거야." "나를 버리지 않을 거죠, 프란츠?" "그래, 절대 그런 일은 없어." "그런데 왜 그렇게 돌아다녀요. 내가 돈을 많이 못 벌어서 그런가요, 아니에요, 나는 돈을 많이 벌잖아요." "미체, 나는 당신한테 뭔가 선물 같은 것을 해 주고 싶어서 그래." "됐어요, 나는 그런 거 바라지 않아요." 그러더니 그녀는 머리를 다시 단단한 식탁 모서리에 갖다 댄다. "미체, 그러면 나보고 아무 일도 하지 말라는 거야? 나는 그런 식으로는 살 수 없어." "그런 뜻이 아니에요, 다만 돈 때문에 그런 일을 하지는 말라는 거예요. 돈 때문에 그러는 건 싫어요."

미체는 자리에서 일어나 프란츠의 허리를 끌어안고 기쁜 얼굴로 그의 얼굴을 바라보며 달콤한 말투로 종알대며 부탁하고 또 부탁한다. "그런 돈은 없어도 돼요, 그런 돈은 없어도 돼요." 그런데 그는 뭔가 하고 싶은 말이 있으면서도 왜 한마디도 않는 걸까, 아가씨, 난 말이야 그런대로 가진 게 있어, 필요한 게 없거든. "나보고 아무것도 하지 말라는 얘기야?" "내가하면 되잖아요, 안 그러면 내가 무슨 필요가 있어요, 프란츠." "그러면 나는, 나는……." 그녀는 그의 목을 끌어안는다. "아, 내게서 떠날 생각은 말아요." 그녀는 조잘대며 그에게 키스를 하고 매혹적인 몸짓을 한다. "그딴 거 그냥 남에게 줘요, 헤르베르트에게 주어 버리세요, 프란츠." 이런 여자와 함께 있으니 프란츠는 행복하다. 참으로 착한 여자다! 이래 놓으니 그는 아무 말도 할 수가 없다, 이런 여자에게 품스 이야기를 꺼내다니 참으로 바보짓이야, 물론 이 여자는 말을 해 줘도 무슨 소린지 모를 거야. "약속해 줘요, 프란츠, 다시는 그런 일을 하지 않겠다고." "돈 때문에 그런 일을 하지는 않을 거야, 미체." 그제야 그녀는 에바가 들려주었던 이야기가 생각난다, 프란츠를 잘 살피라고 했던 그 말이.

그녀는 마음이 한결 밝아진다, 이이가 돈 때문에 그러는 게 아닌 것은 맞는 것 같아, 아마도 얼마 전에 말했던 것처럼 팔 때문에 그러는 것 같아, 팔 생각이 나지 않을 수 없지. 이이가 지금 돈에 대해 하는 말은 진실일 거야, 돈이야 걱정할 게 없거든, 돈이야 필요하면 내게서 얼마든지 받아 쓸 수 있으니까. 그녀는 그를 껴안은 채 이런저런 생각을 한다.

사랑의 고통과 기쁨

그녀는 프란츠와 격렬하게 키스를 나눈 뒤 밖으로 나와 에바를 찾아간다. "프란츠가 내게 200마르크를 가져왔어요. 그 돈이 어디서 난 건지 아세요? 그 녀석들한테서 받은 거예요, 당신도 잘 아는." "품스?" "맞아요, 그이가 직접 그렇게 말하던걸요. 이걸 어쩌죠?"

에바는 헤르베르트를 불러들인다, 프란츠가 지난 토요일에 품스와 어디를 갔었다는군요. "어디라고 말하던가?" "아뇨, 이 일을 어떻게 하죠?" 헤르베르트는 놀란 표정을 짓는다. "그러니까 그 녀석들과 직접 공모를 했다, 이 말이군." 에바가 말한다. "왜 그러는지 당신은 알겠어요, 헤르베르트?" "잘 모르겠는데, 좀 난감하군." "어떻게 하면 좋을까요?" "일단 두고 보자고. 돈 때문에 그러는 거라고 생각해? 당신한테 말했잖아. 그 친구는 제대로 본때를 보여 줄 거야. 앞으로 그가 어떻게 하는지 소식을 듣게 되겠군." 에바는 미체와 마주 서 있다, 창백한 모습의 창녀였던 그녀를 에바는 인발리덴 가에서 데려왔다, 지금도 그들은 처음 만났던 그곳을 기억한다, 그곳은 발티쿰 호텔 옆의 술집이다. 그녀는 그곳에 한 시골뜨기와 앉아 있다, 꼭 필요해서 그러는 것은 아니지만 그런 식으로 바깥 구경을 하는 게 그녀는 좋다, 그곳엔 아가씨들도 많고 젊은 사내들도 서

넷 있다. 10시가 되자 일단의 경찰 단속원들이 들이닥친다, 모두 슈테틴 역 파출소로 끌려간다, 일렬종대로 끌려간다, 입에는 담배를 꼬나물고서 아주 뻔뻔스러운 태도로. 짭새들이 앞장서서 가고, 술에 취한 반다 후브리히, 산전수전 다 겪은 여자가 물론 맨 앞에 선다, 이어 파출소에 이르자 한바탕 소동이 벌어진다, 미체, 즉 소냐는 에바를 붙들고 울부짖는다, 모든 일이 베르나우에 알려질 거라면서. 그리고 녹색 제복 하나가 술에 취한 반다의 손에서 담배를 빼앗는다, 이어 그 여자만 유치장에 끌려가고 그녀는 그 안에서 발길질을 하며 욕지거리를 해 댄다.

에바와 미체는 서로 얼굴을 쳐다본다, 에바는 타이르는 조로 말한다. "이제부터는 신경을 써야 해, 미체." 미체는 애원하는 투로 말한다. "어떻게 해야 되죠?" "모든 것은 네게 달렸어. 어떻게 해야 할지는 스스로 깨달아야 해." "그래도 나는 모르겠어요." "또 그렇게 징징대지 마, 알겠지." 헤르베르트는 환한 얼굴로 말한다. "그 친구는 멋쟁이야, 그 친구가 드디어 일을 시작해서 나는 기분이 좋아, 뭔가 속셈이 있을 거야. 꾀바른 친구니까." "맙소사, 에바." "그렇게 징징거리지 마, 징징대지 말라고, 알겠어? 나도 신경을 쓸 테니까." 프란츠는 사실 너한테는 아까워. 그래, 이런 여자애는 안 돼, 이렇게 난리 법석을 피우다니! 이런 멍청이, 왜 또 이렇게 징징대는 거야, 멍청하게스리. 귀싸대기를 한 대 올릴까 보다.

나팔을 불어라! 전투는 시작되었다, 연대가 행진한다, 트라라, 트라리, 트라라, 포병과 기병, 그리고 기병과 보병, 그리고 보병과 공군, 트라리, 트라라, 우리는 적진으로 전진한다. 그때 나폴레옹이 말했다, 전진하라, 전진하라, 끝없이 전진하라, 위는 말라 있고, 아래는 젖어 있다. 그러나 아래가 말랐을 때 우리는 밀라노를 정복한다, 그대들은 훈장을 받으리라, 트라리, 트라라, 트라리, 트라라, 우리는 전진한다, 얼마 안 있어 그곳에 도착한다, 군인이라는 것, 이 얼마나 기쁜 일인가.

미체는 오래 엉엉 울거나 뭘 해야 할지 고민할 겨를이 없다. 사건이 그녀를 향해 밀려왔으니까. 그때 라인홀트는 셋방에서 예쁜 여자 친구와 함께 있거나 품스가 장물을 팔려고 만들어 놓은 가게들을 순례한다. 그러면서 그는 이것저것 곰곰이 생각해 본다. 이 친구는 계속해서 따분해한다, 그런 것은 그와 맞지 않는다. 돈이 있어도 별로 좋을 게 없다, 술도 잘 맞지 않는다, 그래도 그는 술에 적응이 되어 간다, 그는 어슬렁어슬렁 술집을 돌며 이 사람 저 사람 얘기도 들어 보고 일도 하고 커피도 마신다. 그런데 그가 품스를 찾아가거나 아니면 어디를 가든 늘 이놈의 프란츠가 보인다, 바로 그의 코앞에 말이다, 이 멍청하고 뻔뻔스러운 외팔이 자식, 뭐 대단한 인물이라도 되는 척 행동한다, 그것도 모자라서 마치 파리 한 마리 못 건드리는 황소 같은 모양을 해 가지고 가식으로 가득하다. 2곱하기 2는 4인 것처럼 아주 분명히, 이 자식은 내게서 뭘 우려내려는 게 확실하다. 이 자식은 늘 기분이 좋아 가지고, 내가 들르거나 일하는 곳이면 어디나 나타난다. 자, 그렇다면 우리 제대로 한번 붙어 보자. 제대로 한번 붙어 보자고.

그런데 프란츠는 뭘 하고 있는 걸까? 이 친구는? 대체 그는 어떻게 할 셈인가? 세상을 살아가는 그의 모습, 그것은 여러분이 보기에 이 세상에서 가장 완벽하게 평온하고 온유한 모습이다. 그는 무슨 일을 당해도 늘 오뚝이처럼 일어선다. 그런 사람들이 있다, 많지는 않지만 있기는 있다.

포츠담에, 아니 포츠담 근교에 어떤 사나이가 살았다, 나중에 사람들은 그를 살아 있는 송장이라고 불렀다. 실제로도 그런 괴짜였다. 그치는, 보르네만이라고 하는 그 친구는 그 일을 해냈다, 그러니까 사업이 쫄딱 망하여 십오 년의 형무소 생활을 한 시점에서 탈옥을 감행한다, 한마디로 그 사나이는 탈옥한다, 그런데 사실 그가 있던 곳은 포츠담이 아니라 안클람 근교로 마을 이름은 고르케였다. 그러던 어느 날, 우리의 보르네만은 노이가르트 근처를 거닐던 중 슈프레 강물에 떠 있는 시체 하나를 발견한다, 노이가르트는, 아니, 노이가르트 출신의 보르네만은 "나는 원래 죽은 사람이야."라고 말하고는 시체 쪽으로 다가가 자신의 신분증을 시체의 주머니에다 집어넣는다, 그렇게 해서 이제 그는 죽은 사람이 된다. 그리고 보르네만 부인의 말, "이걸 어쩌죠? 어떻게 손을 쓸 수도 없는걸요, 그이는 죽었어요, 만약 이게 제 남편이라면 하느님께 고마워할 일이에요. 그런 인간으로서는 더 이상 잃을 것도 없으니까요. 그런 사람한테서 내가 뭘 받았겠어요, 그 사람은 반평생을 감방 신세를 졌으니, 속이 다 시원해요." 그러나 우리의 오토는, 무슨 소리, 절대 죽지 않았다. 그는 안클람으로 간다, 물이라는 것이 좋은 것이라는 것을 막 깨달았기 때문에 이제 그는 물을 좋아하게 된다, 그래서 그는 생선 장수가 되어 안클람에서 생선을 팔며 이름을 핑케라고 한다. 그렇게 해서 이 세상에 보르네만은 더 이상 존재하지 않는다. 그렇지만 그는 다시 붙잡힌다.

왜, 어떻게 그렇게 되었는가, 자, 의자에 그냥 그대로 앉아 계세요.

하필이면 의붓딸이 일자리를 찾아 안클람으로 올 줄이야, 이렇게 넓은 세상에서 그 아이가 하필이면 안클람으로 와서 그 부활한 물고기를 만나다니. 이 물고기는 벌써 백 살은 되었고 노이가르트에서 헤엄쳐 왔다, 그사이에 그 아이도 성장하여 집에서 뛰쳐나왔다, 물론 그는 그 아이를 전혀 알아보지 못한다, 그러나 그 아이는 그를 알아본다. 그녀는 그에게 말한다. "말씀해 주세요, 혹시 제 아버지가 아닌가요?" 그가 말한다. "아니, 혹시 아가씨 머리가 돈 거 아니야?" 그녀가 그 말을 믿지 않자 그는 자기 아내와 그 사이에 얻은, 믿기 힘들겠지만, 다섯이나 되는 아이를 부른다, 이들이 충분히 증언을 할 수 있다. "이분은 핑케예요, 생선 장수고요." 오토 핑케, 마을의 누구나 그것을 다 안다. 이것은 누구나 다 아는 사실이다, 그 남자는 핑케 씨이고, 죽은 다른 사람의 이름은 보르네만이다.

그러나 그녀 입장에서는 그것은 아무 효과도 없는 것이었다, 그녀는 전혀 납득할 수 없었다. 그 여자는 자리를 떴다, 여자의 마음속에서는 무슨 일이 일어나는가, 그녀의 마음속에는 엉뚱한 생각이 굳게 둥지를 튼다. 그녀는 베를린 경찰국 4a과로 다음과 같은 편지를 쓴다. "저는 핑케 씨 가게에서 여러 번 생선을 샀습니다. 저는 그 사람의 의붓딸인데도 그 사람은 제 아버지임을 인정하지 않습니다. 그러면서 제 어머니를 속이고 있습니다, 다른 여자와 결혼을 해서 다섯 명의 아이를 두고 있습니다." 결국 아이들은 이름이야 그대로 지닐 수 있지만 성은 속은 꼴이다. 그들의 성은 훈트가 된다, 철자는 'dt'로 끝나는데 어머니의 성을 따른 것이다. 그렇게 해서 그들은 졸지에 모두 사생아가 된다. 사생아와 관련하여 민법에 다음과 같은 조항이 있다. 사생아와 그 친부는 혈연관계로 인정되지 않는다.

이 사나이 핑케와 마찬가지로 여러분이 보듯 프란츠 비버코프 역시 완벽한 평온과 온유함의 화신이다. 예전에 그는 야수에게 습격을 당해 한쪽 팔을 잃었지만 이제는 녀석을 제압하여, 그 야수 녀석은 헐떡이며 담배나 피우며 그의 등 뒤에서 살살 기어 다닌다. 프란츠와 함께 다니는 인간들 중에서는 단 한 녀석을 빼고는 그가 그 야수를 제압하여 그 야수 녀석이 그의 등 뒤에서 살살 기어 다니며 담배나 피우고 헐떡거린다는 사실을 알지 못한다. 프란츠 비버코프는 보무도 당당하며 단단한 머리를 곧추 세우고 다닌다. 그는 다른 사람들처럼 일을 할 수는 없지만 눈빛만큼은 아주 밝다. 그러나 그가 손끝 하나 대지 않은 한 사나이, 그 사나이는 묻는다. "이 친구는 뭘 원하는 거야? 내게 뭘 원하는 게 분명해." 비버코프는 다른 사람들이 보지 못하는 모든 것을 보고 모든 것을 이해한다. 프란츠의 근육질 목이 그 사나이에게 무슨 해를 끼칠 리 없다, 탄탄한 다리나 프란츠의 기분 좋은 잠 역시 말이다. 그러나 이런 것이 뭔가 해를 끼칠 것만 같아 그는 당최 마음이 놓이지 않는다. 뭔가 응대를 해야만 할 것 같다. 그런데 어떻게?

미풍에 문이 열리며 가축 떼가 우리를 박차고 나오듯이. 파리에게 괴롭힘을 당한 사자가 앞발로 파리를 잡으려 하며 성이 나 으르렁대듯이.

간수가 조그만 열쇠를 빗장에 꽂고 조금만 돌리면 한 무리의 범죄자들이 밖으로 뛰쳐나와 그때부터 살인, 타살, 강도질,

도둑질, 살인강도질이 판을 치게 되듯이.

라인홀트는 셋집에서도 서성이고, 프렌츨라우 성문 곁의 술집에서도 서성이며 생각하고 또 생각한다, 이리 생각하고 저리 생각한다. 어느 날, 프란츠가 함석공과 머리를 맞대고 앉아 뭔가 궁리를 하고 있는 것을 알아챈 그는 미체를 찾아간다.

그렇게 해서 그녀는 생전 처음으로 그 인간의 얼굴을 보게 된다. 이 친구는 별로 특색이 없어, 미체, 당신 생각이 옳아, 그렇게 나빠 보이지도 않고, 이 친구는 말이야, 좀 슬퍼 보이고, 살이 약간 쪘고, 어딘가 병이 든 것 같고, 얼굴이 누렇게 떴어. 하지만 그렇게 상태가 나빠 보이지는 않아.

자, 녀석을 잘 봐 봐, 네 작은 손을 건네고 녀석의 얼굴을 어서 찬찬히 잘 뜯어봐. 그 얼굴은 말이야, 미체, 이 세상의 어떤 얼굴들보다 네게 중요한 얼굴이야, 에바의 얼굴보다도 더 중요하고, 프란츠의 얼굴보다도 더 중요한 얼굴이라고. 녀석이 이제 계단을 올라가고 있어, 오늘은 다른 날들과 별다를 게 없는 날이야, 9월 3일, 목요일, 잘 보라고, 너는 아무것도 느끼지 못하고 있어, 아무것도 모르고 있어, 네 운명을 전혀 예감치 못하고 있어.

자, 그게 뭘까, 베르나우에서 온 조그만 미체야, 네 운명이라는 게? 너는 건강하고, 돈도 잘 벌고, 프란츠를 사랑하고 있어, 바로 그 때문에 미지의 그 무엇은 계단을 올라와 네 앞에서서 네 손과 프란츠의 운명을 어루만지고 있는 거야, 바로 지금, 네 운명까지도 말이다. 그의 얼굴을 자세히 들여다볼 필요는 없고 다만, 그 손을, 그의 두 손을, 회색 가죽에 싸인 평범한 두 손을 잘 보아라.

라인홀트는 가장 멋진 옷으로 빼입었다. 첫 순간 미체는 그를 어떻게 대해야 할지 몰라 난감해한다. 혹시 프란츠가 보낸 건가, 아니면 프란츠가 쳐 놓은 덫인가. 그러나 그런 것 같지는 않다. 그때 그가 먼저 말을 꺼낸다. 프란츠에게는 내가 왔었다고 말하지 말아요, 그 친구는 아주 민감하거든. 그러니까 그는 그녀와 대화를 하고 싶다는 것이다. 사실 프란츠도 무척 힘들 거라며, 팔을 하나 잃었으니. 그런데 그런 상태로 일을 하는 게 옳은 일인지 다들 관심이 많다면서. 그렇게 호락호락 넘어갈 미체가 아니다. 그녀는 헤르베르트가 한 말을 알고 있다. 프란츠가 뭘 하려는 건지. 그래서 그녀는 말한다, 아뇨, 돈벌이 같은 거라면 사실 그이는 그런 거 그렇게 절실하지 않아요. 그이를 도와줄 사람은 얼마든지 있거든요. 그래도 그이는 그게 성에 차지 않는 모양이에요, 남자들은 일을 하고 싶어 하니까요. 라인홀트가 말한다, 사실 맞는 말이오, 그 친구도 일을 해야 해요. 하지만 우리가 하는 일이 힘들다는 게 문제요, 아무나 하는 일이 아니거든요, 양쪽 팔이 성한 사람도 제대로 할 수 없어요. 자, 이렇게 대화가 오간다. 미체는 그 친구가 뭘 원하는 건지 전혀 알 수가 없다. 그때 라인홀트는 코냑을 한 잔 따라 달라고 하며 말을 잇는다. 그는 그저 삶의 형편이 어떤지 알아보고 싶었을 뿐이다, 만약 상황이 그렇다면 그의 동료들은 그것을 다 감안할 것이다, 당연한 일이다. 그러더니 그는 코냑을 한 잔 더 들이켜고 나서 묻는다. "혹시 나를 몰라요, 아가씨? 그 친구가 내 얘기 안 하던가요?" "아뇨." 그녀가 말한다, 이 인간이 도대체 뭘 알고 싶어서 그러는 거야, 에바라면 이런 식의 대화에는 나보다 훨씬 더 능숙했을 텐데. "우리는 아주 오래전부터 아는 사이오, 프란츠와 나는 말이오, 그땐 당신은 아직 없었어, 다른 여자들이 있었지, 이를테면 칠리라고 하는 여자 말이오." 바로 이걸 노리는군, 내 앞에서 그이를 욕하는 거야, 오지랖이 넓은 자식이야. "아니, 왜 그이가 다른 여자들을 가져서는 안 된다는 거죠? 나도 다른 남자가 있었는데요, 아무튼 그이는 아직은 내 거예요."

그들은 차분히 마주 보고 앉아 있다, 미체는 의자에, 라인홀트는 소파에, 둘 다 편안한 자세로 앉아 있다. "그럼요, 그는 분명히 당신 거요, 하지만 아가씨, 내가 당신과 그 친구 사이를 이간질하려는 거라고는 생각지 말아요. 절대 그럴 일은 없으니까. 그와 나 사이에는 웃기는 일도 참 많았소, 그 얘기 안 하던가요?" "웃기는 일이라니, 그게 뭐죠?" "정말 웃기는 일이 있었지, 아가씨. 아예 탁 터놓고 말해 주어야겠군. 프란츠가 우리 패거리에 낀 것은 다 나 때문이오, 나 때문이라고, 그 사건 때문이지. 우리 둘은 어디를 가나 늘 붙어 다녔지. 아가씨한테 그 이야기를 해 줘도 될까?" "그러세요, 그런데 여기 앉아 이야기나 할 만큼 그렇게 한가하세요?" "아가씨, 하느님도 가끔은 휴식을 취하는 법이오. 그러니 우리 인간도 적어도 이틀은 쉬어야지." "당신은 사흘은 쉬는 것 같네요." 둘은 웃는다. "아가씨 말도 틀린 것은 아니야. 나는 힘을 비축하는 거야. 게으름을 피워야 수명이 길어진다잖아. 그래야 힘을 써야 할 때 제대로 쓸 수 있거든." 그러자 그녀는 그를 보며 웃는다. "그러니 힘을 아끼긴 아껴야겠네요." "잘 아는군, 아가씨. 사람마다 다 다르지. 그러니까 말이오, 아가씨, 프란츠와 나는 늘 여자들을 바꾸곤 했소, 어떻게 생각해요?" 그러고서 그는 고개를 갸웃하게 숙이고서 술잔을 홀짝이며 이 어린 아가씨가 무슨 말을 하기를 기다린다. 예쁜 여자군, 곧 내 걸로 만들어 버려야지, 이 여자애 다리를 어떻게 꼬집어 줄까.

"여자들 바꾸는 얘기는 당신 할머니한테나 가서 하세요. 전에 누군가 내게 그런 얘기를 한 적이 있어요, 러시아에서는 그런다는군요. 당신도 그곳 출신인가 보군요. 이 나라에는 그런 일이 없거든요." "그렇지만 내가 그런 말을 하고 있잖소." "말 같지 않은 소리 하지 마세요." "그러면 프란츠가 그 얘기를 해 줄지도 몰라." "아마 얼굴 반반한 여자들이었겠죠, 값싼 여인숙 출신 여자들 말이에요, 50페니히면 사는 그런 여자들." "그만둬요, 아가씨, 우리는 그렇게 한 게 아니니까." "그런데 왜 자꾸만 내 앞에서 그런 얘기는 꺼내는 거죠? 대체 의도가 뭐예요?" 요 악마 좀 봐라. 그래도 귀엽군, 녀석한테 푹 빠져 있군, 잘됐어. "아니야, 아가씨, 별 의도가 있는 건 아니야. 좀 알아보고 싶은 게 있어서 그럴 뿐이야. (이 귀여운 악마, 팡코,* 팡코, 간질간질, 아싸.) 품스가 내게 직접 부탁을 한 거요, 이제 그만 가 보겠소, 언제 한번 우리한테 안 올래요?" "거기 가도 계속 그런 얘기만 할 것 같은걸요." "괜히 마음 상하게 하려는 건 아니야, 아가씨, 나는 당신이 다 알고 있는 줄 알았지. 사업 관계 얘기를 좀 더 할 게 있거든. 품스가 나보고 당신을 찾아가서 돈이나 그 밖의 것을 물어보면 좋겠다고 했소, 프란츠가 팔

---

* 베를린의 한 지역. 주변 환경이 아름다워서 이미 19세기 말부터 소풍 장소로 사랑을 받았다. 많은 노래에 등장했다. 이를테면 "우리 팡코로 가요, 팡코, 간질간질, 아싸."

때문에 아주 민감해져 있으니까 당신도 프란츠에게 그런 말을 꺼내지 않는 게 좋겠다고. 프란츠가 이런 걸 알 필요는 없어요. 나 역시 집에 와서 직접 알아보는 게 좋겠다고 생각한 거요, 그런 것을 비밀에 부칠 필요가 있을까 하고 생각했소. 당신이 집에 있을 테니 차라리 당당하게 찾아와 당신한테 직접 물어보는 게 좋을 것 같았소." "그이에게 말해서는 안 되나요?" "그래요, 말하지 않는 게 좋을 거요. 하지만 굳이 말하겠다면 나로서도 어쩔 수 없소. 알아서 해요. 자, 그럼 잘 있어요." "아니, 출구는 오른쪽이에요." 괜찮은 여자군, 다 뜻대로 되겠어, 아주 좋았어.

그때 조그만 미체는 방이나 테이블에서 아무것도 보지도 느끼지도 않고 다만 브랜디 술잔을 바라보며 뭔가 생각에 잠길 뿐이다, 그래, 그녀는 무슨 생각을 하는 걸까? 그녀는 술잔을 치우면서 무슨 생각인가를 한다, 그러나 그것이 뭔지는 그녀도 모른다. 왜 이렇게 흥분되지, 그 자식이 나를 흥분시켰어, 온몸이 부들부들 떨리네. 그 자식이 무슨 얘기를 해서 그런 거야. 그 자식이 원하는 게 뭘까, 도대체 뭘 원해서 그런 얘기를 지껄이는 걸까. 그녀는 찬장에 들어 있는 유리잔을, 오른쪽 끝의 마지막 유리잔을 응시한다. 내 안의 모든 것이 떨린다, 일단 앉아야겠어, 하지만 소파는 싫어, 녀석이 거기 앉았더랬으니까, 의자에 앉을래. 이윽고 그녀는 의자에 앉아 그가 앉았던 소파를 바라본다. 왜 이리 끔찍하게 흥분되는 걸까, 뭣 때문에 그런 걸까? 두 팔과 가슴속이 덜덜 떨린다. 프란츠는 여자나 바꾸는 그런 저질 인간이 아니야. 그 자식, 그런 라인홀트 같은 놈은 그러고도 남겠지, 하지만 프란츠는, 그 사람은 말이야 ─ 녀석들이 그이를 가지고 노는 거야, 그 말이 사실이라 하더라도.

그녀는 손톱을 깨문다. 만약 그 말이 사실이라면. 그런데 프란츠는 좀 순진한 데가 있어, 사람들에게 잘 속아 넘어가거든. 그러니 녀석들이 그를 자동차 밖으로 내동댕이친 거야. 녀석들은 그런 인간들이야. 그런데 그런 패거리하고 또 어울리다니.

그녀는 손톱을 깨물고 또 깨문다. 에바에게 말할까? 어떻게 하지? 프란츠에게 말해 버릴까? 어떡하지? 아무한테도 말하지 말자. 그러니까 이곳에 찾아온 사람은 없었던 거다.

그녀는 창피한 생각이 든다, 그녀는 두 손을 탁자 위에 올려놓고 집게손가락을 깨문다. 어쩔 도리가 없다, 목구멍이 화끈거린다. 녀석들은 언젠가 나한테도 못된 짓을 할 거야, 나 역시 팔아먹겠지.

뜰에서 손풍금 소리가 들려온다, 나는 내 마음을 하이델베르크에서 잃어버렸네. 나도 그래, 나도 내 마음을 잃어버렸어, 다 사라졌어, 그녀는 무릎에 얼굴을 묻고 훌쩍인다, 다 사라졌어, 내게 마음은 사라지고 없어, 앞으로의 내 모습이 훤히 보인다. 녀석들이 나를 조롱해도 나는 꼼짝도 못할 거야. 하지만 나의 프란츠는 그런 짓을 하지 않아, 그는 여자나 교환하는 그런 러시아 사람이 아니야, 그건 다 말도 안 되는 소리야.

그녀는 열린 창가에 서서 푸른 체크무늬의 잠옷 차림으로 거리의 악사의 노래를 따라 부른다, 나는 내 마음을 하이델베르크에서 잃어버렸네. (녀석들은 사기꾼들이야, 녀석들을 싹 쓸어 버리겠다고 한 그이의 말은 맞는 얘기야.) 어느 달콤한 여름밤에 (그이는 언제나 집에 올까, 계단으로 마중 나가야겠어.) 나는 사랑에 눈이 멀었다네. (그이한테는 아무 말도 하지 않을 거야, 그런 지저분한 이야기로 그를 맞기는 싫어, 단 한마디도, 단 한마디도 않을 테야. 나는 그이를 사랑하거든. 자, 블라우스를 입어야지.) 그녀의 입은 장미처럼 밝게 웃었네. 문 앞에서 작별을 하며 마지막 키스를 나눌 때 나는 분명히 느꼈네. (헤르베르트와 에바가 한 말이 맞아, 녀석들은 뭔가 낌새를 챈 거야, 녀석들은 그게 사실인지 내게 직접 와서 알아보려는 거야, 얼마든지 와서 엿들어 보라고, 내가 멍청이인 줄 아나 봐.) 내 마음을 하이델베르크에서 잃어버렸다는 걸, 내 마음이여, 내 마음은 네카어 강변에서 고동치네.*

멋진 결과를 기대하나
예상은 빗나가기도 한다

　그는 떠돌아다닌다, 늘 떠돌아다닌다, 세상을 늘 떠돈다, 여러분이 보기에 완벽한 평온과 온유함의 화신인 그다. 그를 당신 하고 싶은 대로 할 테면 해 보라, 그는 언제나 오뚝이처럼 일어선다. 세상에는 이런 사람들이 있다. 포츠담에 어떤 사나이가 살았다, 안클람 근처의 고르케였다. 이름은 보르네만이고, 그는 형무소에서 도망쳐 나오는 길에 슈프레 강가에 이르게 된다. 그때 누군가 강물에 둥둥 떠 있다.

---

* "나는 내 마음을 하이델베르크에서 잃어버렸네."부터 "내 마음은 네카어 강변에서 고동치네."까지는 1925년 에른스트 노이바흐가 쓴 가요. 선풍적인 인기를 누려 1926년에는 동명의 영화까지 나옴.

"어이, 이리 가까이 와 보게, 어때, 프란츠, 자네 색시 이름이 뭐라고 했지?" "미체야, 그건 자네도 알잖아, 라인홀트, 전에는 소냐라고 불렀지." "아, 그랬나? 색시를 보여 주기가 겁나는 모양이야. 나 같은 사람한테 보여 주기 아까운가 보군." "내가 무슨 동물원이라도 차렸나, 색시를 보여 주게? 그 여자는 늘 쏘다녀. 게다가 정부까지 있어서 돈을 꽤 벌어." "그런데 자넨 그 여자를 안 보여 주잖아." "왜 자꾸만 보여 달라는 거야, 라인홀트. 그 여자는 바빠." "한 번만 데려와 봐, 그렇게 예쁘다며." "그렇다고 치자고." "한번 보고 싶은데, 그렇게 해 주기 싫나?" "이봐, 라인홀트, 전에 우리가 거래를 했던 거 기억나는가, 장화하고 모피 칼라를 가지고 말이야." "이젠 그런 짓은 하지 말아야지." "그래, 이젠 그런 짓은 더 이상 하면 안 돼. 그런 일에는 이제 신물이 난다고." "자, 됐네, 이 친구야, 그냥 한번 물어본 거야." (개자식, 여전히 더러운 수작만 부리고 있어, 여전히 더러운 말만 골라 하고. 조금만 기다려 봐, 이 자식아.)

강가에 다다른 보르네만은 익사한 지 얼마 안 된 시체가 물에 떠다니는 것을 발견했다. 보르네만의 머리에는 순간 섬광이 반짝였다. 그는 주머니에 들어 있던 모든 증명서들을 꺼내서 그 남자인가 그 여자에게 주었다. 이 얘기는 아까도 했지만 두 번 한다고 해서 나쁠 것도 없다. 이어서 그는 시체를 나무에 묶었다. 안 그러면 시체가 떠내려가 사람들 눈에 띄지 않을 것이기 때문이다. 그는 이어 곧장 슈테틴 행 교외선 열차를 집어 타고 차표를 끊었다, 그리고 베를린에 도착하자 그는 술집에서 아내에게 전화를 걸어 기다리고 있으니 어서 와 달라고 부탁한다. 그녀는 그에게 돈과 옷가지를 가져다주고, 그는 그녀의 귀에 대고 속삭인다. 그는 그녀와 작별을 해야 한다, 유감스럽게도. 그때 그녀는 그 시체가 자기 남편이라고 확인해 주기로 약속했다, 돈을 좀 벌면 돈을 보내 주겠다고 하자 그녀는 자기한 몸이나 잘 추스르라고 한다. 그때 그는 급히 서둘러 떠나야 했다, 그가 거기 있는 동안에 누가 그 시체를 발견하면 안 되기 때문이다.

"그냥 한번 알고 싶어서 그런 거야, 프란츠, 자넨 그 여자를 무척 사랑하나 보군." "이제 여자들 얘기 같은 시시콜콜한 말은 그만둬." "그냥 알고 싶었을 뿐이야. 그렇다고 기분 나쁘지는 않겠지." "그럼, 그딴 거는 신경도 안 쓰네, 라인홀트, 자네도 알다시피 자네는 건달이잖아." 프란츠가 웃자 상대방도 따라 웃는다. "자네 색시는 어떻게 생겼나, 프란츠. 나한테 정말 한번 보여 주지 않겠나?" (이것 좀 봐, 넌 정말 웃기는 녀석이야, 라인홀트, 나를 자동차에서 내팽개친 녀석이 이제 와서는 나를 쫓아다니다니.) "왜 그러는 건데, 라인홀트?" "뭘 원하는 게 아니고 한번 그냥 보자는 거야." "그 여자가 내게 빠져 있는지 아닌지 보자는 건가? 자네한테 말하지만 그 여자는 머리끝에서 발끝까지 온통 내 생각으로 가득 차 있다고. 그 여자는 그저 사랑하고 좋아하는 것밖에 몰라. 이봐, 라인홀트, 그 여자가 얼마나 내게 빠져 있는지 자네는 감도 못 잡을 거야. 자네 에바를 알지?" "음, 좀 알지." "그런데 말이야, 미체는 내가 에바와…… 아니야, 말하지 않을 테야." "도대체 뭔데? 어서 말을 해 줘." "아니야, 그런 것은 생각할 수조차 없는 일이야, 그 여자가 바로 그렇다니까. 자넨 여태껏 그런 얘기는 못 들어 봤을 거야, 라인홀트, 나도 평생 그런 거래는 처음이야." "아니, 대체 그게 뭔데? 에바하고의 일인가?" "그래, 아무한테도 말하지 말게, 그 여자애가 글쎄, 미체가 말이야, 에바가 내 아이를 가졌으면 좋겠다는 거야."

멍. 두 사람은 앉은 채 서로 얼굴만 바라본다. 프란츠는 허벅지를 치며 웃음보를 터뜨린다. 라인홀트는 빙그레 웃더니 마구 웃기 시작한다, 웃음을 멈추지 못한다.

그 뒤 그 사나이는 핑케라는 이름을 달고 고르케로 가서 생선 장수가 된다. 그러던 어느 화창한 날 그의 의붓딸이 안클람에 와서 일자리를 구한다. 그녀는 생선을 사려고 손에 그물 바구니를 들고 핑케를 찾아와 이렇게 말한다.

라인홀트는 빙그레 웃다가 마구 웃기 시작한다, 웃음을 멈추지 못한다. "그 여자 레즈비언 아니야?" 프란츠는 다시 다리를 맞부딪치며 낄낄대며 웃는다. "아니야, 그 여자는 나를 사랑해." "그 말은 안 믿기는데."(그런 믿기지 않는 일이 일어나는 법이야, 그런데 이런 멍청이가 그런 행운을 갖다니, 그러니 저렇게 히죽거리지.) "에바가 뭐라던가?" "두 사람은 친구 사이야, 에바는 미체를 잘 알아, 내가 미체를 알게 된 것도 에바를 통해서였네." "이봐, 프란츠, 자넨 정말 군침 돌게 만드는군. 어서 말해 봐, 미체를 한번 보여 줄 수 없겠나, 20미터 떨어져서 봐도 괜찮아, 혹시 걱정된다면 창살 너머로 봐도 돼." "이봐, 나는 전혀 걱정되지 않아! 정말 얌전하고 사랑스러운 여자야, 자넨 꿈도 못 꿀 거야. 전에 내가 한 말 기억나나, 너무 많은 여자들과 관계하지 말라고 한 말 말일세, 그러다간 건강을 망치게 돼, 아무리 신경이 튼튼해도 견딜 수가 없어. 그러다가 뇌졸중에 걸린다니까. 그러니까 조심해야 해, 그러면 몸에 좋을 걸세. 내 말이 얼마나 맞는지 앞으로 똑똑히 보게 될 거야, 라인홀트. 자네한테 그 여자를 보여 주지." "하지만 그 여자가 나를 봐서는 안 돼." "왜 안 된다는 거지?" "아무튼 싫으니까. 그냥 그 여자만 보여 줘." "그러면 그렇게 하자고, 이 사람아, 그럴 수 있어서 기쁘군. 자네한테 도움이 될 거야."

　　그리고 지금 시간은 오후 3시, 프란츠와 라인홀트는 거리를 누비며 간다. 각종 에나멜 간판, 에나멜 제품, 독일 정품 페르시아 양탄자, 십이 개월 할부, 복도용 양탄자, 테이블 및 소파 커버, 누비이불, 커튼, 라이스너 상회, 잡지 《당신을 위한 패션 유행》을 구독하고 있나요, 만약 안 보고 있다면 즉시 무료 우송을 요청하세요, 주의, 생명 위험, 고압 전류. 그들은 프란츠의 집으로 들어간다. 이제 너는 내 집에 들어서는 거야, 난 잘살아, 누구도 날 못 건드려. 내가 어떻게 사는지 네 두 눈으로 똑똑히 보게 될 거야, 내 이름은 프란츠 비버코프다.

　　"자, 지금부터는 발소리를 죽이자고. 그녀가 집에 있는지 내가 먼저 문을 열어 볼게. 없어. 자, 여기가 내가 사는 집일세, 그 여자는 곧 올 거야. 우리가 꾸민 대로 잘해야 해. 물론 다 꾸민 일이긴 하지만 들키지 않도록 조심하라고." "걱정 마." "이게 제일 낫겠어, 여기 이 침대에 이불을 뒤집어쓰고 있어, 라인홀트, 이 침대는 낮에는 사용하지 않거든. 나도 그녀가 침대 근처로 가지 않게 신경을 쓸게, 그러면 자네는 침대에서 홑이불을 통해 볼 수 있을 걸세. 자, 누워 보게, 잘 보이나?" "그래, 잘 보여. 그래도 장화를 벗어야겠어." "그래, 그게 좋겠어. 장화를 복도에 내다 놓을 테니까 나중에 갈 때 직접 챙겨 가지고 가라고." "이봐, 프란츠, 일은 잘되겠지?" "두렵나? 난 그런 걱정 안 해, 혹시 그녀가 뭔가 낌새를 채면 그냥 얼굴을 보여 주는 거야." "아냐, 내가 있는 것을 눈치채지 않는 게 좋아." "어서 눕기나 해. 그녀가 지금 당장 올지도 모르니까."

각종 에나멜 간판, 각종 에나멜 제품, 정품 페르시아 양탄자, 페르시아인과 페르시아 양탄자, 무료 우송을 요청하세요.

그때 슈테틴 경찰서에서 형사계 블룸 경감이 말했다. "당신은 그 남자를 어디서 알게 됐죠? 어떻게 그를 알아봤나요, 어떤 점에서, 뭔가 특별한 점이라도 있었나요?" "그 남자는 제 계부거든요." "아, 그래요, 그럼 함께 고르케로 가 보기로 하죠. 만약 그게 사실이라면 당장 연행할 겁니다."

누군가 현관문에 열쇠를 꽂고 돌린다. 프란츠가 복도에 대고 소리친다. "자, 놀랐지, 미체? 내 사랑, 내가 집에 있어서. 어서 들어와. 침대에는 아무것도 놓지 마. 거기에 당신을 깜짝 놀라게 할 게 있거든." "가서 뭐가 있는지 봐야겠네요." "잠깐, 그 전에 먼저 맹세부터 하고! 미체, 손을 올려, 맹세하는 거야, 전체 차렷, 자, 나를 따라 해, 나는 맹세합니다." "나는 맹세합니다." "침대 쪽으로 가지 않을 것임을." "침대 쪽으로 가지 않을 것임을." "내가 말할 때까지는." "내가 그쪽으로 갈 때까지는." "당신은 이곳에 있어야 해. 다시 맹세해! 나는 맹세합니다." "나는 맹세합니다, 침대 쪽으로 가지 않을 것임을." "내가 당신을 직접 침대에 눕힐 때까지는."

그녀는 진지한 표정으로 그의 목을 끌어안고 한동안 그대로 있다. 순간 그는 그녀에게 뭔가 문제가 있음을 알아챈다. 그는 그녀를 문 쪽으로 내몰아 복도로 보내려 하지만, 오늘따라 잘 안 된다. 그녀는 가만히 서 있다. "침대 근처에는 안 갈 테니 나를 그냥 두세요." "무슨 일이 있는 거야, 나의 귀여운 미체, 나의 새끼 고양이 미체? 나의 두더지."

그녀는 그를 소파 쪽으로 밀어젖힌다, 둘은 나란히 소파에 앉아 있다, 서로 얼싸안고서, 그녀는 아무 말도 하지 않는다. 이윽고 그녀는 뭐라고 중얼대기 시작하더니 그의 넥타이를 잡아당기며 말을 꺼낸다. "프란츠, 뭣 좀 말해도 돼요?" "물론이지, 미체." "그 사람 일인데요, 무슨 일이 좀 생겼어요." "그게 뭔데, 내 두더지." "그런데요." "그래, 뭔데, 내 두더지?" 그녀는 넥타이만 만지작거린다, 대체 이 아가씨에게 무슨 일이 있는 걸까, 하필이면 오늘 같은 날 저 자식이 와서 누워 있다니.

형사계 경감이 말한다. "이름이 왜 핑케죠? 신분증명서는 갖고 있나요?" "그런 거는 시청 호적계에 가 보면 알 텐데요." "시청 호적계에 뭐가 있든 우리가 알 바 아니오." "신분증명서는 내게도 있어요." "좋아요, 일단 그것을 우리가 보관하지요. 그리고 밖에 노이가르트에서 온 관리가 있어요. 그 사람은 노이가르트의 보르네만을 데리고 있었다고 하더군요. 안으로 부르겠습니다."

"프란츠, 최근 들어 그 영감의 조카 되는 사람이 늘 집에 와 있어요, 초대하지 않았는데도 그냥 오는 거예요." 프란츠는 뭐라 중얼대며 얼굴이 굳어진다. "무슨 말인지 알겠어." 그녀는 프란츠의 얼굴에서 자기 얼굴을 떼지 않은 채, "그 사람을 알아요, 프란츠?" "내가 어떻게 알아?" "혹시나 해서요. 그런데 그 사람이 늘 집에 와 있어요, 그러다가 그 뒤 어느 날엔가는 저를 따라왔어요." 프란츠는 몸을 부르르 떤다, 눈앞이 캄캄해진다. "왜 그 말을 한 번도 안 했지, 응?" "좀 있으면 떨어져 나갈 걸로 생각했거든요. 그냥 자꾸만 따라붙는 것을 어떻게 하겠어요." "그래서 지금 말이야……." 그의 목에 대고 있던 그녀의 입술이 더욱 세차게 실룩댄다, 축축한 기운이 느껴진다, 그녀는 프란츠에게 바싹 달라붙어 있다, 이 여자가 내게서 떨어지지 않으려 하는군, 끈질긴 데가 있어, 한마디도 하지 않다니, 이 여자 마음은 아무도 몰라, 그런데 왜 이렇게 질질 짜는 거야, 저 자식이 저렇게 누워 있는 판국에, 그냥 마음 같아서는 몽둥이로 침대를 두들겨 패 녀석이 다시는 일어나지 못하게 만들고 싶어, 빌어먹을 자식, 나를 이렇게 놀림감으로 만들다니. 그러나 그는 몸이 부들부들 떨린다. "지금 왜 그러는 거야?" "아무것도 아니에요, 프란츠, 걱정 마세요, 저를 해치지만 마세요, 아무 일도 없었으니까요. 그 사람은 다시 따라와서 아침 내내 죽치면서 내가 그 영감의 집에서 내려올 때까지 기다리고 있는 거예요. 밖에 나오면 그 사람이 서 있어요, 그러면 나는 그와 함께 차를 타고 갈 수밖에 없는 상황이 되는 거예요, 어쩔 수가 없어요, 정말로요." "물론 그럴 수밖에 없겠지, 왜 안 그렇겠어." "저도, 저로서도 어쩔 수가 없어요, 대체 어떻게 해야 하죠? 프란츠, 그렇게 미친 듯이 달라붙으면 말이에요. 그렇게 젊은 사람이요, 그러면, 그러면 저는……." "대체 어디를 갔는데?" "전에는 늘 베를린을 지나 그뤼네발트로 갔어요, 저도 잘 몰라요, 그다음엔 산책을 했어요, 저는 그 사람한테 제발 가 달라고 부탁했어요. 그러면 그 사람은 울면서 마치 어린애처럼 제 발치에 엎드려 애걸하는 거예요, 그 젊은 친구가, 그 철물공이 말이에요." "그렇다면, 그 게으른 자식은 그렇게 쏘다닐 게 아니라 일을 해야 할 거 아니야." "저도 몰라요. 프란츠, 제발 화내지 마세요." "도대체 어떻게 된 영문인지 모르겠군. 왜 우는 거야, 엉?" 그녀는 다시 입을 꾹 다문 채 그에게 매달려 넥타이만 만지작거린다. "화내지 마세요, 프란츠." "그 녀석한테 홀딱 빠진 거야, 미체?" 그녀는 아무 말도 하지 않는다. 얼마나 불안스러운지, 그는 머리부터 발끝까지 싸늘해진다. 그는 그녀의 머리카락에 대고 속삭인다, 라인홀트의 존재에 대해서는 까맣게 잊은 듯하다. "녀석한테 홀딱 빠졌지?" 그녀는 그의 몸에 자기 몸을 착 밀착시킨다, 그는 그녀의 몸을 완전히 느낀다, 그녀의 입에서 말이 새어나온다. "예." 아, 아, 그는 들었다, '예'라는 말을. 그는 그녀를 떼어 놓으려 한다, 이 여자를 두들겨 패야 하나, 이다, 브레슬라우에서 온 사내, 다시 또 그것이 찾아오고 있다, 그의 팔은 마비된다, 그는 마비되었다, 그러나 그녀는 그를 마치 한 마리 짐승처럼 꽉 붙잡고 있다, 대체 왜 이러는 거야, 그녀는 아무 말도 않고 그를 꽉 붙잡은 채 얼굴을 그의 목에 묻고 있다, 그는 몸이 뻣뻣하게 굳어 그녀를 넘어 창문 쪽을 바라본다.

프란츠는 그녀를 흔들며 소리를 지른다. "왜 이러는 거야? 좀 비키라고." 이 계집을 어떻게 하지. "그래도 저는 여기 있어요, 프란츠. 저는 도망치지 않았어요, 아직 여기 있잖아요." "어서 꺼져, 너 같은 것은 필요 없으니까." "그렇게 고함치지 마세요, 아이고, 대체 제가 뭘 어쨌다는 거예요." "당장 네가 사랑하는 그 자식한테나 가 보라고, 이 망할 년." "저는 망할 년이 아니에요, 진정하세요, 프란츠, 벌써 그 사람한테 말했어요, 안 된다고요, 그리고 저는 당신 거라고요." "나는 너 같은 것은 이제 싫어, 너처럼 헤픈 계집은 싫다고." "나는 당신 거라고 그 사람한테 이미 말했어요, 그러고서 이렇게 도망쳐 온 거예요, 당신은 오히려 저를 위로해 주어야 해요."아니, 이게 미쳤나! 나 좀 가만둬! 이게 미쳤군! 녀석과 사랑에 빠졌으니 나더러 위로해 달라고!""네, 그래야 해요, 프란츠, 그래도 저는 당신의 미체니까요, 당신은 저를 사랑하니까 저를 위로해 줄 수 있어요, 아, 그 사람은 아마 지금 서성이고 있을 거예요, 그 젊은이 말이에요…….""이런, 당장 닥쳐, 미체! 당장 그 자식한테나 가 보라니까, 녀석이나 불러들이라고." 순간 미체가 소리를 질러 댄다, 그는 그녀를 떼어 놓을 수가 없다. "그래, 어서 가 보라고, 나 좀 놔두고.""싫어요, 그렇게 하기 싫어요. 그러고 보니 당신은 저를 사랑하지 않는가 봐요, 제가 싫어서 그러는 거죠? 제가 무슨 짓을 했다고."

그때 프란츠는 그녀가 잡고 있던 팔을 풀고 그녀에게서 벗어난다, 그러자 그녀는 그의 뒤를 쫓는다, 순간 프란츠는 홱 돌아서며 그녀의 얼굴을 갈긴다, 그녀는 뒤로 주춤하며 비틀댄다, 그가 다시 그녀의 어깨를 가격하자 그녀는 쓰러진다, 그는 그녀의 몸에 올라타 닥치는 대로 한쪽 팔로 두들겨 팬다. 그녀는 울부짖으며 몸부림친다, 오, 오, 그는 두들겨 팬다, 그는 두들겨 팬다, 그녀는 배를 움켜쥐고 그리고 얼굴을 감싸며 나뒹군다. 그는 잠깐 멈추고 숨을 돌린다, 그의 주위로 방이 빙빙 돈다, 이제 그녀가 돌아눕더니 벌떡 일어선다. "막대기는 안 돼요, 프란츠, 이제 그만해요, 막대기로 때리지는 말아요."

그녀는 앉아 있다, 블라우스가 온통 찢긴 채로, 한쪽 눈은 감겼고, 코에서는 피가 흘러 왼쪽 뺨과 턱을 물들였다.

그러나 프란츠 비버코프는 — 비버코프, 리버코프, 치버코프, 그에겐 이름 같은 것은 이제 없다 ― 방이 빙빙 돈다, 저편에는 침대들이 있다, 침대들 중 하나에 가서 그의 눈길은 매달린다. 저기 저 안에 라인홀트가 누워 있다, 그 자식이 장화를 신은 채로 침대를 더럽히고 있어. 여기서 무슨 볼일이 있다는 거야? 녀석도 제 방이 있잖아. 녀석을 끌어내야지, 이걸 그냥 이그. 어느새 프란츠 비버코프는, 치버코프는, 비더코프는 침대로 달려가, 이불 속에 손을 넣어 녀석의 머리를 움켜쥔다, 그러자 녀석이 꿈틀댄다, 이불을 홱 젖히며 라인홀트가 일어나 앉는다.

"어서 나와, 라인홀트, 나오라고, 저 여자를 보라고, 저 여자를 데리고 나가."

미체의 입은 쩍 벌어지고, 지진, 벼락, 천둥, 레일은 끊어지고 휘어지고, 정거장, 건널목 간수의 초소가 쓰러진다, 노호, 바퀴 구르는 소리, 연기, 뿌연 연기, 구름, 아무것도 보이지 않는다, 모든 것이 사라진다, 사라진다, 사방으로 흩날린다.

"왜 그래, 뭐가 부서진 거야?"

울부짖음, 그녀의 입에서 쉼 없이 터져 나오는 울부짖음, 고통에 찬 울부짖음, 연기 뒤편의 침대 위에 있는 것을 향해, 울부짖음의 장벽, 울부짖음의 날카로운 창, 거기 있는 그것을 향해, 더 높이 더 높이, 울부짖음의 돌멩이들.

"주둥이 좀 닥쳐! 뭐가 부서진 거야, 그만해, 집 무너지겠어."

터져 나오는 울부짖음, 울부짖음의 덩어리, 거기 있는 그것을 향해, 때도 시간도 해도 없다.

이미 프란츠는 울부짖음의 파도에 휩쓸렸다. 그는 그럴수록 더욱 미쳐 날뛴다. 그는 침대 앞에 서서 의자를 냅다 들어 뒤흔든다, 의자는 그의 손에서 떨어져 나가며 우지끈 소리를 낸다. 그러더니 그는 미체를 덮친다, 그녀는 앉은 채로 소리를 질러 댄다, 찢어지는 듯한 목소리로 소리를 지르고 또 지른다, 그는 그녀의 등 뒤에서 입을 틀어막으며 그녀를 뒤로 넘어뜨리고서 그녀 위에 올라타 그녀의 얼굴을 가슴으로 짓뭉갠다. 이놈의 계집을 ─ 죽여 ─ 버리겠어.

울부짖음이 그친다, 그녀는 허공을 향해 발버둥을 친다. 라인홀트가 프란츠를 옆으로 밀쳐낸다. "이봐, 그러다가 그 여자 죽이겠어." "저리 꺼져, 이 자식아." "어서 일어나, 일어나라고." 그는 프란츠를 그녀에게서 떼어 놓는다, 그녀는 배를 깔고 바닥에 누운 채 고개를 옆으로 돌리고 흐느끼며 낑낑대며 양팔을 마구 휘두른다. 프란츠는 더듬대며 말한다. "이런 더러운 계집 좀 보라고, 더러운 계집 같으니. 이게 누구를 때리려 드는 거야, 이런 화냥년." "어서 밖으로 나가, 프란츠, 어서 옷을 입어, 나가서 한숨 돌리고 오라고." 미체는 밑에서 흐느끼다가 눈을 뜬다. 오른쪽 눈두덩이 시뻘겋게 부풀어 올랐다. "그만하라고, 이봐, 그러다가 사람 죽이겠어. 어서 옷을 입어. 자."

프란츠는 씩씩거리며 라인홀트의 도움을 받아 외투를 입는다.

그때 미체가 얼른 몸을 일으키며 가래를 뱉고는 뭔가 말하려 한다. 그녀는 일어나 앉아 가르릉대는 소리로 말한다. "프란츠." 그는 외투를 걸친 상태다. "모자는 여기 있어요."

"프란츠……." 그녀는 이제 울부짖지 않는다, 목소리를 되찾았다, 그녀는 가래를 뱉는다. "저도, 저도 같이 가겠어요." "안 돼요, 당신은 여기 남아야 해요, 아가씨, 내가 도와줄게요."

"프란츠, 잠깐만요, 저도 같이 가요."

그는 서서 머리에 쓴 모자를 만지작거리며 입맛을 다시고 씩씩대며 침을 뱉고는 문 쪽으로 걸어간다. 쾅. 덜컹.

미체는 신음 소리를 내며 일어나 라인홀트를 밀치고 문 쪽을 향해 더듬거리며 간다. 복도 문까지는 왔지만 그 이상은 가지 못한다, 프란츠는 밖으로 나가 벌써 계단을 내려간 뒤다. 라인홀트는 그녀를 방 안으로 데려온다. 그가 침대에 눕혀 놓으면 그녀는 헐떡이며 자꾸만 일어나 침대에서 기어 내려와 피를 뱉으면서 문 쪽으로 가려 한다. "나 좀 나가게 해 줘요, 나 좀 나가게 해 줘요." 그녀는 계속해서 "나 좀 나가게 해 줘요, 나 좀 나가게 해 달라고요."라고 말한다. 그녀의 한쪽 눈은 그를 뚫어져라 쳐다본다. 그녀의 두 다리는 흐느적거린다. 이런, 이렇게 침을 질질 흘려 놓다니. 그것을 보자 그는 구역질이 난다, 여기 있으면 안 되겠어, 나중에 사람들이 오면 내가 이 여자를 이 꼴로 만든 걸로 생각할 거야. 이런 멍청한 일에 내가 뭣하러 말려든담. 잘 있어, 아가씨, 모자를 쓰고 가운데 문으로 퇴장이다.

밑으로 내려온 그는 왼손에 묻은 피를 닦아 낸다. 어지간히도 토했네, 그는 큰 소리로 웃는다. 이런 꼴을 보여 주려고 나를 제 집까지 데려간 건가, 바보 같은 자식. 고작 이런 꼴이나 보여 주려고 나를 신발을 신은 채로 침대에 숨긴 건가. 자식도 지금쯤 분통을 터뜨리고 있을 거야. 세게 한 방 먹였으니 말이야, 지금쯤 어딘가 헤매고 다니겠지.

그는 천천히 그곳을 떠난다. 각종 에나멜 간판, 각종 에나멜 제품. 위에서 참 멋졌다, 정말 멋졌어. 바보 같은 자식, 그래, 잘

했다, 이 자식아, 고맙다, 그렇게 계속해. 우스워 죽겠군.

그리고 보르네만은 다시 슈테틴 경찰서 유치장에 갇혔다. 사람들은 그의 아내를 불러왔다, 단아한 숙녀였다. 경감님, 제발 그 여자를 가만두세요, 그녀가 한 말은 다 사실입니다. 2년의 형을 더 산다 해도 나는 상관없습니다.

그리고 저녁, 프란츠의 방. 그들은 얼싸안고 뒹굴며 키스를 한다, 정말 다정하다. "그때 하마터면 당신을 죽일 뻔했어, 미체. 어쩌다 그렇게 심하게 손찌검을 했던지, 나 참." "괜찮아요. 그래도 당신이 다시 돌아왔잖아요." "그 자식은 금방 집에서 나갔나? 라인홀트 말이야." "네." "그 자식이 왜 이곳에 왔었는지 알고 싶지 않아, 미체?" "알고 싶지 않아요." "전혀 알고 싶지 않아?" "네, 그래요." "그렇지만, 미체." "그래, 그건 진심이 아니겠죠." "뭐가?" "당신은 저를 그에게 팔아넘기려 했잖아요." "뭐라고?" "그건 진심이 아니겠죠." "암, 그럼, 미체." "저도 다 알아요, 그러니 괜찮아요." "녀석은 내 친구이기는 하지만 여자관계가 깨끗하지 못한 자식이야. 그래서 참한 여자란 어떤 것인지 보여 주려 했던 거야. 한번 두 눈으로 직접 보라고 말이야." "그래, 좋아요." "당신 아직도 날 사랑해? 아니면 그 젊은 자식만 사랑하나?" "저는 당신 거예요, 프란츠."

8월 29일, 수요일

그리고 그녀는 이틀간 꼬박 그녀의 정부를 기다리게 해 놓고 그 시간을 내내 사랑하는 프란츠와 보낸다, 그와 함께 에르크너*라든가 포츠담으로 놀러 가기도 하며 다정한 시간을 갖는다. 이제 그녀는 그와 비밀을 간직한다, 전보다 더 많은 비밀을, 이 깍쟁이 같은 여자는, 그리고 이제 그녀는 사랑하는 프란츠가 품스 일당과 무슨 일을 꾸미든 걱정하지 않는다, 그녀도 나름대로 뭔가 할 작정이다. 그녀도 이제 혼자 가서 무도회나 볼링 대회에는 어떤 사람들이 오는지 구경해 볼 생각이다. 프란츠는 미체를 그런 곳에 데리고 가지 않는다, 헤르베르트는 그런 모임에 에바를 데려간다. 그러나 프란츠는 이렇게 말한다, 그런 곳은 당신한테는 안 어울려, 나는 당신이 그런 더러운 인간들하고 어울리게 하고 싶지 않아.

그러나 귀여운 소냐는, 미체는 프란츠를 위해 뭔가 하고 싶어 한다, 우리의 귀여운 고양이는 그를 위해 뭔가 하고 싶어 한다, 돈 버는 일보다 훨씬 멋진 일을 말이다. 그녀는 모든 것을 다 알아내고 그를 지켜 줄 작정이다.

바로 그다음 무도회 때 품스 일당은 친구들과 함께 란스도르프로 가서 은밀한 파티를 연다, 그중에는 아무도 모르는 여자가 하나 끼어 있다, 함석공이 데려온 여자로 그의 정부이다, 그녀는 가면을 쓰고 있다. 그녀는 심지어 프란츠와 춤까지 춘다, 단 한 번뿐이지만. 나중에 그는 그녀의 향수 냄새를 맡는

---

* 베를린 동쪽에 있는 작은 마을.

다. 뮈겔호르트 음식점에서이다, 밤이 되자 정원에는 초롱불들이 켜진다, 유람선이 출발한다, 사람들로 가득하다, 밴드는 유람선이 출발할 때 이별의 곡을 연주한다. 그들은 새벽 3시가 넘도록 춤을 추고 술을 마신다.

그리고 거기서 미체는 함석공과 함께 이리저리 거닌다, 그는 자기 색시가 얼마나 예쁜지 모르겠다며 자랑한다. 그녀는 품스와 품스의 부인 그리고 우울한 표정으로 앉아 있는 라인홀트를 쳐다본다, 이 사람은 늘 우울하다, 멋을 잔뜩 부린 이 뚱쟁이는 말이다. 2시에 그녀는 함석공과 자동차를 타고 떠난다, 그녀는 차 안에서 그가 거칠게 키스를 해도 가만있다, 왜 안 되겠는가? 그녀는 전보다 더 많이 안다, 그것이 그녀에게 해를 끼칠 것도 없다. 미체는 무엇을 알고 있는가? 품스 패거리들이 어떤 녀석들인지, 그 덕에 함석공은 그녀에게 애무를 할 수 있다, 그래도 그녀는 여전히 프란츠의 여자다, 그들은 밤 속으로 달린다, 바로 이런 밤에 녀석들은 그녀의 프란츠를 차에서 내동댕이쳤다, 그리고 이제 그는 그 녀석의 뒤를 쫓고 있다. 녀석도 왜 그러는지 다 안다, 녀석들은 모두 프란츠를 겁낸다, 안 그러고서야 왜 라인홀트가 찾아오기까지 하겠는가. 아무튼 내 사랑 프란츠는 정말 멋져, 대단한 남자야, 나는 이 함석공 녀석을 키스로 죽여 버리고 싶어, 나는 프란츠를 그만큼 사랑하니까, 그래, 키스를 하려면 해 봐, 네 혀를 꽉 깨물어 잘라 줄 테니까, 이보세요, 그렇게 차를 몰다가는 도랑에 빠지겠어요, 만세, 오른쪽으로 갈까, 왼쪽으로 갈까, 당신 가고 싶은 대로 가세요, 미체, 당신은 너무 귀여워, 음, 제 맛이 괜찮은가요, 카를, 나를 좀 더 자주 데리고 나와 주세요, 어머, 이런 바보 자식,

취했나 보군, 이러다가 슈프레 강에 빠지겠네.

그러면 안 돼, 그러면 물에 빠져 죽잖아, 나는 할 일이 아직 많아, 나는 사랑하는 프란츠의 뒤를 캐야 해, 나는 그이가 뭘 원하는지 몰라, 그이도 내가 뭘 원하는지 모르고, 그가 원하고 내가 원하는 한 그것은 우리 사이에서 비밀로 남아 있어야 해, 우리는 둘 다 같은 것을 원해, 우리는 둘 다 같은 것을 원한다고, 오, 몸이 뜨거워요, 어서 좀 더 키스해 줘요, 자, 나를 꽉 끌어안아 줘요, 카를, 아, 몸이 녹는 것만 같아요, 몸이 녹는 것만 같아요, 아이참.

카를, 사랑하는 카를, 그대, 그대는 이 세상에서 가장 멋진 사람,* 가로수 길을 따라 검은 참나무들이 획획 스쳐 지나가네요, 올해의 128일을 당신에게 드릴게요, 각각의 날을, 아침과 낮과 밤을 함께요.

푸른 제복을 입은 두 명의 경찰이 공동묘지 쪽으로 걸어왔다, 뚜벅뚜벅. 그들은 묘석에 편히 앉아 지나가는 사람들에게 혹시 카시미르 브로도비츠라는 사람을 본 적 없느냐고 물었다. 그 사람은 삼십 년 전에 무슨 범죄를 저지른 사람인데, 그게 뭔지는 우리도 잘 모르지만 아무튼 또 범죄를 저지를 가능성이 있거든요. 그런 자들이 돌아다니면 안전하지 못해요, 그래서 그자의 지문을 채취하고 신상을 파악해 두려는 겁니다, 물론 가장 좋은 것은 사전에 그자를 붙잡아서 연행하는 거죠, 트라리 트라라.

---

* 당시의 유행가에서 따온 듯한 구절.

라인홀트는 바지 자락을 걷어 올리고서 방에서 이리저리 서성인다. 이 친구에게는 안정된 삶이나 많은 돈 따위는 어울리지 않는다. 최근의 여자도 내쫓았다, 마음이 고운 여자는 아무튼 싫다.

이런 친구는 좀 별난 것을 좋아한다. 이 친구는 프란츠에게 무슨 짓이든 저지르려 한다. 그 멍청한 자식이 다시 여기저기 쑤시고 다니며 얼굴에 화색을 띠고 제 색시를 뽐내고 있어, 그게 뭐 대단한 일이라도 되는 것처럼. 녀석한테서 그 계집을 빼앗고 말겠어. 전번에는 그 여자가 토악질을 해서 구역질이 나긴 했지만.

그 함석공의 성은 마터, 물론 경찰에는 오스카 피셔라는 이름으로 알려져 있다, 이 친구는 깜짝 놀란 듯한 얼굴 표정을 짓는다, 라인홀트가 그에게 소냐에 대해 묻자. 라인홀트가 단도직입적으로 소냐에 대해 물어 오자 마터 역시 서슴없이 답한다, 그래, 혹시 자네가 뭔가 알고 있다면 자네가 알고 있는 그대로야. 그러자 라인홀트는 마터의 허리를 팔로 감싸 잡으며 묻는다, 작은 파티에 갈 일이 있는데 혹시 그 여자를 빌려 줄 생각이 없느냐고. 그때 소냐는 프란츠의 것이지 마터의 것이 아니라는 사실이 분명해진다. 음, 그러면 그 여자를 드라이브할 때 데려가도 되겠군, 프라이엔발데*에 가려고 하거든.

"그러면 나한테 말고 프란츠에게 물어 봐." "나는 프란츠에게 물어볼 형편이 아니야, 전에 나하고 안 좋은 일이 있었거든. 게다가 그 여자는 나를 좋아하는 것 같지 않아. 그런 낌새

* 베를린 동북부에 있는 요양지.

를 눈치챘어." "그런 일은 내가 하기 힘들어. 나하고 그녀 단둘이라면 몰라도." "물론 그렇게 해 봐. 나는 다만 드라이브할 때 잠깐만 쓰자는 거야." "라인홀트, 자넨 원하기만 하면 내게서 여자들을 얼마든지 다 차지할 수 있잖아, 그 여자도 마찬가지고, 그런데 내 재주로 어떻게 그 여자를 꾀어 내라는 거야? 얼마든지 훔칠 수 있을 텐데." "그 여자는 밤낮 자네하고 붙어 다니니까 그렇지. 어이, 카를, 누런 거 한 장 주면 될까." "줄 테면 언제든지 주라고."

푸른 제복 차림의 경찰 둘이 돌 위에 앉아 지나가는 사람들이나 자동차들을 붙잡고 물어본다, 혹시 한 남자를 보지 못했느냐고, 얼굴은 누렇고 머리칼은 검은색인데. 그 남자를 그들은 찾고 있다. 그 남자가 무슨 짓을 했는지, 그리고 앞으로 무슨 짓을 저지를지는 그들도 모르며 그런 것은 경찰 기록에나 적혀 있을 것이다. 그러나 그 사내를 보았거나 보았다고 하는 사람은 아무도 없다. 그래서 두 경찰은 가로수 길을 따라 좀 더 걸어가야 한다. 그리고 두 명의 짭새가 그들과 합세한다.

1928년 8월 29일, 수요일, 금년도 벌써 242일을 잃어버려 잃어버릴 것도 그리 많이 남지 않은 시점이다. 하루하루가 돌이킬 수 없이 지나갔다, 마그데부르크로의 행차, 재활과 회복, 라인홀트의 상습적인 음주, 미체의 출현 등으로. 그리고 이제 그들은 금년 들어 처음으로 도둑질을 한다, 그리고 프란츠는 다시 마음의 평화와 더없는 안정을 되찾는다. 그때 함석공은 귀여운 미체를 태우고서 시골을 향해 차를 몬다. 그녀는 그에게는, 다시 말해 프란츠에게는 그녀의 후원자와 함께 떠난다고 알렸다. 왜 그와 함께 떠나는 건지는 그녀 자신도 모른다. 프란츠를 도와주고 싶은 마음은 가득하지만 어떻게 도와야 할지는 그녀도 모른다. 그녀는 간밤에 꿈을 꾸었다, 그녀의 침대와 프란츠의 침대가 주인집 부부의 거실 램프 아래 놓여 있고, 문 앞의 커튼이 움직이더니 뭔가 희뿌연 것이, 유령 같은 것이 커튼 뒤에서 천천히 풀려나와 방 안으로 들어온다. 아, 그녀는 한숨을 내쉬었다, 그러고서 그녀는 침대에서 일어나 앉았고, 프란츠는 옆에서 잠에 곯아떨어져 있다. 이이를 도와줄 거야, 이이에게 아무 일도 일어나지 않도록, 그런 다음 그녀는 다시 자리에 누웠다. 그런데 참말 웃긴다, 우리 침대가 어째서 이렇게 거실 한가운데에 와 있는 걸까.

탁, 그들은 프라이엔발데에 왔다, 프라이엔발데는 아름답다, 휴양지라서 노란 조약돌이 깔린 정원도 예쁘고 많은 사람들이 그곳을 거닌다. 정원 옆의 테라스에 앉아 막 점심 식사를 끝낸 그들은 과연 누구를 만나게 될 것인가?

지진, 벼락, 벼락, 천둥, 레일은 끊어지고, 역은 무너진다, 바퀴 구르는 소리, 희뿌연 연기, 연기 냄새, 모든 것은 사라졌다, 시커먼 연기, 아무것도 보이지 않는다, 시커먼 연기, 끊기지 않는 비명 소리……. 저는 당신 거예요, 당신 거라고요.

그를 불러 줘요, 그를 이곳에 앉으라고 해요, 나는 그런 남자는 두렵지 않아요, 그런 남자는 안 무섭다고요, 얼굴을 빤히 쳐다볼 거예요. "여기는 미체 양이고, 이미 알고 있지, 라인홀트?" "잠깐 본 적이 있지. 만나서 반가워요, 아가씨."

그렇게 그들은 프라이엔발데의 정원에 앉아 있다, 누군가가 치는 피아노 소리가 멋지게 들려온다. 나는 지금 프라이엔발데에 앉아 있고, 그 녀석은 내 앞에 앉아 있다.

　지진, 벼락, 시커먼 연기, 모든 것은 사라졌다, 그래도 이 남자를 만나서 잘된 거야, 이 남자한테서 품스 패거리가 저지른 일들을 모두 알아낼 거야, 그리고 프란츠가 하고 있는 일도. 살살 약을 올리면 되는 거야, 안절부절못하게 만드는 거지, 그러면 녀석은 제 발로 나타날 거야. 미체는 행운의 여신이 자신의 편이라고 생각한다. 피아니스트가 노래한다, '위'라고 말해 줘요, 내 사랑, 그것은 프랑스 말, 내게 '네'라고 말해 줘요, 그리고 또 중국어로도 말해 줘요, 어떤 나라 말로 하건 다 좋아요, 사랑에는 국경이 없으니까요, 꽃으로 말해도 좋고, 콧소리로 말해도 좋아요, 살며시 말해도 좋고 황홀하게 말해도 좋아요, 내게 '위'라고 말해 줘요, '예스'라고, '네'라고 말해 줘요, 그 밖의 다른 말로 해도 나는 다 좋아요!*

　술잔이 놓이고 그들은 각자 한 모금씩 마셔 본다. 미체가 자신도 그 무도회에 갔었다고 밝히자 활기찬 대화의 장이 펼쳐진다. 피아노 앞에 앉은 악단장이 손님들의 요청에 따라 「스위스와 티롤에서는」을 부른다, 프리츠 롤러와 오토 슈트란스키 작사에 안톤 프로페스 곡이다. 스위스와 티롤에 가면, 정말 기분이 좋아요. 티롤에 가면 갓 짜낸 따뜻한 우유가 있고 스위스에는 처녀가 있으니까요, 이야호! 우리가 사는 이곳엔 솔직히 말해 그런 게 없어요, 그래서 나는 스위스와 티롤이 좋아요! 홀로로이디! 레코드 가게에 가면 어디서나 구할 수 있습니다. 홀로로이디! 미체는 웃는다, 내 사랑하는 프란츠는 지금쯤 내

---

* 출처가 분명치 않은 유행가 가사.

가 그 늙다리와 함께 있을 걸로 생각하겠지, 하지만 내 마음은 그이와 함께 있어, 그 사람은 그걸 모르지만.

그러면 나중에 근처를 우리 자동차로 둘러봅시다. 카를, 라인홀트 그리고 미체가 그것을 원한다, 거구로 해서 미체, 라인홀트, 카를이 그것을 원한다, 라인홀트, 카를, 미체, 이렇게 모두들 그것을 원한다. 이쯤에서 전화가 걸려오고 종업원이 소리치게 되어 있다, 마터 씨 전화 왔어요, 당신이 미리 신호를 준게 아닌가요, 라인홀트, 젊은 친구, 자, 그런 얘기는 하지 말자고, 미체도 웃는다, 둘 다 반대 의사가 없으니 이거 정말 멋진 오후가 되겠군. 그때 카를이 다시 돌아온다, 오, 카를, 카를, 당신은 이 세상에서 가장 멋진 남자, 혹시 무슨 문제라도 있어요? 아냐, 당장 베를린에 가 봐야 해, 당신은 이곳에 남아요, 미체, 나는 가 봐야 해요, 무슨 일인지 모르지만. 그러면서 그는 미체에게 살짝 키스를 한다, 아무 말 말아요, 카를, 알지, 내 사랑, 남자라면 누구나 엉뚱한 일이 생기는 법이야, 잘 있어, 라인홀트, 즐거운 부활절, 즐거운 오순절이 되길 바라네. 모자걸이에서 모자를 집어 들고 그는 갔다.

여기 우리는 앉아 있다. "자, 할 말이라는 게 뭐죠." "아가씨, 얼마 전에 그랬던 것처럼 그런 일로 그렇게 고함을 칠 필요는 없었다는 거요." "그때는 정말 무서워서 그런 거예요." "내가 그렇게 무서운가?" "물론 사귀다 보면 친해지겠죠." "아주 그럴싸한데." 이 조그만 게 제법 눈을 굴리는군, 요 귀여운 것아, 어디 보자, 내 오늘 안으로 너를 차지할 테니. 기다려요, 젊은 양반, 내가 당신을 몸이 달게 만들어 줄 테니, 그러면 알고 있는 것을 전부 불어야 할 거야. 이 인간 눈빛 좀 봐. 김칫국부터 마시는군.

그때 피아니스트의 노래가 끝났다. 피아노는 지쳐서 자고 싶어 한다. 그러자 라인홀트와 미체는 함께 언덕으로 산책을 한다, 그리고 숲속을 잠시 거닌다. 둘은 이런저런 이야기를 나누며 팔짱을 끼고 걷는다, 이 남자도 그렇게 나쁜 사람 같지는 않아. 6시쯤 다시 정원으로 돌아오니 카를이 와서 그들을 기다리고 있다, 차를 몰고 어느새 다시 돌아온 것이다. 벌써 집으로 돌아가? 오늘 밤엔 보름달도 떴는데, 숲으로 함께 산책이나 하자고, 아주 멋질 것 같아. 좋아요, 그렇게 해요. 그렇게 해서 세 사람은 밤 8시에 숲 속으로 산책을 간다, 그러나 카를은 잠시 후 얼른 호텔로 돌아가 방을 예약하고 자동차를 손봐야 한다. 그러면 이따가 정원에서 만나기로 하세.

이 숲에는 나무들이 많다, 많은 사람들이 팔짱을 끼고 숲 속을 거닌다, 호젓한 길들도 있다. 두 사람은 꿈꾸는 듯한 눈빛으로 나란히 걷는다, 미체는 그에게 뭔가 물어보고 싶지만 뭘 물어야 할지 모른다, 이 사람하고 이렇게 팔짱을 끼고 걸으니 정말 기분이 좋아, 아, 다음에 물어봐야겠다, 오늘은 정말 멋진 저녁이야. 맙소사, 프란츠는 이러는 나를 어떻게 생각할까? 어서 숲에서 빠져나가야지, 아무튼 이렇게 숲 속을 거니는 것은 기분 좋은 일이야. 라인홀트는 그녀의 팔짱을 끼고 있다, 이 남자는 오른팔이 있구나, 이 사람은 내 왼편에서 걷고 있어, 프란츠는 늘 오른편에서 걷는데, 이렇게 걷는 것도 나름 괜찮네, 이 억세고 튼튼한 팔 좀 봐, 정말 건장한 남자야. 그들은 나무들 사이로 걷는다, 땅이 부드럽다, 프란츠 녀석 취향이 제법이군, 이 여자를 좀 빌려야겠어, 한 달간은 내 거야, 그다음엔 녀석이 하고 싶은 대로 하라고 그래. 뭐라고 하면 다음번에 올 때 녀석을 한 방 먹여 주겠어, 다시는 일어나지 못하게, 이 여자 정말 멋져, 섹시하고, 게다가 놈에게 정조까지 지키니 말이야.

그들은 거닐며 이런저런 이야기를 나눈다. 날이 점점 어두워진다. 말을 건네는 편이 더 좋아, 미체는 한숨을 내쉰다, 아무 말도 하지 않고 상대를 느끼기만 하고 있으면 위험해. 그녀는 줄곧 길을 쳐다보며 빠져나가는 쪽을 찾는다. 내가 이 남자와 뭘 하려는 건지 나도 모르겠어, 맙소사, 내가 이 사람과 뭘 하려는 거지? 그들은 숲을 한 바퀴 돈다. 미체는 그가 눈치채지 못하게 큰길 쪽으로 발걸음을 되돌린다. 자, 눈을 떠 보세요, 다시 돌아왔어요.

8시.* 그는 플래시를 꺼낸다, 이제 호텔로 되돌아가는 길이다, 숲에서 빠져나왔어, 작은 새들이, 아, 작은 새들이 정말 아름답게 지저귀었어. 그의 몸이 떨린다. 정말 호젓한 길이었다. 그는 눈이 좋다. 그는 그녀 옆에서 가만히 걷는다. 함석공은 테라스에서 기다리고 있다. "방은 얻어 놓았나?" 라인홀트는 고개를 돌려 미체를 찾는다. 그녀가 보이지 않는다. "그 여자 어디 갔지?" "자기 방으로 올라갔어." 그는 노크를 한다. "그 여자가 미리 예약을 해 놓았었나 봐, 잠자리에 든 모양이야."

그의 가슴이 떨린다. 참으로 멋졌어. 검은 숲, 새들. 대체 나는 그 여자를 어떻게 하려는 거지. 프란츠 녀석, 좋은 여자를

---

* 앞쪽의 "세 사람은 밤 8시에 숲 속으로 산책을 간다."로 미루어 보아 작가의 시간 착오인 듯하다.

만났어, 이 여자를 내 것으로 만들 테야. 라인홀트와 카를은 테라스에 앉아 굵은 시가를 피운다. 둘은 서로 바라보며 씩 웃는다. 대체 우리는 여기서 뭘 하는 거야? 집에서 자도 그만인 걸. 라인홀트는 깊은 숨을 천천히 들이마시며 시가를 한 모금 천천히 빤다, 검은 숲, 우리는 숲을 한 바퀴 돌았다, 그녀는 나를 다시 출발했던 곳으로 데려왔다. "자네가 원한다면, 카를. 오늘 밤 나도 이곳에 있겠어."

그런 다음 둘은 숲 가장자리를 따라 거닐다가 그곳에 앉아 지나가는 차들을 바라본다. 이 숲에는 나무들이 많다, 많은 사람들이 팔짱을 끼고 숲 속을 거닌다, 나는 정말 돼먹지 못한 인간이야.

9월 1일, 토요일

이상은 1928년 8월 29일 수요일의 일이다.

사흘 뒤 모든 일이 그대로 반복된다. 함석공은 차를 몰고 온다, 그리고 미체는, 미체는 라인홀트도 함께 가고 싶어 한다며 혹시 프라이엔발데에 다시 갈 생각 없느냐는 그의 제안을 받자 금방 응낙해 버렸다, 이번에는 더 강하게 나가야지, 그녀는 차에 타자 그렇게 생각한다, 그 사람과 숲으로 산책을 나가지 않을 거야. 그녀가 그렇게 금방 응낙한 까닭은 프란츠가 지난 며칠 동안 우울해 보였기 때문이다, 그런데 프란츠는 이유를 말해 주지 않아, 내가 직접 이유를 알아야겠어, 원인이 뭔지 그 배후를 캐고 말 거야. 그는 내게서 돈을 받고 있어, 때문에 모든 것을 다 갖고 있고 부족한 게 없어, 그런데도 왜 그렇게 침울한 걸까.

라인홀트는 차에 타자 그녀 옆에 앉아 그녀의 허리를 끌어안는다. 모든 것은 철두철미하게 미리 계산되어 있다, 네가 네가 사랑하는 프란츠에게서 떠나는 것도 오늘이 마지막이야, 오늘은 내가 원하는 대로 너는 내 곁에 있어야 해. 너는 내가 여태껏 차지했던 여자들 중 오백 번째인가, 천 번째인가, 지금까지는 모든 것이 아무 문제없이 잘 풀렸어, 그리고 이번에도 그럴 거야. 이 여자는 앞으로 무슨 일이 벌어질지 모르고 태평으로 앉아 있군, 나는 알지, 그래 잘된 일이야.

프라이엔발데에 이르자 그들은 차를 모텔 앞에 세워 둔다, 카를 마터는 미체와 단둘이서 프라이엔발데를 누비며 산책을 한다, 때는 9월 1일 토요일 4시다. 라인홀트는 모텔에 들어가 한 시간 정도 눈을 붙이겠다고 한다. 6시가 넘자 라인홀트는 침대에서 기어 나와 자동차를 만지작거리고 나서 한 잔 들이켜고는 어디론가 떠난다.

숲에 온 미체는 행복감을 느낀다. 카를은 아주 상냥하고 이야깃거리도 무궁무진하다, 이를테면 그는 특허를 하나 냈는데 그가 일하던 회사에서 빼앗아 갔다, 피고용인들은 늘 그렇게 속기 마련이다, 미리 이런 내용에 대해 문서상으로 동의를 해야 한다, 그 덕분에 회사는 백만장자가 되었다, 그가 품스 일당하고 손을 잡은 까닭은 이번에 새 모델을 만들려 하기 때문이다. 이 모델만 나오면 회사에서 훔쳐 간 것은 몽땅 휴지 조각이 될 것이다. 그런 모델은 돈이 많이 들어간다, 이것만큼은 미체에게도 알려 줄 수가 없다, 엄청난 비밀이라서, 이게 성공

하면 세상은 모든 것이 달라질 것이다, 전차, 소방, 쓰레기 운반 등 모든 것에 이 모델은 쓰일 수 있다, 모든 것에. 그들은 가장무도회가 있던 날 즐겼던 드라이브 이야기를 한다, 가로수 길을 따라 검은 참나무들이 휙휙 스쳐 지나가네요, 올해의 128일을 당신에게 드릴게요, 하루하루를, 아침과 낮과 밤을 함께요.

"야호, 야호." 라인홀트는 숲을 향해 소리를 지른다. 라인홀트군요, 그들은 대답한다. "야호, 야호." 카를은 어디론가 가서 몸을 숨긴다, 라인홀트가 나타나자 미체는 얼굴 표정이 더 심각해진다.

그때 돌 위에 앉아 있던 푸른 제복의 두 경찰은 자리에서 일어났다. 그들은 말했다, 아무리 지켜봐도 소용없군, 다 쓸모없는 일이야, 할 수 있는 게 아무것도 없어, 여기 있으면 성가신 일만 생길 뿐이야, 상부에 보고서나 작성해서 보내야지. 만약 무슨 일이 생기면 어차피 알게 될 거고, 광고탑에도 부착될 테니까.

그러나 숲 속에는 미체와 라인홀트만이 거닐고 있었다, 몇 마리의 작은 새들이 부드럽게 지저귈 뿐이었다. 머리 위에서는 나무 우듬지들이 노래하기 시작했다.

먼저 한 나무가 노래를 부르면 다른 나무가 뒤따라 노래를 했으며, 나무들은 함께 노래했다, 그러다가 나무들은 다시 조용해졌다가, 다시 또 그들 두 사람의 머리 위에서 노래했다.

그는 낫질하는 자, 그의 이름은 죽음, 위대한 하느님으로부터 힘을 물려받았다. 오늘은 숫돌에 낫을 가는구나, 그러면 낫이 더 잘 들지.

"아, 정말이지 이렇게 다시 프라이엔발데에 오다니 너무 기뻐요, 라인홀트. 엊그제 정말 멋지지 않았나요, 그렇죠?" "잠시 동안은 그랬죠, 아가씨. 당신 좀 피곤했던 것 같아요, 당신 방을 노크했는데 안 열어 주더군요." "공기가 좀 답답했어요, 드라이브나 다른 것도 좀 힘들었고요." "그래도 그런대로 괜찮지 않았나요?" "물론이에요, 그런데 그게 무슨 말씀인가요?" "그렇게 산책을 하는 게 그렇다는 거요. 그것도 이렇게 예쁜 아가씨와 함께." "예쁜 아가씨라뇨, 괜히 뻥치지 마세요. 아무리 그래도 당신에게 잘생긴 남자라는 말은 안 할 테니까요." "음, 당신이 나와 이렇게 거니는 거……." "무슨 말씀이죠?" "내게 그 이상 좋은 일은 없을 거란 생각이 들어요. 당신이 나와 거니는 것은 말이오, 아가씨, 내 말은 정말이오, 나를 정말 기쁘게 해 줘요." 괜찮은 사내군. "정말로 여자 친구가 없나요?" "여자 친구라, 요즈음에 여자 친구라는 게 대체 뭘 말하는 거요?" "글쎄요." "그러니까 내 말은 말이오. 여자 친구도 가지가지라는 얘기요. 당신은 모를 거요, 아가씨. 당신은 아주 올곧은 남자 친구가 있죠, 그리고 그 친구는 당신을 위해 뭔가 하잖아요. 그러나 여자라는 것은 그저 자기만 즐기려 들거든요, 심장 같은 게 전혀 없다고요." "운이 없었던 모양이네요." "그거 봐요, 아가씨, 그러다 보니까 그 일을 하게 된 거요, 그 여자들을 서로 바꾸어 갖는 거 말이오. 그런 얘기는 듣고 싶지 않겠지?" "오, 어서 해 주세요, 그게 대체 어떻게 하는 거죠?" "자세히 얘기해 줄게요, 이번엔 당신도 알아들을 수 있을 거요. 그래 아무런 가치도 없는 여자를 한두 달이나 이삼 주가 넘도록 데리고 있을 수 있겠소? 네? 그래 그런 여자가 그저 쏘다니기나 하고 좋은 면이라고는 눈곱만큼도 없고 바보 천치에다 모든 일에 참견이나 하려 들고 게다가 술이나 퍼마신다면 말이오." "죽도록 싫겠지요." "거봐요, 미체, 내가 바로 그랬다니까요. 그런 일은 누구나 겪을 수 있어요. 순전히 쓸모없는 물건, 쓰레기, 오물에 지나지 않아요. 다 쓰레기통에서 나온 것들이죠. 당신 같으면 그런 여자하고 결혼하고 싶겠어요? 난, 못 해요, 한 시간도 싫소. 물론 얼마 동안은 참을 수 있겠죠, 한 이삼 주? 그 이상은 불가능해요, 그러면 그 여자는 나가야 하고, 나는 다시 혼자가 되는 거요, 좋을 게 없어요. 그러나 지금 이곳에 있으니 정말 좋아요." "혹시 기분 전환이 돼서 그런 건 아닌가요?" 라인홀트는 웃는다. "그게 무슨 말이죠, 미체?" "그러니까, 당신도 가끔은 다른 여자를 탐낸다는 거죠." "왜 안 그렇겠소, 우리 다 똑같은 사람인데."

그들은 웃으며 팔짱을 끼고 걷는다, 9월 1일이다. 나무들은 그침 없이 노래를 부른다. 그것은 긴 설교이다.

천하에 범사가 기한이 있고 하늘 아래 모든 목적이 이룰 때가 있나니 날 때가 있고 죽을 때가 있으며 심을 때가 있고 심은 것을 뽑을 때가 있으며 범사가 때가 있으니 죽일 때가 있고 치료할 때가 있으며 허물 때가 있고 세울 때가 있으며 찾을 때가 있고 잃을 때가 있으며 지킬 때가 있고 버릴 때가 있으며 찢을 때가 있고 꿰맬 때가 있으며 침묵할 때가 있고 말할 때가 있느니라. 모든 것에는 때가 있느니라. 사람이 사는 동안에 기뻐하는 것보다 나은 것이 없는 줄을 내가 알았노라. 기뻐하는 것보다 더 나은 것은 없느니라. 즐겁게 지내라, 즐겁게 지내도록 하라. 태양 아래 웃고 즐거운 것보다 더 나은 것은 없느니라.*

라인홀트는 미체의 손을 잡고 그녀의 오른편에서 걷는다. 그는 팔이 참으로 튼튼하다. "이거 알아요, 미체, 사실 나는 당신을 초대할 용기가 없었어요, 그때는 말이오, 알겠소?" 우리는 삼십 분이나 거닐면서도 거의 말을 하지 않고 있어. 오래 걸으면서 아무 말도 않는 것은 위험한 일이야. 그의 오른팔이 느껴지는군.

이 예쁜 것을 어디로 데려간담, 나름 뒤는 데가 있는 여자야, 나중을 위해서 일단 아껴 둬야지, 즐겨야 하는 거야, 호텔로 데려가서 밤에, 밤에, 달빛이 비치면. "당신, 손은 상처투성이이고, 혹시 가슴에는 문신도 했나요?" "그렇지, 한번 볼래요?" "뭣하러 문신 같은 것은 새겨요?" "어디다 새기느냐가 중요한 거요, 아가씨." 미체는 킬킬대며 그의 팔짱을 낀 채 몸을 흔든다. "무슨 말인지 알겠어요, 나도 전에 그런 남자를 사귄 적이 있어요, 프란츠를 알기 전이죠, 온몸에 문신을 했어요, 참, 말하기가 뭣해요." "아프기는 해도 멋있소, 한번 볼래요?" 그는 잡고 있던 그녀의 팔을 놓고서 얼른 단추를 풀어 셔츠를 열어젖히고 가슴을 보여 준다. 자, 그것은 월계관을 두른 모루다. "이제 단추를 잠그세요, 라인홀트." "찬찬히 잘 봐요." 그의 안에 이는 불꽃, 눈먼 욕정, 그는 그녀의 머리를 움켜잡더니 자기 가슴에 끌어당긴다. "키스해 줘, 자, 키스해 줘, 키스해 줘야 해." 그녀는 키스하지 않는다, 그녀의 머리는 그의 두 손에 짓

---

* 구약 성경 「전도서」 3장 1~7절 및 12절 참조.

눌린 채 그대로 있다. "어서 봐 줘요." 그는 손을 푼다. "이봐, 그런 식으로 굴지 마." "나 갈래요." 이런 괘씸한 년, 내가 차지하고 말 테다, 새침 떠는 꼬락서니 좀 봐. 그는 셔츠의 단추를 잠근다. 꼭 차지하고 말 거야, 이놈의 계집이 비싸게 굴고 있어, 일단 두고 보자고, 차분하게. "당신한테 무슨 짓을 했다고 그래, 자, 이렇게 내 손으로 단추도 잠갔잖아. 이렇게. 남자 몸을 본 게 한두 번이 아닐 텐데."

뭣하러 나는 여기서 이 남자와 얼쩡거리고 있는 거지, 이 남자는 내 머리를 온통 헝클어 놓았어, 깡패 같은 놈이야, 어서 도망쳐야지. 천하에 모든 일에는 때가 있나니. 모든 일에는, 모든 일에는.

"너무 기분 나빠하지 말아요, 아가씨. 급작스레 일어난 일이라서. 충동적으로 그런 거야. 당신도 알겠지만 살다 보면 가끔 그럴 때가 있잖아." "그렇다고 그렇게 머리를 짓눌러요?" "너무 화내지 마, 미체." 다른 데를 만져 줄까. 걷잡을 수 없는 욕정이 다시 그를 사로잡는다. 이 여자를 만질 수만 있다면. "미체, 우리 다시 화해해요." "좋아요, 하지만 얌전하게 굴어야 해요." "그럴게요." 서로 팔짱을 낀다. 그는 그녀를 보며 미소를 짓고, 그녀는 풀을 내려다보며 미소를 짓는다. "아주 언짢지는 않았지요, 미체? 우리 같은 사람은 그냥 짖기만 할 뿐 물지는 않아요." "궁금한 게 있는데, 왜 하필이면 모루 문신이죠? 다른 사람들은 대개 그곳에다 여자나 하트 같은 것을 새기던데, 왜 모루 문신을." "어떤 생각이 들어요, 미체." "아무것도요. 나는 모르겠어요." "그게 내 문장이거든요." "모루가요?" "그래요, 그 위에다 누군가를 눕힌다는 뜻이죠." 그는 그녀를 쳐다보며 씽

굿 웃는다. "당신 정말 속되군요. 그러면 아예 침대 그림을 새기지 그랬어요." "아냐, 모루가 훨씬 나아요. 모루가 더 좋다고." "대장장이인가 보군요?" "어떤 면에서는. 나 같은 사람이야 못 하는 게 없으니까. 그건 그렇고 당신은 이 모루의 속뜻이 뭔지 잘 모르는 것 같군, 미체. 누구나 내게 너무 가까이 왔다가는 상처를 입는다는 뜻이야, 아가씨. 그렇다고 내가 당장 물어뜯는다고 생각하면 안 돼요, 나는 당신을 물어뜯지는 않을 테니까. 이곳은 산책하기 아주 좋군, 어디 가서 좀 앉았으면 좋겠어, 어디 구덩이 같은 게 있으면." "품스 패거리들은 당신처럼 다 그 모양인가 보죠?" "그건 말이야, 미체, 우리는 좀 별도로 하는 일이 있어서 그래." "당신들은 도대체 뭘 하는데요?" 어쨌든 먼저 너를 구덩이로 데려가야지, 이곳엔 인적도 드물군. "아, 미체, 그런 건 당신의 프란츠한테 물어보는 게 제일 좋을 거야, 그 친구도 나만큼 알거든." "하지만 그이는 내게 아무것도 말해 주지 않아요." "그거 잘하는 거야. 참 영리한 친구야. 말 안 하는 게 더 좋거든." "그런데 나한테까지." "도대체 알고 싶은 게 뭐요?" "당신들이 무슨 일을 하는지." "내게 키스해 줄래요?" "그걸 말해 주면요."

그는 그녀를 끌어안는다. 이 남자는 팔이 두 개야. 억세게도 끌어안는군. 모든 것에는 때가 있으니, 심을 때가 있고 심은 것을 뽑을 때가 있으며 찾을 때가 있고 잃을 때가 있느니라. 숨을 못 쉬겠어. 이 사람은 떨어지려 하지를 않아. 너무 답답해. 좀 놔 줘. 몇 번만 더 이러면 나는 숨이 막혀 죽을 거야. 어서, 이야기를 해 달라니까, 프란츠에게 무슨 일이 있는지, 대체 프란츠가 뭘 하려는 건지, 과거에는 무슨 일이 있었는지, 그리고 패거리들은 무슨 생각을 하고 있는지. "이제 그만 놔 줘요, 라인홀트." "자." 그는 그녀를 풀어주고서 그 자리에 서 있다가 털썩 그녀 앞에 무릎을 꿇더니 그녀의 신발에 키스를 한다, 이 남자가 미쳤나, 그는 그녀의 스타킹에 키스를 하고 좀 더 위로 올라가 그녀의 드레스와 그녀의 손에 키스를 한다, 모든 것에는 때가 있으니, 그러더니 목 있는 곳까지 올라간다. 그녀는 웃으며 양팔을 휘두른다. "비켜요, 저리 비켜요, 아이참, 당신 미쳤나 봐요." 이 남자는 지금 불이 붙었어, 한바탕 물을 끼얹어 줘야겠군. 그는 거칠게 숨을 몰아쉰다, 그는 그녀의 목을 물어뜯으려 한다, 뭐라고 중얼대면서. 그러나 무슨 소린지 알아들을 수 없다, 그러더니 그녀의 목에서 저절로 떨어진다, 꼭 황소 같다. 그의 팔은 그녀의 팔을 끼고 있다, 둘은 걸어간다, 나무들은 노래한다. "저것 좀 봐, 미체, 저기 멋진 구덩이가 있군, 꼭 우리를 위해 만들어 놓은 것 같아, 보라고. 주말의 보금자리군. 여기서 요리까지 해 먹은 모양이야. 일단 좀 치우자고. 바지가 더러워질 수 있으니까." 이제 앉아 볼까? 그러면 이 남자가 얘기를 더 잘해 줄지도 몰라. "난 괜찮아요. 코트를 깔고 앉으면 되잖아요." "잠깐만, 미체, 내 코트를 벗을게." "정말 친절하시네요."

그들은 풀이 우거진 웅덩이의 경사면에 누워 있다, 그녀는 발로 빈 깡통을 멀리 차 내고서 배를 깔고 엎드린다, 그러고서 한쪽 팔을 슬쩍 그의 가슴 위에 올려놓는다. 이렇게 우리는 여기까지 왔어. 그녀는 그를 쳐다보며 미소를 짓는다. 그가 입고 있던 조끼를 가슴에서 밀어젖히자 모루 문신이 보였지만 그녀는 고개를 돌리지 않는다. "이제 얘기해 줘요, 라인홀트." 그는 그녀를 힘껏 가슴에 끌어안는다, 우리가 여기까지 왔어, 훌륭해, 이 아가씨를 이곳까지 데려오다니, 만사 오케이야, 예쁜 아가씨야, 끝내주는군, 오래 붙잡아 둬야지, 프란츠가 아무리 울고불고 난리를 쳐도 쉽게 내주지 않을 거야. 라인홀트는 밑으로 미끄러져 내려가 미체를 몸 위로 끌어당겨 그녀를 끌어안고서 그녀의 입에 키스를 한다. 그는 힘껏 빤다, 아무 생각도 없다, 황홀과 욕정, 야만만이 있을 뿐이다, 모든 몸짓은 이미 정해진 대로 옮겨 간다, 지금 누구든 다가와 그를 방해하지 말라! 이어 무언가 터져서 산산조각으로 흩어진다, 태풍도 쏟아지는 낙석도 이를 막을 수 없다, 그것은 대포의 탄환이다, 폭발하는 지뢰다. 자기 쪽으로 날아오는 것들을 때려 부수며 해치운다, 그렇게 계속해서 전진, 전진한다.

"너무 꽉 죄지 마세요, 라인홀트." 이 남자는 나를 약하게 만들어. 만일 내가 정신을 차리지 않으면 나를 차지하고 말 거야. "미체." 그는 눈을 껌벅이며 고개를 쳐든다, 그녀를 놓아주지 않은 채. "자, 미체." "왜요, 라인홀트." "대체 내게서 뭘 알아내려 하는 거지?" "당신 지금 나한테 나쁜 짓을 하고 있어요. 프란츠를 안 지는 얼마나 되었어요?" "당신의 프란츠?" "네." "당신의 프란츠라, 음, 그 사람은 아직도 당신 거요?" "아니, 그러면 누구 거겠어요?" "그러면 나는 뭐란 말이오?" "왜요?" 그녀는 그의 가슴에 고개를 묻으려 한다, 그러나 그는 그녀의 머리를 치켜세운다. "자, 나는 뭐냐고?" 그녀는 몸으로 그를 덮치며 입술로 그의 입을 막는다, 그러자 그는 다시 몸이 달아오른다, 나도 이 남자를 조금은 사랑해, 몸을 뻗으며 활활 타오르는 그의 모습. 그 불길을 끌 엄청난 양의 물도 없고 소방대의 거대한 호스도 없다, 불길은 건물의 안쪽에서 뻗어 나온다. "자, 이제 그만하세요." "원하는 게 뭐야, 아가씨?" "아무것도 없어요. 그냥 당신과 함께 있는 거요." "그래, 그러면 나도 당신 거, 맞지? 혹시 프란츠와 싸웠어?" "아뇨." "그와 싸운 거 맞지, 미체?" "아뇨, 먼저 그이 얘기나 해 주세요, 당신은 그이를 안 지 오래됐죠." "그 친구 얘기는 해 줄 게 아무것도 없어." "어서, 해 줘요." "해 줄 게 없다니까, 미체." 그는 그녀를 움켜잡더니 옆으로 눕힌다. 그녀는 그와 드잡이를 한다. "안 돼요, 하고 싶지 않아요." "그렇게 고집 부릴 거 없어, 아가씨." "그만 일어날게요, 여기 있다가는 옷이 다 더러워지겠어요." "만약 내가 이야기를 들려준다면?" "그래, 그거 좋아요." "그러면 내가 얻는 것은 뭐지, 미체?" "당신이 원하는 거면 다요." "아무거나 다?" "음, 일단 두고 봐요." "아무거나 다?" 바싹 붙은 그들의 얼굴이 활활 타오른다. 그녀는 아무 말도 하지 않는다, 내가 왜 이러는 건지 나도 모르겠어, 그를 뚫고 뭔가 지나간다, 생각도 사라졌다, 아무 생각도 없다, 실신 상태.

그는 몸을 일으킨다, 얼굴 좀 씻어야겠어, 후유, 이놈의 숲, 여기 있다가는 정말 지저분해지겠어. "당신의 프란츠에 대해 들려주지. 그 친구를 알게 된 지는 꽤 됐어. 그 친구는 좀 특이한 데가 있는 인간이야. 프렌츨라우 가로수 길의 술집에서 알게 됐지. 작년 겨울이야. 그 친구는 신문을 팔고 있었지, 그러다가 거기서 누군가를 알게 됐어, 맞아, 메크야. 내가 그를 알게 된 것도 그즈음이야. 그 뒤로 우리는 거기서 가끔 만났지. 여자들 얘기는 당신한테 벌써 했고." "그러면 그 얘기가 사실이에요?" "그 얘기가 사실이냐고? 그 친구는 바보야, 비버코프는 바보코프지, 그 친구는 여자들 얘기도 자랑할 것이 없어, 여자들도 전부 내 손을 거쳐서 얻은 거니까. 혹시 그 친구가 내게 여자들을 주선했다고 생각해? 아이고 맙소사, 그의 여자들. 그의 길을 따라갔으면 아마도 우리는 구세군에 갔을 거야, 나를 고친다는 명목으로." "그렇다면 당신은 개선된 게 아무것도 없나요, 라인홀트." "보다시피, 나는 어쩔 수가 없는 사람이야. 나야 있는 그대로의 모습으로 보면 그만이야. 이거야 교회에서 하는 아멘처럼 그냥 굳어진 거라서 어떻게 바꿀 수도 없어. 그래도 그 친구 정도라면, 미체, 당신이 어떻게 바꿀 수 있을 거야. 미체, 당신의 그 남자 말이야, 당신은 참 예뻐. 그런데 어쩌다가 당신 같은 여자가 그런 녀석을 고를 수가 있어? 그것도 그런 외팔이를 말이야, 당신같이 예쁜 아가씨가. 그 정도 인간이라면 당신은 열 손가락 하나하나에 다 거느릴 수가 있지 않겠나?" "그런 말 좀 집어치우세요." "그래, 그럴 수도 있겠지, 사랑에 빠지면 눈이 머니까. 그래도 그렇지 그런 놈하고. 그 친구가 우리에게 와서 지금 뭘 하는지 알아? 당신의 그 사내 말이야. 그 친구는 우리한테 와서 통이 큰 인간처럼 굴려고 하는 거야, 하필이면 우리한테 와서. 처음엔 나를 구세군에 보내 참회하게 만들려 했지, 하지만 그게 뜻대로 안 됐어. 그러자 이제는." "그만하세요, 그 사람을 그렇게 욕하지 마세요, 도저히 듣고 있을 수가 없어요." "알아, 안다고, 그 친구가 당신이 사랑하는 남자라는 걸, 그가 아직도 당신의 프란츠인가? 응?" "그 사람은 당신에게 아무 해도 끼치지 않아요, 라인홀트."

모든 일에는 다 때가 있나니, 모든 일에는, 모든 일에는. 이 자식 정말 끔찍한 녀석이야, 제발 나를 놓아 주었으면 좋겠는데, 이 남자를 괜히 자극하고 싶지 않아, 얘기 같은 것은 안 해 줘도 괜찮아. "그래 맞아, 그 친구가 우리에게 해를 끼치지는 않지, 자기 일만으로도 힘드니까, 미체. 어쨌든 당신은 괴짜를 만난 거야, 미체. 그 친구는 자기 팔 얘기를 하지 않던가? 응? 당신은 그 친구의 색시니까, 아니, 색시였으니까 말이야. 이리 와 봐, 미체, 당신은 내 달콤한 사랑이야, 건드리지 않을 테니까." 내가 지금 뭘 하는 거지, 나는 이 남자가 싫어. 심을 때가 있고 심은 것을 뽑을 때가 있으며 찢을 때가 있고 꿰맬 때가 있으며 울 때가 있고 춤출 때가 있으며 슬퍼할 때가 있고 웃을 때가 있느니라. "이리 와 봐, 미체, 그런 얼간이하고 뭘 하겠다는 거야, 당신은 내 달콤한 사랑이야, 괜히 내숭 떨지 말고. 그런 녀석하고 지내니까 당신은 백작 부인이 못 되는 거야. 그 녀석한테서 벗어난 것을 기뻐하라고." 기뻐하라니, 내가 왜 기뻐해야 하지? "이제 그 친구는 울고불고 할 거야, 미체가 없어서." "그만하세요, 그리고 그렇게 짓누르지 좀 마세요, 내 몸은 무쇠가 아니라고요." "그래 아니지, 살덩이로 만들어졌지, 아름다운 살덩이로 말이야, 미체, 어서 당신의 입술 좀 내게 줘." "왜 이래요, 정말, 그렇게 좀 짓누르지 말라니까요. 헛된 꿈일랑 꾸지 말아요. 언제부터 내가 당신의 미체죠?"

어서 여기서 빠져나가야지. 저기에 모자를 두고 왔군. 저 남자는 나를 패 댈 거야, 어서 도망쳐야지. 그는 아직 구덩이에서 몸을 일으키지 않고 있는데, 그녀는 벌써 소리를 지르기 시작한다, 그녀는 프란츠를 외쳐 대며 뛰어간다. 그때 그가 일어나 달리기 시작한다, 그는 한달음에 그녀를 따라잡는다. 그는 셔츠 바람이다. 두 사람은 나무 근처에서 쓰러져 그곳에 드러

눕는다. 그녀는 발버둥친다, 그는 그녀 위에 올라타고서 그녀의 입을 틀어막는다. "이런 빌어먹을 계집, 또 소리치는 거야? 도대체 왜 그렇게 악악대는 거야? 내가 너한테 손찌검이라도 했어, 엉? 조용히 좀 해. 저번에는 그 자식이 네 뼈다귀를 그냥 성하게 남겨 두었지. 하지만 똑똑히 보라고, 내 방식은 좀 다르니까." 그는 그녀의 입을 막고 있던 손을 뗀다. "소리 지르지 않을게요." "그래, 좋아. 어서 일어나, 돌아가서 네 모자를 가져와. 나는 여자한테 폭력을 쓰는 사람이 아니야. 지금까지 살아오면서 한 번도 그런 짓을 하지 않았어. 하지만 이런 식으로 내 부화를 돋우지 않는 게 좋을 거야."

그는 그녀의 뒤에서 걸어간다.

"프란츠를 가지고 그렇게 뻐길 것까지는 없다고, 당신이 그 녀석의 색시이긴 하지만 말이야." "이제 돌아갈래요." "돌아가겠다니 그게 무슨 소리야, 당신 혹시 미친 거 아니야? 지금 누구하고 이야기를 하고 있는지 모르는가 보군, 네 얼간이 녀석하고야 그런 식으로 말해도 되겠지." "어떻게 해야 할지 나도 모르겠어요." "고분고분하게 아까 그 구덩이로 돌아가면 돼."

송아지를 도살할 때는 송아지 목에 줄을 묶어 도살대 쪽으로 데려간다. 그런 다음 송아지를 들어서 도살대 위에 올려놓고 꽁꽁 묶는다.

그들은 구덩이 쪽으로 걸어간다. 그가 말한다. "어서 누워." "나보고 하는 말이에요?" "소리 지르면 말이야! 나는 당신이 좋아, 아가씨, 그렇지 않았으면 이곳에 오지 않았을 거야, 다시 한 번 말하지만 당신이 그 친구의 색시라고 해서 백작 부인처럼 굴 필요는 없는 거야, 괜히 소란 피우지 말라고. 그래 봤자 좋을 것 전혀 없으니까. 난 남자든 여자든 가리지 않아, 난 말이야, 그따위로 굴면 가만히 있는 성미가 아니야. 네 기둥서방한테 가서 한번 물어 봐. 무슨 얘기를 들려줄 테니까. 그 친구가 그걸 기분 나쁘게 생각하지 않으면 말이야. 하지만 나도 말해 줄 수 있어. 그 친구가 어떤 사람인지 알 수 있게 말해 줄수 있다고. 당신이 나하고 일을 시작하면 어떻게 해야 할지도 말이야. 그 친구는 머리에 품은 생각을 실행에 옮기려는 거야. 어쩌면 자식은 우리를 밀고하려는 건지도 몰라. 그 녀석은 우리가 작업을 나갔을 때 망을 본 적이 있어. 그런데 자식이 말하기를 자기는 반듯한 사람이라면서 함께 일을 하지 않겠다는 거야. 양말에 구멍 하나 없는 사람이라는 거야, 자기는 말이야. 그래도 함께 해야 한다고 그 친구한테 말해 주었어. 그렇게 해서 녀석도 우리와 함께 차에 타게 되었지, 나는 그 멍청이를 어떻게 해야 할지 몰랐어. 입만 살아 있는 자라서. 그때 보니, 뒤에서 자동차 한 대가 우리를 따라오는 거야, 순간 나는 생각했어, 조심해, 이 자식아, 늘 뻐기듯 행동하는 녀석아, 우리한테도 좀 예의 바르게 대해 봐. 그런 다음 녀석을 차 밖으로 내동댕이친 거야. 이제 그의 팔이 어디서 떨어진 건지 알겠지."

얼음처럼 차가운 손, 얼음처럼 차가운 발, 이 자식은 원래 이런 놈이었어. "자, 어서 누워, 그리고 얌전하게 굴라고." 이 자식은 살인자야. "이 더러운 자식, 악당 놈!" 그는 얼굴에서 빛을 뿜는다. "이런, 또 소리를 질러 대는군." 이제 고분고분해질 거야. 그녀는 울부짖는다. "이 더러운 자식, 넌 그이를 죽이려 했어, 그이를 불행하게 만들어 놓았어, 그러고서는 이제 나까지 차지하려고 하는 거야, 이 더러운 새끼." "그래, 내가 원한

건 바로 그거야." "이 더러운 자식, 얼굴에 침을 뱉어 주겠어."
그는 그녀의 입을 막는다. "정말 그럴 거야?" 그녀는 얼굴이 새
파래져 그의 손을 잡아당긴다. "살인자야, 도와줘요, 프란츠,
프란츠, 어서 와요."

다 때가 있다! 다 때가 있다! 모든 일에는 다 때가 있느니라.
죽일 때가 있고 치료할 때가 있으며 헐 때가 있고 세울 때가
있으며 찢을 때가 있고 꿰맬 때가 있다, 때가 있느니라. 그녀는
쓰러지며 도망치려 한다. 그들은 구덩이 속에서 드잡이를 한
다. 프란츠 도와줘요!

이제 해치우고 말 거다, 네 프란츠를 좀 놀려 주마, 그러면
녀석은 일주일간 골머리 좀 썩이겠지. "집에 가겠어요." "가 볼
테면 한번 가 봐. 지금까지 그러겠다고 나섰던 것들이 한둘이
아니야."

그는 그녀의 등에 올라타 무릎을 꿇는다, 그의 양손은 그녀
의 목을 두른다, 양쪽 엄지손가락이 그녀의 목덜미를 짓누른
다, 그녀의 몸이 움츠러든다, 움츠러든다, 그녀의 몸이 움츠러
든다. 다 때가 있느니라, 태어날 때가 있고 죽을 때가 있고, 태
어날 때가 있고 죽을 때가 있느니라, 모든 일에는.

나보고 살인자라고 했지, 나를 이곳으로 유인해서 내 코를
꿰려고 한 거야, 나쁜 년, 라인홀트가 어떤 사람인지 잘못 본
거야.

폭력, 폭력, 그는 낫질하는 자, 더없이 위대한 하느님으로부
터 힘을 물려받았다. 어서 놓아 줘요. 그녀는 여전히 버둥거리
며 몸부림을 치고 발버둥 친다. 이 일을 끝까지 해내고 말겠어,
그러면 개들이 와서 네 몸뚱어리를 먹어 치울 거야.

그녀의 몸이 움츠러들고 또 움츠러든다, 그녀의 몸이 움츠러든다, 미체의 몸이. 나보고 살인자라고? 어디 한번 직접 경험해 봐라, 프란츠가 그렇게 하라고 시켰나 보지, 네가 사랑하는 그 프란츠가 말이다.

이어서 나무 몽둥이로 짐승의 목덜미를 내려치고 칼로 목 양쪽의 동맥을 절개한다. 그리고 대야에 피를 받는다.

8시, 숲 속은 벌써 캄캄하다. 나무들이 좌우 전후로 흔들린다. 힘이 드는 일이었다. 이 계집이 아직도 뭐라고 지껄일까? 이제 더는 꽥꽥대지 못하는군, 더러운 년. 이런 더러운 년하고 산책을 하다 보니 이런 꼴을 당하는군.

덤불로 덮고 옆에 있는 나무에 손수건을 걸어 두자, 그래야 다시 찾지, 이 계집을 이제 해치웠어, 카를은 어디 있는 거지, 가서 녀석을 데려와야 해. 그는 한 시간쯤 지나 카를과 함께 돌아온다, 이런 겁쟁이 자식, 달달 떠는 꼬락서니하고는, 다리까지 휘청대는군, 이런 풋내기하고 일을 하다니. 칠흑 같은 어둠이다, 그들은 플래시를 들고 찾는다, 저기 손수건이 있군. 그들은 차에서 삽을 꺼낸다. 시체를 파묻고 그 위에 모래를 얹고 다시 덤불을 얹는다. 발자국을 남기면 안 돼, 흔적을 깨끗이 지워야 해, 정신 바싹 차려, 카를, 마치 네가 저지른 것처럼 허둥대는군.

"자, 됐어, 여기 내 신분증이 있어, 좋은 신분증이야, 그리고 여기 돈도 있고, 이것을 가지고 어디 가서 좀 피해 있어, 상황이 좋아질 때까지. 돈도 받을 수 있으니 걱정 마. 언제나 품스 주소로 연락하라고. 나는 다시 돌아갈 거야. 나를 본 사람도 없고, 너를 의심할 사람도 없어, 너는 알리바이가 있으니까. 자,

됐으니 어서 가 봐."

나무들이 좌우 전후로 흔들린다. 모든 일에는, 모든 일에는.

아주 캄캄하다. 그녀의 얼굴은 박살이 났다, 이도 박살나고, 눈도 박살났다, 그녀의 입도, 그녀의 입술도, 그녀의 혀도, 그녀의 목도, 그녀의 몸뚱어리도, 그녀의 다리도, 그녀의 무릎도, 나는 당신 거예요, 나를 위로해 주셔야 해요, 슈테틴 역 파출소, 아싱거 맥주홀, 나는 몹시 아파요, 어서 와 줘요, 어서 집에 가고 싶어요, 나는 당신 거예요.

나무들이 흔들린다, 바람이 휘몰아친다. 후우, 후아, 후우, 우우, 우우. 밤은 깊어 간다. 그녀의 몸뚱어리는 박살이 났다, 그녀의 눈도, 그녀의 혀도, 그녀의 입도, 어서 와 줘요, 어서 집에 가고 싶어요, 나는 당신 거예요. 숲 가장자리의 나무 하나가 삐걱 소리를 낸다. 후우, 후아, 후우, 우우, 우, 폭풍이다, 폭풍은 북을 울리고 피리를 불어 대며 다가온다, 이제 폭풍은 숲 꼭대기 위에서 엿보고 있다, 이제 밑으로 내려온다, 울부짖으며 휘몰아친다. 흐느끼는 소리가 덤불에서 들려온다. 무언가 긁어 대는 듯한 소리다, 우리에 갇힌 개처럼 짖어 대다가 깨갱대고 낑낑댄다, 낑낑대는 그 소리를 들어 보라, 누군가가 짓밟은 것 같다, 그것도 묵직한 뒤꿈치로, 이제 그 소리는 다시 그친다.

후우, 후아, 후우-우우-우, 폭풍이 다시 불어닥친다, 밤이다, 숲은 조용하다, 어깨를 맞댄 나무들. 평화롭게 우뚝 솟은 나무들, 이것들은 가축의 무리처럼 떼를 지어 서 있다, 그렇게 붙어 서 있으면 폭풍도 쉽게 접근하지 못한다, 다만 가장자리나무들과 약한 나무들은 혼쭐이 날 수밖에 없다. 함께 어깨를 맞대고 이제 가만히 서 있어야 한다, 밤이다, 해는 사라졌다, 후우, 후아, 우우, 후우, 다시 시작된다, 폭풍이 몰려온다, 폭풍은 이제 아래, 위에, 그리고 사방에 어디에나 와 있다. 하늘엔 주황빛이 번지고 다시 밤이다, 주황빛, 밤, 흐느낌과 새된 소리는 더욱 커진다. 가장자리에 있는 나무들은 무엇이 다가오는지 알고 있다, 나무들은 흐느낀다, 풀도 흐느낀다, 그러나 이들은 몸을 굽힐 줄도 알고 나부낄 줄도 안다, 그러나 굵은 나무들은 어이할 것인가. 그러다가 갑자기 바람이 더 이상 불지 않는다, 바람은 포기했다, 하던 일을 그만둔 것이다, 아직도 나무들은 바람 앞에서 꽥꽥 댄다, 바람은 이제 무엇을 하려는가?

집을 허물 때 맨손으로는 할 수 없다, 메를 쓰거나 다이너마이트를 심어야 한다. 바람은 가슴을 약간 펼 뿐이다. 조심하라, 바람이 숨을 들이마신다, 그랬다가 내뿜는다, 후우, 후아, 우우-우우-후우, 또 숨을 들이마신다, 그랬다가 다시 내뿜는다, 후우, 후아, 우우-우우-후우. 바람의 숨결은 하나하나가 산만큼 무겁다, 바람이 숨을 내쉰다, 후우, 후아, 우우-후우, 산이 앞으로 굴렀다가 뒤로 굴렀다 한다, 앞으로 갔다 뒤로 갔다 한다. 바람의 숨결은 묵직한 공과 같다, 숲을 향해 돌진하는 공과 같다. 그리고 숲이 언덕 위에 가축의 무리처럼 서 있으면 바람은 그 가축의 무리를 넘어뜨리며 달리며 휘몰아친다.

이제 시작이다, 휘익, 휘익, 북소리도 피리 소리도 없다. 나무들이 좌우로 흔들린다. 붐-붐. 그러나 나무들은 박자를 맞출 수 없다. 나무들이 막 왼쪽으로 휘어지면 바람은 다시 왼쪽으로 휘몰아친다, 나무들은 부러지고 뿌드득 소리를 내고 쿨

쿨대고 후드득거리고 부서지고 탁탁거리고 쿵하고 넘어진다. 폭풍이 휘익 휘몰아친다, 너는 왼쪽으로 휘어져야 해. 후우아, 우우, 후우, 다시 돌아온다, 덮치며 사라진다, 때를 잘 맞추어야 한다. 휘익, 바람이 다시 온다, 조심하라, 휘익, 휘익, 휘익, 비행기에서 투하하는 폭탄이다, 바람은 숲을 찢어 버리려 한다, 바람은 숲을 압살하려 한다.

나무들은 울부짖으며 흔들린다, 후드득거린다, 나무들은 부러진다, 우지직, 휘익. 목숨이 걸려 있다, 휘익, 휘익, 해는 사라졌다, 묵직하게 떨어진다, 밤이다, 휘익, 휘익.

나는 당신 거예요, 어서 와 줘요, 어서 집에 가고 싶어요, 나는 당신 거예요. 휘익, 휘익.

8부

아무 소용도 없었다. 전혀 아무 소용 없었다.

프란츠 비버코프는 내리치는 망치를 고스란히 맞았다.

그는 자신이 패했음을 안다, 하지만 왜 그런지 그 이유를 모른다.

프란츠가 아무것도 눈치채지 못하는 사이, 세상은 돌아간다

9월 2일. 프란츠는 여느 때와 다름없이 돌아다니며 예의 활발한 성격의 그 업무 중개인과 함께 반제의 야외 수영장으로 나들이를 간다. 3일, 월요일, 그는 궁금하다, 미체가 아직 돌아오지 않았다, 그녀는 아무 말도 남기지 않았다, 안주인도 짚히는 것이 전혀 없단다, 그녀는 전화도 하지 않았다. 그래, 어쩌면 그녀의 뒤를 봐주는 그 지체 높은 남자 친구와 어디로 소풍을 갔는지도 몰라! 그러면 곧 보내 줄 거야. 일단 저녁까지 기다려 보자.

정오, 프란츠는 집에 앉아 있다, 그때 초인종이 울리고, 기송관 배송 우편이 온다, 그녀의 그 남자 친구가 보낸 것이다, 미체 앞으로. 아니, 이게 뭐야? 그 사람하고 함께 있을 걸로 생각했는데, 어찌 된 셈이야. 편지를 뜯어 볼까. "전화 한 통도 안 주니, 소냐, 참으로 궁금해. 어제 그리고 그제 나는 약속한 대로 사무실에서 너를 기다렸어." 이게 뭐야, 도대체 이 여자는 어디 있는 거지?

프란츠는 자리에서 일어나 모자를 찾아 쓴다, 어찌 된 일인지 모르겠어, 일단 이 사내를 찾아가 봐야지. 그는 택시를 탄다. "혹시 그 여자애가 이곳에 오지 않았나요? 마지막으로 온게 언제였죠? 금요일요? 그렇군요." 두 사람은 서로의 얼굴을 쳐다본다. "조카 되는 사람 있죠? 지금 혹시 그녀와 함께 있는 건 아닐까요?" 그 사내는 표정이 일그러진다, 당장 녀석을 불러오라고 하겠소, 선생은 여기서 기다려요. 그들은 천천히 적포도주를 마신다. 그 조카가 온다. "이분은 소냐의 바깥양반

되는 분이야. 그 여자가 지금 어디 있는지 아냐?" "내가요? 대체 무슨 일이죠?" "그 여자를 마지막으로 본 게 언제냐?" "벌써 한참 됐어요, 한 이 주 정도." "그래, 맞아. 그 애도 내게 그렇게 말했거든. 그 뒤로는 안 만났니?" "네." "얘기 들은 것도 없고?" "아무 얘기도 못 들었어요, 왜 그러세요, 무슨 일이라도 있나요?" "여기 이분이 네게 직접 말씀해 주실 거야." "그여자가 나가서 안 들어와서 그러오, 지난 토요일부터, 한마디말도 안 남겼소, 물건도 다 놔두고, 어디로 간다는 말도 한마디 없이." 소녀의 정부가 말한다. "혹시 다른 남자가 생긴 건아니오?" "그렇지는 않을 겁니다." 그들 셋은 적포도주를 마신다. 프란츠는 말없이 앉아 있다. "조금 더 기다려 보는 수밖에 없겠군요."

그녀의 얼굴은 박살이 났다, 이도 박살 나고, 눈도 박살 났다, 그녀의 입도, 그녀의 입술도, 그녀의 혀도, 그녀의 목도, 그녀의 몸뚱어리도, 그녀의 다리도, 그녀의 무릎도 박살이 났다.

이튿날도 그녀는 돌아오지 않는다. 그녀는 돌아오지 않는다. 모든 것은 그녀가 놓고 나간 대로 그대로 있다. 그녀만 없다. 혹시 에바가 뭣 좀 알까. "혹시 그 애하고 싸움이라도 했나요, 프란츠?" "아냐, 이 주 전에 하기는 했지만 이젠 사이가 아주 좋아졌다고." "혹시 다른 남자가 생긴 건 아닐까요?" "그것도 아니야, 그 애가 그 사내의 조카 얘기를 해 준 적이 있는데, 그 친구도 보니 집에 있던걸, 그 친구를 직접 만나 봤어." "어쩌면 그 친구를 잘 지켜봐야겠네요, 그 애가 그 사람 집에 있을지도 모르니까요." "그렇게 생각해?" "아무튼 잘 살펴봐야 해요. 미체는 종잡을 수 없는 애예요. 엉뚱한 데가 있어요."

그녀는 오지 않는다. 프란츠는 이틀 동안 아무 일도 하지 못한다. 그러면서 생각한다, 그 여자애를 찾으러 다니지는 않을 테야. 그 뒤로도 그는 아무 소식도 듣지 못한다, 아무 소식도 없다, 그래서 그는 하루 종일 그 조카라는 자의 뒤를 추적한다, 이튿날 정오에 그 조카라는 자의 집주인이 집을 비운 사이 프란츠와 세련된 업무 중개인은 얼른 그의 방으로 숨어들어 간다, 문은 갈고리로 쉽게 열린다, 방에는 아무도 없다, 방에는 책들뿐이고 여자가 머문 흔적은 없다, 벽에는 몇 장의 멋진 사진들이 붙어 있고 책들만 있을 뿐, 그 여자는 없다. 나는 그 여자애가 쓰는 분을 잘 알아, 이 방에서는 그 냄새가 나지 않아, 나가자고, 아무것도 손대지 마, 그 불쌍한 집주인을 생각해서, 아마도 방을 세놓아서 먹고사는 것 같으니.

도대체 어찌 된 일인가. 프란츠는 방에 앉아 있다. 몇 시간이고. 미체는 어디 있을까? 그녀는 떠났어, 아무 소식도 없어. 무슨 말을 하겠어. 방 안의 물건들이 어지럽혀 있다, 그는 침대를 뒤져 보고 다시 맞추어 놓았다. 그 애가 나를 여기 두고 떠났어. 그럴 수 없어. 그럴 수는 없는 일이야. 나를 두고 떠나다니. 내가 뭘 어쨌다고, 나는 그 애한테 아무 짓도 안 했는데. 그 조카라는 녀석과의 일 때문에 나한테 뾰로통해 있는 것도 아닐 텐데.

누구지? 에바다. "왜 그렇게 컴컴한 데 앉아 있어요, 프란츠, 어서 가스등을 켜요." "미체가 나를 버렸어. 그럴 수 있어?" "너무 신경 쓸 것 없어요, 젠장. 그 애는 반드시 돌아와요. 당신을 좋아하잖아요, 당신을 버리고 떠날 애가 아니에요, 이래

봬도 내가 사람 보는 눈이 있다니까요." "나도 다 알아. 내가 그래서 걱정하고 있는 것 같아? 그래, 그 애는 틀림없이 올 거야." "보세요, 그 애는 어디론가 간 거 같아요, 아마 예전에 사귀던 남자를 만났는지도 몰라요, 그렇게 잠깐씩 어디 놀러 가는 것을 좋아하거든요, 당신이 그 아이를 알기 전부터 이미 나는 그 아이를 알았잖아요, 원래 그런 애예요, 그런 생각을 곧잘 하고요." "그것도 웃기는 얘기야. 나로서는 이해가 안 돼." "그래도 그 애는 당신을 사랑해요. 자, 내 배 좀 만져 봐요, 프란츠." "그건 또 왜?" "자, 당신이 만든 거예요, 기억 안 나요, 당신 애예요. 그 애가 원했어요, 미체가요." "뭐라고?" "왜요? 정말이에요."

프란츠는 머리를 에바의 배에 갖다 댄다. "미체가 바랐던 거야. 나 좀 앉아야겠어. 이건 말도 안 돼." "조심하세요, 프란츠, 그 애가 돌아오면 혹시 기분 나빠할지도 모르니까요." 그러더니 에바는 흐느끼기 시작한다. "이봐, 에바, 지금 흥분한 게 누군지 알아? 바로 당신이라고!" "나를 이렇게 울컥하게 만들다니. 그 애를 정말 이해할 수 없어요." "이제는 내가 당신을 위로해야겠군." "아니에요, 좀 신경이 예민해져서 그래요, 아마 배 속의 아이 때문에 그런 것 같아요." "당신 조심해야 해, 그 애가 돌아오면 아마 이 일로 한바탕 소동을 벌일 수도 있으니까." 그녀는 계속해서 흐느낀다. "어쩌죠, 프란츠? 그 애답지 않은 짓이에요." "아니, 처음에는 그 애가 원래 그렇다고 하면서 어떤 남자하고 놀러 간 것 같다고 하더니만 이제 와서는 그런 건 그 애답지 않은 짓이라니!" "나도 모르겠어요, 프란츠."

에바는 프란츠의 머리를 팔로 끌어안고 있다. 그녀는 프란츠의 머리를 내려다본다, 마그데부르크 병원, 녀석들이 이 사람의 팔을 차에 치이게 했어, 이 사람은 이다를 죽였고, 맙소사, 대체 이 사람은 어이된 일인가? 늘 불행에 휘둘리는구나, 어쩌면 미체는 죽었는지도 몰라. 늘 뭔가가 이 사람 뒤를 따라다녀. 미체에게 무슨 일이 생긴 것 같아. 그녀는 의자 위에 털썩 주저앉는다. 공포에 질려 두 손으로 얼굴을 가린다. 프란츠는 소스라치게 놀란다. 그녀는 훌쩍훌쩍 흐느낄 뿐이다. 그녀는 느낀다, 이 사람의 뒤엔 뭔가가 따라붙고 있고, 미체에게 무슨 일이 생겼음을.

그가 왜 그러느냐고 캐묻지만 그녀는 아무 말도 하지 않는다. 이윽고 그녀는 정신을 차리고서 말한다, "아이를 떼지는 않을 거예요. 헤르베르트가 어떻게 생각하든 신경 쓰지 않을 거예요.""그 친구가 뭐라고 했어?" 10킬로미터가 넘는 생각의 비약이다. "아뇨. 그 사람은 자기 아이라고 생각해요. 나는 비밀로 간직할 거예요.""좋아, 에바. 내가 대부가 되어 줄게.""당신도 기분이 좋은가 봐요, 프란츠.""나한테 이렇게 금방 마음을 여는 사람도 없어. 자, 힘내, 에바. 내가 미체를 잘 모르는 걸까? 버스에 치이지는 않았을 거야. 결국에 다 밝혀지겠지.""당신 말이 맞아요. 안녕, 프란츠.""자, 키스해 줘.""이렇게 늘 마음을 편히 가지세요, 프란츠."

우리는 다리가 있다, 우리는 이가 있다, 우리는 눈이 있다, 우리는 팔이 있다, 어떤 놈이든 와서 우리를 물어뜯을 테면 물어뜯어 봐라, 프란츠를 물어뜯을 테면 물어뜯어 봐라, 어떤 놈이든. 놈이 팔이 둘이든, 놈이 다리가 둘이든, 모든 것을 단숨에 박살 내는 놈이라도 좋다. 우리의 프란츠가 누군지 알아야 할 것이다, 프란츠는 무지렁이가 아니다. 우리 뒤에 무엇이 있든, 우리 앞에 무엇이 있든, 아무 놈이나 나올 테면 나와 봐라, 우리는 그놈을 위해 한 잔, 그놈을 위해 두 잔, 그놈을 위해 아홉 잔의 건배를 하리라.

우리는 다리가 없다, 아, 슬프다, 우리는 이가 없다, 우리는 눈이 없다, 우리는 팔이 없다, 누구든 와서 프란츠를 물어뜯어도 어쩔 수 없다, 그는 무지렁이이다, 아, 슬프다, 그는 막아 내지 못한다, 그는 그저 술만 마실 뿐이다.

"내가 어떻게든 손을 써 봐야겠어요, 헤르베르트, 앉아서 보고만 있을 수는 없어요." "대체 어떻게 하려고, 응?" "가만히 앉아서 보고만 있을 수는 없어요, 그이는 아무것도 모르고 집에 앉아서 그 애는 돌아올 거야, 그 애는 돌아올 거야, 하고 말만 하고 있어요. 나도 날마다 신문을 뒤적거려 보지만 신문에는 별 기사도 없어요. 혹시 무슨 소식 들은 거 없어요?" "아무것도." "당신이 밖에 나가서 알아보지 그래요, 누가 혹시 무슨 소식이라도 없는지." "그건 바보 같은 소리야, 에바, 당신이 지금 하는 말은 말이야. 당신 생각에 알 수 없다고 여겨지는 것들이 사실은 그렇게 알 수 없는 게 전혀 아니야. 그게 뭐냐고? 그 애는 그 친구로부터 도망친 거야. 맙소사, 그딴 일로 다리품을 팔기는 싫어. 그 친구는 또 다른 여자를 얻을 거야." "당신은 나를 두고도 그런 식으로 말할 거죠, 네?" "에이 참, 그만둬, 에바. 그런 여자라면 그렇다는 거지." "그 애는 그런 여자가 아니에요, 그 애를 구해 준 것도 나예요, 나는 시체 공시

소도 벌써 다 둘러봤어요, 보세요, 헤르베르트, 그 애한테 무슨 일이 있는 게 분명해요. 프란츠는 늘 불행을 달고 다녀요, 불쌍한 사람. 그의 뒤에는 뭔가 있어요. 보세요, 정말 아무 소식도 못 들었어요?" "나는 전혀 아는 게 없어." "가끔 그래도 누군가 하는 말을 들을 수 있잖아요, 클럽 같은 데 가면. 그 애를 본 사람이 없을까요? 이 세상에서 그렇게 감쪽같이 사라지지는 않았을 테니까요. 나는 말이에요, 만약 그 애가 금방 안 돌아오면 경찰서에 찾아갈 생각이에요." "아니, 당신이 그런 짓을 하겠다고?" "비웃지 마세요, 그렇게 하고 말 테니까요. 아무튼 그 애를 찾아야 해요, 헤르베르트, 무슨 일인가 있어요, 제 발로 걸어 나갈 애가 아니에요, 나를 두고 그렇게 가지는 않아요, 프란츠를 두고서도 마찬가지고요. 그런데 그이는 그걸 몰라요." "그건 다 들으나 마나 한 소리야, 다 쓸데없는 얘기야. 영화나 보러 가자고, 에바."

　영화관에 가서 그들은 영화 한 편을 본다.
　3막에서 고귀한 주인공이 악당에게 죽임을 당한 듯이 보이자 에바는 한숨을 쉰다. 헤르베르트가 눈을 돌려 보니 그녀는 의자에서 미끄러져 떨어진다, 혼절한 것 같다. 영화가 끝나고 그들은 팔짱을 끼고 거리를 걸어간다. 헤르베르트는 놀란 표정으로 말한다. "당신 영감이 아주 좋아할 것 같군, 당신의 그런 모습을 보고서." "그 녀석이 주인공을 쏘아 죽였어요, 당신도 봤잖아요, 헤르베르트." "실제로는 아니야, 그런 척한 거지, 그걸 몰랐어? 아니, 왜 아직도 이렇게 떠는 거야." "당신이 어떻게 손 좀 써 줘요, 헤르베르트, 이런 식으로 계속 갈 수는 없어요." "여행을 떠나는 게 좋겠어, 당신 영감한테 아프다고 말해." "아니에요, 어쩌면 좋아요. 어서 어떻게 좀 해 봐요, 헤르베르트, 전에 프란츠를 도운 적이 있잖아요, 그가 팔에 사고를 당했을 때. 이번에도 어떻게 좀 해 봐요! 제발요!" "나는 손을 쓸 수가 없어, 에바, 대체 나보고 어떻게 하라는 거야?" 그녀는 운다. 그는 그녀를 부축하여 자동차에 태운다.

프란츠는 구걸을 하러 다니지 않아도 된다, 에바가 뭔가 슬쩍 가져다주고 품스에게서도 뭔가 받는 게 있기 때문이다, 그들은 9월 말에 다시 한탕 하기로 약속한다. 9월 말에 함석장이 마터가 돌아온다. 그는 외국에 나가 있었다, 기계 조립 등의 일로 출장을 갔던 것이다. 프란츠를 다시 만나자 폐가 안 좋아서 요양을 하고 오는 길이라고 말한다. 안색이 여전히 안 좋아 보인다, 아직 몸이 정상이 아닌 것 같다. 프란츠는 말한다, 미체가 가 버렸다고, 그도 아는 그 여자가 말이다. 하지만 아무에게도 말하지 않았으면 한다, 여자가 도망친 것을 보면 배꼽을 쥐고 웃는 인간도 있으니까. "그러니까 라인홀트에게는 절대 말하면 안 돼, 그 인간과는 전에 여자들 때문에 좀 문제가 있었거든, 녀석은 그런 소식을 들으면 좋아서 죽을 거야. 그리고 다른 여자는 말이야." 프란츠는 씩 웃는다. "아직 없고 얻고 싶은 생각도 없어." 그렇게 말하는 그의 이마와 입가에 슬픔이 어린다. 그러나 그는 머리를 목 위에 꼿꼿이 세우고서 입을 굳게 다문다.

베를린엔 활기가 넘친다. 터니가 세계 챔피언 자리를 지켰다, 그러나 미국 사람들은 그것을 별로 기뻐하지 않는다, 그들은 그를 좋아하지 않는다. 7라운드에서 다운당해 아홉을 셀 때까지 그는 바닥에 누워 있었다. 이번에는 뎀프시가 그로기 상태에 빠진다. 이것이 뎀프시가 벌인 마지막 위대한 대결이었다. 시합은 4시 58분에 끝났다, 1928년 9월 23일. 이것도 화젯거리인가 하면, 쾰른-라이프치히 간의 비행 기록도 장안의 화젯거리다. 그리고 오렌지와 바나나 사이에 경제 전쟁이 있을 거라는 소문도 돈다. 사람들은 이런 이야기를 두 눈을 질끈 감고서 다락방 창을 통해서 듣는다.

식물들은 추위에 대항하여 어떻게 몸을 보호할까? 대부분의 농작물은 약간의 서리에도 견디지를 못한다. 어떤 식물들은 추위를 이겨 낼 수 있는 화학 물질을 자체의 세포 안에서 만들어 낸다. 가장 효과적인 방어는 세포 안의 전분을 당분으로 바꾸는 것이다. 채소의 유용성이 이런 당화 때문에 더 높아지는 것은 아니다, 얼어서 단맛을 띠게 된 감자가 가장 좋은 예이다. 그러나 채소나 과일이 얼면서 당도가 높아져 맛을 돋우는 경우도 있다, 야생 열매들이 그런 예이다. 이런 열매들을 서리가 살짝 내릴 때까지 나무에 그냥 놔두면 이것들은 곧장 당분을 만들어 내 그 맛이 변하면서 더 개량될 수도 있다. 산사나무 열매가 이에 해당한다.

베를린 출신의 카누 선수 두 명이 도나우 강에서 익사했거나, 넝제세르*가 그의 '흰 새'와 함께 아일랜드 근처에 추락한 것이 뭐란 말인가. 신문팔이들은 그게 뭐라고 밖에서 저렇게 소리를 질러 대는가, 10페니히를 주고 사서 아무 데나 내던

---

* 찰스 넝제세르(1892~1927)는 프랑스의 비행사였다.

져 버리고 가는 것을. 그들은 헝가리 수상에게 린치를 가하려고 했다, 그가 자동차로 어느 농부의 아들을 치었다고. 실제로 린치를 가했다면 신문에는 이런 제목이 실렸을 것이다, '카포스바 시 근교에서 헝가리 수상 린치 사건 발생', 그랬더라면 더욱 떠들썩했을 것이다, 지식인들은 린치를 런치로 읽으며 웃었을 테고, 나머지 80퍼센트의 사람들은 이렇게 말했으리라, 그리 딱한 일도 아니야, 혹은 좀 안되기는 했지만 나하고 상관없는 일이야, 차라리 그런 일이 이곳에서 벌어졌으면 좋겠어.

베를린에는 웃음소리가 넘쳐난다. 도브린 빵집 근처, 카이저 빌헬름 가 모퉁이에 세 사람이 한 테이블에 앉아 있다, 뚱뚱한 사내, 즉 성격이 쾌활한 사내와 그의 조그만 애인이다, 포동포동한 이 여자는 웃을 때 비명 좀 지르지 말았으면 좋겠다, 그리고 또 한 사람이 있는데, 그는 앞서 말한 사내의 친구다, 이 사람은 대화에서 빠져 있다, 뚱뚱한 그 사내가 술값을 내는 대신 그냥 듣고만 있다가 그들과 함께 웃어 주는 게 전부다. 다 걱정이 없는 사람들이다. 그 통통한 갈보는 오 분마다 그 허풍쟁이 사내의 입술에 키스를 하며 소리를 지른다. "이분은 정말 재미있으셔!" 그러면 사내는 그 여자의 목을 핥아 대는 데 족히 이 분은 걸린다. 다른 사내가 그 모습을 지켜보며 무슨 생각을 하든 그녀는 아랑곳하지 않는다. 허풍쟁이 사내가 말한다. "그때 여자가 남자한테 이렇게 말했어, 당신 방금 나한테 무슨 짓을 한 거예요? 그 여자가 그에게 말했어, 방금 무슨 짓을 했느냐고요. 세 번째로 들려줄 얘기는 이거야, 한 방 쐈지!" 함께 있던 사내가 싱긋 웃으며 말한다. "자넨 정말 끝내주게 웃기는 녀석이야." 그 허풍쟁이는 기분이 좋아져서 말한다. "그래도 자네의 그 멍청함을 따라가겠나?" 그들은 고기 수프를 먹는다, 뚱뚱한 사내는 다시 지껄여 댄다.

"어느 낚시꾼이 연못에 갔더니 처녀가 하나 앉아 있기에 그녀에게 이렇게 말했대. '저기, 피셔(Fischer) 양, 우리 언제 함께 낚시질하러 갈까요?' 그랬더니 그녀가 말했어. '제 이름은 피셔가 아니라 포겔(Vogel)*이에요.' '아이고, 그러면 더 잘됐네요.'" 세 사람은 배꼽을 쥐고 웃는다. 뚱뚱한 사내가 말한다. "사실 오늘은 말이야, 집에 가서 잡탕 수프를 끓여 먹을 생각이거든." 갈보가 하는 말, "이분은 정말 재미있으셔!"

"자, 잘 들어 봐, 이런 얘기 들어 봤나. 한 아가씨가 말했어. '혹시 아프로포가 무슨 말인지 아세요?' '아프로포? 그건 '앞으로 넣어'라는 뜻이야.' '아, 그렇군요.' 그녀가 말했어, '저는 그 말을 듣는 순간 점잖지 못한 말일 걸로 생각했어요! 킥킥 킥!'" 아주 흥겹고 재미있는 자리다, 그 젊은 아가씨는 여섯 번이나 화장실을 들락거려야 했다. "그때 암탉이 수우웃탉한테 말했어, 나도 한번 해애애애 줘요. 여기 계산 좀 해 줘요, 코냑 세 잔, 치즈 빵 두 개, 고기 수프 3인분에다 신발 가죽 3인분." "신발 가죽이라뇨? 그건 비스킷이었는데." "그래, 당신이야 비스킷이라고 하든 말든 나는 신발 가죽이라고 부를 거요. 더 작은 돈은 없소? 우리 집에는 꼬맹이가 요람에 누워 있는데, 애한테 빨아 먹으라고 은화 한 닢을 입에다 물려 주거든요. 자, 가자고, 내 사랑. 웃고 즐기는 시간은 끝났어, 어서 우리 갈 길

---

* '낚시꾼'에 해당하는 독일어는 Fischer이고 Vogel은 '새'를 뜻한다. 독일어로 vögeln은 '성교하다'라는 뜻이다. Vogel과 Vögeln의 발음과 뜻을 가지고 언어유희를 한 것이다.

로 꺼지자고."

많은 부인들과 처녀들이 알렉산더 가와 광장을 거닌다, 각자 배 속에는 태아가 들어 있다, 태아는 법에 의해 보호된다. 밖에서는 부인들과 처녀들이 더위로 땀을 흘리지만 태아는 아기집에 편히 들어앉아 있다, 아기집 안쪽은 태아를 위해 온도가 적절하게 조절되어 있다, 태아는 지금 알렉산더 광장을 걸어가고 있다, 하지만 나중에 가면 태아들은 대부분 좋지 않은 상황을 겪게 될 것이다, 그러니 너무 일찍 웃지 않는 게 좋으리라.

어떤 사람들은 주위를 서성이면서 무엇이든 훔치려 하고, 또 어떤 사람들은 배를 든든하게 채운 상태이고 또 어떤 사람들은 어떻게 하면 배를 채울까 생각 중이다. 하얀 백화점은 완전히 몰락했다, 예전 같으면 곳곳에 상점들이 가득 들어차 있었겠지만 이제는 외양만 상점일 뿐이다, 사실 이제는 외침 소리, 부르는 소리, 지저귐, 찍찍 쨀쨀, 숲도 없는 지저귐뿐이다.

내가 돌이켜 태양 아래서 모든 학대를 보았노라, 오호라, 학대 받는 자들이 눈물을 흘리되, 저희를 위로해 주는 자 없노라, 저희를 학대하는 자의 손에는 권세가 있더라. 그러므로 나는 살아 있는 산 자보다 죽은 지 오랜 죽은 자들을 찬양하였노라.[*]

죽은 지 오랜 죽은 자들을 나는 찬양하였노라. 범사가 때가 있으니 꿰맬 때가 있고 찢을 때가 있으며 지킬 때가 있고 버릴

---

[*] 「전도서」 4장 1절 이하 참조.

때가 있다. 죽은 지 오랜 죽은 자들을 나는 찬양하였노라, 나무 밑에 누워 잠들어 있는 자들을.

그리고 다시 에바가 사람들 눈을 피해 찾아온다. "프란츠, 이제 알아보러 나서야 하지 않겠어요? 벌써 삼 주가 지났어요, 만약 당신이 내 것인데 그렇게 걱정도 안 하고 있다면 어쩌겠어요." "아무한테도 말을 할 수가 없어, 에바, 그것을 아는 사람은 당신과 헤르베르트 그리고 함석장이 정도야, 그 밖에는 없어. 아무한테도 말을 할 수 없어, 그랬다가는 녀석들이 나를 비웃을 테니까. 경찰서에 신고를 할 수도 없는 일이야. 나한테 아무것도 안 줘도 괜찮아, 에바. 나는 말이야, 나는 다시 일하러 갈 거야." "아니, 어쩌면 그렇게 전혀 슬퍼하지 않을 수가 있어요, 눈물 한 방울도 안 흘리고! 당신을 마구 흔들어 주고 싶어요. 어떻게 해야 할지 모르겠어요." "나도 마찬가지야."

분위기가 심상치 않다, 악당들끼리 다투다

10월 초, 품스가 걱정하던 싸움이 패거리들 사이에서 벌어진다. 문제는 돈이다. 품스는 여느 때나 다름없이 패거리에게 가장 중요한 것은 장물의 처리라고 생각한다, 반면에 라인홀트를 비롯하여, 물론 프란츠까지 포함한 다른 녀석들은 물건을 훔치는 일이 중요하다고 여긴다. 그러니까 장물의 처분 실적이 아니라 물건을 훔쳐 온 실적에 따라 이익을 배분해야 한다는 것이다. 품스가 늘 너무 많은 배당금을 챙긴다. 품스는 장물아비들과의 독점적인 관계를 남용하고 있으며 믿을 만한 장물아비들은 품스하고만 거래를 하려 한다고 힐난한다. 이 패거리들은, 품스가 많은 양보를 하여 자신들에게 이런저런 여지를 주고 있는데도 뭔가 대책을 마련해야 한다고 생각한다. 그들은 협동조합 같은 방식을 원한다. 품스는 이미 그렇게 하고 있다고 말한다. 그러나 그들은 그의 말을 믿지 않으려 한다.

이윽고 슈트랄라우 가에서 강도질이 벌어진다. 품스는 이제 더 이상 주도적인 역할을 할 수 있는 입장이 아닌데도 그들과 함께한다. 대상은 슈트랄라우 가에 있는 붕대 공장이다, 안마당이 딸린 건물이다. 그들은 사무실의 금고에 돈이 있다는 냄새를 맡았다. 품스를 한 방 먹이자고, 이번엔 물건이 아니고 현금이니까. 그러면 돈을 배분할 때 속임수도 있을 수 없다. 그것이 품스가 이번 일에 직접 나선 이유이기도 하다. 패거리 중 두 사람이 소방용 비상계단을 타고 올라가 얼른 사무실 앞문 자물쇠를 연다. 함석공이 투입된다. 사무실에 있는 캐비닛은 모두 해체한다, 고작 이삼 마르크와 몇 장의 우표만 있을 뿐이다, 복도에는 휘발유 통이 두 개 있다, 혹시 쓸데가 있을지 모른다. 이어 그들은 함석장이 카를이 작업을 시작하기를 기다린다. 운이 나쁘게도 그는 금고 여는 작업을 하다가 용접 버너에 손을 데어 더 이상 일을 못한다. 라인홀트가 덤벼 보지만 서툴다. 품스가 그의 손에서 용접 버너를 빼앗아 해 본다, 그러나 역시 신통치 않다. 일이 갈수록 삐걱거린다. 일을 중단할 수밖에 없다, 경비원이 곧 온다.

그들은 화가 치밀어 휘발유 통을 집어 들고서 온갖 가구들과 빌어먹을 놈의 금고에다 마구 들이부은 뒤 거기에다 성냥

불을 그어 던진다. 품스가 승리하는 건가? 그러나 그들은 승리를 쉽게 허락하지 않는다. 성냥불을 은근슬쩍 빨리 던져 품스가 약간의 화상을 입는다, 그나마 그게 그들이 해낸 일이다! 이런 자식은 뭣하러 여기 온 거야. 그의 등이 다 탔다, 그들은 계단을 달려 내려가며 "경비원"이라고 신호를 보낸다, 품스는 그때 가까스로 자동차에 올라탄다. 이 친구 이번 일에서 뼈저리게 배운 게 있을 거다. 그런데 돈은 어디 가서 구하지?

품스는 녀석들을 웃어 줄 수 있다. 그래도 물건을 훔치는 게 더 좋은 거다. 뭣이든 전문가가 해야 해. 이제 어쩜담. 품스는 착취자, 흡혈귀, 사기꾼이라는 비난을 받는다. 그러나 녀석들은 도가 너무 지나치면 그가 자신의 인맥을 이용해서 새로운 패거리를 모을 수 있다는 것을 모른다. 목요일에 스포츠 클럽에서 그는 선언할 작정이다, 나는 내가 할 수 있는 일을 할 거다, 원한다면 계산서를 보여 주겠다, 그런 건 써 줘 봤자 어떻게 증명할 수도 없다, 우리가 함께하지 않겠다면 클럽에서 그쪽 편 녀석들은 이렇게 말할 거다, 너희가 함께할 생각이 없다면 우리로서도 어쩔 수 없다, 그는 그가 할 수 있는 것만 할 뿐이니까. 그가 돈을 좀 더 가져간다고 해서 너무 그렇게 흥분할 것도 없다, 너희는 돈벌이를 하는 여자들이 있지 않은가. 그는 보잘것없는 늙은 마누라만 있을 뿐이다. 그리하여 그들은 예전과 같은 방식으로 그 빌어먹을 놈의 착취자, 흡혈귀와 계속해서 일을 하는 수밖에 없다.

그 함석장이를 향해, 슈트랄라우 가에서 일을 제대로 처리하지 못하는 바람에 그들을 모두 바보로 만들어 버린 그 친구를 향해 모두의 분노가 폭발한다. 이런 돌팔이 같은 녀석은 필요 없다. 그는 손에 화상을 입어서 이런저런 치료를 다 받아 본다, 늘 일을 잘했던 그였지만 이제는 욕지거리만 들을 뿐이다.

녀석들은 나를 함부로 다루었어, 그는 생각한다, 그리고 앙심을 품고 다닌다. 겨우 일거리를 하나 얻었는데 녀석들 때문에, 일을 망쳤어. 조금만 술을 마셔도 여편네는 난리를 치는 거야, 그런데 섣달 그믐날 집에 가 보니 그 망할 년이 집에 없더군. 아침 7시가 돼서 온 거야, 다른 놈하고 자고서 말이야, 그년이 나를 속인 거야. 그 뒤로 나는 일자리도 여편네도 잃었어. 그리고 그 조그만 미체도 말이야, 이 나쁜 개 같은 자식 라인홀트. 그 애는 내 거였어, 그놈한테는 가려 하지 않았지, 그 애는 나와 함께 차를 타고 가로수 길을 달려 네카 파티에도 갔었어, 그때 그녀는 내게 키스도 해 주었어, 그런데 그 자식이 그녀를 내게서 빼앗아 간 거야, 내가 돈도 없는 바보 천치라서. 개 같은 놈의 새끼, 그러더니 그 여자를 몰래 죽였어, 살인마 자식, 제 녀석을 좋아하지 않는다고 말이야, 이제 와서는 통이 큰 놈이나 되는 것처럼 행세를 하고 있어, 나는 손이나 데고, 녀석이 그 여자를 나르는 것이나 도와주었으니. 그 자식은 정말 강도에다 살인범이야. 차라리 내가 차지할걸 그랬어, 그 자식 대신에. 나는 정말 바보인가 봐.

함석장이 카를을 조심하라,
그의 마음속에서 무슨 일인가 벌어지려 한다

함석장이 카를은 대화를 나눌 만한 상대를 찾아 나선다. 티츠 백화점 맞은편에 있는 알렉산더 크벨레 술집에 그는 앉아 있다, 그의 옆쪽에는 소년원에서 도망쳐 나온 소년 둘과 하는 일이 뭔지 불분명한 사내 하나가 있다, 그는 닥치는 대로 아무 일이나 다 한다고 말한다, 본래는 숙련된 수레 목수라고 한다. 이 사람은 그림을 잘 그린다, 그들은 테이블에 함께 앉아 소시지를 먹고 있고, 그동안 젊은 수레 목수는 노트에다 음란한 그림을 그리고 있다, 여자들과 남자들 그림이다, 소년원생들은 그것을 보고 무척 좋아한다, 함석장이 카를도 그것을 물끄러미 바라보며 생각한다, 그림 한번 잘 그리는군. 세 젊은이는 줄곧 웃어 댄다, 두 소년원생은 당찬 녀석들이다, 녀석들은 방금 전엔 뤼커 가에 있었는데 그곳에서 경찰의 일제 소탕 작전을 피해 뒷문으로 도망쳐 왔다. 그때 함석장이 카를은 바 쪽으로 걸어간다.

그때 막 두 사내가 천천히 술집 안을 돌면서 좌우로 분위기를 살피다가 한 남자에게 다가가 말을 건다, 그러자 그 남자는 신분증을 꺼내 보여 준다, 두 사내는 그것을 들여다보며 몇 마디 건넨다, 그리고 두 사나이는 드디어 세 녀석이 앉아 있는 테이블로 다가온다, 녀석들은 깜짝 놀라기는 했지만 끽소리도 안 한다, 단 한 마디도 하지 않는다, 그냥 자연스레 하던 이야기를 한다, 이 녀석들은 분명 짭새들이야, 뤼커 가의 술집에서 온 거 같군, 거기서 우리를 본 모양이야. 수레목수는 별일 없다는 듯 계속해서 그 천박한 그림을 그리고 있다, 그러자 짭새들 중 하나가 그에게 귀엣말로 "경찰이오."라고 하며 재킷을 열어젖혀 조끼에 달려 있는 경찰 배지를 보여 준다. 그의 동료도 두 젊은이를 상대로 똑같은 행동을 한다. 두 녀석은 신분증이 없고, 수레 목수는 의료 보험 진찰권과 어떤 아가씨에게서 온 편지를 가지고 있을 뿐이다, 셋 다 카이저 빌헬름 가의 파출소로 끌려간다. 젊은 녀석들은 위층에 올라가자 도대체 어떻게 된 일이냐고 급히 묻는다, 다음 순간 그들은 기절초풍을 하고 놀란다, 짭새들이 이렇게 말해 주었기 때문이다, 뤼커 가에서는 본 일이 전혀 없는데, 참으로 우연하게도 알렉산더 크벨레 술집에서 그들과 마주친 거라고. 아이고, 그럴 줄 알았으면 도망쳐 나왔다는 말을 하지 말걸. 그들은 함께 껄껄대고 웃는다. 그 짭새는 그들의 어깨를 두드리며 말한다, "원장님도 너희들이 돌아가면 기뻐하실 거야." "그런데 그분은 지금 휴가 중인 걸요." 수레 목수는 파출소에서 경찰들 앞에 서 있다, 그는 제법 그럴싸한 말로 그 상황에서 빠져나간다, 주소도 맞고 다 좋은데 수레 목수라고 보기에는 손이 너무 곱다, 그 점을 짭새 하나가 문제 삼으며 그의 손을 요리조리 뒤집어 본다, 그런데 지난 일 년 동안 일거리가 전혀 없었어요, 말해 줄까, 내 눈에 당신이 어떻게 보이는지? 당신 동성애자지, 호모라고, 글쎄요, 무슨 말씀인지 전혀 모르겠네요.

한 시간 뒤 그는 다시 술집으로 돌아간다. 함석장이 카를은 테이블에 앉아 빈둥대고 있다, 수레 목수는 얼른 그에게로 다가간다.

"자넨 뭘 해 먹고 사나?" 12시다, 카를이 그에게 묻는다, "뭘 해 먹고 사느냐고? 그러는 자넨 뭘 해 먹고 사나?" "아무거나 걸리는 대로 하지." "나한테 말하기가 좀 뭐한가 보군." "자네도 그 점에서는 수레 목수가 아니잖아." "자네가 함석장이이듯 나는 수레 목수야." "그런 말은 그만두게. 내 손 좀 봐,

화상을 입었어. 용접 작업까지 한다니까."“보아하니 나름 딴일 하다가 데이신 모양이군, 아닌가?"“딴 일이라니! 한 푼도 못 번걸."“대체 누구와 손잡고 하나?"“웃기는 자식, 뭘 자꾸 그렇게 캐묻고 그래?" 카를이 수레 목수에게 묻는다. “자넨 무슨 클럽에 들어 있지?"“쇤하우스 구역."“흠, 볼링 클럽이군."“자네도 아나?"“그럼, 그 볼링 클럽을 잘 알지. 거기 사람들한테 가서 한번 물어보게, 혹시 함석장이 카를을 모르냐고. 미장이 일을 하는 파울레는 아직도 거기 있나?"“젠장, 자네가 그를 어떻게 알지? 그는 내 친구야."“브란덴부르크에 같이 있은 적이 있지."“맞아, 그래, 그래. 그런데 말이야, 혹시 내게 5마르크 정도 줄 수 없겠나, 나는 지금 동전 한 푼 없어, 안 그러면 하숙집 안주인이 나를 내쫓을 거야, 쫓겨나면 아우구스트 보호 시설로 가야 하는데 거기는 가기 싫거든, 분위기가 늘 험악해서 말이야."“5마르크, 그 정도야 주지. 그 정도만 원한다면."“정말 고맙네. 자, 그러면 우리 사업에 대해 한번 이야기해 볼까?"

수레 목수는 입담이 센 사나이다, 때로는 여자들한테 관심을 보이다가 때로는 또 소년들에게 관심을 보인다. 이 인간은 곤경에 처하면 남에게 돈을 빌리거나 도둑질을 한다. 그와 함석장이와 쇤하우스 클럽 출신의 또 다른 남자, 이렇게 셋은 독립해서 일을 하기로 작정한다, 자, 시작합시다, 당장 해치우자고요. 뭔가 훔칠 것이 있으면 수레 목수 클럽 쪽에서 누군가가 합세한다. 먼저 그들은 오토바이를 훔친다, 기동성을 갖춘 그들은 주변을 돌아다니며 잘 정탐할 수 있다. 이렇게 해서 그들은 베를린에만 국한하지 않는다, 뭔가 묘안이 떠오르거나 우연찮게 교외에서 뭔가를 발견하면 말이다.

그들이 저지른 일 중의 하나는 참말로 웃긴다. 엘자스 가에는 기성복 가게가 있고, 그들의 클럽에는 재단사들이 몇 있어서 이들은 물건들을 잘 처분한다. 어느 날 밤 3시에 세 사람은 그 가게 앞에 서 있다, 그런데 마침 경비원도 그곳에 서서 가게를 바라본다. 수레 목수가 묻는다, 이 집에 무슨 일이 있지, 그러자 다른 사람들도 대화에 끼어든다, 대화는 도둑질로 넘어간다, 요새는 세상이 험해서 대부분의 녀석들이 주머니에 권총을 가지고 다니지, 그러다가 녀석들은 발각되기만 하면 그 자리에서 사람을 쏴 죽인단 말이야. 그러자 다른 셋이 말한다, 흠, 그런 일에는 끼고 싶지 않아, 그런데 저 기성복 가게에는 정말 뭐라도 건질 만한 게 있는가? 아니, 뭔 소리 하는 거야, 물건들이 널렸다고, 신사복, 외투 등 없는 게 없어. 그렇다면 좋아, 당장 올라가서 새 옷으로 갈아입자고. "당신들 머리가 어떻게 된 거 아니오, 우리 주인을 힘들게 하지 말라고." "힘들게 하다니, 누가 지금 그딴 소리를 하고 있어? 당신도 결국 사람이잖아, 돈 벌이도 신통치 않을 거고, 대체 여기서 경비를 서고 얼마나 받소, 동지?" "그런 얘기는 할 것도 없소. 나이 예순이 돼서 연금이나 몇 푼 받고 아무 일도 할 수 없는 신세면 시키는 대로 할 도리밖에 없소." "내가 하고 싶은 말이오, 당신처럼 늙은이가 밤에 이런 데 서 있으면 신경통에 걸린다는 거요, 당신도 전쟁터에는 나갔었겠지?" "향토 방위대로 갔다 왔소, 폴란드에, 하지만 삽질이나 하는 게 아니었소, 믿지 않겠지만, 우리는 참호에 틀어박혀 싸웠소." "그런 얘기는 할 필요 없어요. 우리도 그랬으니까. 병에 걸리지 않은 사람이라면 누구나 즉시 참호에 투입되었소, 그 덕에 당신도 여기 이렇게 서 있는 거요, 동지, 저 위에 계신 양반의 물건을 훔쳐 가지 못하게 지키면서 말이오. 이봐요, 친구, 이곳에서 한탕 해 보지 않겠소? 당신 숙직실은 어디요, 친구?""안 돼, 그건 안 돼요, 나는 그렇게 강심장이 못 되오, 주인집이 바로 옆이오, 그 양반이 금방 알아챌 거요, 깊은 잠을 자는 양반이 아니니까.""쥐 죽은 듯이 하겠소, 알겠소. 자, 가서 커피나 한잔 같이 합시다, 커피 포트는 있겠지, 가서 얘기나 하자고요. 뭣하러 그 자식 걱정을 해요, 그런 비곗덩어리를."

실제로 그들 네 사람은 곧 위층 사무실 안의 숙직실에 올라가 커피를 마신다, 그중에서도 수레 목수는 머리 회전이 가장 빠르다, 그는 경비와 무슨 말을 소곤소곤 주고받는다, 그사이 다른 두 사람은 슬쩍 빠져나가 물건들을 챙기기 시작한다. 경비는 자꾸만 자리에서 일어나려 한다, 임무대로 순찰을 돌려 한다, 그는 이 일에는 관심도 없다, 마침내 수레 목수가 말한다. "저 두 사람이 하는 일에 대해서는 모른 척하시오, 당신이 모른 척하면 뭐라 할 사람 아무도 없으니까.""모른 척하라니 그게 무슨 소리요.""그러면 우리의 계획을 말해 주지, 내가 당신을 묶겠소, 당신은 습격을 당한 거요, 당신은 노인이니 갑작스럽게 당신 머리에다 보자기를 뒤집어씌우면 꼼짝도 못해요, 게다가 입에는 재갈을 물리고 다리까지 묶어 놓을 테니까.""말도 안 돼!""괜히 성가시게 굴지 말라고, 그런 거만하기 짝이 없는, 뚱뚱한 돼지 자식 때문에 대갈통에 구멍이라도 뚫리고 싶나? 자, 커피나 다 마시고 계산은 모레 합시다, 사는 곳이 어디요? 자, 여기다 잘 적어 줘요, 정직하게 나누기로 합시다, 자, 악수!""그러면 대가로 나는 얼마나 받는 거요?""저 녀석들이 챙겨 오는 물건의 양에 달렸소. 100마르크는 보장하겠소." "200마르크로 합시다." "그래, 좋아요." 그런 다음 그들은 담배를 피우고 커피포트의 커피를 다 마신다, 그들은 챙길 대로 다 챙긴다, 자, 이제 안전한 차를 한 대 부르자, 함석장이가 전화를 한다, 그들은 운이 좋다, 삼십 분 뒤 장물용 자동차가 문 앞에 대기한다.

이어 웃기는 상황이 벌어진다. 늙은 경비가 안락의자에 앉자 수레 목수는 철사로 그의 다리를 묶는다, 그러나 너무 아프지는 않게. 이 노인네는 정맥류가 있어서 다리 부분이 예민하다. 이어서 그는 노인의 팔을 전화선으로 꽁꽁 묶는다, 그런 다음 그들은 이제 셋이서 노인을 놀리기 시작한다, 얼마나 가지고 싶나, 300? 아니 350? 그런 다음 그들은 가서 아동용 바지 두 벌과 튼튼한 여름용 외투를 한 벌 가져온다. 그들은 아동용 바지로 경비를 안락의자에 꽁꽁 묶는다, 그러자 경비가 말한다, 이만하면 된 것 같소. 그러나 그들은 그를 더욱 짓궂게 놀린다, 그는 반항하다가 싸대기를 몇 대 얻어맞는다, 노인이 소리를 지르기 전에 외투를 머리에 뒤집어 씌우고 혹시 모르므로 손수건으로 가슴팍을 동여맨다. 그들은 물건들을 낑낑대며 자동차에 싣는다. 수레 목수는 판지 두 개에다 이렇게 쓴다. "주의! 방금 포장했음!" 그는 그것을 경비의 가슴과 등에 걸어 놓는다. 그런 다음 그들은 떠난다. 이렇게 편하게 돈을 벌어 본 것도 참으로 오랜만이다.

그러나 경비는 겁이 나기도 하고 그렇게 꽁꽁 묶여 화가 나 속이 부글부글 끓는다. 여기서 어떻게든 빠져나가야지. 녀석들이 문을 열어 놓고 가 버려서 다른 녀석들이 들어와 물건을 훔쳐 갈 거야. 두 손은 꼼짝할 수 없지만 다리에 묶은 철사가 벌어진다, 앞을 볼 수 있으면 좋을 텐데. 이어 노인은 몸을 웅크리고서 잔걸음으로 앞으로 나아간다, 안락의자를 등에 진 폼이 꼭 달팽이가 껍질을 등에 업은 것 같다, 사무실을 가로질러 무작정 앞으로 나아간다, 몸뚱이에 딱 달라붙어 있는 손도 뽑아내지 못하고, 머리에 뒤집어씌워져 있는 두꺼운 외투도 벗어던지지 못한다. 그는 여기저기 가서 머리를 부딪치면서 복도로 통하는 문까지 더듬어 나아간다, 그러나 문을 빠져나가지 못한다, 순간 그는 걷잡을 수 없이 분노한다, 그는 뒤로 물러섰다가 몸을 날려 안락의자로 문짝의 정면과 옆쪽을 후려친다. 안락의자는 떨어져 나가지 않지만 문짝이 우지끈거린다, 조용한 집에 소리가 울린다. 앞을 못 보는 경비는 계속해서 뒤로 물러섰다가 앞으로 돌진하기를 반복한다, 그때마다 문짝이 우지끈, 쾅 소리를 낸다, 누가 와야 해, 앞을 봤으면 좋겠군, 개 같은 자식들 값을 치르게 해 주겠어, 이놈의 외투를 벗어 던져야 해, 그는 도와달라고 소리를 지르지만 외투가 소리를 죽인다. 채 이 분도 안 되어 주인은 잠에서 깬다. 3층에서도 사람들이 몰려온다. 그때 노인은 안락의자에 등을 기댄 채 고개를 떨어뜨린다, 정신을 잃었다.

이윽고 난리법석이 난다, 강도가 들었구나, 노인을 꽁꽁 묶어 놓고서, 이딴 노인은 정말 쓸데가 없구나, 돈 아끼려다가 결국 늘 이런 꼴이라니.

그 작은 패거리는 쾌재를 부른다.

보라고, 품스나 라인홀트, 그리고 그 싸움질만 하는 무리들이 무슨 필요가 있어.

그러나 사태가 중대한 국면을 맞으면서 모든 것이 그들이 생각한 것과 전혀 다르게 진행된다.

사태가 중대한 국면을 맞다,
함석장이 카를이 체포당해 모든 걸 불어 버리다

라인홀트는 프렌츨라우에 있는 술집에서 함석장이를 만나 자기들과 함께 일하자고 말한다, 철물공을 하나 구하려 했으나 못 구했다면서. 그들은 별실로 들어간다, 라인홀트가 말한다. "왜 안 오겠다는 거야? 대체 지금 무슨 일을 하고 있는데? 우리도 다 들어서 알고 있어." "너희들한테 괴롭힘을 당하고 싶지 않거든." "딴생각을 하고 있나 보군." "내가 뭘 하든 너희 하고는 전혀 상관없어." "돈 좀 있나 보군, 하지만 우리하고 일해서 돈을 벌어 놓고 이제 와서 굿바이한다고? 어림도 없지." "어림도 없다니, 그게 무슨 소리야? 너희가 먼저 나 같은 놈은 필요 없다고 해 놓고 이제 와서는 느닷없이 함께 일하자고?" "우리하고 일해 줘. 사람을 구할 수가 없어서 그래, 안 그러면 우리하고 일해서 번 돈 다 내놔. 임시직 일꾼은 필요 없으니까." "그러면 진작 그랬어야지, 라인홀트, 그 돈은 이제 없어." "그렇다면 함께 일해 줘야겠어." "못 하겠다고 이미 말했잖아." "이봐, 카를, 네 뼈다귀를 하나하나 다 부러뜨리겠어, 네놈을 산 채로 굶겨 죽이겠어." "웃기지 좀 마. 너 취했냐? 내가 뭐 네 마음대로 다룰 수 있는 어린 갈보처럼 보이냐?" "그래? 그럼 좋아. 자, 어서 꺼져. 네놈이 갈보든 아니든, 그건 아무 상관없어. 잘 생각해 봐. 다시 보자고.""좋아." 그는 낮질하는 자.

라인홀트는 어떻게 할 것인지 다른 녀석들과 궁리한다. 철물공이 없으면 그들은 맥을 못 춘다, 게다가 지금은 철이 좋다, 라인홀트는 두 명의 장물아비에게서 주문까지 받아 놓았다, 폼스에게서 빼내 온 장물아비들이다. 그들은 의견이 같다, 우리는 함석장이 녀석을 고문실에 처넣어야 해, 녀석은 사기꾼이야, 언제라도 우리 모임에서 도망칠 녀석이야.

함석장이는 알아챈다, 뭔가 자신을 옥죄어 오는 낌새가 있음을. 그는 프란츠를 찾아간다, 프란츠는 거의 셋방에 죽치고 있다, 프란츠에게 뭔가 감추고 있는 사실을 알려 달라고 또는 좀 도와달라고 부탁한다. 프란츠는 말한다. "슈트랄라우 가 위층에서 자네가 우리를 물먹였잖아, 그러더니 나중에 가서는 우리를 버리고 말이야, 더 이상 말할 것도 없어.""라인홀트를 더 이상 상대하기 싫어서 그랬어요. 그 자식은 나쁜 놈이에요. 당신만 모르고 있지.""괜찮은 녀석이야.""참 바보군요, 세상을 그렇게도 모르다니, 눈이 없나 보군요.""내 머리를 더 이상 그런 쓸데없는 말로 채우지 말라고, 카를, 들을 만큼 들었으니까, 우리는 한탕 하러 갈 테니, 자네는 그냥 지켜보기나 하라고. 조심해, 무슨 일을 당할지 모르니까.""라인홀트 자식 때문에? 웃는 내 얼굴이나 봐요! 더 이상 입을 크게 벌릴 수가 없군요. 정말 배가 뒤틀리는군요. 나도 녀석만큼 강하다고요. 녀석은 나를 제 계집들 중의 하나 정도로 생각하나 본데, 더 이상 말하지 않겠어요. 와서 해볼 테면 해보라고.""이제 그만 좀 해. 아무튼 몸조심 하라고."

그런데 우연스럽게도 함석장이는 두 친구와 함께 이틀 뒤

프리덴 가에서 한탕 하던 중에 체포된다. 수레 목수도 붙잡혔지만 망을 보고 있던 또 다른 녀석만은 도망쳤다. 경찰서에서 곧 카를이 엘자스 가의 강도 사건에도 연루되었다는 사실이 드러났다, 커피 잔에 지문이 여기저기 묻어 있었다.

어쩌다가 내가 체포됐을까, 카를은 생각한다, 짭새들이 어떻게 냄새를 맡았지? 그 개 같은 자식, 그 라인홀트 자식이 밀고한 게 틀림없어! 열이 받쳐서 그러는 거야! 내가 제 녀석과 같이 일하지 않는다고. 녀석이 나를 물먹이려 하는군, 더러운 자식, 우리를 함정에 빠뜨렸어. 이런 더럽고 치사한 자식은 내 생전 처음이야. 그는 수레 목수에게 비밀 쪽지를 보낸다, 라인홀트의 짓이야, 녀석이 밀고한 거야, 그 녀석도 함께 했다고 말할 거야. 복도에서 그를 보자 수레 목수는 고개를 끄덕인다. 카를은 예심 판사에게 면담을 신청하고 경찰서에서도 이렇게 말한다. "라인홀트도 그 일에 가담했는데, 먼저 도망쳤습니다."

그들은 라인홀트를 그날 오후로 즉시 체포한다. 그는 모든 혐의를 부인한다, 알리바이가 있다고 말하면서. 그러나 그는 얼굴이 분노로 일그러진다, 예심 판사 방에 다른 두 녀석이 나타나 그와 마주하더니 이 자식들이 그 역시 기성복 가게 털이 현장에 있었다고 말하는 게 아닌가. 판사는 그들의 말을 심각하게 들어 보더니 그들의 얼굴을 살핀다, 뭔가 미심쩍은 구석이 있군, 이 녀석들은 서로에 대해 뭔가 분개하고 있어. 실제로, 이틀 뒤 라인홀트의 알리바이가 틀림없으며 그가 포주이기는 하지만 이번 사건과는 관련이 없는 것으로 밝혀진다.

10월 초순의 일이다.

그렇게 해서 라인홀트는 다시 풀려난다, 그러나 형사들은 그가 깨끗하지 않다는 것을 눈치채고 그를 보다 면밀히 관찰하기로 한다. 다른 두 사람, 즉 수레 목수와 카를은 예심 판사에게 호통을 맞는다. 괜한 헛된 수작 하지 말라, 라인홀트는 자신의 알리바이를 증명했다. 그러자 두 사람은 굳게 입을 다문다.

카를은 감방에 앉아 속을 부글부글 끓인다. 그의 처남이 찾아온다, 그와 이혼한 마누라의 남동생인 그와는 여전히 사이가 좋다. 그는 처남을 통해 변호사를 하나 구해 달라고 하면서 형사 사건에 밝은 사람으로 해 달라고 요구한다. 그는 변호사가 뭘 좀 아는지 얘기를 듣고 난 뒤 변호사에게 묻는다, 혹시 죽은 사람을 땅에 묻는 것을 도와주면 어떻게 되느냐고. "왜, 왜 그러죠?" "죽은 사람을 우연히 발견해서 매장할 경우 어떻게 되죠?" "혹시 당신이 숨기려는 사람 말인가요? 경찰 총에 맞아서 죽었거나, 뭐 이런 사람?" "아무튼, 자기가 직접 죽이지는 않았지만 시체가 남의 눈에 띄는 것을 원치 않을 경우 말입니다. 이럴 경우 어떤 불이익을 받나요?" "음, 죽은 사람이 당신이 아는 사람인가요? 시체를 땅에 묻으면 유리한 점이 있는 건가요?" "뭐가 유리해서가 아니라 우정에서 그러는 겁니다, 죽은 채로 그렇게 누워 있으니 남의 눈에 띄는 게 보기 싫어서 그러는 거죠." "경찰의 눈에 띌까 봐요? 그러면 그건 그냥 습득물 은닉죄에 불과하죠. 그 사람은 어떻게 죽었죠?" "그건 몰라요. 내가 그 자리에 있지 않아서. 다른 사람이 물어 달라고 해서 그냥 이야기해 본 겁니다. 같이 거든 것도 아니고. 아는 게 전혀 없었던 거죠, 전혀. 그냥 죽어서 누워 있었던 거죠. 그때 거들어 달라고 하더군요, 그 시체를 땅에 묻자고요."

"당신에게 그런 말을 한 게 누구죠?" "물어 달라는 부탁이요? 그냥 어떤 사람이죠. 그저 나는 내가 어떻게 되는지 그게 알고 싶을 따름입니다. 땅에 묻는 것을 거들어 주는 것만으로도 위법 행위가 되나요?" "그러니까, 그러니까 말입니다. 당신 말씀하신 대로라면 위법 행위가 안 됩니다, 설사 그렇다 해도 그렇게 심하지는 않아요. 만약 당신이 그 일에 전혀 관여하지 않았고 또 그 일에 전혀 관심도 없었다면요. 그런데 뭣하러 땅에 묻는 것을 도왔죠?" "묻는 것을 거든 까닭은, 아까 말했듯이, 우정 때문입니다, 그거야 아무러면 어떻습니까. 나야 전혀 그 일에 동참하지도 않았고 본디 시체가 발견되든 말든 관심도 없었으니까요." "혹시 당신들 패거리 사이에서 암살 같은 게 있었던 건 아니오?" "그럴 수도." "아니, 이런, 관둡시다, 대체 당신이 원하는 게 뭔지 갈피를 못 잡겠소." "됐어요, 변호사님, 나로서는 궁금했던 것을 다 알았으니까요." "그 사건에 대해 내게 좀 더 상세히 말해 주겠어요?" "하룻밤 더 자면서 생각해 볼게요."

이후, 함석장이 카를은 침대에 누워 잠을 이루어 보려고 애를 써 보지만 잠은 오지 않고 속에서 부화만 치밀어 오른다, 나야말로 세상에 둘도 없는 바보야, 라인홀트 녀석을 밀고하려 했지만 녀석은 벌써 다 알아차리고서 가만있지 않고 줄행랑을 쳤을 거야. 나는 정말 바보야. 더러운 자식, 개 같은 자식, 나를 이렇게 곤경에 빠뜨리다니, 내 말해 두지만, 녀석한테 본때를 보여 주겠어.

그렇지만 카를에게 밤은 지나갈 것 같지가 않다, 언제나 첫 종소리가 울릴까, 나는 아무래도 상관없어, 땅에 묻는 것을 그냥 좀 도와주었을 뿐인데 뭐라고 할 거야, 나야 몇 달 정도 살 겠지만, 녀석은 종신형에 처해지겠지, 모가지가 날아가지 않고 서는 다시는 바깥세상에 못 나올 거야. 예심 판사는 언제나 오 려나, 지금 몇 시나 됐지, 지금 이 시간에도 라인홀트 자식은 기차를 타고 도망치고 있겠지. 그런 개 같은 자식은 내 생전 처 음 본다, 그런데 비버코프가 그 녀석의 친구니, 이제 비버코프 는 어떻게 먹고 살지, 팔 하나로, 상이군인이 당하는 꼴이라니.

그러던 중 방사형 건물 안이 활기를 띤다, 카를은 자신의 면 담 표지판을 얼른 밖에다 내건다, 11시에 그는 예심 판사의 방 으로 간다. 이런, 얼굴 표정이 심상치 않은걸. "그런데 당신은 그 친구를 무척 미워하는군요. 그 친구를 벌써 두 번씩이나 고 발한 걸로 봐서. 그러다가 부디 궁지에 빠지지 않기를 바라오." 그러나 카를이 아주 자세하게 진술을 한 까닭에 정오에 자동 차 한 대가 마련되고, 예심 판사가 직접 차에 오르고 두 명의 건장한 경찰이 타고 두 사람 사이에 카를이 앉는다, 수갑을 찬 채로. 그들은 프라이엔발데를 찾아간다.

그렇게 해서 그들은 옛 길을 따라 달린다. 이렇게 차를 타 고 달리니 기분이 좋군. 제기랄, 차에서 뛰어내릴 방도를 알았 으면 좋겠는데. 이 개자식들이 수갑을 채워 놓아서 꼼짝도 할 수 없어. 게다가 녀석들은 권총까지 갖고 있으니. 아무 짓도 못 한다, 아무 짓도 못해. 달린다, 달린다, 가로수 길이 휙휙 지나 간다. 180일을 네게 바칠게, 미체, 어서 내 무릎에 앉아, 내 사 랑, 그 녀석은 개자식이야, 라인홀트 그 자식 말이야, 양심도 없는 녀석이야, 기다려라, 이 자식아. 미체를 더 생각해 봐야 지, 네 혀를 깨물어 줄게, 그녀는 애무도 참 잘하지, 어느 쪽으로 갈까, 오른쪽 아니면 왼쪽, 나야 상관없어, 아, 참으로 사랑스러운 아가씨.

그들은 언덕을 넘어서 숲 속으로 들어선다.

프라이엔발데는 예쁘다, 온천이자 아담한 휴양지이다. 요양소 정원의 샛길에는 노란 자갈들이 산뜻하게 깔려 있다, 안쪽에는 테라스가 딸린 술집이 있다, 그곳에 우리 셋이 앉아 있었다. 스위스와 티롤에 가면, 정말 기분이 좋아요. 티롤에 가면 갓 짜낸 따뜻한 우유가 있고 스위스에는 처녀가 있으니까요, 이야호! 그 뒤 녀석은 그녀를 데리고 사라졌어, 돈 몇 푼 받고서 나는 그 자리를 피해 준 거야, 그딴 형편없는 놈한테 가여운 처녀를 팔아먹다니, 그 자식 때문에 지금 감방 신세를 지고 있는 거야.

바로 그 숲이군, 가을빛으로 물들었어, 햇살도 따뜻하고, 나무의 우듬지들도 움직이지 않는다. "여기서부터 한참을 가야 해요, 그는 손전등을 들고 있었습니다, 찾기가 쉽지는 않을 거요, 하지만 그곳을 보면 금방 알아볼 수 있어요, 거의 공터였는데, 전나무 한 그루가 비스듬히 서 있고 구덩이가 하나 있었어요." "널린 게 구덩이인걸." "잠깐만요, 경감님. 너무 멀리 온 것 같아요, 모텔에서 이십 분 내지 이십오 분밖에 안 걸리는 거리였어요. 이렇게까지 멀지는 않았거든요." "뛰었다고 했잖소." "숲에 들어와서 뛴 거지 도로에서는 안 뛰었어요, 그랬다가는 사람들 눈에 금방 띌 테니까요."

그러던 중 드디어 바로 그 공터가 나타나고, 비스듬히 서 있는 그 전나무도 보인다, 모든 것이 그날 보았던 그대로이다. 나는 당신 거예요, 그녀의 심장이 박살 나고, 두 눈이 박살 나고,

입이 박살 났다, 조금 더 걸을까? 너무 세게 끌어안지 말아요. "이게 바로 그 검은 전나무군요, 맞아요."

사나이들이 말을 타고 그 고장으로 왔다, 조그만 갈색 말을 타고 먼 곳에서 왔다. 그들은 줄곧 길을 물어 가며 물가에까지 이르렀다, 큰 호수에 이르러 말에서 내렸다. 참나무에 말을 매어 놓고 물가에서 기도의 말을 읊조리고 땅에 엎드렸으며, 이어 배를 타고 물을 건넜다. 그들은 노래 불러 호수를 찬미하였으며 호수와 대화를 나누었다. 호수에서 보물을 찾으려는 게 아니었으며 다만 위대한 호수를 찬양하기 위함이었다, 호수 밑에는 그들의 우두머리가 잠들어 있었으니. 바로 그 때문에, 바로 그 때문에 이 사나이들은.

경찰들은 삽을 챙겨 가지고 왔으며, 함석장이 카를은 이곳 저곳 살피다가 그 지점을 가리켰다. 그들은 삽으로 땅을 찔렀다, 삽을 땅에 박자 땅은 물렀다, 그들은 땅을 더 깊이 파 들어갔다, 흙을 위로 던져 내면서, 바닥을 파헤쳤다, 깊은 곳에 솔방울이 묻혀 있었다, 함석장이 카를은 그 자리에서 서서, 들여다보고 또 들여다보며 기다린다. 바로 여기야, 분명 여기였어, 이곳에다 그 처녀를 파묻었는데. "깊이가 얼마나 됐소?" "25센티 정도, 그 이상은 아닙니다." "그러면 이미 충분히 팠는데." "그래도 여기가 맞아요, 좀 더 파 봐요." "계속해서 파라고 했다가, 파라고 했다가, 아무것도 안 나오기만 해 봐라." 땅이 파 엎어지고, 그들은 구덩이 바닥에서 시퍼런 풀을 밖으로 파낸다, 누군가 이곳을 파헤쳤음에 틀림없다, 어제나 오늘. 지금쯤 그녀의 모습이 보여야 하는데, 그는 벌써부터 소맷자락으로 코를 막는다, 벌써 썩어 문드러졌을지도 몰라, 벌써 여러 달 지난

데다 비까지 내렸으니. 구덩이 속에서 땅을 파고 있던 한 사내가 위쪽을 향해 묻는다. "어떤 옷을 입고 있었소?" "검은 스커트, 핑크 블라우스요." "비단인가요?" "비단이었던 것 같군요, 밝은 핑크빛의." "혹시 이런 거요?" 사나이들 중 하나는 레이스 조각 하나를 들어 보인다, 흙이 묻고 지저분하기는 했지만 핑크빛이다. 사내는 그것을 예심 판사에게 보여 준다. "소맷자락에서 떨어져 나온 것 같습니다." 그들은 계속해서 땅을 판다. 이곳에 뭔가가 묻혔던 것은 분명하다. 어제 아니면 오늘 누군가가 이곳을 파헤친 것 같다. 카를은 서서 생각한다, 그렇다면 상황은 이렇다, 녀석이 위험한 낌새를 느끼고서 그녀를 다시 파내 어딘가 물속에다 던져 버렸을 거야, 그러고도 남을 놈이니까. 예심 판사는 경감을 한쪽으로 데려가 한참 동안 뭔가 이야기를 나눈다, 경감은 메모를 한다. 그런 다음은 그들 셋은 자동차 쪽으로 돌아가고, 한 명은 그 자리에 남는다.

예심 판사는 걸어가며 카를에게 묻는다. "당신이 이곳에 왔을 때 그 여자는 이미 죽어 있었나요?" "네." "그걸 어떻게 증명할 수 있죠?" "그건 왜죠?" "그러니까 만약에 라인홀트가 나서서 당신이 그 여자를 죽였다거나 아니면 당신이 도왔다고 한다면 말이오." "운반하는 것은 도왔지요. 대체 내가 왜 그 여자를 죽인답니까?" "그 사람이 그 여자를 죽였거나 죽였을 법한 것과 같은 이유죠." "나는 그날 저녁에 그 여자와 있지도 않았다고요." "그래도 오후에는 함께 있지 않았소." "아무튼 그 후로는 같이 있지 않았어요. 그때만 해도 그 여자는 살아 있었지요." "알리바이가 쉽지 않겠소."

차를 타고 가던 중 예심 판사가 카를에게 묻는다. "그날 저녁, 아니, 그날 밤 라인홀트와 일을 치르고 나서 당신은 어디 있었소?" 빌어먹을, 그래, 말해 줄게. "여행을 떠났어요, 그자가 내게 자기 신분증을 주어 그걸 가지고 도망쳤습니다, 그렇게 해서 혹시 사건이 알려지게 되면 알리바이로 삼으려 한 거죠." "참 이상하군요. 왜 그렇게 한 거요, 납득하기 어렵네, 두 사람이 그렇게 친했소?" "오, 가난한 내게 그가 돈을 주었으니까요." "이제는 더 이상 당신 친구가 아닌 것 같은데, 그가 이제 돈이 없어서 그런 거요?" "그 자식이 내 친구라고? 그건 아닙니다, 판사님. 내가 왜 감방 신세를 지고 있는지 아시죠, 바로 그놈의 경비 건 때문이죠. 녀석이 나를 밀고한 겁니다."

판사와 경감은 서로 얼굴을 쳐다본다, 자동차는 질주하고 도로의 작은 웅덩이에 빠졌다가 튀어나오며 달린다, 가로수가 스치네요, 이곳은 녀석과 함께 달렸던 곳이다, 180일을 당신께 바치겠어요. "당신들 두 사람 사이에 무슨 일이 생겼나 보군, 우정이 깨졌나요?" "그래요, 당신이 알고 있는 것과 같아요. (내 속을 떠보려는 수작이야, 어림도 없지, 그런 것에 넘어갈 내가 아니지, 당장 관둬라, 속셈을 다 아니까.) 굳이 설명을 드리자면 사정은 이렇습니다, 판사님. 라인홀트라는 놈은 눈에 보이는 게 없는 자식이라서 나까지도 제거하려 한 겁니다." "그렇다면 그가 당신을 해치려고 무슨 짓을 했다는 거요?" "그런 건 아니고요. 하지만 말은 그렇게 했습니다." "그 이상의 것은 없어요?" "네." "그러면 일단 한번 두고 보기로 합시다."

미체의 주검은 이틀 뒤 그 구덩이에서 대략 1킬로미터 떨어진 곳에서 발견된다, 내내 같은 숲 속이다. 그 사건이 신문에 나자마자, 두 명의 정원사 보조 일꾼이 어떤 남자가 혼자서 근처에서 아주 무거운 트렁크를 들고 가는 것을 보았다고 신고한다. 두 사람은 그때 그것을 보고서 뭘 저렇게 낑낑대며 들고가는 거지 하며 이야기를 나누었으며 나중에 보니 그 남자는한숨 돌리려고 구덩이에 앉아 있더라는 것이다. 반 시간 뒤에돌아와 보니 그 남자는 셔츠 바람으로 여전히 그 자리에 앉아있었다. 트렁크는 보이지 않았는데, 아마 구덩이 속에 있었던것 같다. 두 사람은 그 사내의 인상착의를 아주 정확하게 묘사한다, 키는 1미터 75센티미터 정도, 어깨는 아주 넓고, 검은 중절모를 쓰고, 밝은 회색의 여름 양복을 입고, 깨소금 무늬 재킷을 걸치고, 어디가 아픈 사람처럼 걸을 때 다리를 질질 끌고, 이마가 아주 넓고 주름살이 많다. 두 일꾼이 말한 곳에는구덩이가 많아서 경찰견도 소용이 없다, 때문에 부근의 구덩이들을 모두 파 보기로 한다. 한 구덩이를 몇 번 삽질하자 금방갈색의 큰 종이 상자가 나타난다, 상자는 끈으로 묶여 있다. 경찰들이 상자를 열어 보니 안에는 여자의 옷가지가 들어 있다,찢겨진 슈미즈, 밝은 색의 긴 스타킹, 갈색의 낡은 양모 스커트, 지저분한 손수건, 두 개의 칫솔 등. 종이 상자는 물기가 좀있기는 했지만 흠뻑 젖어 문드러질 정도는 아니다, 전체적인 모양새로 보아 묻힌 지 그리 오래된 것 같지는 않다. 알 수 없는일이다. 죽은 그녀는 핑크 블라우스를 입고 있었는데.

바로 뒤에 다른 구덩이에서 그들은 트렁크를 발견한다, 그 안에는 주검이 웅크린 자세로 들어 있다. 블라인드 끈으로 꽁꽁묶인 모습이다. 그날 저녁, 이 소식은 모든 경찰서와 교외 파출소로 전달된다, 혐의가 가는 인물에 대한 인상착의와 함께.

라인홀트는 그때 경찰국에 가서 조사를 받으면서 뭔가 좋지 않은 일이 다가오고 있음을 금방 알아차렸다. 그래서 그는 프란츠를 이 일에 끌어들이기로 한다. 프란츠가 그렇게 하지 않았다고 할 수도 없거든. 함석장이 카를 같은 녀석이 무엇을 증명할 수 있겠어? 혹시 프라이엔발데에서 나를 본 사람이 있는지 없는지는 모를 일이다. 어쩌면 레스토랑이나 길거리에서 나를 본 사람이 있을지도 모른다, 하지만 신경 쓸 것 없어, 일단 한번 해 봐야지, 프란츠를 어디론가 떠나보내야 한다, 그러면 그가 이 일에 가담한 것처럼 보일 테니까.

라인홀트는 경찰국에서 나오자마자 그날 오후로 당장 프란츠를 찾아간다, 함석장이 카를 녀석이 우리를 밀고했어, 어서 도망치라고. 그러자 프란츠는 십오 분도 안 걸려 짐을 꾸린다, 라인홀트가 돕는다, 그들은 함께 카를을 욕한다, 그리고 에바는 빌머스도르프에 사는 옛 여자 친구인 토니에게 부탁을 하여 프란츠를 맡아 달라고 한다. 라인홀트도 자동차를 타고 함께 빌머스도르프로 간다, 그래서 그들은 함께 트렁크를 산다. 라인홀트는 외국으로 간다며 큰 트렁크가 필요하다고 한다, 처음에는 옷장식 트렁크로 하겠다고 하다 나중에 가서는 자기가 직접 들고 갈 수 있는 가장 큰 나무 트렁크로 하겠다고 말한다, 짐꾼들도 믿을 수가 없어, 그 인간들은 사람을 염탐하거든, 나중에 주소를 알려 주겠네, 프란츠, 에바에게 안부 전하게.

프라하의 끔찍한 사고, 21명의 사망자 이미 발굴, 150명 매몰. 이 폐허 더미는 불과 몇 분 전만 해도 7층짜리 신축 건물이었다, 지금 그 밑에는 수많은 사망자들과 중상자들이 깔려 있다. 80만 킬로그램이나 나가는 철근 콘크리트 건물이 한꺼번에 2층짜리 지하 공간을 향해 무너져 내렸다. 도로에서 근무 중이던 경찰은 건물이 무너지는 소리를 듣고 보행자들에게 경고를 했다. 그는 달려오고 있던 전차에 침착하게 뛰어올라 직접 브레이크를 걸었다. 대서양에는 강력한 폭풍이 불고 있습니다. 대서양의 현 기상 상황은 다음과 같습니다. 폭풍을 동반한 저기압권이 줄지어 북아메리카에서 동쪽으로 접근 중이고, 중부아메리카와 그린란드 그리고 아일랜드 사이에 위치한 두 개의 고기압은 고착 상태에 있습니다. 신문들은 '체펠린 백작'호와 임박한 비행과 관련된 기사들을 위해 벌써부터 몇 페이지씩이나 지면을 할애하고 있다. 비행선의 세부 구조, 선장에 대한 인물평 그리고 계획의 성공 여부에 대한 전망 등이 자세히 언급되고, 독일인의 유능함과 체펠린 비행선의 탁월한 업적을 찬양하는 논설이 실려 있다. 지금까지 비행기가 우수한 것처럼 알리는 여러 선전이 있었지만 미래의 비행 수단은 비행선이 될 것으로 본다. 그러나 '체펠린' 호는 출항하지 않는다, 에케너*는 쓸데없는 모험을 원치 않는다.

트렁크가 열렸다, 안에는 미체가 누워 있다. 그녀는 베르나우 출신 전차 차장의 딸이었다. 자식이 셋이나 있었지만 엄마는 남편을 버리고 집을 나갔다, 그 까닭은 아무도 모른다. 미체는 혼자서 집안의 모든 일을 떠맡아야 했다. 저녁때면 그녀는 가끔 차를 타고 베를린으로 가서 댄스홀을 찾았다, 레스트만**

---

* 후고 에케너(1868~1954)는 페르디난트 폰 체펠린과 함께 비행선 '체펠린'호를 만들었다.
** 댄스홀의 이름.

이나 근처의 다른 곳을 드나들었다. 그러다가 몇 번은 남자와 호텔로 갔으며, 그러다가 너무 늦으면 집에 돌아갈 엄두를 못 내고 베를린에 남았다. 그러다가 그녀는 에바를 만났으며 그렇게 해서 일은 시작되었다. 두 사람은 슈테틴 역 근처의 경찰서에서 만났다. 그렇게 해서 미체의 즐거운 생이 시작되었다, 그녀는 처음에는 스스로를 소냐라고 불렀다, 그녀에겐 지인과 남자 친구들이 많았다, 그러나 나중에 가서는 한 남자와 질긴 인연을 맺었다, 그는 팔이 하나밖에 없는 튼튼한 사나이였다, 미체는 처음 보는 순간 그에게 반했으며 마지막 순간까지 그를 사랑했다. 미체가 마지막에 맞이한 것은 끔찍한 최후, 슬픈 최후였다. 왜, 왜, 대체 그녀가 무슨 죄를 저질렀는가, 그녀는 베르나우에서 베를린의 소용돌이 속으로 뛰어들었다, 그녀는 아주 순진무구하다고 할 수는 없다, 분명 그렇다고는 할 수 없다, 그러나 그를 정말로 마음에서 우러나는 사랑으로 그칠 줄 모르고 사랑했으며 그를 낭군으로 생각했고 마치 아이 다루듯이 보살펴 주었다. 그녀는 박살이 났다, 거기 있다가, 우연히 그 남자 옆에 있다가 그렇게 되었다, 그게 바로 인생이다, 정말 생각조차 할 수 없는 일이다. 그녀는 자신의 낭군을 지키려 프라이엔발데에 갔다가 목이 졸려 죽었다, 목이 졸려 죽었다, 목숨을 잃었다, 끝장났다, 그것이 인생이다.

그들은 그녀의 목과 얼굴에서 지문을 채취한다, 그녀는 이제 하나의 형사 사건에 불과하다, 전화선을 깔 때와 같은 기술적인 과정에 불과하다, 어차피 그녀가 겪어야 할 과정이다. 그녀의 데스마스크를 만든다, 모두 자연스러운 색깔을 입힌다, 그리고 보니 착각할 만큼 실물과 똑같다, 셀룰로이드로 만든다. 그렇게 해서 미체가 거기 있다, 그녀의 얼굴과 목은 다른 서류들과 함께 캐비닛 안에 있다, 어서 와 줘요, 어서 와 줘요, 어서 집에 가고 싶어요, 아싱거 맥주홀, 나를 위로해 줘야 해요, 나는 당신 거예요. 그녀는 유리 안에 서 있다, 그녀의 얼굴은 박살이 났다, 그녀의 심장은 박살이 났다, 그녀의 무릎은 박살이 났다, 그녀의 미소는 박살이 났다, 나를 위로해 줘야 해요, 어서 와 줘요.

그래서 나는 돌아와서 생각해 보았다,
태양 아래 벌어지는 모든 박해를

　프란츠, 너는 왜 한숨짓는가, 프란츠, 왜 에바는 늘 살그머니 다가와서 네게 물어야 하는가, 무슨 생각을 하고 있냐고, 그러고는 아무 대답도 못 듣고 다시 돌아가야 하는가, 왜 너는 그렇게 우울해 하는가, 왜 너는 그렇게 몸을 움츠리는가, 조그만 방구석에서, 조그만 커튼 뒤에서 몸을 움츠리는가, 너는 왜 그렇게 잔걸음으로 걸어다니는가? 너는 인생이 뭔지 안다, 너는 어제 갑자기 이 땅에 떨어진 것이 아니다, 너는 사물들의 냄새를 맡을 줄도 알고 느낄 줄도 안다. 너는 아무것도 보지 못하고, 듣지 못하지만 그래도 느낄 수는 있다, 그러나 너는 눈을 치켜들지 못하고 곁눈질만 할 뿐이다, 그러나 너는 도망치지도 않는다, 도망을 치기에는 너는 고집이 세다, 그래서 너는 이를 악물었다, 너는 겁쟁이가 아니다, 그러나 다만 너는 무슨 일이 일어날지, 그 일을 감당할 수 있을지, 그것을 짊어질 만큼 네 어깨가 튼튼한지를 모를 뿐이다.

우스 땅의 욥이라는 사람은 얼마나 많은 일을 겪었던가, 그러다가 그 사나이는 모든 것을 깨달았고 그에겐 더 이상 아무 일도 일어나지 않았노라. 사바에서 적들이 쳐들어와 그의 목동들을 죽였으며, 하느님의 불길이 하늘에서 떨어져 양 떼와 목동들을 태워 죽였도다. 칼데아 사람들은 그의 낙타와 낙타 몰이꾼들을 죽였으며, 그의 아들과 딸들이 그의 큰형의 집에 가 앉아 있을 때 한줄기 바람이 황야에서 불어닥쳐 그 집의 네 귀퉁이를 박살 내니 사내아이들은 모두 목숨을 잃고 말았더라.

그것만으로도 너무나 가혹한 일이었지만 그러나 그걸로 끝이 아니었다. 욥은 입고 있던 겉옷을 갈기갈기 찢고 두 손을 물어뜯고 머리를 쥐어뜯었으며 제 몸에 흙을 뒤집어썼더라. 그러나 그것으로도 끝이 아니었다. 악창이 욥을 뒤덮었더라, 발바닥에서 머리끝까지 악창이 돋아 그는 모래 가운데 들어가 앉았지만 몸에서는 고름이 흘러나왔고 사금파리를 가지고 박박 긁었더라.

친구들이 그를 찾아와 보았노라, 이들은 데만 사람 엘리바스와 수아 사람 빌닷과 나아만 사람 소발이라, 이들은 친구를 위로하려고 먼 처소에서 왔던 것이라, 이들은 소리치고 울부짖었노라, 욥을 알아보지 못하리만큼 그렇게 무섭게 재앙이 그에게 임하였음이더라, 일곱의 아들과 세 딸과 양 칠천과 낙타 삼천과 오백 쌍의 소와 오백의 암나귀와 수많은 하인을 거느렸던 그였건만.*

---

* 「욥기」 1장과 2장 참조.

너는 우스 사람 욥처럼 그렇게 많은 것을 잃지도 않았다, 프란츠 비버코프야, 그러나 네게도 뭔가가 서서히 다가오는구나. 종종걸음으로 조금씩 너는 네게 일어난 일을 향해 다가가고 있다, 너는 네 자신에게 숱한 위안의 말을 하고 스스로를 다독거린다, 일단 해 보기로 마음먹었기 때문이다, 너는 다가가기로 결심했다, 가장 극단적인 것을 하기로 결심했다, 오, 슬프다, 가장 극단적인 것이라니? 아니다, 그것은 아니다. 너는 네 스스로를 격려하고 너 자신을 사랑한다, 자, 아무 일도 일어나지 않을 거야, 그래도 피할 길이 없어. 그러나 너의 마음은 그것을 원하기도 하고 원치 않기도 한다. 너는 한숨짓는다, 어디 가서 은신처를 구하지, 재앙이 다가오는데, 무엇에 의지할까. 더욱 가까이 온다! 그리고 너도 가까이 다가간다, 마치 달팽이처럼, 너는 겁쟁이가 아니다, 너는 탄탄한 근육을 가졌을 뿐만 아니라 너는 프란츠 비버코프다, 너는 코브라 뱀이다, 똬리를 튼 모습을 보라, 1센티미터씩 1센티미터씩 괴물을 향해 다가간다, 거기 서서 너를 붙잡으려 대드는 괴물을 향해.

너는 한 푼의 돈도 잃지 않을 것이다, 프란츠, 그러나 네 마음은 가장 깊은 곳까지 불에 타 재가 될 것이다! 보라, 벌써 저 창녀가 기뻐하는구나! 창녀 바빌론이다! 일곱의 대접을 든 일곱의 천사 중 하나가 나를 찾아와 말했다, 어서, 이리 와라, 네게 보여 줄 것이 있다. 그 큰 창녀, 창녀 바빌론이다, 저기 물가에 앉아 있구나. 새빨간 짐승에 올라탄 여인이 보이리라. 손에는 황금 잔을 들고 있다. 그리고 그녀의 이마에는 하나의 이름이, 하나의 비밀이 적혀 있다, 저 여자는 모든 성인들의 피를 마셨으며 성인들의 피에 취해 있다.

너는 지금 그녀의 존재를 느낀다, 너는 그녀를 느낀다. 너는 지금 강해지고 싶은가, 너는 파멸을 피하고 싶은가?

빌머스도르프 가에 있는 빌라의 밝고 아름다운 방에 프란츠 비버코프는 앉아 기다린다.

코브라 뱀은 똬리들 틀고서 햇볕을 쬐면서 몸을 덥히고 있다. 너무나도 따분하다, 힘이 넘치는 그는 뭔가 하고 싶다, 지금은 그냥 뒹굴고 있을 뿐이다, 그들은 어디서 만날지 아직 약속도 하지 않았다, 뚱뚱한 여인 토니가 그에게 검은 뿔테 안경을 사 주었다, 새 신사복이라도 사 입어야겠어, 아니면 뺨에다 칼자국이라도 그어 볼까. 그때 누군가 안마당을 가로질러 달려간다. 뭐가 그리 급하담. 나는 별로 급한 일도 없는데. 사람들이 그렇게 서두르지 않고서 살면 아마 두 배는 더 오래 살 거야, 세 배나 더 많이 이룰 거고. 육 일간에 걸친 자전거 경주가 그렇다, 그들은 페달을 밟고 또 밟는다, 줄곧 침착하게, 그러면 우유가 끓어서 넘치는 일은 없다, 관중이야 휘파람을 불든 말든 그냥 두는 거다, 그들이 그 깊은 뜻을 어찌 알겠는가.

복도에서 노크 소리가 들린다. 대체 왜 초인종을 울리지 않는 거지? 빌어먹을, 도망쳐야겠군, 그런데 이 방엔 출입구가 하나밖에 없으니 원. 일단 귀를 기울여 봐야지.

종종걸음으로 조금씩 너는 다가가고 있다, 너는 너 자신에게 숱한 위안의 말을 하고 스스로를 다독거린다, 너는 너 자신의 마음을 꾀어 본다, 너는 극단적인 것을 각오했으나, 최악의 것을 맞을 마음은 없다, 아, 최악의 것을 맞을 마음은 없다.

한번 들어 볼까. 이게 뭐야? 내가 아는 여자군. 저 목소리는 내가 아는 목소리야. 비명을 지르고, 울고 또 우는구나. 어디 한번 보자. 아이고, 놀라라, 깜짝이야, 무슨 생각을 하는가? 대체 무슨 생각을 하느냐고. 저 여자는 내가 아는 여자야, 그렇고말고. 에바다.

문이 열린다. 에바는 밖에 서 있고, 뚱뚱한 토니는 그녀를 끌어안고 있다. 흐느끼고 훌쩍인다, 대체 왜 저러는 거지? 대체 무슨 생각을 하는가, 대체 무슨 일이 일어났나, 미체는 외마디 소리를 질러 대고, 라인홀트는 침대에 누워 있다. "안녕, 에바, 어이, 에바, 이봐, 왜 그러는 거야, 진정해, 무슨 일이 있어, 다 괜찮아질 거야." "나 좀 내버려 둬요." 이거 심통 부리는 것 좀 봐, 얻어맞았나 보군, 언어터진 거야, 잠깐. 이 여자가 헤르베르트에게 무슨 말을 했나, 헤르베르트가 일을 알게 됐나 보군. "때렸나, 헤르베르트가?" "나 좀 놔둬요, 나를 잡지 말라니까요." 눈빛이 좀 이상하군. 이제 나 같은 놈은 볼일 없다는 듯한 태도야, 자기가 먼저 그걸 원해 놓고서. 도대체 무슨 일인데 그러는 거야, 무슨 일이냐고, 사람들이 더 오기 전에 현관문을 잠가야지. 토니는 문밖에 서서 에바를 열심히 달랜다. "자, 자, 에바, 진정해, 대체 왜 그러는 거야, 안으로 들어가자고, 헤르베르트는 어디 있어?" "나는 안 들어가, 들어가지 않을 거야." "어서 안으로 들어가, 함께 앉자고, 커피를 끓일게. 당신은 나가요, 프란츠." "왜 나더러 나가라는 거야, 나는 아무 짓도 안 했다고."

그때 에바가 눈을 부릅뜬다, 정말 끔찍한 눈빛이다, 사람을 잡아먹기라도 할 기세다, 그녀는 소리를 질러 대며 프란츠의 조끼를 움켜잡는다. "이 사람도 같이 가야 해, 이 사람도 들어가야 한다고, 이 사람도 우리와 같이 들어가야 해, 당신도 여기 우리와 같이 들어가야 해요." 이 여자가 왜 그러는 거야, 이 놈의 여편네가 미쳤나, 어떤 놈한테서 무슨 얘기를 들었나. 에바는 소파에 앉아 뚱뚱한 토니 옆에서 부들부들 떤다. 그녀는 얼굴이 부은 것 같고 몸을 몹시 떨고 있다, 얼굴이 부은 것 같다, 애를 가져서 그런 것 같아, 내가 그렇게 만들어 놓은 거야, 그러니 그녀에게 손대지 말아야지. 그때 에바는 뚱뚱한 토니에게 팔을 두르고서 그녀의 귀에 뭔가 속삭인다, 처음에는 제대로 말도 못하다가 마침내 뭐라고 내뱉는다. 이제 뭔가가 토니에게 전달된다. 그녀는 양손을 마주 치고, 에바는 부들부들 떨면서 주머니에서 구깃구깃한 종이를 하나 꺼낸다, 이 여자들이 미쳤나, 아니면 나를 놀리려고 그러는 거야, 아무튼 신문에 뭐가 실린 걸까, 아마도 우리가 슈트랄라우 가에서 벌였던 일에 대해 실렸겠지, 프란츠는 자리에서 일어나 윽박지른다, 이런 형편없는 여자들. "이런 멍청이들, 나를 놀릴 생각은 하지 말라고, 내가 당신들 같은 바보인 줄 알아?" "하느님 맙소사, 하느님 맙소사." 뚱뚱한 토니는 그대로 앉아 있고 에바는 계속해서 부들부들 떨기만 할 뿐 아무 말도 못하고 흐느끼며 몸을 들썩인다. 그때 프란츠는 테이블 위로 몸을 구부려 뚱뚱한 토니에게서 신문을 낚아챈다.

사진이 두 장 나란히 있군, 아니 이럴 수가, 이렇게 섬뜩한 일이 있을 수가, 이것은 — 나잖아, 이거 나야, 아니 왜, 슈트랄라우 가의 일 때문에? 아니 왜, 이렇게 끔찍한 일이, 이건 나라고, 그리고 이건 라인홀트군, 표제는 이렇게 씌어 있군, 살인, 프라이엔발데에서 창녀 살해당하다, 베르나우 출신의 에밀리 파르중케. 미체야! 이게 웬일이야. 내가. 난로 뒤에 생쥐 한 마리 앉아 있네, 녀석은 곧 도망칠 거야.*

그의 손은 신문을 움켜쥔다. 그는 몸을 천천히 안락의자에 가라앉힌다, 그는 잔뜩 웅크린 채 앉아 있다. 도대체 신문에 실린 게 뭔 소리야. 난로 뒤에는 생쥐 한 마리 앉아 있네.

두 여자는 멍하니 바라보며 울고 있다, 그들은 멍하니 그를 바라본다, 두 여자는. 이게 웬일이야, 살인이라니, 이게 웬일이야, 미체가? 미칠 것 같군, 이게 뭐야, 대체 뭐란 말이냐고. 그의 손이 다시 테이블 위를 향한다, 신문에 실린 것을 한번 읽어 보자, 내 사진, 나, 그리고 라인홀트, 살인, 베르나우 출신의 에밀리 파르중케, 프라이엔발데, 그런데 미체가 어떻게 프라이엔발데엘 갔을까? 이게 무슨 신문이지? 《모르겐포스트》군. 그의 손은 신문과 함께 올라갔다가 신문과 함께 내려간다. 에바, 에바는 뭘 하지? 그사이 그녀의 눈빛이 바뀌었다, 그녀는 프란츠 쪽으로 다가온다, 그녀의 목소리는 이제는 울부짖지 않는다. "저기요, 프란츠?" 목소리다, 누군가 말하고 있다, 나도 뭔가 말을 해야 한다, 두 여자, 살인, 살인이라니, 프라이엔발데에서, 내가 그녀를 프라이엔발데에서 죽였다는데 나는 여태껏 프라이엔발데에 가 본 적도 없다, 프라이엔발데가 대체 어디야. "말 좀 해 봐요, 프란츠, 뭐라고 말 좀 해 봐요."

프란츠는 그녀를 바라본다, 커다란 두 눈으로 그녀를 바라본다, 그는 신문을 손바닥에 올려놓고 있다, 그의 머리가 떨린다, 그는 읽고 말한다, 더듬더듬, 그는 목이 멘다. 프라이엔발데에서 살인, 베르나우 출신의 에밀리 파르중케, 1908년 6월

---

* 로베르트 슈타이들이 작곡한 가요 「아버지, 어머니, 딸, 동생」의 후렴.

12일생. 미체야, 에바. 그는 뺨을 긁적대며 에바를 쳐다본다, 흐리멍덩하고 공허하고 멍한 눈빛, 아무도 들여다볼 수 없는 눈빛으로. 미체야, 에바. 맞아. 이를 어쩌지, 에바. 그 애가 죽었어. 그래서 못 찾았던 거야. "그런데 당신도 거기 나왔잖아요, 프란츠." "나?"

그는 다시 신문을 집어 들고 들여다본다. 내 사진이군.

그의 상반신이 일렁일렁 흔들린다. 하느님 맙소사, 하느님 맙소사, 에바. 그녀는 점점 더 초조해진다, 그녀는 의자 하나를 그의 안락의자 옆으로 밀고 간다. 그는 끊임없이 상반신을 앞뒤로 흔들고 있다. 맙소사, 에바, 맙소사, 맙소사. 그러면서 그는 끊임없이 흔들고 있다. 이제 그는 숨을 몰아쉬며 헐떡거리기 시작한다. 이번에는 실실 웃는 듯한 표정을 짓는다. "맙소사, 어쩌지, 에바, 맙소사." "그런데 왜 당신의 사진을 실었을까요?" "어디?" "거기요." "그건 나도 몰라. 맙소사, 대체 이게 뭐야, 어쩌다 이리 됐담, 하하, 정말 웃기는군." 이어 그는 어쩔 줄 모르고 덜덜 떨면서 그녀를 쳐다본다, 순간 그녀는 기뻐한다, 이건 인간적인 눈빛이야, 그녀의 눈에서 다시 눈물이 흐른다, 뚱뚱한 토니도 따라서 훌쩍인다, 이어 그의 팔은 그녀의 어깨를 감싸 안는다, 그리고 그의 손은 그녀의 어깨를 어루만진다, 얼굴을 그녀의 목에 파묻은 채 프란츠는 흐느낀다. "이게 웬일이야, 에바, 우리 미체가 어떻게 된 거야, 대체 무슨 일을 당한 거야? 그 아이는 죽었어, 그 아이한테 무슨 일인가 있었던 거야, 이제야 알겠다, 그녀는 내게서 도망친 것이 아니야, 어떤 놈이 우리 미체를 죽인 거야, 나의 미체를 말이야, 대체 이게 어찌 된 일이야, 이게 사실이야? 말 좀 해 줘, 이건 사실이 아니야!"

이제 그는 미체를 생각한다, 순간 그의 가슴속에서 뭔가 솟구친다, 공포가 치솟는다, 두려움이 그를 향해 손짓한다, 저기 왔구나, 낫질하는 자, 그의 이름은 죽음, 손도끼와 몽둥이를 들고 다가온다, 그는 작은 피리를 분다, 그런 다음 그는 턱을 크게 벌려 나팔을 들고 나팔을 불 것이며 북을 칠 것이다, 무시무시한 시커먼 파성추가 다가온다, 쿵쿵, 조금 약하게, 쿠르릉.

에바는 그의 턱이 천천히 부드득 우두둑 소리를 내는 것을 본다. 에바는 프란츠를 꼭 붙잡고 있다. 그의 머리가 떨린다, 그의 목소리가 나온다, 처음엔 가르릉 소리가 나다가 이어 가늘어진다. 제대로 말이 되지 못했다.

그는 차에 깔렸다, 그때가 바로 지금과 같다, 그곳엔 맷돌이 있다, 채석장이 있다, 내 머리 위로 줄곧 돌이 쏟아진다, 정신을 차릴 대로 차려 보지만 아무 소용없다, 그것은 나를 박살내려 한다, 내 아무리 쇠로 된 들보라 해도 그것은 나를 박살내려 한다.

프란츠는 부드득 이를 갈면서 중얼댄다. "뭔가 다가오고 있어." "뭐가 다가와요?" 이번에는 어떤 방아냐, 바퀴가 돌아간다, 풍차냐 물방아냐. "조심해요, 프란츠, 그들이 당신을 찾아요." 내가 그녀를 죽였다는 건가, 내가? 그는 다시 부르르 떤다, 그의 얼굴에는 다시 실실 웃는 듯한 표정이 어린다, 한번 그녀를 호되게 때린 적은 있어, 그들은 아마도 그렇게 생각하나 보다, 내가 이다를 때려죽였다고 해서. "여기 꼼짝 말고 있어요, 프란츠, 밑에 내려 가지 마세요, 어디를 가려는 거예요? 그들이 당신을 찾고 있어요, 그 팔 때문에 당신을 금방 알아볼 거예요." "그들은 나를 못 잡아, 에바, 내 발로 찾아가지 않는 한 그들은 나를 못 잡아, 나를 믿어. 내려가서 광고탑만 보고 올게. 꼭 봐야겠어. 술집에 가서 한번 읽어 봐야겠어, 신문에 어떻게 났는지, 사건이 어떻게 된 건지." 그런 다음 그는 에바 앞에 서서 그녀를 빤히 쳐다본다, 이런 상황에서는 웃지 않고는 한마디도 내뱉을 수 없다. "나 좀 봐, 에바, 뭐 수상쩍게 보일 만한 게 있어? 나 좀 보라고." "없어요, 없어." 그녀는 그렇게 소리를 질러 대며 그를 꼭 붙잡는다. "자, 나 좀 보라고, 뭔가 수상쩍은 게 있어? 뭔가 수상쩍은 게 있을 텐데."

없어요, 없어, 그녀는 소리를 지르고 울부짖는다, 그리고 그는 문 쪽으로 걸어가 씩 웃으면서 옷장에서 모자를 꺼내 쓰고 밖으로 나간다.

그리고 보라, 그것은 학대받는 자들의 눈물이었으니,
그들을 위로해 주는 자 하나 없구나

프란츠는 의수를 갖고 있지만 평소에는 거의 쓰지 않는다, 지금은 의수를 달고 거리로 나간다, 가짜 손은 외투 주머니에 꽂아 두고 왼손에는 시가를 들고서. 집에서 아주 힘들게 빠져나왔다. 에바가 울부짖으며 복도 문 앞에서 그를 막으셨던 것이다. 그는 그녀에게 약속했다, 도망치지 않겠으며 조심하겠노라고, 그는 말했다. "커피 마실 때 돌아올게." 그러고서 그는 밑으로 내려갔다.

그들은 프란츠 비버코프를 체포하지 못했다, 그가 일부러 잡히려 하지 않는 한. 두 천사가 그의 좌우에 붙어 서서 따라

가면서 사람들의 시선을 그에게서 다른 곳으로 돌렸다.

　오후 4시 정각에 그는 커피를 마시러 집으로 돌아온다. 헤르베르트도 와 있다. 그때 그들은 생전 처음으로 프란츠가 이러쿵저러쿵 오래 이야기하는 것을 듣는다. 그는 밖에서 신문을 읽었다, 그의 친구 함석장이 카를 이야기도 읽었는데 그 친구가 밀고했다는 것도 읽었다. 그 친구가 왜 그런 짓을 했는지 그도 모르겠다. 그리고 함석장이 카를도 프라이엔발데에 함께 있었으며, 녀석들은 미체를 그곳으로 끌고 갔다. 라인홀트가 강제로 한 짓이다. 녀석은 자동차를 하나 빌려서 얼마간 미체와 함께 달린 것 같다, 그다음에 카를이 차에 오르고 이들은 합세하여 그녀를 꼼짝 못하게 한 다음 프라이엔발데로 끌고 갔다, 그것도 아마 한밤중에. 어쩌면 녀석들은 그녀를 이미 가는 도중에 죽였을지도 모른다. “왜 라인홀트가 그런 짓을 했을까?” “그 녀석이 바로 나를 차바퀴 밑으로 내동댕이친 놈이야, 이제 알겠어, 바로 그 자식이 그랬다고, 하지만 그건 상관없어. 그 때문에 녀석을 미워하지는 않아. 사람은 뭐든 배워야 해, 배우지 못하면 아무것도 알지 못하거든. 그러면 멍청이처럼 그저 세상을 떠돌 뿐 세상에 대해서는 아는 게 아무것도 없어, 나는 그를 미워하지 않아, 절대, 절대로. 녀석은 나를 완전히 제압하려 했지, 나를 제 주머니 속에 넣었다고 생각한 거야, 그런데 그게 아니라는 것을 안 거지, 그래서 녀석은 내게서 미체를 빼내 미체에게 그 짓을 한 거야. 그녀의 잘못이 아니야.” 바로 그 때문에, 왜 그럴까, 바로 그 때문에. 북소리, 쿵다라닥닥, 부대 앞으로 갓, 앞으로 갓. 군인들이 시내를 행진할 때면, 왜 그럴까, 바로 그 때문에, 그놈의 칭다라다 붐데라다 붐 때문에.

그렇게 나는 녀석의 집으로 행진해 갔다, 그리고 녀석은 그렇게 대답했지, 내가 행진해 들어간 것은 저주요 잘못이었다.

내가 행진해 간 것은 잘못이었다, 잘못이었다, 잘못이었다.

그렇지만 그건 아무 상관없어, 이제는 전혀 아무 상관없어.

헤르베르트는 눈을 크게 뜬다, 에바는 끽소리도 하지 않는다. 헤르베르트가 말한다. "왜 미체에게는 아무런 귀띔도 해 주지 않았나?" "그건 내 잘못이 아니야, 어쩔 수가 없었어, 녀석도 마찬가지로 내가 녀석의 방에 찾아갔을 때 나를 쏴 죽일 수도 있었을 테니까 말이야. 다시 한 번 말하지만 어쩔 수가 없었어."

일곱 개의 머리와 열 개의 뿔, 손에는 끔찍한 것으로 가득차 있는 술잔. 녀석들은 이제 나를 제멋대로 하겠지만, 나는 어쩔 도리가 없다!

"살짝 귀띔이라도 해 줬으면 미체가 죽지 않았을 거 아니야, 이 친구야. 그랬으면 지금쯤 다른 녀석이 궁지에 몰렸을 텐데." "그건 내 잘못이 아니야, 그런 자식이 무슨 짓을 할지는 종잡을 수 없는 노릇이야. 녀석이 지금 무슨 짓을 하고 있는지도 아마 전혀 감을 잡지 못할걸. 자넨 결코 모를 거야." "반드시 밝혀내고야 말겠어." 에바가 애걸하는 투로 말한다. "그런 자식에게 가까이 가지 마세요, 헤르베르트, 나도 걱정돼요." "조심할게. 일단 녀석이 어디에 숨어 있는지부터 알아내야 해. 그러고 나서 삼십 분 뒤면 짭새들이 녀석을 체포할 거야." 프란츠가 눈짓을 보낸다. "그런 녀석 상대할 생각하지 마, 헤르베르트, 자네가 감당할 만한 자식이 아니야. 자, 악수로 약속하자고."에바가 말한다. "어서 악수하세요, 헤르베르트. 그런데 당신은 어떻게 할 셈이죠, 프란츠?" "내가 뭘 어쩌겠어. 나 같은 인간이야 두엄 더미에 던져져도 그만인걸."

그 말과 함께 그는 얼른 방구석으로 가 그들에게 등을 돌리고 선다.

그리고 훌쩍훌쩍 흐느끼는 소리, 훌쩍이는 소리가 들린다, 그는 자신과 미체를 생각하며 울고 있다, 그들은 그 소리를 듣는다, 에바도 테이블에 엎드려 울부짖는다, '살인' 기사가 실린 신문은 여전히 테이블 위에 놓여 있다, 미체는 살해당했다, 아무 짓도 하지 않았지만 그런 운명이 그녀에게 닥친 것이다.

그래서 나는 죽은 지 오랜 죽은 자들을 찬양하였노라

저녁녘이 되자 프란츠는 다시 볼일을 보러 나선다. 다섯 마리 참새가 바이에른 광장을 걷고 있는 그의 머리 위로 날아다닌다. 그들은 이미 죽임을 당한 다섯의 악당들이다, 녀석들은 이미 여러 번 프란츠와 마주친 적이 있다. 그들은 곰곰이 생각한다, 이 친구를 어떻게 해 줄까, 이 친구에게 어떤 결정을 내릴까, 이 친구를 어떻게 불안과 두려움에 떨게 해 줄까, 어떻게 들보에 걸려 비틀대게 해 줄까.

그들 중 한 놈이 소리친다, 저기 녀석이 걸어간다. 아니, 의수를 하고 있잖아, 아직도 자기가 패하지 않았다, 남의 눈에 띄고 싶지 않다 이거군.

두 번째 놈이 말한다, 말쑥하게 차려입은 저 자식은 지금까지 별의별 나쁜 짓을 다 했어. 저 친구는 중범죄자야, 감방에 처넣어 마땅한 녀석이야, 종신형을 살도록. 여자를 하나 죽였고, 좀도둑질도 했고, 강도질도 했고 또 다른 여자까지 죽게 했어, 그것도 녀석 책임이라고. 이제는 또 뭘 하려는 거지?

세 번째 놈이 말한다, 저 뽐내는 꼬락서니 좀 봐. 자기가 무척이나 순진한 것처럼. 반듯한 사람인 체한다고. 저 자식을 잘 봐 둬. 짭새가 나타나면 녀석의 모자를 쳐서 떨어뜨려 버리자고.

첫 번째 놈이 다시 말한다, 왜 저런 녀석을 오래 살려 두는 거야? 나는 구 년이나 콩밥을 먹다가 뒈졌는데. 나는 저 녀석보다 훨씬 더 젊었을 때 죽었다고, 끽소리도 못하는 신세가 되었지. 모자를 벗어, 이 더러운 자식아, 그 빌어먹을 안경도 벗으라고, 잡지 편집장도 아닌 주제에, 멍청한 자식, 구구단도 못 외우는 자식이 말이야, 교수님처럼 뿔테 안경을 쓰고 다녀? 에라, 조심하라고, 사람들이 와서 붙잡아 가기 전에.

네 번째 놈이 말한다, 그렇게 빽빽 소리들 좀 지르지 말라고. 대체 저 녀석을 어떻게 하겠다는 거야? 녀석을 잘 보라고, 머리통도 하나 있고, 두 다리로 걷고 있잖아. 우리 같은 조그만 참새들이야 그저 녀석의 모자 위에 똥이나 갈기는 것밖에 할 수 없어.

다섯 번째 놈이 말한다, 가서 녀석 앞에서 악악대며 지저귀자고. 저 자식은 맛이 갔어, 나사가 하나 빠졌다고. 녀석은 두 천사와 걷고 있지만 녀석의 애인은 경찰국에 있는 데스마스크야. 가서 녀석을 좀 골려 주자고. 소리를 빽빽 질러 주자고.

그렇게 해서 그들은 그의 머리 위에서 휠휠 날며 소리를 빽빽 지르며 야단법석을 떤다. 프란츠는 고개를 들어 본다, 생각이 뒤죽박죽이다, 새들은 앞을 다투어 가며 그를 놀려 댄다.

완연한 가을 날씨다, 타우엔트치엔팔라스트 극장에서는 「프란체스코의 최후의 날들」이 상영 중이다, 예거카지노 댄스 주점에는 쉰 명의 예쁜 댄서들이 대기 중이다, 라일락 한 다발이면 키스해 드려요. 그때 프란츠는 느낀다, 내 인생은 끝났어, 나라는 놈은 이제 끝장이야, 맛볼 만큼 맛봤어.

전차들은 도로를 따라 달린다, 모두 어디론가 달려간다, 나는 어디로 가야 할지 모르겠군. 51번 선 노르트엔트, 실러 가, 팡코, 브라이테 가, 쇤하우스 가로수 길 역, 슈테틴 역, 포츠담 역, 놀렌도르프 광장, 바이에른 광장, 울란트 가, 슈마르겐도르프 역, 그루네발트, 일단 타자. 안녕, 자, 여기 앉자, 어디든 아무 데나 데려다 줘 봐. 이어서 프란츠는 도시를 살펴보기 시작한다, 마치 제 발자취를 잃어버린 개처럼. 참으로 대단한 도시야, 아무튼, 이렇게 거대하다니, 그리고 어떤 삶을, 대체 어떤 삶을 그곳에서 그는 살아왔던가. 그는 슈테틴 역에서 내려 인발리덴 가를 따라 걸어간다, 이윽고 로젠탈 성문이 나온다. 파비쉬 기성복 가게, 바로 여기 서서 외쳐 댔었지, 넥타이 걸개를, 지난해 크리스마스의 일이야. 그는 41번을 타고 테겔을 향해 간다. 빨간 벽돌담이 나타난다, 왼쪽으로 빨간 벽돌담, 육중한 철문이 보인다, 그러자 프란츠는 더욱 말이 없어진다. 내 인생의 한 부분이군, 어디 잘 살펴봐야지.

담벼락은 빨간색으로 서 있고 그 앞쪽으로는 가로수 길이 길게 뻗어 있다, 41번 선이 그 옆을 지나간다, 게네랄파페 가,

베스트라이니켄도르프, 테겔, 보르지히를 지나 덜컹대며 달려간다. 그리고 프란츠 비버코프는 빨간 담벼락 앞에 서 있다가 반대편으로 건너간다, 그곳에 술집이 있다. 그리고 담벼락 너머 빨간 집들이 떨며 흔들리기 시작한다, 볼이 부풀어 오른다. 창문마다 죄수들이 서서 창살에 머리를 맞대고 있다, 그들의 머리는 반 밀리미터 정도의 길이로 깎여 있고, 초췌해 보인다, 체중도 빠지고 얼굴들은 모두 누렇게 떴고 꺼칠꺼칠한 수염뿐이다, 그들은 눈을 두리번거리며 신세 한탄을 늘어놓는다. 거기 서 있는 녀석들은 살인범, 강도, 절도범, 위조범, 강간범 등으로, 온갖 범죄 조항을 다 갖추고 있다, 그리고 그들은 누렇게 뜬 낯빛으로 한탄한다, 그리고 거기에 그 자식들이 앉아 있다, 얼굴빛이 누런 자식들이다, 이번엔 미체의 목을 비튼 자식들이다.

그리고 프란츠 비버코프는 거대한 교도소 주변을 맴돈다, 교도소는 여전히 떨고 흔들리며 그의 등에 대고 소리친다, 그는 밭을 넘고 숲을 지나 나무들이 늘어서 있는 도로 쪽으로 다시 빠져나온다.

그는 이제 나무들이 늘어서 있는 도로 위에 서 있다. 나는 미체를 죽이지 않았어. 나는 그러지 않았어. 그러니 이곳에 볼 일은 없어, 다 지난 일이야, 나는 더 이상 테겔과는 관계가 없어, 어쩌다가 일이 이 지경이 되었는지 알 수 없어.

벌써 저녁 6시다, 그때 프란츠는 속으로 중얼댄다, 미체에게 가 봐야지, 공동묘지로 가 봐야 해, 그곳에 묻혀 있을 거야.

다섯의 범죄자, 참새들이 다시 그가 있는 곳에 나타난다, 녀석들은 전선주 꼭대기에 앉아 아래쪽을 향해 소리친다, 그 여자한테 가 봐, 이 건달 자식아, 그래도 그 여자를 찾아갈 용기가 있냐? 창피하지 않아? 그 여자는 너를 찾았다고, 구덩이에 누워 있을 때 말이다. 가서 공동묘지에서 그 여자를 만나 봐라.

우리의 망자들에게 안식이 있기를! 베를린에서는 1927년에 사산아를 제외하고 4만 8742명이 죽었다.

4570명은 결핵으로, 6443명은 암으로, 5656명은 심장병으로, 4818명은 혈관질환으로, 5140명은 뇌졸중으로, 2419명은 폐렴으로, 961명은 백일해로 죽었고, 어린아이들 중 562명은 디프테리아로, 123명은 성홍열로, 93명은 홍역으로 죽었으며, 그리고 3640명의 유아가 사망했다. 총 출생 수는 4만 2696명이다.

죽은 사람들은 공동묘지의 자기 뜰에 누워 있다, 묘지기는 막대기를 들고 다니며 휴지 조각을 쿡 찔러서 줍고 있다.

6시 반, 아직 날이 훤하다, 그때 한 그루의 너도밤나무 앞 자신의 무덤 앞에 아주 젊은 여인 하나가 모피 외투를 입고 모자도 쓰지 않은 채 고개를 숙이고 말없이 앉아 있다. 그녀는 검은 가죽 장갑을 끼고 손에는 쪽지를 들고 있다, 작은 편지봉투다, 프란츠는 읽어 본다. "이제 더 이상 살 수가 없어요. 부모님과 내 귀여운 아이에게 인사나 전해 줘요. 삶이 내게는 고통일 뿐이에요. 비어리거는 나 때문에 양심의 가책을 느끼겠지요. 그래도 그 사람이 인생을 실컷 즐기기를 바랄 뿐이에요. 그 사람은 나를 노리갯감으로 삼았고 피를 다 빨아먹었어요. 비열하기 짝이 없는 난봉꾼이에요. 내가 베를린으로 온 것은 오로지 그 사람 때문이에요, 그리고 바로 그 사람이 나를 이렇게 불행에 빠뜨렸어요, 나는 완전히 망가지고 말았어요."

프란츠는 그녀에게 편지봉투를 다시 건네준다. "아, 서글프다, 서글퍼, 나의 미체가 이곳에 있을까?" 슬퍼하면 안 돼, 슬퍼하면 안 돼. 그는 훌쩍인다. "아, 서글프다, 서글퍼, 나의 귀여운 미체는 이곳에 있을까?"

커다랗고 푹신푹신한 안락의자 같은 무덤이 하나 있다, 그리고 거기에는 학식 있는 교수가 하나 누워서 프란츠를 올려다보며 싱긋 웃는다. "무슨 걱정이라도 있는가, 이보게?" "미체가 보고 싶어요. 우연히 이곳에 오게 되었습니다." "보다시피 나는 이미 죽은 사람이야, 인생을 너무 진지하게 여길 것도 없네. 죽음도 마찬가지야. 모든 것을 쉽게 가져갈 수도 있는 일이야. 인생의 맛을 다 보고 마침내 병들었을 때 내가 뭘 했는지 아나? 욕창이 생길 때까지 기다렸을 줄 아나? 뭣하러 그러고 있나? 나는 아편을 담은 병을 곁에 놓아 달라고 했네, 그런 다음 이렇게 말했지, 음악을 들려 줘, 피아노를 쳐, 재즈를 들려 줘, 최신 유행가도. 플라톤의 작품도 읽어 달라고 했지, 『향연』을 말이야, 그건 아주 멋진 대화잖아, 그동안 나는 사람들 몰래 이불 밑에서 주사를 놓아 댔어, 수를 헤아려 보았어, 치사량의 세 배를 놓았지, 그러면서도 나는 여전히 즐거운 피아노 연주 소리를 들었네, 책을 읽어 주던 사람은 내게 늙은 소크라테스 이야기를 했지. 그래, 맞아, 이 세상에는 현명한 사람과 덜 현명한 사람이 있을 뿐이야."

"낭독, 아편? 대체 미체는 어디 있죠?"

아니, 이런 끔찍한 일이! 어떤 사내가 나무에 목을 매달고 있다, 그의 아내는 그 옆에 서 있다가 프란츠가 다가가자 징징 울며 말한다. "어서 빨리 좀 오세요, 저 양반 밧줄 좀 끊어 줘요. 저이는 무덤에 가만히 있지를 않고 자꾸만 다시 나무에 올라가 목을 매려고 해요." "오, 하느님, 오, 하느님, 도대체 왜 그러지요?" "나의 에른스트는 오랫동안 병으로 고생을 했어요, 하지만 아무도 도울 수가 없었죠, 요양을 보내 주기는커녕 꾀병이라고 말했죠. 그러던 어느 날, 그이는 지하실로 내려갔어요, 못과 망치를 들고서요. 조금 있자 지하실에서 망치질 소리가 들리더군요, 그래서 나는 생각했어요, 뭘 만드나 보다, 그냥 멀거니 앉아 있는 것보다야 뭔가 일을 하는 게 좋을 거야, 혹시 토끼장을 하나 만들려나 보다. 그런데 저녁때가 돼서도 안 올라오는 거예요, 나는 걱정이 되었어요, 그이는 어디 있는 걸까, 지하실 열쇠는 위층에 있나, 그런데 지하실 열쇠는 위층에 없었어요. 그래서 이웃 사람들이 지하실로 내려갔어요, 그 다음 경찰을 불렀지요. 그 양반은 천장에다 튼튼한 못을 하나 박았더군요, 몸이 호리호리한데도 말이에요. 아마도 확실하게 끝장내고 싶었던 것 같아요. 그런데 당신은 여기서 뭘 찾고 있죠? 뭣 때문에 그렇게 서글프게 우는 거죠? 스스로 목숨을 끊을 생각이에요?"

"그게 아니고요, 내 색시가 살해당했는데 혹시 이곳에 묻혔나 해서요."

"아, 그러면 저 안쪽을 찾아보세요, 그쪽에 새 무덤들이 있어요."

이어 프란츠는 길가의 한 텅 빈 무덤가에 털썩 엎드린다, 소리조차 안 나온다, 그는 흙을 깨문다, 미체, 우리가 뭘 어쨌다고, 왜 놈들이 너를 이 지경으로 만든 거야, 너는 아무 짓도 안 했는데, 미체. 나는 어쩌면 좋아, 왜 녀석들은 나를 네가 있는 그 무덤 속에 내던지지 않는 거야? 얼마나 더 나는 이런 험한 꼴을 봐야 한단 말이냐.

그는 자리에서 일어난다, 제대로 걸을 수가 없다, 그래도 그는 어떻게든 힘을 모아 양쪽으로 늘어서 있는 무덤들 사이를 비틀대며 걸어서 밖으로 나간다.

이제 프란츠 비버코프는, 뻣뻣한 팔의 그 남자는 밖에서 자동차를 탄다, 그 차는 그를 바이에른 광장으로 데려간다. 그는 에바가 아무것도 하지 못하게 만든다. 에바는 낮이고 밤이고 그를 상대하느라 바쁘다. 그는 살아 있는 것도 아니고 죽은 것도 아니다. 헤르베르트는 거의 코빼기도 내밀지 않는다.

그리고 그 뒤로 며칠 동안 프란츠와 헤르베르트는 라인홀트의 뒤를 쫓느라 바쁘다. 중무장을 하고서 곳곳을 찾아다니며 라인홀트를 붙잡으러 나선 것은 헤르베르트이다. 프란츠는 처음에는 그럴 의사를 보이지 않다가 마침내 대든다, 이것이 이 세상에서 그를 치유해 줄 마지막 약이다.

요새는 완전히 포위되었다, 최후의 기습 공격을 시도하다,
그러나 그것은 무늬만 전술일 뿐이다

11월도 하루하루가 자꾸만 지나간다. 여름이 끝난 지는 이미 오래다. 비는 가을까지 이어졌다. 그 시절도 벌써 오래전의 일이다, 기쁨의 열기가 거리를 뒤덮고 사람들은 가벼운 옷차림

으로 거리를 누비고, 여자들이 슈미즈 바람으로 거리를 누비던 것도. 흰 드레스와 머리에 꼭 맞는 모자, 프란츠의 색시 미체는 바로 그런 차림이었다, 그녀는 어느 날 프라이엔발데로 가서는 다시는 돌아오지 않았다, 그것이 지난여름의 일이다. 법원은 베르크만 사건을 심리 중이다, 그는 경제를 좀먹는 기생충으로 공안을 해칠 우려가 있고 양심의 가책도 없는 인간이다. 체펠린 백작 호가 시계가 좋지 않은 날씨에 베를린 상공에 도착한다, 2시 17분 프리드리히스하펜을 떠날 때는 별빛이 영롱하다. 중부 독일에서 예측된 궂은 날씨를 피하기 위해 비행선은 슈투트가르트, 다름슈타트, 프랑크푸르트암마인, 기센, 카셀, 라테노를 거치는 우회 경로를 택한다. 8시 35분에는 나우엔 상공을 지나고, 8시 45분에 슈타켄 상공을 지난다. 9시 직전에 체펠린 호는 베를린 상공에 모습을 드러낸다, 비가 내리는데도 건물의 지붕들은 구경꾼들로 발 디딜 틈이 없다, 이들은 비행선을 환호로 맞이했다, 비행선은 베를린의 동쪽과 북쪽을 거치는 우회 비행을 계속했다, 9시 45분에 슈타켄에서 착륙을 위한 첫 로프가 던져졌다.

프란츠와 헤르베르트는 함께 베를린을 샅샅이 뒤지고 다닌다, 그들은 거의 매일 밖으로 돈다. 프란츠는 구세군에서 운영하는 쉼터나 남자들을 위한 구빈원을 찾아가 살펴보고 아우구스트 가에 있는 아우구스트 쉼터를 뒤진다. 그는 드레스덴 가에 있는 구세군을 찾아가 앉아 있다, 그곳은 예전에 라인홀트와 들렀던 곳이다. 사람들은 찬송가 66번을 부르고 있다, 말해 다오, 형제여, 왜 더 기다리는가? 어서 일어나 당장 달려오라! 너의 구세주께서는 너를 이미 오래전에 부르셨노라. 그분께서는 네게 평화와 안식을 주실 터이니. 합창단, 왜? 왜? 왜 너는 오지 않는가? 왜? 왜 너는 평화와 안식을 원치 않는가? 오 형제여, 너는 네 가슴속에 심령의 살아 있는 힘을 느끼지 못하는가? 너는 죄로부터 구원을 원치 않는가? 오, 어서 날아서 예수께로 오라! 말해 다오, 왜 아직 기다리는가, 내 형제여? 죽음과 심판이 곧 닥쳐올 텐데! 오, 어서 오라, 문은 아직 열려 있으니, 예수의 피가 너를 위해 기도해 줄 터이니!

프란츠는 혹시 라인홀트를 찾아낼 수 있을까 해서 프뢰벨 가에 있는 쉼터 '종려나무'에 가 본다. 그는 뼈대만 있는 침대에 눕는다, 오늘은 이 침대에, 내일은 저 침대에, 이발 10페니히, 면도 5페니히, 다들 앉아서 자신의 신분증명서를 정리한다, 구두와 셔츠를 거래한다, 어이, 보아하니 당신은 이곳에 처음인가 보군, 벗을 필요가 없어, 안 그러면 내일 당신 물건을 찾아다녀야 할 테니까, 당신 신발 같은 것은 말이야, 잘 보게, 여기 침대 다리 밑에다 한 짝씩 따로 눌러 놓아야 한다고, 안 그랬다가는 다 도둑맞을 거야, 이까지도 말이야. 문신 새기지 않을 텐가? 그리고 정적, 밤. 검은 정적, 제재소에서 들리는 것 같은 코 고는 소리, 놈을 보지 못했어. 정적. 땡 땡 땡, 이게 무슨 소리지? 교도소인가, 나는 테겔에 있는 줄 알았다. 기상. 저편에서 주먹다짐이 벌어진다. 다시 밖으로 나가자, 6시다, 저편에 여자들이 서서 애인을 기다린다, 그들은 애인을 데리고 허름한 술집으로 들어가 구걸해서 번 돈을 몽땅 날린다.

라인홀트 녀석은 보이지 않는다, 녀석을 찾아낼 가망이 없어 보인다, 녀석은 다시 여자 사냥이나 하고 있겠지, 엘프리데, 에밀리, 카롤리네, 릴리, 갈색 머리, 금발 머리.

그리고 에바는 매일 밤 프란츠의 어두운 얼굴을 본다, 그는 애무도 다정한 말 한마디도 없다, 거의 먹지고 말하지도 않고 술과 커피만 들이켤 뿐이다. 그녀와 함께 소파에 누워 울부짖고 또 울부짖을 뿐이다. 녀석을 찾아낼 수가 없어. "에이그, 참, 그딴 놈 그냥 잊어버려요." "녀석을 찾아낼 수가 없어. 어떻게 하면 좋지, 에바?" "그냥 놔두라니까요, 다 아무 의미도 없는 짓이에요, 괜히 그러다가 당신만 망가지는 거예요." "당신은 우리가 뭘 하려는 건지 몰라서 그래. 당신은 겪어 보지 않았으니 이해하지 못할 거야, 에바, 헤르베르트는 조금은 알겠지. 어떻게 하면 좋지? 나는 녀석을 반드시 잡고 싶어, 그래, 녀석을 잡게만 해 준다면 교회에 나가 무릎을 꿇고 기도라도 올릴 거야."

그러나 이 모두는 사실이 아니다. 그래, 그 모두는 사실이 아니다. 라인홀트를 잡으러 다니는 것은 몽땅 사실이 아니다, 그것은 신음이며 섬뜩한 두려움의 표시일 뿐이다. 이제 주사위가 그의 머리 위에 던져지리라. 그는 주사위의 수가 어떻게 나올지 다 알고 있다. 모든 것은 의미를 드러낼 것이다, 꿈에도 생각지 못한 끔찍한 의미를. 그 숨바꼭질은 그리 오래 가지 않을 거다, 친구여.

그는 라인홀트의 집 주변을 감시한다, 그의 눈은 쓸모가 없다, 그는 끊임없이 바라보지만 아무것도 느끼지 못한다. 많은 사람들이 그 집 앞을 지나가고 어떤 사람들은 안으로 들어간다. 그도 따라 들어갔다, 안으로 들어갔다, 그놈의 칭데라다 붐데라다 붐 때문에.

집이 너털웃음을 터뜨린다, 거기 서 있는 그의 모습을 보고서. 집은 부러 몸을 흔드는 것 같다, 제 이웃들인 횡랑과 측랑을 불러 모아 그 친구를 함께 구경하려는 것 같다. 저기 가발을 쓰고 의수를 단 녀석 좀 봐, 얼굴이 벌겋게 달아오른 폼이 술을 잔뜩 퍼마셨나 봐, 서서 뭐라고 중얼거리는군.

"안녕하신가, 비버코프. 오늘은 11월 22일이야. 여전히 비 오는 날씨군. 감기 걸리려고 그러나, 차라리 자네가 잘 가는 술집에 가서 코냑이나 한잔 걸치지 그래?"

"당장 내놔!"

"당장 들여놔!"

"라인홀트 자식을 당장 내놔!"

"불가르텐*에나 가 봐, 신경쇠약에 걸렸나 보군."

"당장 내놔!"

그 뒤 어느 날 밤, 프란츠 비버코프는 그 집에 들어가 작업을 해 두고, 석유통과 병을 숨겨 둔다.

"당장 나와, 거기 숨어 있지? 이 더러운 놈, 발정난 개 같은 자식. 밖으로 나올 용기도 없나!"

집이 말한다, "도대체 어떤 놈을 찾는 거야, 여긴 그런 놈 없다니까. 직접 들어와서 찾아보라고."

"그 많은 구멍을 다 들여다볼 수도 없잖아."

"그자는 여기 없어, 그 자식이 미치지 않고서야 여기 있겠어?"

"당장 그 자식을 내놔. 안 그러면 재미없을 테니까."

---

* 베를린 동부에 있던 시립 간질병 환자 수용 시설.

"재미없다는 소리는 여전하군. 이 친구야, 당장 집에 가서 잠이나 실컷 자라고, 많이 취한 것 같으니, 먹은 게 없으니 그 꼴이지."

이튿날 아침, 그는 신문팔이 여자가 가고 난 직후에 그곳에 나타난다.

가로등들은 그가 줄행랑치는 것을 본다, 가로등들은 흔들리기 시작한다. "아이고 큰일 났다, 불이야, 불."

연기, 다락방 창에서 치솟는 화염. 7시 정각에 소방대가 도착한다, 그 시각에 프란츠는 이미 헤르베르트와 앉아 있다, 두 주먹을 불끈 쥔 채. "나도 모르는 거고 자네도 모르는 거니까 아무 말도 하지 마, 녀석은 이제 오갈 데도 없어, 어디 한번 나와서 묵을 데를 찾아보라지. 그래, 그 집에 불을 질러 버렸어."

"이런! 그 자식은 이젠 거기 안 산다니까, 나름 경계하고 있을 거야." "거기가 녀석의 소굴이었다고, 녀석도 알 거야, 불을 지른 게 나라는 걸 말이야. 오소리 잡듯 불을 때 줬으니까 보라고, 녀석이 이제 나타날 테니까." "난 모르겠어, 프란츠."

그러나 라인홀트는 나타나지 않는다. 베를린은 시끌벅적 여전히 분주하게 돌아간다, 신문에는 녀석이 잡혔다는 기사가 실리지 않는다, 도망친 모양이다, 외국으로 도망친 거야, 그러니 녀석을 잡기는 힘들 거야.

이제 프란츠는 에바 앞에서 서서 꺼이꺼이 울며 몸을 뒤튼다. "나는 할 수 있는 게 없어, 그저 참고 있어야 한다고, 녀석이 나를 박살 낼 거야, 그 자식이 내 색시를 죽였는데도 그저 멍청이처럼 가만있을 수밖에 없으니. 이건 불공평해, 이건 불공평하다고."

"프란츠, 그런다고 달라질 것도 없어요.""나는 할 수 있는 게 없어. 나는 끝났어.""왜 끝났다는 거예요, 프란츠?""할 수 있는 건 다 해 봤어. 이건 불공평해, 이건 불공평하다고."

두 천사가 그의 양옆에서 걸어간다, 자루크와 테라가 그들의 이름이다, 둘은 이야기를 나누고, 프란츠는 거리의 붐비는 인파 속에 서 있다가 붐비는 인파 사이로 걸어간다, 그는 아무 말도 하지 않지만 천사들은 그가 울부짖는 소리를 듣는다. 순찰을 도는 짭새들이 그의 곁을 지나가지만 프란츠를 알아보지 못한다. 두 천사가 그의 양옆에서 걸어간다.

왜 두 천사가 프란츠의 양옆에서 걸어갈까, 대체 이런 말도 안 되는 소리가 어디 있나, 천사들이 인간과 함께 걸어가다니, 그것도 두 천사가 베를린의 알렉산더 광장에서 1928년에 왕년에는 살인범이었고 지금은 강도요 창녀의 기둥서방인 인간과 걸어가다니. 그래, 프란츠 비버코프에 대한 이야기, 힘겹고 참되고 많은 것을 내포한 그의 인생에 대한 이야기는 이제 이렇게까지 진척되었다. 프란츠가 엉버티며 입에 거품을 물수록 모든 것은 더욱더 뚜렷해질 것이다. 모든 것이 드러날 시점이 점점 더 다가온다.

천사들은 그의 옆에서 이야기를 하고 있다, 그들의 이름은 자루크와 테라이다, 프란츠가 티츠 백화점의 쇼윈도를 들여다보고 있는 동안 그들이 나눈 대화는 이렇다.

"이보게, 자루크, 만일 우리가 이 친구를 그냥 버려두고 혼자 있게 해서 이 친구가 경찰에 붙잡히면 어떻게 되는 건가?" 자루크가 말한다, "근본적으로 별로 그리 달라질 것 같지도 않은데. 내가 보기에는 이 친구는 아무튼 체포될 거고 그건 피할 수 없는 일이야. 이 친구는 교외의 그 빨간 집을 보고 왔잖아, 이 친구 생각이 맞는 거야, 앞으로 이삼 주는 그곳 신세를 지게 될 테니까." 테라의 말, "그렇다면 자네 생각엔 우리가 괜한 짓을 하고 있다는 건가?" 자루크의 말, "그런 생각이 안 드는 것도 아닐세, 만일 우리에게 이 친구를 이 지상에서 완전히 데려갈 권한이 허용되어 있지 않다면." 테라, "자네는 아직 어린애야, 자루크, 이 지상의 삶을 본 지 불과 몇 천 년밖에 안 되니. 만약에 우리가 이 인간을 이 세상에서 데려가 다른 어디엔가 내려놓는다면, 다른 삶을 살게 해 준다면, 이곳에서 해내지 못했던 일을 해낼까? 1000명 중에 700, 아니 900은 실패할 걸세, 그걸 알아 두게나." "그런데, 테라, 왜 하필이면 이런 인간을 보호해야 하는 거지? 이 친구는 평범한 인간이잖아, 나는 왜 이 친구를 보호해야 하는 건지 모르겠어." "평범하니, 평범하지 않느니, 그게 다 뭔가? 거지는 평범한 거고, 부자는 평범하지 않다는 말인가? 부자도 내일 거지가 될 수 있고 거지도 내일 부자가 될 수 있는 거야. 여기 이 친구는 이제 막 눈을 뜨려는 참이야. 이 단계까지는 대부분 도달하지. 그러나 내 말 좀 들어 보게나, 이 친구는 이제 막 느끼는 단계까지 왔어. 이보게나, 자루크, 온갖 경험을 하고 다양한 인생살이를 한 사람은 그저 뭔가 알고 싶어 하다가 그다음엔 도피하거나 죽으려 하는 경향이 강하다네. 온갖 경험의 길을 통과해 오고 나니 이젠 지친 거야, 몸과 마음이 완전히 탈진한 거지. 무슨 소린지 알겠나?" "그래."

"그래도 온갖 풍상을 다 겪고서도 말이야, 뭔가에 지나치게 집착하지도 언덕길을 내려가지도 죽지도 않고 오히려 자신을 펴고 쭉 펴고서 느끼는 것, 피하지 않고 굳건한 마음으로 곧게 서서 견디는 것, 그것은 대단한 일이야. 자넨 모를 거야, 자루크, 어떻게 자네가 지금의 자네가 되었는지, 과거에는 자네가 무엇이었는지, 어쩌다가 나와 이렇게 같이 걷게 되었는지, 그리고 다른 생명을 보호하는 역할을 맡게 되었는지 말이야." "그건 맞는 말이야, 테라, 정말 모르겠어, 기억이 전혀 없어." "서서히 되돌아올 거야. 사람은 혼자 힘으로, 자신만을 통해서 강해지는 게 아니야, 뭔가 겪고 나서야 그렇게 되는 거지. 힘이라는 것은 획득하는 거야, 자네는 어떻게 해서 스스로 그런 힘을 갖게 되었는지 모를 거야, 아무튼 자네는 그런 강한 모습으로 여기 서 있는 거야, 다른 사람들에겐 목숨을 앗아갈 만한 그런 것들도 자네에겐 전혀 위험하게 느껴지지 않을 거야." "그런데 이 친구는 우리를 원치 않아, 이 비버코프 말일세, 자네도 그런 말을 했잖아, 이 친구가 우리에게서 벗어나려 한다고." "그는 죽고 싶어 해, 자루크, 여태껏 말이야, 이 세상에서 정말로 위대한 발걸음을, 그야말로 그 끔찍한 발걸음을 내딛은 사람치고 죽고 싶다는 생각을 하지 않은 경우는 없어. 그리고 자네 말마따나 그래서 대분의 사람들이 패배하는 거야." "그래서 자네는 이 친구한테 희망을 거는 건가?" "그래, 이 친구는 강하고 손상되지 않았으니까, 그리고 또 두 번이나 굳건하게 버텨냈으니까. 그러니 우리 이 친구를 지켜 주자고, 테라, 제발 그렇게 해 주기를 바라네." "물론이야."

탄탄한 몸매의 젊은 의사가 프란츠와 마주하고 앉아 있다. "안녕하세요, 클레멘스 씨, 여행을 한번 해 보시죠, 집안에서 누가 죽고 나면 대개들 그렇게 합니다. 다른 곳으로 가 볼 필요가 있어요, 지금은 베를린의 모든 것이 당신을 짓누를 테니까요. 환경을 바꾸어야 해요. 마음을 한번 풀어 보지 않을래요? 이분은 처제 되시나요? 혹시 같이 동반해 줄 분이 있나요?" "그냥 나 혼자 가도 괜찮습니다, 꼭 가야 한다면." "'꼭 가야 한다면'이라뇨, 클레멘스 씨, 지금 나는 당신이 꼭 해야 할 것을 말씀드리는 겁니다. 휴식, 요양, 약간의 기분 전환, 이게 꼭 필요해요, 기분 전환도 너무 심하면 안 되고요, 심하면 금방 역효과를 보니까요. 늘 절제가 필요해요. 어디를 가나 지금은 날씨가 아주 좋을 때입니다. 어디로 갈 생각이죠?" 에바가 말한다. "강장제, 그런 건 안 좋을까요, 레시틴 같은 거 말입니다, 그러면 혹시 잠을 더 잘 잘 수 있지 않을까 해서요." "다 처방에 넣어 드릴게요, 잠깐만요, 아달린을 넣읍시다." "아달린은 벌써 써 봤어요." (그런 독약은 넣지 마.) "그러면 파노도름을 드세요, 저녁에 한 알씩 페퍼민트 차와 마시면 됩니다, 차는 몸에 좋아요. 차와 드시면 약의 흡수가 더 빠릅니다. 그리고 이분을 데리고 동물원에도 가 보세요." "동물원엔 안 가요, 동물들을 싫어하거든요." "아, 그렇다면 식물원에 가 보세요, 조금만 바람을 쐬는 겁니다, 너무 지나치면 안 되고요." "신경안정제도 처방에 넣어 주세요, 원기 회복을 위해." "기분을 좋게 하기 위해 약간의 아편을 써도 괜찮겠군요." "술 같은 건 벌써 먹고 있습니다, 의사 선생님." "그게 아니고요. 됐어요, 아편은 좀 다른 건데. 그렇다면 여기 이 레시틴을 드릴게요, 새로 나온 약인데, 용법은 겉봉에 적혀 있습니다. 복용한 다음에 목욕을 하세요, 편안하게, 혹시 목욕 시설은 있겠지요, 부인?"

"물론 다 돼 있어요, 의사 선생님." "그래요, 요새 새로 지은 주택의 장점이 바로 그거지요. 대개의 경우 그게 당연한 일이지만 나 같은 경우는 그렇지 않았어요. 모든 걸 내가 직접 설비해야 했으니까요, 돈도 많이 들었습니다, 그리고 방마다 그림을 그려 놓았지요, 보시면 아마 놀랄 겁니다, 여기엔 없지만요. 자, 됐습니다, 그러면 레시틴을 드시고 목욕을 하는 겁니다, 하루 걸러 오전에 한 번씩, 그런 다음 마사지를 해서 근육을 잘 풀어 주세요, 그러면 몸을 움직일 때 문제가 없을 테니까요." 에바가 말한다. "알겠어요, 그렇게 할게요." "마사지를 잘 받도록 해요, 클레멘스 씨, 그러면 몸이 한결 가뿐해질 테니까요. 걱정 마세요, 다시 건강해질 테니까. 그리고 여행도 하세요." "이이는 그렇게 쉽지가 않아요, 선생님." "걱정 마세요, 잘될 겁니다. 자, 그러면 클레멘스 씨, 어때요?" "뭐가요?" "고개를 너무 떨어뜨리지 말고요, 늘 규칙적으로 하도록 하세요, 여기 이 수면제 복용과 마사지 말입니다." "알겠습니다, 선생님, 자, 그럼 이만, 우선 감사드릴게요."

"자, 당신 원하는 대로 됐군그래, 에바." "목욕 준비를 해 놓고 신경안정제를 가져올게요." "그래, 그렇게 해." "내가 돌아올 때까지 꼼짝 말고 있어야 해요." "알았어, 에바, 알았다니까."

에바는 외투를 걸치고 아래층으로 내려간다. 그리고 십오 분 뒤에는 프란츠도 나간다.

전투 개시.

우리는 북을 치고 나팔을 불며 지옥으로 달려간다

　싸움터가 우리를 부른다, 싸움터가!

　우리는 북을 치고 나팔을 불며 지옥으로 달려간다, 우리는 이 세상에 대해 더 이상 관심도 없다. 이 세상의 모든 것이, 위에 있건 밑에 있건 그 위에 있건, 우리에게 무슨 상관이란 말이냐. 이 세상의 모든 종족들 중, 남자들이건 여자들이건, 더러운 깡패들이건, 믿을 놈은 한 놈도 없다. 이 몸이 새라면 한 덩어리 오물을 움켜잡아 두 다리로 냅다 던지고 날아가리.* 이 몸이 말이라면, 이 몸이 개라면, 이 몸이 고양이라면, 이보다 더 좋은 일이 있으랴, 제 똥을 땅바닥에 갈기고 얼른 도망치는 것보다.

　이 세상은 따분하기만 하고 그렇다고 다시 술을 퍼마시고 싶은 마음도 없다, 하려면 못할 것도 없지, 마시고, 마시고 또 마시고, 그러면 이 더럽고 치사한 짓거리를 처음부터 다시 시작하게 될 뿐이다. 하느님이 이 세상을 만들었다고들 하는데, 왜 창조했는지 그 이유를 엉터리 같은 목사가 내게 말해 줄 수 있을까. 그런데 사실 하느님은 목사들이 아는 것보다 세상을 훨씬 잘 만들어 놓았다, 하느님은 우리에게 이 멋진 짓거리를 향해 오줌을 갈기도록 허락해 주셨고, 우리에게 두 손을 주시고 밧줄까지도 주셨다, 이 지저분한 인생 어서 끝내라고, 그

---

* 민요집 『소년의 마술피리』에 나오는 프란츠 압트, 카를 마리아 폰 베버 작의 민요를 패러디한 것.

것이 우리가 할 수 있는 일이니, 그러면 이 더럽고 치사한 꼴은 끝난다, 행복한 나날이여, 축복이여, 우리는 북을 치고 나팔을 불며 지옥으로 달려간다.

만일 내가 라인홀트 녀석을 붙잡으면 그러면 나의 분노도 누그러질 텐데, 그러면 녀석의 목을 잡아 비틀어서 더는 살지 못하게 해 줄 텐데, 그러면 내 기분도 더 좋아질 텐데, 그러면 내 마음도 흡족할 텐데, 그러면 모든 게 공평할 텐데, 그러면 나도 마음의 평화를 누릴 텐데. 그러나 그 개 같은 자식은, 내게 온갖 나쁜 짓을 다 저지르고 나를 다시 범죄자로 만들어 놓고 내 팔마저 부러뜨린 그 자식은 스위스의 어디에선가 나를 비웃고 있을 것이다. 나는 지저분한 똥개처럼 비참한 꼴로 이리저리 헤맬 뿐, 녀석은 마음대로 나를 가지고 논다, 내 편을 들어 주는 사람 하나 없고, 경찰마저 내가 미체를 죽이기라도 한 것처럼 나를 잡으려 혈안이다, 그런데 나를 그 사건에 얽어 넣은 것도 그 악당 자식의 짓이다. 꼬리가 길면 밟히는 법이다. 나는 견딜 만큼 견뎠으며 할 만큼 했다, 그 이상은 못 하겠다. 누구도 내가 방어하지 않았다고는 말하지 못할 것이다. 그러나 참는 데도 한계가 있다. 라인홀트를 죽이지 못하니 내 스스로 목숨을 끊을 수밖에. 나는 북을 치고 나팔을 불며 지옥으로 달려간다.

저 사람은 누구인가, 여기 알렉산더 가에 서 있다가 아주 천천히 한 걸음 한 걸음 발길을 옮기고 있는 저 사람은? 그 사람의 이름은 프란츠 비버코프, 그가 여태껏 무슨 짓을 하며 살아왔는지는 여러분이 잘 알 것이다. 기둥서방, 중범죄자, 가련한 바보, 패배자, 이제 그는 이 모든 것에 대한 책임을 져야 한다. 그를 두들겨 팼던 망할 놈의 주먹들! 그를 움켜잡았던 끔찍한 주먹! 다른 주먹들도 그를 팼지만 그는 도망쳤다, 한대 날아올 때마다 상처가 남았지만 그것도 아물곤 했다. 프란츠는 변하지 않았으며 계속해서 그의 길을 갔다. 이번의 주먹은 그를 놓아주지 않는다, 이번의 주먹은 힘이 엄청나다, 이번의 주먹은 그를 박살 낸다, 몸과 마음까지, 프란츠는 종종걸음으로 걸어가며 이미 알고 있다, 내 인생은 이제 더 이상 내 것이 아니다. 이제 어떻게 해야 할지 모르겠다. 프란츠 비버코프는 이제 완전히 끝장났다.

11월, 어느 늦은 저녁 9시경, 녀석들은 뮌츠 가를 어슬렁거린다, 전차와 버스 소리 그리고 신문팔이들이 외치는 소리가 시끌벅적하다, 경찰들은 고무 곤봉을 들고 파출소에서 출발한다.
란츠베르크 가에는 붉은 깃발을 든 행렬이 지나간다, 각성하라, 이 세상의 저주받은 자들아!
'모카 픽스', 알렉산더 가, 명품 시가, 멋진 머그잔으로 마시는 최고 품질의 맥주, 카드놀이 엄금, 손님들께서는 입고 오신 코트를 각자 주의하시기 바랍니다, 본 업소에서는 분실물에 대해 책임을 지지 않습니다. 주인백. 아침 식사, 오전 6시에서 낮 1시, 75페니히, 커피 한 잔, 삶은 계란 두 개, 버터 바른 식빵 하나.
프란츠가 프렌츨라우 가의 커피하우스에 들어가 자리에 앉자 녀석들이 그를 향해 환호한다. "남작님!" 그들은 그가 쓰고 있던 가발을 벗긴다, 그는 의수를 풀어 놓고 맥주를 주문한다, 외투는 무릎 위에 올려놓는다.

얼굴빛이 누런 세 사내가 그곳에 앉아 있다, 말할 필요도 없이 죄수들이다, 도망쳐 나온 것 같다, 녀석들은 끊임없이 입을 놀려 대며 온갖 수다를 떨고 있다.

그러니까 나는 목이 말랐어, 그래서 속으로 이렇게 말했어, 뭘 그리 멀리 가, 저기 지하 술집이 하나 있군그래, 폴란드 놈들이 하는 집이야, 나는 놈들한테 내 소시지와 담배를 보여 주었지, 그랬더니 놈들은 어디서 났느냐고 묻지도 않고 내게 술을 한 잔 주는 거야, 그래서 그곳에 몽땅 주고 나왔어. 그리고 아침에 녀석들이 술집을 떠나는 것을 엿보고 있다가 안으로 들어갔지. 갈고리를 갖고서 말이야, 가 보니 그대로 다 있는 거야, 내 소시지와 담배가 말이야, 그래서 그걸 다 들고서 도망쳤지. 멋진 장사지, 응?

경찰견들 말이야, 백날 있어 봤자 소용없어. 내가 있던 곳에서는 다섯 녀석이 담벼락을 뚫고 도망쳤어. 어떻게 그랬느냐고? 자세히 말해 줄게. 담벼락에는 양쪽 면에 함석이 붙어 있어, 철판이지, 8밀리미터는 될걸. 그런데 녀석들은 바닥을 뚫고서 도망친 거야, 기가 차지, 시멘트 바닥을 말이야, 구멍을 판 거야, 물론 밤에 일을 했지, 벽 밑으로 해서 말이야. 그랬더니 그 뒤 경찰 나부랭이들이 와서 하는 말, 너희도 그 소리를 들었을 텐데? 뭔 소리요, 우리는 잠에 곯아떨어졌었소. 그런 소리를 왜 우리가 들어야 하는 거요? 왜 하필 우리가요?

웃음보가 터지고, 흥이 한껏 올랐지, 오, 너 즐겁고, 오, 너 행복하고,* 우리 테이블 주위로 한 바퀴 돌림노래가 돌아갔어,

---

* 하인리히 홀츠슈어가 만든 성탄절 노래의 첫 구절.

쿵다라닥닥.

그리고 그 뒤로 물론 누가 왔지, 바로 서장님께서 오신 거야, 슈바브 경사라는 자야, 놈은 온갖 폼을 다 잡으며 말하더군. 모든 얘기는 이미 그저께 다 들었지만 출장 중이라서. 그잘난 출장. 이놈들은 뻑하면 출장이라지. 술 한 잔 더, 나도, 담배 셋.

젊은 아가씨가 테이블에 앉아 키가 큰 금발 머리 사내의 머리카락을 빗질해 준다, 사내는 노래를 부른다. "오, 존넨부르크, 오, 존넨부르크." 사람들의 말이 끊기자 그는 노래를 부르기 시작한다, 뭔가 태양을 찬미하는 노래를 불러야 한다.

"오, 존넨부르크, 오, 존넨부르크, 언제나 푸른 네 잎. 그해 여름 나는 스물여덟이었고 베를린도 단치히도 아닌 곳에 앉아 있었지, 쾨니히스베르크도 아닌 곳에 앉아 있었어, 내가 어디에 앉아 있었게? 이보게, 자넨 모를 걸세, 존넨부르크, 존넨부르크에 앉아 있었지.

오, 존넨부르크, 언제나 푸른 네 잎. 너는 이 세상에서 제일가는 교도소, 그곳엔 뭐니 뭐니 해도 아침부터 한밤중까지 인간애가 넘친다네. 그곳에선 때리지도 않고 괴롭히지도 않고 학대하지도 않고 트집을 잡지도 않는다네, 그곳엔 필요한 것은 뭐든지 다 있다네, 마실 때나 먹을 때나 피울 때나.

침대에는 멋진 새털 이불, 브랜디, 맥주 그리고 담배, 이보게, 우리는 지낼 만하네, 우리의 간수들은 몸과 마음을 바쳐 우리를 돌봐 준다네, 우리는 간수들에게 군화를 줄 테니, 너희는 우리에게 담배를 다오, 몸과 마음을 바쳐. 우리를 실컷 마시게 내버려 다오, 몸과 마음을 바쳐, 우리는 전쟁에서 쓰던 군화와 제복을 너희를 통해 팔고 싶다네, 우리는 개조를 원치 않으니, 너희들이 어서 팔아 주었으면 좋겠네, 우리는 돈이 필요하다네, 우리는 가난한 죄수들이니.

버릇없는 놈들이 몇 놈 있는데 녀석들이 우리를 밀고하려 하네, 우리는 녀석들의 발목쟁이를 부러뜨려 줄 걸세, 녀석들은 한번 생각해 보는 게 좋을걸, 우리와 재미를 볼 건지 아니면 먼지가 폴폴 날리도록 맞을 건지, 안 그러다가는 우리에게 쓴맛을 톡톡히 보게 될 거야.

멍청한 것은 오로지 소장님뿐, 그 사람은 아무것도 몰랐으니까. 얼마 전에 한 놈이 왔다네, 놈은 자유로운 존넨부르크 교도소를 철저히 조사하려 했네, 그러나 아무 소용도 없었네. 왜 소용없었는지, 왜 소용없었는지. 그것을 이제 이야기해 주겠네. 우리는 술집에 앉아 있었네. 간수 둘도 우리와 합석했다네, 한참 술을 마시고 있는데, 그래, 누가 나타났을까, 대체 누가 나타났을까, 누가 나타났을까요.

그것은 바로, 땡땡, 그것은 바로 땡땡 검열관 나리래요, 거기서들 무슨 이야기를 하고 있나? 건배라고 말했답니다, 만세, 검열관 나리 만세, 높은 데로 임하소서, 코냑 한잔하시죠, 어서 내 옆에 앉으세요.

검열관께서는 뭐라 하셨나? 나는 검열관이다, 땡땡, 그분은 서서, 나는 검열관이다, 땡땡, 그분은 서서, 너희 모두 다 감방행이다, 죄수건 간수건, 너희는 이제 된맛 좀 볼 것이다, 각오 단단히 하도록, 땡, 그분은 서서, 땡, 그분은 서서, 땡땡.

오, 존넨부르크, 오, 존넨부르크, 언제나 푸른 네 잎, 우리는 녀석의 얼굴이 붉으락푸르락해지도록 놀려 주었네, 녀석은 마누라에게 달려가서야 화를 그쳤다네. 땡땡, 그분은 서서, 땡땡, 그 분은 서서, 땡땡, 검열관 나리께서 서서. 보세요, 마음이나 가라앉히고 괜히 화내지 마시라."

갈색 바지와 검은 무명 상의! 한 녀석이 보따리에서 갈색 죄수복을 꺼낸다. 최고 입찰자 구함! 완전 헐값에 판매, 갈색 상품 세일 주간, 저렴하게 구입할 수 있는 재킷, 코냑 한 잔 값이다. 이것들이 필요한 사람? 즐겁고 기쁘다, 오, 즐거운, 오, 행복한 날들, 형제여, 자네 애인 이름은 뭔가, 한 잔 더하세. 그다음엔 캔버스화 한 켤레, 교도소에서 신기 안성맞춤이다, 바닥도 짚으로 돼 있어 도망칠 때 최고다, 그리고 또 모포 한 장. 저런, 그건 소장님께 반납하고 왔어야지.

술집 안주인이 살짝 들어와 문을 살며시 닫는다, 너무 시끄럽게 떠들지 마세요, 앞방에도 손님들이 있어요. 한 녀석이 창문 쪽을 쳐다본다. 옆자리에 있던 녀석이 웃으며 말한다, 창문 가지고는 안 돼. 만약에 분위기가 심상치 않으면 말이야, 자, 보라고. 그는 손을 테이블 밑으로 넣더니 마룻바닥의 뚜껑을 들어 올린다. 지하실이야, 최고 좋은 것은 말이야, 곧장 옆집 안뜰로 튈 수 있다는 거지, 기어갈 필요도 없어, 모든 게 편리하게 돼 있으니까. 다만 모자는 꼭 쓰고 있어야 해, 남의 눈에 띄지 않도록.

그중 좀 늙수그레한 녀석이 웅얼대며 말한다. "방금 부른 노래 아주 좋았어. 그런데 다른 노래들도 많아. 그것들도 그렇게 나쁘지 않지. 혹시 이 노래 아는가?" 그는 주머니에서 종이 쪽지를 하나 꺼낸다, 편지지다, 너덜너덜하다, 거기에는 휘갈긴 글씨체로 이렇게 적혀 있다. '죽은 죄수', "이거 너무 슬픈 얘기

아냐!" "슬프다니. 자네 노래만큼이나 절실한 내용이야." "울지 마, 울지 마, 목구멍에 풀칠은 할 수 있으니, 울지 마."

"죽은 죄수. 비록 가난하였으나 그는 젊음의 패기로 한때 정의의 길을 걸었네, 고귀한 것을 신성시하며 비열하고 나쁜 것은 멀리했지. 그러나 불행의 악령들이 인생의 고비마다 서 있었네, 나쁜 짓을 했다는 혐의를 받고 추적자들에게 늘 쫓겼네. (추적, 추적, 빌어먹을 추적, 빌어먹을 놈의 개들이 나를 뒤쫓는다, 지긋지긋하게 쫓아오는구나, 놈들에게 잡혀 거의 죽을 뻔했다. 그렇게 계속될 뿐이다, 어찌 빠져나가야 할지 모르겠다, 그렇게 계속될 뿐이다, 아무리 뛰어 본들 어찌 더 빨리 뛸 수 있겠는가, 아무리 달리고 달려도 결국엔 잡히고 말걸. 이제 그들은 프란츠를 손에 넣었다, 이제 포기할 때가 된 것 같군, 이제 올 때까지 왔어, 어쩔 수 없어, 정말 어쩔 수가 없어. 자, 건배, 맛있게 먹게, 건배.)
울부짖고 결백을 주장해도, 분노해도 아무 소용없었네, 모든 증거가 그에게 불리하게 돌아갔으니 그를 기다리는 것은 쇠고랑뿐이었네. 재판관들이 잘잘못을 잘못 가렸지만(추적, 추적, 빌어먹을 추적,) 그에 대한 판결을 내리면서(빌어먹을 놈의 개들이 나를 뒤쫓는다,) 그러나 그의 깨끗한 양심이 무슨 소용이란 말인가, 명예의 방패는 이미 부서진 마당에. 여보시오, 여보시오, 그는 꺼이꺼이 울며 소리치네, 왜 당신들은 나를 짓밟으려 하는 거요, 누구에게 한 번도 나쁜 짓 한 적 없는 나를. (그렇게 계속될 뿐이다, 어찌 빠져나가야 할지 모르겠다, 그렇게 계속될 뿐이다, 아무리 뛰어 본들 어찌 더 빨리 뛸 수 있겠는가.)
그가 감옥의 담장으로부터 다시 낯선 방랑자가 되어 돌아왔을 때 세상은 더 이상 예전의 세상이 아니었네, 그 자신도 다른 사람이 되어 있었으니. 강가로 가 보았지만 다리는 부서져 있었고, 마음은 병들고 원한에 사무쳐 그는 하릴없이 밤의 세계로 되돌아갔네. 그에게 빵 한 조각 건네주는 사람 하나 없었네. (추적, 추적, 빌어먹을 추적.) 더 이상 참을 길이 없었네, 스스로 방도를 구할 수밖에, 그리고 삶을 향해 달려들었네. 이번엔 정말로 죄를 짓게 되었네.

(죄, 죄, 죄, 아, 그래 그거야, 그렇게 될 수밖에 없어, 죄를 지을 수밖에 없다고, 천 번도 더 죄를 지을 수밖에 없다고!) 그런 행동은 더 엄한 처벌을 받는다고 도덕과 관습은 정해 놓았네, 그래서 그는 감방을 향해 다시 처량하게 발길을 옮기네. (프란츠, 할렐루야, 들었나, 사람은 천 번도 더 죄를 짓는 거야, 사람은 천 번도 더 죄를 짓는 거야.) 그래, 다시 한 번 자유의 세계 속으로 뛰어들어, 강도질, 살인, 노략질을 일삼고, 이 인간들을, 야수들을 인정사정없이 작살내는 거야. 그렇게 그는 나갔네. 그러나 얼마 안 가 무거운 짐을 짊어지고 다시 돌아왔네. 마지막 도취는 금세 덧없이 사라졌고 죄와 벌만은 평생토록 남았네. (추적, 추적, 빌어먹을 추적, 그가 옳았어, 그가 옳은 짓을 한 거야.)

하지만 이제 그는 한탄도 않으며 욕을 들어도 개의치 않고 밟혀도 아무 말 하지 않는다네, 말없이 멍에를 짊어질 뿐, 남의 비위를 맞추는 법도 배우고 기도하는 법도 배웠네. 묵묵히 자기 일만 할 뿐이네, 날마다 똑같은 일이었네, 그의 정신은 산산조각이 났으니 그것은 그가 송장이 되기 이미 오래전이었네. (추적, 추적, 빌어먹을 추적, 녀석들은 줄곧 내 뒤를 쫓고 있어, 나는 늘 최선을 다했는데도, 나는 이제 궁지에 몰렸어, 내 탓은 아니야, 어쩌면 좋지? 내 이름은 프란츠 비버코프, 여전히 프란츠 비버코프다, 조심하라고.)

오늘 그는 인생길을 마무리했네, 봄날의 화창한 햇볕이 내리쬐는 가운데 사람들은 그를 무덤 속에 앉히네, 죄수들이 선망하는 그 방에. 그리고 형무소의 종은 그를 위하여 마지막 작별의 종소리를 울리네, 세상에서 버림받고 형무소에서 죽을 수밖에 없던 그를 위하여. 조심하세요, 여러분, 여러분은 프란츠 비버코프가 어떤 사람인지 모릅니다, 돈 몇 푼에 자신을 파는 그런 사람이 아니지요. 그가 무덤으로 떠나야 할 때가 되면 그에겐 그의 손가락 수만큼의 친구들이 있어 그들이 먼저 하느님 앞에 가서 이렇게 말할 것입니다, 저희가 먼저 왔습니다, 곧 프란츠가 옵니다. 하느님, 놀라시지 않아도 됩니다, 그가 이렇게 멋진 말들이 끄는 마차를 타고 왔다고요, 사람들이 직접 나서서 그를 그렇게나 몰아댔거든요, 이제 그는 멋진 마차를 타고 도착합니다, 지상에서는 그토록 작았지만 이제 하늘나라에서 자신의 본모습을 보여 줄 겁니다."

녀석들은 여전히 테이블에 앉아 노래하고 떠들고 있다, 프란츠 비버코프는 내내 우두커니 앉아 있었다, 이제 그는 얼굴에 생기가 돌고 힘이 솟는다. 그는 다시 몸을 곧추세우고 팔을 동여맨다, 전쟁 통에 팔을 잃었지, 늘 전쟁이야. 살아 있는 한 전쟁은 그치지 않아, 중요한 것은 두 다리로 서는 거야.

이제 프란츠는 커피하우스의 철제 계단 위에 서 있다, 이제 길거리에 서 있다. 밖에는 비가 오고 있다, 한 방울 두 방울 떨어지더니 이내 억수로 쏟아진다, 어둡다, 프렌츨라우 가는 분주하다. 그런데 저기 건너편 알렉산더 가에 웬 사람들이 모여 있다, 그들 중엔 경찰의 모습도 보인다. 그때 프란츠는 몸을 돌려 천천히 그쪽을 향해 걸어간다.

알렉산더 광장에는 경찰서가 있다

9시 20분이다. 유리 지붕을 해 이은 경찰서 안마당에는 몇 몇 사람이 서서 뭔가 이야기를 나누고 있다. 그들은 농담을 주고받으며 양쪽 다리를 번갈아 가며 들었다 놓았다 한다. 한 젊은 경감이 와서 인사를 건넨다. "지금이 9시 10분이오, 필츠씨, 접수는 제대로 해 놓은 거죠? 원래 차가 9시에 와야 해요." "지금 막 직원 하나가 다시 2층에 올라가서 알렉산더 병영에 전화를 걸고 있는 중입니다, 어제 아침에 차를 예약해 놓았거든요." 또 다른 사내가 다가온다. "네, 그들 말로는 차를 보냈다는데요, 9시 5분 전에요, 아마도 길을 잘못 든 것 같으니 다른 차를 보내겠답니다." "아니, 뭐, 길을 잘못 들어? 기다리는 수밖에 없지." "아 그래서 도대체 차는 어디다 둔 거냐고 물었죠, 그랬더니 그쪽에서 하는 말, 지금 말하고 있는 사람은 누구냐는 거예요, 그래서 서기관 필츠라고 했죠, 그러니까 자기는 모모 소위라고 하더군요. 그래서 저는 이렇게 말했습니다, 제가 문의하고 싶은 건 말입니다, 소위님, 우리 경감님의 지시로 오늘 밤 9시에 있을 일제 단속을 위해 어제 차를 한 대 보내 달라고 서면으로 요청했는데 혹시 서면 접수가 제대로 되었는지 알고 싶다는 겁니다. 이 대목에서 그 친구의 반응을 들으셨어야 하는데, 아무튼 그 소위는 금방 친절하게 나왔지요, 그러면서 모든 게 다 처리되었는데 아마도 뭐가 잘못된 부분이 있었던 것 같다는 겁니다."

차들이 도착한다. 그중 한 대에는 몇몇 신사들과 숙녀들, 형사들, 경감들과 여경들이 올라탄다. 바로 그 차에 나중에 가서 프란츠 비버코프가 대략 쉰 명의 남녀들 틈에 끼어 타게 된다, 아마도 천사들이 그를 버렸나 보다, 그의 눈빛은 아까 커피하우스에서 나올 때하고는 사뭇 다르다, 그러나 천사들은 덩실덩실 춤을 출 것이다, 신사숙녀 여러분, 여러분이 믿든 말든 반드시 그럴 것이다.

사복 차림의 남녀들이 탄 차는 지프가 아니다, 이른바 투쟁과 법정의 차, 트럭이다, 트럭의 긴 의자에는 사람들이 앉아 있다, 이 차는 무해한 트럭과 택시들을 비집고 알렉산더 광장을 달린다, 이 차에 탄 사람들은 모두 편안해 보인다, 이것은 선전포고 없는 전쟁이다, 이들은 자신의 직무 수행차 가는 중이다, 어떤 사람은 태연스레 파이프를 피우고 또 어떤 사람은 시가를 피운다, 숙녀들이 묻는다, 앞쪽의 저 남자는 신문기자인 것 같군요, 내일이면 신문에 다 나겠네요. 만족한 표정으로 그들은 란츠베르크 가를 따라 오른쪽으로 올라간다, 그들은 뒷골목을 이리저리 빙빙 돌아 그들의 목적지를 향해 달린다, 술집들로 하여금 무슨 일이 벌어질지 미리 알아채지 못하게 하기 위해서이다. 그러나 밑에서 걸어가던 사람들은 그 차가 잘 보인다, 그들은 오래토록 쳐다보지는 않는다, 뭔가 좋지 않은 일이나 끔찍한 일이 있나 보군, 금세 끝나겠지, 범죄자들을 체포하러 가는 모양이야, 그런 일들이 일어난다는 게 끔찍해, 영화나 보러 가자고.

뤼커 가에 이르러 그들은 차에서 내린다, 차는 그 자리에 서 있고, 그들은 걸어서 도로를 따라 올라간다. 작은 도로는 텅 비어 있고, 일단의 경찰관은 보도를 따라 간다, 저편에 뤼커 바가 있다.

그들은 현관문을 점거하고 입구에 보초를 세운다, 길 건너편에도 보초를 세운다, 나머지는 모두 술집 안으로 들어간다. 어서 옵쇼, 웨이터가 씩 웃는다, 무슨 일인지 다 알지요, 뭘 드시겠습니까, 손님? 됐네, 시간 없어, 계산을 다 끝내도록 해, 연행이야, 모두 경찰서로 데려간다. 웃음소리, 항의, 아니 왜 이래요, 흥분하지 마시오, 욕설, 웃음소리, 진정해요, 나는 신분증명서가 있다니까요, 그거 잘됐군, 반 시간 뒤면 다시 돌아오게 될 테니까, 그래 봤자 그게 다 뭐예요, 난 바쁘다니까요, 흥분할 거 없다니까, 오토, 야간 조명 불빛에 경찰서나 마음껏 구경하라고. 어서 올라타. 차는 통조림처럼 꽉 찼다, 어떤 사내가 노래한다, 어떤 녀석이 치즈를 정거장으로 가져갔는가,* 간도 크셔, 어찌 그런 짓을 할 수 있담, 아직 세금도 안 낸 물건인데, 경찰은 속아서 화를 내며 으르렁대는구나, 그런 치즈를 정거장으로 굴려 갔으니.

차가 출발한다, 모두 손짓한다. 어떤 녀석이 치즈를 정거장으로 가져갔는가.

자, 일사천리로 일이 진행되었다. 자, 우리는 걸어가지. 멋진 신사가 차도를 건너가며 인사를 한다. 관할 경찰서장이신가, 그 경감님이신가? 그들은 어느 건물의 현관으로 들어간다, 나

---

* 프란츠 슈트라스만의 1926년 히트 곡 후렴.

머지는 제각각 흩어진다, 집결지 프렌츨라우 가와 뮌츠 가 모퉁이.

알렉산더 크벨레 술집은 인산인해다, 오늘은 금요일, 임금을 받은 사람들은 한잔 꺾으러 간다, 음악 소리, 라디오 소리, 스탠드 앞으로 짭새들이 밀치고 들어간다, 젊은 경감이 누군가와 이야기한다, 악단이 연주를 그친다, 연행한다, 경찰이다, 모두 경찰서로 연행해. 사람들은 테이블에 앉아 웃으며 전혀 아랑곳하지 않는다, 그들은 계속해서 떠들고 웨이터는 계속해서 시중을 든다. 한 아가씨가 통로에 서서 다른 두 아가씨의 부축을 받으며 큰 소리로 외쳐 대며 울고 있다, 나는 거주지를 옮기면서 퇴거 신고를 했다고요, 그런데 새 집주인 여자가 내 이름을 아직 신고 안 했어요, 그냥 하루만 묵으면 되는 거요, 그까짓 거 가지고 뭘 그래, 나는 안 갈래요, 경찰들한테 붙잡히는 거 싫어요, 그렇게 흥분할 거 없어요, 그래 가지고는 괜히 몸만 망친다고. 나 좀 내보내 줘요, 아니, 지금 내보내 달라니, 다 차례가 되면 나가요, 차가 막 떠났거든요, 그러면 차를 더 불러 줘요, 그런 식으로 우리 머리 좀 아프게 하지 말아요, 웨이터, 여기 발 좀 씻게 샴페인 한 병 줘요. 이봐요, 난 일을 하러 가야 한다고요, 나는 라우 상회로 일하러 가야 해요, 안 그러면 누가 시간 수당을 줘요, 아무리 그래도 당신은 함께 가야 합니다, 나는 공사판에 가 봐야 해요, 이러는 거 자유 박탈이잖소, 여기 있는 사람은 다 가는 겁니다, 이봐요, 거기 당신도 가는 거요, 너무 그렇게 흥분할 것 없어요, 그들은 가끔 가다 이런 식으로 연행을 해 가는 거다, 안 그러면 이 사람들이 여기에 왜 왔겠나.

사람들은 몇 명씩 무더기로 밖으로 나오고, 차들은 계속해서 경찰서를 오간다, 짭새들은 이리저리 걸어 다닌다, 숙녀용 화장실에서 비명 소리가 난다, 어떤 처녀가 바닥에 누워 있고, 그녀의 애인은 옆에 서 있다, 아니, 남자가 숙녀 화장실에서 뭘 하는 거야. 보다시피, 이 아가씨가 발작을 일으켰어요, 그러자 짭새들은 빙그레 웃는다, 신분증명서는 가지고 있죠, 자, 됐어요, 그러면 여자를 잘 돌보도록 하시오. 그녀는 계속해서 비명을 질러 댄다, 보라고요, 사람들 다 나가고 나면 이 여자는 벌떡 일어나 둘이 탱고를 출 겁니다. 나를 잡아가는 녀석은 어퍼컷을 한 대 먹을 줄 알라고, 두 번째 펀치는 시체 훼손이 될 뿐이야. 술집 안은 거의 텅 비었다. 문간에 한 남자가 서서 두 경찰관에게 양팔을 잡힌 채로 으르렁대며 소리친다. 내가 맨체스터, 런던, 뉴욕 다 다녀 봤지만 대도시에서 이런 경우는 한 번도 없었어, 맨체스터나 런던에서 이따위 일은 있지도 않다고. 경찰들은 그에게 어서 빨리 움직이라고 재촉한다. 이제 다 보내 버렸군, 자 어떤가, 고맙네, 세상을 뜬 자네 애완견에게 안부 인사 좀 전해 주게.

10시 15분 정각, 소탕 작전도 순조롭게 잘 끝나고 위층으로 통하는 계단이 있는 안쪽과 측면 모퉁이의 한두 테이블에만 손님이 앉아 있을 무렵, 어떤 사내 하나가 안으로 들어온다, 출입이 통제된 지 한참이나 되었는데도. 경찰들은 단호해서 어떤 사람도 통과시켜 주지 않는다, 그래도 어떤 아가씨 하나가 쇼윈도를 통해 힐끔힐끔 안을 들여다본다, 데이트 약속이 있다니까요, 안 돼요, 아가씨, 정 그러면 12시에 다시 와 봐요, 그

동안 당신 애인은 아마 경찰서에 가 있을 거요. 그 노신사는 밖에서 마지막 무리의 모습을 눈여겨보았다, 마침 그때 문간에 있던 경찰들은 경찰봉을 들고 상황을 정리하고 있었다, 차에 탈 수 있는 수보다 더 많은 사람들이 차에 오르려 했기 때문이다. 이제 차는 떠났고, 주위가 좀 듬성듬성해졌다. 그때 그 사내는 두 짭새 곁을 지나 유유히 문 안으로 걸어 들어갔다, 두 짭새는 마침 그때 반대편을 쳐다보고 있었다, 몇몇 사람이 다시 술집 안으로 들어가려 했기 때문이다. 이들은 경찰과 입씨름을 한다. 바로 이때 일군의 경찰이 와 하는 함성과 함께 길 건너편 막사에서 쏟아져 나온다, 이들은 행진을 하며 가죽띠를 더욱 단단히 조인다. 그때 그 노인은 술집 안으로 들어와 스탠드에 가서 맥주를 주문해 가지고는 계단 위로 올라간다, 그곳의 숙녀 화장실에서는 아직도 그 여자가 소리를 질러 대고 있다, 그리고 몇 명 안 되는 다른 사람들은 웃고 떠들고 있다, 지금까지 있었던 일이 자신들과는 전혀 상관없다는 듯이.

그 사나이는 한 테이블에 혼자 앉아 맥주를 들이켜며 술집 안을 내려다본다. 그때 그의 발에 뭔가가 걸린다, 벽 옆 바닥에 뭔가가 놓여 있다, 이게 뭐야, 그는 손을 뻗어 짚는다, 권총이잖아, 어떤 놈이 슬쩍 옆으로 치워 놓은 거군, 나쁠 것도 없어, 이제 권총이 두 자루가 됐군. 손가락 수만큼 가져도 좋겠어, 하느님이 대체 왜 그러냐고 물으면 이렇게 대답할 거야, 저는 장비를 제대로 갖추고 왔습니다, 아래 있을 때 갖지 못했던 것을 여기 위에서는 가질 수 있으니까요. 녀석들은 지금 소탕 작전을 펼치고 있어, 그래 잘하는 짓이야. 경찰서에서 아침을 든든히 먹고 난 녀석은 이렇게 말하겠지, 한번 대대적인 소탕을 해 보자고, 그래도 뭔가 신문에 날 만한 일을 해야 할 거 아냐. 물론 그래야 저기 위에 계신 분들도 우리가 뭣 좀 하고 있다는 걸 알 거 아닌가, 그리고 월급도 더 많이 받고 싶겠지, 마누라는 모피를 원할 테고, 그러니 녀석들은 사람들을 잡아들이는 거야, 그것도 사람들이 임금 봉투를 받는 금요일에.

그 사나이는 모자를 쓴 채 오른손을 주머니에 찌르고 있다, 맥주잔을 잡지 않을 때는 왼손도 주머니에 찌르고 있다. 화필 같은 깃털이 달린 모자를 쓴 경관 하나가 술집 안을 기분 좋게 돌아다닌다, 곳곳에 빈 테이블들, 바닥에 떨어진 담뱃갑들, 신문지, 초콜릿 포장지. 이제 다 끝났군, 곧 마지막 차가 온다. 그는 늙은 신사에게 묻는다. "계산은 다 끝냈습니까?" 늙은 신사는 툴툴대며 앞만 바라본다. "나는 방금 들어왔소." "흠, 안 그러는 게 좋았을 텐데, 그래도 함께 가 주셔야겠네요." "나한테 신경 쓸 거 없소." 어깨가 떡 벌어지고 튼튼하게 생긴 그 경관은 위에서 내려다본다, 이 친구 허공을 응시하는 폼이 시비를 걸려는 것 같군. 그는 아무 말도 않고 천천히 계단을 내려가 술집을 가로질러 간다, 그때 노인의 번뜩이는 눈과 마주친다, 이런 제기랄, 저 눈빛 좀 봐, 저 자식 뭔가 문제가 있어. 그는 다른 경관들이 서 있는 문 쪽으로 간다, 그들은 뭔가 속삭이더니 밖으로 나간다. 몇 분 뒤 문이 다시 열린다. 경관들이 다시 들어온다, 자, 남은 사람들, 일어나서, 다 같이 가요. 웨이터가 웃으며 말한다. "다음번에는 나도 데려가 줘요, 당신들이 경찰서에서 벌이는 수작 좀 구경하게요." "뭐, 여기 일이나 신경 써, 한 시간 있으면 다시 할 일이 많아질 테니까, 밖에 처음에 실려 갔던 사람들이 벌써 와 있어. 그치들이 지금 들어오려 하잖아."

"가시죠, 선생, 당신도 함께 가야 해요." 이 친구가 나한테 하는 말이군. 네놈이 말이다, 색시가 하나 있어 네가 그 여자를 마음으로 믿고 사랑한다면, 그 여자한테 언제, 어디 따위는 묻지도 않을 거다, 그 여자가 키스만 잘할 줄 안다면.*

신사는 요지부동이다. "이봐요, 귀가 먹었소? 일어나라니까요." 당신은 봄이 보내서 왔나요, 당신을 알기 전엔 나의 모든 재주는 임자를 못 만났어요.** 더 많이 불러와, 한 놈 가지고는 부족하니까, 내 마차에는 말이 다섯 마리가 달렸단 말이다.

이미 경찰 셋이 계단에서 기다리고 있다, 맨 첫 사람부터 올라온다, 경관들은 술집을 가로질러 온다. 젊고 키가 큰 경감이 앞장선다, 녀석들은 몹시 서둔다. 너희도 이제 나를 추격할 만큼 했다, 나도 내가 할 수 있는 만큼은 다했다, 내가 인간이던가, 아니던가?

그 순간 그는 왼손을 주머니에서 빼더니 일어서지도 않고 앉은 채로 첫 번째 경관을 향해 방아쇠를 당긴다, 이 친구는 그를 향해 사납게 달려들던 중이다. 탕. 자, 이렇게 해서 지상의 모든 것을 마무리했으니, 우리 이제 지옥으로 달려가자, 나팔을 불고 북을 치고 트럼펫을 울리며.

그 경관은 옆으로 휘청거린다, 프란츠는 자리에서 일어나 벽 쪽으로 가려 한다. 순간 문간에 있던 경찰들이 무더기로 술

---

* 발터 콜로의 히트 곡 「아가씨가 애인이 있다면」을 변형한 것. "아가씨가 애인이 있다면, 진심으로 사랑하고 좋아하는 애인이 있다면, 그녀는 언제, 어디 따위는 그에게 묻지 않을 거예요, 그 사람이 키스만 잘할 줄 안다면."
** 그 시절의 유행가에서 차용한 듯하다.

집 안으로 달려 들어온다. 그거 잘됐군, 그래, 몽땅 다 들어와 보라고. 프란츠는 팔을 쳐든다, 한 놈이 그의 등 뒤에 있다, 프란츠는 그를 어깨로 쳐서 넘어뜨린다, 바로 그 순간 주먹 한 방이 그의 손을 향해 날아온다, 얼굴에도 한 방, 모자 위에도 한 방, 팔에도 한 방. 내 팔, 내 팔, 나는 팔이 하나뿐인데, 녀석들이 내 팔을 완전히 박살 내는구나, 이를 어쩌지, 녀석들이 나를 때려죽이려 한다, 미체를 죽이더니 이젠 나까지. 다 소용 없어, 소용없다고, 이 세상 모든 게 아무 소용없는 거야.

그러더니 그는 비틀대다가 난간 옆에 쓰러진다.

총을 미처 더 쏘기도 전에 프란츠 비버코프는 비틀대며 난간 옆에 쓰러졌다. 그는 포기했다, 그는 자신의 생을 저주하고 무기를 넘겼다. 그는 그 상태로 엎어져 있다.

짭새들과 경찰들은 테이블과 의자들을 옆으로 치우고서 그의 옆에 무릎을 꿇고 앉아 그의 몸을 뒤집어 놓는다, 이 친구 한쪽 팔이 의수군, 권총이 두 자루야, 신분증명서는 어디 있어, 아니, 이런, 가발을 썼잖아. 그들이 가발을 홱 벗기자 프란츠 비버코프는 눈을 뜬다. 그러자 그들은 그를 흔든다, 이어 그의 어깨를 잡아 일으킨 다음 똑바로 세운다, 이 친구는 설 수 있어, 반드시 서야 해, 그들은 그에게 모자를 씌워 준다. 밖에 서는 모두 차에 앉아 있다, 그때 그들은 프란츠 비버코프에게 왼손에 수갑을 채운 채 문 밖으로 끌고 나간다. 뮌츠 가는 난리가 났다, 사람들이 구름처럼 몰려들었다, 술집 안에서 총소리가 났어, 저것 봐, 저기 그놈이 온다, 저놈인가 봐. 부상을 입은 경관은 이미 자동차로 후송되었다.

이 차가 바로 아까 9시 반에 경감들과 경찰들 그리고 여경들을 태우고 경찰서를 출발했던 차이다, 그들은 출발한다, 프란츠 비버코프가 이 차에 타고 있다, 그의 천사들은 그를 버렸다, 앞서 내가 보고한 대로. 유리 지붕을 해 이은 경찰서 안마당에 차에 실려 온 사람들이 하차했다, 그들은 안쪽의 작은 계단을 올라가 넓고 긴 복도로 들어선다, 여자들은 별도의 방으로 들어간다, 그리고 풀려난 사람이나 신분증명서가 확인된 사람들은 횡목을 지나 짭새들 쪽으로 간다, 그러면 짭새들은 한 사람 한 사람 가슴을 조사하고, 바지에서 신발까지 다 살펴본다. 남자들은 웃는다, 복도에서는 욕하고 재촉하는 소리가 떠들썩하다, 그 젊은 경감과 직원들은 이리저리 다니면서 소동을 잠재운다, 좀 참아 달라고 하면서. 문마다 경관들이 서 있어, 경찰의 동반 없이는 화장실도 못 간다.

안쪽에는 사복 차림의 경관들이 테이블에 앉아 사람들에게 이것저것 캐묻고 신분증명서를 갖고 있는 사람의 경우에는 그것을 훑어보고 큰 카드에다 범행 장소, 관할 법원 소재지, 체포 장소, 4구역 관할 경찰서* 등을 기입한다. 자, 이름이 뭐죠, 체포된 자세한 이유는? 가장 최근에 체포된 게 언제죠? 나 좀 먼저 해 줘요, 일하러 가야 해요, 경찰서장 이름, 제4과,** 인도 일시, 오전, 오후, 저녁, 이름, 성, 신분 또는 직업, 생년월일, 출생지, 주소지 없음, 주소지를 써넣을 형편이 안 됨, 당신이 써넣은 주소지는 관할 구역의 조사 결과 맞지 않는 것으로 판명됐

---

* 프렌츨라우베르크 지역 관할 경찰서.
** 형사과.

습니다. 관할 구청에서 연락이 올 때까지 기다려야 합니다, 그렇게 빨리는 안 됩니다, 그 사람들도 손이 두 개밖에 없으니까요, 게다가 상대할 사람들도 많아요, 이 사람들이 다 주소를 제출했거든요, 주소지도 맞고요, 사는 사람도 일치하고요, 다만 직접 주소지를 방문해 보니 다른 사람이 살고 있는 경우도 있지요, 그 사람이 다른 사람의 신분증을 갖고 있습니다, 다른 사람에게서 슬쩍한 거죠, 친구의 것이거나 아니면 부정한 거래로 구한 거죠. 지명 수배 여부 확인, 회색 카드 폐기되었음, 회색 카드 없음. 경찰 조서에 기록될 증거물들, 금번 범행이나 다른 범행과 관련이 있는 물건들, 자해하거나 타인에게 해를 끼칠 수 있는 물건들, 개인 소지품들, 지팡이, 우산, 칼, 권총, 격투용 반지.

프란츠 비버코프가 심문을 받을 차례. 이제 프란츠 비버코프는 끝난 목숨이다. 그는 체포되었다. 그들은 수갑을 채운 채 안으로 데려온다. 그는 머리를 가슴께에 떨어뜨렸다. 그들은 아래층, 즉 1층의 당직 경감 방에서 심문하려 한다. 그러나 이 사내는 아무 말도 하지 않는다, 그는 완고하다, 그는 자꾸만 얼굴을 감싼다, 고무 곤봉에 맞아 오른쪽 눈이 부었다. 그는 팔까지 늘어뜨린다, 그 바람에 세차게 몇 대 얻어맞는다.

아래층에는 풀려난 사람들이 어두운 안마당을 가로질러 도로 쪽으로 걸어간다, 이들은 아가씨들과 팔짱을 끼고 유리 지붕 안마당을 걸어간다. 애인이 있다면, 진심으로 사랑하는 애인이 있다면, 우리는 거닐 거예요, 노래를 부르며 이 레스토랑 저 레스토랑 누빌 거예요.* 상기 진술이 틀림없음을 확인함, 서

---

* 당시 베를린에서 불리던 노래.

명 완료, 증거물 수거 직원의 이름과 근무 번호. 베를린 중구 관할 재판소, 151과, 예심 판사 Ia 귀하.

마지막으로 프란츠 비버코프가 소개되고 구금된다. 이 남자는 알렉산더 크벨레 술집에서 수배 시 발포하였으며 그 밖에 형법에 저촉되는 행위를 저질렀다. 우리는 알렉산더 크벨레 술집에서 뻗어 있는 이 남자를 발견하였으며 삼십 분이 지나서 경찰은 지명수배 중이던 여덟 명의 다른 범죄자들과 반드시 잡아야 했던 소년원생들과 함께 예외적으로 대단한 체포 성과를 올렸음을 알게 되었다. 그 이유는 발포를 하고 나서 쓰러진 이 남자가 당시 오른팔에 의수를 착용하고 회색 가발을 쓰고 있었기 때문이다. 이 사실과 경찰이 갖고 있던 사진을 통해 우리는 이 남자가 바로 문제의 인물임을 알아냈다, 즉 프라이엔발데에서 일어난 창녀 에밀리 파르중케 살해 사건에 연루된 공범으로 그 전에 이미 살인과 매춘 중개 혐의로 전과가 있는 프란츠 비버코프였다.

그는 오래토록 경찰에 신고할 의무를 태만히 했다. 드디어 우리는 한 녀석을 잡았다. 이제 다른 녀석도 곧 잡게 될 것으로 본다.

9부

이렇게 해서 프란츠 비버코프의 지상에서의 여정은 끝났다.

이제 산산조각이 날 시점이 도래했다. 그는 이제 어둠의 손아귀에 떨어졌으니,

그 이름은 죽음이다. 그는 죽음을 자신이 머무를 적절한 장소로 여긴다.

그러나 그는 이 죽음이 자신을 어떻게 생각하고 있는지 알게 된다.

그것도 그가 전혀 예상치 못했던 방식으로, 그리고 그 방식은

지금까지 그가 겪어 온 모든 것을 뛰어넘는다.

죽음은 그에게 분명하게 일러 준다. 그는 자신의 실수와 오만과 무지를 깨닫는다.

이렇게 해서 옛날의 프란츠 비버코프는 무너지고, 인생 항로도 끝난다.

이 남자는 망가졌다. 그러나 새로운 비버코프가 나타난다,

예전의 비버코프는 그와 견줄 바가 못 된다. 우리는 그가 자신에게 주어진 일을

옛 비버코프보다 훨씬 잘 해낼 것으로 기대해 마지않는다.

라인홀트의 검은 수요일, 그러나 이 장은 빼도 그만이다

경찰이 예상했던 대로, "드디어 우리는 한 녀석을 잡았다, 이제 다른 녀석도 곧 잡게 될 것으로 본다."라는 말처럼 일은 실제로 그렇게 전개된다. 물론 그들이 예상했던 것과 똑같은 방식은 아니지만. 그들은 녀석을 곧 체포할 것으로 본다. 그러나 그들은 이미 녀석을 수중에 넣어 가지고 있었다, 녀석은 동일한 붉은 경찰서 건물을 거쳐 갔으며, 다른 방과 다른 손들을 거쳤던 것이다, 녀석은 이미 모아비트 형무소에 앉아 있다.

라인홀트의 경우에는 모든 일이 빨리 진행된다, 그래서 녀석은 그 일을 깔끔하게 끝맺음해 버린다. 이 친구는 질질 끄는 것을 싫어하는 성격이다. 우리는 전에 그가 프란츠에게 어떻게 행동했는지 잘 안다, 녀석은 프란츠가 자기에게 뭔가 수작을 부리는 것을 알고는 금세 상대를 제압하고 나선다.

라인홀트는 어느 날 저녁 모츠 가에 나가 봤다, 그때 그는 속으로 중얼거린다, 살인 혐의로 현상금이 붙은 전단지들이 광고탑에 붙어 있군, 신분증을 위조해서 미리 그냥 잡히도록 손을 써야겠어, 소매치기나 뭐 이런 걸로. 이렇게 분위기가 안 좋을 때는 교도소가 가장 안전해. 만사가 뜻한 대로 되기는 했지만 그는 귀부인의 싸대기를 너무 세게 갈겼다. 그딴 것 괜찮아, 라인홀트는 생각한다, 그저 사람들 눈에서 잠시 사라지면 그만이야. 그래서 경찰들은 그에게서 가짜 신분증을 넘겨받는다, 폴란드 출신의 소매치기 모로스키에비츠군, 당장 모아비트로 이송해, 경찰은 대체 녀석이 누군지 눈치채지 못한다, 그 녀석은 여태껏 한 번도 감방에 들어간 적이 없다, 몽타주를 일일이 다 기억하고 있는 사람이 어디 있단 말인가. 그리하여 그에 대한 심리는 아주 조용하게 진행된다, 아주 은밀하고도 차분하고 소리 없이, 그가 경찰서에 들렀다가 살며시 빠져나갔을 때처럼. 폴란드에서 수배 중인 소매치기야, 저딴 녀석이 부자 동네로 돌아다니면서 사람들을 때려눕히고 여자 핸드백을 낚아채 가다니, 이건 말도 안 돼, 여기가 러시아 지배하의 폴란드도 아니고, 아니, 도대체 어쩌자고 그런 거야, 이런 놈은 본보기로 엄벌감이야, 그렇게 해서 그는 징역 사 년에 오 년간의 공민권 박탈, 경찰 보호 관찰 등등의 형을 선고받는다, 격투용 반지도 압수당한다. 피고가 소송 비용을 부담한다, 십 분간 휴정합니다, 법정이 너무 더워요, 휴정할 동안 창문 좀 엽시다, 피고는 그 밖에 무슨 할 말이 있나?

라인홀트는 물론 할 말이 없다, 그는 상고를 유보한다, 그는 그들이 자신을 그렇게 대해 준 것만으로도 기쁘다, 이곳에서는 아무 일도 안 일어날 테니. 그렇게 해서 이틀 뒤에는 모든 일이 끝난다, 모든 일이, 모든 일이. 한 고비 넘겼다. 미체와 그 바보 같은 비버코프 자식 때문에 생긴 빌어먹을 놈의 골칫거리들, 그래도 아무런 문제없이 멋지게 해치웠어, 내가 원했던 대로 말이야, 할렐루야, 할렐루야, 할렐루야.

이야기는 여기까지 흘러왔다, 경찰이 프란츠를 붙잡아 경찰서로 연행하는 동안, 진짜 살인범 라인홀트는 이미 브란덴부르크에서 복역 중이다, 그를 생각하는 사람 하나 없고, 그는 완전히 잊혔다, 세상이 두 쪽 나지 않는 한 그를 찾아낼 방도는 없다. 그런 녀석은 양심의 가책에도 시달리지 않을 테니, 녀석이 생각한 대로 모든 일이 이루어졌다면 녀석은 아직도 그곳에 있거나 아니면 다른 교도소로 이송 중에 도망쳤을 것이다.

그러나 세상살이란 다 그런 거다, 멍청하기 짝이 없는 속담도 들어맞는 날이 온다. 자, 이젠 됐다고 생각하는 순간, 절대 그렇지 않은 경우가 있다. 생각은 사람이 하지만 결정은 하느님이 내리는 것이다. 꼬리가 길면 밟힌다. 그들이 어떻게 라인홀트를 붙잡게 되는지, 이제 그가 얼마나 고난의 길을 걷게 되는지에 대해 곧 이야기하겠다. 그러나 독자들 중 이런 것에 관심이 없는 사람은 다음 몇 쪽은 건너뛰어도 좋다. 프란츠 비버코프의 운명을 다룬 이 책 『베를린 알렉산더 광장』에서 내가 말한 것들은 모두 진실이다, 그러므로 이 책을 두 번 세 번 읽고 마음에 새기다 보면 이 책 안에 손에 잡히는 진실이 담겨 있음을 알게 될 것이다. 그러나 이제 라인홀트는 맡은 바 역할을 끝까지 다한다. 아무튼 그는 우리 생의 그 무엇으로도 변화시킬 수 없는 차가운 폭력을 대변하는 자인 까닭에 나는 마지막 처절한 싸움을 벌이는 그 폭력의 모습을 여러분에게 보여 주려 한다. 여러분은 냉혹하고 돌 같은 그의 모습을 끝까지 보게 될 것이다. 그의 인생은 요지부동으로 진행된다, 반면에 프란츠 비버코프는 굴복하고 마침내는 하나의 원소처럼 빛에 쬐여 다른 원소로 바뀐다. 아, '우리는 모두 인간이다.'라고 말하기는 얼마나 쉬운가. 그러나 만약 하느님이 있다면, 우리는 하느님 앞에서 우리가 지닌 악함이나 선함 때문에 서로 구별되는 것만은 아니다, 우리는 모두 서로 다른 성품과 다른 생을 갖고 있다, 천성과 출생, 미래의 운명에 있어 우리는 서로 다르다. 자, 이제 라인홀트가 마지막으로 어떤 운명을 겪게 되는지 들어 보라.

라인홀트는 브란덴부르크 교도소에서 한 사내와 매트 제조 파트에서 함께 일하게 된다, 그 사내 역시 폴란드 사람이다, 그러나 정말로 폴란드 사람이며, 게다가 또 진짜 소매치기이다, 그것도 교활하기 짝이 없는 자이다, 이 사내가 모로스키에비츠를 안다. 모로스키에비츠라는 이름을 듣자 그 사내는 라인홀트의 얼굴을 쳐다보며 이렇게 중얼댄다, 그 사람 내가 아는데, 그 사람 도대체 어디 있지, 거 참, 그 자식이 많이도 변했군, 이게 말이나 되나. 그러더니 그 사내는 시치미를 뚝 떼고 라인홀트를 전혀 모르는 척한다. 그러던 중 어느 날 그 사내는 모두들 모여 담배를 피우곤 하는 화장실에서 슬쩍 라인홀트에게 다가와 담배꽁초 하나를 내밀면서 말을 건다, 라인홀트는 폴란드 말을 전혀 할 줄 모른다. 라인홀트의 입장에서는 그렇게 폴란드어로 말을 걸어오는 게 여간 불편하게 아니다, 그는 매트 제조 파트에서 슬쩍 빠진다, 작업반장은 그가 자꾸만 몸이 허약한 척했기 때문에 그를 자기 보조로 삼아 건물 측량의 감방으로 데려간다, 그곳에서는 다른 사람들이 그에게 접근할 기회가 거의 없다. 그러나 들루가라고 하는 그 폴란드 사내는 물러서지 않는다. 라인홀트는 "완제품은 밖으로!" 하며 이 감방 저 감방 다니며 소리친다. 작업반장과 함께 들루가의 감방 앞에 서 있을 때, 작업반장이 매트의 수를 세고 있는 틈을 타 들루가는 라인홀트의 귀에 대고 속삭인다, 내가 바르샤바 출신의 모로스키에비츠를 알고 있는데, 이 친구 역시 소매치기거든, 그런데 이 친구가 당신 친척인가? 라인홀트는 까무러치게 놀라 얼른 폴란드 사내한테 담배 한 갑을 슬쩍 찔러 주고 "완제품은 밖으로!" 하며 가던 길을 계속 간다.

폴란드 남자는 담배를 받고서 흐뭇해한다, 아무래도 뭐가 있긴 있나 보군, 이어 그는 라인홀트를 갈취하기 시작한다, 라인홀트는 어디서 나는 건지 모르지만 늘 돈을 좀 갖고 있기 때문이다.

이 일은 자칫하면 라인홀트를 무척 위험한 상황에 빠뜨릴 수도 있다, 그러나 이번에도 그는 운이 좋다. 그는 공격을 막아낸다. 그는 다음과 같은 소문을 퍼뜨리고 다닌다, 그의 동향 사람인 들루가가 그를 밀고하려 한다, 녀석은 그에 대해 뭔가 아는 것 같다. 그렇게 해서 휴식 시간 중에 한바탕 주먹다짐이 벌어진다, 라인홀트도 폴란드 사내를 흠씬 두들겨 팬다. 그로 인해 그는 일주일간 구류 처벌을 받는다, 아무것도 없는 썰렁한 독방에 갇힌다, 사흘째가 되어서야 침구와 따뜻한 식사를 제공받는다. 이윽고 그는 거기서 나온다, 나와 보니 모든 것이 아주 조용하고 온순해져 있다.

그러나 그때부터 라인홀트는 스스로 고통 속으로 빠져든다. 여자들은 평생 동안 그에게 행복과 불행을 가져다주었고, 사랑은 이번에도 그를 파멸로 이끈다. 들루가와의 일은 그를 극도로 흥분시키고 분노케 만들었다, 녀석 때문에 이런 곳에 줄곧 처박혀 있어야 하다니, 그따위 자식 때문에 고통을 겪어야 하다니, 정말 즐거움은 없고 외롭다, 한 주 한 주가 지나면서 그런 생각이 더욱더 깊이 그의 마음속으로 파고든다. 그는 당분간 그렇게 지낸다, 당장이라도 들루가 녀석을 때려죽이고 싶은 마음이 굴뚝같다, 그때 그는 한 청년을 알게 되고 그에게 호감을 느낀다, 강도 혐의로 들어온 자로 역시 브란덴부르크 교도소엔 처음이며 3월에 석방될 녀석이다. 처음에 두 사람은 담배 밀매와 들루가 녀석을 욕하는 데서 의기투합했는데 점차 속마음을 다 털어놓는 진짜 친구 사이가 된다. 라인홀트는 이런 일은 생전 처음 경험해 본다. 비록 여자도 아니고 젊은 청년에 불과하지만 너무나 좋다. 그렇게 해서 라인홀트는 브란덴부르크 교도소에 있으면서 아주 행복하다. 들루가 자식과의 그 빌어먹을 사건이 그래도 내게 이런 좋은 것을 갖다 주었어. 다만 이 청년이 곧 출감한다는 것이 아쉬울 따름이다.

"이 검은 모자를 나는 앞으로도 한참을 더 써야 할 것 같은데, 이 갈색 상의도 말이야, 내가 여기 갇혀 있을 동안 자네는 어디에 가 있을 건가, 콘라트?" 이 젊은이의 이름은 콘라트이다. 아니, 스스로가 그렇다고 한다. 그는 메클렌부르크 출신인데 앞으로 큰 범죄자가 될 소질을 갖고 있다. 포메른에서 그와 함께 몇 번 강도질을 한 두 친구 중 한 녀석은 십 년 형을 언도받고 이곳에 들어앉아 있다. 그리고 두 사람은 검은 수요일에, 그러니까 콘라트의 출감을 하루 앞둔 전날 밤에 침실에서 다시 한 번 만난다. 라인홀트는 이곳에서 다시 아무도 없이 혼자가 된다는 생각에 거의 죽을 지경이다 ― 그래도 한 사람은 있을 거야, 보라고, 라인홀트, 당신도 외부 작업을 하러 베르더나 어디 다른 곳에 갈 수 있을지도 모르잖아 ― 라인홀트는 아무래도 마음이 가라앉지 않는다. 도무지 납득이 되지 않는다, 도무지 납득이 되지 않는다, 그가 하는 일이 이렇게 뒤틀리다니, 이 빌어먹을 계집, 미체, 멍청한 자식 프란츠 비버코프, 이런 바보들, 이 돌대가리들이 나하고 무슨 상관이람, 나도 바깥에 있었으면 지금쯤 멋쟁이 놀음을 하고 있을 텐데, 이곳에는 한 걸음도 앞으로 디딜 줄 모르는 바보들 천지야, 이제 라인홀트는 약간 맛이 간 모양이다, 훌쩍이며 청승을 떨며 콘라트에게 애걸한다, 나도 데려가 줘, 나도 데려가 달라고. 콘라트는 할 수 있는 대로 그를 위로해 준다, 그래 봤자 아무 소용없다, 이곳에서 도망치라고 충고를 할 수도 없는 노릇이니.

그들은 목공소의 작업반장에게서 작은 술 한 병을 받은 게 있다, 콘라트는 라인홀트에게 그 술병을 건네준다, 라인홀트가 그것을 받아서 마신다, 콘라트도 마신다. 도망친다는 것은 불가능해, 얼마 전에 두 녀석이 도망쳤거든, 아니, 최소한 도망치려는 시도는 해 본 거야, 그러나 그중 한 녀석만 노이엔도르프 가까지 갔는데, 녀석마저도 트럭에 올라타려는 순간 순찰대에 잡히고 말았어, 그 인간은 담벼락 꼭대기에 박아 놓은 그놈의 유리 조각에 찔려서 피를 철철 흘렸어, 때문에 병원으로 후송되어야 했지, 녀석의 손이 다시 다 아물지는 아무도 모를 일이야. 그리고 또 한 녀석, 그래, 그 녀석은 더 영리했지, 녀석은 유리 조각을 보자 얼른 안마당으로 도로 뛰어내렸어.

"안 돼, 라인홀트, 탈옥은 어림도 없는 일이야." 그러자 라인홀트는 후회의 빛이 역력해지며 풀이 죽는다, 그는 앞으로도 사 년을 더 이곳에서 썩어야 한다, 이 모든 게 다 모츠 가에서 저지른 바보짓 때문이야, 그리고 그 계집 미체와 그 바보 자식 프란츠 때문이야. 그리고 그는 목공소 작업반장이 준 술을 들이켠다, 어느덧 기분이 좀 좋아졌다, 물건들은 모두 밖에 내놓았다, 칼은 짐 꾸러미 위에 올려놓았다, 문의 폐쇄 시간은 지났다, 철컥, 빗장이 두 번 질러진다, 잠자리는 만들어졌다. 그때 둘은 콘라트의 침대에 함께 앉아서 속삭인다, 라인홀트가 맞는 울적한 순간이다. "이보게, 베를린에 가면 어디로 찾아가야 할지 일러 줄게. 밖에 나가거든 내 색시를 찾아가 줘, 이젠 어떤 자식의 색시가 돼 있을지 모르지만, 아무튼 그 여자의 주소를 알려 줄게, 가거든 내게 사정을 알려 주게. 그리고 또 내 일이 어떻게 되었는지도 알아봐 줘, 자네도 알겠지만, 그 들루가 녀석이 뭔가 눈치를 챘어. 내가 베를린에 있을 때 한 녀석을 사귀었어, 아주 멍청한 자식이야, 이름은 비버코프였지, 프란츠 비버코프."

그리고 그는 속삭이고 이야기하며 콘라트를 꽉 붙잡고 있다, 콘라트는 귀를 활짝 열고 계속해서 그래, 그래만 반복한다, 그렇게 해서 콘라트는 금방 모든 사정을 다 알게 된다. 그는 라인홀트가 침대에 눕는 것을 도와야 한다, 라인홀트는 흑흑 울고 있다, 화가 치밀고 너무나도 외롭고 자신의 운명에 분노를 느껴서이다, 게다가 어떻게 손을 쓸 수도 없는 덫에 걸렸기 때문이다. 뭐, 그까짓 사 년 가지고 그러느냐고 콘라트가 말해 보지만 소용없는 일이다, 라인홀트는 받아들일 수가 없다, 절대 받아들일 수가 없다, 도무지 견딜 수가 없다, 이런 식으로는 살 수 없다, 그게 바로 감옥 기피 발광증이라는 것이다.

이상은 검은 수요일의 일이다. 금요일에 콘라트는 베를린에 사는 라인홀트의 애인을 찾아간다, 그녀에게 극진한 대접을 받는다, 그리고 하루 종일 많은 이야기를 들려주고 그녀에게서 돈까지 받는다. 이것은 금요일의 일이다, 그리고 월요일에 라인홀트의 인생은 끝이 난다. 콘라트는 제 가에서 한 친구를 만난다, 전에 재활원에 같이 있던 친구다, 그 친구는 지금도 실업 상태다. 그리고 그 친구에게 콘라트는 자랑 삼아 요즘 자신이 어떻게 지내고 있는지 떠들어 대고 술값까지 계산한다, 그런 다음 그들은 여자들을 페어 차고 영화관에 간다. 콘라트는 브란덴부르크 교도소에서 겪은 끔찍한 이야기를 늘어놓는다. 여자들이 가고 나서도 한밤중까지 그들은 그 친구의 하숙에 남아 있다. 벌써 화요일로 넘어가는 밤이다. 그때 콘라트는 라인홀트 이야기를 꺼낸다. 라인홀트는 모로스키에비츠라는 가명을 쓰고 있으며 아주 괜찮은 녀석인데, 그런 인간은 이런 바깥 세상에서는 찾아보기 힘들다. 뭔가 큰일을 저질러서 수배 중인 것 같은데 녀석의 목에 얼마나 많은 현상금이 걸렸는지는 모른다. 그 말을 내뱉는 순간 그는 자신이 참으로 어리석은 짓을 저질렀음을 금방 깨닫는다. 그러나 그의 친구는 자신의 명예를 걸고 절대 입 밖에 내지 않겠다고 약속한다. 그럼, 그래야지, 입을 꾹 다물고 있자고. 그리고 그 대가로 콘라트는 그에게 10마르크를 건넨다.

그리고 화요일, 이 친구는 경찰서 1층에 서서 포스터를 훑어본다. 콘라트의 말이 정말 사실인지, 누가 현상 수배 중인지, 라인홀트라는 자가 정말로 수배 명단에 있는지, 정말로 현상금이 걸려 있는지, 콘라트 녀석이 그냥 허풍을 떤 것은 아닌지.

그는 그 이름을 발견하는 순간 소스라치게 놀라며 자기 눈을 의심한다. 맙소사, 프라이엔발데에서 창녀 살인, 정말로 그 녀석의 이름이 적혀 있다. 맙소사, 현상금 1000마르크, 아이고야, 1000마르크라니. 오금이 저린다, 1000마르크라니. 그는 당장 그곳을 떠났다가 오후에 여자 친구를 데리고 다시 와서 본다. 그녀가 말한다. 콘라트를 만났는데 당신이 어디 있느냐고 물어보더라, 아무래도 좋지 않은 예감이 드는 모양이더라, 이걸 어떻게 한담, 어떻게 할까, 원 참, 뭘 그리 깊이 생각해요,

녀석은 살인범이에요, 그런 놈을 뭘 그리 생각할 게 있다고, 그리고 나 같으면 콘라트 같은 인간도 신경 쓰지 않을 거예요, 다시 만날 것도 아니잖아요, 그리고 당신이 그랬는지 그 인간이 어떻게 알겠어요, 그리고 이 큰 돈 좀 봐요, 무려 1000마르크나 되는 돈인데, 당신은 실업 수당이나 타 먹는 꼬락서니잖아요, 1000마르크를 앞에 두고 뭣 때문에 그리 망설여요. "그 사람이 맞는지 안 맞는지 망설이는 거예요?" "자, 좋아, 안으로 들어가 보자고."

안에 들어가서 그는 당직 경감에게 자기가 알고 있는 내용을 분명하게 말한다, 모로스키에비츠, 라인홀트, 브란덴부르크 등등, 그러나 어디서 그런 것들을 알았는지는 말하지 않는다. 신분증명서를 소지하지 않은 까닭에 그와 그의 여자 친구는 잠시 그곳에 남아 있어야 한다. 그 이후로는 만사 오케이다.

토요일에 콘라트는 라인홀트를 만나러 브란덴부르크로 간다, 라인홀트의 여자와 품스가 그에게 전달하라고 한 온갖 물건들을 가지고 가는 중이다, 기차를 타고 보니 신문이 하나 있다, 이미 지난 신문이다, 목요일자 석간신문이다, 그 첫 번째 면에 이렇게 쓰여 있다. "프라이엔발데의 살인범 잡히다. 가명으로 교도소에 복역 중." 기차가 콘라트의 발밑에서 덜컹댄다, 선로는 끊임없이 펼쳐진다, 기차가 덜컹댄다. 이게 언제 신문이지? 무슨 신문이야? 《로칼안차이거》군, 목요일자 석간.

그가 체포당했어. 베를린으로 이송됐어. 내가 한 짓이야.

여자들과의 사랑은 라인홀트에게 평생토록 행복과 불행을 가져다주더니 마침내는 재앙을 안겨 주었다. 그는 베를린으로 이송되었다, 그는 미친 사람처럼 굴었다. 그가 조금만 더 그랬으면 사람들은 그를 그의 옛 친구 비버코프가 수감되어 있는 시설에 수용했을지도 모른다. 모아비트에서 마음이 안정되자 그는 재판이 어떻게 전개될지, 저쪽에서, 그러니까 그의 공범 아니 주범이라고 할 프란츠 비버코프가 어떤 식으로 나올지 기다린다, 그러나 지금으로서는 비버코프가 어떤 식의 반응을 보일지 아무도 모른다.

부흐 정신 병원, 감시 병동

경찰국의 방사상 건축물인 유치장에 있을 때 프란츠 비버코프는 처음엔 혹시 장난을 치는 게 아닌가 하는, 즉 자신의 목숨이 걸린 문제이기 때문에 공연히 미친 척하는 것 같다는 의심을 받는다. 그러나 의사는 그 죄수를 진단한 후 모아비트 병원으로 이송할 것을 지시한다, 그러나 그곳에서도 사람들은 그에게서 한마디의 말도 듣지 못한다, 그 사내는 정말로 미친 것 같다, 그는 뻣뻣하게 굳어 누운 채로 눈만 아주 가끔 껌벅일 뿐이다. 그가 이틀간 음식물을 거부하자 사람들은 그를 거기서 다시 부흐로 보낸다, 정신 병원의 감시 병동으로. 그렇게 한 것은 아무튼 잘한 일이다, 그 사나이는 지속적인 관찰이 필요했기 때문이다.

사람들은 프란츠를 처음엔 감시 병동에 집어넣었다, 늘 벌거 벗은 채로 누워 아무것도 덮으려 하지 않았고 셔츠마저도 자꾸만 벗어 던졌는데, 어찌 보면 그것이 프란츠 비버코프가 몇 주 동안 보여 준, 살아 있다는 유일한 표시였다. 언제나 눈을 질끈 감은 채 뻣뻣하게 굳어 누워 있었으며, 어떤 음식물을 주어도 다 거부했다. 때문에 하는 수 없이 식도 존데를 이용해서 음식물을 공급해 줘야 했다. 몇 주 동안은 우유와 계란과 약간의 코냑만 공급했다. 그러는 사이 그 튼튼하던 사나이는 몸이 완전히 오그라들었다. 그래서 간호인 혼자서도 그를 쉽게 들어 목욕탕에 앉힐 수 있는 지경까지 되었다. 프란츠는 목욕하는 것을 좋아하였으며 목욕탕에 들어앉아 있을 때면 심지어 몇 마디 말을 중얼거리기도 했고 눈을 뜨기도 하고 한숨을 내쉬며 신음 소리를 내기도 했다. 그러나 그가 내는 소리는 한마디도 알아들을 수 없었다.

부흐 정신 병원은 마을에서 좀 떨어진 뒤쪽에 있고, 감시 병동은 정신병을 앓고 있을 뿐 범죄를 저지르지 않은 다른 환자들이 있는 병동들과는 떨어져 있다. 감시 병동은 사방이 탁 트인 평평한 지대에 서 있어서 바람과 비, 눈과 추위, 밤과 낮이 그 건물을 향해 시도 때도 없이 마구 들이닥친다. 이런 것들을 막아 줄 거리도 없고, 다만 몇 그루의 나무와 덤불과 두 서너 개의 전주가 있을 뿐이다. 그 밖에는 오로지 비와 눈과 바람과 추위와 밤과 낮이 있을 뿐이다.

윙윙, 바람이 가슴을 활짝 편다. 바람은 숨을 잔뜩 들이마셨다가 마치 물통처럼 숨을 내뿜는다. 호흡 하나하나가 산처럼 무겁다. 산이 다가와 쿵 소리를 내며 그 건물에 가서 부딪힌다. 낮게 우르릉대는 소리. 윙윙, 나무가 흔들린다. 박자를 맞출 수 없다. 오른쪽으로 흔들리다가 다시 왼쪽으로 흔들린다. 바람은 나무들을 우지끈 내리친다. 휘몰아치는 무게, 망치질하는 대기, 우지끈, 우지직, 꽝, 윙윙, 나는 당신 거예요, 어서 오세요,

금방 갈게, 윙, 밤, 밤.

프란츠는 외침 소리를 듣는다. 윙윙, 그침이 없다, 멈추어 주었으면 좋겠는데. 간호인은 탁자에 앉아 뭔가 읽고 있군, 내 눈엔 다 보여, 저 친구는 요란한 바람 소리도 개의치 않는군, 나도 이렇게 누워 있은 지가 꽤 됐어, 추격, 빌어먹을 놈의 추격, 녀석들은 헐레벌떡 나를 추격했지, 나는 팔과 다리가 부러졌고, 목도 으스러졌어, 윙윙, 슬피 울 테면 울어 보라지, 이렇게 누워 있은 지 꽤 오래됐군, 일어설 수가 없어, 프란츠 비버코프는 이젠 일어서지 못해. 그리고 최후의 심판의 나팔이 세차게 울린다 해도 프란츠 비버코프는 일어나지 못해. 소리칠 테면 소리쳐 보라고, 존데를 쓸 테면 써 보고, 내가 입을 열지 않으니까 존데를 콧구멍에 쑤셔 넣고 난리군, 그래 봤자 소용없어, 나는 이미 굶어 죽기로 했으니, 그 잘난 의학으로 날 어쩌려고, 뭐 해볼 테면 해봐. 그 더러운 것들, 그 지랄 같은 것들, 이젠 다 지난 일이야. 이젠 간호인 녀석이 맥주를 마시는군, 나도 전엔 저랬어.

윙 탁, 윙 탕, 윙, 성벽을 부숴라, 윙, 성문을 부숴라. 묵직하게 내리누르며 달리며 우지끈대며 흔들어 대며 폭풍은 무서운 기세로 모여들어 머리를 맞대고 회의를 한다, 밤이다, 어떻게 하면 프란츠를 깨어나게 할 수 있을까, 그의 사지를 결딴내자는 게 아니야, 그런데 이놈의 건물은 너무 두꺼워, 그러니 그는 이들이 아무리 소리쳐도 듣지 못한다, 바깥에 그들과 함께 있으면 그들을 느끼고 또 미체가 울부짖는 소리를 들을 수 있을 텐데. 그러면 그의 마음이 열리면서 그의 양심도 눈을 뜰 텐데, 그러면 그는 자리에서 일어날 텐데, 그러면 정말 좋을 텐데, 그런데 그들은 정말 어찌해야 할지 모르겠다. 도끼를 손에 들고 단단한 나무를 찍으면 아무리 고목이라도 비명을 지르기 시작하는 법이다. 그러나 이렇게 누워 꼼짝도 않다니, 이렇게 불행 앞에 체념하고 자빠져 있다니, 이거야말로 세상에서 가장 몹쓸 짓이야. 우리는 그렇지만 체념해서는 안 돼, 성벽을 와장창 부수고 이놈의 감시 병동 안으로 들어가든지 창문을 박살 내야지, 아니면 다락방의 창문을 열어젖히든지. 이 친구가 우리를 느낀다면, 울부짖음 소리를 듣는다면, 우리가 가져다 주는 미체의 울부짖음 소리를 듣는다면, 그는 살아나 사태가 어떤지 좀 더 잘 파악할 수 있을 텐데. 이 친구를 뭔가 불안케 하고 놀라게 해 줘야지, 저렇게 침대에 편안하게 누워 있게 해서는 안 돼, 당장 이불을 걷어치워야지, 방바닥에 굴러떨어지게 만들겠어, 저놈의 간호인의 손에서 책을 빼앗아 버려야지, 저놈의 맥주를 탁자에서 날려 버리고 말겠어, 윙윙, 저놈의 등불을 넘어뜨려야지, 전구를 날려 버리고 말겠어, 그러면 저 건물에 전기가 합선되어 불이 날 거야, 윙윙, 정신 병원에 불이야, 감시 병동에 불이야.

프란츠는 귀를 틀어막은 채 더욱 뻣뻣해진다. 감시 병동 주위로는 낮과 밤이 바뀌고, 밝은 날이 왔다가 비가 내린다.

마을에서 온 어떤 아가씨가 벽에 기대어 서 있다, 간호인과 이야기를 하는 중이다. "내가 운 것처럼 보여요?" "아니, 한쪽 볼만 좀 부은 것 같군." "온 머리가 다 그래요, 뒤통수도, 전부요." 그녀는 울면서 핸드백에서 손수건을 꺼낸다, 얼굴이 심하게 일그러진다. "나는 아무 짓도 안했다고요. 심부름 하러 빵집에 갔어요, 그 가게의 여점원을 잘 알거든요, 그 아가씨한테 요즘 뭘 하며 지내느냐고 물었더니 오늘은 제빵사들의 무도회에 간다고 하는 거예요. 날씨도 나쁜데 집에 있어 봤자 뭐해요. 표가 한 장 더 있으니 같이 가자고 하더군요. 내게 돈 걱정은 하지 말라면서요. 정말 좋은 아가씨죠, 안 그래요?" "정말 그렇군." "우리 엄마 아버지가 뭐라 그러는지 아세요, 특히 우리 엄마가요. 가지 말라는 거예요. 왜 안 된다는 거죠? 불량한 무도회도 아니고요. 한번 즐겨 보는 것도 나쁘지 않잖아요, 그러면 인생에서 낙이 뭐냐고 물었지요, 무조건 가지 말라는 거예요, 날씨도 나쁘고 아버지도 편찮으시니까요. 그래도 아무튼 가겠다고 했어요. 그랬다가 이렇게 흠씬 얻어맞은 거예요, 어때요, 보기 괜찮아요?" 그녀는 울면서 앞만 멍하니 바라본다. "뒤통수가 너무 아파요. 얘야, 오늘은 좀 집에 있어 줄래, 하고 엄마가 부탁하는 거예요. 그래도 그건 너무 심하잖아요. 왜 못간다는 거죠? 나도 나이가 스물인데요, 그렇게 말했더니 토요일이나 일요일에 가라는 거예요, 왜 목요일은 안 돼요? 그 아가씨가 표도 갖고 있는데." "필요하다면 손수건을 빌려 줄게." "벌써 여섯 장이나 눈물로 흠뻑 적셨어요, 게다가 코감기까지 걸려서요, 나는 온종일 울고 있어요, 그 아가씨한테 뭐라고 하면 좋아요, 얼굴 꼴이 이래 가지고는 그 가게에 갈 수도 없어요, 그냥 한번 가 보려고 했던 거예요, 바람이나 쐬려고요, 제프라고 하는 그 사람과 말이에요, 당신 친구 있잖아요. 그 사람한테 편지를 썼어요, 우리 사이는 끝났어요, 그 사람은 답을하지 않았어요, 우리 사이는 끝났나 봐요." "그냥 둬요, 그런 놈은. 그놈이야 수요일마다 시내에 가 보면 다른 여자를 붙잡고 희희낙락하고 있을 테니까." "나는 그 사람이 정말 좋아요. 그래서 집에서 뛰쳐나오려 했던 거예요."

술을 많이 먹어 코가 빨간 한 노인이 프란츠의 침대에 걸터앉아 있다. "어이, 눈 좀 떠 봐, 내 말 들리지, 나도 자네와 같은 처지야. 홈, 스위트 홈, 즐거운 집, 그게 내겐 땅 밑이야. 집이 없으면 땅 밑으로 들어가야지. 새대가리 자식들이 나를 혈거인으로 만들려고 해, 동굴 속에 사는 인간 말이야, 나더러 이 동굴 속에 처박혀 살라는 거지. 자네 혹시 혈거인이라는 게 뭔지 알아? 우리 같은 사람을 바로 혈거인이라고 하는 거야, 어서 깨어나라, 이 세상의 저주받은 자들아, 굶주림에 허덕이는 자들아, 너희는 민족을 사랑하는 고귀한 마음에서 전쟁의 희생물이 되었다, 너희는 모든 것을 바쳤다, 민족과 생명과 행복과 자유를 위해. 그게 바로 우리라고. 독재자는 호화스러운 방에서 배부르게 먹으며 불안한 마음을 술로 달랜다네, 그러나 한쪽 손은 이미 오래전부터 진수성찬의 식탁 위에다 언제 들이닥칠지 모를 위험의 글자를 쓰고 있다네. 나는 독학자야, 나는 말이야, 모든 것을 내 스스로 깨우쳤다고, 다 교도소와 여기 이 요새에서 배운 거야, 녀석들은 지금 나를 이곳에 가두고서 우리 백성에게 금치산을 선고하는 거야, 녀석들은 나를 사회의 안정을 위협하는 존재로 보는 거지. 그래, 맞아, 나는 원래 그런 사람이야, 나는 생각이 자유로운 사람이야, 그래, 맞아, 나 좀 보라고, 나는 말이야, 이 세상에서 가장 조용한 남자야, 녀석들이 나를 화나게 만들 때를 빼면. 때가 오리라, 그러면 백성은 눈을 뜨리라, 힘차고 자유로운 백성이여, 그러니 편히 쉬어라, 나의 형제들아, 너희는 우리를 위해 고귀하고 위대하게 희생했나니.

여보게, 친구, 어서 눈 좀 떠 봐, 내 말을 듣고 있는 건지 알고 싶어서 그러니, 그래, 눈을 떠 보라고, 난 자네를 절대 배반하지 않아, 자넨 대체 무슨 짓을 했나, 독재자들 중 한 녀석을 해치웠나, 너희 형리들과 독재자들에겐 죽음뿐이다, 노래하라,* 이봐, 자네가 그렇게 줄곧 누워만 있으니 나는 밤새도록 잠을 잘 수가 없어, 밖에서는 윙윙 바람 소리가 들려오고, 자네도 저 소리가 들리나, 저놈의 바람이 이젠 아주 건물을 모조리 다 날려 버릴 기세야, 저놈들 생각도 맞아, 간밤에 계산을 해 봤네, 밤새도록, 지구가 일 초에 태양 주위를 몇 바퀴 도는가, 헤아리고 또 헤아려 보았네, 내 생각으로는 스물여덟 번 도는 것 같더군, 그런데 그때 마침 옆에서 여편네가 자고 있다는 것을 깨달았지, 그래서 여편네를 깨웠더니 여편네가 이렇게 말하더군, 여보, 흥분하지 마세요, 그런데 그게 다 꿈이었어.

놈들이 나를 가두었지, 술 때문에 말이야, 술을 마시면 나는 화가 난다고, 나 자신에 대해서 화가 나는 거지, 그럴 때면 가로거치는 것은 뭐든지 다 때려 부숴야 해, 도대체 내 마음이 통제가 안 되거든. 한번은 연금 때문에 구청에 간 적이 있었지, 머저리 같은 자식들이 방에 앉아서 펜대를 빨면서 자기네가 무슨 대단한 인물이라도 되는 듯한 태도로 나오는 거야. 나는 가서 문을 홱 열어젖히고서는 말을 꺼냈지, 그러자 녀석들은

* 폴란드에서 유래한 노동자들의 노래 「붉은 깃발」의 첫 구절.

이렇게 대꾸하더군, 대체 용건이 뭐요? 당신 누구요? 순간 나는 책상을 후려갈겼지, 당신하고 말하고 싶지 않아, 저 실례지만 누구신지요? 나는 쇠겔이오, 전화번호부 좀 내놔, 구청장하고 직접 얘기하고 싶으니까. 그런 다음 그곳을 완전 쑥대밭으로 만들어 버렸어, 그 머저리 같은 직원 녀석들 중 두 놈은 된통 혼났어.

윙, 쾅, 윙, 쾅, 윙, 성벽을 부숴라, 윙, 성문을 부숴라. 쿵, 콰광, 우지끈, 덜컹덜컹. 이 거짓말쟁이 바보 자식, 프란츠 비버코프는 대체 어떻게 된 놈이야, 비데코프 새대가리 같은 자식, 팔 병신 새끼, 눈이 올 때까지 죽치고 기다릴 셈이군, 이 친구는 우리가 한번 떠나면 다시는 안 올 걸로 생각하나 보군. 대체 무슨 생각을 하고 있을까, 그런데 이런 녀석이 생각이나 할 줄 알까, 대가리 속에 지혜가 들어 있지 않을 테니, 이놈은 그냥 여기 누워서 버틸 작정인가 보다. 녀석을 골탕 먹여 줘야지, 우리의 뼈는 무쇠 같으니, 이걸로 쾅, 문을 부수자, 우지끈 문을 부수고 문에 구멍을 내고, 문을 잡아 뜯자, 보라, 문이 없다, 텅 빈 구멍만 남았다, 휑하니 뚫렸다, 윙윙, 보라, 윙윙.

덜커덩, 불어닥치는 폭풍에 덜커덩 소리가 난다, 세차게 몰아치는 폭풍에 덜커덩 소리가 더욱 커진다, 한 여자가 선홍색 짐승을 탄 채 고개를 돌린다. 짐승은 머리가 일곱에 뿔이 열이다. 그 여자는 깔깔대고 웃고 손에는 잔을 하나 들고 있다, 그녀는 조롱의 빛을 띠고서 프란츠를 눈여겨보며 거센 폭풍의 무리를 향해 건배한다, 쯧쯧쯧, 쯧쯧쯧, 진정들 해요, 여러분, 이 사내 때문에 괜히 무리할 필요 없어요, 그래 봤자 이 사내를 어떻게 할 수도 없어요, 팔도 하나뿐인 데다가 살과 기름기도 다 빠져서 얼마 안 있어 뻣뻣한 동태처럼 될 겁니다, 사람들은 뜨거운 탕파를 벌써 그의 침대 안에 넣어 두었어요, 나는 이미 그의 피를 챙겼어요, 그에겐 아주 약간의 피가 남아 있을 뿐이죠, 그 정도 가지고는 이젠 더 이상 뻐길 수도 없어요. 어림도 없어요, 자, 여러분, 진정들 해요.

프란츠의 눈앞에서 이런 광경이 벌어진다. 창녀는 일곱의 머리를 움직이며 깔깔대고 웃으며 고개를 끄덕인다. 짐승은 그녀 아래에서 발을 굳게 딛고서 머리를 위아래로 흔든다.

포도당과 캠퍼 주사,
그러나 마침내 다른 사람이 개입한다

프란츠 비버코프는 의사들과 싸움을 벌이고 있다. 그는 의사들에게서 호스를 빼앗을 수 없다, 그는 자기 코에 끼워져 있는 호스를 빼낼 수 없다, 의사들은 고무 호스에 기름을 바른다, 그러면 호스는 그의 구강을 거쳐 목구멍으로 미끄러져 들어간다, 그리고 우유와 계란이 그의 위 속으로 흘러내려 간다. 그러나 음식물 공급이 끝나고 나면 그는 끼룩대며 토하기 시작한다. 참으로 힘들고 고통스러운 일이다, 그러나 그는 이렇게 한다, 비록 의사들이 그의 손을 묶어 놓아 손가락을 입에 집어넣을 수 없지만 말이다. 원하기만 하면 얼마든지 토해 낼 수 있어, 어디 한번 보자고, 누구의 의지가 더 강한지, 그들인가 아니면 나인가, 이 더러운 세상에서 나를 억지로 더 살게 할 수 있는지. 나는 의사들의 실험을 위해 여기 있는 게 아니야, 아무튼 그 인간들은 내게 무엇이 문제인지 전혀 모른다.

프란츠는 그렇게 버티고 그의 몸은 점점 더 약해져 간다. 의사들은 그에게 온갖 방법을 다 써 본다, 이런저런 말을 건네보기도 하고 맥박을 짚어 보기도 하고 침대의 높이를 높여 보기도 하고 낮추어 보기도 하고 카페인과 캠퍼 주사를 놔 보기도 하고 식염과 포도당 혈관 주사를 놔 보기도 한다, 그의 침대 가에서 혹시 관장을 해 보면 어떨까 상의를 하기도 한다, 인공호흡기를 달아 주면 어떨까 생각도 한다, 그가 산소마스크를 벗기지는 못할 테니까. 그는 속으로 생각한다, 뭣하러 고귀한 의사 선생님들이 나 같은 사람을 가지고 이토록 신경을 쓰는 걸까, 베를린에서는 하루에도 100명이나 되는 사람들이 죽어 간다, 병이 나도 돈이 없으면 의사들은 와 주지 않는다. 그런데 저 의사들은 내게 하나같이 다 달려왔어, 그렇다고 나를 도와주려고 온 것은 전혀 아니야. 그들에겐 나 같은 사람이야 어떻게 되든 아무런 의미가 없다, 어제 그랬듯이 오늘도 그렇다, 다만 혹시 내가 그들에게 큰 관심거리인지 모른다, 그러니 그들은 화를 내고 있는 것이다, 내 문제를 빨리 풀지 못하니까. 그게 그들로서는 정말 화나는 일이다, 그럼 그렇고말고, 죽는 것은 이곳의 규정에 위배된다, 이곳 정신 병원 규정에 어긋난다. 만약에 내가 죽어 버리면 그들은 아주 곤란한 처지에 빠지는지도 모른다, 게다가 그들은 미체 문제로 나를 법정에 세우려 하는 거야, 그러니 그들 입장에서는 우선 나를 살려 놓고 봐야 한다, 정말 간사한 망나니 졸때기들이다, 망나니도 못 되는 그 졸때기들에다 앞잡이들이다, 그런 인간들이 의사 가운을 걸치고 휘젓고 다니며 창피한 줄도 모르다니.

거듭해서 회진이 있고서도 프란츠가 여전히 꼼짝 않고 누워 있으니 이 병동에 갇혀 있는 사람들 사이에서는 조롱조로 소곤대는 소리가 오간다, 저 인간들 저 녀석 때문에 고생 좀 하는군, 주사만 놔 대고 있어, 다음번엔 녀석을 완전히 거꾸로 매달아 놓을지도 몰라, 이젠 수혈까지 할 참이군, 그런데 피가 어디서 난담, 이곳에 있는 어떤 놈도 자기 피를 빼 줄 만큼 어리석지 않거든, 그냥 저 불쌍한 녀석의 소원을 들어주지, 인간의 의지가 곧 하늘나라인 것*을, 녀석의 소망도 다른 사람들과 다르지 않거든. 온 병동의 환자들은 그저 오늘은 프란츠가 어떤 주사를 맞는지가 궁금할 따름이다, 그들은 의사들 등 뒤에서 실실 쪼갠다, 아무리 그래 봤자 다 소용없는 일이고 헛수고일 따름이니까, 이 친구는 정말 고집불통이다, 세상에서 둘째 가라면 서러워할 고집불통이다, 그는 그들 모두에게 자기가 원하는 것이 뭔지 분명하게 보여 주고 있다.

의사 선생들이 진찰실에서 흰 가운을 갈아입는다, 이들은 수석 의사와 일반의, 실습 의사, 인턴들이다, 이들은 하나같이 혼수상태라고 말한다. 비교적 젊은 의사들은 이 상태에 대해 나름의 견해를 피력한다, 이들은 프란츠 비버코프가 겪고 있는 고통을 심인성의 측면에서 본다, 다시 말해 그의 몸이 뻣뻣하게 굳은 것은 그 원인이 정신적인 것에 있다는 것이다, 이것

---

* 독일 속담으로 자신의 잘못된 판단과 고집을 굽히지 않는 사람을 상대할 때 쓰는 말. 유스투스 게오르크 쇼텔리우스가 엮은 『속담집』(1663)에 실렸다.

은 억압과 구속의 병적 상태로 만약 한 가지 분석이 이루어질 수만 있다면, 그러니까 만약 가장 최초의 심리 상태로 돌아갈 수만 있다면, 만약 — 이 위대한 만약, 이 안타깝기 그지없는 만약, 유감스럽게도, 이 만약이 일어나지 않고 있는데 — 프란츠 비버코프가 말을 하게 되어 의사들과 한자리에 앉아 함께 갈등의 원인을 제거할 경우 이 상태에 대한 해명이 가능하다, 젊은 의사들은 프란츠 비버코프의 경우와 관련하여 로카르노 조약 같은 것을 염두에 두고 있다.* 이 젊은 의사들, 즉 두 명의 실습 의사와 인턴은 오전과 오후의 회진이 끝난 뒤 각각 교대로 프란츠가 있는 격자 창살의 작은 병실로 찾아와 어떻게든 그와 대화를 이끌어내 보려고 무진 애를 쓴다. 이를테면 그들은 무시 방식을 시험해 보기도 한다, 그러니까 그들은 마치 그가 모든 것을 다 알아듣는 것처럼 가정하고 그에게 말을 건네는 것이다, 괜찮은 방법이다, 그렇게 그를 유도해서 빗장을 부수고 고립 상태에서 벗어나게 만드는 것이다.

그러나 그것이 뜻대로 되지 않는다, 그러자 한 실습 의사가 건너편 병동에서 전기 치료 장치를 가져와 프란츠 비버코프에게 전기 요법을 써 본다, 우선 상반신 부위에 써 보고, 이어서 특히 턱 언저리 부분에 전기 요법을 시행한다, 목과 입천장 부위에도. 그 부위가 특별한 자극을 필요로 한다면서.

---

* 1925년 독일 외무상 슈트레제만의 발의로 독일과 유럽의 이웃 5개국과 체결한 상호 안전 보장 조약. 독일의 동부 및 서부 국경을 현 상태로 유지하며 어떠한 강압적인 조치도 취하지 않는다는 내용이 골자이다. 여기서는 프란츠 비버코프의 정신적 억압 상태를 강압적으로 해결하지 말고 일단 지켜보자는 의미로 사용되었다.

나이가 좀 더 먹은 의사들은 활기차고 산전수전 다 겪어서 아는 것도 많은 사람들이다. 이들은 일부러 다리품을 팔아 가며 이 감시 병동을 찾아온다. 이들은 많은 것을 용인한다. 수석 의사가 진찰실 책상에 앉아 서류를 뒤적거리고 있다. 그의 왼쪽에 있던 수석 간호원이 넘겨준 것들이다. 두 젊은 친구들, 즉 일반의와 인턴은 격자 창가에 서서 이러저런 잡담을 나누고 있다. 수면제 목록이 검토되고, 새로 온 간호사가 자기소개를 하고 수석 간호원과 밖으로 나간다. 의사들만 남아서 지난번 바덴바덴에서 있었던 학회의 보고서를 들추어 본다. 수석 의사가 말한다. "조금만 있으면 자네들도 마비는 정신적 결과이며 스피로헤타라는 것도 우연히 뇌 속에 들어간 이에 불과하다고 생각하겠군. 영혼이여, 영혼이여, 오, 현대의 감정의 상자여! 노래의 날개를 탄 의학이여."

두 젊은 의사는 아무 말도 않고 속으로 씩 웃는다. 늙은 세대는 말이 많아, 일정한 나이가 되면 아마 뇌에 석회가 쌓여서 새로운 지식을 더 이상 습득하지 못하는 모양이야. 수석 의사는 담배 연기를 푹푹 내뿜으며 서류에 계속해서 서명을 하면서 줄곧 떠들어 댄다.

"이것들 보라고, 전기, 그거 좋은 거야, 뭐, 잡담이나 하는 것보다야 훨씬 낫지. 하지만 약한 전류를 가지고는 아무짝에도 쓸모가 없어. 강한 전류를 쓰면 자네들이 뭔가 좀 느끼는 게 있을지도 모르지. 그런 것을 다 전쟁을 통해 알게 되었지, 강력한 전기 요법 말일세, 거 참! 그런 건 허용할 수 없어, 그건 현대판 고문이라고." 그러자 젊은 의사들은 용기를 내서 묻는다. 그렇다면 비버코프 같은 경우는 어떻게 하면 좋죠? "먼저 진단을 내려야지, 가능하다면 정확한 진단을 말이야. 그 잘 난 영혼이라는 것은 일단 제쳐 두고 말해 보자고 —— 우리도 괴테나 샤미소* 같은 사람을 알고 있지, 물론, 배운 지 한참 되 기는 했지만 —— 아무튼 그런 것은 제쳐 두고 말해 보자고, 코 피나 티눈, 다리 골절도 있잖아. 이런 것들은 치료가 필요해, 심각하지 않은 다리 골절이나 티눈이 의사에게 요구하는 대로 의 치료 말일세. 부서진 다리를 자네들이 어떻게 다루든 그야 자네들 마음이지만 다리에 대고 설득을 하거나 아니면 피아노 를 쳐 준다고 해서 다리가 낫지는 않을 걸세. 그러니까 다리에 부목을 대고 뼈를 제대로 맞추어 주면 금방 낫지. 티눈의 경우 도 이와 다르지 않아. 약을 발라 주거나 아니면 더 좋은 신발 을 사 신으면 되는 거야. 후자의 경우가 돈이 더 들기는 하지만 훨씬 실용적이야.” 연금 수혜의 지혜이긴 하지만, 지적인 내용 은 꽝이다. “그러면 비버코프의 경우에는 어떻게 하는 게 좋을 까요, 수석 의사님의 생각은 어떤가요?” “정확한 진단을 내려 야 해. 나의 오랜 경험으로 진단해 보면 이 경우는 긴장성 마 비라는 거야. 물론 심각한 기관 장애가 그 배후에 있지 않다 는 것을 가정하고서 말이야, 뇌 속에 뭐가 있든지, 이를테면 종 양 같은 거 말이야, 중뇌에 뭐가 있든지, 뇌염을 배우면서 배웠 던 거 있잖아, 적어도 우리 같은 나이의 사람들이 말일세. 수 술실에 들어가면 뭔가 충격적인 것을 알게 될지도 모르지, 늘 그렇지만.” “긴장성 마비라고요?” 그러니 새 구두를 사야 한다

---

* 아델베르트 폰 샤미소(1781~1838). 프랑스 귀족 출신의 독일 시인으로 후기 낭만파를 대표한다.

는 말이지. "그렇다네, 그렇게 뻣뻣하게 누워서 땀을 뻘뻘 흘리고, 그러다가 가끔씩 눈을 껌뻑이며 우리를 빤히 쳐다보면서도 아무 말도 하지 않고 아무것도 먹지 않으니, 내가 보기에는 영락없는 긴장성 마비야. 저 사람이 꾀병을 부리고 있다거나 아니면 심인성 환자라면 결국에는 실신하게 되어 있어. 단식을 해도 이 지경까지는 올 수 없어." "이 진단의 경우 어떻게 하면 환자의 상태를 호전시킬 수 있을까요, 수석 의사님, 그것만으로는 아무 도움도 안 될 것 같은데요." 그 환자 때문에 정말 난감한 상황이다. 수석 의사는 너털웃음을 터뜨리더니 자리에서 일어난다, 수석 의사는 창가로 가서 일반의의 어깨를 두드려 준다. "자, 우선은 자네 둘이 그 환자를 잘 돌보는 거야, 이보게. 적어도 잠이라도 편히 잘 수 있게 말이야. 그 환자한테는 이렇게 해 주는 게 좋아. 자네나 자네 동료가 그 환자 앞에 가서 계속해서 떠들어 대기만 하면 그 환자가 결국에는 지루해하지 않을까? 그리고 내가 진단을 내릴 때 철칙으로 삼는 게 뭔지 아나? 자, 보라고, 설명할 테니까. 이보게, 그 환자가 정말로 자네가 말하는 그런 영혼의 문제였다면 그 환자는 이미 오래전에 벌써 나름대로 손을 썼을 걸세. 그 친구처럼 노련한 복역수들은 속으로 이렇게 말할 거야, 저기 젊은 친구들이 오는군, 저런 인간들이 나에 대해 뭘 알겠어 — 우리끼리 이야기니까 용서하게 — 이 녀석들이 나를 고쳐 보겠다고 기도나 읊으려 하는군, 그런 녀석한테 자네 같은 사람들은 좋은 먹잇감에 불과해. 아주 안성맞춤이지. 만약 그렇다면 그 친구는 어떻게 나올까, 아니, 이미 오래전부터 어떤 행동을 보였을까? 이런 친구가 분별력과 약간의 꾀를 가졌다면 말이야." 드디어 눈먼 닭이 알곡 한 알을 찾아냈나 보다, 꼬꼬댁 꼬꼬, 꼬꼬댁 꼬꼬. "그는 억압된 게 분명합니다, 수석 의사님, 우리 소견으로도 그건 분명히 억압입니다, 심리적 요인에 의해 유발된 것이지요, 이를테면 현실과의 접촉 상실 같은 것이지요, 실망과 무력감에서 온 것입니다, 현실에 대한 유아적인 충동적 욕구가 있어서, 현실과의 접촉을 다시 회복해 보려 하지만 잘 안 되는거죠." "말도 안 되는 소리 좀 그만해, 심리적 요인이라니. 그런 경우라면 그 친구는 다른 심리적 요인을 가졌을 거야. 그러면 그놈의 억압이니 억제니 하는 증상도 안 나타났을 거고. 그것들을 그 친구는 아마 자네 두 사람을 위해 크리스마스 선물로 줄 거야. 일주일만 있으면 그 친구는 자네들 도움으로 일어나겠군, 하느님 맙소사, 자네들이야말로 위대한 기도 치료자들이로구나, 새로운 치료법 만세, 빈의 프로이트에게 경의를 표하는 전보를 치게, 다음 주면 그 친구는 자네들의 부축을 받으며 복도를 거닐겠군, 기적이야, 기적, 할렐루야, 또 한 주만 더 있으면 그 친구는 안마당을 마음껏 거닐겠지, 그리고 또 한 주만 더 있으면 자네들의 호위를 받으며 자네들 등 뒤로 할렐루야 만세를 부르며 줄행랑을 치겠지." "무슨 말씀인지 모르겠네요, 그래도 한 번 해 봐야죠, 저는 생각이 좀 다릅니다, 수석 의사님." (나는 다 알아, 자네만 모르지, 꼬꼬댁 꼬꼬, 꼬꼬댁 꼬꼬, 우리는 다 안다고.) "그래도 내 생각은 그래. 자네도 알게 될 거야. 경험의 문제지. 자, 이제부터는 그 친구를 괴롭히지 말게, 내 말대로 하게, 그래 봤자 아무 소용없으니까." (나는 이제 9호 병동에 가 봐야 해, 이 풋내기 녀석들아, 하느님의 뜻을 믿는 자는,* 그건 그렇고 대체 지금 몇 시야?)

프란츠 비버코프는 정신이 떠나 의식 불명의 상태이다. 얼굴 빛은 창백하면서 누렇게 떴다. 관절에는 수종이 생겼다. 기아로 인한 부종이다. 몸에서는 굶주린 사람 냄새가 난다. 달착지근한 아세톤 냄새다. 이 방에 들어서는 사람은 이곳에서 뭔가 특별한 일이 벌어지고 있음을 금방 알아챌 것이다.

프란츠의 영혼은 이미 깊은 지층에 이르렀고, 그의 의식은 아주 간헐적으로 돌아오곤 한다. 때문에 저 꼭대기 광에 사는 잿빛 쥐들이나 밖에서 뛰어노는 다람쥐나 산토끼들만이 그를 이해한다. 쥐들은 저희의 구멍들 속에 들어앉아 있다. 감시 병동과 부흐 정신 병원 본관 사이가 그들의 집이다. 그때 뭔가가 파닥거리며 프란츠의 영혼을 박차고 나와 이리저리 돌아다니며 뭔가를 찾고 속닥대고 묻는다. 그놈은 눈이 멀었다. 이윽고 집으로 다시 돌아간다. 그놈의 거처는 아직도 담 안쪽의 침대에 누운 채 숨을 쉬고 있다.

쥐들은 프란츠를 초대하여 함께 식사를 하면서 슬퍼하지 말라고 말한다. 뭣 때문에 슬퍼하느냐고 그들은 묻는다. 그때 말을 한다는 것이 그에겐 쉬운 일이 아님이 밝혀진다. 그들은 그에게 왜 완전히 끝장을 내지 않느냐고 보챈다. 인간은 정나미가 떨어지는 짐승이다. 모든 적들 중의 적이고 이 세상에서 가장 역겨운 짐승이다. 고양이보다도 더 고약하다.

그는 말한다. 인간의 몸뚱어리를 하고 살아가는 것은 좋지 않다. 나는 차라리 땅 밑에 웅크리고 있거나 들판을 달리다가 눈에 띄는 것을 먹고 싶다. 그리고 바람이 불고, 비가 내리고,

---

* 17세기에 게오르크 노이마르크가 지은 찬송가에서 인용.

추위가 왔다가 사라진다, 그것이 인간의 몸뚱어리를 하고 살아가는 것보다 더 낫다.

쥐들이 달린다, 프란츠는 들쥐다, 그들과 함께 땅을 판다.

그는 지금 감시 병동의 침대에 누워 있다, 의사들이 와서 그의 육체에 영양을 공급해 준다, 그러는 사이 그는 자꾸만 창백해져 간다. 더 이상 버티기 힘들 것 같다고 의사들 자신도 말한다. 그의 안에 살던 짐승이 들판을 달려간다.

이제 그의 안에 있던 무언가가 슬며시 빠져나와 더듬대며 뭔가를 찾고 서성댄다, 평소에는 거의 느끼지 못하거나 희미하게 느끼던 그 무엇이다. 그것은 쥐구멍들 위를 헤엄치며 달려 풀숲으로 들어가 땅속을 더듬어 본다, 그곳엔 식물들이 뿌리와 싹을 고스란히 숨겨 두고 있다. 그러자 이 무언가는 이들과 이야기를 나눈다, 이들은 그 무언가가 하는 말을 알아듣는다, 그것은 이리저리 부는 바람 소리 같기도 하고, 노크 소리 같기도 하며, 싹이 땅 위에 떨어질 때 나는 소리 같기도 하다, 프란츠의 영혼은 자신이 숨겨서 갖고 있던 식물의 싹을 대지에 돌려준다. 그러나 지금은 시점이 안 좋다, 춥고 땅은 얼어붙었다, 들판에 빈터는 얼마든지 있지만 몇 개나 뿌리를 내릴지는 아무도 모른다, 그래도 프란츠는 안쪽에 많은 싹을 갖고 있다. 그는 날마다 건물 밖으로 불어 젖히면서 새싹들을 흩뿌린다.

죽음이 느리고 느린 노래를 부른다

세찬 폭풍들이 이젠 고요해졌다, 다른 노래가 시작되었기 때문이다, 폭풍들이 모두 잘 아는 노래다, 그리고 그 노래를 부르는 자가 누구인지도 잘 안다. 그자가 목소리를 높이면 폭풍들은 늘 잠잠해진다, 이 세상에서 가장 광폭한 것들조차도.

죽음이 느리고 느린 노래를 시작했다. 그는 말더듬이처럼 노래한다, 낱말 하나하나를 되풀이한다, 한 소절을 다 부르고 나면 그 소절을 다시 한 번 반복한다. 그는 노래한다, 쓱싹쓱싹 톱질하듯 노래한다. 톱은 아주 천천히 움직이며 이윽고 살 속으로 깊이 파고들어 점점 더 세차게, 점점 더 높게 새된 소리를 지른다, 그러다가 한마디 소리와 함께 멈춘다. 그런 뒤 톱질은 다시 천천히, 천천히 다시 시작되어 새된 소리를 내고, 음조는 갈수록 높고 단단해지고, 쓱싹대는 세찬 소리와 함께 톱날은 살 속으로 파고든다.

죽음이 천천히 노래한다.

"이제 드디어 내가 네 앞에 나타날 때가 되었구나, 벌써부터 씨앗이 창문 밖으로 날리고 너는 이제 더는 누워 있지 않을 것처럼 침대 시트를 털고 있으니 말이다. 나는 단순히 낫질하는 자도 아니요 단순히 씨를 뿌리는 자도 아니다, 내가 이 자리에 온 까닭은 지키는 것이 내 의무이기 때문이다. 오, 좋아! 오, 좋아! 오, 좋아!"

오, 좋아! 죽음은 매 연이 끝날 때마다 이렇게 노래한다. 힘찬 동작을 할 때에도 그는 오, 좋아! 하고 노래한다, 그러면 기분이 좋아지기 때문이다. 그러나 그 소리를 듣는 자들은 눈을 감아 버린다, 그 소리가 참기 힘들기 때문이다.

천천히, 천천히, 죽음은 노래한다, 사악한 창녀 바빌론이 그의 노래에 귀를 기울이고, 세찬 폭풍들도 귀를 기울인다.

"나는 여기 서서 기록해야 한다, 이곳에 누운 채 자신의 생명과 육체를 내놓은 자는 프란츠 비버코프이며, 어디에 있든 그는 자기가 가는 길이 어디인지, 자기가 원하는 게 뭔지 알고 있다고."

참으로 아름다운 노래다, 프란츠는 그 노래를 듣고 있다, 그러면서 생각한다, 저게 뭐지, 죽음이 노래하는 건가? 그 노래가 책에 인쇄되어 있거나 누군가 큰 소리로 낭송한다면 마치 시처럼 느껴질 것이다, 슈베르트가 그런 노래들을 작곡한 적이 있다, 「죽음과 처녀」였던가, 그런데 왜 지금 저 노래가 들리는 것일까?

나는 가장 정직한 진실만을 말하려 한다, 가장 순수한 진실만을 말이다, 그리고 그 진실이란 이렇다, 프란츠 비버코프는 죽음의 소리를, 바로 그 죽음의 소리를 듣고 있다, 죽음이 느릿느릿 노래하는 소리를 듣고 있다, 죽음은 말더듬이처럼 노래한다, 언제나 반복에 반복을 거듭하고 마치 목재 속으로 파고드는 톱처럼 노래한다.

"나는 여기서 기록해야 한다, 프란츠 비버코프, 네가 누운 채 내게 오려 한다고. 그래, 프란츠, 네가 내게 오기로 한 것은 잘 생각한 것이다. 죽음을 찾지 않고서 어떻게 한 인간이 번성할 수 있겠나? 진실한 죽음, 참된 죽음을 찾지 않고서. 너는 평생토록 네 목숨을 지켜 왔다. 지키는 것, 지키는 것, 그건 인간들의 끔찍한 욕망이다, 그래서 밤낮 그 욕망에만 집착하며 한 걸음도 앞으로 나아가지 못하는 것이다.

네가 뤼더스에게 속임을 당했을 때 나는 너와 처음 이야기를 나누었다, 그때 너는 술에 절어 있었으며 너 자신을 지켜

냈다! 너의 팔은 부러지고 네 목숨도 위험에 처해 있었지만, 프란츠여, 고백하라, 너는 단 한 순간도 죽음을 생각하지 않았다, 나는 네게 이것저것 다 보냈지만 너는 나를 알아보지 못했다, 나를 알아보는 순간 너는 화들짝 놀라 기겁을 하고 도망쳤다. 너는 네 자신과 네가 한 짓에 대해 돌이켜보고 뉘우칠 생각조차 하지 않았다. 너는 발작적으로 힘에만 매달렸다, 그런 발작은 아직도 식지 않았다, 다 소용없는 짓이다, 네 스스로도 그걸 알고 있지, 아무 소용없다는 것을, 최후의 순간은 오고 만다, 아무리 용을 써도 소용없는 법, 죽음은 너를 위해 부드러운 노래도 불러 주지도 않고 목을 매달 고리를 둘러 주지도 않는다. 나야말로 생명이요 가장 참된 힘이다, 이제야 드디어 네가, 드디어 네가 너 자신을 지키려 하지 않는구나."

"뭐? 뭐! 나한테 지금 뭔 소리를 하는 거야, 나한테 지금 무슨 수작을 거는 거야?"

"나야말로 생명이요 가장 참된 힘이다, 나의 힘은 이 세상에서 가장 큰 대포보다도 훨씬 강력하다, 너는 나를 바라보며 그 어딘가에서 조용히 살고 싶은 생각이 없는가 보다, 너는 너 자신을 알고 싶어 하고, 스스로를 시험해 보려 한다, 생명이라는 것도 내가 없으면 아무런 의미도 없다, 자, 어서 내 곁으로 와라, 어서 와서 내 얼굴을 봐라, 프란츠야, 와서 봐라, 저 밑바닥에 누워 있는 네 모습을, 사다리를 주겠다, 그러면 새로운 전망이 보일 거다. 어서 내가 있는 곳으로 올라와라, 사다리를 내려 주겠다, 네가 팔이 하나이지만 꽉 잡도록 해라, 두 다리를 굳게 딛고서 꽉 잡아라, 한 발 한 발 디뎌 가며 올라와라."

"컴컴해서 사다리가 안 보인다, 도대체 사다리가 어디 있다는 거야, 게다가 나는 팔이 하나뿐이니 올라갈 수 없다."

"누가 다리로 올라오지 팔로 올라오는가."

"꽉 붙잡을 수가 없잖아, 네가 나한테 하는 요구는 말도 안된다."

"나한테 올 생각이 없는 모양이구나. 그렇다면 불을 켜 주마, 어디로 가야 할지 보일 거다."

그러면서 죽음은 등 뒤로 오른팔을 쳐든다. 이제 왜 그가 팔을 등 뒤에 숨겨 두고 있었는지 분명해진다.

"어둠 속을 걸어서 내게 올 만한 용기가 없다면 불을 켜 주지, 어서 기어 올라오너라."

그때 도끼 하나가 허공을 가르며 번쩍인다. 번쩍 불꽃이 일더니 이내 꺼진다.

"좀 더 가까이 기어 오너라, 좀 더 가까이!"

그는 도끼를 휘두른다. 그가 도끼를 머리 위로 치켜들어 뒤에서 앞으로 휘두르자, 팔로 원을 그리며 힘껏 앞을 향해 휘두르자, 마치 그의 손에서 도끼가 획 소리를 내며 빠져나가는 것 같다. 그러나 그의 손은 어느새 그의 머리 뒤로부터 위로 솟아오르더니 도끼를 다시 한 번 휘두른다. 번쩍 섬광을 일으키며 도끼는 반원을 그리며 마치 단두대의 칼처럼 공기를 가르며 앞쪽으로 떨어진다. 픽, 픽, 획 소리를 내며, 또다시 획 소리를 내며, 또다시 획 소리를 내며.

획 높이 쳐들었다 쾅 내리쳐라, 픽 내리찍어라, 획 높이 쳐들었다 쾅 내리쳐라, 픽 내리찍어라, 획 쳐들었다 쾅 쳐라 픽 찍어라, 획 쳐들었다 쾅 쳐라 픽 찍어라, 획 쳐들었다 픽 찍어라, 획 쳐들었다 픽 찍어라.

번쩍이는 섬광 속에서, 그리고 도끼가 쳐들렸다가 번쩍이며 내리찍히는 동안 프란츠는 엉금엉금 기어가며 사다리를 더듬어 찾는다, 프란츠는 소리 지른다, 소리 지른다, 소리 지른다. 그러면서도 그는 뒤로 기어가지 않는다. 프란츠는 소리 지른다. 죽음이 와 있다.

프란츠는 소리 지른다.

프란츠는 소리를 지르며 기어가며 소리 지른다.

그는 밤새도록 소리 지른다. 행진해 왔으니, 그 이름 프란츠다.

그는 하루 내내 소리 지른다.

그는 오전 내내 소리 지른다.

휙 쳐들었다 쾅 내리쳐라 퍽 찍어라.

한낮이 될 때까지 소리 지른다.

오후 내내 소리 지른다.

휙 쳐들었다 쾅 내리쳐라 퍽 찍어라.

휙, 퍽, 퍽, 휙, 휙 퍽, 퍽, 퍽.

휙, 퍽.

저녁때까지 소리 지른다, 저녁때까지. 밤이 온다.

한밤중까지 소리 지른다, 프란츠가 한밤중까지.

그의 몸뚱어리는 앞으로 계속해서 나아간다. 그의 몸뚱어리는 한 덩어리 한 덩어리씩 잘려 나간다. 그의 몸뚱어리는 자동으로 앞으로 나아간다, 앞으로 나아갈 수밖에 없다, 다른 수가 없다. 도끼가 허공을 가른다. 번쩍 섬광을 일으키며 떨어진다. 그의 몸뚱어리는 1센티미터씩 잘려 나간다. 그리고 저편, 센티미터의 저편에서는 그의 몸뚱어리는 죽지 않았다, 그의 몸뚱어리는 앞으로 나아간다, 천천히 앞으로 나아간다, 위에서 내리치는 것은 아무것도 없다, 모든 것은 계속해서 살아 있다.

바깥에 있는 사람들은 그의 침대 곁을 지나가기도 하고, 그의 침대 옆에 서서 그의 눈꺼풀을 까뒤집어 반응이 있는지 확인도 하고 실낱 같은 그의 맥박을 재 보기도 한다, 그들의 귀에는 그가 지르는 소리가 전혀 들리지 않는다. 그들은 다만 프란츠가 입을 벌린 것을 보고 목이 마른가 보다 생각하고는 조심스레 몇 방울의 물을 흘려 넣어 준다, 제발 토하지나 마라, 이를 더 이상 악물지 않고 있는 것만도 참 다행이다. 인간의 생명이 이렇게 끈질기다니 참, 믿을 수 없어.

"고통스러워, 고통스럽다고."

"고통스러운 것은 좋은 일이다. 네가 고통스러워하는 것보다 더 좋은 일은 없어."

"아, 나를 고통에서 해방시켜 줘. 어서 끝장을 내라니까."

"그럴 필요가 없다. 종말이 가까워 왔으니."

"제발 끝장을 내 줘. 그건 네 손에 달려 있잖아."

"내 손에는 도끼밖에 없다. 그 밖의 다른 모든 것은 네 손에 달려 있는 거야."

"뭐가 대체 내 손에 달려 있다는 거야? 어서 끝장을 내 달라고."

이제는 목소리가 울부짖는다, 완전히 변했다.

이루 말할 수 없는 분노, 걷잡을 수 없는 분노, 미친 듯한 걷잡을 수 없는 분노, 광포하게 날뛰는 분노.

"자, 이렇게 해서 내가 여기 서서 너와 이야기하는 상황까지 왔군. 내가 짐승 가죽을 벗기는 자나 망나니가 되어 독하고 사나운 짐승을 잡듯 너를 죽여야 할 때가 온 거라고. 너를 부르고 또 불렀지만 너는 나를 축음기 대하듯 했어, 기분 나면 돌리는 축음기 말이야, 그런데 내가 너를 부르고 싶어도 너는 싫증이 났다고 나를 꺼 버리곤 했어. 너는 나를 꼭 그런 축음기 정도로 생각했다. 네가 나를 그딴 것쯤으로 생각했다 이 말이다. 네가 아무리 나를 그딴 것쯤으로 생각한다 해도, 이제 말이다, 상황이 바뀌었어."

"내가 뭘 어쨌다고 그러는 거야. 나도 고생할 만큼 했다고. 나처럼 비참하게 온갖 쓰라린 고통을 다 겪은 사람을 나는 보지 못했다."

"너는 이 세상에 있지도 않았던 놈이야, 이 더러운 자식아. 나는 평생 프란츠 비버코프라는 놈을 본 적이 없다. 내가 네 놈한테 뤼더스를 보냈을 때 너는 눈을 뜨지 않았어, 너는 너 자신을 주머니칼처럼 찰칵 닫아 버렸지, 그러고 나서는 술만 처마셨어, 술에다 또 술, 허구한 날 술만 퍼마셨다."

"나는 반듯하게 살려고 했는데, 그 자식이 나를 속였어."

"너는 눈을 뜨지 않았단 말이다, 이 멍청한 자식아! 너는 사기꾼들과 그 녀석들의 행태에 대해 저주를 퍼붓기는 하지만 한 번도 인간들을 쳐다보지도 않고 그들에게 왜 그러느냐고 묻지도 않는다. 네깐 놈이 무슨 사람들을 판단해, 눈깔은 어디에 뒀는데? 넌 눈이 멀었던 거야, 게다가 뻔뻔스럽고 오만한, 고귀한 집안 출신의 비버코프 나리시지, 그러니 세상도 제 놈 원하는 대로 되어 가야 한다고 생각한 거지. 세상이라는 게 그렇지가 않아, 이 친구야, 이제 알았냐. 세상은 너 같은 것은 신경도 안 써. 그 라인홀트 녀석이 네놈을 움켜잡고 자동차 바퀴 밑으로 내동댕이치는 바람에 팔 한쪽을 차에 치었을 때 우리의 프란츠 비버코프가 완전히 망가졌던가? 자동차 바퀴에 깔렸을 때도 이렇게 맹세했지, 나는 강해지겠노라고. 한번 생각해 봐야겠어, 마음을 가다듬어 봐야겠어, 이렇게 말하지 않았어, 그러기는커녕 넌 강해지겠다고만 말했지. 너는 내가 하는 말을 전혀 들으려 하지 않았어. 이제야 내 말을 듣고 있군."

"내가 뭘 듣지 않았다는 거지, 왜? 도대체 뭘?"

"그래, 결국 미체 얘기다, 프란츠, 부끄러운 줄 알아라, 너 자신이 부끄러운 줄 알라고. 부끄럽다고 말해, 어서, 부끄럽다고 외쳐 보라고!"

"못 하겠어. 도대체 왜 하라는 거야?"

"부끄럽다고 외치라니까. 그 여자애는 너를 찾아갔지, 아주 귀여운 소녀였어, 너를 보살펴 주고 또 너와 함께 행복해했어, 그런데 네놈은? 너 같은 녀석이 사람에 대해 신경이나 썼어, 꽃과 같은 그 여자애에게. 그래서 너는 라인홀트를 찾아가 그 녀석 앞에서 그 여자애 자랑을 늘어놓은 거야. 네게는 더할 나위 없이 신나는 일이었겠지. 너는 그저 강해지는 게 소망이었어. 너는 라인홀트와 싸울 수 있다는 것만으로도, 그리고 그자보다 네가 우월하다는 것을 과시하면서 녀석을 찾아가 그녀를 미끼로 약을 올리면서 아주 즐거워했어. 그녀를 죽게 만든 것이 너 자신이 아닌지 한번 곰곰이 생각해 봐라. 그리고 네 녀석은 그녀를 위해 눈물도 흘리지 않았어, 그 여자애는 너 때문에 죽은 건데도, 아니면 누구 때문에 죽었겠어.

네놈은 늘 푸념만 했지, '나는 왜 이럴까.' 그리고 또 '나는 왜.' 그리고 또 '내 팔자는 왜 이렇게 고약하냐.' 하면서, '내가 얼마나 고상한 사람인데, 얼마나 멋진 사람인데, 사람들은 내

가 얼마나 멋진 인간인지 보여 줄 기회를 내게 주지 않는구나,'
하면서. 부끄럽다고 말해라. 부끄럽다고 외치라고!"

"뭔 소리를 하는 거냐."

"너는 싸움에서 졌다, 이 친구야. 이제 짐이나 꾸려. 좀이나
먹지 않도록. 내게 할 퇴거 신고는 다 됐다. 울고불고 하려거든
얼마든지 해 봐라. 이 더러운 자식. 심장에, 머리에, 눈에, 귀까
지 다 있는 녀석이 고작 생각한다는 게 반듯하게 사는 게 좋
다고? 그래 그게 무슨 소린데, 아무것도 못 보고 아무것도 못
듣고, 바보같이 살아가는 녀석이 말이야, 사람들이 자기한테
어떻게 하는지도 모르면서."

"도대체 나보고 뭘 어쩌라는 거야?"

죽음이 으르렁댄다. "더 이상 아무 말 않겠다, 허튼소리 다
집어치워. 네놈은 머리도 귀도 없는 녀석이야. 네놈은 태어나
지도 않은 거야, 이 자식아, 네놈은 세상에 나오지도 않은 거
라고. 네놈은 망상에 사로잡힌 병신이다. 자기만 잘난 줄 아는
교황 비버코프, 이런 인간도 태어나야 할 운명이었군, 세상이
라는 게 뭔지 우리가 좀 더 잘 알 수 있도록. 이 세상은 너 같
은 놈하고는 다른 인간들을 필요로 해, 너보다 머리가 좋고 너
처럼 오만불손하지 않은 인간들을 필요로 한다고. 이 세상의
이치를 아는 인간들 말이다, 이 세상이라는 게 설탕으로만 되
어 있지 않으며 설탕과 똥오줌, 모든 게 뒤죽박죽으로 섞여 있
다는 것을 아는 인간들 말이야. 이 바보 같은 자식아, 당장 네
심장을 이리 내놔, 그러고서 어서 죽어 버리라고. 어서 네 심장
을 오물 더미에 던져 버리게, 마땅히 그런 곳에다 버려야지. 네
주둥이는 네가 간직해 둬라."

"잠깐만. 생각할 시간을 좀 줘. 잠깐만. 아주 잠깐만."

"어서 심장을 내놔, 이 바보 자식아."

"잠깐만."

"안 그러면 내가 직접 꺼내 가겠다, 이 자식아."

"잠깐만."

이제 프란츠는 죽음의 느린 노래를 듣는다

번쩍 번쩍 번쩍, 번쩍이던 빛이 그친다. 퍽 획 퍽, 퍽 획 퍽 소리도 그친다. 프란츠가 소리를 지르기 시작한 지 이틀째 되는 밤이다. 획 퍽 소리도 그쳤다. 그는 이제는 소리를 지르지 않는다. 번쩍거리던 빛도 멈추었다. 그의 두 눈이 깜박거린다. 그는 뻣뻣하게 굳은 채 누워 있다. 방이다, 아니 넓은 홀이다, 사람들이 걸어 다닌다. 입을 그렇게 꽉 다물고 있으면 안 돼. 사람들은 그의 입에 따스한 것을 부어 준다. 번쩍이던 빛도 없다. 퍽 소리도 없다. 사방엔 벽들. 잠깐만, 잠깐만, 그다음엔? 그는 두 눈을 감는다.

프란츠는 눈을 감고서 뭔가 일을 하기 시작한다. 너희는 그가 무슨 일을 하는 건지 못 본다, 너희는 그저 이 친구가 이렇게 꼼짝 않고 누워 있으니 곧 세상을 뜨겠군, 손가락 하나 안 움직이니, 이렇게 생각할 거다. 그는 외치며 이리저리 돌아다닌다. 그는 모두 불러 모은다, 원래 자기 것이었던 것들을. 그는 창을 넘어 들판으로 간다, 그는 잡초를 잡고 흔든다, 그는 쥐구멍 속으로 기어 들어간다, 어서들 나와, 나오라고, 혹시 내 것들이 여기 있는가? 그러고서 그는 풀을 잡고 흔든다, 어서 나와, 거기서 나오라고, 뭐 이리 소란스러워, 다 그만두고 어서 나와, 난 너희들이 필요해, 나는 너희에게 휴가를 줄 수 없어, 난 할 일이 많아, 자, 즐겁게, 나는 너희들 하나하나가 다 필요해.

그들은 그의 입에 수프를 떠 넣어 준다, 그것을 그는 삼킨다, 토하지 않는다. 그는 토할 생각이 없다, 토하고 싶지 않다.

죽음이 한 말을 프란츠는 입에 담아 가지고 있으니, 아무도 그 말을 그에게서 앗아 갈 수 없으리라, 그가 그 말을 입안에서 굴려 보니, 그 말은 돌덩이 같아, 그것도 돌덩이 중에 돌덩이 같아, 거기선 아무런 영양분도 우러나지 않는다. 이러한 상황에 처하여 수많은 인간들이 죽었다. 그들에겐 인생에서 앞으로 더 나아갈 길이 없었기 때문이다. 그들은 알지 못하였으니, 단 한 가지 고통만 더 참아 내면 앞으로 나아갈 수 있다는 것을, 단 하나의 작은 걸음만 떼어 놓으면 앞으로 나아갈 수 있다는 것을, 그러나 그들은 그 한 걸음을 떼어 놓지 못했다. 그들은 그것을 알아채지 못했다, 얼른 깨닫지 못했다, 손을 쓸 수 있을 만큼 빨리 깨닫지 못했다, 몇 분, 몇 초에 걸친 현기증, 또는 경련의 단계가 있었다. 그것이 지나면 그들은 이미 이 세상 사람이 아니었다, 이제 거기서 그들은 더는 카를도 아니고 빌헬름도 아니며 민나도 아니고 프란치스카도 아니다, 질린 채, 어둠에 질린 채, 분노와 절망의 마비 상태로 붉게 타오르며 그들은 잠든 사이 저편 세상으로 넘어가 버렸다. 그들은 몰랐으니, 조금만 더 하얗게 불꽃을 태웠더라면 몸이 부드러워지며 모든 것이 새로워졌을 것임을.

다가오게 놔두라 ── 밤을, 밤이야 여전히 검구나, 그럴 수밖에. 검은 밤을 다가오게 놔두라, 된서리로 뒤덮인 전답과 단단하게 얼어붙은 국도를. 다가오게 놔두라, 붉은 불빛이 새어 나오는 쓸쓸한 벽돌집들을, 다가오게 놔두라, 추위에 떠는 방랑자들을, 조랑말들이 끄는 마차를 타고 시내로 가려고 하는 채소 마차의 마부들을. 제 몸 위로 교외 열차와 급행열차를 지나게 하며 어둠 속에서 양쪽으로 하얀 불빛을 던지는 광활하게 펼쳐진 말없는 평원을. 다가오게 놔두라, 정거장의 사람들을, 어린 소녀와 양친 간의 작별, 나이 든 두 친지와 대양을 건너 떠난다, 티켓은 다 구해 놓았으니, 하느님, 저 어린 소녀는 그쪽 생활에 잘 적응할 거야, 얌전하게 잘 지내면 별문제 없을 거야. 다가오게 놔두라, 그리고 받아들여라, 한 구간 내에 있는 모든 도시들을, 브레슬라우, 리그니츠, 좀머펠트, 구벤, 프랑크푸르트 안 데어 오더, 베를린, 이들 도시 사이를 기차는 역에서 역으로 달린다, 정거장마다 도시들이 나타난다, 크고 작은 도로가 얽혀 있는 도시들이. 슈바이드니츠 가와 카이저 빌헬름 가의 대순환도로와 쿠어퓌어스트 가가 있는 브레슬라우, 어딜 가나 집들이 있어 그곳에는 사람들이 몸을 덥히고 사랑스러운 눈길로 서로를 바라보거나 추워서 옹기종기 앉아 있다, 또한 어딜 가나 싸구려 하숙집과 술집들이 있어 피아노 소리가 들린다, 아가씨, 에라, 저런 오래된 유행가라니, 1928년엔 신곡이 없나, 이런 거 있잖나, 「마돈나, 당신은 아름다워」나 「라모나」.

다가오게 놔두라, 자동차들, 마차들을, 얼마나 많이 그것들을 탔던가, 덜컹대며 달렸지, 혼자 앉아 있거나 아니면 옆에 누군가 탔지, 때론 두 사람이, 차량 번호 20147.

빵이 화덕 속으로 들어간다.

화덕은 어느 농가의 안마당에 있다, 농가 뒤에는 밭이 있다, 화덕은 마치 한 무더기 벽돌처럼 보인다. 아낙들이 땔감을 잔뜩 잘라 놓았고, 물거리도 많이 모아다 놓았다, 이것들은 지금 화덕 옆에 쌓여 있다, 아낙들은 이제 땔감들을 화덕에 채워 넣는다. 이번엔 한 아낙이 큰 빵틀들을 들고 마당을 건너온다, 그 안에는 반죽이 들어 있다. 젊은 청년이 화덕의 문을 열자 안에서는 불이 활활 타오른다, 엄청나게, 열기가 뜨겁다, 그들은 막대기로 빵틀을 안으로 집어넣는다, 빵은 그 안에서 부풀어 오르고, 물기는 증발하고, 반죽은 노랗게 변하리라.

프란츠는 반쯤 몸을 일으킨 채 앉아 있다. 그는 음식을 삼켰다, 그는 기다린다, 바깥에서 떠돌던 그의 것들이 이제 거의 다 그에게로 돌아왔다. 그는 떨고 있다, 죽음이 뭐라고 했지? 문이 열리고 드디어 시작된다. 무대의 막이 오른다. 저 녀석은 내가 아는 놈이야. 뤼더스군, 내가 기다리고 있던 놈이야.

녀석들이 무대 안으로 들어온다, 떨면서 기다리던 녀석들이다. 뤼더스 자식은 그사이 어떻게 됐을까. 프란츠는 신호를 했다, 그러자 의사들은 그가 수평으로 누워 있어서 숨쉬기가 답답한 걸로 생각했다, 다만 그는 좀 더 몸을 꼿꼿하게 세우고 앉고 싶을 뿐이다. 지금 녀석들이 오고 있으니까. 이제 그는 몸을 높인 채 누워 있다. 어서, 시작해.

녀석들이 하나씩 안으로 들어온다. 뤼더스다, 이런 형편없는 자식, 난쟁이만 한 놈. 그사이 꼬락서니가 어찌 됐나 한번 보자고. 구두끈을 들고 계단을 올라가는군. 맞아, 한때 저 일을 했었어. 저 녀석 누더기를 입은 걸 보니 여전히 거지꼴이군, 전쟁 때 입던 낡은 옷을 아직도 입고 있어, 마코표 구두끈입니다, 부인. 아니, 그냥 한번 물어보기만 하려고요, 혹시 커피 한 잔 줄 수 있나요? 남편분은 어떻게 되신 건가요, 전사했나요? 그는 황급히 모자를 쓴다, 자, 어서 몇 푼이라도 내놓으셔야지. 저놈은 틀림없는 뤼더스야, 전에 나와 함께 다니던 그놈이야. 그 여자는 얼굴이 새빨개진다. 오른쪽만 그렇고 왼쪽 뺨은 새파랗게 질렸다. 그녀는 지갑을 손에 들고 뒤적거린다, 그녀는 씩씩대다가 고꾸라진다. 녀석은 서랍을 열어 마구 뒤적거린다, 전부 잡동사니들뿐이군, 어서 빠져나가야지, 안 그러면 저 계집이 소리를 지를 테니까. 그는 복도로 나서서는 문을 쾅 닫고는 계단을 내려간다. 그래, 녀석은 저렇게 했어. 훔쳤어. 그것도 아주 많이. 그때 나는 편지를 한 통 받았지, 그녀한테서 온 거였어, 세상에 이런 일이 있다니. 나는 다리가 절단되었구나. 세상에 이런 일이 있을 수는 없어. 이런 일은 지금까지 있지도 않았어. 일어설 수가 없다. 코냑 한 잔 줄까요, 비버코프? 무슨 슬픈 일이라도 있어요? 왜냐고, 거시기 때문에, 대체 왜, 나는 다리가 절단된 거야? 정말 영문을 모르겠어. 한번 저 자식한테 물어봐야지, 먼저 말을 걸어 봐야겠어. 이봐, 뤼더스, 어떤가, 뤼더스, 잘 지내냐고, 별로, 나도 별로야, 이리 잠깐 와서 의자에 좀 앉아 봐, 도망가지 말고, 대체 내가 자네한테 뭐 못할 짓이라도 했나, 어이, 도망가지 말라고.

다가오게 놔두라, 다가오게 놔두라, 검은 밤을, 자동차들을, 단단하게 얼어붙은 국도를. 어린 소녀와 양친 간의 작별, 소녀는 한 남자와 한 여자와 함께 떠난다, 그녀는 그쪽 생활에 잘 적응할 거야, 얌전하게 잘 지내면 별문제 없을 거야. 다가오게 놔두라.

라인홀트! 아! 이 악마 같은 자식! 이런 나쁜 새끼, 뭣 하러 왔어, 뭘 가지고 또 내 앞에서 거드름을 피우려고, 너 같은 자식은 아무리 비를 맞아도 깨끗해지지 않아, 이런 불한당, 이런 살인범, 이런 흉악범 자식아, 나하고 이야기하고 싶거든 네 주둥이에서 파이프부터 빼라고. 그간 네가 없어서 심심했는데 잘 왔다, 당장 이리 와, 이 더러운 새끼야, 아직도 안 잡혔느냐, 그 푸른색 외투는 걸쳤냐? 조심하는 게 좋을 거다, 그걸 입는 순간 넌 체포될 테니. "너는 정체가 뭐야, 프란츠?" 나 말하는 거야? 이 더러운 자식아? 나는 살인범이 아니야, 네놈이 누구를 죽였는지는 잘 알고 있지? "그 여자애를 나한테 보여 준 게 누군데? 여자애를 나 몰라라 한 놈이 누군데? 나더러 이불 속에 들어가 누워 있으라고 한 게 누구냐고, 이 돌대가리 자식아, 그게 대체 누구였어?" 내가 언제 그 애를 죽이라고 했냐. "그러면 네놈이 그 아이를 거의 불구가 될 만큼 패 댄 건 또 뭐냐, 이 자식아. 그리고 또 란츠베르크 가에 누워 있는 그 아무개 여자 말이다, 그 여자가 제 발로 걸어서 공동묘지에 갔겠냐? 자, 말 좀 해 보시지. 이젠 아무 말도 못하는군, 아무리 타고난 허풍이지만 지금 이 상황에서 무슨 말을 하겠어." 네놈이 나를 자동차에서 내팽개쳐서 난 한쪽 팔을 잃었단 말이다. "하하, 하, 그깟 팔이야 마분지로 만들어 붙이면 그만이지, 머리가 그렇게 멍청하니 나 같은 인간하고 손을 잡았지." 나보고 머리가 멍청하다고? "참, 제 스스로가 바보인지도 모르고 있다니. 네놈이 부흐 정신 병원에 들어와 미친 척하고 있지만 나는 만사 오케이다, 이번엔 누가 정말 멍청이가 될까?"

저기 녀석의 꼴을 보라. 녀석의 눈에서는 지옥의 불길이 치솟고 머리에서는 뿔들이 솟는다, 녀석은 울부짖는다, 당장 나와 한판 붙자, 어서 와, 네 실력을 보여 줘 봐, 프란츠, 프란츠 비버코프, 닭대가리 비버코프야, 엉! 프란츠는 두 눈을 질끈 감는다. 이런 놈은 애당초 상대하지 말았어야 해, 이런 자식하고는 싸움도 벌이지 말았어야 해. 내가 왜 이런 놈한테 마음을 빼앗겼던 걸까.

"자, 어서, 프란츠, 그 잘난 실력 좀 한번 보여 줘 봐, 아직 힘은 있나?"

이런 녀석하고 싸움을 벌이는 게 아니었어. 이 자식은 나를 괴롭히고 한시도 놔두지 않고 못살게 굴어, 이런 개 같은 자식이 있나, 그래도 내가 거기에 말려들지 말아야 했어. 녀석한테는 아무 행동도 안 보이는 게 좋아, 내가 거기에 말려들지 말아야 했어.

"싸울 힘은 있겠지, 프란츠."

괜히 힘을 쓰려 하지 말았어야 해, 특히 이런 놈을 상대로 해서는 더더욱. 지금 와서 보니 정말 잘못한 거야. 정말 한심한 짓을 했어, 내가. 꺼져, 꺼지라고 이 자식아.

그는 가지 않는다.

꺼져, 당장 꺼지라고, 이 새끼야.

프란츠는 고래고래 소리를 지른다, 그는 양손을 비빈다, 나는 또 다른 녀석을 봐야 해, 다른 녀석들은 왜 안 오는 거지? 저 녀석은 왜 안 가고 서 있는 거야?

"네가 나를 좋아하지 않는다는 걸 다 알아, 내가 맛이 좋은 놈이 못 되니까. 곧 다른 사람이 올 거야!"

다가오게 놔두라. 다가오게 놔두라. 광활하게 펼쳐진 말없는 평원을, 붉은 불빛이 새어나오는 쓸쓸한 벽돌집들을. 한 구간 내에 있는 모든 도시들을, 프랑크푸르트 안 데어 오더, 구벤, 좀머펠트, 리그니츠, 브레슬라우, 정거장마다 도시들이 나타난다, 크고 작은 도로가 얽혀 있는 도시들이. 다가오게 놔두라, 달리는 마차와 미끄러지며 쏜살같이 달리는 자동차들을.

라인홀트는 가다가 다시 서서 프란츠의 눈을 쏘아본다. "자, 누가 더 센가, 누가 이겼지, 프란츠?"

프란츠는 몸을 떤다, 내가 이기지 못했다는 걸 난 안다.

다가오게 놔두라.

곧 또 한 사람이 도착하리라.

프란츠는 몸을 더욱 곧추세우고서 앉는다, 두 주먹을 말아 쥔 채.

빵이 화덕 속으로 들어간다, 아주 커다란 화덕이다. 열기가 대단하다, 화덕에서 탁탁대는 소리가 난다.

이다! 녀석은 갔어. 고마워, 이다, 당신이 와 주어서. 그 자식은 이 세상에서 가장 악질적인 깡패였어. 이다, 당신이 오니 정말 좋아, 그 자식은 나를 괴롭히고 약올렸어, 당신은 그걸 어떻게 생각해? 나는 그사이 안 좋은 일을 많이 겪었어, 그래서 지금은 여기 앉아 있어, 여기가 어딘지 알아, 부흐 정신 병원이야, 감시 아래 있어, 난 미쳤는지도 몰라. 이다, 자, 내게 등을 돌리지 마, 도대체 뭘 하는 걸까? 부엌에 서 있군, 맞아, 부엌에 있어, 잔일을 하거나 설거지를 하는 모양이야. 그런데 왜 저렇게 계속 꾸부정하게 서 있지, 한쪽으로 꾸부정하게 서 있는 게 꼭 요통이라도 있는 사람 같잖아. 아니면 누구한테 옆구리를 얻어맞았나. 때리지 말라고, 이 바보 같은 자식아, 때리면 못 써, 때리지 좀 말라고, 알겠어? 그냥 좀 두라고, 저 여자를, 건드리지 좀 말고, 오, 오, 대체 저 여자를 누가 때린 거야, 아니, 제대로 서 있지를 못하네, 어서 똑바로 서 봐, 여보, 한번 뒤를 돌아봐, 나 좀 보라고, 당신을 그렇게 끔찍하게 때린 놈이 대체 누구야?

"바로 당신이에요, 프란츠, 당신이 나를 때려죽였잖아요."

아냐, 아냐, 내가 그러지 않았어, 그건 법정에서도 밝혀졌잖아, 나는 그저 상해만 입혔어, 내가 그런 짓을 저지른 게 아니야. 그런 말 하지 마, 이다.

"아니야, 당신이 나를 때려죽였어요, 알아듣겠어요, 프란츠?"

그는 소리친다, 아냐, 아냐, 그는 손을 얼굴에 갖다 대며 팔로 눈을 가린다, 그래도 그 장면이 보인다.

다가오게 놔두라. 다가오게 놔두라, 낯선 방랑자들을, 이들은 감자 자루를 등에 짊어지고 있다, 그들 뒤에서는 한 소년이 손수레를 끌고 있다, 소년의 귀가 빨갛게 얼었다, 영하 10도다. 슈바이드니츠 가와 카이저 빌헬름 가의 대 순환도로와 쿠어퓌어스트 가가 있는 브레슬라우.

프란츠는 신음 소리를 낸다, 차라리 죽는 편이 나아, 이걸 어떻게 참으라고, 누가 와서 나를 때려죽여 주었으면 좋겠어, 내가 죽인 게 아니라니까, 나는 전혀 모르는 일이야. 그는 흐느끼며 중얼댈 뿐 말을 하지 못한다. 간호인은 그가 뭘 원하는 걸로 생각한다. 간호인은 물어보고는 그에게 따뜻한 적포도주를 한 모금 먹여 준다, 그 방에 같이 있는 다른 두 환자가 적포도주를 덥혀서 주어야 한다며 참견하고 나섰기 때문이다.

이다는 여전히 꾸부정하게 서 있다. 그렇게 꾸부정하게 서 있지 마, 이다, 그 때문에 내가 테겔 교도소에 가서 형을 살고 나왔잖아. 그러자 그녀는 이제 꾸부정하게 서 있지 않고 의자에 가서 앉는다, 그리고 고개를 떨어뜨린다, 그러더니 점점 더 작아지면서 검은색으로 변한다. 거기 관 속에 누워 그녀는 꼼짝도 않는다.

흐느낌 소리, 프란츠의 흐느낌 소리. 그의 눈빛. 간호인이 그의 옆에 앉아 손을 잡아 준다. 누가 저것 좀 치워 줘, 누가 저 관 좀 옆으로 밀쳐내 줘, 나는 일어서질 못해, 할 수가 없어.

그는 손을 움직여 본다. 그러나 관은 꼼짝도 않는다. 그의 손이 거기까지 닿지 않기 때문이다. 그러자 프란츠는 절망하며 운다, 그러면서 절망의 눈빛으로 그쪽을 쳐다보고 또 쳐다본다. 이윽고 눈물과 절망 때문인지 관이 사라진다. 그러나 프란츠는 계속해서 운다.

이 대목을 읽은 독자 여러분, 한 가지 묻겠습니다, 프란츠 비버코프는 도대체 왜 우는 걸까요? 그는 자신이 고통을 받고 있다는 사실 때문에, 그리고 고통의 내용 때문에, 그리고 또 자기 자신에 대한 연민 때문에 우는 것입니다. 그 모든 일을 자신이 저질렀다는 사실, 자신이 그런 인간이었다는 사실 때문에 프란츠 비버코프는 울고 있는 것이지요. 이제 프란츠 비버코프는 자기 연민 때문에 우는 것입니다.

밝은 한낮, 병동의 배식이 이루어진다, 배식차가 아래층으로 내려갔다가 다시 본 병동으로 돌아온다, 주방 담당 직원들과 별관에서 온 병세가 가벼운 두 환자가 배식차를 운반한다.

그리고 바로 정오에, 미체가 프란츠에게 와 있다. 그녀의 얼굴 표정은 아주 차분하고 부드럽다. 그녀는 평상복에다 머리에 꼭 맞는 모자를 쓰고 있다, 때문에 귀와 이마까지 푹 덮인 모습이다. 그녀는 프란츠를 그윽하고도 은은한 눈빛으로 바라본다, 언젠가 길에선가, 술집에선가 만났을 때 그를 바라보던 바로 그 눈빛이다. 가까이 오라고 말하자 그녀는 다가온다. 그는 그녀에게 손을 달라고 한다. 그녀는 두 손으로 하나뿐인 그의 손을 잡는다. 가죽 장갑을 낀 채로. 그 장갑 좀 벗어. 그녀는 장갑을 벗고서 그에게 두 손을 내민다. 이리 와, 미체, 그렇게 남처럼 대하지 말고 내게 키스 좀 해 줘. 그러자 그녀는 가만히 그에게로 바짝 다가가 그윽하고 진심 어린 눈빛으로 그를 바라보며 키스를 한다. 나하고 여기 같이 있자, 그가 말한다, 네가 필요해, 너의 도움이 필요하다고. "그렇게는 못해요, 프란츠, 나는 죽은 몸이잖아요." 이곳에 남아 줘. "그렇게 해 드리고 싶지만 할 수가 없어요." 그녀는 그에게 다시 한 번 키스한다. "당신도 프라이엔발데에서 있었던 일, 알죠, 프란츠. 그리고 나 때문에 화내지 않을 거죠?"

그녀는 갔다. 프란츠는 몸부림치며 눈을 크게 떠 보지만 그녀의 모습은 보이지 않는다. 대체 내가 무슨 짓을 한 거야. 왜 그녀가 내 곁에 없는 거야. 그 라인홀트 녀석에게 그녀를 보여 주는 게 아닌데, 녀석하고 관계를 맺는 게 아닌데. 대체 내가 무슨 짓을 한 거야. 그래서 지금은.

그는 얼굴을 잔뜩 찌푸리며 간신히 한마디 내뱉는다, 그녀는 꼭 다시 와야 해. 간호인은 그 말 중 "다시"라는 말만 알아듣고는 벌어져 있는 그의 메마른 입에다 포도주를 다시 부어 준다. 프란츠는 마실 수밖에 없다, 어찌 달리 할 수 있겠는가.

화덕의 열기 속에 반죽이 놓여 있다, 반죽이 부풀기 시작한다, 효모가 반죽을 부풀게 하고, 거품이 형성되고, 빵이 불룩하게 일어선다, 갈색으로 변하면서.

죽음의 목소리, 죽음의 목소리, 죽음의 목소리가 들린다,

이 세상에서 아무리 힘이 센들 무슨 소용인가, 아무리 반듯하게 살아간들 무슨 소용인가, 오 좋아, 오 좋아, 그것을 보면서 깨닫고 후회하라.

프란츠는 갖고 있던 모든 것을 포기한다. 그는 아무것도 잡지 않는다.

이제 고통이 무엇인지 서술해야 한다

이제 고통과 아픔이 무엇인지 서술해야 한다. 고통이란 얼마나 아리고 쓰린가. 고통이란 닥쳐오는 것이기 때문이다. 많은 사람들이 시를 통해 고통을 묘사하였으며, 공동묘지들은 날마다 고통을 바라본다.

이제 고통이 프란츠 비버코프를 어떻게 다루는지 서술해야 한다. 프란츠는 버티지 못하고 자신을 버린다, 고통에게 자신을 제물로 바친다. 그는 불타는 화염 속으로 자신을 내던진다, 그렇게 해서 죽어 없어져 재가 되길 바란다. 고통이 프란츠 비버

코프를 대하는 태도는 기릴 만하다. 여기서 우리는 고통이 성취해 낸 파괴에 대해 설명하려 한다. 꺾어 버리고, 잘라 내고, 엎어 버리고, 해체해 버리는 것, 그것이 고통이 하는 일이다.

천하에 범사가 때가 있나니 죽일 때가 있고 치료할 때가 있으며 헐 때가 있고 세울 때가 있으며 울 때가 있고 웃을 때가 있으며 슬퍼할 때가 있고 춤출 때가 있으며 찾을 때가 있고 잃을 때가 있으며 찢을 때가 있고 꿰맬 때가 있느니라. 지금은 죽일 때요 슬퍼할 때요 찾을 때요 찢을 때이니라.

프란츠는 악전고투를 해 가며 죽음을, 자비로운 죽음을 기다린다.

그는 드디어 죽음이, 자비로운 죽음이, 끝맺음을 해 줄 죽음이 가까이 왔다고 생각한다. 그는 저녁나절 다가오는 죽음을 맞이하려 다시 몸을 일으키며 긴장한다.

그때 다시 나타났으니, 점심때 그를 덮쳤던 것들이다. 프란츠는 말한다, 마음대로 해라, 그래, 나 프란츠 비버코프는 너희와 함께 사라질 각오가 되어 있으니 나를 데려가 다오.

그는 몸을 부르르 떨면서 초췌한 뢰더스의 상을 맞이한다. 사악한 라인홀트 녀석이 철벅대는 걸음걸이로 그를 향해 다가온다. 그는 몸을 부르르 떨면서 이다의 말[言]과 미체의 얼굴을 맞이한다, 그녀가 왔다, 이렇게 해서 모든 것이 성취되었다. 프란츠는 울고 또 운다, 다 내 잘못이야, 난 인간이 아니야, 나는 짐승만도 못한 놈이라고.

바로 그날 저녁에 프란츠 비버코프는 죽었다, 예전의 운송 노동자이자 강도요 포주, 살인자인 그가 말이다. 침대에는 다른 사람이 누워 있었다. 이 사람은 프란츠와 신분증명서도 같고 외모도 프란츠와 같지만, 이제 다른 세계에 살며 새로운 이름을 갖게 된다.

이것이 프란츠 비버코프의 몰락 과정으로, 나는 프란츠가 테겔 형무소에서 출감하여 1928~1929년 겨울 부흐 정신 병원에서 종말을 맞이할 때까지의 과정을 서술해 보고 싶었다.

이제 나는 그와 똑같은 신분증명서를 가진 한 새로운 인간이 맞이하는 첫 몇 시간과 며칠간에 대해 보고를 첨부하고자 한다.

사악한 창녀의 퇴각, 위대한 희생자와 북 치며 도끼를 휘두르는 자의 승리

황량한 풍경 속, 정신 병원의 붉은 담벼락 앞의 들판에는 지저분한 눈이 남아 있다. 그때 북소리가 울린다, 계속해서 울린다. 패배한 것은 창녀 바빌론이고, 승리를 거둔 것은 죽음이다, 죽음은 북을 쳐서 그녀를 쫓아 버리는 중이다.

창녀는 욕지거리를 퍼부으며 왁자지껄 요란스럽게 소리를 질러 댄다. "저 녀석은 어쩔 건데, 저 프란츠 비버코프라는 자식을 어쩔 거냐 이 말이다. 차라리 알코올에 담가서 보존하시지그래, 저 웃기는 자식을 말이야."

죽음은 소용돌이치듯 북을 쳐 댄다. "네 술잔에 뭐가 담겨 있는지 난 볼 수가 없다, 이 하이에나 같은 년아, 이 사나이 프란츠 비버코프는 여기 있다, 나는 이 인간을 완전 박살이 나도록 두들겨 팼다. 그래도 본디 천성이 강하고 선량한 사람이라

새 생명을 허락해 주기로 했다, 당장 길을 비켜라, 우리가 할 얘기는 다 끝났으니."

창녀가 완고하게 맞서며 입에 게거품을 물고 계속해서 덤비자 죽음은 발걸음을 떼어 전진하기 시작한다. 죽음의 거대한 잿빛 망토가 펄럭이자 수많은 장면들과 풍경들이 눈에 보인다, 이것들은 그의 주변을 맴돌며 그의 발끝에서 가슴까지 에워싼다. 그리고 죽음의 주위로 울려 퍼지는 외마디소리, 포성, 아우성, 승리의 함성 그리고 환호성. 승리의 함성과 환호성. 그 여자를 태운 짐승은 겁을 먹고 주춤대며 헛걸음질만 한다.

베레지나 강,* 행진하는 군단.

베레지나 강을 따라 군단은 행진한다, 살을 에는 추위, 살을 에는 바람. 군단은 프랑스에서 넘어왔으며, 위대한 나폴레옹이 이들을 이끌고 있다. 바람은 몰아치고 눈발은 휘날리고 총탄은 빗발친다. 그들은 얼음판 위에서 맞붙고 돌격하고 쓰러진다. 그리고 끊임없이 외치는 소리, 황제 폐하 만세, 황제 폐하 만세! 희생, 희생, 저것이 죽음이다!

덜컹대며 기차 바퀴 굴러가는 소리, 쿵쿵대는 대포들의 포성, 귀청을 찢으며 터지는 수류탄 소리, 방호 사격, 슈맹 데 담, 랑게마르크,** 사랑하는 조국이여, 그대 편안하라, 사랑하는 조국이여 그대 편안하라. 참호는 박살 나고 병사들은 쓰러진다.

---

* 나폴레옹의 러시아 원정의 치명적 결과를 암시하는 대목. 나폴레옹 군대는 드네프르 강의 지류인 베레지나 강을 거쳐 1812년 11월 모스크바로부터 퇴각하였으며 이로 인해 그의 대군은 결정적인 와해의 국면을 맞게 된다.
** 파리 북동쪽 도시인 슈맹 데 담과 플랑드르 지방의 마을인 랑게마르크는 1차 세계대전 당시의 치열한 격전지.

죽음은 망토를 휘감으며 노래한다, 오, 좋아, 오, 좋아.

전진하라, 전진하라. 우리는 보무도 당당하게 전쟁터로 나아간다, 백 명의 군악대가 함께하나니, 아침노을아, 저녁노을아, 우리의 이른 죽음을 비춰 다오, 백 명의 군악대가 북을 친다, 쿵작, 쿵작, 쿵작, 곧장 걸어가지 못하면, 돌아서라도 가리라, 쿵작, 쿵작, 쿵작.

죽음은 망토를 휘감으며 노래한다, 오, 좋아, 오, 좋아.

화덕에 불이 붙었다, 화덕에 불이 붙었다, 화덕 앞에는 한 어머니가 일곱 아들들을 데리고 서 있다, 그들의 등 뒤에는 민족의 신음 소리, 그들은 자기 민족의 신을 부정해야 하나? 그들은 환한 얼굴로 거기 평온하게 서 있다. 너희의 신을 부정하고 굴복하겠는가? 첫째가 아니라고 말하여 고통을 겪는다, 둘째가 아니라고 말하여 고통을 겪는다, 셋째가 아니라고 말하여 고통을 겪는다, 넷째가 아니라고 말하여 고통을 겪는다, 다섯째가 아니라고 말하여 고통을 겪는다, 여섯째가 아니라고 말하여 고통을 겪는다, 일곱째가 아니라고 말하여 고통을 겪는다, 어머니는 곁에 서서 아들들을 격려한다. 마지막에 가서는 어머니가 아니라고 말하여 고통을 겪는다. 죽음은 망토를 휘감으며 노래한다, 오, 좋아, 오, 좋아.

머리 일곱의 여자는 제 짐승을 끌어당기지만 짐승은 일어날 줄 모른다.

전진하라, 전진하라. 우리는 보무도 당당하게 전쟁터로 나아간다, 백 명의 군악대가 함께하나니, 그들은 북을 치고 피리를 부노라, 쿵작, 쿵작, 쿵작, 한 사람이 곧장 가면, 다른 사람은 길을 돌아가고, 한 사람이 사람이 서 있으면, 다른 사람은 쓰러지고, 한 사람이 전진하면, 다른 사람은 말없이 누워 있구나, 쿵작, 쿵작, 쿵작. 환호성과 외침 소리, 전진하라, 육 열 종대로, 이 열 종대로, 삼 열 종대로, 프랑스 혁명이 전진한다, 러시아 혁명이 전진한다, 농민 전쟁이 전진한다, 재세례파가 전진한다, 이들은 모두 죽음의 뒤를 따라 전진한다, 그들은 죽음의 뒤를 따르며 환호성을 울린다, 자유를 찾아 가노라, 자유를 찾아서, 낡은 세상을 무너뜨리자, 깨어나라, 그대 새벽바람아, 쿵작쿵작, 육 열 종대로, 이 열 종대로, 삼 열 종대로, 형제들아, 태양을 향해, 자유를 향해, 형제여 빛을 향해 고개를 들라, 어두웠던 과거를 헤치고 저기 미래의 빛이 밝게 빛난다, 발을 맞추어 오른발 왼발, 왼발 오른발, 쿵작쿵작.

죽음은 망토를 휘감으며 환한 얼굴로 웃고 노래한다, 오, 좋아, 오, 좋아.

큰 창녀 바빌론은 마침내 제 짐승을 일으켜 세워 올라타고 빠른 걸음으로 달린다, 들판을 내달린다, 짐승의 발이 눈 속에 푹푹 빠진다. 그 여자는 고개를 돌려 환한 얼굴빛의 죽음을 바라보며 울부짖는다. 그녀의 울부짖음 소리에 짐승은 털썩 무릎을 꿇고, 그 창녀는 짐승의 목을 잡고 고꾸라진다. 죽음은 망토를 여민다. 죽음은 환한 얼굴로 웃고 노래한다, 오, 좋아, 오, 좋아. 온 들판이 화답한다, 오, 좋아, 오, 좋아.

시작은 무엇이나 다 어려운 법이다

부흐 정신 병원에서는 죽은 듯 창백하게 누워 있던, 전에 프란츠 비버코프였던 사내, 그가 말을 하고 사물을 분간하기 시작하자, 경찰들과 의사들이 와서 이것저것 캐묻는다. 경찰들은 그가 어떤 범죄를 저질렀는지 알아내기 위한 목적으로 그런 것이고, 의사들은 진단 차원에서 그런 것이다. 경찰들로부터 이 사내는 자신의 인생에서, 아니, 자신의 예전 인생에서 한몫을 했던 라인홀트가 체포되었다는 사실을 알게 된다. 그들은 브란덴부르크 얘기도 해 주면서 혹시 모로스키에비츠라는 남자를 아는지, 그리고 그 남자가 어디 있는지 아느냐고 묻는다. 그는 상대가 몇 번이고 같은 이야기를 반복하도록 아무 말도 않고 가만히 있다. 그래서 그들은 하루 동안 그를 전혀 건드리지 않고 가만두었다. 그는 낫질하는 자, 그의 이름은 죽음, 오늘은 숫돌에 낫을 가는구나, 그러면 낫이 더 잘 들지. 조심해라, 귀여운 푸른 꽃아.

이튿날, 그는 형사 반장 앞에서 이렇게 진술했다, 프라이엔발데에서 일어났던 그 오래된 사건과 자신은 전혀 관계가 없다. 만약 라인홀트가 다른 말을 했다면 그건 그의 잘못이다. 그러자 완전히 무너져 버린 이 창백한 사내는 당시의 알리바이를 대라고 요구받는다. 알리바이를 찾으려면 며칠이 걸린다. 그 사내의 마음속 모든 것들은 그 길을 되돌아가기를 거부한다. 마치 그 길은 완전히 차단된 것 같다. 그는 신음하며 몇 개의 날짜를 댄다. 그는 신음하며 제발 가만히 좀 놔둬 달라고 부탁한다. 그는 개처럼 불안한 눈빛으로 앞만 응시한다. 옛 비버코프는 죽었고, 새 비버코프는 잠자고 있다, 아직 잠자고 있다. 그는 어떤 말로도 라인홀트에게 짐을 씌우지 않는다. 우리는 다 같은 도끼 아래에 있는 처지인걸. 우리는 다 같은 도끼 아래에 있는 처지인걸.

　그의 진술은 사실임이 확인된다, 그의 진술이 미체의 정부였던 사내와 그 사내의 조카의 진술과 일치했기 때문이다. 이제 의사들은 이 케이스에 대해 더욱 명확한 견해를 밝히게 된다. 긴장성 마비라는 진단은 슬며시 뒷전으로 물러난다. 그의 증세는 심리적 상흔에 의한 것으로 일종의 혼수상태를 동반한 것이다, 이 사나이가 가정적으로 원활하지 못하고 그 결과 술독에 빠졌다는 사실은 분명하다. 진단의 최종 결과가 어느 쪽으로 나와도 상관없지만, 아무튼 이 친구가 꾀병을 부린 것이 아님은 분명하다, 이 친구에겐 정신 질환의 소지가 있으나 이것이 나쁜 양친에게서 물려받은 것은 아니다, 이 점이 중요하다. 자, 이 정도로 일단락 짓자. 알렉산더 크벨레 술집에서 총질을 한 혐의에 대해서는 형법 제51조*가 적용된다. 다만, 그를 이곳으로 다시 불러들일 수 있을지, 그것만이 우리에겐 궁금할 뿐이다.

　이 비틀대는 사나이, 즉 우리가 이미 죽은 사내의 이름을 따라 비버코프라고 부르는 이 사나이는 병동 안에서 거닐거나 배식 일을 조금씩 맡아 하면서 이젠 더 이상 자신에게 뭔가 캐물어 오는 사람이 없으므로 아직도 그의 배후에서 많은 일들이 진행되고 있다는 사실을 눈치채지 못한다. 그때 경찰들은 그의 팔이 어떻게 된 것인지, 팔을 어디서 잃었는지, 어디서 치료를 받았는지 등에 대해 의문을 품는다. 그들은 마그데부르크 병원에 가서 탐문한다, 그거 참, 케케묵은 얘기군요, 그러나

* 독일 제국 형법 제51조는 정신 질환이 있는 범죄자의 책임 능력 부재에 대한 내용을 담고 있다.

경찰들은 그런 케케묵은 얘기에 관심이 많다, 이십 년 묵은 얘기라도 그렇다. 하지만 그들은 어떤 사실도 밝혀내지 못한다, 이제 우리는 행복한 결말부 쪽에 다가온 것 같다, 헤르베르트 역시 명색은 포주다, 이런 친구들은 누구나 멋진 여자들을 하나씩 꿰차고 있다, 그래서 여자한테 모든 것을 다 맡겨두고 돈을 타서 쓰는 처지라고 말한다. 하지만 그런 말을 믿을 순진한 짭새가 어디 있겠는가, 그런 여자들에게서 가끔 돈을 받기도 하겠지만 녀석들은 따로 뭔가 일을 하는 게 틀림없다. 그것에 대해서는 이 친구들은 끝까지 침묵으로 일관한다.

폭풍우, 이번의 폭풍우 역시 우리의 사나이를 건드리지 않고 스쳐 지나간다, 물론 이번에는 다 봐주기로 한다. 이번에는 왕복표를 준 거야, 이 친구야.

그러던 어느 날, 그는 석방된다. 경찰은 그가 석방된 후에도 그를 계속 감시할 것임을 분명히 밝힌다. 창고에서 옛 프란츠가 쓰던 물건들이 운반되어 온다. 그는 모든 물건을 다시 손에 넣는다, 그는 옷을 다시 입는다, 저고리에는 아직 핏자국이 남아 있다, 경찰에게 곤봉으로 머리를 얻어맞은 흔적이다, 의수는 가져가지 않겠소, 가발도 여기다 놓고 가겠소, 언제 이곳에서 연극을 하게 되면 그때 쓰십시오, 이곳은 매일매일이 연극이지, 그런데 가발은 쓰지 않네, 석방 증명서는 챙겼나, 안녕히 계십시오, 수석 간호사님, 흠, 부흐 마을에 날씨가 좋을 때 한번 들르게, 그렇게 할게요, 정말 고맙습니다, 그럼 문을 열어주겠네.

이렇게 해서 우리도 이 모든 일을 함께 겪었다.

사랑하는 조국이여, 안심하라,
나는 눈을 크게 뜨고 다시는 속지 않으리라

　인생에서 두 번째로 비버코프는 자신이 갇혀 있던 건물을
떠난다, 이제 우리는 머나먼 길의 막바지에 이르렀다, 조금만
더 프란츠와 함께 걷기로 하자.
　그가 처음으로 들어갔다 나온 집은 테겔 형무소이다. 그는
두려운 마음으로 붉은 담벼락에 기대어 서 있었다, 발길을 내
디며 41번 전차를 타고 베를린으로 오니 집들이 가만히 서 있
지 않았다, 지붕이 프란츠의 머리 위로 쏟아져 내릴 것만 같았
다, 그는 오래도록 걷다 앉아 있다 했다, 이윽고 주변의 모든
것이 차분해졌고 힘도 충분히 생겼다, 이곳에 머무르며 다시
시작할 만큼.
　지금 그는 힘이 없다. 그의 눈에 그 감시 병동은 더 이상 보
이지 않는다. 그런데 이게 웬일인가, 교외에 위치한 슈테틴 역
에 내려 보니 거대한 발티쿰 호텔이 그의 눈에 보이는데, 움
직이는 것이라고는 아무것도 없지 않은가. 집들은 가만히 서
있고, 지붕들도 단단하게 붙어 있어, 그는 아무렇지도 않게 그
것들 아래를 걸어갈 수 있다, 굳이 어두운 안마당으로 기어들
어갈 필요가 없다. 그래 바로 이 사나이 — 우리는 이 사나이
를 처음의 사나이와 구별하여 프란츠 카를 비버코프라고 부
르고자 한다, 프란츠는 세례 시 또 하나의 이름을 받았으니
그것은 외할아버지, 즉 어머니의 아버지의 이름을 따른 것이
다 — 바로 이 사나이는 지금 천천히 인발리덴 가를 따라 올
라간다, 악커 가를 지나 브루넨 가 쪽으로 방향을 잡은 다음

노란 시장 건물을 지나 차분한 눈빛으로 가게들과 건물들 그리고 바삐 걸어가는 사람들을 바라본다, 이런 걸 본 지도 꽤 오래됐어, 이제 다시 돌아왔다. 비버코프는 오랫동안 떠나 있었다. 이제 비버코프가 다시 돌아왔다. 여러분의 비버코프가 돌아왔다.

다가오게 놔두라, 다가오게 놔두라, 광활하게 펼쳐진 평원을, 불빛이 새어 나오는 빨간 벽돌집들을, 다가오게 놔두라, 등에는 자루를 짊어진 채 추위에 떠는 방랑자들을. 재회다, 아니 재회 이상의 것이로다.

그는 브루넨 가의 어느 선술집에 들어가 자리를 잡고 앉아 신문을 펼쳐 든다. 혹시 내 이름이 실리지 않았을까? 아니면 미체 이름이나, 헤르베르트의 이름, 아니면 라인홀트의 이름이? 어디로 가야 하나? 어디로 가지? 에바다, 그래, 에바를 만나 봐야지.

그녀는 지금은 헤르베르트와 함께 살고 있지 않다. 셋집 안주인이 문을 열어 준다, 헤르베르트는 체포됐어요, 짭새들이 와서 그의 물건들을 샅샅이 뒤졌어요, 아직 안 돌아왔어요, 물건들이 위층 다락방에 그대로 있는데 혹시 처분 가능한지 물어보려 해요. 프란츠 카를은 서부 지역에 있는 에바의 정부 집에서 그녀와 만난다. 그녀는 그를 반겨 준다. 그녀는 프란츠 카를 비버코프를 진심으로 반긴다.

"맞아요, 헤르베르트는 체포됐어요, 이 년 형을 살게 됐어요, 그를 위해 무슨 일이든 할 생각이에요, 사람들이 와서 당신에 대해서도 많이 물었어요, 특히 테겔 교도소 건에 대해서요, 그런데 당신은 어때요, 프란츠?" "나는 아주 잘 지내, 부흐 정신 병원에서 오는 길이야, 금치산 선고를 받았어." "얼마 전 신문에서 읽었어요." "별걸 다 기사로 쓰는군. 그런데 난 몸이 너무 약해졌어. 그런 시설에서 주는 식사라는 게 다 그렇잖아."

에바는 그의 눈빛을 본다, 조용하고 어둡고 뭔가 살피는 눈빛이다, 프란츠에게서 한 번도 보지 못했던 눈빛이다. 그녀는 자기 얘기는 한마디도 하지 않는다, 사실 그녀에겐 그와 관련되는 일도 있었다. 하지만 그 자신 지금 기진맥진한 상태이다, 그녀는 그에게 방을 하나 잡아 준다, 그녀는 그를 도와준다, 아무것도 하지 말라면서. 사실 그 자신도 그렇게 말한다, 그녀가 그에게 방을 잡아 주고 나가려 하자 그가 말한다, 가지 마, 지금은 난 아무것도 하지 못해.

자, 이제 그는 뭘 하는가? 그는 거리에 나가 천천히 걸어 보기 시작한다, 베를린 거리를 돌아다닌다.

베를린, 북위 52도 31분, 동경 13도 25분, 장거리 철도역 20개, 교외선 121개 노선, 순환선 27개 노선, 시내 전차 14개 노선, 조차선 7개 노선, 전철, 고가 철도, 버스.* 이 세상에 황제 도시는 하나뿐이요, 이 세상에 빈은 하나뿐이라네.** 세 마디로 여자의 그리움을 표현한다면, 이 세 마디에 여자들의 모든 그리움이 담기리.*** 상상해 보세요, 뉴욕의 한 회사가 새로운 화장품을 내놓았습니다, 당신의 누런 망막을 젊음만이 누리는 저 신선한 푸른빛으로 되살려 놓는 화장품입니다. 튜브만 살

---

* 1927년 《베를린 연감》에 실린 내용.
** 빈 출신의 가수 프리츠 랑이 부른 가요의 첫 구절.
*** 작자 미상의 시의 첫 구절.

짝 눌러 주면 짙은 파란색에서 벨벳 빛 갈색에 이르기까지 세상에서 가장 아름다운 눈동자를 가질 수 있어요. 왜 모피 세탁 하느라 그리 많은 돈을 쓰세요?*

그는 시내 이곳저곳을 둘러본다. 심장 하나만 튼튼하면 건강해질 수 있는 방법이야 얼마든지 있다.

제일 먼저 찾은 곳은 알렉산더 광장이다. 광장은 여전히 그대로 있다. 눈에 띄는 것은 아무것도 없다, 매서운 추위가 겨울 내내 기승을 부렸으니까, 사람들도 일을 하지 않았고 하던 일을 그대로 버려두었다. 그 거대한 증기 항타기는 지금은 게오르겐키르히 광장에 서 있다, 사람들은 하얀 백화점의 파편 더미를 파내는 중이다, 많은 레일을 박아 놓은 것으로 보아 역이 들어설 모양이다. 알렉산더 광장에서는 그 밖에도 많은 일들이 진행 중이다, 그러나 무엇보다 중요한 것은 알렉산더 광장이 여전히 있다는 것이다. 그리고 알렉산더 광장에는 여전히 사람들이 지나다닌다, 진창이 엄청나다, 베를린 시 당국은 너무나 고상하고 인간적이어서 눈이 몽땅 저절로 천천히 녹아 진창이 되도록 전혀 건드리지 않는다. 자동차들이 달려오면 얼른 가까운 건물 현관으로 뛰어드는 게 상책이다, 안 그랬다가는 공짜로 중절모자에 오물 더미 세례를 받거나 아니면 공공의 재산을 무단으로 절취한 혐의로 고발당할지도 모른다. 우리의 옛 술집 '모카 픽스'는 문을 닫았다, 대신 모퉁이에 새 술집이 들어섰다, 이름은 '멕시코'이다, 세계적으로 센세이션을 일으킬 만하다, 주방장이 창가에 서서 그릴을 하고, 게다가 인디

---

* 당시에 있던 광고의 변형.

언풍의 통나무집이라니. 알렉산더 병영 주위에는 공사 중 판자 울타리를 쳐 놓았다, 그 안에서 무슨 일이 벌어지는지는 알 도리가 없다, 아무튼 점포들이 헐리고 있다. 그리고 전차들은 사람들로 질식할 듯하다, 각기 할 일들이 있는 사람들이다, 차표는 여전히 20페니히다, 다시 말해 현금으로 5분의 1마르크이다, 원한다면 30페니히를 내도 좋습니다, 아니면 포드 자가용을 사도 좋고요. 고가 철도도 달린다, 일등석과 이등석은 없고 삼등석뿐이다, 피치 못해 서 있어야 하는 경우가 아니면 모두들 편안하게 푹신한 의자에 앉아서 간다, 하지만 서서 가는 경우도 있다. 기차가 달리는 동안 무단 하차 시 최고 150마르크 벌금에 처함, 만약 이를 어기고 무단 하차할 시 전기 쇼크사할 수 있음. 당신의 신발을 돋보이게 해 줍니다, '에고이'로 손질해 주세요. 신속한 승하차를 부탁드립니다, 손님이 많을 때는 중앙 통로를 이용해 주십시오.

다 멋진 것들이군, 이런 것들을 보면 다시 활기가 살아나는 거야, 지금은 좀 약하더라도, 심장만 튼튼하면 말이야. 출입구에 서 있지 마세요. 맞다, 프란츠 카를 비버코프는 건강하다, 다른 사람들도 모두 그렇게 건강하기를 바랄 뿐이다. 두 다리로 버틸 만큼 건강하지 못하다면 그런 사나이를 두고 이렇게 긴 이야기를 한다는 것은 어리석은 짓이다. 어느 날 떠돌이 책 장수가 비가 억수같이 쏟아지는데 길가에 서서 장사도 더럽게 안 된다면서 투덜대고 있는 것을 체자르 플라이슐렌*이 보고는 책 장수의 손수레로 다가갔다. 그는 책 장수가 투덜대는 소

---

* 독일의 시인(1864~1920)으로, 「네 가슴에 태양을 품어라」라는 시가 유명하다.

리를 가만히 듣고 나더니 비에 젖은 그 사내의 양 어깨를 두드려 주며 말했다. "그런 불평일랑 집어치우고 가슴에 태양을 품게." 그는 그렇게 위로하며 사라졌다. 이렇게 해서 그 유명한 태양의 시가 태어나게 된 것이다. 비버코프 역시 어쩌면 그런 태양을, 물론 약간은 다르기는 하겠지만, 가슴에 품었는지도 모른다, 그는 거기에다가 약간의 화주와 맥아 엑기스를 수프에 넣어 먹고는 서서히 건강을 되찾아 간다. 죄송합니다만 이 지면을 빌려 여러분께 1925년산 트라벤너 뷔르츠가르텐에 대한 정보를 제공해 드리고자 합니다, 특판 가격으로 포장비 포함하여 50병에 90마르크이며 낱병으로 구입 시에는 병과 상자 값을 포함시키지 않을 경우 병당 1마르크 60페니히이며 병과 상자 값은 추후 실비 가격으로 회수할 예정입니다. 동맥경화에는 디요딜을 쓰세요. 비버코프는 동맥경화증 같은 것은 없다, 그는 다만 몸이 쇠약해졌을 뿐이다. 부흐 병원에 있을 때 너무 과도하게 단식을 했다, 거의 아사 직전 상태까지 갔다. 속을 채우려면 아직 시간이 필요하다. 때문에 굳이 자기 치료사를 찾아갈 필요까지는 없다, 아마 에바는 전에 자기가 효과를 본 적이 있어서 그를 그곳으로 보내려는 것 같다.

일주일 뒤, 그와 함께 미체의 무덤을 찾아갔을 때 에바는 즉시 뭔가 놀랄 만한 사실을 한 가지 발견하는데, 그것은 그가 전보다 훨씬 좋아졌다는 사실이다. 그는 눈물도 쏟지 않고 튤립 한 다발을 무덤에 가만히 내려놓고 십자가를 어루만지고는 이내 에바와 팔짱을 끼고 그 자리를 떠날 뿐이다.

그는 길 건너편에 있는 제과점에 앉아 그녀와 함께 꿀 케이크를 먹는다, 미체를 생각하며 먹는다, 미체는 평소에 이런 케이크를 마음껏 먹어 보지 못했을 테니, 맛이 정말 좋네요, 그렇다고 뭐 대단할 것까지는 아니지만요. 우리의 어린 미체를 보러 자주 오면 좋겠어요, 그렇다고 묘지에 자주 오는 것도 좋을 것은 없지만요, 감기 걸릴 수 있으니까요, 내년에나 다시 오기로 해요, 그 아이 생일에. 에바, 내 말 좀 들어 봐, 미체를 보러 이곳까지 찾아올 필요는 없다고 봐, 그 애는 언제나 내 마음속에 살아 있어, 무덤이 있건 없건 말이야, 그리고 라인홀트, 그 자식도 마찬가지야, 난 그 녀석을 잊지 않을 거야, 내 한쪽 팔이 다시 돋아난다 해도 그 자식은 절대 잊지 않을 거야. 세상에 할 일이 아무리 많다 해도, 이들을 잊는다면 어디 그게 사람인가, 한 무더기 잡동사니에 불과하지. 그렇게 비버코프는 에바와 이야기를 나누며 꿀 케이크를 먹는다.

한때 에바는 그의 애인이 될 생각을 가졌더랬다, 그러나 이제는 그 생각을 접었다. 미체 사건, 그리고 이어서 정신 병원, 이런 것들은 그녀에겐 너무나 버거운 것들이다, 아직도 그를 많이 좋아하기는 하지만. 전에 낳으려 한 그의 아이도 세상에 나오지 못했다, 유산하고 말았다. 그렇게 됐으면 정말 좋았겠지만 그렇게 되지 못할 운명이었다. 하지만 어찌 보면 그게 오히려 잘된 일인지도 모른다. 헤르베르트도 없는 마당이니. 그리고 그녀의 정부를 위해서도 아이가 없는 것은 너무나 잘된 일이다. 결국에는 그 좋은 남자 친구 역시 그 아이가 다른 남자의 아이라는 사실을 알게 될 것이고, 또 그런 그를 나쁘다고 할 수도 없기 때문이다.

그렇게 두 사람은 말없이 나란히 앉아 지난 일과 앞으로의 일을 생각하며 꿀 케이크와 생크림 케이크를 먹고 있다.

발을 맞추어 왼발 오른발 왼발 오른발

우리는 이 사나이를 재판정에서 다시 한 번 본다, 라인홀트와 함석장이 마터 그리고 오스카 피셔가 피고이고 1928년 9월 1일에 베를린 근교의 프라이엔발데에서 베르나우 출신의 에밀리 파르중케에 대한 살인 및 살인 방조 혐의다. 비버코프는 피고가 아니다. 이 외팔이 사나이는 사람들의 이목을 끈다, 대단한 화제를 일으킨다, 애인 살해, 암흑가의 사랑, 애인의 죽음으로 정신 질환을 겪었으며, 공범 혐의까지 받았다, 비극적 운명이다.

재판 과정에서 이 외팔이 사나이는 이제 다시 건강을 회복했으므로 심리에 응할 수 있다는 전문가의 감정에 따라 진술에 나선다, 죽은 사람은 그가 미체라고 부르는 여인으로 그 여자는 본디 라인홀트와 아무런 관계가 없었으며, 라인홀트와 그는 절친한 관계였다, 그런데 라인홀트는 극단적이고도 병적으로 여자를 밝히는 경향이 있었고, 그러다가 그런 결과가 생긴 것 같다. 라인홀트에게 피학적인 성향이 있는지 여부는 모르겠다. 다만 미체가 프라이엔발데에서 라인홀트에게 저항하니까 화가 치민 나머지 그런 일을 저지른 것 같다. 그의 청년기에 대해 아는 게 있습니까? 없어요, 그땐 그를 몰랐으니까요. 그에 대해 아무 이야기도 않던가요? 술을 마시던가요? 예, 그것에 대해 말씀드릴게요, 원래 그는 술을 안 마셨습니다, 최근에 들어 마시기 시작했습니다, 얼마나 마시는지는 저도 모릅니다, 전에는 맥주 한 모금도 입에 못 댔습니다, 늘 레몬주스와 커피만 마셨죠.

그들이 비버코프를 통해 라인홀트에 대해 알아낸 것은 그것이 전부이다. 그의 팔이나 두 사람 사이의 언쟁, 또는 싸움과 관련해서는 아무것도 밝혀내지 못한다, 괜히 그랬어, 녀석과 관계를 맺는 게 아닌데. 방청석에는 에바와 품스 패거리 몇몇이 앉아 있다. 라인홀트와 비버코프는 서로를 뚫어지게 바라본다. 이 외팔이 사나이는 피고석에 두 경찰 사이에 앉아 있는 그 녀석에게 한 치의 동정심도 갖고 있지 않다, 다만 생사의 기로에 처해 있는 그 녀석에게 묘한 애착 같은 것이 남아 있을 뿐이다. 내겐 동무가 하나 있었네, 그 녀석보다 좋은 놈은 없다네, 그러니 녀석을 쳐다봐야 해, 끝까지 쳐다봐야 해, 너를 쳐다보는 것보다 더 중요한 일이 어디 있겠어. 이 세상은 설탕과 오물로 만들어져 있지, 나는 눈 한 번 꿈쩍 안 하고 너를 쳐다볼 수 있어, 난 네놈이 누군지 알아, 네놈을 여기서 만나다니, 이 자식아, 그것도 피고석에 앉아 있는 너를 말이다, 밖에 나가면 수천 번도 더 만나 주마, 그런다고 해서 내 심장이 돌로 굳지는 않을 거다.

라인홀트는 속으로 생각한다, 만약 재판 과정에서 어떤 놈이 삐딱하게 나오면 품스 패거리가 벌려 놓은 일을 다 불어 버릴 테다, 만약에 녀석들이 내 신경을 슬슬 긁기만 하면 몽땅 쓴맛을 보여 줄 거야, 혹시라도 비버코프 자식이 재판관 앞에서 허튼소리를 해 대면 그때 써먹어야지, 이놈의 개자식, 모든 게 다 네놈 때문이야. 그런데 이 방청석에는 품스 패거리도 와서 앉아 있어, 저 여자는 에바고, 저 두셋은 짭새들이군, 내가 아는 짭새들이야. 순간 그는 마음을 누그러뜨리며 약간 뜸을 들이며 생각해 본다. 사람은 친구한테 기댈 수밖에 없어, 언젠가는 밖으로 나갈 텐데, 이 안에 있을 때에도 필요할 수도 있고, 괜히 짭새 자식들만 좋은 일 시켜 줄 필요는 없잖아. 그런데 저 비버코프 자식 하는 꼬락서니 하고는, 참, 되게 깨끗한 척하네. 부흐 정신 병원에 있다 나왔다고 하더니. 저 자식 정말 우습게 변했군, 저 자식 저 웃기는 눈빛 좀 봐, 야, 이놈아 눈깔 굴릴 줄도 모르냐. 저놈의 자식 부흐 정신 병원에서 완전히 썩어 가지고 나왔군. 게다가 저 느려 터진 말투 하고는. 여전히 꼴통이 안 돌아가나 보군. 그러나 라인홀트가 불지 않는다고 해서 그리 감사할 것도 아니라는 것을 비버코프는 알고 있다.

라인홀트는 십 년 징역형을 선고받는다, 충동적 살인, 음주, 충동적 성격, 불량한 청년기. 라인홀트는 형량을 받아들인다.

형량이 선고되는 순간 방청석에서 누군가 소리를 지르며 크게 흐느껴 운다. 에바다, 미체 생각으로 사무치는 모양이다. 그 소리에 비버코프는 증인석에 앉아 있다가 뒤를 돌아본다. 순간 그 역시 몸을 무너뜨리며 손으로 이마를 짚는다. 그는 낫질하는 자, 그의 이름은 죽음, 나는 당신 거예요, 그 여자애는 사랑스레 너를 찾아갔지, 그리고 너를 보살펴 주었어, 그런데 네놈은, 당장 부끄럽다고, 부끄럽다고 소리쳐라.

재판이 끝난 지 얼마 안 돼 비버코프는 어느 중소 공장의 수위 보조 자리가 하나 났는데 해 보지 않겠느냐는 제안을 받는다. 그는 제안을 받아들인다. 이제 그의 인생에 대해 더 이상 보고할 거리도 없다.

우리도 이야기의 막바지에 이르렀다. 이야기가 엄청나게 늘어났다. 하지만 사실 늘어나고 또 늘어나지 않을 수 없었다, 이야기의 정점에, 즉 전환점에 도달해야 비로소 전체를 조망할 수 있으니 그럴 수밖에 없었다.

우리는 어두컴컴한 가로수 길을 따라 걸어왔다, 처음에는 가로등 하나 켜 있지 않았다, 우리가 알고 있던 것은 다만 이 길을 따라 오래 가야 한다는 것뿐이었다, 그러다가 차츰차츰 밝아졌고, 마침내는 가로등이 나타났고 우리는 마침내 그 불빛 아래서 거리 표지판을 읽게 되었다. 그것은 특별한 종류의 들추어내기 과정이었다. 그러나 프란츠 비버코프는 우리가 걸었던 그런 식으로 걷지 않았다. 그는 무턱대고 달렸다, 이 어두컴컴한 길을 따라 내달리다 나무에 가서 부딪치곤 했으며, 점점 더 속도를 내면 낼수록 그만큼 더 많이 나무에 가서 부딪쳤다. 주위가 아주 캄캄했기 때문에 자꾸만 나무에 가서 부딪쳤고 그때마다 그는 화들짝 놀라며 두 눈을 감았다. 그리고 부딪치면 부딪칠수록 그는 더욱더 놀라며 눈을 꼭 감았다. 머리에 온통 상처를 입고 의식도 거의 없는 상태에서 그는 마침내 목적지에 이르렀다. 쓰러지는 순간 그는 눈을 떴다. 고개를 들어 보니 가로등은 그의 머리 위에서 환하게 빛나고 있었고, 그제야 표지판을 읽을 수 있었다.

이제 그는 마지막으로 어느 중소 공장의 수위 보조가 되어 서 있다. 이제 더 이상 알렉산더 광장에 혼자 서 있지 않다. 그의 오른쪽에도 사람들이 있고, 그의 왼쪽에도 사람들이 있으며, 그의 앞에도 사람들이 걸어가고, 그리고 그의 뒤에도 사람들이 걸어간다.

많은 경우 불행은 혼자서 걸어갈 때 찾아온다. 사람이 여럿이면 상황은 달라진다. 다른 사람이 하는 말을 귀 기울여 듣는 버릇을 길러야 한다. 다른 사람들이 하는 얘기가 나하고도 관련이 있기 때문이다. 그때 나는 내가 누구이며 내가 어떤 일을 할 수 있는지를 알게 된다. 나를 둘러싼 주변에서 싸움이 진행 중이다, 그러니 정신을 바짝 차려야 한다, 미처 알아채기도 전에 이미 싸움의 한복판에 들어와 있을 수도 있으니.

그는 어느 공장의 수위 보조다. 대체 운명이란 무엇이냐? 하나의 운명은 나보다 강하다. 만약 우리가 둘이면 이미 운명은 내가 혼자였을 때보다 더 강하기는 힘들다. 우리가 열이면 더 그렇다. 그리고 우리가 천이나 백만이면 아예 상대가 안 된다.

그러니 다른 사람들과 함께 하는 것이 훨씬 멋지고 좋다. 그때 나는 모든 것을 두 배는 더 잘 알고 더 잘 느끼게 된다. 배는 큰 닻이 없으면 한곳에 굳건히 머물러 있지 못한다, 그리고 인간 역시 많은 다른 사람들 없이는 살아갈 수 없다. 무엇이 진실이고 무엇이 거짓인지, 이제 나는 훨씬 잘 알 것 같다. 나는 지난날 한마디 말에 넘어가 쓰라린 대가를 치러야 했다, 그런 일이 비버코프에게 다시 생겨서는 안 된다. 말들이 우리를 향해 굴러온다, 우리는 거기에 치이지 않도록 유념해야 한다, 버스를 조심하지 않다가는 치여서 묵사발이 된다. 나는 이 세상에서 그 무엇도 맹세하지 않겠다. 사랑하는 조국이여, 안심해도 좋으리라, 나는 이제 눈을 떠 그리 쉽게 남에게 속아 넘어가지 않을 테니.

사람들이 깃발을 들고 음악을 연주하고 노래를 부르며 그의 창가를 지나가곤 한다, 비버코프는 문간에 서서 차분한 눈빛으로 밖을 내다보곤 그냥 오래 집 안에 머물러 있다. 어이, 친구, 입 다물고 발맞추어 우리와 함께 행진하자고. 그런 행진에 끼었다가는 나중에 가서 내 목을 내놔야 할걸, 괜히 남들의 생각을 따랐다가. 그러니 나는 우선 모든 것을 다 따져 보고 그래도 괜찮다는 생각이 들면 그때 가서 합세할 거야. 그래서 인간에게는 이성이라는 게 있는 거야, 바보 자식들이나 그 대신에 편을 짜고 난리지.

비버코프는 수위 보조로 일한다. 그는 번호표를 받고 차량을 통제하고 누가 들어오고 누가 나가는지 살핀다.

눈을 뜨고 있어라, 눈을 뜨고 있어라, 이 세상에서는 뭔가 일어나고 있으니. 이 세상은 설탕으로 만들어진 게 아니다. 녀석들이 가스탄을 던지면 나는 질식해 죽을 수밖에 없다, 녀석들이 왜 던졌는지 알 수도 없는 노릇이다, 그러나 그게 문제가 아니다, 이미 그런 것에 대비할 태세가 되어 있어야 한다.

전쟁이 터져 내가 징집을 당하고, 왜 그런지 그 이유를 모르고 내가 관여하지 않았는데도 전쟁이 터졌다면 그것은 내 잘못이다, 당해도 싸다. 눈을 뜨고 있어라, 눈을 뜨고 있어라, 사람은 혼자 살아가는 게 아니다. 우박이 쏟아지고 비가 내려도 우리는 어쩔 도리가 없다, 그러나 다른 많은 것은 막아 낼 수 있다. 그래, 이제 나 지난날처럼 소리치지 않겠다, 운명, 운명이라고. 운명이라는 말로 경배할 것이 아니라 그것을 눈여겨보고 움켜잡아 박살을 내야 한다.

눈을 떠라, 앞을 보라, 조심하라, 수천이 같은 편이다, 눈을 뜨지 않는 사람은 조롱을 받거나 체포당하리라.

그의 등 뒤에서는 북소리가 요란하다. 전진하라, 전진하라.

우리는 보무도 당당하게 전쟁터로 나아간다, 백 명의 군악대가 함께 하나니, 아침노을아, 저녁노을아, 우리의 이른 죽음을 비춰 다오.

비버코프는 그냥 평범한 노동자이다. 우리는 이제 알 만큼 다 알았다, 이를 위해 우리는 대단한 대가를 치러야 했다.

자유를 찾아 가노라, 자유를 찾아서, 낡은 세상을 무너뜨리자, 깨어나라, 그대 새벽바람아,

발을 맞추어 왼발 오른발, 왼발 오른발, 전진하라, 전진하라. 우리는 전쟁터로 나아간다, 백 명의 군악대가 함께하나니, 그들은 북을 치고 피리를 부노라, 쿵작, 쿵작, 쿵작, 한 사람이 곧장 가면, 다른 사람은 길을 돌아가고, 한 사람이 서 있으면, 다른 사람은 쓰러지고, 한 사람이 전진하면, 다른 사람은 말없이 누워 있구나, 쿵작, 쿵작, 쿵작.

작품 해설

『베를린 알렉산더 광장』에서 부르는 운명의 노래

── 알프레트 되블린과의 인터뷰

김재혁 반갑습니다, 되블린 선생님. 이렇게 만나 뵙게 되어 정말 영광입니다. 노벨 문학상을 받은 독일의 작가 귄터 그라스는 선생님을 "나의 스승"이라고 부르더군요. 귄터 그라스 자신도 훌륭한 작가인데 그런 분의 스승이 되시는 분을 이렇게 앞에 모시게 되니 정말 뭐라 말로 표현할 수가 없군요. 그러면 직접적으로 우리가 논의할 작품 속으로 들어가 보기로 하겠습니다. 선생님의 소설 『베를린 알렉산더 광장』은 문의 안쪽으로 들어서는 순간 밝은 곳에 있다가 어두운 극장 안으로 뛰어든 것처럼 온통 검은 적막만을 보여 줍니다. 약간의 불빛이 보여 따라가 봐도 그것으로는 자리를 찾을 수가 없죠. 기존의 소설의 익숙함을 기대하고 들어갔다면 더욱 허둥대게 됩니다. 그야말로 현대 소설의 새로운 몸짓을 만나는 것 같습니다.

되블린 아무래도 이 작품을 쓴 집필 시점이 1920년대 후반이다 보니 그럴 수도 있겠네요. 정확히는 1927년 말에서 1929년

초까지죠. 한마디로 경제 공황 시대입니다. 이 시절을 경험하지 못한 독자 입장에서는 대단히 낯설 것이 분명합니다. 게다가 몇몇 에피소드를 통해서 다른 시절 이야기도 나오니까요.

김재혁　그 밖에도 지금까지와 다른 여러 문학적 상황이나 장치 때문에 작품의 난해성이 형성된 것 같은데 이에 대해 하나씩 궁금한 것을 풀어 나가도록 해 보겠습니다. 책의 제목이 『베를린 알렉산더 광장』인데 대도시 베를린을 소재로 다룬 특별한 이유라도 있나요?

되블린　어릴 적부터 대도시에 매료된 부분이 없지 않죠. 어렸을 때 쓴 습작 「현대적인」(1896)이라는 글에서도 대도시에 쏠리는 면을 보이기는 했습니다. 그렇지만 나는 어렸을 때는 좀 환상적인 것을 좋아했어요. 낭만적으로 좀 멀리 떨어져 있는 것을 동경하기도 했고요. 내가 살고 있는 주변 현실로 눈을 돌린 것은 훨씬 나중의 일입니다. 실제로 『베를린 알렉산더 광장』이 처음입니다.

몽타주 기법과 화자

김재혁　이 소설은 이야기를 한곳으로 모으지 않고 제각각으로 파편화하려는 듯한 분위기를 줍니다. 선생님께서는 이를 위해 이른바 몽타주 기법을 즐겨 사용하시는 것 같은데, 거기엔 특별한 이유라도 있나요?

되블린　문학 작품 속에서 대도시를 어떻게 되살릴 수 있을까요? 아주 힘든 얘기입니다. 우리가 한눈에 다 볼 수 없는 대도시에서는 동시다발적으로 별의별 일이 다 벌어지고 있거든요. 혼돈 그 자체이지요. 그 총체적인 모습을 보여 주려면 우리 주변의 소소한 것들이 다 동원될 수밖에 없겠죠. 동시성의 원칙이 기본이고, 특별한 배열 원칙은 없습니다. 서로 연관이 없는 다양한 것들을 한 공간에 보여 주는 것, 이것들의 동시성을 보여 주는 것은 대도시 현실의 모습을 재현하기에 적격이라는 생각입니다. 그러다 보니 주변에 떨어져 있는 광고 전단지나 신문, 관공서의 게시물, 과학계 소식, 물리학 공식, 그림 문자 같은 것까지 다 넣어 본 겁니다. 이런 것들이 우리의 일상에서 우리에게 알게 모르게 작용하고 있지 않을까요? 아니면 유행가 속에 들어 있는 삶의 모습이나 우리가 모르는 사이에 쓰는 속담 속에 들어 있는 허위, 이런 것들 하나하나가 다 중요한 게 아닐까요?

김재혁 이 소설에도 화자가 있잖습니까. 늘 프란츠 비버코프를 그림자처럼 쫓아다니는 화자 말입니다. 이 화자는 좀 웃기는 화자 같거든요. 뭘 많이 아는 듯이 프란츠 비버코프에게 인생길을 똑바로 가라며 가끔 훈계도 하는데요. 화자를 이렇게 설정한 데는 무슨 이유가 있습니까? 처음에 볼 때는 전통 소설에 나오는 전지적 화자 같은데요.

되블린 보기에 따라 화자가 좀 주접을 떨고 건방진 건 사실입니다. 주변 상황이 좀 웃기고 말도 안 되는 면이 많다 보니 거기에 적응이 된 거죠. 원래 맡은 역할은 각 권의 첫머리에서 머리말 같은 것을 하는 겁니다. 독자에게 프란츠가 현재 처한 상황을 알려 주고 앞으로 무슨 사건이 일어날 건지 귀띔해 주는 거죠.

김재혁　앞에서는 일부러 몽타주 기법을 사용했다고 하셨는데, 그러면 앞의 말씀하고 좀 모순되는 게 아닌가요?

　　되블린　모순될 것은 없습니다. 원래 독자에게 작품의 흐름을 알려 주는 역할을 시키려고 한 것이지요. 왜냐하면 한눈에 보이지 않을 정도로 복잡하고 알 수 없는 여러 가지 정황들이 나오니까요.

　　김재혁　일부러 전통적 소설 기법을 깬 것으로 알고 있는데, 그렇다면 여전히 전지적 시점을 갖고 있는 거군요. 왜 그렇게 하셨죠?

　　되블린　이 화자는 작품 매 권의 첫머리에서 등장하고 그 밖에는 별로 그리 많이 나오지는 않는다고 보는 게 좋아요. 그렇다고 독자에게 모든 것을 즉각 다 까발리지는 않아요. 입이 좀 무거운 편이지요. 프란츠의 기분 상태가 어떤지도 화자가 말해주는 법은 거의 없어요.

　　김재혁　그러면 전통적 소설에서처럼 아주 객관적인 서술을 하는 것은 아닌가요?

　　되블린　그냥 이렇게 생각하십시오. 화자가 일부러 어떤 주인공의 성격을 일일이 설명하는 것은 아니라고 말입니다. 그냥 작품이 진행되면서 저절로 성격들은 드러나게 됩니다. 그래서 내적 독백이라든가 체험 화법을 사용하는 겁니다.

　　김재혁　그렇게 해서 일반적으로 표현주의에서 말하는 대로 표현의 직접성을 보여 주는 거군요. 그것에 대해서도 좀 알려 주시죠.

내적 독백

되블린 내적 독백이라는 게 뭡니까? 그냥 벙어리처럼 속으로 주절대는 거죠. 주인공이 마음속으로만 중얼댄다는 말입니다. 보통 의식의 흐름이라는 말을 하지요. 의식의 흐름을 따라서 읽어 내려가다 보면 주인공의 마음이 직접적으로 느껴지는 겁니다. 좀 더 설명하자면 내적 독백은 작중 인물의 마음속에서 어떤 뚜렷한 지향점 없이 즉흥적으로 흘러가는 생각을 재현하는 것이지요. 주변 세계에 대해 이렇게 저렇게 그때그때 반응하고 느끼는 과정을 표현하는 겁니다. 화자가 설명하는 것보다 훨씬 더 생생하게 주인공의 생각을 잘 반영하지 않겠어요?

김재혁 방금 의식의 흐름이라고 하셨잖습니까. 보통은 제임스 조이스가 『율리시스』(1922)에서 처음으로 시도한 걸로 알고 있는데, 그의 작품에서는 정말 주된 문체 수단이지요. 『베를린 알렉산더 광장』에서도 그런 것 같은데요. 프란츠 비버코프도 자주 그렇게 속으로 중얼대고, 다른 주변 인물들도 그렇더군요. 여기서 궁금한 것은 선생님께서 내적 독백 문체를 썼을 때 평론을 하는 사람들이 비난을 많이 했잖아요. 조이스를 흉내 냈다고 말입니다. 이에 대해서 한 말씀, 변명 아닌 변명좀 해 주시죠.

되블린 사실 당시에 나는 그런 기법을 그 사람이 썼는지 전혀 몰랐으며 이것을 알았을 땐 이미 『베를린 알렉산더 광장』이 대부분 진척된 상황이었어요. 당시에 내 나름의 문체 양식을 개발하여 선보인다는 의식으로 했을 뿐입니다.

김재혁 원래 소설에서 내적 고백이라는 게 무슨 인용 표시가 있는 것도 아니다 보니 사실 독자 입장에서는 화자의 말과 구별하기가 쉽지 않더군요. 저도 이 작품을 번역하면서 그게 가장 힘들었던 부분입니다. 번역을 하면서 느낀 고통에 대해서는 나중에 이야기를 나누기로 하고 아까 하던 얘기를 더 진행해 보기로 하죠. 작품의 표현 기법에 대한 생각을 하다 보면 아무래도 영화 기법 얘기가 나오지 않을 수 없군요. 선생님의 작품을 보면 어딘가 영화에 대한 의식이 곳곳에 숨어 있는 것 같은데요. 뭐, 작품을 읽으면서 펼쳐지는 정경 자체가 독자의 마음속에서는 영화를 보고 있다는 생각이 들거든요. 이 점에 대해서 말씀 좀 해 주시죠.

되블린　그건 아마도 내가 표면적으로는 무대에서 벌어지는 듯한 에피소드를 많이 써서 그런 게 아닌가 싶네요. 현장성을 살린 이야기 기법에서 연유하는 거겠죠. 직접 화법을 많이 쓴 것도 한 원인이겠고요. 좀 더 전문적으로 말한다면, 현재적인 것, 응축되고 간결한 것을 즐겨 추구하고, 언어를 절약하여 사용하고, 표제어만 혼란스럽게 툭툭 던지는 것, 말해진 것처럼 할 것이 아니라 존재하는 것처럼 하는 거죠. 암시적인 어법을 많이 사용하는 겁니다.

주인공들의 어투와 문체

김재혁　제 경우에는 번역자로서도 상당히 강하게 느낀 것인데, 이 작품이 특이한 점은 어떤 하나의 문학적 문체가 있는 게 아니라는 것이더군요. 사실 번역하면서 사람을 고통스럽게 만든 것이 선생님의 활달한 상상력과 그에 따른 갖가지 어투들의 등장입니다. 베를린 사투리가 나오는가 하면 깡패들이 쓰는 말도 나오고 법원에서 쓰는 말, 의사들이 주고받는 말, 관청에서 쓰는 말, 정말 별의별 유형의 말투가 다 나오더군요. 왜 이렇게 했는지 선생님의 의도를 좀 알려 주시겠습니까?

되블린 사람들이 살아가면서 나와 동일한 말만 쓴다고 생각하면 오산이지요. 대도시에는 여러 어투를 사용하는 사람들이 살고 있습니다. 그러니 다양한 인물들의 다양한 세계를 나타내기 위해서는 어쩔 수 없는 선택이었습니다. 혹시 번역을 하면서 이런 문제들을 어떻게 처리했나요?

김재혁 선생님께서는 이 작품에서 몇 가지 구별되는 어투를 사용하셨더군요. 하나는 화자의 입장을 보여 주는 정통 표준 독일어이고, 다른 하나는 주인공들의 말을 보여 주는 베를린 사투리입니다. 별도의 따옴표 없이 전개되는 서술 내용에서 이것은 주요한 구별 기점으로 사용됩니다. 번역에서도 이것은 예의 주시할 필요가 있습니다. 서술자의 표준어 말투와 주인공들이 독백처럼 뇌까리는 사투리 말투는 번역에도 반영되어야 합니다. 독자의 내면에서 장면 전환이 이루어져야 하기 때문이죠. 그러나 번역자의 입장에서는 베를린 사투리를 우리나라의 어느 특정 지역 사투리로 옮겨도 괜찮을까 하는 고민이 시작됩니다. 왜냐하면 우리말 사투리를 특정 지역 쪽으로 쓰면 원작의 많은 의미가 함몰되고 그 지역에 얽힌 연상이 독자에게 그대로 전달되기 때문입니다. 베를린이라는 외국의 상황이 아니라 우리의 상황이 되고 말거든요. 어찌 보면 극단적으로는 번안 소설 같은 느낌을 줄 수도 있어요. 그래서 이 작품에서 사투리를 사용하는 경우 주인공들의 신분이나 학식에 따라 약간씩 뉘앙스를 주면서 한국말의 높낮이를 조절했습니다. 이를테면 비버코프 같은 경우엔 좀 못 배우고 세상살이에 대해 잘 모르는 사람이 함직한 말투를 골라 쓰려고 했습니다.

되블린 아, 그렇게 하셨군요. 아마 베를린 사투리를 접하고서 고생 좀 하셨을 겁니다. 베를린 사투리는 독일어 명사의 3격과 4격을 바꾸어 쓰거든요. 표준어의 기준이 베를린이 아니니 그렇게 된 겁니다. 베를린이 표준어의 기준이었다면 이상할 것도 없지만요. 아무튼 교육의 정도에 따라서 사투리 사용은 다르게 나타납니다. 교육을 많이 받은 경우엔 억양만 사투리지 그 내용은 글로 적으면 그냥 표준어이거든요. 이 책의 주인공들, 그러니까 못 배우고 막 살아가는 군상의 경우엔 문법적으로도 틀린 말을 많이 사용합니다.

김재혁 네, 그런 것들을 표현하기가 가장 어려웠습니다. 이런 경우엔 독자가 받을 수 있는 효과의 관점에서 처리하려고 노력했지요. 텍스트에 대한 맥락 읽기가 중요한 대목이거든요. 주인공들의 어투 속에 들어 있는 숨결을 읽어 내고 그것을 다시 한국어로 옮기는 과정이 그렇게 녹록치만은 않았어요. 이를테면 프란츠 같은 경우는 말을 짧게 하죠. 그는 복합문을 쓰지 못합니다. 그 정도의 사고가 안 되니까요. 선생님께서 이 책에서 보여 준 문장들의 모습은 다양합니다. 방송의 보도나 일기 예보처럼 냉랭한 문체도 있고 관청에서 쓰는 말도 있고요, 정치적 선동 언어도 있습니다. 광고 문구도 들어갔고 시나 노래에서 따온 구절도 있어요. 또 성경의 어투도 거듭 등장합니다. 아무튼 역자 입장에서는 시는 시답게 노래는 노래답게 일기 예보는 일기 예보답게, 관청어는 관청어답게, 성경 구절은 성경답게 번역하려고 노력했습니다.

그러면 이번에는 이 작품에 나오는 여러 가지 일화나 이야기들에 대해서 말해 보죠. 이런 일화나 이야기들은 비버코프와 별 상관없이 등장하는 것 같아 독자의 입장에서는 좀 당황스러운데요.

장면과 일화의 상징성

되블린   정말 많은 얘기들이 곳곳에 도사리고 있지요. 아마 도살장 얘기를 보시고 끔찍하다는 느낌이 들지 않았나요?

김재혁   네, 끔찍하더군요. 그러면서도 뭔가 서글픈 느낌이 드는 건 왜일까요? 도살장의 안개 긴 듯한 흠뻑 젖은 분위기는 무엇을 말하는 거죠? 뭔가 의도하는 바가 있을 것 같은데요.

되블린   내가 그 장에다 "사람이나 가축이나 다를 게 없으므로 가축이 죽는 것처럼 인간도 죽는다"라고 표제어를 붙여 놓았지요. 도살장은 폭력의 상징입니다. 거대한 도시일수록 그런 도살장은 더욱 필요하지요. 뭘 모르고 자신의 힘만 믿다가 도살장에서 죽임을 당하는 짐승의 운명과 프란츠의 운명은 다를 것이 없습니다. 증기가 뿌옇게 긴 도살장 안을 아무것도 안 보이는 상태에서 걷는 것은 운명의 길을 모르고 걸어가는 것과 같습니다.

김재혁   참, 암담한 얘기입니다. 다시 한 번 서글퍼지네요. 인생이 그렇다면 산다는 것의 의의를 어디에서 찾아야 하는 건지요. 작품에 나오는 욥기를 보면 더욱 처절할 뿐이더군요.

되블린　반복적으로 등장하는 욥기나 유대인들이 들려주는 차노비츠 얘기나 제 엄마를 죽인 오레스테스 얘기나 별도의 이야기 같지만 프란츠 비버코프의 운명을 어느 정도 예시적으로 알려 주고 있습니다. 인간 존재가 어쩔 수 없는 운명의 굴레 속에 사로잡혀 있으니 슬플 수밖에 없지요. 이야기들의 결론이 같든 아니면 다르든 그것들은 프란츠의 운명을 가리키며 부르는 노래들이라고 할 수 있습니다. 이러저런 이야기들이 프란츠 비버코프가 걸어가는 길에 수많은 배경으로 작용한다는 말입니다. 이야기를 끊기도 하지만 다시 반복되어 나타나며 일정한 역할을 하는 거지요.

김재혁　건물 관리인 게르너 이야기도 상당히 많은 페이지에 걸쳐 이야기해 놓으셨는데요. 이것도 프란츠가 나중에 저지르게 될 범죄에 대한 전조로 해석해도 될까요?

되블린　그건 독자의 상상에 맡길게요.

김재혁　원래는 이 작품의 제목을 부제 없이 그냥 『베를린 알렉산더 광장』이라고만 하시려 했다면서요.

되블린　네, 그렇습니다. S. 피셔 출판사의 사장이 『베를린 알렉산더 광장』이라는 제목을 보더니 아니, 이건 그냥 베를린의 지역 명칭이잖아요, 그러면 이 책이 뭘 말하려는 건지 모를 거 아니오, 이러시면서 제목을 달리 생각해 보라는 거였어요. 그래서 그 중재안으로 내가 '프란츠 비버코프에 관한 이야기'라는 부제를 붙인 겁니다. 그래도 지금 생각해 보면 뭐 그렇게 나쁠 것도 없어요.

김재혁　저도 그렇게 봅니다. 어차피 이 이야기는 베를린 알

렉산더 광장을 배경으로 한 프란츠 비버코프의 운명의 노래이
니까요. 드디어 프란츠 비버코프라는 인물이 전면에 부각될 차
례가 되었군요. 먼저 프란츠 비버코프의 인물 됨됨이에 대해
말씀해 주시죠.

프란츠 비버코프 — 바르게 살자

되블린   프란츠 비버코프는 단순 무식하고 외모도 내세울
게 없는 날품팔이 노동자입니다. 오로지 믿는 것은 자신의 두
주먹밖에 없는 사나이죠. 몸뚱이가 전부이고 그것이 그의 생
의 증명입니다. 그렇기 때문에 먹고 마시는 것이 그에겐 가장
중요한 일이지요. 충동적이고 공격적이고 자신을 제어하지 못
하는 것이 그의 본질적 특징입니다. 술이 그가 저지르는 많은
결과의 원인이 되죠.

김재혁   프란츠 비버코프는 교도소에서 바깥세상으로 나왔
으면서도 교도소에 남은 수형자들을 오히려 부러워하더군요.
그들에겐 다른 것에는 신경 쓰지 않아도 질서와 안전함이 있
다면서 말입니다. 그가 나와서 남의 집 뒤뜰로 스며들어 한 일
은 애국적 가요 「라인 강의 초병」을 큰 소리로 부른 것이지요.
어딘가 잘 납득이 가지 않는 인물 설정이라고 여겨졌습니다.
그래서 사실 저는 이 작품을 읽으면서 왜 선생님께서 주인공
을 이렇게 어리바리한 인물로 설정했을까 궁금했습니다. 이에
대해 좀 말씀해 주시겠습니까?

되블린   사실 어리바리한 게 우리 인간의 속성 아닌가요?

주위의 말을 잘 믿고 허세도 부려 보고 싶고 뭐 이런 거 말입니다. 그 친구는 가진 것도 별로 없으면서 괜히 허세를 부리다가 세 번에 걸쳐 운명의 몽둥이에 두들겨 맞은 겁니다. 그가 당한 세 번의 타격은 모두 이 허세와 관련이 있습니다. 남한테 뻐기고 자랑하고 공연히 자신의 우세함을 상대방에게 내세우려 한 데 원인이 있다는 거죠. 뤼더스에게 사기를 당한 것이나, 괜히 라인홀트에게 자기가 뭐나 되는 것처럼 가르치려 든 것이나, 그 친구 앞에서 미체 자랑을 한 것이나 다 같은 맥락입니다. 이것의 바탕에는 사람이나 상황을 제대로 읽어 내지 못하는 주인공의 모자람이 자리한다는 말입니다.

김재혁   그런데 그 친구는 바르게 살자고 외치지 않았나요?

되블린   자기 스스로 생각할 때 바르다는 말이지요. 그게 다 허세입니다. 동거녀 이다를 죽여 놓고도 자기는 크게 잘못이 없고 또 형무소에서 사 년의 형을 치렀으니 괜찮다는 식이죠. 자기로서는 할 만큼 했다는 태도입니다. 프란츠 비버코프는 형무소에서 나온 뒤 일성으로 "바르게 살자."라고 분명하게 말하지요. 그런데 그 뒤에 또 한마디가 덧붙습니다. "나를 지키자." 그러니 "바르게 살자."라는 그의 신조에는 남을 생각하는 것이 아니라 되도록 문제를 일으키지 않고 무슨 일에든 공연히 끼어들지 말고 편안하게 살아 보자는 뜻이 깔려 있는 겁니다. 좀 불손하죠. 그는 혼자만의 길을 가면서 다른 사람들을 멀리하려 합니다. 그러니까 교도소에서 나와서도 헤르베르트나 에바를 찾아가지 않은 겁니다. 자기만 잘살면 그만이다, 뭐 이런 얘기죠. 또 그가 생각하는 "바르게 살자."라는 말은 권위에 복종하자는 암시를 품고 있습니다. 교도소에 있었을 때의 질서가 오히려 마음에 안정을 주고 바깥세상은 혼돈으로 가득 차 보일 뿐이니까요.

김재혁　그렇다면 자기 애인인 미체가 라인홀트의 손에 죽임을 당했을 때 프란츠가 적극적으로 나서지 않은 것도 그런 각도에서 볼 수 있겠네요. 그런 그를 그러면 왜 끝에 가서 살려둔 거죠? 아니, 왜 구원해 주었죠?

되블린　하하하, 그게 바로 내 소설의 묘미입니다. 왜 그랬을까요? 김 교수님이 한번 얘기해 보시죠.

김재혁　한마디로 눈이 먼 상태에서 헤매다가 눈을 떴기 때문이 아닐까요?

되블린　결국은 인식의 문제지요. 눈을 뜨고 있으면 뭐합니까? 아무것도 보지 못하는데. 자기의 편견이 무엇인지, 자기의 진정한 잘못이 무엇인지 깨달았을 때 진정한 인간이 되는 겁니다.

김재혁　아, 그래서 나중에 그런 비버코프에게 새 이름 "프란츠 카를 비버코프"를 주신 거군요.

되블린　네, 그래요. 이제는 옛 비버코프가 아니라 새로운 비버코프임을 나타내는 것이지요.

구원과 자아 인식

김재혁　그러면 이렇게 정리할 수 있겠네요. 눈을 감은 채 세상의 암흑 속을 걷던 프란츠 비버코프는 작품 끝머리에 가서 비로소 눈을 뜬다. 독자도 극장의 어둠 속을 헤매다 이제야 비로소 작품에 눈을 뜬다. 얽히고설킨 미로 속 복잡한 계단과 낭떠러지를 경험한 주인공은 이제야 정말 바른 길로 갈 수 있다. 자신이 잘못했다는 것을 깨닫는 순간, "프란츠는 울고 또 운다, 다 내 잘못이야, 난 인간이 아니야, 나는 짐승만도 못한 놈이라고." 그래서 또 소설 초반에 반복적으로 "벌이 시작된다."라는 말이 나온 거고요.

되블린 　네, 맞습니다. 그게 바로 내가 말하고자 했던 바입니다. 어디선가 내가 말했듯이 사실 나는 작품을 통해 철학적 성찰을 해 보고 싶었던 것입니다. 유대인들이 첫머리에서 말한 대로 날아가는 공의 궤적을 정확히 계산할 수 없듯이 우리의 인생도 그렇게 계산하거나 기대할 수는 없다는 말입니다. 좀 길지만 내가 작품을 한번 인용해 보겠습니다. "대체 운명이란 무엇이냐? 하나의 운명은 나보다 강하다. 만약 우리가 둘이면 이미 운명은 내가 혼자였을 때보다 더 강하기는 힘들다. 우리가 열이면 더 그렇다. 그리고 우리가 천이나 백만이면 아예 상대가 안 된다. 그러니 다른 사람들과 함께하는 것이 훨씬 멋지고 좋다. 그때 나는 모든 것을 두 배는 더 잘 알고 느끼게 된다. 배는 큰 닻이 없으면 한 곳에 굳건히 머물러 있지 못한다, 그리고 인간 역시 많은 다른 사람들 없이는 살아갈 수 없다. 무엇이 진실이고 무엇이 거짓인지, 이제 나는 훨씬 잘 알 것 같다. 나는 지난날 한마디 말에 넘어가 쓰라린 대가를 치러야 했다, 그런 일이 비버코프에게 다시 생겨서는 안 된다. 말들이 우리를 향해 굴러온다, 우리는 거기에 치이지 않도록 유념해야 한다, 버스를 조심하지 않다가는 치여서 묵사발이 된다. 나는 이 세상에서 그 무엇도 맹세하지 않을 것이다. 사랑하는 조국이여, 안심하라, 나는 이제 눈을 떠 그리 금방 남에게 속아 넘어가지 않을 테니." 프란츠는 끝에 가서 자신의 죄를 인정하는 법을 배우게 되는데 그럼으로써 그는 정신적으로 미성년의 상태에서 성년의 단계로 접어듭니다. 옳고 그름을 제대로 판단할 수 있는 능력을 갖게 된 거죠. 결국은 진정한 자아를 찾는 것이 중요하다는 애기죠.

창녀 바빌론

김재혁 작품에서 곳곳에서 성경 모티프들이 많이 나타나는데 특히 창녀 바빌론에 대한 묘사는 좀 섬뜩하다는 느낌이 들거든요. 왜 군데군데 창녀 바빌론을 등장시켰는지 말씀해 주시죠.

되블린 창녀 바빌론은 대도시의 유혹적인 현실, 몰락과 파괴력을 상징합니다. 고대 로마가 그랬듯이 베를린은 하나의 거대한 창녀라고 볼 수 있어요. 그 안에서 프란츠는 매일 술에 빠져 지내는 거죠. 창녀의 놀음에 놀아나는 겁니다. 프란츠의 역할이 나중에 보면 창녀의 기둥서방이기도 하고요. 현대 문명의 대표적인 모티프로 창녀 바빌론을 내세울 만하다고 생각했습니다. 대도시의 타락한 문명 속에 매몰되는 개인의 하찮음을 고발해 보고자 한 거죠.

되블린의 삶과 문학

김재혁 자, 이제 몇 가지 선생님의 신상과 관련된 질문을 여쭙고 인터뷰를 끝낼까 합니다. 먼저 정신과 의사로서 글을 쓰면서 느낀 점이 있다면 무엇인가요?

되블린 사실 저는 작품을 쓰는 데 있어 정신과 의사였기에 가능했던 부분들이 많습니다. 많은 환자들을 보면서 베를린의 일상의 깊은 곳을 지켜볼 수 있었으며, 특히 그 계층들이 다양하여 베를린의 일상에 대한 전체적인 조망도 가능했고요. 그들이 사용하는 어투나 어휘를 보며 거기서 소설에 필요한 많은 것들을 익혔지요. 그중에는 범죄자들도 있었으며 자신의 일기를 건네준 여성도 있습니다. 정신과 의사가 아니면 갖지 못했을 특권을 통해 작품의 문체까지도 다른 작가와 다르게 가져갈 수 있었다고 장담합니다.

김재혁 그러면 집안 이야기도 좀 해 주세요.

되블린 내가 열 살 때 재단사였던 아버지가 양복점 아가씨와 눈이 맞아 가족을 버리는 바람에 어머니의 손에 이끌려 다른 네 형제와 베를린으로 이사를 했지요. 삼촌이 대 주는 돈 몇 푼으로 근근이 살았어요. 아버지는 음악도 좋아하고 춤도 좋아하는 그야말로 한량이었지요. 반면에 어머니는 아주 근엄하고 강건한 분이셨어요. 어릴 적의 찢어지는 가난이 세계를 바라보는 내 눈의 각도를 결정지었을지도 모릅니다. 돈 때문에 공부도 늦어져 남보다 한 삼 년은 늦게 대학에 들어갔고요. 의학을 전공해서 1905년에 의학 박사 학위를 받았습니다. 그 뒤로 여기저기 병원을 전전하다가 지금의 아내도 만났습니다.

1911년에는 베를린에서 개인 병원을 열었어요. 아무튼 그러면서 글을 계속 썼습니다. 어머니는 내가 글을 쓰는 것을 몰랐어요. 어머니에겐 그런 것은 다 쓸데없는 짓이었거든요. 나중에 어머니한테 작가가 됐다는 말씀을 드렸더니 넌 의사라는 직업이 있잖니, 이렇게 말씀하시는 겁니다. 사실 맞는 말이지요. 그렇게 고생을 많이 하셨으니 당연한 얘기입니다.

김재혁　나치한테 쫓기면서 고생도 많이 하신 걸로 알고 있는데요.

되블린　정말 힘들었습니다. 나의 불행의 근원이었으니까요. 스위스, 프랑스, 미국, 여기저기로 쫓겨 다녔습니다. 순간순간 목숨을 부지하기 위해 늘 결정을 내려야 했습니다. 다시 되살리고 싶지 않은 기억들입니다.

김재혁　장시간 인터뷰에 응해 주셔서 고맙습니다. 부디 선생님의 작품이 우리 독자들의 마음속에 길이 살아남아 선생님의 아름다움과 철학과 아픔까지도 기억되기를 바랄 따름입니다.

되블린　내가 한국어는 모르지만, 내 작품이 한국어로 이렇게 부활하게 된 데 대해 감사드리며 나의 존재로 인해 한국 독자들이 잠시나마 색다른 경험을 느낄 수 있다면 더 바랄 것이 없겠습니다. 고맙습니다.

정말 안타까운 소식은, 1957년 6월 26일에 되블린이 죽었는데, 하루 뒤에, 그것을 모르고 있던 바이에른 학술원에서 그에게 문학상을 수여한다고 발표한 것이다. 유대인으로서 나치에 쫓겨 스위스, 프랑스, 미국 등을 전전하던 그가 1945년에 귀국하여 프랑스 점령 지역 쪽의 문화 담당 관직을 맡았을 때 그에겐 질시와 시의의 눈길이 쏟아졌다. 그것을 못 이겨 그는 1953년 다시 파리로 돌아갔지만 그곳에서도 외롭게 살다 죽는다. 그런 사실을 독일 바이에른 학술원에서는 알지 못했던 것이다.

위의 인터뷰는 가상으로 작성된 것임을 밝힌다.

나의 번역은 2005년 8월에 시작되었다. 이 길고도 험악한 작업의 마지막 문장 맨 끝에 마침표를 찍기까지 오 년이 넘는 시간이 흘렀다. 험준한 산악 지대를 산소 없이 등정하는 마음으로 도전하다가 많이 넘어지기도 했지만 성공적으로 끝까지 온 것에, 알프레트 되블린과 프란츠 비버코프를 동시에 연기한 연기자 같은 감회를 느끼며 2011년 봄, 소생하는 봄빛에 존재감을 잠시 맛본다. 더 오래 붙잡고서 더 많은 애정을 쏟아붓고 싶지만 이쯤에서 아쉬움을 털어 버려야 할 것 같다.

원본은 Alfred Döblin, *Berlin Alexander-Platz. Die Geschichte vom Franz Biberkopf. Text der Erstausgabe*, Frankfurt am Main, 1999이다. 우리말로 옮기면서 이해와 각주를 위해 Gabriele Sander, *Erläuterungen und Dokumente. Alfred Döblin`: Berlin Alexander-Platz*, Stuttgart, 1999의 도움을 받았다. 그 밖에 번역의 정확성을 위해 독일에서 나온 많은 연구서들을 참조했다.

2011년 5월

김재혁

작가 연보

1878년   8월 10일, 독일의 슈테틴에서 유대인 부모의 넷째 아이로 태어남.

1885년   슈테틴 초등학교에 입학.

1888년   양복점을 경영하던 아버지가 미국으로 애정 도피를 하는 바람에 어머니는 다섯 남매를 데리고 베를린으로 이주.

1891년   1990년까지 베를린에서 김나지움 수학. 클라이스트, 횔덜린, 도스토옙스키, 쇼펜하우어, 스피노자, 니체 등을 읽음.

1900년~1904년   베를린 대학교, 나중엔 프라이부르크 대학교에서 의학 공부.

1905년   프라이부르크 대학교에서 의학 박사 학위 취득. 레겐스부르크의 정신 병원에서 일반의로 근무.

1906년   1908년까지 베를린의 부흐 정신 병원에서 일반의로 근무. 간호사였던 프리다 쿵케(Frieda Kunke)와 사귐. 의학 관련 논문 발표.

1908년~1911년 베를린 암 우르반 병원에서 일반의로 근무.

1910년 표현주의 예술가들의 기관지 《슈투름(Sturm)》의 창간 멤버.

1911년 프리다 쿵케와의 사이에서 아들 보도 쿵케 출생.

1912년 「민들레꽃의 살해(Die Ermordung einer Butterblume)」(단편) 발표, 『검은 커튼(Der schwarze Vorhang)』. 에르나 라이스(Erna Reiss)와 결혼. 베를린 동부의 빈민가에서 내과, 정신과 병원 개업. 아들 페터 출생.

1914년 『바드첵의 증기 터빈과의 싸움(Wadzeks Kampf mit der Dampfturbne)』 집필. 1933년까지 S. 피셔 출판사의 전속 작가로 지냄.

1915년 『왕룬의 세 번의 도약(Die drei Sprünge des Wang-Lun)』 발표. 1917년까지 자르게뮌트 야전 병원에서 군의로 근무.

1916년 『왕룬의 세 번의 도약』으로 폰타네 상 수상. 후방 야전 병원으로 전속되어 『발렌슈타인(Wallenstein)』을 집필하기 시작.

1917년 자르게뮌트에서 아들 클라우스 출생.

1918년 1차 세계대전 종전. 『바드첵의 증기 터빈과의 싸움』 발표. 11월, 베를린으로 돌아옴.

1919년 링케 포트(Linke Poot)라는 이름으로 《디노이에룬트샤우(Die Neue Rundschau)》에 정치성이 강한 시대 비판적인 글을 발표.

1920년	『발렌슈타인』 발표.
1921년	여류 사진작가 욜라 니클라스(Yolla Niclas)와 교제.
1921년~1924년	프라하의 일간지에 베를린 연극 소개.
1923년	클라이스트 재단의 대변인 자격으로 빌헬름 레만과 로베르트 무질에게 클라이스트 상 수여.
1924년	독일 작가 동맹 의장직 수행. 『산, 바다 그리고 거인(Berge, Meere und Giganten)』 발표. 9월부터 11월까지 폴란드 여행. 『폴란드 기행(Reise in Polen)』 발표.
1925년	자유 좌파 및 공산주의 작가들의 모임인 '1925년 그룹'의 동인이 됨. 베르톨트 브레히트와 긴밀한 친교를 맺음.
1926년	지그문트 프로이트의 70세 생일을 맞이하여 기념 강연. 막내아들 슈테판 출생.
1927년	서사시 『마나스(Manas)』, 자연철학적 에세이 『자연 위의 자아(Das Ich über der Natur)』 발표. 『마나스』로 로베르트 무질에게서 극찬을 받음.
1928년	프로이센 예술 아카데미의 문학 분과 위원에 피선. 대학에서 「서사 작품의 구조(Der Bau des epischen Werks)」 강연.
1929년	『베를린 알렉산더 광장(Berlin Alexanderplatz)』 발표. 이 작품의 성공으로 경제적 어려움에서 벗어남.
1930년	희곡 「결혼(Die Ehe)」 뮌헨에서 초연.
1931년	라인란트 지방으로 강연 여행. 『베를린 알렉산더 광장』을 영화화하기 위한 각색 공동 작업. 『지식과 변화(Wissen und Verändern)』 발표.

1932년	독일과 스위스 강연 여행.
1933년	『우리의 존재(Unser Dasein)』 발표. 2월 28일 나치의 정권 찬탈로 스위스로 도피. 더 이상 병원을 운영하지 못함. 프로이센 예술원 탈퇴. 그의 책들이 분서 대상 목록에 들어감. 9월에는 다시 파리로 이주.
1933년~1940년	프랑스 망명 시기. 첫 몇 해 동안 유대인 단체에서 일함. 유대어를 배움.
1934년	『바빌론의 방랑(Babylonische Wandrung)』 발표.
1935년	『용서는 없다(Pardon wird nicht gegeben)』 발표.
1936년	프랑스 시민권 획득.
1937년	『죽음이 없는 나라(Das Land ohne Tod)』 발표.
1939년	『시민과 군인, 1918(Bürger und Soldaten, 1918)』 발표. 뉴욕에서 열린 국제 펜클럽 대회 참석. 프랑스 정보국에서 근무.
1940년	프랑스가 독일에 항복하자 미국으로 망명, 로스앤젤레스에 정주.
1940년~1945년	아내와 아들 슈테판과 함께 할리우드에 거주.
1941년	가톨릭으로 개종.
1943년	미국에서 『대령과 시인(Der Oberst und der Dichter)』 발표.
1945년	종전과 함께 독일로 귀환. 슈트라스부르크를 거쳐 바덴바덴으로 감. 이곳에서 프랑스 점령군 소속 문화 부장으로 출판용 원고를 검열.
1946년	'황금의 문'이라는 뜻의 잡지 《다스 골데네 토르(Das goldene Tor)》를 창간하여 1951년까지 발간.

1947년	1933년 이후 처음으로 베를린 방문.
1948년	『1918년 11월(November 1918)』 발표. 두 번째 베를린 방문. 고희 논문집이 리메스 출판사에서 출간됨.
1949년	마인츠 예술원 설립에 참여. 9월, 베네치아에서 열린 국제 펜클럽 대회의 주빈으로 초대 받음. 『운명의 여행(Schicksalsreise)』 발표.
1952년	9월 심근경색으로 병원 입원.
1953년	『파리 이주(Übersiedlung nach Paris)』 발표. 독일연방 대통령 호이스에게 독일을 떠나기로 한 결심에 대해 밝힘. 스스로 독일에서 설 자리가 없다고 느껴 4월에 파리로 이주.
1954년	파킨슨병 증세를 보임. 마인츠 예술원 문학상 수상.
1956년	『햄릿 또는 기나긴 밤은 끝났다(Hamlet oder Die lange Nacht nimmt ein Ende)』 발표.
1957년	6월 26일, 마비 증세로 세상을 떠남.

세계문학전집 **270**

베를린 알렉산더 광장 2

1판 1쇄 펴냄 2011년 5월 6일
1판 10쇄 펴냄 2022년 3월 11일

지은이 알프레트 되블린
옮긴이 김재혁
발행인 박근섭, 박상준
펴낸곳 (주)민음사

출판등록 1966. 5. 19. (제 16-490호)
서울특별시 강남구 도산대로1길 62(신사동) 강남출판문화센터 5층 (우편번호 06027)
대표전화 02-515-2000 팩시밀리 02-515-2007
www.minumsa.com

ISBN 978-89-374-6270-2 04800
ISBN 978-89-374-6000-5 (세트)

* 잘못 만들어진 책은 구입처에서 교환해 드립니다.

세계문학전집 목록

세계문학전집은 계속 간행됩니다.